國家社科基金
GUOJIA SHEKE JIJIN HOUQI ZIZHU XIANGMU
後期資助項目

# 楊維楨全集校箋 （二）

Notes and Commentary on the Complete Works of
Yang Weizhen

【明】楊維楨 著

孫小力 校箋

上海古籍出版社

# 卷十五　陳善學序刊楊鐵崖先生文集卷一之上

# 卷十五　陳善學序刊楊鐵崖先生文集卷一之上

## 楚國兩賢婦〔一〕

　　列女傳：楚王持金聘接輿，夫負釜甑，妻戴絍器，變易姓名而遠陟，莫知所之。老萊耕蒙山之下，楚王以璧帛聘之，不至。王駕至老萊門，妻曰："可食以酒肉者，可隨以鞭箠；可授以官禄者，可隨以鈇鉞。"遂與老萊棄奮而去②。

　　楚國兩賢婦，婦夫萊與輿〔二〕。寧隨夫婿餂牛下，不願夫婿專城居。投奮卻車駕，挈器采樵蘇。嗚呼今丈夫，棄耕貪禄(句)，粟萬鍾養孥(句)。孥未養，身受醢菹，禍及其夫(叶"姑")，永爲二婦嗤③鄙夫。

【校】

① 楊鐵崖先生文集十一卷，明萬曆四十三年乙卯(一六一五)諸暨陳善學序刊。其中前八卷爲古樂府，共計收詩七百四十一首，薈萃鐵崖先生古樂府十卷、鐵雅先生復古詩集六卷，以及明成化年間金華章懋序刊楊鐵崖先生咏史古樂府而成。今以萬曆四十三年陳善學刊本爲底本，校以清乾隆三十九年(一七七四)聯桂堂刊樓卜瀍鐵崖樂府注、鐵崖詠史注、鐵崖逸編注三種二十六卷本，清光緒十年(一八八四)山陰宋澤元輯刊懺華庵叢書本鐵崖詠史八卷本，參校明佚名鈔楊維楨詩集不分卷本(以下簡稱明鈔楊維楨詩集本)、汲古閣刊鐵崖先生古樂府補六卷本、誦芬室刊鐵崖先生詩集十集本、青照堂刊楊鐵崖詠史本。
② 此詩前小序"列女傳"云云，樓氏鐵崖詠史注本無。
③ 嗤：汲古閣刊鐵崖先生古樂府補本作"笑"。

【箋注】

〔一〕楚國兩賢婦：指接輿妻、老萊子妻。
〔二〕萊與輿：指老萊子、接輿。劉向古列女傳卷二楚老萊妻："萊子逃世，耕於蒙山之陽。……王欲聘以璧帛，恐不來，楚王駕至老萊之門。……王去，其妻戴畚萊挾薪樵而來，曰：'何車迹之衆也？'老萊子曰：'楚王欲使吾守國之政。'……妻曰：'妾聞之，可食以酒肉者，可隨以鞭捶；可授以官禄者，可隨以鈇鉞。今先生食人酒肉，受人官禄，爲人所制也，能免於患乎？妾不能爲人所制。'投其畚萊而去。"又，同卷楚接輿妻："接輿躬耕以爲食，楚王使使者持金百鎰、車二駟往聘迎之……妻曰：'君使不從，非忠也；從之又違，非義也。不如去之。'夫負釜甑，妻戴紝器，變名易姓而遠徙，莫知所之。君子謂接輿妻爲樂道而遠害。"

# 失匕歌①

風瀟瀟，水潺潺，馬嘶燕都夜生角。壯士悲，刀拔削（叶"朔"）。徐孃匕〔一〕，尺八銛，函中目光射匕尖（樊於期首）〔二〕。先生②地下汗如雨，匕機一失中銅柱。後客不來可奈何，十三小兒面如土〔三〕。擊筑復擊筑，壯士漸離重瞳目〔四〕。倉君倉君亦何爲，博浪沙走千金椎〔五〕。君不見鎬池君，璧在水，龍腥忽逐魚風起〔六〕。於乎，刺客死，君王不用買俠才，留取千金買方士〔七〕。

## 【校】

① 汲古閣刊鐵崖先生古樂府補卷一載此詩，據以校勘。鐵崖先生古樂府補本題作荆卿失匕歌，詩末又有小字注曰："一卷作易水歌，而語稍異。"按：易水歌載鐵崖先生古樂府卷一，與本詩頗有不同，可參看。又，原本詩前載有小序，與易水歌詩序同，故此略去。原本"失匕歌"詩題下有小字注"并序"二字，一并删去。

② 生：汲古閣刊鐵崖先生古樂府補本作"王"。

## 【箋注】

〔一〕徐孃：指徐夫人，即太子丹以百金求購其匕首者。按：此稱徐夫人爲"徐孃"，誤。據史記刺客列傳之索隱，徐夫人姓徐，名夫人，實爲男子。

〔二〕"函中"句：有關樊於期捨命幫助荆軻刺秦王故事。參見本卷樊將軍注。

〔三〕"先生"四句：概述荆軻、秦舞陽刺殺秦王失利一事。詳見史記刺客列傳。

〔四〕漸離：即高漸離。高漸離擅長擊筑，目盲後灌鉛於筑，欲擲殺秦始皇，未果。詳見史記刺客列傳。

〔五〕“倉君”二句：張良得倉海君之力士，以鐵椎擊秦始皇於博浪沙中，未能得手。詳見史記留侯世家。倉君，指倉海君。按：本詩涉及諸多人物史實，參見鐵崖先生古樂府卷一易水歌注。

〔六〕“君不見”三句：有關秦始皇臨終故事。按：“鎬池君”指秦始皇，“鎬”或作“滈”。參見本卷臘嘉平注。

〔七〕買方士：指秦始皇用重金派遣齊人徐巿等入海求神仙。


# 楚妃曲

　　琴論有楚妃歎七拍〔一〕，楚妃，樊姬也〔二〕。余嘗論楚妃①之德，不妬而善諫。不妬者，進後宮九人〔三〕。善諫者，止王之獵〔四〕、笑虞丘子也〔五〕。古辭未及諫事，惟張籍及之〔六〕，故吾辭亦取興於獵云。

　　朝游田，雲夢藪〔七〕。莫游田，雲夢藪。樊姬諫不售，矢不食，田中獸。妾願王，王壽考（叶“口”）。獵賢才，開伯道。楚國夔龍孫叔兒〔八〕，非麟非虎非熊羆②〔九〕。虞丘子，真狐狸。

## 【校】

① 妃：樓氏鐵崖逸編注本作“姬”。
② 非熊羆：樓氏鐵崖逸編注本作“非熊非羆”。

## 【箋注】

〔一〕楚妃歎：石崇楚妃歌辭序曰：“楚妃嘆，莫知所由。楚之賢妃，能立德著勳，垂名於後者，唯楚姬焉，故爲辭。”（載太平御覽卷五百七十二樂部十歌三。）又，樂府詩集卷二十九相和歌辭吟歎曲引古今樂錄曰：“張永元嘉技錄有吟歎四曲：一曰大雅吟，二曰王明君，三曰楚妃歎，四曰王子喬。大雅吟、王明君、楚妃歎并石崇辭。……大雅吟、楚妃歎二曲今無能歌者。”

〔二〕樊姬：楚莊王夫人。其事迹詳見劉向古列女傳卷二楚莊樊姬。

〔三〕“余嘗論楚妃之德”四句：鐵崖曾賦詩論述樊姬進後宮九人之事。參見鐵崖先生古樂府卷九新來子。

〔四〕“善諫”二句：劉向古列女傳卷二楚莊樊姬：“莊王即位，好狩獵，樊姬諫，不止,乃不食禽獸之肉,王改過,勤於政事。"

〔五〕笑虞丘子:參見鐵崖先生古樂府卷九新來子注。

〔六〕張籍:唐代詩人,張籍楚宮行:"章華宮中九月時,桂花未落紅橘垂。江頭騎火照輦道,君王夜從雲夢歸……巴姬起舞向君王,迴身垂手結明璫。願君千年萬年壽,朝出射麋夜飲酒。"

〔七〕雲夢藪:又稱雲夢澤。屬楚國。位於今湖北、湖南一帶。

〔八〕夔龍:舜二賢臣。夔爲樂官,龍爲諫官。書舜典:"伯拜稽首,讓於夔龍。"
孫叔兒:即孫叔敖,春秋時楚國賢相。史記入循吏傳。

〔九〕"非麟"句:六韜文師載:文王出獵渭陽,行前占卜,卜辭曰:"田於渭陽,將大得焉,非龍非彲,非虎非羆,兆得公侯。天遣汝師,以之佐昌。"後果得太公。

# 三鄒子〔一〕 有小序

　　太史公傳孟軻〔二〕,以冠稷下諸儒。讀其書,爲之掩書三歎,秦、漢後識軻者有人矣。予猶怪其論三鄒曰衍者:著書十萬言,皆宏大不經;而謂①要其歸,必止乎仁義,爲君臣上下六親之施始也〔三〕。衍惡有此? 斯言也,微軻誰屬哉! 因賦三鄒篇。

　　三鄒子,相雌雄,忌奸國政曰琴工(鄒忌)〔四〕。衍引天外誣瞽聾,高談赤縣八十一分孰爲中,擁篲襂席走王公〔五〕。嗟我軻貌不妾婦容(句),舌不連衡而合從。誰其引之碣石宮〔六〕,雕龍炙輠言如蚃〔七〕。

## 【校】

① 謂:原本無,據顧亮集録楊鐵崖詠史古樂府一卷本增補。

## 【箋注】

〔一〕三鄒子:"鄒"或作"騶"。指騶忌、騶衍和孟軻,皆爲戰國時齊國鄒人。參見史記孟子列傳。又,顧亮集録楊鐵崖詠史古樂府本於篇末附録評語曰:"評云:詠史以鄒、孟爲首篇,見鐵史以尊聖重道爲先。大道之不行也,則邪説爲之耳!"

〔二〕孟軻:生平詳見史記孟子列傳。

〔三〕“著書十萬言”以下五句：摘自<u>司馬遷</u>評論<u>騶衍</u>語，與<u>史記</u>著録稍異。<u>史記孟子列傳</u>：“<u>騶衍</u>睹有國者益淫侈，不能尚德，若<u>大雅</u>整之於身，施及黎庶矣。乃深觀陰陽消息而作怪迂之變，<u>終始</u>、<u>大聖</u>之篇十餘萬言。其語閎大不經，必先驗小物，推而大之，至於無垠……然要其歸，必止乎仁義節儉，君臣上下六親之施，始也濫耳。”

〔四〕忌：<u>鄒忌</u>。<u>史記孟子列傳</u>：“<u>齊</u>有三<u>騶</u>子。其前<u>鄒忌</u>，以鼓琴干<u>威王</u>，因及國政，封爲<u>成侯</u>而受相印，先<u>孟子</u>。其次<u>騶衍</u>，後<u>孟子</u>。”

〔五〕“衍引天外”三句：<u>史記孟子列傳</u>：“（<u>騶衍</u>）以爲儒者所謂中國者，於天下乃八十一分居其一分耳。中國名曰赤縣神州，赤縣神州内自有九州，<u>禹</u>之序九州是也，不得爲州數。中國外如赤縣神州者九，乃所謂九州也。於是有裨海環之，人民禽獸莫能相通者，如一區中者，乃爲一州。如此者九，乃有大瀛海環其外，天地之際焉。其術皆此類也。王公大人初見其術，懼然顧化，其後不能行之，是以<u>騶子</u>重於<u>齊</u>。適<u>梁</u>，<u>惠王</u>郊迎，執賓主之禮。適<u>趙</u>，<u>平原君</u>側行撇席。”

〔六〕引之碣石宫：<u>史記孟子列傳</u>：“（<u>騶衍</u>）如<u>燕</u>，<u>昭王</u>擁篲先驅，請列弟子之座而受業，築<u>碣石宫</u>，身親往師之。”

〔七〕“雕龍”句：指<u>騶衍</u>、<u>騶奭</u>。<u>史記孟子列傳</u>：“自<u>騶衍</u>與<u>齊</u>之<u>稷下先生</u>，如<u>淳于髡</u>、<u>慎到</u>、<u>環淵</u>、<u>接子</u>、<u>田駢</u>、<u>騶奭</u>之徒，各著書言治亂之事，以干世主，豈可勝道哉……於是<u>齊王</u>嘉之，自如<u>淳于髡</u>以下，皆命曰列大夫，爲開第康莊之衢，高門大屋，尊寵之……<u>騶衍</u>之術迂大而閎辯；<u>奭</u>也文具難施；<u>淳于髡</u>久與處，時有得善言。故<u>齊</u>人頌曰：‘談天<u>衍</u>，雕龍<u>奭</u>，炙轂過<u>髡</u>。’”又，<u>唐李瀚</u>撰、<u>宋徐子光</u>注<u>蒙求集注</u>卷上引<u>劉向別録</u>：“‘過’字作‘輠’，輠者，車之盛膏器也。炙之雖盡，猶尚有流者。言<u>髡</u>智不盡如炙輠也。<u>衍</u>、<u>奭</u>謂‘二<u>騶</u>’。”

# 單父侯〔一〕 有小序①

　　<u>荆舒</u>嘗論“三不欺”〔二〕，以<u>子賤</u>之爲德者，不可獨任，至疵<u>堯</u>之<u>驩兜</u>亦或“類舉於前”。此敗德之論也。故吾賦<u>子賤</u>之不忍，不使班於<u>西門豹</u>之流。<u>孔子</u>論<u>西伯</u>之德，不令而訟息于<u>虞</u>、<u>芮</u>〔三〕，不忍欺之效也。<u>子賤</u>之德，不令而禁行漁子〔四〕，非<u>西伯</u>之化歟！<u>荆舒</u>不能識也。

　　單父侯,吾父母。治吾以天,不以榎楚。堂上彈琴,赤子舞堂下(叶"户")。單父之賢(句),賢不齊者五〔五〕。吾能事之治單父,以賢輔治神明主。民不忍欺魚不取〔六〕,化行西伯,奚翅單父。

## 【校】

① 有小序: 樓氏鐵崖詠史注本作"有序"。

## 【箋注】

〔一〕單父侯: 指春秋時人宓不齊。論語注疏卷五公冶長:"子謂子賤:'君子哉若人!'"正義曰:"案家語弟子篇云: 宓不齊,魯人,字子賤。少孔子四十九歲。爲單父宰。有才知,仁愛百姓,不忍欺之。故孔子大之也。"

〔二〕荆舒: 指北宋王安石。王安石曾封舒國公,改封荆,卒後追封舒王。宋史有傳。三不欺: 臨川先生文集卷六十七三不欺:"昔論者曰:'君任德則下不忍欺,君任察則下不能欺,君任刑則下不敢欺。'而遂以德、察、刑爲次,蓋未之盡也。此三人者之爲政,皆足以有取於聖人矣,然未聞聖人爲政之道也。夫未聞聖人爲政之道,而足以有取於聖人者,蓋人得聖人之一端耳。且'子賤之政,使人不忍欺',古者任德之君,宜莫如堯也,然則驩兜猶或以類舉於前,則德之使人不欺,豈可獨任也哉!'子産之政,使人不能欺',夫君子可欺以其方,故使畜魚而校人烹之,然則察之使人不欺,豈可獨任也哉!'西門豹之政,使人不敢欺',夫不及於德而任刑以治,是孔子所謂'民免而無恥'者也,然則刑之使人不欺,豈可獨任也哉! 故曰: 此三人者,未聞聖人爲政之道也。然聖人之道,有出此三者乎? 亦兼用之而已。"

〔三〕"孔子"二句: 西伯,周文王。孔子家語卷二好生:"虞、芮二國争田而訟,連年不決。乃相謂曰:'西伯仁也,盍往質之?'入其境,則耕者讓畔,行者讓路。入其朝,士讓爲大夫,大夫讓於卿。虞、芮之君曰:'嘻,吾儕小人也,不可以入君子之朝。'遂(原本作"遠",據藝文類聚引文改)自相與而退,咸以所争之田爲閒田也。孔子曰:'以此觀之,文王之道其不可加焉。不令而從,不教而聽,至矣哉!'"

〔四〕"子賤之德"二句: 謂宓子賤以德治單父,當地漁人自覺服從配合。參見鐵崖先生古樂府卷八覽古之四注。

〔五〕賢不齊者五: 宓不齊自述。孔子家語卷三辯政:"孔子謂宓子賤曰:'子治單父,衆悦,子何施而得之也? 子語丘所以爲之者。'……曰:'此地民有賢於不齊者五人，不齊事之而禀度焉，皆教不齊之道。'孔子嘆曰：'其大者乃於此乎有矣。昔堯、舜聽天下務求賢以自輔，夫賢者，百福之宗也，神明之主也。惜乎，不齊之以所治者小也。'"

〔六〕顧亮集録楊鐵崖詠史古樂府本於此有小字注曰："非此無以見其不忍。"

# 天下士〔一〕 有小序①

魯仲連高風遠致，千載一人，非戰國士也。平生大義，與日月爭光者。片言之激，梁、趙不得帝秦也〔二〕。太史公非其指意不合大義，吾不知太史指何爲大義不大義耶！且俾與鄒陽同傳〔三〕，太史詮人，何其不倫耶！太史之言，天下後世之言也。太史不知魯仲連，不爲太史者，又將何如？吾爲魯仲連高士論〔四〕，而又賦魯先生天下士。

齊與秦，爭雄尊，天下仗義信陵君〔五〕。能殺蕩陰逗兵將〔六〕，不能殺新垣客將軍。魯先生，稷下來（叶）。見梁使，決趙疑。三晉大臣不如鄒魯兒。片言稱危醢安釐〔七〕，九鼎重趙百里退秦師。魯先生，天下士。客將軍歸慶，安釐逃脯醢（叶"喜"）。

## 【校】

① 有小序：樓氏鐵崖詠史注本作"有序"。

## 【箋注】

〔一〕天下士：指魯仲連。史記魯仲連傳："（平原君）以千金爲魯連壽。魯連笑曰：'所謂貴於天下之士者，爲人排患釋難解紛亂而無取也。即有取者，是商賈之事也，而連不忍爲也。'"顧亮集録楊鐵崖詠史古樂府本於篇末附有評語曰："先生高士論以連不帝秦爲天下高節，後來張良、諸葛亮、陶潛，皆同此節，聞風而起者也。太史、古史皆未發到，惟考亭夫子於感興詩見之。"

〔二〕"片言之激"二句：史記魯仲連傳："秦兵遂東圍邯鄲。趙王恐，諸侯之救兵莫敢擊秦軍。魏安釐王使將軍晉鄙救趙，畏秦，止於蕩陰不進。魏王使客將軍新垣衍間入邯鄲，因平原君謂趙王……此時魯仲連適游趙，會秦圍趙,聞魏將欲令趙尊秦爲帝,乃見平原君……新垣衍曰:'先生獨不見夫僕乎?十人而從一人者,寧力不勝而智不若邪?畏之也。'魯仲連曰:'嗚呼!梁之比於秦若僕邪?'新垣衍曰:'然。'魯仲連曰:'吾將使秦王烹醢梁王。'……於是新垣衍起,再拜謝曰:'始以先生爲庸人,吾乃今日知先生爲天下之士也。吾請出,不敢復言帝秦。'秦將聞之,爲却軍五十里。適會魏公子無忌奪晉鄙軍以救趙,擊秦軍,秦軍遂引而去。"

〔三〕"太史公"三句:史記魯仲連鄒陽列傳:"太史公曰:魯連其指意雖不合大義,然余多其在布衣之位,蕩然肆志,不詘於諸侯,談説於當世,折卿相之權。鄒陽辭雖不遜,然其比物連類,有足悲者,亦可謂抗直不橈矣。吾是以附之列傳焉。"

〔四〕爲魯仲連高士論:指其所撰魯仲連論,載鐵崖文集卷二。

〔五〕信陵君:戰國四公子之一。史記有傳。

〔六〕殺蕩陰逗兵將:指信陵君擅殺逗留蕩陰不進的將領晉鄙以救趙。參見本卷傳舍吏、史記魏公子列傳。

〔七〕安釐:戰國時魏王,魏昭王子,信陵君之兄,名圉。繼昭王之後爲魏國國君。


# 牝雞雄〔一〕


　　列女傳:伯嬴,秦穆女,楚昭王之母也。吳王入郢,妻昭王之妻,又慾妻其母嬴。嬴伏劍,不可犯而止。爲作牝雞雄,補樂府缺。

牝雞雄,秦氏熊(公、穀書"嬴"作"熊"),吳王入楚妻後宮。牝雞雄,把劍夜嘯生悲風。夫亡子逷誰適從?人言秦雞解逐鳳〔二〕,不知牝逐孤飛龍。(借蕭史事。)

【箋注】

〔一〕本詩稱頌春秋時期女中豪傑楚平王夫人伯嬴。伯嬴,或作伯熊,秦穆公之女,楚平王夫人,昭王之母。吳王闔閭攻入郢都(春秋戰國時楚國都城,位於今湖北江陵一帶),盡佔昭王後宮,唯獨伯嬴不懼淫威,持匕慷慨斥之。詳見劉向古列女傳卷四楚平伯嬴。

〔二〕秦雞逐鳳：指弄玉夫婦，亦即詩末小字注所謂"蕭史事"。參見鐵崖先生
　　古樂府卷十小游仙之二注。

## 慈雞田　補魏公子乳母辭①〔一〕

秦下令，購魏孤。匿孤罪，族俱屠。嗟慈雞，獨哺雛。秦令毒，毒
如狐。慈雞知有雛，不知有狐搏我軀。

【校】

① 汲古閣刊鐵崖先生古樂府補本題下又有小字注"見列女傳"四字。

【箋注】

〔一〕魏公子乳母：劉向古列女傳卷五魏節乳母："魏節乳母者，魏公子之乳母。
　　秦攻魏，破之，殺魏主瑕，誅諸公子，而一公子不得。令魏國曰：'得公子
　　者，賜金千鎰；匿之者，罪至夷。'節乳母與公子俱逃，魏之故臣見乳母而識
　　之……故臣曰：'今魏國已破，亡族已滅，子匿之，尚誰爲乎？'母呴而言曰：
　　'夫見利而反上者，逆也。畏死而棄義者，亂也……妾不能生而令公子擒
　　也。'遂抱公子逃于深澤之中。故臣以告秦軍，秦軍追見，爭射之。乳母以
　　身爲公子蔽矢，著身者數十，與公子俱死。"

## 大良造〔一〕

大良造，三尺木，重千鈞〔二〕。太子犯法僇傅臣（公子虔、公孫
賈）〔三〕，立信動物令如秋與春。如何食印盟，棄梁信〔四〕，詐取三軍而諸
侯弗順！駢脅日以繁〔五〕，左建日以峻〔六〕，趙良諤諤桀耳啟虞舜〔七〕。
大良造，誣王道，詭霸功，開塞耕戰强西戎。血渭水兮祅冀宮〔八〕，欲與
五殳相雌雄。五殳死杵不相春〔九〕，大良造逆旅不相容〔十〕。

【箋注】

〔一〕大良造：原稱大上造，秦國第十六爵名，此指商鞅。商鞅，又稱衛鞅，曾爲

大良造。其生平詳見史記商君列傳。

〔二〕“三尺木”二句：史記商君列傳：“令既具，未布，恐民之不信，已乃立三丈之木於國都市南門，募民有能徙置北門者，予十金。民怪之，莫敢徙。復曰：‘能徙者予五十金。’有一人徙之，輒予五十金，以明不欺。卒下令。”

〔三〕公子虔、公孫賈：秦太子之師傅。史記商君列傳：“於是太子犯法，衛鞅曰：‘法之不行，自上犯之。’將法太子。太子，君嗣也，不可施刑，刑其傅公子虔，黥其師公孫賈。明日，秦人皆趨令……其後民莫敢議令，於是以鞅爲大良造。”

〔四〕卬：指公子卬。梁：指魏國。史記商君列傳：“使衛鞅將而伐魏，魏使公子卬將而擊之。軍既相距，衛鞅遺魏將公子卬書曰：‘吾始與公子驩，今俱爲兩國將，不忍相攻，可與公子面相見，盟，樂飲而罷兵，以安秦、魏。’魏公子卬以爲然。會盟已，飲，而衛鞅伏甲士而襲虜魏公子卬，因攻其軍，盡破之以歸秦。”

〔五〕駢脅：指驂乘力士。參見後注〔九〕。

〔六〕左建：以旁門左道樹立威權。史記商君列傳：“（趙良謂商君曰：）教之化民也深於命，民之效上也捷於令。今君又左建外易，非所以爲教也。”索隱：“左建，謂以左道建立威權也；外易，謂在外革易君命也。”

〔七〕趙良：秦人，曾向商鞅進言，勸其隱退。史記商君列傳：“趙良見商君……商君曰：‘子不説吾治秦與？’趙良曰：‘反聽之謂聰，内視之謂明，自勝之謂彊。虞舜有言曰：“自卑也尚矣。”君不若道虞舜之道，無爲問僕矣……千人之諾諾，不如一士之諤諤。武王諤諤以昌，殷紂墨墨以亡。’”

〔八〕血渭水：史記商君列傳注引新序論：“一日臨渭而論囚七百餘人，渭水盡赤，號哭之聲動於天地。”　冀宫：史記商君列傳：“居三年，作爲築冀闕宫庭於咸陽，秦自雍徙都之。”

〔九〕“欲與”二句：史記商君列傳：“商君曰：‘始秦戎翟之教，父子無別，同室而居。今我更制其教，而爲其男女之別，大築冀闕，營如魯、衛矣。子觀我治秦也，孰與五羖大夫賢？’……趙良曰：‘夫五羖大夫，荆之鄙人也。聞秦繆公之賢而願望見，行而無資，自粥於秦客，被褐食牛。期年，繆公知之，舉之牛口之下，而加之百姓之上，秦國莫敢望焉……五羖大夫之相秦也，勞不坐乘，暑不張蓋，行於國中，不從車乘，不操干戈，功名藏於府庫，德行施於後世。五羖大夫死，秦國男女流涕，童子不歌謡，舂者不相杵。此五羖大夫之德也……君之出也，後車十數，從車載甲，多力而駢脅者爲驂乘，持矛而操闟戟者旁車而趨。此一物不具，君固不出。書曰：恃德者昌，恃力者亡。’”

〔十〕史記商君列傳：“商君亡至關下，欲舍客舍。客人不知其是商君也，曰：‘商君之法，舍人無驗者坐之。’商君喟然歎曰：‘嗟乎，爲法之敝一至此哉！’”


# 蘆中人〔一〕


蘆中人，江上來。江上丈人〔二〕古剛烈，移橈濟君君莫猜。楚賞爵執珪，送君以死，君行不可稽。蘆中人入吳，匕首進專諸。大吳國，嗣闔閭〔三〕，王駕入郢郢爲墟。薦荊社，鞭荊軀，秦庭七夜哭包胥〔四〕。楚孝子，楚讎臣。少傅長舌舌殺人〔五〕，孝子讎君不讎臣。嗚呼孝子讎君不讎臣，倒行逆施白日曛〔六〕。


## 【箋注】

〔一〕蘆中人：指春秋時人伍員。伍員字子胥。吳越春秋卷三王僚使公子光傳：“追者在後，（伍子胥）幾不得脱。至江，江中有漁父，乘船從下方泝水而上，子胥呼之……子胥既渡，漁父乃視之有饑色，乃謂曰：‘子俟我此樹下，爲子取餉。’漁父去後，子胥疑之，乃潛身於深葦之中。有頃，父來，持麥飯鮑魚羹盎漿，求之樹下不見，因歌而呼之曰：‘蘆中人，蘆中人，豈非窮士乎！’如是至再，子胥乃出蘆中而應。……胥乃解百金之劍以與漁者：‘此吾前君之劍，中有七星，價直百金。以此相答。’漁父曰：‘吾聞楚之法令，得伍胥者，賜粟五萬石，爵執圭。豈圖取百金之劍乎？’遂辭不受……子胥行數步，顧視漁者，已覆船自沉於江水之中矣。”又，顧亮集録楊鐵崖詠史古樂府本於此詩後附又些英烈詞一首，本書置之於佚詩編，可參看。

〔二〕江上丈人：救伍子胥之漁父，高士傳卷上稱爲“江上丈人”。

〔三〕“蘆中人入吳”四句：伍子胥逃亡入吳，薦專諸於公子光，公子光“令專諸襲刺吳王僚而自立，是爲吳王闔廬”。闔廬乃召伍子胥爲行人，與謀國事。詳見史記伍子胥列傳。

〔四〕包胥：指申包胥。史記伍子胥列傳：“始伍員與申包胥爲交，員之亡也，謂包胥曰：‘我必覆楚。’包胥曰：‘我必存之。’及吳兵入郢，伍子胥求昭王。既不得，乃掘楚平王墓，出其尸，鞭之三百然後已。申包胥亡於山中，使人謂子胥曰：‘子之報讐，其以甚乎……’伍子胥曰：‘爲我謝申包胥曰，吾日暮塗遠，吾故倒行而逆施之。’於是<u>申包胥</u>走<u>秦</u>告急，求救於<u>秦</u>。<u>秦</u>不許。<u>包胥</u>立於<u>秦</u>廷，晝夜哭，七日七夜不絶其聲。<u>秦哀公</u>憐之，曰：‘<u>楚</u>雖無道，有臣若是，可無存乎！’乃遣車五百乘救<u>楚</u>擊<u>吳</u>。”

〔五〕少傅：指<u>費無忌</u>。按：<u>伍子胥</u>父<u>伍奢</u>，曾爲<u>楚平王</u>太子<u>建</u>太傅，<u>費無忌</u>任少傅。<u>費無忌</u>欲排擠<u>伍奢</u>父子，進讒言於<u>平王</u>，<u>平王</u>遂殺<u>伍奢</u>，而<u>子胥</u>逃亡。詳見<u>史記伍子胥列傳</u>。

〔六〕“倒行”句：<u>顧亮</u>集録<u>楊鐵崖詠史古樂府</u>本於此句後附小字注曰：“末語就本傳發，其無可奈何也。”


# 傳舍吏[一] 李同

傳舍吏，當封侯。<u>晉鄙</u>救兵<u>鄴中</u>留[二]，<u>邯鄲</u>急擊危綴旒，傳舍吏兒當國憂。散君帑藏大饗士，編君妻妾列兵儔。傳舍吏兒率死士，跣跼（音“徒俱”）赤手科鍪頭。救兵至，<u>邯鄲</u>危復瘳，傳舍兒死父封侯。

## 【箋注】

〔一〕傳舍吏：指<u>戰國</u>時人<u>趙國邯鄲</u>傳舍吏子<u>李同</u>。<u>史記平原君列傳</u>：“<u>秦</u>急圍<u>邯鄲</u>，<u>邯鄲</u>急，且降，<u>平原君</u>甚患之。<u>邯鄲</u>傳舍吏子<u>李同</u>説<u>平原君</u>曰：‘……<u>邯鄲</u>之民，炊骨易子而食，可謂急矣，而君之後宮以百數，婢妾被綺縠，餘粱肉，而民褐衣不完，糟糠不厭。民困兵盡，或剡木爲矛矢，而君器物鐘磬自若。使<u>秦</u>破<u>趙</u>，君安得有此？使<u>趙</u>得全，君何患無有？今君誠能令夫人以下編於士卒之間，分功而作，家之所有盡散以饗士，士方其危苦之時，易德耳。’於是<u>平原君</u>從之，得敢死之士三千人。<u>李同</u>遂與三千人赴<u>秦</u>軍，<u>秦</u>軍爲之卻三十里。亦會<u>楚</u>、<u>魏</u>救至，<u>秦</u>兵遂罷，<u>邯鄲</u>復存。<u>李同</u>戰死，封其父爲<u>李侯</u>。”

〔二〕晉鄙：<u>魏國</u>大將。<u>史記魏公子列傳</u>：“<u>魏王</u>使將軍<u>晉鄙</u>將十萬衆救<u>趙</u>。<u>秦王</u>使使者告<u>魏王</u>曰：‘吾攻<u>趙</u>旦暮且下，而諸侯敢救者，已拔<u>趙</u>，必移兵先擊之。’<u>魏王</u>恐，使人止<u>晉鄙</u>，留軍壁<u>鄴</u>，名爲救<u>趙</u>，實持兩端以觀望。”


# 夷門子[一]

<u>魏</u>隱者<u>侯嬴</u>，年七十，家貧，爲<u>大梁</u>夷門監者。或議<u>嬴</u>①之行

事,僅見於教公子救趙,内恩如姬以竊兵符,進客朱亥以椎晉鄙。其用智力以成功,亦無愈于薛中狗盜之輩[二]。然嬴老於料事決策而必于事成,事成而不有其功;逆數公子行日以代晉鄙,即北向自刭以謝公子。則一時奇烈,異于下蔡之門監也遠矣[三]。(下蔡門監史先生,甘茂之師也,大不事君,小不爲臣,以苟賤不廉聞。)故予摭其事以歌之。

夷門子,抱關七十貧欲死。公子開筵客滿堂,虚左迎關驚一市。公子執轡遠復迂,折身委巷尋朱屠。市人皆罵抱關子,何以報之七尺軀[四]。邯鄲危,旦暮圮,趙使者書來公姊(平原君夫人)。將軍出救留蕩陰,公子死決夷門子[五]。斬仇進,如姬泣,公子虎符出中幃[六]。公子抱符移主柄,老兵嚘唶不我聽。朱屠袖中四十斤,大魏主君三尺令[七]。夜分兵過長城壕,秦軍散走如潰濤。趙王割城繳②公子,平原不得稱人豪[八]。報知己,北向自刭死[九]。

## 【校】

① 嬴:原本誤作“贏”,據樓氏鐵崖詠史注本改。

② 繳:顧亮集録楊鐵崖詠史古樂府本作“讖”,疑當作“謝”。

## 【箋注】

〔一〕夷門子:指戰國時大梁夷門監侯嬴。參見史義拾遺卷上或問夷門監者。

〔二〕薛中狗盜之輩:指戰國時孟嘗君門下雞鳴狗盜之徒。孟嘗君爲齊相,封萬户於薛。

〔三〕下蔡之門監:指甘茂之師史舉。史記甘茂列傳:“甘茂者,下蔡人也。事下蔡史舉先生,學百家之術……秦聞甘茂在楚,使人謂楚王曰:‘願送甘茂於秦。’楚王問於范蜎……楚王曰:‘寡人欲相甘茂,可乎?’對曰:‘不可。夫史舉,下蔡之監門也,大不爲事君,小不爲家室,以苟賤不廉聞於世,甘茂事之順焉。’”

〔四〕“公子開筵”六句:史記魏公子列傳:“公子從車騎,虚左,自迎夷門侯生。侯生攝弊衣冠,直上載公子上坐,不讓,欲以觀公子。公子執轡愈恭。侯生又謂公子曰:‘臣有客在市屠中,願枉車騎過之。’公子引車入市,侯生下見其客朱亥,俾倪故久立,與其客語,微察公子。公子顔色愈和。當是時,魏將相宗室賓客滿堂,待公子舉酒。市人皆觀公子執轡。從騎皆竊罵

　　侯生。”

〔五〕“邯鄲危”八句：史記魏公子列傳：“魏安釐王二十年，秦昭王已破趙長平軍，又進兵圍邯鄲。公子姊爲趙惠文王弟平原君夫人，數遺魏王及公子書，請救於魏。魏王使將軍晉鄙將十萬衆救趙。秦王使使者告魏王……魏王恐，使人止晉鄙，留軍壁鄴……公子自度終不能得之於王，計不獨生而令趙亡，乃請賓客，約車騎百餘乘，欲以客往赴秦軍，與趙俱死。行過夷門，見侯生，具告所以欲死秦軍狀。辭決而行。”

〔六〕“斬仇”三句：史記魏公子列傳：“（侯生）曰：‘嬴聞晉鄙之兵符常在王臥內，而如姬最幸，出入王臥內，力能竊之。嬴聞如姬父爲人所殺，如姬資之三年，自王以下欲求報其父仇，莫能得。如姬爲公子泣，公子使客斬其仇頭，敬進如姬。如姬之欲爲公子死，無所辭，顧未有路耳……’公子從其計，請如姬。如姬果盜晉鄙兵符與公子。”

〔七〕“朱屠”二句：魏公子持符欲代晉鄙，晉鄙合符而疑，朱亥以椎殺之，遂奪兵權。詳見史記魏公子列傳。

〔八〕平原：指平原君趙勝，戰國四公子之一。史記魏公子列傳：“趙孝成王德公子之矯奪晉鄙兵而存趙，乃與平原君計，以五城封公子……趙王侍酒至暮，口不忍獻五城，以公子退讓也。公子竟留趙。趙王以鄗爲公子湯沐邑。”

〔九〕“報知己”二句：侯嬴獻計予信陵君之後，自刎，以還報其知遇之恩。詳見史記魏公子列傳。


# 觀津客〔一〕　歇客觀津人朱英

　　觀津客，歇忠臣。珠履上客千成群〔二〕，誰爲春申毋望人？斬一郎位，斬首在棘門。歇子繼考作新君，黃鬼不食哭觀津〔三〕。

## 【箋注】

〔一〕觀津客：指春申君黃歇門客觀津人朱英。按史記春申君列傳之正義，觀津，“今魏州觀城縣也”。史記春申君列傳：“春申君相二十五年，楚考烈王病。朱英謂春申君曰：‘世有毋望之福，又有毋望之禍。今君處毋望之世，事毋望之主，安可以無毋望之人乎？’……春申君曰：‘何謂毋望之人？’對曰：‘君置臣郎中，楚王卒，李園必先入，臣爲君殺李園。此所謂毋

望之人也。'春申君曰:'足下置之。李園,弱人也,僕又善之,且又何至
此!'朱英知言不用,恐禍及身,乃亡去。後十七日,楚考烈王卒,李園果先
入,伏死士於棘門之内。春申君入棘門,園死士俠刺春申君,斬其頭,投之
棘門外。於是遂使吏盡滅春申君之家。而李園女弟初幸春申君有身而入
之王所生子者遂立,是爲楚幽王。"

〔二〕珠履上客:春申君門客三千餘人,其上客之履皆裝飾珠玉。

〔三〕顧亮集録楊鐵崖詠史古樂府本於詩末附評語曰:"此詩可垂昏主過信嬖
佞,不聽忠言,萬世之戒。"又,春申君及李園事參鐵崖先生古樂府卷一春
申君注。


# 厠中鼠〔一〕 并序論


　　斯爲小吏時,見厠中鼠,有人犬驚入;見倉中鼠,食粟,無人
犬憂,歎曰:"人之賢不肖,在所自處耳。"乃從荀卿學帝王術,而
卒不免具五刑之僇。斯之自處可知矣。余嘗論柏翳氏之鬼不食
者非胡亥,趙高殺蘇立亥,戮群公子而亡秦國者,懸於斯仰天一
歎"不能死"之一言耳〔二〕。高出亡國之言,斯誓一死以謝之,高能
賜劍于恬與蘇〔三〕,愚弄一鹿於亥乎〔四〕!斯號六藝〔五〕,其荒悖迷
謬,乃荀卿之不肖弟子〔六〕,始皇之畔臣,萬代儒者之罪人也。咸
陽礫死,死有餘誅。太史不咎其大惡不道,而猶以周、召功烈惜
之〔七〕,吾不知其何説也。斯舉師訓云:"物禁太盛。物極則衰,吾
上蔡布衣,今人臣位無居臣上者,富貴極矣。吾未知所税駕
矣〔八〕!"此言可哀,勢已不得爲厠鼠矣。吾爲斯賦厠鼠辭,悼斯之
爲三公,曾厠鼠之不如,又些其老悖從逆而陷於僇也。

　　君不見相國厠中鼠,食污善自驚。相國笑鼠不如太倉食粟飽且
寧,豈自知相國寝火履冰。蒼鷹不揚、黄犬不鳴〔九〕。禄厭萬鍾,身具
五刑〔十〕。

　　重爲些曰:

　　樓不二雄兮,悦不再容。靈修懵懂兮,誰西孰東!火吾書兮,師
吏以爲儒〔十一〕。愚吾黔兮,復以自愚。輬車共秘兮〔十二〕,僞璽同

欺〔十三〕。於乎，秦鬼不食兮，不食爾斯〔十四〕。

## 【箋注】

〔一〕本詩以及序論，譏評秦丞相李斯。李斯生平事迹詳見史記李斯列傳。

〔二〕“余嘗”四句：謂亡秦者并非胡亥，實爲李斯。柏翳氏之鬼，指秦之祖先神。史記秦本紀：“秦之先，帝顓頊之苗裔孫曰女脩……生子大業。大業取少典之子，曰女華。女華生大費，與禹平水土。已成，帝錫玄圭。禹受曰：‘非予能成，亦大費爲輔。’……乃妻之姚姓之玉女。大費拜受，佐舜調馴鳥獸，鳥獸多馴服，是爲柏翳。舜賜姓嬴氏。”史記李斯列傳：“斯乃仰天而歎，垂淚太息曰：‘嗟乎！獨遭亂世，既以不能死，安託命哉！’於是斯乃聽（趙）高。高乃報胡亥……於是乃相與謀，詐爲受始皇詔丞相，立子胡亥爲太子。”

〔三〕恬：蒙恬，秦朝大將。蘇：扶蘇，秦始皇長子。史記李斯列傳：“立子胡亥爲太子。更爲書賜長子扶蘇……扶蘇爲人仁，謂蒙恬曰：‘父而賜子死，尚安復請！’即自殺。蒙恬不肯死，使者即以屬吏，繫於陽周。”

〔四〕愚弄一鹿：指趙高指鹿爲馬一事。詳見史記秦始皇本紀。

〔五〕號六藝：號稱精通禮、樂、射、御、書、數六藝。參見周禮地官大司徒。

〔六〕荀卿：即荀子。李斯早年“從荀卿學帝王之術”。參見史記李斯列傳。

〔七〕“太史不咎”二句：史記李斯列傳：“太史公曰：李斯以閭閻歷諸侯，入事秦，因以瑕釁，以輔始皇，卒成帝業。斯爲三公，可謂尊用矣。斯知六藝之歸，不務明政以補主上之缺，持爵禄之重，阿順苟合，嚴威酷刑，聽高邪説，廢適立庶。諸侯已畔，斯乃欲諫争，不亦末乎！人皆以斯極忠而被五刑死，察其本，乃與俗議之異。不然，斯之功且與周、召列矣。”

〔八〕“斯舉師訓云”七句：摘自史記李斯列傳。師訓：指荀卿所謂“物禁太盛”。

〔九〕蒼鷹、黄犬：太平御覽卷九百二十六鷹引史記曰：“李斯臨刑，思牽黄犬、臂蒼鷹，出上蔡東門。不可得矣。”

〔十〕五刑：史記李斯列傳：“二世二年七月，具斯五刑，論腰斬咸陽市。斯出獄，與其中子俱執，顧謂其中子曰：‘吾欲與若復牽黄犬俱出上蔡東門逐狡兔，豈可得乎！’遂父子相哭，而夷三族。”

〔十一〕“火吾書兮”二句：指李斯輔佐秦始皇，焚書坑儒，採用吏治。

〔十二〕輬車共秘：指秦始皇崩於巡行途中，李斯等秘不發喪。棺載輼車中，以鮑魚亂其臭。參見鐵崖先生古樂府卷一易水歌注。

〔十三〕僞璽同欺：指秦始皇曾“爲璽書賜公子扶蘇”。然其病逝之後，李斯與
　　　趙高、胡亥乃“陰謀破去始皇所封書”，詐稱受始皇詔，立胡亥爲太子。
　　　詳見史記秦始皇本紀。又，顧亮集録楊鐵崖詠史古樂府本於詩末附注
　　　曰：“輼車共秘、僞璽同欺，此八字，叛臣之當辭也。先生又有讀斯阿二
　　　世之書而罵之曰：‘鄙兒鄙兒，亡國之論，凡九百言，垂爲萬世鈇鉞之案。
　　　太史具載，亦不爲隱其惡矣。’”
〔十四〕顧亮集録楊鐵崖詠史古樂府本於詩末附評語曰：“此辭有騷有樂府，一
　　　叙論又足以發太史公之未發。蘇太史亦何可及。”

# 文信侯〔一〕 并序論

　　太史公議不韋，以“孔子之所謂聞者”，非所以議〔二〕。不韋，
翟大賈，以子楚奇貨，一釣得國相，封侯食邑。而又進詐腐，以蓋
己禍〔三〕，事益露而禍益甚。太后待死於雍，賴齊焦一言，亟返南
宮〔四〕。而“仲父”之狡終疑之，賜書詰責，逼死於蜀〔五〕。嗚呼，釣
奇之禍，一至此哉！余爲文信侯賦翟大賈詞。

　　翟大賈，貨阿楚〔六〕。邯鄲女生子，十三繼阿楚〔七〕。翟大賈，尊仲
父。皇假父，匿子宮中躡其後（叶“户”）。匹夫一語還子母，河陽邑封
十萬户。呂母冢〔八〕，邙之西。芷陽相接草萋萋〔九〕，行人尚點不韋妻。

## 【箋注】

〔一〕文信侯：指呂不韋。按：秦莊襄王元年，以呂不韋爲丞相，封文信侯。史
　　記呂不韋列傳：“呂不韋者，陽翟大賈人也。……取邯鄲諸姬絶好善舞者
　　與居，知有身。子楚從不韋飲，見而説之，因起爲壽，請之。呂不韋怒，念
　　業已破家爲子楚，欲以釣奇，乃遂獻其姬。姬自匿有身，至大期時，生子
　　政。子楚遂立姬爲夫人……秦王立一年，薨，謚爲孝文王。太子子楚代
　　立，是爲莊襄王……莊襄王即位三年，薨，太子政立爲王，尊呂不韋爲
　　相國。”
〔二〕“太史公議不韋”三句：史記呂不韋列傳：“太史公曰：……孔子之所謂
　　‘聞’者，其呂子乎？”集解：“論語曰：‘夫聞也者，色取仁而行違，居之不
　　疑，在邦必聞，在家必聞。’馬融曰：‘此言佞人也。’”

〔三〕"而又進"二句：史記呂不韋列傳："秦王年少，太后時時竊私通呂不
　　韋……始皇帝益壯，太后淫不止。呂不韋恐覺禍及己，乃私求大陰人嫪毐
　　以爲舍人，時縱倡樂，使毐以其陰關桐輪而行，令太后聞之，以啗太后。太
　　后聞，果欲私得之。呂不韋乃進嫪毐，詐令人以腐罪告之。"

〔四〕"太后待死於雍"三句：嫪毐與太后淫亂事泄，始皇夷嫪毐三族，殺嫪毐與
　　太后所生兩子，遷太后於雍，免相國呂不韋。後秦王聽從齊人茅焦進言，
　　乃迎太后歸於咸陽。詳見史記呂不韋列傳。

〔五〕逼死於蜀：史記呂不韋列傳："出文信侯就國河南。歲餘，諸侯賓客使者
　　相望於道，請文信侯。秦王恐其爲變，乃賜文信侯書曰……呂不韋自度稍
　　侵，恐誅，乃飲酖而死。"按：秦始皇即位之初，尊呂不韋爲丞相，敬稱
　　"仲父"。

〔六〕阿楚：指秦始皇父子楚。史記呂不韋列傳："秦昭王四十年，太子死。其
　　四十二年，以其次子安國君爲太子。安國君有子二十餘人。安國君有所
　　甚愛姬，立以爲正夫人，號曰華陽夫人。華陽夫人無子。安國君中男名子
　　楚，子楚母曰夏姬，毋愛。子楚爲秦質子於趙……呂不韋賈邯鄲，見而憐
　　之，曰'此奇貨可居'。"

〔七〕"十三"句：據史記呂不韋列傳徐廣注文，太子嬴政繼其父子楚立爲王，時
　　年十三。

〔八〕呂母冢：史記呂不韋列傳集解引皇覽曰："呂不韋冢在河南 洛陽 北邙道
　　西，大冢是也。民傳言呂母冢。不韋妻先葬，故其冢名'呂母'也。"

〔九〕芷陽：史記呂不韋列傳："始皇十九年，太后薨。謚爲帝太后，與莊襄王會
　　葬茝陽。"集解："徐廣曰：'一作芷陽。'"


# 樊將軍〔一〕 并引

　　夷門監一死稱萬世〔二〕。田光老悖誤人，一死不足憐〔三〕。可
憐者在丹與於期耳①〔四〕。

　　嬴刎刎得永，永成信陵君〔五〕。光刎刎失廢，廢直游酒人〔六〕。柯壇
不得登沬〔七〕，燕地不得反秦。壯士誤人死，誤死重痛樊將軍。


## 【校】

① 原本以下有"荆至衛，謂之慶卿"七字，據樓氏鐵崖詠史注本删。

## 【箋注】

〔一〕樊將軍：指秦將樊於期。樊於期爲戰國時人，得罪於秦王，逃亡至燕，秦王
　　　以金千斤、邑萬家懸賞擒殺。荊軻設計以之誘秦，樊於期遂自到以獻首
　　　級。詳見史記刺客列傳。

〔二〕夷門監：指魏國隱士侯嬴。侯嬴效忠於信陵君而自刎，參見本卷夷門子。

〔三〕田光：戰國末年燕國俠士。老悖誤人：指田光薦荊軻乃糊塗之舉。史記
　　　刺客列傳：“太子避席而請曰：‘燕、秦不兩立，願先生留意也。’田光
　　　曰：‘……今太子聞光盛壯之時，不知臣精已消亡矣。雖然，光不敢以圖國
　　　事，所善荊卿可使也。’……太子送至門，戒曰：‘丹所報，先生所言者，國之
　　　大事也，願先生勿泄也！’……（田光）欲自殺以激荊卿，曰：‘願足下急過
　　　太子，言光已死，明不言也。’因遂自刎而死。”

〔四〕丹：燕太子丹。荊軻刺秦王失利之後，燕王被迫將太子丹斬首。

〔五〕“嬴刎刎得永”二句：指侯嬴殺身義舉及其效果。參見本卷夷門子。

〔六〕游酒人：指荊軻。史記刺客列傳：“荊軻嗜酒，日與狗屠及高漸離飲於燕
　　　市，酒酣以往，高漸離擊筑，荊軻和而歌於市中，相樂也，已而相泣，旁若無
　　　人者。荊軻雖游於酒人乎，然其爲人沈深好書；其所游諸侯，盡與其賢豪
　　　長者相結。”

〔七〕柯壇：齊、魯會盟之地。沫：指曹沫。曹沫乃魯人，以勇力著稱，事魯莊公
　　　而爲將。魯與齊戰，三戰三敗。魯莊公懼，乃獻地求和。後齊桓公與魯莊
　　　公會於柯，既盟於壇上，曹沫執匕首劫齊桓公，求魯侵地。已盟而釋桓公，
　　　於是三戰所失之地盡復。詳見史記刺客列傳。

# 臘嘉平〔一〕

　　臘嘉平，誰誤我，茅初成。盧生入海歸，告圖讖，築長城〔二〕。徐生
苦鮫魚，君王親爲射海鯨〔三〕。慎避惡鬼，惡鬼相欺凌。東黔非惡鬼，
七字刻墮星〔四〕。爲我告滈君〔五〕，更報茅初成，輼中祖龍吹鮑腥〔六〕。

　　　　始皇三十六年，星墜東郡爲石。黔首刻其石，曰“始皇帝死而地分”。
避惡鬼：“惡鬼避，真人至”，盧生語也。“今年祖龍死”，山鬼語也。

## 【箋注】

〔一〕嘉平：史記秦始皇本紀：“三十一年十二月，更名臘曰‘嘉平’。”集解：“太

原真人茅盈内紀曰：‘始皇三十一年九月庚子，盈曾祖父濛，乃於華山之中乘雲駕龍，白日上天。先是其邑謡歌曰：“神仙得者茅初成，駕龍上升入泰清。時下玄洲戲赤城，繼世而徃在我盈，帝若學之臘嘉平。”始皇聞謡歌而問其故，父老具對此仙人之謡歌，勸帝求長生之術。於是始皇欣然，乃有尋仙之志，因改臘曰嘉平。’”參見鐵崖先生古樂府卷六醫師行贈袁煉師注。

〔二〕“盧生入海”三句：資治通鑑卷七秦紀二始皇帝下：“三十二年，始皇之碣石，使燕人盧生求羡門，刻碣石門。壞城郭，決通堤坊。始皇巡北邊，從上郡入。盧生使入海還，因奏録圖書曰：‘亡秦者胡也。’始皇乃遣將軍蒙恬發兵三十萬人，北伐匈奴。三十三年……築長城，因地形，用制險塞。”胡注：“録圖書，如後世讖緯之書。”

〔三〕徐生：方士徐市。史記秦始皇本紀：“齊人徐市等上書，言海中有三神山，名曰蓬萊、方丈、瀛洲，僊人居之。請得齋戒，與童男女求之。於是遣徐市發童男女數千人，入海求僊人……方士徐市等入海求神藥，數歲不得，費多，恐譴，乃詐曰：‘蓬萊藥可得，然常爲大鮫魚所苦，故不得至，願請善射與俱，見則以連弩射之。’……乃令入海者齎捕巨魚具，而自以連弩候大魚出射之。”

〔四〕“東黔”二句：史記秦始皇本紀：“三十六年，熒惑守心。有墜星下東郡，至地爲石，黔首或刻其石曰：‘始皇帝死而地分。’始皇聞之，遣御史逐問，莫服，盡取石旁居人誅之，因燔銷其石。”

〔五〕滈君：即滈池君，指滈池水神。參見鐵崖先生古樂府卷三上元夫人注。

〔六〕“輀中”句：參見鐵崖先生古樂府卷一易水歌注。又，顧亮集録楊鐵崖詠史古樂府本於詩末附評語曰：“啟祖龍之求仙而卒死沙丘，茅蒙之誣誤之也。鐵雅誅其始也。”按：茅蒙，即茅盈曾祖父茅濛。


# 杯羹辭[一]

　　阿邦兒，斬蛇當大逵[二]。下相八尺子[三]，擁劍相驅馳。阿邦不顧父，烹父呼阿兒。阿兒忍吐舌，食父真獍兒[四]。於乎，舜棄天下負父走[五]，阿邦阿邦何急天下爲[六]！

【箋注】

〔一〕杯羹：史記項羽本紀：“當此時，彭越數反梁地，絕楚糧食，項王患之。爲

高俎,置太公其上,告漢王曰:‘今不急下,吾烹太公。’漢王曰:‘吾與項羽
俱北面受命懷王,曰“約爲兄弟”,吾翁即若翁,必欲烹而翁,則幸分我一
桮羹。’”

〔二〕“阿邦兒”二句:指劉邦醉酒,劍斬擋道之蛇。或謂此蛇乃“白帝子”所化。
詳見史記高祖本紀。

〔三〕下相八尺子:指項羽。項羽名籍。史記 項羽本紀:“項籍者,下相人
也……長八尺餘,力能扛鼎。”正義:“括地志云:‘相故城在泗州 宿豫縣西
北七十里。’”

〔四〕“食父”句:南朝 梁 任昉 述異記卷上:“獍之爲獸,狀如虎豹而小,始生,還
食其母。”獍一名破鏡,史記孝武本紀裴駰 集解引孟康曰:“破鏡,獸名,
食父。”

〔五〕舜棄天下:孟子 盡心上:“桃應問曰:‘舜爲天子,皋陶爲士。瞽瞍殺人,則
如之何?’……(孟子)曰:‘舜視棄天下猶棄敝蹝也。竊負而逃,遵海濱而
處,終身訢然,樂而忘天下。’”

〔六〕顧亮集録楊鐵崖詠史古樂府本於詩末附評語曰:“俗儒有爲邦解之者,曰
邦非太公子也。劉媪與神遇而生之,是有父無父,故忍分羹。此説可付一
笑。天下豈有無父之子耶? 鐵史詩乃天鈇也。”


# 漂母辭①〔一〕


諸母漂泗濱〔二〕,一母眼中識窮人。盤有餘餕,及汝王孫,竟我漂
食逾兼旬。王孫封王,報母以千金〔三〕(叶“斤”)。丈夫養賢不如漂母
仁,又豈知鍾室妒婦殺功臣〔四〕。過客酹②墓千千春。

## 【校】

① 辭:樓氏 鐵崖詠史注本作“詞”。
② 酹:原本作“酬”,據文淵閣四庫全書本鐵崖先生古樂府補改。

## 【箋注】

〔一〕漂母:史記 淮陰侯列傳:“淮陰侯 韓信者,淮陰人也……信釣於城下,諸母
漂,有一母見信飢,飯信,竟漂數十日。信喜,謂漂母曰:‘吾必有以重報

母。’母怒曰：‘大丈夫不能自食，吾哀王孫而進食，豈望報乎！’”

〔二〕泗濱：泗水之濱。此指淮陰城下水邊。

〔三〕“王孫”二句：史記淮陰侯列傳：“漢五年正月，徙齊王信爲楚王，都下邳。信至國，召所從食漂母，賜千金。”

〔四〕鍾室妬婦：指呂后。史記淮陰侯列傳：“相國紿信曰：‘雖疾，強入賀。’信入，呂后使武士縛信，斬之長樂鍾室。”正義：“長樂宮懸鍾之室。”


# 田橫客〔一〕


　　黃鳥在楚，良死太苦〔二〕。黃蛇穿土，良死其所〔三〕。爾良慄慄①，百七其人〔四〕。我良忻忻，五百同身。君辱臣死，臣等弗疑。大王小侯，臣等弗知〔五〕。

## 【校】

① 慄慄：樓氏鐵崖詠史注本作“栗栗”。

## 【箋注】

〔一〕田橫：史記田儋列傳：“田儋者，狄人也。故齊王田氏族也。儋從弟田榮，榮弟田橫，皆豪，宗強，能得人……漢滅項籍，漢王立爲皇帝，以彭越爲梁王。田橫懼誅，而與其徒屬五百餘人入海，居島中。高帝聞之，以爲田橫兄弟本定齊，齊人賢者多附焉，今在海中不收，後恐爲亂，廼使使赦田橫罪而召之……曰：‘田橫來，大者王，小者廼侯耳；不來，且舉兵加誅焉。’田橫廼與其客二人乘傳詣雒陽，未至三十里……遂自剄，令客奉其頭，從使者馳奏之高帝……既葬，二客穿其冢旁孔，皆自剄，下從之……其餘尚五百人在海中，使使召之。至則聞田橫死，亦皆自殺。於是廼知田橫兄弟能得士也。”

〔二〕“黃鳥在楚”二句：原本於起首一句旁附有小字評語：“突兀。”左傳卷十八：“秦伯任好卒，（任好，秦繆公名。）以子車氏之三子奄息、仲行、鍼虎爲殉，皆秦之良也。國人哀之，爲之賦黃鳥。”又，詩秦風黃鳥：“交交黃鳥，止于楚。誰從穆公，子車鍼虎。”

〔三〕“黃蛇穿土”二句：史記封禪書：“（秦）文公夢黃蛇自天下屬地，其口止於

鄜衍。<u>文公</u>問<u>史敦</u>，<u>敦</u>曰：‘此上帝之徵，君其祠之。’於是作鄜畤……或
曰：自古以<u>雍州</u>積高，神明之隩，故立畤郊上帝，諸神祠皆聚云……作鄜
畤後七十八年，<u>秦德公</u>既立，卜居<u>雍</u>，後子孫飲馬於<u>河</u>，遂都<u>雍</u>。<u>雍</u>之諸祠
自此興。”

〔四〕百七其人：<u>史記 秦本紀</u>：“三十九年，<u>繆公</u>卒，葬<u>雍</u>。從死者百七十七人，
<u>秦</u>之良臣<u>子輿氏</u>三人名曰<u>奄息</u>、<u>仲行</u>、<u>鍼虎</u>，亦在從死之中。”

〔五〕原本於詩末附有小字注：“<u>秦穆</u>殉死者百七十人，惟<u>子車氏</u>三子最良。君
子哀之者，哀其失死也。<u>田横</u>殉死二客及五百人，君子韙之者，韙其得
所也。”


# 高陽酒徒〔一〕


<u>高陽子</u>，佩長鋏，冠側注（平聲。<u>齊</u>、<u>揚</u>謁者冠之），讀書萬卷非豎儒。
瞋目叱使者，使者走報曰壯士，<u>沛公</u>輟洗趨〔二〕。面折<u>沛公</u>者，智與勇
俱不我如〔三〕（句）。何以爭天下，定<u>三秦</u>，涉西河（叶）。夜見<u>陳留</u>①令，
一劍取血顱〔四〕。食積粟，聚合烏。塞<u>成皋</u>，距<u>飛狐</u>〔五〕。橫行天下，天
下莫誰何（叶）。<u>齊</u>稱東藩國，伏軾下城七十餘。<u>淮陰</u>賣辯舌，鼎鑊②
甘受屠〔六〕。<u>漢</u>剖符，如何不剖<u>陳留侯</u>符！弔圈門者〔七〕，但云<u>高陽</u>
酒徒。


## 【校】

① <u>陳留</u>：原本誤作“<u>陳倉</u>”，據<u>史記 酈生列傳</u>改。

② <u>鑊</u>：原本誤作“護”，據<u>樓氏 鐵崖詠史</u>注本改。


## 【箋注】

〔一〕<u>高陽酒徒</u>：指<u>西漢 酈食其</u>。<u>史記 酈生列傳</u>：“<u>酈生食其</u>者，<u>陳留 高陽</u>人
也。”索隱：“案：<u>高陽</u>屬<u>陳留 圉縣</u>。<u>高陽</u>，鄉名也，故<u>耆舊傳</u>云‘<u>食其</u>，<u>高陽</u>
鄉人’。”

〔二〕<u>高陽子</u>”七句：<u>史記 酈生列傳</u>：“初，<u>沛公</u>引兵過<u>陳留</u>，<u>酈生</u>踵軍門上
謁……<u>沛公</u>方洗，問使者曰：‘何如人也？’使者對曰：‘狀貌類大儒，衣儒
衣，冠側注。’<u>沛公</u>曰：‘爲我謝之，言我方以天下爲事，未暇見儒人

也。'……酈生瞋目案劍叱使者曰:'走! 復入言沛公,吾高陽酒徒也,非儒
人也。'……沛公遽雪足杖矛曰:'延客入!'"集解:"徐廣曰:'側注冠,一
名高山冠,齊王所服,以賜謁者。'"

〔三〕"面折"二句:史記酈生列傳:"酈生入,揖沛公曰:'……夫足下欲興天下
之大事而成天下之大功,而以目皮相,恐失天下之能士。且吾度足下之智
不如吾,勇又不如吾。若欲就天下而不相見,竊爲足下失之。'"

〔四〕"夜見"二句:史記酈生列傳:"酈生曰:'夫足下欲成大功,不如止陳留。
陳留者,天下之據衝也,兵之會地也。積粟數千萬石,城守甚堅……'沛公
曰:'敬聞命矣。'於是酈生廼夜見陳留令……酈生留宿卧,夜半時斬陳留
令首,逾城而下報沛公。"

〔五〕"食積粟"四句:史記酈生列傳:"酈生因曰:'臣聞知天之天者,王事可成;
不知天之天者,王事不可成。王者以民人爲天,而民人以食爲天。……願
足下急復進兵,收取滎陽,據敖倉之粟,塞成皋之險,杜大行之道,距蜚狐
之口,守白馬之津,以示諸侯效實形制之勢,則天下知所歸矣。'"正義:
"(成皋)即氾水縣山也。"又,"按:蔚州飛狐縣北五十里有秦、漢故郡城,
西南有山,俗號爲飛狐口也。"

〔六〕"齊稱東藩國"四句:史記酈生列傳:"使酈生說齊王……淮陰侯聞酈生伏
軾下齊七十餘城,廼夜度兵平原襲齊。齊王田廣聞漢兵至,以爲酈生賣
已,廼曰:'汝能止漢軍,我活汝;不然,我將亨汝!'酈生曰:'舉大事不細
謹,盛德不辭讓。而公不爲若更言!'齊王遂亨酈生,引兵東走。"

〔七〕圍門:圍縣城門,屬陳留。

# 陸太①中〔一〕 并序論

　　世以漢陸賈爲智人辯②士。余以其游公卿間,談笑取富貴,
不以汗馬勞;家有五子,輪環奉③養;安車駟馬,從歌舞,鼓琴瑟,
侍者十人,優游晚景,以壽終,真亂世福人也。予嘗爲陸客卿著
客隱論〔二〕,列東方生朝隱論云〔三〕。

　　人生不願韓柱國〔四〕,但願身爲漢廷陸太中。著④述稱仁義〔五〕,太
中辯口調異同。一説南越玄黃屋〔六〕,再説兩相交春風〔七〕。橐裝用未
盡,金錢賜重重。歌童傳食五子宮〔八〕,一劍得失楚人弓〔九〕。優游公卿

間,家以上壽終。同鄉狂生廣野公,身膏鼎鑊豈如陸太中<sup>〔十〕</sup>!

## 【校】

① 太:原本作"大",據顧亮集録楊鐵崖詠史古樂府本改。下同。
② 辯:原本作"辨",據樓氏鐵崖詠史注本改。
③ 奉:原本無,據樓氏鐵崖詠史注本補。
④ 疑"著"字上承前而脱"太中"二字。

## 【箋注】

〔一〕陸太中:指陸賈。陸賈爲楚人,西漢初年曾任太中大夫,故有此稱。
〔二〕按:鐵崖所撰客隱論今未見,蓋已失傳。
〔三〕東方生:即漢東方朔。按:鐵崖所撰朝隱論今亦不傳。
〔四〕韓柱國:指隋初大將韓擒虎。韓擒虎字子通,河南東垣人。以平陳功進位
　　上柱國。生平詳見隋書韓擒傳。
〔五〕"著述"句:史記陸賈列傳:"陸生時時前説稱詩書。高帝駡之曰:'廼公居
　　馬上而得之,安事詩書!'陸生曰:'居馬上得之,寧可以馬上治之乎……'
　　高帝不懌而有慚色,廼謂陸生曰:'試爲我著秦所以失天下,吾所以得之者
　　何,及古成敗之國。'陸生廼粗述存亡之徵,凡著十二篇。每奏一篇,高帝
　　未嘗不稱善,左右呼萬歲,號其書曰新語。"
〔六〕"一説"句:史記陸賈列傳:"及高祖時,中國初定,尉他平南越,因王之。
　　高祖使陸賈賜尉他印爲南越王……廼大説陸生,留與飲數月。曰:'越中
　　無足與語,至生來,令我日聞所不聞。'賜陸生橐中裝直千金,他送亦千金。
　　陸生卒拜尉他爲南越王,令稱臣奉漢約。"
〔七〕兩相:指丞相陳平與太尉周勃。史記陸賈列傳:"吕太后時,王諸吕。諸
　　吕擅權,欲劫少主,危劉氏。右丞相陳平患之,力不能争,恐禍及已,常燕
　　居深念。陸生往請,直入坐……陳平用其計,廼以五百金爲絳侯壽,厚具
　　樂飲,太尉亦報如之。此兩人深相結,則吕氏謀益衰……及誅諸吕,立孝
　　文帝,陸生頗有力焉。"按:陳平、周勃先後任左、右丞相,參見史義拾遺卷
　　上或問陳平決獄錢穀之對。
〔八〕"橐裝用未盡"三句:史記陸賈列傳:"孝惠帝時,吕太后用事,欲王諸吕,
　　畏大臣有口者,陸生自度不能争之,廼病免家居。以好畤田地善,可以家
　　焉。有五男,廼出所使越得橐中裝賣千金,分其子,子二百金,令爲生産。
　　陸生常安車駟馬,從歌舞鼓琴瑟侍者十人,寶劍直百金。謂其子曰:'與汝

約：過汝，汝給吾人馬酒食，極欲，十日而更。所死家，得寶劍車騎侍
　　從者。’”

〔九〕楚人弓：呂氏春秋卷一孟春紀貴公：“荆人有遺弓者，而不肯索，曰：‘荆人
　　遺之，荆人得之，又何索焉？’”

〔十〕“同鄉”二句：指酈食其遭烹殺，不如陸賈退隱。按：酈食其乃陳留高陽
　　人，陸賈亦爲陳留人。酈食其助劉邦襲取陳留，遂號酈食其爲廣野君。


# 走狗謠<sup></sup>〔一〕


　　走狗走狗狗匍匐<sup>①</sup>，帝騎赤龍〔二〕，呼狗逐鹿〔三〕。兔既死，騅亦追
鹿馳〔四〕。鹿走軹道窮無歸〔五〕，赤龍天上飛<sup>②</sup>。歸來雌雉作雄吼〔六〕，長
樂宮中烹走狗〔七〕。嗚呼，兔死狗烹，烹狗及豨〔八〕。如何不存走<sup>③</sup>狗制
雄雞，反殺走狗聽雞啼〔九〕。

## 【校】

① 元詩體要卷七載此詩，據以校勘。“走狗”句：元詩體要本作“走狗匍匐，走
　　狗匍匐”。

② 赤龍天上飛：元詩體要本作“赤龍赤龍上天飛”。

③ 走：原本無，據元詩體要本增補。

## 【箋注】

〔一〕走狗：此指韓信。典出史記越王勾踐世家：“當是時，越兵橫行於江、淮，
　　東諸侯畢賀，號稱霸王。范蠡遂去，自齊遺大夫種書曰：‘蜚鳥盡，良弓藏；
　　狡兔死，走狗烹。’”

〔二〕騎赤龍：指漢高祖劉邦。相傳劉邦爲“赤帝子”。參見本卷杯羹辭。

〔三〕逐鹿：史記淮陰侯列傳：“秦之綱絶而維弛，山東大擾，異姓并起，英俊烏
　　集。秦失其鹿，天下共逐之。”

〔四〕騅：項羽所騎駿馬名騅，此借指項羽。參見史記項羽本紀。

〔五〕“鹿走”句：史記秦始皇本紀：“子嬰爲秦王四十六日，楚將沛公破秦軍入
　　武關，遂至霸上，使人約降子嬰。子嬰即係頸以組，白馬素車，奉天子璽
　　符，降軹道旁。”集解：“徐廣曰：‘（軹道）在霸陵。’駰案：蘇林曰‘亭名，在

　　　　長安東三十里’。”
〔六〕雌雉：指呂后。呂后名雉。
〔七〕“長樂宮”句：按：呂后於長樂宫鍾室斬殺淮陰侯韓信。史記淮陰侯列傳
　　　載韓信被縛，言：“果若人言，‘狡兔死，良狗亨；高鳥盡，良弓藏；敵國破，謀
　　　臣亡。’天下已定，我固當亨！”
〔八〕豨：指陳豨。韓信死，陳豨旋亦被殺。
〔九〕顧瑛集録楊鐵崖詠史古樂府本於詩末附評語曰：“句好意好，鐵雅專
　　　手也。”

## 卷十六　陳善學序刊楊鐵崖先生文集卷一之下

# 卷十六　陳善學序刊楊鐵崖先生文集卷一之下

## 赤松詞 并序論

　　余嘗論張良能爲呂后定太子〔一〕，而不能爲高祖定呂后。良之智，徒智於目前，而不能智於身後。吾不知良何以爲去計耶！而況生子如辟彊〔二〕，黨呂氏而危劉氏，可謂張氏不肖子，良於地下亦知之否耶！

　　滄海客，博浪椎，弟死不葬蕩家資。走匿邳(句)，圯上乃得帝王師(黃石公)〔三〕。國耻既雪吾何之，黃石山頭曾①與赤松期〔四〕。赤松子，不爲漢家後日計安危。十三②黃口利如錐(良子教陳平立呂氏，年十三。)〔五〕，一語三狼入宫闈〔六〕。赤松子，地下不殺辟彊兒！

## 【校】

① 曾：樓氏鐵崖詠史注本作“會”。
② 十三之“三”，當爲“五”之訛。

## 【箋注】

〔一〕爲呂后定太子：劉邦曾欲廢太子而立趙王，張良爲呂后設計，以所謂“商山四皓”輔佐太子，皇太子地位得以保全。參見鐵崖先生古樂府卷一旦春詞。

〔二〕辟彊：張良子。史記呂太后本紀：“孝惠帝崩，發喪，太后哭，泣不下。留侯子張辟彊爲侍中，年十五，謂丞相曰：‘太后獨有孝惠，今崩，哭不悲，君知其解乎？’丞相曰：‘何解？’辟彊曰：‘帝毋壯子，太后畏君等。君今請拜呂台、呂産、呂禄爲將，將兵居南北軍，及諸呂皆入宫，居中用事，如此則太后心安，君等幸得脱禍矣。’丞相迺如辟彊計。太后説，其哭迺哀。呂氏權由此起。”

〔三〕“滄海客”五句：史記留侯世家：“留侯張良者，其先韓人也……秦滅韓。良年少，未宦事韓。韓破，良家僮三百人，弟死不葬，悉以家財求客刺秦王，爲韓報仇，以大父、父五世相韓故。……東見倉海君，得力士，爲鐵椎重百二十斤。秦皇帝東游，良與客狙擊秦皇帝博浪沙中，誤中副車。秦皇帝大怒，大索天下，求賊甚急，爲張良故也。良乃更名姓，亡匿下邳。良嘗閒從容步游下邳圯上，有一老父……出一編書，曰：‘讀此則爲王者師矣。後十年興。十三年孺子見我濟北，穀城山下黄石即我矣。’”

〔四〕“國耻”二句：史記留侯世家：“留侯乃稱曰：‘家世相韓。及韓滅，不愛萬金之資，爲韓報讐彊秦，天下振動。今以三寸舌爲帝者師，封萬户，位列侯，此布衣之極，於良足矣。願棄人間事，欲從赤松子游耳。’”索隱：“列仙傳：‘（赤松子）神農時雨師也，能入火自燒，崐崙山上隨風雨上下也。’”

〔五〕“十三”句：按：史記吕太后本紀與漢書外戚列傳皆謂張辟彊當時“年十五”，與本詩“十三黄口”有異。

〔六〕三狼：指吕后侄兒吕台、吕産、吕禄。


## 滑稽兒　東方朔[一]


滑稽兒，骨鯁臣。董君貴寵天下莫不聞[二]，有三斬罪誰敢云。辟戟一言，賜金三十斤，帝爲罷酒疎董君。滑稽兒，骨鯁臣。

## 【箋注】

〔一〕東方朔：字曼倩，西漢武帝時人。以滑稽善諫著稱，故此稱“滑稽兒”。生平事迹詳見漢書東方朔傳。

〔二〕董君：指董偃，史稱“公主貴人”。漢書東方朔傳：“帝姑館陶公主號竇太主……主寡居，年五十餘矣，近幸董偃……於是董君貴寵，天下莫不聞……上爲竇太主置酒宣室，使謁者引内董君。是時，朔陛戟殿下，辟戟而前曰：‘董偃有斬罪三，安得入乎？’……上默然不應，良久曰：‘吾業以設飲，後而自改。’朔曰：‘不可！夫宣室者，先帝之正處也，非法度之政不得入焉……’上曰：‘善。’有詔止，更置酒北宫，引董君從東司馬門。東司馬門更名東交門。賜朔黄金三十斤。董君之寵由是日衰，至年三十而終。”參見鐵崖先生古樂府卷五吴農謡。


## 東閣開[一]


東閣開，急翹才[二]。脱粟吐哺賢人來[三]，老轅側目豈不才（轅固)〔四〕。汲內史(黯)〔五〕,董膠西(仲舒)〔六〕,東閣之妬何以光三台(叶 "思")〔七〕。東閣開,行便宜。睚眥子(郭解)〔八〕,鼎烹兒(主父偃)〔九〕,罪 有必誅誅必夷。東閣之斷無狐疑,孰云曲學專阿時〔十〕。

## 【箋注】

〔一〕東閣:漢書公孫弘傳:"武帝初即位,招賢良文學士,是時弘年六十,以賢 良徵爲博士。……時上方興功業,婁舉賢良。弘自見爲舉首,起徒步,數 年至宰相封侯,於是起客館,開東閣以延賢人,與參謀議。弘身食一肉,脱 粟飯。"

〔二〕翹才:公孫弘設翹材館以羅致天下人才。見晉葛洪西京雜紀卷四。

〔三〕吐哺:韓詩外傳卷三:"(周公曰)吾於天下亦不輕矣,然一沐三握髮,一飯 三吐哺,猶恐失天下之士。"

〔四〕老轅:指轅固生。史記儒林列傳:"清河王太傅轅固生者,齊人也……今 上初即位,復以賢良徵固……時固已九十餘矣。固之徵也,薛人公孫弘亦 徵,側目而視固。固曰:'公孫子,務正學以言,無曲學以阿世!'"

〔五〕汲內史:指右內史汲黯。漢書汲黯傳:"上方鄉儒術,尊公孫弘,及事益 多,吏民巧。上分別文法,湯等數決讞以幸。而黯常毀儒,面觸弘等徒懷 詐飾智以阿人主取容……弘爲丞相,乃言上曰:'右內史界部中多貴人宗 室,難治,非素重臣弗能任,請徙黯爲右內史。'"

〔六〕董膠西:指膠西王相董仲舒。按:膠西王爲漢武帝兄,縱恣無度,屬下多 得罪。公孫弘忌董仲舒之才學,遂薦於膠西王爲相,欲害之。詳見漢書董 仲舒傳。

〔七〕"東閣"句:漢書公孫弘傳:"然其性意忌,外寬內深。諸常與弘有隙,無近 遠,雖陽與善,後竟報其過。殺主父偃,徙董仲舒膠西,皆弘力也。"

〔八〕睚眥子:指俠客郭解。漢書游俠傳:"郭解,河內軹人也。……軹有儒生 侍使者坐,客譽郭解,生曰:'解專以姦犯公法,何謂賢?'解客聞之,殺此 生,斷舌。吏以責解,解實不知殺者,殺者亦竟莫知爲誰。吏奏解無罪。 御史大夫公孫弘議曰:'解布衣爲任俠行權,以睚眥殺人,解不知,此罪甚 於解知殺之。當大逆無道。'遂族解。"

〔九〕鼎烹兒:指主父偃。漢書主父偃傳:"或説偃曰:'大橫!'偃曰:'臣結髮游 學四十餘年,身不得遂,親不以爲子,昆弟不收,賓客棄我,我阨日久矣。 丈夫生不五鼎食,死則五鼎亨耳! 吾日暮,故倒行逆施之。'……元朔中, 偃言齊王內有淫失之行,上拜偃爲齊相……王以爲終不得脱,恐效燕王論死,乃自殺……上大怒,以爲偃劫其王令自殺。乃徵下吏治。偃服受諸侯之金,實不劫齊王令自殺。上欲勿誅,公孫弘争曰:‘齊王自殺無後,國除爲郡,入漢,偃本首惡,非誅偃無以謝天下。’乃遂族偃。”

〔十〕顧亮集録楊鐵崖詠史古樂府本於詩末附評語曰:“太史曰:東閣一章,有貶有褒。公孫之得失,亦盡於此矣。”

# 冰山火突詞〔一〕

冰山不可倚,冰破割爾足。火突不可附,火燎爛爾肉。君不見魏其侯(竇嬰),門下客獨厚灌太僕〔二〕。太僕相引重,勢若繩合束①。身服期功,更與②結歡田相國(蚡)〔三〕。相國③席上縛騎兵,首懸東市及支屬〔四〕。魏其侯,尸渭城〔五〕,東朝有制不可贖〔六〕。

## 【校】

① “太僕相引重”二句:原本作“相引重,勢若繩”,據汲古閣刊鐵崖先生古樂府補本增補。
② 鐵崖先生古樂府補本於“與”字下注曰:“一作爲。”
③ 相國:原本無,據汲古閣刊鐵崖先生古樂府補本增補。

## 【箋注】

〔一〕冰山:五代王仁裕開元天寶遺事卷上載,楊國忠權傾天下,張彖曰:“以吾所見,乃冰山也,或皎日大明之際,則此山當誤人耳。”
〔二〕“君不見”二句:史記魏其武安侯列傳:“魏其侯竇嬰者,孝文后從兄子也……魏其失竇太后,益疏不用,無勢,諸客稍稍自引而怠傲……灌夫家居雖富,然失勢,卿相待中賓客益衰。及魏其侯失勢,亦欲倚灌夫引繩批根生平慕之後棄之者。灌夫亦倚魏其而通列侯宗室爲名高。兩人相爲引重,其游如父子然。相得驩甚,無厭,恨相知晚也。”
〔三〕田相國:指孝景后同母弟武安侯田蚡。史記魏其武安侯列傳:“(建元六年)以武安侯蚡爲丞相……灌夫有服,過丞相。丞相從容曰:‘吾欲與仲孺過魏其侯,會仲孺有服。’灌夫曰:‘將軍乃肯幸臨況魏其侯,夫安敢以服爲解! 請語魏其侯帳具,將軍旦日蚤臨。’武安許諾。灌夫具語魏其侯如所謂武安侯。魏其與其夫人益市牛酒，夜灑掃，早帳具至旦。平明，令門下候伺。至日中，丞相不來。魏其謂灌夫曰：‘丞相豈忘之哉？’灌夫不懌……”

〔四〕“相國”二句：史記魏其武安侯列傳：“夏，丞相取燕王女爲夫人，有太后詔，召列侯宗室皆往賀……飲酒酣，武安起爲壽，坐皆避席伏。已魏其侯爲壽，獨故人避席耳，餘半膝席。灌夫不悦……魏其侯去，麾灌夫出。武安遂怒曰：‘此吾驕灌夫罪。’乃令騎留灌夫。灌夫欲出不得。籍福起爲謝，案灌夫項令謝。夫愈怒，不肯謝。武安乃麾騎縛夫置傳舍，召長史曰：‘今日召宗室，有詔。’劾灌夫罵坐不敬，繫居室。遂案其前事，遣吏分曹逐捕諸灌氏支屬，皆得棄市罪。”

〔五〕尸渭城：史記魏其武安侯列傳：“乃劾魏其矯先帝詔，罪當棄市……故以十二月晦論棄市渭城。”

〔六〕東朝：指太后朝。又，原本於末句旁附小字評語：“用韻轉奇。”


# 悲吳王〔一〕


悲吳王，悲①吳王，壯士招八方。劇孟胡不在戎行〔二〕，壯士不救②凍追亡〔三〕。據洛陽，食敖倉。阻山帶河③作金湯，太尉車騎空堂堂。少年推④鋒之計計不用〔四〕，太尉功烈書斾⑤常〔五〕，老濞血面啼先皇〔六〕。

## 【校】

① 悲：青照堂刊楊鐵崖詠史本無。
② 敕：青照堂刊楊鐵崖詠史本、懺華盦叢書本皆誤作“救”。
③ 河：原本作“海”，據青照堂刊楊鐵崖詠史本改。
④ 推：原本作“椎”，據樓氏鐵崖詠史注本、史記吳王濞列傳改。
⑤ 斾：樓氏鐵崖詠史注本、青照堂刊楊鐵崖詠史本作“旆”。

## 【箋注】

〔一〕吳王：指漢高祖侄劉濞。史記吳王濞列傳：“吳王濞者，高帝兄劉仲之子也……上患吳、會稽輕悍，無壯王以填之，諸子少，乃立濞於沛爲吳王，王三郡五十三城。”按：吳王因反叛而被誅殺。

〔二〕“劇孟”句：指吳王没能起用俠客劇孟。漢書游俠傳：“劇孟者，洛陽人也。
　　周人以商賈爲資，劇孟以俠顯。吳、楚反時，條侯爲太尉，乘傳東，將至河
　　南，得劇孟，喜曰：‘吳、楚舉大事而不求劇孟，吾知其無能爲已。’”

〔三〕“壯士”句：指袁盎獲救事。史記袁盎列傳：“及鼂錯已誅，袁盎以太常使
　　吳。吳王欲使將，不肯。欲殺之，使一都尉以五百人圍守盎軍中。袁盎自
　　其爲吳相時，有從史嘗盜愛盎侍兒，盎知之，弗泄，遇之如故……及袁盎使
　　吳見守，從史適爲守盎校尉司馬，乃悉以其裝齎置二石醇醪，會天寒，士卒
　　饑渴，飲酒醉，西南陬卒皆卧，司馬夜引袁盎起，曰：‘君可以去矣，吳王期
　　旦日斬君。’盎弗信，曰：‘公何爲者？’司馬曰：‘臣故爲從史盜君侍兒
　　者。’……乃以刀決張，道從醉卒隧直出。”

〔四〕“據洛陽”五句：謂吳王不用桓將軍計。史記吳王濞列傳：“吳少將桓將軍
　　説王曰：‘吳多步兵，步兵利險；漢多車騎，車騎利平地。願大王所過城邑
　　不下，直棄去，疾西據雒陽武庫，食敖倉粟，阻山河之險以令諸侯，雖毋入
　　關，天下固已定矣……’吳王問諸老將，老將曰：‘此少年推鋒之計可耳，安
　　知大慮乎！’於是王不用桓將軍計。”

〔五〕太尉：指西漢周亞夫。周亞夫爲統帥，平定吳、楚等七國叛亂。

〔六〕“老濞”句：史記吳王濞列傳：“吳大敗，士卒多飢死，乃畔散。於是吳王乃
　　與其麾下壯士數千人夜亡去，度江走丹徒，保東越……漢使人以利啗東
　　越，東越即紿吳王，吳王出勞軍，即使人鏦殺吳王，盛其頭，馳傳以聞。”

# 補日飲毋苟①辭〔一〕　袁盎

勸君酒，呼酒來（叶“離”②）。尚方肉食有腊毒〔二〕，天賜我酒壽君
金屈巵〔三〕。君不見漢家中郎絲〔四〕，廷毁丞相斥嬖兒〔五〕。吳中脱死
歸，阿種（絲姪③）者，勸以日飲毋苟、鬥雞走狗嬉，不則利劍刺君君莫
支。於乎，十七客，肩相隨，棓④生日者弗能知〔六〕，阿種真好兒！

## 【校】

① “毋苟”之“苟”，或當作“何”。下同。參見本文注釋。
② 叶“離”：汲古閣刊鐵崖先生古樂府補本作“叶”。
③ 絲姪：原本作“系侄”，據汲古閣刊鐵崖先生古樂府補本改。
④ 棓：原本作“掊”，據史記袁盎列傳改。參見本文注釋。

## 【箋注】

〔一〕日飲毋苟：史記袁盎列傳：“徙爲吳相，辭行。（袁）種謂盎曰：‘吳王驕日久，國多姦。今苟欲劾治，彼不上書告君，即利劍刺君矣。南方卑溼，君能日飲，毋何，時説王曰毋反而已。如此幸得脱。’盎用種之計，吳王厚遇盎。”按：日飲毋何，漢書爰盎傳作“日飲亡何”。顏師古注曰：“亡何，言更無餘事。”

〔二〕“尚方”句：漢書五行志中：“高位實疾顛，厚味實臘毒。”顏師古注：“顛，仆也。臘，久也。言位高者，必速顛仆也；味厚者，爲毒久。”

〔三〕金屈巵：宋孟元老東京夢華録卷九宰執親王宗室百官入内上壽：“御筵酒盞皆屈巵如菜盌樣，而有手把子。殿上純金，廊下純銀。”

〔四〕漢家中郎絲：指袁盎，袁盎字絲。

〔五〕丞相：指絳侯周勃。嬖兒：指宦官趙同。史記袁盎列傳：“及孝文帝即位，盎兄噲任盎爲中郎。絳侯爲丞相，朝罷趨出，意得甚。上禮之恭，常自送之。袁盎進曰：‘……絳侯所謂功臣，非社稷臣。社稷臣主在與在，主亡與亡。方吕后時，諸吕用事，擅相王，劉氏不絶如帶。是時絳侯爲太尉，主兵柄，弗能正。吕后崩，大臣相與共畔諸吕，太尉主兵，適會其成功，所謂功臣，非社稷臣。丞相如有驕主色。陛下謙讓，臣主失禮，竊爲陛下不取也。’後朝，上益莊，丞相益畏……宦者趙同以數幸，常害袁盎，袁盎患之。盎兄子種爲常侍騎，持節夾乘，説盎曰：‘君與鬭，廷辱之，使其毀不用。’孝文帝出，趙同參乘，袁盎伏車前曰：‘臣聞天子所與共六尺輿者，皆天下豪英。今漢雖乏人，陛下獨奈何與刀鋸餘人載！’於是上笑，下趙同。趙同泣下車。”

〔六〕“十七客”三句：謂梁王先後十餘次遣人刺殺袁盎，卜者棓生不能預知。史記袁盎列傳：“袁盎雖家居，景帝時時使人問籌策。梁王欲求爲嗣，袁盎進説，其後語塞。梁王以此怨盎，曾使人刺盎。刺者至關中，問袁盎，諸君譽之皆不容口。乃見袁盎曰：‘臣受梁王金來刺君，君長者，不忍刺君。然後刺君者十餘曹，備之！’袁盎心不樂，家又多怪，乃之棓生所問占。還，梁刺客後曹輩果遮刺殺盎安陵郭門外。”

## 伏生受書行①〔一〕

瓜丘崩〔二〕，科斗藏。典墳孰求楚左相〔三〕，金絲不②壞孔子堂〔四〕。

濟南老生教齊魯③〔五〕，綿蕞禮官④何足伍。挾書之⑤禁禁未開，盤詰⑥誰能禁齊語！百年禮樂當有興，天子好文開太平。百篇大義喜有托，十三傳⑦口傳嚘嚘。太常掌故親往受〔六〕，百篇僅遺二⑧十九。河内女兒還可⑨疑〔七〕，老人屋中有科斗。建元博士孔襄孫，五十九篇爲訓文〔八〕。嘉唐悼桀空有詔⑩〔九〕，孔氏全⑪經誰與論？倪家書生能受學〔十〕，一篇薦上元非樸。當⑫官得列中大夫，帝軌皇塗未恢擴。漢家小康黃老餘，烏用司空城旦書〔十一〕！蓋師言治在何處〔十二〕，後世尚走陳農車⑬〔十三〕。

## 【校】

① 本詩又載鐵崖先生詩集丙集、列朝詩集甲集前編第七上、清初印溪草堂鈔本東維子詩集卷二、元詩選初集辛集、劉世珩影元刊十八卷本玉山草堂雅集卷二，據以校勘。鐵崖先生詩集丙集本、印溪草堂鈔本、元詩選本題爲奉題伏生受書圖，列朝詩集本題作題伏生受書圖，玉山草堂雅集本題作伏生授書圖。

② 不：諸校本皆作"未"。

③ 老生：鐵崖先生詩集丙集本、印溪草堂鈔本作"先生"，樓氏鐵崖詠史注本作"伏生"。齊魯：鐵崖先生詩集丙集本作"齊楚"。

④ 蕞：列朝詩集本、鐵崖先生詩集丙集本、元詩選本作"蕝"。官：鐵崖先生詩集丙集本、印溪草堂鈔本作"生"。

⑤ 之：諸校本皆作"嚴"。

⑥ 詰：原本作"誥"，據列朝詩集本、鐵崖先生詩集丙集本、元詩選本改。

⑦ 傳：印溪草堂鈔本、樓氏鐵崖詠史注本、玉山草堂雅集本作"女"。

⑧ 僅：鐵崖先生詩集丙集本作"但"。二：原本作"三"，據玉山草堂雅集本、樓氏鐵崖詠史注本改。

⑨ 可：鐵崖先生詩集丙集本、印溪草堂鈔本、元詩選本作"自"。

⑩ 詔：原本作"沼"，據玉山草堂雅集本、樓氏鐵崖詠史注本改正。

⑪ 全：原本作"金"，據列朝詩集本、鐵崖先生詩集丙集本、元詩選本、玉山草堂雅集本改。

⑫ 當：諸校本皆作"賞"。

⑬ 尚：印溪草堂鈔本、玉山草堂雅集本作"徒"。又，印溪草堂鈔本於題下注曰"陳農車，漢成帝時人"。按：陳農車之"車"當屬衍字，參見注釋。

## 【箋注】

〔一〕伏生：漢書儒林傳：“伏生，濟南人也。故爲秦博士。”

〔二〕瓜丘：漢書儒林傳：“及至秦始皇兼天下，燔詩書，殺術士。”顏師古注：“今新豐縣溫湯之處號愍儒鄉，溫湯西南三里有馬谷，谷之西岸有阬，古老相傳以爲秦阬儒處也。衛宏詔定古文尚書序云：秦既焚書，患苦天下不從所改更法，而諸生到者拜爲郎，前後七百人，乃密令冬種瓜於驪山阬谷中溫處。瓜實成，詔博士諸生説之，人人不同，乃命就視之。爲伏機。諸生賢儒皆至焉，方相難不決，因發機，從上填之以土，皆壓，終乃無聲。”

〔三〕“典墳”句：漢書蕭何傳：“及高祖起爲沛公，何嘗爲丞督事。沛公至咸陽，諸將皆争走金帛財物之府分之，何獨先入收秦丞相御史律令圖書藏之。”又，漢書藝文志：“漢興，改秦之敗，大收篇籍，廣開獻書之路。”按：漢初蕭何任丞相，曹參曾爲假左丞相。

〔四〕“金絲”句：明陳鎬撰、孔弘乾續闕里志卷四廟中古迹：“鄆國夫人并官氏殿，昔爲先聖燕居之堂。又按世家，孔子卒，諸儒講鄉射於孔子所居堂，魯哀公因立爲廟。後世即其壁藏先聖衣冠琴瑟車書……景帝時，魯共王好治宮室，壞孔子舊宅以廣其居，聞金石絲竹之聲，乃不敢壞，於其壁中得古文經書，此其地也。”按：後世於其地建金絲堂，參見闕里志卷十重建金絲堂記。

〔五〕濟南老生：指伏生。漢書儒林傳：“秦時禁書，伏生壁藏之，其後大兵起，流亡。漢定，伏生求其書，亡數十篇，獨得二十九篇。即以教于齊、魯之間。齊學者由此頗能言尚書。”

〔六〕“十三傳”二句：漢書儒林傳：“孝文時，求能治尚書者，天下亡有，聞伏生治之，欲召。時伏生年九十餘，老不能行，於是詔太常，使掌故朝錯往受之。”顏師古注：“衛宏定古文尚書序云，伏生老，不能正言，言不可曉也，使其女傳言教錯。齊人語多與潁川異，錯所不知者凡十二三，略以其意屬讀而已。”

〔七〕河内女兒：隋書經籍志：“書之所興，蓋與文字俱起。孔子觀書周室，得虞、夏、商、周四代之典，删其善者，上自虞，下至周，爲百篇，編而序之。遭秦滅學，至漢，唯濟南伏生口傳二十八篇。又河内女子得泰誓一篇，獻之。”

〔八〕“建元”二句：漢書藝文志：“武帝末，魯共王壞孔子宅，欲以廣其宮，而得古文尚書及禮記、論語、孝經凡數十篇，皆古字也……孔安國者，孔子後也,悉得其書,以考二十九篇,得多十六篇。”顏師古注:“家語云,孔騰字子襄。畏秦法峻急,藏尚書、孝經、論語於夫子舊堂壁中;而漢記尹敏傳云孔鮒所藏。二説不同,未知孰是。”宋胡宏皇王大紀卷六十一三王紀敬王:“景帝子魯王餘,得科斗文字於孔子屋壁,乃書及論語、孝經也,悉以還孔氏。孝武時,孔襄曾孫孔安國以伏生之書參考文義,定其可知者,爲五十八篇。科斗書廢已久,且錯亂磨滅,故餘篇弗復可知。孝武以安國爲博士,詔之作傳,遂傳至于今。”

〔九〕“嘉唐”句:漢武帝詔曰:“上嘉唐虞,下悼桀紂。”詳見漢書董仲舒傳。

〔十〕倪家書生:指倪寬。漢書儒林傳:“(歐陽生)事伏生,授倪寬,寬又受業孔安國,至御史大夫……寬有俊材,初見武帝,語經學。上曰:‘吾始以尚書爲樸學,弗好,及聞寬説,可觀。’乃從寬問一篇。歐陽、大、小夏侯氏學皆出於寬。”

〔十一〕“漢家”二句:漢書儒林傳:“竇太后好老子書,召問(轅)固。固曰:‘此家人言耳。’太后怒曰:‘安得司空城旦書乎!’乃使固入圈擊彘。(注)服虔曰:‘道家以儒法爲急,比之於律令也。’”

〔十二〕蓋師:印溪草堂鈔本於題下注曰“蓋公,漢人”。參見鐵崖先生古樂府卷九覽古之七注。

〔十三〕陳農:漢書成帝紀:“(河平三年秋八月)光禄大夫劉向校中秘書。謁者陳農使,使求遺書於天下。”


# 長門怨①〔一〕


　　阿嬌盼美目,阿嬌貯②金屋。金屋瑶華③春未老,長門一夜生秋草。蜀才人,金百斤,受金爲我賦長門。長門寫春愁,君王見之爲傷秋。臨邛溝水東西流,不知有婦悲④白頭〔二〕。

【校】

① 原本題下有小字注:一名阿嬌行。

② 貯:明鈔楊維禎詩集本作“住”。

③ 華:明鈔楊維禎詩集本、樓氏鐵崖詠史注本作“草”。

④ 有:明鈔楊維禎詩集本作“少”,汲古閣刊鐵崖先生古樂府補本作“悲”。悲:明鈔楊維禎詩集本作“怨”。

## 【箋注】

〔一〕長門怨：樂府詩集卷四十二梁柳惲長門怨解題：“漢武帝故事曰：‘武帝爲膠東王時，長公主嫖有女，欲與王婚，景帝未許。後長主還宮，膠東王數歲，長主抱置膝上，問曰：“兒欲得婦否？”長主指左右長御百餘人，皆云“不用”。指其女問曰：“阿嬌好否？”笑對曰：“好。若得阿嬌作婦，當作金屋貯之。”長主乃苦要帝，遂成婚焉。’漢書曰：‘孝武陳皇后，長公主嫖女也。擅寵驕貴，十餘年而無子，聞衛子夫得幸，幾死者數焉。元光五年廢居長門宮。’樂府解題曰：‘長門怨者，爲陳皇后作也。后退居長門宮，愁悶悲思。聞司馬相如工文章，奉黃金百斤，令爲解愁之辭。相如爲作長門賦，帝見而傷之，復得親幸。後人因其賦而爲長門怨也。’”

〔二〕“臨邛溝水”二句：參見本卷鳳凰曲。臨邛：卓文君娘家所在地。

# 鳳凰曲①〔一〕

鳳殊棲，皇②悲啼，比翼不如鳧與雞。凰悲啼，鳳殊棲。造端不能合〔二〕，隙終不能暌〔三〕。卷衣香未歇，薦琴弦未絶〔四〕。昔日連環心，今朝兩分別。乃知茂陵女未求，溝水已作東西流〔五〕。

## 【校】

① 原本題下有小字注：即白頭吟。
② 皇：樓氏鐵崖詠史注本作“凰”。

## 【箋注】

〔一〕鳳凰曲：又名白頭吟。按通志卷四十九樂略著録樂府鳥獸二十一曲，其中有鳳凰曲。又，同卷據王僧虔技録著録相和歌楚調十曲，其中有白頭吟。

〔二〕“造端”句：意爲夫婦不能結合。“造端”一語出自中庸“君子之道，造端乎夫婦”，此處借指夫婦。

〔三〕隙終：以分裂終結。

〔四〕薦琴：指司馬相如彈琴勾引卓文君。參見鐵崖先生古樂府卷七鳳鏘鏘注。

〔五〕“溝水”句：源自白頭吟。參見鐵崖先生古樂府卷九買妾言注。

## 牧羝曲 蘇武

牧羝郎，十有九星[①]霜。斲冰爲飲，噛雪以爲糧〔一〕。官我左伊秩，位我丁靈王〔二〕。誓有抱節死，死無面縛降〔三〕。家有故人（李陵），爲我酌春酒。落景不可回，朝露不可久（述陵勸語〔四〕）。生口捕雲中，帛信託歸鴻。烏號號欲絶，麟閣豈論功〔五〕！

**【校】**

① 星：樓氏鐵崖詠史注本作“尾”。

**【箋注】**

〔一〕“牧羝郎”四句：述蘇武牧羊故事，參見鐵崖先生古樂府卷九牧羝曲。

〔二〕“官我左伊秩”二句：蓋屬鐵崖詩語之誇飾，并非事實。按漢書蘇武傳與李陵傳，左伊秩乃“胡官之號”；丁零王，當時授予衛律。匈奴實未曾許諾賜予蘇武左伊秩或丁靈王。

〔三〕顧亮集録楊鐵崖詠史古樂府本於此句後附小字評語：“太史曰：好句，不廢力。”

〔四〕“落景”二句：漢書蘇武傳：“單于使（李）陵至海上，爲武置酒設樂，因謂武曰：‘……人生如朝露，何久自苦如此！’”

〔五〕麟閣：即麒麟閣。參見麗則遺音卷二麒麟閣。又，顧亮集録楊鐵崖詠史古樂府本於詩末附評語曰：“太史曰：此詩推見子卿之心。末語十字，悲不見至，而豈計屬國之崇痺、麟閣之長短哉！”

## 牛腹書〔一〕 齊人少翁[①]

文成將〔二〕，少君徒〔三〕，行宫呼兒如呼奴。白日不饑青粈飯〔四〕，黄金可躍丹砂爐〔五〕。重壇太乙天神居，天子親見王婕妤〔六〕。老犧銜書腹中剚，天子視帛疑手書〔七〕。文成將，誣伏誅，如何又刻天將地將黄金符〔八〕。（五利將軍欒大，後亦坐誣罔腰斬。）

【校】

① 樓氏鐵崖詠史注本無此題下小字注，詩末小字注語亦無。

【箋注】

〔一〕顧亮集録楊鐵崖詠史古樂府本於詩題下有引文曰："齊人少翁以鬼神方見上。居歲餘，方衰神不至。爲帛書飯牛，佯曰：'此牛腹中有奇。'殺視得書。天子識其手書，伏誅。"

〔二〕文成：指文成將軍齊人少翁。參見麗則遺音卷三承露柈。

〔三〕少君：指漢武帝時方士李少君。參見鐵崖賦稿卷下泰元神策賦。

〔四〕青粈：或作"青精"。杜甫贈李白："豈無青精飯，使我顔色好。"

〔五〕"黄金"句：史記封禪書："是時李少君亦以祠竈、穀道、却老方見上，上尊之。少君者，故深澤侯舍人，主方。匿其年及其生長，常自謂七十，能使物，却老。其游以方遍諸侯……少君言上曰：'祠竈則致物，致物而丹沙可化爲黄金，黄金成以爲飲食器則益壽，益壽而海中蓬萊仙者乃可見，見之以封禪則不死。'……居久之，李少君病死。天子以爲化去不死。"

〔六〕王婕妤：漢武帝妃，頗受寵幸。史記孝武本紀："上有所幸王夫人，夫人卒，少翁以方術蓋夜致王夫人及竈鬼之貌云，天子自帷中望見焉……文成言曰：'上即欲與神通，宫室被服不象神，神物不至。'乃作畫雲氣車，及各以勝日駕車辟惡鬼。又作甘泉宫，中爲臺室，畫天、地、泰一諸神，而置祭具以致天神。"

〔七〕"老犧"二句：史記孝武本紀："居歲餘，其方益衰，神不至。乃爲帛書以飯牛，詳弗知也，言此牛腹中有奇。殺而視之，得書，書言甚怪，天子疑之。有識其手書，問之人，果僞書。於是誅文成將軍而隱之。"

〔八〕刻天將地將黄金符：指五利將軍欒大得武帝賜封金印。欒大與少翁爲師兄弟，少翁死後，漢武帝"拜大爲五利將軍。居月餘，得四金印，佩天士將軍、地士將軍、大通將軍、天道將軍印"。詳見史記孝武本紀。

## 宫中有蠱氣〔一〕

劍妖夜入龍華門〔二〕，宫中有氣三尺文。偶人持杖擊天寢，豈意禍烈東儲君。炙胡巫（檀何①），斬趙虜（江充）〔三〕，子假父兵非悖父。壺關

老(三老茂)〔四〕,高寢郎(田千秋)〔五〕。訟寃天子天子心煩傷,萬罪重滅
蘇貂璫(蘇文)〔六〕。

## 【校】

① 樓氏鐵崖詠史注本無小字注。下同。

## 【箋注】

〔一〕宮中有蠱氣:資治通鑑卷二十二漢紀十四武帝征和二年:"是時上春秋
　　高,疑左右皆爲蠱祝詛;有與無,莫敢訟其寃者。(江)充既知上意,因胡巫
　　檀何言宮中有蠱氣……(太子)又炙胡巫上林中。"

〔二〕"劍妖"句:資治通鑑卷二十二漢紀十四武帝征和元年:"上居建章宮,見
　　一男子帶劍入中龍華門,疑其異人,命收之。男子捐劍走,逐之弗獲。上
　　怒,斬門候。冬十一月,發三輔騎士大搜上林,閉長安城門索,十一日乃
　　解。巫蠱始起。"

〔三〕趙虜:指江充。漢書江充傳:"江充字次倩,趙國邯鄲人也。"又,漢書武五
　　子傳:"武帝末,衛后寵衰,江充用事。充與太子及衛氏有隙,恐上晏駕後
　　爲太子所誅,會巫蠱事起,充因此爲姦……充遂至太子宮掘蠱,得桐木
　　人……(太子)告令百官曰江充反。乃斬充以徇,炙胡巫上林中。"

〔四〕三老茂:即"壺關老",或稱壺關三老。野客叢書卷十一壺關三老:"戾太
　　子遭巫蠱事,與江充以兵相格。上怒甚,群下憂懼,不知所出。壺關三老
　　上書,訟太子寃甚力,謂:'充衛至尊之命,迫蹙太子……太子進則不得見
　　上,退則困於亂臣,獨寃結而亡告,不忍忿忿之心,起而殺充,恐懼逋逃。
　　子盜父兵,以救難自免耳,臣竊以爲無邪心。'……上大感悟,謂曰:'父子
　　之間,人所難言也。公獨明其所以然。'遂族充家,而擢千秋爲丞相。至壺
　　關三老,竟不聞尺寸之賞……壺關三老,班史不著姓名,荀悦漢紀謂令
　　狐茂。"

〔五〕田千秋:漢書車千秋傳:"車千秋,本姓田氏,其先齊諸田徙長陵。千秋爲
　　高寢郎。會衛太子爲江充所譖敗,久之,千秋上急變訟太子寃。"

〔六〕蘇貂璫:指宦官蘇文。漢書武五子傳:"(江)充典治巫蠱,既知上意,白言
　　宮中有蠱氣,入宮至省中,壞御座掘地。上使按道侯韓説、御史章贛、黃門
　　蘇文等助充……久之,巫蠱事多不信。上知太子惶恐無他意,而車千秋復
　　訟太子寃,上遂擢千秋爲丞相,而族滅江充家,焚蘇文於橫橋上。"又,顧瑛
　　集録楊鐵崖詠史古樂府本於詩末附注曰:"壺關一書,天子已感悟。高寢

郎、白頭翁教天子,大悔之,<u>重焚蘇文</u>於<u>橫橋</u>,加刃於太子者族。乃作<u>思子宫</u>、<u>歸來望思之臺</u>,父子之天,好還如此。則知太子弄兵非反。此先生詩意。"又附評語:"太史曰:太子矯兵斬<u>充</u>,炙胡巫,實人心之共快。特來(疑當作"未")誅<u>蘇文</u>耳,而天子訖誅之。詩思之妙在此。"

# 董舍人[一]

　<u>董舍人</u>,貌如婦,通椒庭,出參大乘入聯茵。憑詔起大第[二],萬户千楹。太師<u>孔光</u>[三],九十其齡。望塵車下[三],趨走淩兢①。珠襦玉匣,造爾冢塋。剛柏題湊,隧道如皇陵。枕龍臂,夢不驚[四]。后土爲震動,太陽爲傷明。權日積,貨日聚。<u>長安</u>民,哭如雨。戮圜扉,瘞圜土。嗟餘殃,殺<u>朱詡</u>②[五]。

## 【校】

① 兢:<u>懺華盦叢書</u>本作"兟"。

② 原本詩末有小字注,概述有關史實,據<u>樓氏鐵崖詠史注</u>本删。

## 【箋注】

〔一〕<u>董舍人</u>:指<u>漢哀帝</u>寵臣<u>董賢</u>。<u>董賢</u>因儀貌美麗而得寵倖,其生平詳見<u>漢書佞幸傳董賢</u>。

〔二〕"憑詔"句:<u>漢書董賢傳</u>:"詔將作大匠爲<u>賢</u>起大第北闕下,重殿洞門,木土之功窮極技巧,柱檻衣以綈錦……又令將作爲<u>賢</u>起冢塋<u>義陵</u>旁,内爲便房,剛柏題湊,外爲徼道,周垣數里,門闕罘罳甚盛。"

〔三〕<u>孔光</u>:參見本卷<u>大司徒</u>。<u>漢書董賢傳</u>:"初,丞相<u>孔光</u>爲御史大夫,時<u>賢</u>父<u>恭</u>爲御史,事<u>光</u>。及<u>賢</u>爲大司馬,與<u>光</u>并爲三公,上故令<u>賢</u>私過<u>光</u>。<u>光</u>雅恭謹,知上欲尊寵<u>賢</u>,及聞<u>賢</u>當來也,<u>光</u>警戒衣冠出門待,望見<u>賢</u>車乃却入。<u>賢</u>至中門,<u>光</u>入閣,既下車,乃出拜謁,送迎甚謹,不敢以賓客均敵之禮。<u>賢</u>歸,上聞之喜,立拜<u>光</u>兩兄子爲諫大夫常侍。<u>賢</u>繇是權與人主侔矣。"

〔四〕"枕龍臂"二句:<u>漢書董賢傳</u>:"常與上卧起。嘗晝寢,偏藉上褎,上欲起,<u>賢</u>未覺,不欲動<u>賢</u>,乃斷褎而起。其恩愛至此。"

〔五〕朱詡：漢書董賢傳：“太后遣使者召莽。既至，以太后指使尚書劾賢帝病不親醫藥……即日賢與妻皆自殺……賢所厚吏沛朱詡自劾去大司馬府，買棺衣收賢尸葬之。王莽聞之而大怒，以它辠擊殺詡。”

# 王嬙〔一〕

王家女，自倚顏如花。黃金不肯買圖畫，玉顏一夜生玼瑕〔二〕。宮中未識天子面，一識五馬行龍沙〔三〕。天子重信不得奪，畫工之死空如麻〔四〕。蛾眉既出塞，無鹽在宮中〔五〕。畫工意則繆，畫工事則忠。

## 【箋注】

〔一〕王嬙：即王昭君。

〔二〕“黃金”二句：西京雜記卷二：“元帝後宮既多，不得常見，乃使畫工圖形，按圖召幸之。諸宮人皆賂畫工，多者十萬，少者亦不減五萬。獨王嬙不肯，遂不得見。”

〔三〕龍沙：指白龍堆沙漠。參見後漢書班超傳注。

〔四〕“天子”二句：西京雜記卷二：“匈奴入朝，求美人爲閼氏，於是上案圖，以昭君行。及去，召見，貌爲後宮第一，善應對，舉止閑雅。帝悔之，而名籍已定。帝重信於外國，故不復更人。乃窮案其事，畫工皆棄市，籍其家，資皆巨萬。”

〔五〕“無鹽”句：李太白全集卷四于闐採花：“丹青能令醜者妍，無鹽翻在深宮裏。自古妒蛾眉，胡沙埋皓齒。”清王琦注：“新序：‘齊有婦人，極醜無雙，號曰無鹽女。’”

# 關內侯〔一〕

關內侯，持漢節。求入胡，肆饕餮。郅支罪惡當奏列〔二〕，堂堂將軍秉天鉞。老甘使者老以①病，按劍劫②之還聽命〔三〕。藥街傳首歸論③功〔四〕，論④功取決劉宗正（向）〔五〕。漢法矯制功不贖，使者專功⑤幸無戮。前時奉使殺莎車，廷議未許周方⑥叔（馮奉世）〔六〕。關內侯，欲爾爵,不爾獄。胡爲谷大夫,而又上書稱馬服（谷永上疏訟湯⑦）〔七〕。

## 【校】

① 以：青照堂刊楊鐵崖詠史本作“已”,懺華盦叢書本作“且”。

② 劫：原本作“刼”,據青照堂刊楊鐵崖詠史本、懺華盦叢書本改。

③ 歸論：青照堂刊楊鐵崖詠史本作“應歸”。

④ 論：青照堂刊楊鐵崖詠史本作“歸”。

⑤ 功：青照堂刊楊鐵崖詠史本作“兵”。

⑥ 方：原本誤作“文”,據樓氏鐵崖詠史注本、青照堂刊楊鐵崖詠史本改。

⑦ 訟湯：原本無,據青照堂刊楊鐵崖詠史本增補。

## 【箋注】

〔一〕關內侯：指西漢陳湯。漢書陳湯傳：“陳湯字子公,山陽瑕丘人也……後
復以薦爲郎,數求使外國。久之,遷西域副校尉,與甘延壽俱出……爵關
內侯。”

〔二〕“郅支”句：漢書陳湯傳：“宣帝時匈奴乖亂,五單于爭立,呼韓邪單于與郅
支單于俱遣子入侍,漢兩受之。後呼韓邪單于身入稱臣朝見,郅支以爲呼
韓邪破弱降漢,不能自還,即西收右地。會漢發兵送呼韓邪單于,郅支由
是遂西破呼偈、堅昆、丁令,兼三國而都之。怨漢擁護呼韓邪而不助己,困
辱漢使者江迺始等……其驕嫚如此。”

〔三〕老甘使者：指甘延壽。漢書甘延壽傳：“爲郎中諫大夫,使西域都護騎都
尉,與副校尉陳湯共誅斬郅支單于,封義成侯。”又,漢書陳湯傳：“（甘延
壽）欲奏請之,湯曰：‘國家與公卿議,大策非凡所見,事必不從。’延壽猶
與不聽。會其久病,湯獨矯制發城郭諸國兵、車師戊己校尉屯田吏士。延
壽聞之,驚起,欲止焉。湯怒,按劍叱延壽曰：‘大衆已集會,豎子欲沮衆
邪？’延壽遂從之。”

〔四〕“槀街”句：漢書陳湯傳：“於是延壽、湯上疏曰：‘……斬郅支首及名王以
下,宜縣頭槀街蠻夷邸間,以示萬里,明犯彊漢者,雖遠必誅。’”顏師古注：
“槀街,街名,蠻夷邸在此街也。邸,若今鴻臚客館也。”

〔五〕劉宗正：即劉向。漢書陳湯傳：“石顯、匡衡以爲‘延壽、湯擅興師矯制,幸
得不誅,如復加爵土,則後奉使者爭欲乘危徼幸,生事於蠻夷,爲國招難,
漸不可開’。元帝内嘉延壽、湯功,而重違衡、顯之議,議久不決。故宗正
劉向上疏曰：‘……昔周大夫方叔、吉甫爲宣王誅獫狁而百蠻從……宜以

時解縣通籍,除過勿治,尊寵爵位,以勸有功。'"

〔六〕"漢法矯制功不贖"四句:指馮奉世矯詔發兵進擊莎車事。漢書馮奉世傳:"前將軍(韓)增舉奉世以衛候使持節送大宛諸國客……奉世與其副嚴昌計,以爲不亟擊之則莎車日彊,其勢難制,必危西域。遂以節諭告諸國王,因發其兵。南北道合萬五千人進擊莎車,攻拔其城,莎車王自殺。傳其首詣長安。諸國悉平,威振西域……上甚説,下議封奉世……少府蕭望之獨以奉世奉使有指,而擅矯制違命,發諸國兵,雖有功效,不可以爲後法……上善望之議。"周方叔:周大夫,於宣王時率軍征獫狁。

〔七〕馬服:戰國時趙國大將趙奢,賜號馬服君。漢書陳湯傳:"成帝初即位,丞相衡復奏:……湯下獄當死。太中大夫谷永上疏訟湯曰:'臣聞楚有子玉得臣,文公爲之仄席而坐;趙有廉頗、馬服,彊秦不敢窺兵井陘;近漢有郅都、魏尚,匈奴不敢南鄉沙幕。由是言之,戰克之將,國之爪牙,不可不重也。'"


# 梓柱生枝葉[一]


仆柳起,劉氏興[二]。梓樹生,王氏傾[三]。五侯之族,盤互如泰①恒[四]。言者避諱,吕霍不敢稱[五]。排拔宗室,宗室不敢語。賴有劉更生[六],晝誦書,夜觀星。書數十,上諤諤,惟恐漢有田氏與②六卿[七]。安漢公[八],受九錫抱三尺嬰。老嫗璽,一擲地[九],劉氏傾,王氏興。


【校】

① 原注:"泰,一作'岱'。"
② 與:原本誤作"興",據樓氏鐵崖詠史注本改。


【箋注】

〔一〕梓柱生枝葉:指濟南東平陵王伯墓門梓柱生枝葉,劉向以爲王氏代漢之徵兆。參見本卷張特進。

〔二〕"仆柳起"二句:漢書五行志中:"昭帝時,上林苑中大柳樹斷仆地,一朝起立,生枝葉,有蟲食其葉,成文字,曰'公孫病已立'。又昌邑王國社有枯樹復生枝葉。眭孟以爲木陰類，下民象，當有故廢之家公孫氏從民間受命爲天子者。昭帝富於春秋，霍光秉政，以孟妖言，誅之。後昭帝崩，無子，徵昌邑王賀嗣位，狂亂失道，光廢之，更立昭帝兄衛太子之孫，是爲宣帝。帝本名病已。”

〔三〕“梓樹生”二句：參見本卷張特進。

〔四〕“五侯之族”二句：謂漢元帝皇后王氏兄弟五人位高權重，地位如泰山、恒山般穩固。漢書元后傳：“河平二年，上悉封舅譚爲平阿侯，商成都侯，立紅陽侯，根曲陽侯，逢時高平侯。五人同日封，故世謂之‘五侯’。太后同産唯曼蚤卒，餘畢侯矣。”

〔五〕吕霍不敢稱：漢書劉向傳：“（向諫曰：）今王氏一姓乘朱輪華轂者二十三人……大將軍秉事用權，五侯驕奢僭盛……排擯宗室，孤弱公族，其有智能者，尤非毀而不進。遠絶宗室之任，不令得給事朝省，恐其與已分權；數稱燕王、蓋主以疑上心，避諱吕、霍而弗肯稱。”顔師古注：“吕后、霍后二家皆坐僭擅誅滅，故爲王氏諱而不言也。”

〔六〕劉更生：即劉向。劉向本名更生。

〔七〕“惟恐”句：漢書劉向傳：“時上無繼嗣，政由王氏出。……向遂上封事極諫曰：‘……夫大臣操權柄，持國政，未有不爲害者也。昔晉有六卿，齊有田、崔，衛有孫、寧，魯有季、孟，常掌國事，世執朝柄。終後田氏取齊，六卿分晉。’”

〔八〕安漢公：漢書平帝紀：“元始元年春正月，越裳氏重譯獻白雉一、黑雉二，詔使三公以薦宗廟。群臣奏言大司馬莽功德比周公，賜號安漢公。”

〔九〕“老媪璽”二句：參見本卷老姑投國璽。


# 張特進〔一〕 張禹

張特進，天子師〔二〕，王氏梓柱夜生枝〔三〕。天子問天變，口談春秋災異空支辭〔四〕。天子師，老辭禄。渭上良田聚貨財，後堂佳人理絲竹〔五〕。天子師，拜床下，不足榮。佞頭已辱斬馬劍〔六〕，高冢誰表死牛亭〔七〕。

## 【箋注】

〔一〕張特進：指張禹。張禹以帝師位特進，故有此稱。

〔二〕天子師：漢書張禹傳：“初元中，立皇太子，而博士鄭寬中以尚書授太子，薦言禹善論語。詔令禹授太子論語。……元帝崩，成帝即位，徵禹、寬中，皆以師賜爵關內侯。”

〔三〕“王氏”句：漢書五行志中：“元帝初元四年，皇后曾祖父濟南東平陵王伯墓門梓柱卒生枝葉，上出屋。劉向以爲王氏貴盛將代漢家之象也。後王莽篡位，自説之曰：‘初元四年，莽生之歲也，當漢九世火德之厄，而有此祥興於高祖考之門。門爲開通，梓猶子也，言王氏當有賢子開通祖統，起於柱石大臣之位，受命而王之符也。’”

〔四〕“天子”二句：漢書張禹傳：“禹雖家居，以特進爲天子師，國家每有大政，必與定議。永始、元延之間，日蝕地震尤數，吏民多上書言災異之應，譏切王氏專政所致。上懼變異數見，意頗然之，未有以明見，乃車駕至禹第，辟左右，親問禹以天變，因用吏民所言王氏事示禹。禹自見年老，子孫弱，又與曲陽侯不平，恐爲所怨。禹則謂上曰：‘春秋二百四十二年間，日蝕三十餘，地震五，或爲諸侯相殺，或夷狄侵中國。災變之異深遠難見，故聖人罕言命，不語怪神……’上雅信愛禹，由此不疑王氏。”

〔五〕“渭上”二句：漢書張禹傳：“爲相六歲，鴻嘉元年以老病乞骸骨……家以田爲業，及富貴，多買田至四百頃，皆涇、渭溉灌，極膏腴上賈。它財物稱是。禹性習知音聲，内奢淫，身居大第，後堂理絲竹筦弦。”

〔六〕斬馬劍：漢書朱雲傳：“至成帝時，丞相故安昌侯張禹以帝師位特進，甚尊重。雲上書求見，公卿在前。雲曰：‘今朝廷大臣上不能匡主，下亡以益民，皆尸位素餐，孔子所謂“鄙夫不可與事君”、“苟患失之，亡所不至”者也。臣願賜尚方斬馬劍，斷佞臣一人以屬其餘。’上問：‘誰也？’對曰：‘安昌侯張禹。’”

〔七〕牛亭：漢書張禹傳：“禹年老，自治冢塋，起祠室，好平陵肥牛亭部處地，又近延陵，奏請求之。上以賜禹，詔令平陵徙亭它所。”顏師古注：“肥牛，亭名。欲得置亭處之地爲冢塋。”又，顧亮集録楊鐵崖詠史古樂府本於詩末附評語：“太史曰：末語用致堂論史意。馬劍、牛亭，自是一對。”按：致堂指宋人胡寅，胡寅有讀史管見傳世。


# 新都侯〔一〕　王莽

岷山拆〔二〕，石牛格〔三〕。朱越①加斧扆〔四〕，玉匵藏金策〔五〕。旄旓尚黄,犧牲尚白〔六〕。璽出長樂宫,老婦哭踴躃②。姚嬀作宗支〔七〕,漢制無爲匹。上書之人四十萬〔八〕,漢臘獨有陳家兒(咸③)〔九〕。絳衣日角天人姿〔十〕,長人巨母不足支〔十一〕。明堂瓊,九廟毀。衆誓言,食社鬼〔十二〕。著初衣,持帝匕〔十三〕,不得上天騎斗尾。人言新都侯,能誅董弄子〔十四〕,更殺司馬史〔十五〕。豈知釁解漸臺傾〔十六〕,不如自經董弄子,不受漢家堯禪死〔十七〕。

## 【校】

① 越:蓋爲"鉞"之訛寫。參見注釋。

② 躃:原本作"襷",據樓氏鐵崖詠史注本改。

③ 咸:原本誤作"盛",據後漢書陳寵傳改。參見注釋。

## 【箋注】

〔一〕新都侯:漢書王莽傳上:"王莽字巨君,孝元皇后之弟子也……永始元年,封莽爲新都侯,國南陽新野之都鄉,千五百户。"

〔二〕岷山拆:漢書五行志下:"元延三年正月丙寅,蜀郡岷山崩,廱江,江水逆流,三日乃通。劉向以爲周時岐山崩,三川竭,而幽王亡。岐山者,周所興也。漢家本起於蜀漢,今所起之地山崩川竭,星孛又及攝提、大角,從參至辰,殆必亡矣。其後三世亡嗣,王莽篡位。"

〔三〕石牛格:漢書王莽傳上:"前煇光謝囂奏武功長孟通浚井得白石,上圓下方,有丹書著石,文曰'告安漢公莽爲皇帝',符命之起,自此始矣……廣饒侯劉京、車騎將軍千人扈雲、大保屬臧鴻奏符命,京言齊郡新井,雲言巴郡石牛,鴻言扶風雍石,莽皆迎受。"

〔四〕朱越加斧扆:意爲王莽攝政之初,效仿周公輔佐成王時之禮儀制度。漢書王莽傳上:"左建朱鉞,右建金戚……請安漢公居攝踐阼,服天子韍冕,背斧依于户牖之間,南面朝群臣,聽政事。"

〔五〕"玉匱"句:漢書王莽傳上:"梓潼人哀章學問長安。素無行,好爲大言。見莽居攝,即作銅匱,爲兩檢,署其一曰'天帝行璽金匱圖',其一署曰'赤帝行璽某傳予黄帝金策書'。某者,高皇帝名也……戊辰,莽至高廟拜受金匱神嬗。"

〔六〕"旄旛"二句:漢書王莽傳上:"以戊辰直定,御王冠,即真天子位,定有天下之號曰新。其改正朔,易服色,變犧牲,殊徽幟,異器制。以十二月朔癸酉爲建國元年正月之朔,以雞鳴爲時。服色配德上黄,犧牲應正用白,使節之旄旛皆純黃,其署曰'新使五威節',以承皇天上帝威命也。"

〔七〕姚嬀:漢書元后傳:"莽自謂黃帝之後。其自本曰:黃帝姓姚氏,八世生虞舜,舜起嬀汭,以嬀爲姓。"

〔八〕"上書"句:漢書王莽傳上:"是時吏民以莽不受新野田而上書者,前後四十八萬七千五百七十二人,及諸侯王公、列侯宗室見者皆叩頭言,宜亟加賞於安漢公。"

〔九〕陳家兒:後漢書陳寵傳:"陳寵字昭公,沛國洨人也。曾祖父咸,成、哀間以律令爲尚書。平帝時,王莽輔政,多改漢制,咸心非之。及莽因呂寬事誅不附已者何武、鮑宣等,咸……即乞骸骨去職。及莽篡位,召咸以爲掌寇大夫,謝病不肯應……父子相與歸鄉里,閉門不出入,猶用漢家祖臘。人問其故,咸曰:'我先人豈知王氏臘乎?'"

〔十〕"絳衣"句:後漢書光武帝紀:"(光武)身長七尺三寸,美須眉,大口,隆準,日角。……光武絳衣大冠。(注)鄭玄尚書中候注云:'日角謂庭中骨起,狀如日。'"

〔十一〕巨母:漢書王莽傳下:"夙夜連率韓博上言:'有奇士,長丈,大十圍,來至臣府,曰欲奮擊胡虜。自謂巨毋霸,出於蓬萊東南、五城西北昭如海瀕,輺車不能載,三馬不能勝。即日以大車四馬,建虎旗,載霸詣闕。霸卧則枕鼓,以鐵著食,此皇天所以輔新室也……'博意欲以風莽。莽聞惡之,留霸在所新豐,更其姓曰巨母氏,謂因文母太后而霸王符也。"

〔十二〕"明堂"四句:漢書王莽傳下:"莽遣使者分赦城中諸獄囚徒,皆授兵,殺豨飲其血,與誓曰:'有不爲新室者,社鬼記之!'更始將軍史諶將度渭橋,皆散走。諶空還。衆兵發掘莽妻子父祖冢,燒其棺椁及九廟、明堂、辟雍,火照城中。"

〔十三〕"著初衣"二句:漢書王莽傳下:"莽避火宣室前殿,火輒隨之。宮人婦女謔譁曰:'當奈何!'時莽紺袀服,帶璽韍,持虞帝匕首。天文郎桉栻於前,日時加某,莽旋席隨斗柄而坐,曰:'天生德於予,漢兵其如予何!'"

〔十四〕董弄子:指董賢。漢書王莽傳上:"莽白:'大司馬高安侯董賢年少,不合衆心,收印綬。'賢即日自殺。"參見本卷董舍人。

〔十五〕司馬史:大司馬董忠與劉歆等合謀欲劫持漢帝,復興劉氏,事泄被殺。詳見漢書王莽傳。

〔十六〕"豈知"句:漢書王莽傳下:"莽就車,之漸臺,欲阻池水,猶抱持符命、威斗,公卿大夫、侍中、黃門郎從官尚千餘人隨之……商人杜吳殺莽,取其綬。……(校尉東海公賓就)斬莽首。軍人分裂莽身,支節肌骨臠分,爭相殺者數十人。”

〔十七〕“不如”二句：漢哀帝曾説“吾欲法堯禪舜”，傳位予寵臣董賢。中常侍
　　　　王閎諫止。詳見漢書董賢傳。


# 老姑投國璽〔一〕


梁山崩，六百年後符命興〔二〕。五將十侯至宰衡〔三〕，改漢臘，頒新
正。五威符命走天下，侯王稽首厥角崩〔四〕，老姑亦去號改新母稱〔五〕。
置酒未央宮，誰爲朱虚按劍行酒令〔六〕（平聲）。吁嗟長樂孺子璽不
得〔七〕，渭陵殉葬藏幽扃〔八〕。


## 【箋注】

〔一〕老姑：指漢元帝皇后王氏。投璽事參見鐵崖先生復古詩集卷四王氏后注。
〔二〕梁山崩：漢書五行志下：“成公五年‘夏，梁山崩’。穀梁傳曰廱河三
　　　日不流，晉君帥群臣而哭之，乃流。劉向以爲山陽，君也；水陰，民也，
　　　天戒若曰君道崩壞，下亂，百姓將失其所矣。哭然後流，喪亡象也。梁
　　　山在晉地，自晉始而及天下也。”此代指沙麓崩，參見鐵崖先生復古詩
　　　集卷四王氏后注。
〔三〕五將十侯：漢書元后傳：“王氏親屬侯者凡十人。……三世據權，五將
　　　秉政。”
〔四〕“五威”二句：漢書諸侯王表：“是故王莽知漢中外殫微，本末俱弱，亡所忌
　　　憚，生其姦心。因母后之權，假伊周之稱，顓作威福廟堂之上，不降階序而
　　　運天下。詐謀既成，遂據南面之尊，分遣五威之吏，馳傳天下，班行符命。
　　　漢諸侯王厥角稽首，奉上璽韍。”顏師古注引應劭曰：“厥者，頓也。角者，
　　　額角也。”
〔五〕新母：王莽篡政，改稱元后爲新室文母太皇太后。
〔六〕朱虚：史記齊悼惠王世家：“高后立諸呂爲三王，擅權用事。朱虚侯年二
　　　十，有氣力，忿劉氏不得職。嘗入侍高后燕飲，高后令朱虚侯劉章爲酒吏。
　　　章自請曰：‘臣，將種也，請得以軍法行酒。’高后曰：‘可。’……頃之，諸呂
　　　有一人醉，亡酒，章追，拔劍斬之，而還報曰：‘有亡酒一人，臣謹行法斬
　　　之。’太后左右皆大驚。業已許其軍法，無以罪也，因罷。自是之後，諸呂
　　　憚朱虚侯，雖大臣皆依朱虚侯，劉氏爲益彊。”

〔七〕長樂：宮名，太后所居。漢書元后傳：“以孺子未立，璽臧長樂宮。及莽即
　　　位，請璽，太后不肯授莽。莽使安陽侯舜諭指……太后知其爲莽求璽，怒
　　　罵之……乃出漢傳國璽，投之地以授舜。”

〔八〕渭陵：漢書元后傳：“太后年八十四，建國五年二月癸丑崩。三月乙酉，合
　　　葬渭陵。”


# 大司徒〔一〕 孔光


　　大司徒，孔子十四葉之孫儒。對清問，不希旨苟諛。椒房上尊號
（傅大后），執論與衆殊。策免歸鄉里〔二〕，還又詣公車（后崩，詣公車爲
相）。新都侯，斧鉞殺無辜，獨賁大司徒，新都奴〔三〕。

【箋注】

〔一〕大司徒：指孔光。漢書孔光傳：“孔光字子夏，孔子十四世之孫也……光
　　　以高第爲尚書，觀故事品式，數歲明習漢制及法令。上甚信任之，轉爲僕
　　　射、尚書令。……凡典樞機十餘年，守法度，修故事。上有所問，據經法以
　　　心所安而對，不希指苟合；如或不從，不敢強諫争，以是久而安。”

〔二〕“椒房”三句：謂孔光不從傅太后而罷免還鄉。漢書孔光傳：“又傅太后欲
　　　與成帝母俱稱尊號，群下多順指，言母以子貴，宜立尊號以厚孝道。唯師
　　　丹與光持不可。上重違大臣正議，又内迫傅太后，猗違者連歲。丹以罪
　　　免，而朱博代爲大司空。光自先帝時議繼嗣有持異之隙矣，又重忤傅太后
　　　指，由是傅氏在位者與朱博爲表裏，共毁譖光。後數月遂策免光。”按：傅
　　　太后乃漢哀帝祖母。

〔三〕新都奴：漢書孔光傳：“光更爲大司徒。會哀帝崩，太皇太后以新都侯王
　　　莽爲大司馬……明年，徙爲太師，而莽爲太傅。光常稱疾，不敢與莽并。
　　　有詔朝朔望，領城門兵。莽又風群臣奏莽功德，稱宰衡，位在諸侯王上，百
　　　官統焉。光愈恐，固稱疾辭位。”又，顧亮集録楊鐵崖詠史古樂府本、原本
　　　於詩末皆附評注曰：“光爲莽使，令爲上莽奏于太后，又爲奏紅陽侯立，罪
　　　惡往往類此。莽外以貌尊事光，而内則實以奴使之耳。”

# 兩仙公<sup>〔一〕</sup> 梅福、逢萌

兩仙公，一上九江，一渡遼東。梓生盦（音“涂”，會稽山也。）中地<sup>〔二〕</sup>，璽出長樂宮<sup>〔三〕</sup>。兩仙不可招，滅迹如飛鴻。我將鞭列缺，駕豐隆<sup>〔四〕</sup>，與汝相見君山十二之青峰<sup>〔五〕</sup>。

## 【箋注】

〔一〕兩仙公：指梅福、逢萌。漢書梅福傳：“梅福字子真，九江壽春人……福居家，常以讀書養性爲事。至元始中，王莽顓政，福一朝棄妻子，去九江，至今傳以爲仙。其後，人有見福於會稽者，變名姓，爲吳市門卒云。”後漢書逸民列傳：“逢萌字子康，北海都昌人也……時王莽殺其子宇，萌謂友人曰：‘三綱絶矣！不去，禍將及人。’即解冠掛東都城門，歸。將家屬浮海，客於遼東。”

〔二〕“梓生”句：未詳。疑指漢元帝皇后王氏曾祖王伯墓門梓柱生枝葉。參見本卷張特進。

〔三〕璽出長樂宮：漢傳國璽藏於長樂宮，王莽篡位，迫使太后交出國璽。參見本卷老姑投國璽。

〔四〕列缺：指閃電。豐隆：相傳爲雲師之名。參見廣雅卷九異祥。

〔五〕君山：宋范致明岳陽風土記：“郭景純謂巴陵是湘君所游處，故曰君山。湘州記言秦皇欲入湘觀衡山，遇風濤，漂溺到此山而免，因號君山……郡國志：‘洞庭山院，堯女居之，内有君山。’然則君山，洞庭之分耳。博物志云，君山即洞庭之山，堯之二女居之，長曰湘君，次曰湘夫人。”

# 龔老人<sup>〔一〕</sup> 勝

馬司徒（宮<sup>①</sup>），太子師<sup>〔二〕</sup>，唐尚書（林），太子友<sup>〔三〕</sup>。又招龔老人，上<sup>②</sup>卿加祭酒。老人卧病，就身加印綬。老人以死謝不受，十日不食珢在口。誰將王貢相劣優<sup>〔四〕</sup>，老人之節世安有！

## 【校】

① 宮：原本誤作“官”，據樓氏鐵崖詠史注本改。

② 上：原本誤作“二”，據樓氏鐵崖詠史注本改。

## 【箋注】

〔一〕龔老人：指王莽時節義之士龔勝。漢書兩龔傳：“兩龔皆楚人也，勝字君
　　賓，舍字君倩。二人相友，并著名節，故世謂之楚兩龔……莽既篡國，遣五
　　威將帥行天下風俗，將帥親奉羊酒存問勝。明年，莽遣使者即拜勝爲講學
　　祭酒，勝稱疾不應徵。後二年，莽復遣使者奉璽書、太子師友祭酒印綬，安
　　車駟馬迎勝，……勝稱病篤……（門人）暉等白使者語，勝自知不見聽，即
　　謂暉等：‘吾受漢家厚恩，亡以報，今年老矣，旦暮入地，誼豈以一身事二
　　姓，下見故主哉？’……遂不復開口飲食，積十四日死，死時七十九矣。”

〔二〕“馬司徒”二句：指馬宮。西漢末年，馬宮代孔光任大司徒，又任太師兼司
　　徒官。王莽篡位之後，爲太子師。漢書有傳。

〔三〕“唐尚書”二句：指唐林等。漢書王貢兩龔鮑傳：“自成帝至王莽時，清名
　　之士，琅邪又有紀逡王思，齊則薛方子容，太原則郇越臣仲、郇相稚賓，沛
　　郡則唐林子高、唐尊伯高，皆以明經飭行顯名於世。紀逡、兩唐皆仕王莽，
　　封侯貴重，歷公卿位。唐林數上疏諫正，有忠直節。唐尊衣敝履空，以瓦
　　器飲食，又以歷遺公卿，被虛僞名。郇越、相，同族昆弟也，并舉州郡孝廉
　　茂材，數病，去官。越散其先人資千餘萬，以分施九族州里，志節尤高。相
　　王莽時徵爲太子四友。”

〔四〕王貢：指王吉、貢禹。漢書王貢兩龔鮑傳曰：“若王吉、貢禹、兩龔之屬，皆
　　以禮讓進退云。”又，顧亮集録楊鐵崖詠史古樂府本於詩末附評語曰：“班
　　史以王、貢之材優於龔、鮑，鐵雅詩意正反案也。”


# 真仙謡

　　漢武帝曰：“天下豈有神仙耶？惟節食省欲可延年耳〔一〕。”武
帝所謂仙者，亦方士求諸吐納，一丹一藥之爲。若天地間真仙在
浩劫外者，非武帝所能知矣。因賦真仙謡。
　　停君歌，住爾罢，聽我歌莫莫。後天有死，長生可學。瓶收七豕
（一行）〔二〕，紙剪雙鶴（張綽）〔三〕。盆花頃刻開〔四〕，屏女呼①唯諾〔五〕。癡
仙狡獪弗之覺，去尋蘇石二子講太②樸〔六〕。（二子，石曼卿、蘇舜欽也。石

云："牛尾麟角成真少,神仙有路不關書。"蘇公云："丹海飛日烏,玉液朝元腦。崑臺氣候四時青③,紫府光陰夜和④曉。"亦只是吐納仙耳,真仙不取。)丹海烏,沉冰墊。黃河丸,裂火暴。於乎,後天一⑤死,長生不可學。西華傾〔七〕,東海涸。問我在何處?手持天根不盈握。浩劫萬,萬劫始,胎⑥之天幾,褪黃卵殼〔八〕。

　　　　先生又有一首和狄仙人云⑦(略)。先生自言夜夢擊壤老人談詩〔九〕,曰:"'身在天地後,心在天地先。天地自我出,其餘何足言! 鐵仙人自詫"黃卵殼"外,非天地自我出耶〔十〕!'予謝之曰:'老人,吾師也⑧。'"

## 【校】

① 呼:汲古閣刊鐵崖先生古樂府補本作"相"。

② 蘇石:鐵崖先生古樂府補本作"王屋"。太:樓氏鐵崖詠史注本作"大"。

③ 青:鐵崖先生古樂府補本作"春"。

④ 和:鐵崖先生古樂府補本作"如"。

⑤ 一:鐵崖先生古樂府補本有小字注曰:"一作'有'。"

⑥ 胎:鐵崖先生古樂府補本作"胸"。

⑦ 先生又有一首:原本作"又",樓氏鐵崖詠史注本作"先生又",據鐵崖先生古樂府補本補。又,原本録於此處之和狄仙人,并非本詩之續篇,今摘出單列,故此不録。

⑧ "予謝之曰老人吾師也"凡九字,原本無,據鐵崖先生古樂府補本增補。

## 【箋注】

〔一〕"漢武帝"三句:資治通鑑卷二十二漢紀十四:"於是悉罷諸方士候神入者。是後上每對群臣自歎:'嚮時愚惑,爲方士所欺。天下豈有仙人,盡妖妄耳! 節食服藥,差可少病而已。'"

〔二〕瓶收七豕:唐段成式酉陽雜俎前集卷一天咫:"一行心計渾天寺中工役數百,乃命空其室内,徙大甕於中。又密選常住奴二人,授以布囊,謂曰:'某坊某角有廢園,汝向中潛伺,從午至昏,當有物入來,其數七,可盡掩之。失一則杖汝。'奴如言而往。至酉後,果有群豕至,奴悉獲而歸。一行大喜,令置甕中,覆以木蓋,封於六一泥,朱題梵字數十,其徒莫測。詰朝,中使叩門,急召至便殿。玄宗迎問曰:'太史奏昨夜北斗不見,是何祥也? 師有以禳之乎?'一行曰:'……如臣曲見,莫若大赦天下。'玄宗從之。又其夕,太史奏北斗一星見,凡七日而復。"

〔三〕紙剪雙鶴：五代馮翊子桂苑叢談張綽有道術：“咸通初，有進士張綽者，下第後多游江淮間，頗有道術……或人召飲，若遂合意，則索紙剪蛺蝶三二十枚，以氣吹之，成列而飛。……初，去日乘醉，因求搗練剪紙鶴二隻，以水噀之，俄而翔矗，乃曰：‘汝先去，吾即後來。’”

〔四〕“盆花”句：參見鐵崖先生古樂府卷三張公洞注。

〔五〕屏女：唐段成式酉陽雜俎前集卷十四諾皋記上：“元和初，有一士人失姓字，因醉臥廳中。及醒，見古屏上婦人等悉於床前踏歌，歌曰：‘長安女兒踏春陽，無處春陽不斷腸。舞袖弓腰渾忘却，蛾眉空帶九秋霜。’其中雙鬟者問曰：‘如何是弓腰？’歌者笑曰：‘汝不見我作弓腰乎？’乃反首，髻及地，腰勢如規焉。士人驚懼，因叱之，忽然上屏，亦無其他。”

〔六〕蘇石二子：指蘇舜欽、石曼卿。蘇舜欽字子美，石曼卿名延年，二人皆爲北宋著名文人，生平事迹見宋史文苑傳。宋阮閱撰詩話總龜卷四十六神仙門上：“崔存字存中，博州博平人。因游王屋，見二人坐於水濱，存曰：‘願聞二仙名號。’東坐曰：‘豈不知世有石曼卿乎？西坐者即蘇舜欽子美也。’存曰：‘世傳學士爲鬼仙矣。’……曼卿作詩曰：‘牛毛麟角成真少，莫道從來是壯夫。龜鶴性靈終好道，神仙言語不關書。不將青目觀浮世，都把仙春駐玉壺。寄語世人無妄語，高真幽鬼適殊途。’子美作詩曰：‘宿植靈根何太早，洞悟真風正年少。常令丹海飛日烏，又使玉液朝元腦。崑臺氣候四時春，紫府光陰夜如曉。來時不用五雲車，跨着清風下蓬島。’”

〔七〕西華：指西嶽華山。

〔八〕卵殼：晉書天文志：“天地之體，狀如鳥卵。天包地外，猶殼之裹黃也。周旋無端，其形渾渾然，故曰渾天也。”

〔九〕擊壤老人：參見東維子文集卷十送鄧煉師祈雨序注。

〔十〕“身在天地後”六句：參見鐵崖先生古樂府卷三大人詞注。


# 和狄仙人①〔一〕

日月東墮而西出②，江河東逝而西旋。乾坤顛倒吾自在，真仙此訣將誰傳！

【校】

① 此詩原爲上一首真仙謠詩後跋文引録，今摘出單列。

② 東墮而西出：文淵閣四庫全書本鐵崖先生古樂府補作“西墮而東出”。

## 【箋注】

〔一〕狄仙人：又稱銅狄、金狄。晉書五行志上：“魏明帝青龍中，盛修宮室。西
　　　取長安金狄承露槃，折聲聞數十里。金狄泣，於是因留霸城。此金失其性
　　　而爲異也。”又，明彭大翼山堂肆考卷一百三十八人事摩銅狄：“東漢薊子
　　　訓有神術，與一老翁共摩娑銅狄人於長安東，相謂曰：‘適見鑄此，已近五
　　　百歲矣。’故張天覺詩曰：‘鶴髮飄飄紫府仙，摩挲銅狄不知年。’”

# 卷十七　陳善學序刊楊鐵崖先生文集卷二之上

## 井底蛙[一]

井底蛙，誇龍興[二]，天日不瘑東方明。黄牛白腹五銖復[三]，真龍在天飛赤伏[四]。井底蛙，木之偶，美哉山河難固守。吁嗟匹馬不洞胸，天子東來亦泥首[五]。

【箋注】

〔一〕本詩評述東漢初年稱帝於蜀地之公孫述。

〔二〕“井底”二句：後漢書公孫述傳：“公孫述字子陽，扶風茂陵人也。……建武元年四月，遂自立爲天子，號成家。色尚白。建元曰龍興元年。”後漢書馬援列傳：“是時公孫述稱帝於蜀，囂使援往觀之。援素與述同里閈，相善，以爲既至當握手歡如平生，而述盛陳陛衛，以延援入。……援曉之曰：‘天下雄雌未定，公孫不吐哺走迎國士，與圖成敗，反修飾邊幅，如偶人形，此子何足久稽天下士乎？’因辭歸，謂囂曰：‘子陽井底蛙耳，而妄自尊大。’”

〔三〕“黄牛”句：後漢書五行志一：“世祖建武六年，蜀童謠曰：‘黄牛白腹，五銖當復。’是時公孫述僭號於蜀，時人竊言王莽稱黄，述欲繼之，故稱白；五銖，漢家貨，明當復也。述遂誅滅。”

〔四〕赤伏：指赤伏符。後漢書光武帝紀：“光武先在長安時同舍生强華自關中奉赤伏符，曰：‘劉秀發兵捕不道，四夷雲集龍鬭野，四七之際火爲主。’注：“四七，二十八也。自高祖至光武初起，合二百二十八年，即四七之際也。漢火德，故火爲主也。”

〔五〕“吁嗟匹馬”二句：後漢書公孫述傳：“述兵大亂，被刺洞胸，墮馬。左右舁入城。述以兵屬延岑，其夜死……論曰：昔趙佗自王番禺，公孫亦竊帝蜀漢……道未足而意有餘，不能因際立功，以會時變，方乃坐飾邊幅，以高深自安，昔吳起所以慚魏侯也。及其謝臣屬，審廢興之命，與夫泥首銜玉者異日談也。”注：“干寶晉記曰：‘吳王孫皓將其子瑾等，泥首面縛降王濬。’”

# 鐫羌歸來乎〔一〕

四七興〔二〕,卯金主〔三〕,天下風雲會龍虎。天水碓①,何陸陸〔四〕,欲隨荷鋤逐秦鹿。王生(元)泥一丸,大言封函谷②。南子陽(公孫述),北文叔(劉),三分作西伯〔五〕。吾皇自有喻佗書〔六〕,鐫羌歸來乎!

## 【校】

① 碓:疑當作"雄"。

② 函谷:顧亮集録楊鐵崖詠史古樂府本作"函關"。

## 【箋注】

〔一〕鐫羌:指鐫羌侯隗囂。後漢書 隗囂傳:"隗囂字季孟,天水 成紀人也……初,囂與來歙、馬援相善,故帝數使歙、援奉使往來,勸令入朝,許以重爵。……囂聞劉永、彭寵皆已破滅,乃遣長子恂隨歙詣闕。以爲胡騎校尉,封鐫羌侯。"

〔二〕四七:所謂赤伏符中語,指"二百二十八年"。參見本卷井底蛙注。

〔三〕卯金主:此指漢 光武帝 劉秀。後漢書 光武帝紀:"六月己未,即皇帝位。……讖記曰:'劉秀發兵捕不道,卯金修德爲天子。'"

〔四〕"天水碓"三句:隗囂曾欲投奔公孫述,使馬援前往考察虛實。參見本卷井底蛙。又,後漢書 馬援傳:"援又爲書與囂將楊廣,使曉勸於囂,曰:'……季孟嘗折愧子陽而不受其爵,今更共陸陸,欲往附之,將難爲顏乎?'"注:"陸陸猶碌碌也。"

〔五〕"王生泥一丸"五句:王生,指隗囂將王元。馬援、來歙曾勸說隗囂歸順光武帝,王元等以爲不可。後漢書 隗囂傳:"囂將王元、王捷常以爲天下成敗未可知,不願專心内事。元遂説囂曰:'昔更始西都,四方響應,天下喁喁,謂之太平。一旦敗壞,大王幾無所厝。今南有子陽,北有文伯,江湖海岱,王公十數……今天水完富,士馬最強,北收西河、上郡,東收三輔之地。案秦舊迹,表裏山河。元請以一丸泥爲大王東封函谷關,此萬世一時也。'"
子陽:公孫述字。文叔:東漢 光武帝 劉秀之字。

〔六〕"吾皇自有"句:意爲劉秀效法當年劉邦收服趙佗,使隗囂歸降。佗,趙佗,真定人。漢初天下未定之時,曾自立爲南越王,後歸順劉邦。喻佗書,此指劉秀回復隗囂之書信,信中援引管仲所謂"生我者父母,成我者鮑子”，重申願結同盟之意。詳見後漢書隗囂傳。


# 悲處士　并序

　　予讀公孫述紀，悲處士七人不幸戮辱於述，至服其毒藥如服
美餌，或刎首以付使者。誰謂兩龔之後無人哉〔一〕！吾悲其人不
幸處述地，不得如周黨、嚴光遇東方之帝也〔二〕。爲賦悲處士。
　　悲處士，飲毒酒（廣漢李業〔三〕），伏劍首（蜀郡王皓①、王嘉〔四〕）。漆身
爲癩（費貽〔五〕），剌目以爲瞍（任永、馮信〔六〕），更有泣血巴太守（譙
玄〔七〕）。於乎，我身②不遇堯舜君，巢許豈能爲外臣〔八〕！羊皮③曳，歸
富春，故人劉秀真天人。


## 【校】

① 皓：原作“浩”，據後漢書獨行列傳改。
② 身：顧亮集録楊鐵崖詠史古樂府本作“生”。
③ 皮：顧亮集録楊鐵崖詠史古樂府本作“裘”。


## 【箋注】

〔一〕兩龔：指龔勝、龔舍，皆西漢末年人。龔舍不肯爲官，王莽居攝年間卒於
　　鄉。龔勝堅拒王莽徵聘，絕食而死。詳見漢書兩龔傳。
〔二〕周黨、嚴光：皆東漢初年隱士。東方之帝：指漢光武帝劉秀。後漢書逸民
　　列傳：“周黨字伯況，太原廣武人也……及王莽竊位，託疾杜門……及光武
　　引見，黨伏而不謁，自陳願守所志，帝乃許焉……詔曰：‘自古明王聖主必
　　有不賓之士。伯夷、叔齊不食周粟，太原周黨不受朕禄，亦各有志焉。其
　　賜帛四十匹。’黨遂隱居黽池，著書上下篇而終。”又，嚴光字子陵，富春人。
　　東漢初年隱逸遁世，即本詩所謂“羊皮曳”。參見鐵崖先生古樂府卷八覽
　　古之十五注。
〔三〕李業：後漢書獨行列傳：“李業字巨游，廣漢梓潼人也……隱藏山谷，絕匿
　　名迹，終莽之世。及公孫述僭號，素聞業賢，徵之，欲以爲博士。業固疾不
　　起。數年，述羞不致之，乃使大鴻臚尹融持毒酒奉詔命以劫業，若起，則受
　　公侯之位；不起，賜之以藥……遂飲毒而死。述聞業死，大驚，又恥有殺賢

之名,乃遣使吊祠,賻贈百匹。業子豎逃辭不受。"

〔四〕王皓、王嘉:後漢書獨行列傳:"初,平帝時,蜀郡王皓爲美陽令,王嘉爲
郎。王莽篡位,并棄官西歸。及公孫述稱帝,遣使徵皓、嘉,恐不至,遂先
繫其妻子。使者謂嘉曰:'速裝,妻子可全。'對曰:'犬馬猶識主,況於人
乎!'王皓先自刎,以首付使者。述怒,遂誅皓家屬。王嘉聞而歎曰:'後之
哉!'乃對使者伏劍而死。"

〔五〕費貽:後漢書獨行列傳:"時亦有犍爲費貽,不肯仕述,乃漆身爲厲,陽狂
以避之,退藏山藪十餘年。"

〔六〕任永、馮信:後漢書獨行列傳:"是時犍爲任永及(廣漢李)業同郡馮信,并
好學博古。公孫述連徵命,待以高位。皆託青盲以避世難。"

〔七〕泣血巴太守:後漢書獨行列傳:"譙玄字君黄,巴郡閬中人也。……後公
孫述僭號於蜀,連聘不詣。述乃遣使者備禮徵之,若玄不肯起,便賜以毒
藥。太守乃自齎璽書至玄廬……遂受毒藥。玄子瑛泣血叩頭於太守曰:
'方今國家東有嚴敵,兵師四出,國用軍資或不常充足,願奉家錢千萬,以
贖父死。'太守爲請,述聽許之。玄遂隱藏田野,終述之世。"

〔八〕巢許:指上古隱士巢父和許由。

# 蒼頭奴〔一〕

蒼頭奴,火之彗,雷之筲,白日殺人洛城裏。蒼頭奴,法莫誅,天
子有簡行金書〔二〕。强項令,攔主車,數主過,蒼頭之奴殺車下(叶
"户")。天子聞懊惱①。殿前謝主不槁項,殿上觸楹甘碎腦。

## 【校】

① 顧瑛集録楊鐵崖詠史古樂府本於"懊惱"之下又有"殺草"二字。

## 【箋注】

〔一〕蒼頭奴:此指東漢湖陽公主之惡僕。宋楊侃輯兩漢博聞卷二蒼頭:"孟康
曰:'黎民、黔首,黎、黔皆黑也。下民陰類,故以黑爲號。漢名奴爲蒼頭,
非純黑,以別於良人也。'"後漢書酷吏列傳:"董宣字少平,陳留圉人
也……後特徵爲洛陽令。時湖陽公主蒼頭白日殺人,因匿主家,吏不能

得。及主出行,而以奴驂乘,宣於夏門亭候之,乃駐車叩馬,以刀畫地,大言數主之失,叱奴下車,因格殺之。主即還宮訴帝,帝大怒,召宣,欲箠殺之……宣曰:'陛下聖德中興,而縱奴殺良人,將何以理天下乎?臣不須箠,請得自殺。'即以頭擊楹,流血被面。帝令小黃門持之,使宣叩頭謝主,宣不從,强使頓之,宣兩手據地,終不肯俯……因敕强項令出,賜錢三十萬。"

〔二〕金書:蓋指皇帝所賜金書鐵券之類,可免死罪。


# 壺山處士〔一〕 樊英

富春處士漢客星〔二〕,十字斧鉞時人驚〔三〕。壺山處士漢客卿,設壇拜之如神明。天子延問匡救術,乃知處士盜虚聲〔四〕。君不見黃家徐家兩顏子,人倫風鑒①將何憑〔五〕。

## 【校】

① 鑒:顧亮集録楊鐵崖詠史古樂府本作"監"。

## 【箋注】

〔一〕壺山處士:指東漢樊英。樊英隱於壺山,故有此稱。後漢書方術列傳:"樊英字季齊,南陽魯陽人也。少受業三輔,習京氏易,兼明五經。又善風角星算、河洛七緯、推步災異。隱於壺山之陽……至(永建)四年三月,天子乃爲英設壇席,令公車令導,尚書奉引,賜几杖,待以師傅之禮,延問得失。英不敢辭,拜五官中郎將。數月,英稱疾篤,詔以爲光禄大夫,賜告歸……英初被詔命,僉以爲必不降志;及後應對,又無奇謨深策,談者以爲失望。"

〔二〕富春處士:指東漢初年隱士嚴光。漢客星:亦指嚴光。嚴光與光武帝故事,參見鐵崖先生古樂府卷八覽古之十五注。

〔三〕十字斧鉞:蓋指嚴光與侯霸書信中"輔義天下悦,順旨要領絕"兩句。後漢書嚴光傳:"司徒侯霸與光素舊,遣使奉書。使人因謂光曰:'公聞先生至,區區欲即詣造,迫於典司,是以不獲。願因日暮,自屈語言。'光不答,乃投札與之,口授曰:'君房足下:位至鼎足,甚善。懷仁輔義天下悦,阿諛順旨要領絕。'霸得書,封奏之。帝笑曰:'狂奴故態也。'"

〔四〕"乃知"句:後漢書黃瓊傳:"自傾徵聘之士,胡元安、薛孟嘗、朱仲昭、顧季鴻等,其功業皆無所採,是故俗論皆言處士純盜虛聲。"

〔五〕"君不見"二句:黃家顏子,指東漢黃憲。後漢書黃憲傳:"黃憲字叔度,汝南慎陽人也……穎川荀淑至慎陽,遇憲於逆旅,時年十四,淑竦然異之,揖與語,移日不能去。謂憲曰:'子,吾之師表也。'既而前至袁閬所,未及勞問,逆曰:'子國有顏子,寧識之乎?'閬曰:'見吾叔度邪?'"徐家顏子,指東漢徐淑。後漢書左雄傳:"有廣陵孝廉徐淑,年未及舉,臺郎疑而詰之。對曰:'詔書曰"有如顏回、子奇,不拘年齒",是故本郡以臣充選。'郎不能屈。雄詰之曰:'昔顏回聞一知十,孝廉聞一知幾邪?'淑無以對,乃遣却郡。"


## 漢元舅〔一〕 竇憲

漢元舅,冠軍侯。銘隆碣,封神丘。燕然古鼎薦廟於萬秋①,旦雞已失房帷囚〔二〕。冠軍侯,泰山虎,須臾棄之如腐鼠〔三〕。乃鋸借權收疊舉(鄧、郭〔四〕),將軍不得爲伊吕〔五〕。

【校】

① 原本此處有小字注,概述竇憲生平事迹,據樓氏鐵崖詠史注本删。

【箋注】

〔一〕漢元舅:指漢章帝皇后竇氏兄竇憲。後漢書竇憲傳:"憲字伯度。父勳被誅,憲少孤。建初二年,女弟立爲皇后,拜憲爲郎,稍遷侍中、虎賁中郎將……齊殤王子都鄉侯暢來吊國憂。暢素行邪僻,與步兵校尉鄧疊親屬數往來京師,因疊母元自通長樂宮,得幸太后,被詔召詣上東門。憲懼見幸,分宮省之權,遣客刺殺暢於屯衛之中……後事發覺,太后怒,閉憲於内宮。憲懼誅,自求擊匈奴以贖死。會南單于請兵北伐,乃拜憲車騎將軍……斬名王已下萬三千級,獲生口馬牛羊橐駝百餘萬頭……憲、秉遂登燕然山,去塞三千餘里,刻石勒功,紀漢威德,令班固作銘……南單于於漠北遺憲古鼎,容五斗,其傍銘曰'仲山甫鼎,其萬年子子孫孫永保用',憲乃上之……封憲冠軍侯,邑二萬户。”

〔二〕“且雞”句: 意爲竇憲抱罪立功,然終遭摒棄。語出三國志吴書周瑜傳:
“使失旦之雞,復得一鳴,抱罪之臣,展其後效。”房帷囚: 指竇憲出征匈奴
之前,因殺人而閉内宫。

〔三〕“冠軍侯”三句: 後漢書竇憲傳:“憲恃宫掖聲勢,遂以賤直請奪沁水公主
園田……帝大怒,召憲切責曰:‘……今貴主尚見枉奪,何况小人哉! 國家
棄憲如孤雛腐鼠耳。’憲大震懼。”又,漢書東方朔傳:“尊之則爲將,卑之
則爲虜。抗之則在青雲之上,抑之則在深泉之下。用之則爲虎,不用則
爲鼠。”

〔四〕乃鋸: 指宦官鄭衆。疊、舉: 指鄧疊、郭舉。後漢書竇憲傳:“憲既負重勞,
陵肆滋甚。(永元)四年,封鄧疊爲穰侯。疊與其弟步兵校尉磊及母元,又
憲女婿射聲校尉郭舉,舉父長樂少府璜,皆相交結。元、舉并出入禁中,舉
得幸太后,遂共圖爲殺害。帝陰知其謀,乃與近幸中常侍鄭衆定議誅
之……收捕疊、磊、璜、舉,皆下獄誅……憲、篤、景到國,皆迫令自殺。”按:
篤、景爲竇憲弟。

〔五〕伊吕: 指伊尹、吕尚。


# 將軍客<sup>〔一〕</sup>　班固

　　將軍客,太史固,曾與將軍抒露布。洛陽令,將天誅,捕客豈爲酤
酒奴! 將軍客,不得如,江淮客主袁司徒<sup>〔二〕</sup>,阿昭抱泣修遺書<sup>①〔三〕</sup>。

【校】

① 原本篇末有小字注概述班固生平,據樓氏鐵崖詠史注本删。

【箋注】

〔一〕將軍客: 指班固。班固曾任大將軍竇憲屬官,故有此稱。後漢書班固傳:
“永元初,大將軍竇憲出征匈奴,以固爲中護軍,與參議。……及竇憲敗,
固先坐免官。固不教學諸子,諸子多不遵法度,吏人苦之。初,洛陽令种
兢嘗行,固奴干其車騎,吏椎呼之,奴醉罵,兢大怒,畏憲不敢發,心銜之。
及竇氏賓客皆逮考,兢因此捕繫固,遂死獄中。時年六十一。”

〔二〕江淮客: 指周榮。袁司徒: 指袁安。後漢書周榮傳:“周榮字平孫,廬江舒

人也。肅宗時舉明經，辟司徒袁安府。安數與論議，甚器之。及安舉奏竇景及與竇憲爭立北單于事，皆榮所具草。竇氏客太尉掾徐齮深惡之，脅榮曰：‘子爲袁公腹心之謀，排奏竇氏，竇氏悍士刺客滿城中，謹備之矣！’榮曰：‘榮江淮孤生，蒙先帝大恩，以歷宰二城。今復得備宰士，縱爲竇氏所害，誠所甘心。’”

〔三〕阿昭：指班固胞妹班昭。班固死時，所著漢書尚未完成，班昭續成之。參見本卷曹大家。

# 月氏王頭飲器歌〔一〕 二首

## 其一

黑風①吹瓠瓠不流〔二〕，冒頓夜斷强王頭〔三〕。黃金留犂攪玉斗〔四〕，一飲一石酥駝秋。眼紅嗗嚨生血聚，汗滴石樓濕青雨（石汗，蓋骨髓隱語也）。鬼妻扣骨骨欲應〔五〕，精禽飛來作人語。黃雲壓日日欲頹，將軍回首李陵臺〔六〕。君不見漢家秋②風凋細柳，老上單于誇好手，棘門胡盧可盛酒〔七〕。

## 其二③

持爾月支④頭，飲我虎士頸，虎士飲之怒生癭。猩紅酒熟黃金桦，淋漓猶疑血未乾。雄心如劍四方⑤動，倒蘸狼山海波湧〔八〕。帳前按劍千熊羆，耳熱聽我歌谷蠡〔九〕。此杯持勸藺夫子〔十〕，烏能持勸武陽兒〔十一〕。

## 【校】

① 風：懺華盦叢書本作“氣”。

② 秋：汲古閣刊鐵崖先生古樂府補本作“西”。

③ 此第二首詩作者或有異說，汲古閣刊鐵崖先生古樂府補本著録爲鐵崖門人張憲和詩，題作“附張憲和辭”。按：陳善學刊本，結集刊行皆早於汲古閣刊鐵崖先生古樂府補本，收録當有依據。暫且從之，俟考。

④ 支：樓氏鐵崖詠史注本作“氏”。

⑤ 方：原本與汲古閣刊鐵崖先生古樂府補本皆作“五”，據樓氏鐵崖詠史注本改。

## 【箋注】

〔一〕本組詩二首,撰於元至正十八年(一三五八)之後。繫年依據參見本卷些
　　月氏王頭歌。

〔二〕瓠:即瓠子。瓠子爲古河名,黄河曾在此決口。參見鐵崖先生古樂府卷三
　　廬山瀑布謡。

〔三〕冒頓:匈奴部落聯盟首領,西漢初年在世。按:本詩所謂"冒頓夜斷强王
　　頭",與史實不合。殺月氏王者,實爲冒頓之子老上單于稽粥。漢書西域
　　傳上:"大月氏本行國也,隨畜移徙,與匈奴同俗。控弦十餘萬,故彊輕匈
　　奴。本居敦煌、祁連間,至冒頓單于攻破月氏,而老上單于殺月氏王,以其
　　頭爲飲器,月氏乃遠去。"

〔四〕"黄金"句:漢書匈奴傳:"(韓)昌、(張)猛與單于及大臣俱登匈奴諸水東
　　山,刑白馬,單于以徑路刀金留犛撓酒,以老上單于所破月氏王頭爲飲器
　　者共飲血盟。"顔師古注引應劭曰:"徑路,匈奴寶刀也。金,契金也。留
　　犛,飯匕也。撓,和也。契金著酒中,撓攪飲之。"

〔五〕鬼妻:寡婦。墨子節葬下:"其大父死,負其大母而棄之,曰:'鬼妻不可與
　　居處。'"

〔六〕李陵臺:位於今内蒙古正藍旗境内。元王惲中堂事記上:"桓州故城西南
　　四十里有李陵故臺。"

〔七〕"君不見"三句:細柳,位於今陝西咸陽西南。棘門,位於今陝西咸陽東
　　北。史記匈奴列傳:"於是漢使三將軍軍屯北地……又置三將軍,軍長安
　　西細柳、渭北棘門、霸上以備胡。"史記絳侯周勃世家:"文帝之後六年,匈
　　奴大入邊。乃以宗正劉禮爲將軍,軍霸上;以河内守亞夫爲將軍,軍細柳,
　　以備胡。上自勞軍。至霸上及棘門軍,直馳入,將以下騎送迎。已而之細
　　柳軍,軍士吏被甲,銳兵刃,彀弓弩,持滿……文帝曰:'嗟乎,此真將軍矣!
　　曩者霸上、棘門軍,若兒戲耳,其將固可襲而虜也。'"

〔八〕狼山:即狼居胥山,位於漠北。漢將霍去病等曾於此封禪。

〔九〕谷蠡:匈奴官名。史記匈奴列傳:"至冒頓而匈奴最强大,盡服從北夷,而
　　南與中國爲敵國,其世傳國官號乃可得而記云。置左右賢王、左右谷蠡
　　王……而單于之庭直代、雲中,各有分地,逐水草移徙。而左右賢王、左右
　　谷蠡王最爲大,左右骨都侯輔政。"

〔十〕藺夫子:指藺相如。史記廉頗藺相如列傳:"太史公曰:知死必勇,非死者
　　難也,處死者難。方藺相如引璧睨柱,及叱秦王左右,勢不過誅,然士或怯

懦而不敢發。相如一奮其氣，威信敵國，退而讓頗，名重太山，其處智勇，可謂兼之矣！"

〔十一〕武陽兒：指秦武陽，或作秦舞陽。秦舞陽年十三即殺人，號稱燕國勇士。隨同荆軻前去刺殺秦王，行至階下，"色變振恐"，畏縮不前。詳見史記刺客列傳。


# 些月氏王頭歌<sup>①</sup>〔一〕

## 附李費和辭<sup>②</sup>

先生作月氏王頭飲器歌，雖李長吉復生〔二〕，不能鬥其雄。棘門胡盧，蓋託今反面事讐者〔三〕。讀者不知其微，費僭和之<sup>③</sup>：

太白入月月欲頹〔四〕，胡風吹度<sup>④</sup>白龍堆〔五〕。（鐵崖曰："一起便絕倒。"<sup>⑤</sup>）血函模糊截仇首，半腕刳作玻璃杯。目眥生紅酒微頹，戎王胸堂沃焦熱（奇語）〔六〕。青氈帳下唱胡歌，三十六國肝<sup>⑥</sup>膽裂（愈出愈奇）〔七〕。金篦攪紅紅欲凝，腦中猶作銅龍聲（真狐精語）〔八〕。千年古恨恨未平，怨魂飛作精衛精〔九〕。君不見漆身復仇仇未復，地下義人吞炭哭〔十〕。

余讀費辭〔十一〕，爲之擊几而歌，費真狐精也。時鐵門和者稱張憲〔十二〕，明日費辭至，憲拜之曰："吾當放君一頭。"取己作而焚之<sup>⑦</sup>。余復技癢，作些月氏頭歌，令費和之。費謝曰："某氣竭矣！"

嗚呼老氏〔十三〕，顱大如斗。眼中燐，吹欲腥，游魂夜哭燈前走。夢呼老氏顱在手，倒瀉一聲索郎酒〔十四〕。嗚呼，飲月支〔十五〕，酒船不倒劉伶尸〔十六〕，酒淋汝顱胡用悲！君不見左賢截落血丸頸<sup>⑧</sup>，蒺藜營邊作溺皿〔十七〕。

## 【校】

① 原本題作些月氏頭歌，據樓氏鐵崖詠史注本改補。又，汲古閣刊鐵崖先生古樂府補本無此詩題，引文及詩皆録於李費和辭之後。

② 附李費和辭：原本題爲"和前"，李費和辭置於月氏王頭飲器歌二首之後。徑移於此。

③ “先生作月氏王頭飲器歌”至“費僭和之”凡七句引文,原本無,據汲古閣刊鐵
　崖先生古樂府補本增補。

④ 度:元詩選癸集本作“墮”。按:元詩選癸集收録李費詩,據以校勘。

⑤ 鐵崖評語原本無,據元詩選本增補,下同。

⑥ 肝:元詩選本作“皆”。

⑦ “時鐵門和者稱張憲”至“取己作而焚之”凡五句,原本無,據汲古閣刊鐵崖先
　生古樂府補本增補。

⑧ 頸:汲古閣刊鐵崖先生古樂府補本作“頂”。

## 【箋注】

〔一〕本詩蓋撰於元至正十八年(一三五八)之後。繫年理由:據本詩序,當時
　　參與唱和之鐵崖弟子,李費之外,還有張憲。而張憲追隨鐵崖,始於至正
　　十八年鐵崖避居富春山時。

〔二〕長吉:李賀字。按:鐵崖所賦月氏王頭飲器歌之一,頗仿李賀雁門太
　　守行。

〔三〕“棘門胡盧”二句:參見本卷月氏王頭飲器歌之一注。

〔四〕太白入月:後漢書天文志中:“太白入月中,爲大將戮人主。”

〔五〕白龍堆:指白龍堆沙漠,又稱龍沙。參見後漢書班超傳注。

〔六〕沃焦:亦作“沃燋”。傳説東海中大石山。玄中記:“天下之强者,東海之
　　沃燋石焉。方三萬里,海水灌之隨盡,故水東流而不盈。”(引録於太平御
　　覽卷五十二。)

〔七〕三十六國:漢書西域傳序:“西域以孝武時始通,本三十六國,其後稍分至
　　五十餘。”

〔八〕銅龍:銅製小喇叭。

〔九〕精衛:冤鳥,傳爲炎帝女死後所化。見山海經北山經。

〔十〕“君不見”二句:春秋末年,豫讓受智伯寵倖。後趙襄子聯合韓、魏攻滅智
　　伯。趙襄子最恨智伯,“漆其頭以爲飲器”。豫讓乃“漆身爲厲,吞炭爲
　　啞”,欲刺殺趙襄子。報仇未果,愧恨自盡。詳見史記刺客列傳。

〔十一〕元詩選癸集録李費詩一首,即本詩引言前所録和月氏王頭飲器歌。然
　　　元詩選所附小傳僅稱李費爲“楊鐵崖門人”,字號籍貫生平事迹皆闕。

〔十二〕張憲:會稽人,鐵崖晚年弟子。參見東維子文集卷二送檢校王君蓋昌還
　　　京序。

〔十三〕老氏:指月氏王。

〔十四〕索郎：或作“桑落”，指酒。此用作酒名。宋佚名撰真率筆記：“試鶯家
　　　　多美釀。試鶯不善飲，時爲宋遷索取。試鶯恒曰：‘此豈爲某設哉！ 祇
　　　　當索與郎耳。’因名酒曰索郎。後人謂索郎爲桑落反音，亦偶合也，恐非
　　　　本指。”（載文淵閣四庫全書本說郛卷三十一下。）參見能改齋漫録卷四
　　　　桑落酒。

〔十五〕月支：即月氏，或作月氏。

〔十六〕劉伶：晉書劉伶傳：“劉伶字伯倫，沛國人也……常乘鹿車，攜一壺酒，
　　　　使人荷鍤而隨之，謂曰：‘死便埋我。’其遺形骸如此。”

〔十七〕“君不見”二句：指老上單于剖月氏王頭爲飲器。左賢：匈奴王侯封號
　　　　“左賢王”之略稱，此指老上單于。參見月氏王頭飲器歌注釋。


# 曹大家〔一〕


　　曹大家，博文善著書，著書豈獨識閨壼。禍轍使我元舅歸先
廬〔二〕，大家大家丈①夫婦。如何我兄固，不能勸元舅，白首同歸死
囹圄〔三〕。

## 【校】

① 丈：汲古閣刊鐵崖先生古樂府補本作“大”。

## 【箋注】

〔一〕曹大家：指東漢班昭。後漢書列女傳：“扶風曹世叔妻者，同郡班彪之女
　　　也，名昭，字惠班，一名姬。博學高才。世叔早卒，有節行法度。兄固著漢
　　　書，其八表及天文志未及竟而卒，和帝詔昭就東觀藏書閣踵而成之。帝數
　　　召入宮，令皇后諸貴人師事焉，號曰大家。每有貢獻異物，輒詔大家作賦
　　　頌。及鄧太后臨朝，與聞政事。”

〔二〕元舅：指東漢和帝皇后鄧氏之兄鄧騭。後漢書列女傳：“永初中，太后兄
　　　大將軍鄧騭以母憂，上書乞身，太后不欲許，以問昭。昭因上疏曰：‘……
　　　今四舅深執忠孝，引身自退，而以方垂未靜，拒而不許，如後有毫毛加於今
　　　日，誠恐推讓之名不可再得……’太后從而許之，於是騭等各還里第焉。”

〔三〕“如何我兄固”三句：意爲班固見識不如班昭。班固没能歸隱，亦未勸“元

舅”隱退,最終二人皆未逃脱厄運。參見本卷將軍客。按:鄧騭後又被授
予大將軍,封爲上蔡侯,位特進。鄧太后駕崩之後,宦官進讒言,漢安帝
“徙封騭爲羅侯”,實即强令遷居長沙羅縣,鄧騭遂與子鳳絶食而死。詳見
後漢書鄧騭傳。


# 跋扈將軍〔一〕 梁冀

　　夜半南宮新進餅(弑質帝〔二〕),曹騰策士急有請(請冀立蠡吾侯〔三〕)。
天下大器輕若骰,將軍重權安若鼎①。司徒(胡廣)司空(趙戒)推聖
明〔四〕,蓋車已迎(去聲)夏門亭〔五〕。潁陽西平及襄邑,一門定策皆專
城②〔六〕。詣闕訟喬(杜③)人萬數〔七〕,誰作飛章殺李固(中郎馬融)〔八〕!
將軍跋扈豈知文,白鵠書生(崔琦)重④獻賦〔九〕。襄城君(孫壽),起大
宅〔十〕,怪寶珍禽貢私客。賈胡殺兔人坐死,富人貸貲家盡資⑤。蠻琛
島貝百譯重,郡守長吏乘饕兇。藏婢不願作孫母(士孫奮⑥)〔十一〕,花奴
只願爲秦宫(壽之辟陽侯〔十二〕)。嗚呼,七君離,三后散〔十三〕,縣官輸財三
十萬。雁陂兔苑乞窮民⑦,天下田租減民半〔十四〕。三公具臣習附阿⑧,
五侯萬户不爲多〔十五〕。徒⑨兹刑餘作周召〔十六〕,事勢乘除可奈何!

## 【校】

① “天下大器”二句:原本無,據青照堂刊楊鐵崖詠史本增補。
② “潁陽西平”二句:原本無,據青照堂刊楊鐵崖詠史本增補。
③ 杜:原本誤作“杜”,據青照堂刊楊鐵崖詠史本改。
④ 重:原本作“方”,據青照堂刊楊鐵崖詠史本改。
⑤ “賈胡殺兔”二句:原本無,據青照堂刊楊鐵崖詠史本增補。
⑥ 士孫奮:原本作“孫奮”,徑改。
⑦ “雁陂兔苑”句:原本無,據青照堂刊楊鐵崖詠史本增補。
⑧ 三公具臣習附阿:青照堂刊楊鐵崖詠史本作“漢三公,習附阿”兩句。具:顧
　亮集録楊鐵崖詠史古樂府本作“其”。
⑨ 徒:原本作“從”,據青照堂刊楊鐵崖詠史本改。

## 【箋注】

〔一〕跋扈將軍:梁冀爲東漢順帝皇后梁氏之兄,大權獨攬,漢質帝曾稱之爲

“跋扈將軍”，本詩遂用以爲題。參見鐵崖先生古樂府卷二梁家守藏奴、卷九桑陰曲注。

〔二〕南宮新進餅：指東漢梁冀以煮餅毒死質帝。參見鐵崖先生古樂府卷二梁家守藏奴。

〔三〕立蠡吾侯：後漢書李固傳：“冀忌帝聰慧，恐爲後患，遂令左右進鴆。……固、（胡）廣、（趙）戒及大鴻臚杜喬皆以爲清河王蒜明德著聞，又屬最尊親，宜立爲嗣。先是蠡吾侯志當取冀妹，時在京師，冀欲立之。衆論既異，憤憤不得意，而未有以相奪。中常侍曹騰等聞而夜往説冀曰：‘將軍累世有椒房之親，秉攝萬機，賓客縱橫，多有過差。清河王嚴明，若果立，則將軍受禍不久矣。不如立蠡吾侯，富貴可長保也。’冀然其言。明日重會公卿，冀意氣兇兇而言辭激切。自胡廣、趙戒以下，莫不懾憚之，皆曰：‘惟大將軍令。’而固獨與杜喬堅守本議……（梁冀）乃説太后先策免固，竟立蠡吾侯，是爲桓帝。”

〔四〕“司徒”句：謂司徒胡廣、司空趙戒等認爲清河王明德賢良，應立爲太子。

〔五〕“蓋車”句：指梁太后與梁冀擁立桓帝。後漢書孝桓帝紀：“本初元年，梁太后徵帝到夏門亭，將妻以女弟。會質帝崩，太后遂與兄大將軍冀定策禁中，閏月庚寅，使冀持節，以王青蓋車迎帝入南宮，其日即皇帝位，時年十五。”注：“（夏門亭）洛陽城北面西頭門也。續漢志曰：‘皇太子、皇子皆安車，朱班輪，青蓋，金華蚤。’故曰王青蓋車也。”

〔六〕“潁陽西平及襄邑”二句：謂梁冀父子兄弟皆封侯，掌控朝政大權。潁陽，梁冀弟潁陽侯梁不疑。西平，梁冀弟西平侯梁蒙。襄邑，梁冀子襄邑侯梁胤。

〔七〕訟喬：後漢書杜喬傳：“杜喬字叔榮，河内林慮人也……漢安元年，以喬守光禄大夫，使徇察兗州。表奏太山太守李固政爲天下第一；陳留太守梁讓、濟陰太守氾宮、濟北相崔瑗等臧罪千萬以上。讓即大將軍梁冀季父，宮、瑗皆冀所善……先是李固見廢，内外喪氣，群臣側足而立，唯喬正色無所回橈……冀愈怒，使人脅喬曰：‘早從宜，妻子可得全。’喬不肯。明日冀遣騎至其門，不聞哭者，遂白執繫之，死獄中。”

〔八〕馬融：後漢書馬融傳：“初，融懲於鄧氏，不敢復違忤勢家，遂爲梁冀草奏李固，又作大將軍西第頌，以此頗爲正直所羞。”

〔九〕崔琦：後漢書文苑列傳：“崔琦字子瑋，涿郡安平人……初舉孝廉，爲郎。河南尹梁冀聞其才，請與交。冀行多不軌，琦數引古今成敗以戒之，冀不能受。乃作外戚箴……琦以言不從，失意，復作白鵠賦以爲風……冀後竟捕殺之。”

〔十〕“襄城君”二句：梁冀妻孫壽封爲襄城君，曾與梁冀對街爲宅，大興土木，
　　　互相誇競。參見鐵崖先生古樂府卷二梁家守藏奴。

〔十一〕孫母：指土孫奮母。參見鐵崖先生古樂府卷二梁家守藏奴。

〔十二〕秦宮：原爲監奴，得梁冀、孫壽夫婦寵倖，官至太倉令。參見鐵崖先生古
　　　樂府卷二梁家守藏奴。

〔十三〕七君三后：後漢書梁冀傳：“冀一門前後七封侯，三皇后，六貴人，二大
　　　將軍。夫人、女食邑稱君者七人，尚公主者三人，其餘卿、將、尹、校五十
　　　七人。”

〔十四〕“縣官”三句：後漢書梁冀傳：“冀及妻壽即日皆自殺……收冀財貨，縣
　　　官斥賣，合三十餘萬萬，以充王府，用減天下稅租之半。散其苑囿，以業
　　　窮民。”雁陂、兔苑，皆漢梁孝王園池，此代指梁冀苑囿。

〔十五〕五侯：指單超等五位宦官，五人曾助桓帝剷除梁冀。後漢書宦者列傳：
　　　“單超，河南人；徐璜，下邳良城人；具瑗，魏郡元城人；左悺，河南平陰
　　　人；唐衡，潁川郾人也。桓帝初，超、璜、瑗爲中常侍，悺、衡爲小黄門
　　　史……於是更召璜、瑗等五人，遂定其議，帝齧超臂出血爲盟。於是詔
　　　收冀及宗親黨與悉誅之。悺、衡遷中常侍，封超新豐侯，二萬户；璜武原
　　　侯，瑗東武陽侯，各萬五千户，賜錢各千五百萬；悺上蔡侯，衡汝陽侯，各
　　　萬三千户，賜錢各千三百萬。五人同日封，故世謂之‘五侯’……自是權
　　　歸宦官，朝廷日亂矣。”

〔十六〕周、召：指周公、召公。周公旦、召公奭皆爲武王輔臣。


# 千里草〔一〕


　　千里草，饕且兇。御史不解劍，立殺擾龍宗〔二〕。西遷富室收帑
藏，陽城婦女充後①宮〔三〕。屯畢圭〔四〕，發冢墓。東兵又死豬塗布〔五〕，
豈似光明大臍炷〔六〕！

## 【校】

① 後：原本作“后”，據顧瑛集録楊鐵崖詠史古樂府本改。

## 【箋注】

〔一〕千里草：乃“董”之拆字。後漢書五行志一：“獻帝踐阼之初，京師童謠曰：

‘千里草，何青青！十日卜，不得生。’案千里草爲‘董’，十日卜爲‘卓’。凡別字之體，皆從上起，左右離合，無有從下發端者也。今二字如此者，天意若曰：卓自下摩上，以臣陵君也。青青者，暴盛之貌也。不得生者，亦旋破亡。”後漢書董卓傳：“董卓，字仲穎……遂脅太后，策廢少帝。曰：‘皇帝在喪，無人子之心，威儀不類人君。今廢爲弘農王。’乃立陳留王，是爲獻帝。又議太后蹴迫永樂太后，至令憂死，逆婦姑之禮，無孝順之節，遷於永安宮，遂以弒崩……尋進卓爲相國，入朝不趨，劍履上殿……及聞東方兵起，懼，乃鴆殺弘農王。”

〔二〕擾龍宗：時任侍御史。資治通鑑卷五十九漢紀五十一靈帝中平六年：“董卓性殘忍，一旦專政，據有國家甲兵、珍寶，威震天下，所願無極，語賓客曰：‘我相，貴無上也！’侍御史擾龍宗詣卓白事，不解劍，立撾殺之。”

〔三〕“西遷”二句：後漢書董卓傳：“是時洛中貴戚室第相望，金帛財産，家家殷積。卓縱放兵士，突其廬舍，淫略婦女，剽虜資物，謂之‘搜牢’……卓嘗遣軍至陽城，時人會於社下，悉令就斬之，駕其車重，載其婦女，以頭繫車轅，歌呼而還……於是盡徙洛陽人數百萬口於長安，步騎驅蹙，更相蹈藉，飢餓寇掠，積尸盈路。”

〔四〕畢圭：苑囿名。後漢書董卓傳：“卓自屯留畢圭苑中，悉燒宮廟官府居家，二百里内無復孑遺。又使吕布發諸帝陵，及公卿已下冢墓，收其珍寶。”

〔五〕東兵：此指東漢末年黄巾軍士。後漢書董卓傳：“卓所得義兵士卒，皆以布纏裹，倒立於地，熱膏灌殺之。”

〔六〕臍炷：資治通鑑卷六十漢紀五十二：“（吕）布應聲持矛刺卓，趣兵斬之……暴卓尸於市。天時始熱，卓素充肥，脂流於地。守尸吏爲大炷，置卓臍中然之，光明達曙，如是積日。諸袁門生聚董氏之尸，焚灰揚之於路。”


# 秦川公子①〔一〕　王粲

臨洮水涸銅龍②毁〔二〕，西園青青草千里〔三〕。秦川公子走亂離，瘦馬疲童面如鬼（粲貌甚寢〔四〕）。俊君威名跨漢南〔五〕，虎視走鹿③何眈眈。可憐膝下盡豚犬〔六〕，誰復大厦收梗④楠〔七〕。落日⑤樓頭髀空拊，目斷神州隔風雨〔八〕。平生不識大耳公（劉備）〔九〕，座上客歸丞相府（曹操）〔十〕。春深銅雀眼中蒿〔十一〕，攬涕尚復思登高。江山⑥破碎非舊土，版圖何日還金刀〔十二〕。荆臺高樓⑦已荆棘，丹青⑧寫賦工何益！君不見袁家有客能罵賊(陳琳)〔十三〕，將軍頭風重草檄〔十四〕。

## 【校】

① 列朝詩集甲集前編第七上、鐵崖先生詩集丙集、元詩選初集辛集、劉世珩影元刊十八卷本玉山草堂雅集卷二亦載此詩，據以校勘。列朝詩集本、鐵崖先生詩集丙集本、元詩選本皆題作題王粲登樓圖，玉山草堂雅集本題作王粲登樓圖。

② 龍：玉山草堂雅集本作“人”。

③ 鹿：原本作“狗”，據玉山草堂雅集本、樓氏鐵崖詠史注本改。

④ 厦：樓氏鐵崖詠史注本作“夏”。梗：原本作“梗”，據樓氏鐵崖詠史注本改。

⑤ 日：元詩選本作“月”。

⑥ 江山：原本作“江州”，據玉山草堂雅集本、樓氏鐵崖詠史注本改。

⑦ 高樓：原本作“高高”，據諸校本改。

⑧ 丹青：原本作“丹書”，據諸校本改。

## 【箋注】

〔一〕詩當作於元至正八年(一三四八)以前。繫年依據：本詩又名題王粲登樓圖，崑山余日强有詩奉同鐵笛相公賦王粲登樓圖(今存清抄本顧瑛輯玉山草堂雅集卷十四)，句式與本詩相同，當爲同時唱和之作。至正十四年，余日强卒於崑山，其時鐵崖在杭州任税課提舉司副提舉，爲之撰淵默先生碣銘曰：“余曩來崑山，與友者纔四三人耳。”(文載東維子文集卷二十六。)據此可知：鐵崖與余日强交游，始於至正七、八年間游寓崑山之際。余日强與之唱和，亦當在此時。參見鐵崖、余日强等人聯句詩嘉樹堂主人强恕齋飲客于南池上，詩載十八卷本玉山草堂雅集卷後二。秦川公子：指王粲。按南朝宋人謝靈運撰擬魏太子鄴中集詩八首之二王粲詩序曰：“(王粲)家本秦川，貴公子孫。”

〔二〕“臨洮”句：南齊書祥瑞志：“昔大人見臨洮而銅人鑄，臨洮生董卓而銅人毀，有卓而世亂，世亂而卓亡，如有似也。”

〔三〕草千里：指董卓。參見本卷千里草。

〔四〕粲貌甚寢：三國志魏書王粲傳：“獻帝西遷，粲徙長安，左中郎將蔡邕見而奇之。時邕才學顯著，貴重朝廷，常車騎填巷，賓客盈坐。聞粲在門，倒屣迎之。粲至，年既幼弱，容狀短小，一坐盡驚。邕曰：‘此王公孫也，有異

才,吾不如也。吾家書籍文章,盡當與之。'……乃之荆州依劉表。表以粲
貌寢而體弱通倪,不甚重也。"

〔五〕俊君:指劉表。三國志魏書卷六:"劉表字景升,山陽高平人也。少知名,
　　　號'八俊'。長八尺餘,姿貌甚偉。"

〔六〕豚犬:喻指劉表之子。資治通鑑卷六十六漢紀五十八:"(建安)十八年
　　　春,正月,曹操進軍濡須口,號步騎四十萬,攻破孫權江西營……權率衆七
　　　萬禦之,相守月餘。操見其舟船器仗軍伍整肅,歎曰:'生子當如孫仲謀;
　　　如劉景升兒子,豚犬耳!'"

〔七〕"誰復"句:意爲劉表不知收攬重用人才。三國志魏書王粲傳:"太祖置酒
　　　漢濱,粲奉觴賀曰:'方今袁紹起河北,杖大衆,志兼天下,然好賢而不能
　　　用,故奇士去之。劉表雍容荆楚,坐觀時變,自以爲西伯可規。士之避亂
　　　荆州者,皆海内之儁傑也,表不知所任,故國危而無輔。'"

〔八〕"落日樓頭"二句:指王粲登樓,作賦寫愁。文選卷十一王粲登樓賦:"登
　　　兹樓以四望兮,聊暇日以銷憂。覽斯宇之所處兮,實顯敞而寡仇……平原
　　　遠而極目兮,蔽荆山之高岑……步棲遲以徙倚兮,白日忽其將匿。"

〔九〕大耳公:指劉備。

〔十〕"座上客"句:謂王粲投奔曹操。三國志魏書王粲傳:"(劉)表卒,粲勸表
　　　子琮,令歸太祖。太祖辟爲丞相掾,賜爵關内侯。"按:王粲曾主動依附劉
　　　表,劉表卻不重用,故此稱之爲"座上客"。

〔十一〕銅雀:臺名。魏武帝曹操構建。

〔十二〕"版圖"句:意爲劉氏何時能收復失土。金刀:"卯金刀"之簡稱,即
　　　　"劉",指劉氏之漢朝。

〔十三〕袁家客:指陳琳。陳琳先附袁紹,後歸曹操。三國志魏書陳琳傳:"琳
　　　　避難冀州,袁紹使典文章。袁氏敗,琳歸太祖。太祖謂曰:'卿昔爲本初
　　　　移書,但可罪狀孤而已,惡惡止其身,何乃上及父祖邪?'琳謝罪,太祖愛
　　　　其才而不咎。"

〔十四〕將軍:此指魏太祖曹操。三國志魏書陳琳傳注引典略曰:"琳作諸書及
　　　　檄,草成呈太祖。太祖先苦頭風,是日疾發,臥讀琳所作,翕然而起曰:
　　　　'此愈我病。'數加厚賜。"又,顧瑛集録楊鐵崖詠史古樂府本於詩末點
　　　　評曰:"末語借琳諷粲。"


# 華太尉〔一〕 并序論

操弑伏后〔二〕,使歆勒兵入宫。后藏壁中,歆牽出之。嗚呼,

歆爲漢重臣,而爲賊迫脅其主如此。丕立〔三〕,歆登壇親捧璽綬,
成其篡謀。此天下之至賊也〔四〕。丕①罷朝,指歆與鍾繇、王景曰:
"此三公乃一代偉人〔五〕。"帝②之所謂"偉人",世之所謂"至賊"。
丕又稱其偉人③後世不可繼,不知繼之者賈充、成濟也〔六〕。

華太尉,一代之偉人。破壁領操指,捧璽成丕君。管夫子,羞爾
友,騰蛇豈得尾龍首〔七〕! 偉人繼者誰? 當塗闕前充閻兒〔八〕。

## 【校】

① 丕: 顧亮集録楊鐵崖詠史古樂府本作"文帝"。下同。
② 帝: 樓氏鐵崖詠史注本作"丕"。
③ 偉人: 樓氏鐵崖詠史注本無。

## 【箋注】

〔一〕華太尉: 指華歆。三國志魏書華歆傳:"拜議郎,參司空軍事,入爲尚書,
轉侍中,代荀彧爲尚書令。太祖征孫權,表歆爲軍師。魏國既建,爲御史
大夫。文帝即王位,拜相國,封安樂鄉侯。及踐阼,改爲司徒……明帝即
位,進封博平侯,增邑五百户,并前千三百户,轉拜太尉。"

〔二〕伏后: 東漢獻帝皇后伏氏。後漢書獻帝伏皇后紀:"以尚書令華歆爲郗慮
副,勒兵入宫收后。閉户藏壁中,歆就牽后出……遂將后下暴室,以
幽崩。"

〔三〕丕: 曹操子魏文帝曹丕。三國志魏書華歆傳注引魏書曰:"文帝受禪,歆
登壇相儀,奉皇帝璽綬,以成受命之禮。"

〔四〕至賊: 荀子修身:"害良曰賊……保利棄義謂之至賊。"

〔五〕王景: 指王朗,其字景興。按: 其時王朗爲司空,華歆爲司徒,鍾繇爲太
尉。曹丕謂:"此三公者,乃一代之偉人也,後世殆難繼矣!"詳見三國志魏
書鍾繇傳。

〔六〕賈充、成濟: 二人效力於司馬昭,弑殺高貴鄉公。晉書賈充傳:"轉中護
軍,高貴鄉公之攻相府也,充率衆距戰於南闕。軍將敗,騎督成倅弟太子
舍人濟謂充曰:'今日之事如何?'充曰:'公等養汝,正擬今日,復何疑!'
濟於是抽戈犯蹕。及常道鄉公即位,進封安陽鄉侯,增邑千二百户。"按:
賈充等殺高貴鄉公,猶如當年華歆害伏皇后,故此稱"繼之者",即詩中所
謂"偉人繼者"。參見本卷夕陽亭。

〔七〕"管夫子"三句: 指管寧不屑與華歆爲伍。世説新語德行:"管寧、華歆共

園中鋤菜，見地有片金，管揮鋤與瓦石不異，華捉而擲去之。又嘗同席讀書，有乘軒冕過門者，寧讀如故，歆廢書出看。寧割席分坐曰：‘子非吾友也。’”尾龍首，三國志魏志華歆傳裴松之注引魏略：“歆與北海邴原、管寧俱游學，三人相善，時人號三人爲一龍，歆爲龍頭，原爲龍腹，寧爲龍尾。”

〔八〕當塗：喻指魏。參見鐵崖撰縛虎行（載青照堂刊楊鐵崖詠史）。充閭兒：指賈充，賈充字公閭。晉書賈充傳：“史臣曰：賈充以諂諛陋質，刀筆常材，幸屬昌辰，濫叨非據。抽戈犯順，曾無猜憚之心；杖鉞推亡，遽有知難之請，非惟魏朝之悖逆，抑亦晉室之罪人者歟……昔當塗闕翦，公閭實肆其勞；典午分崩，南風亦盡其力，可謂‘君以此始，必以此終’，信乎其然矣。”


# 君馬黃

君馬黃，我馬蒼〔一〕。蒼黃色不辨，悮殺馬上郎。阿瞞子，突圍去。君不見追濮陽〔二〕，渡空騎，將軍赤馬兔〔三〕。阿瞞子，殺呂布〔四〕。

## 【箋注】

〔一〕“君馬黃”二句：源自古辭。宋書樂志四載漢鼓吹鐃歌十八曲，其十爲君馬黃歌，曰：“君馬黃，臣馬蒼，三馬同逐臣馬良。”

〔二〕“蒼黃色不辨”五句：概述曹操脱險經過。曹操小名阿瞞。資治通鑑卷六十一漢紀五十三：“呂布有別屯在濮陽西，曹操夜襲破之，未及還，會布至，身自搏戰。……布騎得操而不識，問曰：‘曹操何在？’操曰：‘乘黃馬走者是也。’布騎乃釋操而追黃馬者。操突火而出。”濮陽，位於今河南東北，與河北、山東交界。

〔三〕赤馬兔：即赤兔馬，呂布坐騎。後漢書呂布傳：“布常御良馬，號曰‘赤菟’，能馳城飛塹。”注：“曹瞞傳曰：‘時人語曰：人中有呂布，馬中有赤菟。’”

〔四〕“阿瞞子”二句：後呂布降，曹操縊殺之。詳見三國志魏書張邈傳。


# 董養子〔一〕呂布

董養子，健如虎。有詔殺賊臣，殺賊非殺父〔二〕。董養子，本梟雛，豈爲執戟生戈矛〔三〕（叶）！私恩不知漢尚父〔四〕，大義自許王司徒〔五〕。卻憐司徒座中咤，刵足黥膚不相赦（蔡邕）〔六〕。

## 【箋注】

〔一〕董養子：指呂布。董卓曾以呂布爲騎都尉，誓爲父子。詳見後漢書呂布傳。

〔二〕"有詔"二句：後漢書董卓傳："時王允與呂布及僕射士孫瑞謀誅卓……（卓）傷臂墮車，顧大呼曰：'呂布何在？'布曰：'有詔討賊臣。'卓大駡曰：'庸狗敢如是邪！'布應聲持矛刺卓，趣兵斬之。"

〔三〕"董養子"三句：意爲呂布本屬兇殘之人，其殺董卓，并非僅僅因爲董卓曾用手戟擲殺自己而懷恨。

〔四〕漢尚父：指董卓。董卓賓客部曲曾欲抬高其地位，比之爲姜太公，稱之爲尚父。詳見後漢書蔡邕傳。

〔五〕王司徒：指王允。後漢書呂布傳："卓自知兇恣，每懷猜畏，行止常以布自衛。嘗小失卓意，卓拔手戟擲之。布拳捷得免，而改容顧謝，卓意亦解。布由是陰怨於卓……因往見司徒王允，自陳卓幾見殺之狀。時允與尚書僕射士孫瑞密謀誅卓，因以告布，使爲内應……布遂許之。"

〔六〕"卻憐"二句：指王允執意殺害蔡邕一事。後漢書蔡邕傳："及卓被誅，邕在司徒王允坐，殊不意言之而歎，有動於色。允勃然叱之……即收付廷尉治罪。邕陳辭謝，乞黥首刵足，繼成漢史。士大夫多矜救之，不能得……邕遂死獄中。"


# 赤兔兒①〔一〕

赤兔②兒，健如虎。首啖千里草〔二〕，威風孰能禦！白門縛之柔若鼠③，阿瞞小慈幾脱④距。董太師，丁建陽，大耳之言其鋒不可當〔三〕。烏乎，大耳子，真可王。大人之斷，大人之剛〔四〕。

## 【校】

① 青照堂刊楊鐵崖詠史本題作縛虎行，題下小字注"呂布"，且録詩兩首，本詩爲第一首，用作校本。

② 兔：青照堂刊楊鐵崖詠史本作“菟”。

③ 白門縛之柔若鼠：青照堂刊楊鐵崖詠史本作“白門樓，柔若鼠”兩句。

④ 脱：原本誤作“晚”，據樓氏鐵崖詠史注本、青照堂刊楊鐵崖詠史本改。

## 【箋注】

〔一〕赤兔兒：指呂布。

〔二〕啖千里草：指呂布刺殺太師董卓。參見本卷千里草。

〔三〕“白門縛之”五句：董太師，指董卓。丁建陽，名原，其字建陽。呂布曾爲其部下，頗受器重，後卻受董卓指令刺殺之。大耳，指劉備。後漢書呂布傳：“布與麾下登白門樓，兵圍之急，令左右取其首詣操。左右不忍，乃下降。布見操……顧謂劉備曰：‘玄德，卿爲坐上客，我爲降虜，繩縛我急，獨不可一言邪？’操笑曰：‘縛虎不得不急。’乃命緩布縛。劉備曰：‘不可。明公不見呂布事丁建陽、董太師乎？’操頷之。布目備曰：‘大耳兒最叵信！’”注：“宋武北征記曰：‘下邳城有三重，大城周四里，呂布所守也。魏武禽布於白門。白門，大城之門也。’”

〔四〕顧亮集録楊鐵崖詠史古樂府本於詩末附注曰：“張憲和章，有咎大耳公不縱虎食操語。先生塗之，曰：‘豈有是理！’”


# 辛家女〔一〕　辛毗女憲英

辛家女，父書曾讀春秋經①，豈比喬家二女夜讀兵〔二〕。辛老人〔三〕，古遺直。議郎之言——關社稷，吁嗟英言光父則。抱頸②郎君器如斗（曹丕），魏祚得之那可久〔四〕（七年而崩③）！卞夫人，絕左右（丕母④）〔五〕，未若英言賢可后〔六〕。（其決鍾會必反，皆英先識之明。）

## 【校】

① “辛家女”二句：青照堂刊楊鐵崖詠史本作“辛家女，名憲英，父書曾讀春秋經，家庭自有人物評”四句。

② 頸：青照堂刊楊鐵崖詠史本作“頭”。

③ 七年而崩：原本無，據青照堂刊楊鐵崖詠史本增補。

④ 丕母：原本作“丕母十七而崩”，據青照堂刊楊鐵崖詠史本删。

## 【箋注】

〔一〕辛家女：晉書羊耽妻辛氏傳：“羊耽妻辛氏，字憲英，隴西人。魏侍中毗之
女也，聰朗有才鑒。”

〔二〕喬家二女：指大喬、小喬。參見本卷喬家壻。

〔三〕辛老人：指辛毗。辛毗曾任議郎，傳載三國志魏書。

〔四〕“抱頸郎君”二句：抱頸郎君，指魏文帝曹丕。晉書羊耽妻辛氏傳：“初，魏
文帝得立爲太子，抱毗項謂之曰：‘辛君知我喜不？’毗以告憲英，憲英歎
曰：‘太子，代君主宗廟社稷者也。代君不可以不戚，主國不可以不懼，宜
戚而喜，何以能久！魏其不昌乎！’”

〔五〕“卞夫人”二句：三國志魏書武宣卞皇后傳：“武宣卞皇后，瑯邪開陽人，文
帝母也。本倡家……後隨太祖至洛。及董卓爲亂，太祖微服東出避難。
袁術傳太祖凶問，時太祖左右至洛者皆欲歸，后止之曰：‘曹君吉凶未可
知，今日還家，明日若在，何面目復相見也？正使禍至，共死何苦！’……文
帝爲太子，左右長御賀后曰：‘將軍拜太子，天下莫不歡喜，后當傾府藏賞
賜。’后曰：‘王自以丕年大，故用爲嗣，我但當以免無教導之過爲幸耳，亦
何爲當重賜遺乎！’長御還，具以語太祖。太祖悦曰：‘怒不變容，喜不失
節，故是最爲難。’”

〔六〕英言賢可后：晉書羊耽妻辛氏傳：“鍾會爲鎮西將軍，憲英謂耽從子祜曰：
‘鍾士季何故西出？’祜曰：‘將爲滅蜀也。’憲英曰：‘會在事縱恣，非持久
處下之道，吾畏其有他志也。’”

# 在山虎〔一〕 孔融①

史以融②“才疏意廣，迄無成功〔二〕”。此以成敗論人，未知融
者。融之正氣，其挫損賊操者多矣〔三〕。故寧詆罵而死，無附麗以
生，所以爲一代人傑。英雄爭天下，必爲一代人傑所與。操能屈
天下之衆，而不能屈一夫之傑，豈英雄耶！先主自言曰：“孔北海
亦知世間有劉備耶！”是備喜爲融取予③〔四〕。而操爲融所詆罵，豈
非人傑也④！操殺融，適以成融之傑。故予爲賦在山虎。
在山虎，金之精，鐵之剛。狼在我户，鶚⑤在我堂〔五〕，税駕彼狼。

水火不兩立,鶚死狼猖狂,虎亦殃〔六〕。君不見孔父一正色〔七〕,百草不敢干秋霜,虎兮虎兮死何傷〔八〕。

## 【校】

① 樓氏鐵崖詠史注本題下小字注則作"有序"。

② 融:原本無,據樓氏鐵崖詠史注本增補。

③ 取予:樓氏鐵崖詠史注本作"所與也"。

④ "而操爲融所鄙罵,豈非人傑也"兩句,樓氏鐵崖詠史注本無。

⑤ 鶚:原本作"鶚鶚",據樓氏鐵崖詠史注本删。

## 【箋注】

〔一〕在山虎:喻指孔融。顧亮集錄楊鐵崖詠史古樂府本於詩末附注曰:"融恃才望,數侮操,發詞偏宕,多致乖忤。操外容忍,内甚嫌之。郗慮承操風旨,構成其罪。操遂收融,并殺妻子。"

〔二〕"才疏意廣"二句:後漢書孔融傳:"孔融字文舉,魯國人,孔子二十世孫也……融負其高氣,志在靖難,而才疏意廣,迄無成功。"

〔三〕賊操:指曹操。

〔四〕"先主自言曰"三句:謂劉備獲悉孔融知道自己而欣喜不已。後漢書孔融傳:"時黄巾復來侵暴,融乃出屯都昌,爲賊管亥所圍。融逼急,乃遣東萊太史慈求救於平原相劉備。備驚曰:'孔北海乃復知天下有劉備邪!'即遣兵三千救之。"

〔五〕狼:喻指曹操。鶚:孔融以之比禰衡。後漢書禰衡傳:"衡始弱冠,而融年四十,遂與爲交友。上疏薦之曰:'……鷙鳥累伯,不如一鶚。使衡立朝,必有可觀。'"

〔六〕"鶚死狼猖狂"二句:謂孔融與禰衡爲友,禰衡死後,孔融亦被殺。後漢書孔融傳:"曹操既積嫌忌,而郗慮復搆成其罪,遂令丞相軍謀祭酒路粹枉狀奏融曰:'……唐突宫掖。又前與白衣禰衡跌蕩放言……既而與衡更相贊揚,衡謂融曰:"仲尼不死。"融答曰:"顏回復生。"大逆不道,宜極重誅。'書奏,下獄棄市,時年五十六。妻子皆被誅。"按:禰衡言語觸怒黄祖而被殺,年僅二十六。詳見後漢書禰衡傳。

〔七〕孔父:指孔父嘉,宋司馬。後漢書孔融傳:"論曰:昔諫大夫鄭昌有言:'山有猛獸者,藜藿爲之不採。'是以孔父正色,不容弒虐之謀……若夫文舉之高志直情,其足以動義概而忤雄心。"注:"公羊傳曰:'孔父正色而立于朝,則人莫敢過而致難於其君者,孔父可謂義形於色矣。'"

〔八〕顧瑛集録楊鐵崖詠史古樂府本於詩末附評語曰:"自蘇子之論出,而孔融爲一代之豪傑。鐵雅詩意本此。"

# 梁父吟〔一〕并序

　　吾讀蜀志,嘗怪孔明有不及昭烈之明〔二〕:重違昭烈所用之人,且又違其臨終之命。魏文長〔三〕,昭烈親拔之重將也;馬謖,言過其實,不可大用,昭烈臨終爲亮之①戒者也〔四〕。祁山之役,關中響震,天水、南安皆叛以應我,王業之成,在兹一舉。奈何文長既制而不行②,而專委謖爲前鋒③,吾不知其去取何在?街亭一敗,爲謖所誤,至今千載而下,志士爲扼腕,豈天必使蜀安於一隅也耶④?殺謖謝衆,不亦晚乎!代之賦梁父吟者⑤,貶晏襃亮〔五〕。余以春秋責賢之法責亮,以繼梁父篇。

　　梁父歌⑥,卧龍起,中山王孫移玉趾〔六〕。自比管與樂,不比齊晏子。帝中崩,賊未庭,牛馬走餉〔七〕,龍蛇走兵〔八〕。魏司馬,十日不到長安城〔九〕。馬參軍,殺以釁鼓莫謝先帝靈。坐令巾幗婦,寢食問斗升〔十〕。歌梁父,西日傾,西風爲我生火聲。

## 【校】

① 爲亮之:原本作"爲之",據青照堂刊楊鐵崖詠史本補。

② 奈何文長既制而不行:青照堂刊楊鐵崖詠史本作"奈何文長之策欲祖韓信故事,既制而不許"。懷華庵叢書本作"奈何文長之策既制而不行"。

③ 前鋒:青照堂刊楊鐵崖詠史本作"前督"。

④ 耶:原本無,據青照堂刊楊鐵崖詠史本增補。

⑤ 代之賦梁父吟者:懷華庵叢書本作"詩人襲亮賦梁父吟"。梁父之"父",原本作"甫",據樓氏鐵崖詠史注本改。下同。

⑥ 此詩青照堂刊楊鐵崖詠史本與此本差異頗大,故視爲同題異詩,另外録入箋注。

## 【箋注】

〔一〕梁父吟:參見鐵崖先生古樂府卷四梁父吟注。三國志蜀書諸葛亮傳:"亮躬耕隴畝，好爲梁父吟。身長八尺，每自比於管仲、樂毅。”

〔二〕昭烈：指劉備。其謚號爲昭烈皇帝。

〔三〕魏文長：指魏延，其字文長。傳見三國志蜀書。

〔四〕“馬謖”四句：三國志蜀書馬謖傳：“先主臨薨謂亮曰：‘馬謖言過其實，不可大用，君其察之！’亮猶謂不然，以謖爲參軍……建興六年，亮出軍向祁山，時有宿將魏延、吳壹等，論者皆言以爲宜令爲先鋒，而亮違衆拔謖，統大衆在前，與魏將張郃戰于街亭，爲郃所破，士卒離散。亮進無所據，退軍還漢中。謖下獄物故，亮爲之流涕。”

〔五〕晏：指春秋時齊國丞相晏嬰。按：諸葛亮梁父吟所述，即晏嬰二桃殺三士故事。參見鐵崖先生古樂府卷四梁父吟注。

〔六〕“卧龍”二句：中山王孫，指劉備。三國志蜀書先主傳：“先主姓劉，諱備，字玄德，涿郡涿縣人，漢景帝子中山靖王勝之後也。”三國志蜀書諸葛亮傳：“時先主屯新野，徐庶見先主，先主器之。謂先主曰：‘諸葛孔明者，卧龍也，將軍豈願見之乎？’先主曰：‘君與俱來。’庶曰：‘此人可就見，不可屈致也。’”

〔七〕牛馬走餉：三國志蜀書諸葛亮傳：“（建興）九年，亮復出祁山，以木牛運……十二年春，亮悉大衆由斜谷出，以流馬運。”

〔八〕龍蛇走兵：指諸葛亮造八陣圖，猶如天地風雲，飛龍翔鳥，虎翼蛇蟠。參見麗則遺音卷三八陣圖。

〔九〕“魏司馬”二句：三國志蜀書魏延傳：“延每隨亮出，輒欲請兵萬人，與亮異道會於潼關，如韓信故事，亮制而不許。延常謂亮爲怯，歎恨已才用之不盡。”裴松之注引魏略曰：“夏侯楙爲安西將軍，鎮長安。亮於南鄭與群下計議，延曰：‘聞夏侯楙少，主婿也，怯而無謀。今假延精兵五千，負糧五千，直從褒中出，循秦嶺而東，當子午而北，不過十日可到長安……’亮以爲此縣危，不如安從坦道，可以平取隴右，十全必克而無虞。故不用延計。”

〔十〕“巾幗婦”二句：指司馬懿。三國志魏書明帝紀：“諸葛亮出斜谷，屯渭南，司馬宣王率諸軍拒之。”裴松之注引魏氏春秋曰：“亮既屢遣使交書，又致巾幗婦人之飾，以怒宣王……宣王見亮使，唯問其寢食及其事之煩簡，不問戎事。使對曰：‘諸葛公夙興夜寐，罰二十已上，皆親覽焉；所啖食不過數升。’宣王曰：‘亮體斃矣，其能久乎？’”

# 後梁父吟

　　君歌梁父吟，爲齊悲冶疆〔一〕。我歌梁父吟，爲君悲關張〔二〕。雙猛虎，見君亦哮怒。君調護，如臂股，與君一心恢漢宇。嗟兩虎，中道殂。前將軍（關），輕所愛，購爾千金顱〔三〕。右將軍（張），鞭健兒，割首東吳趨〔四〕。何如食桃二三子，比功校烈君前死。封古墓，蕩陰里。

## 【箋注】

〔一〕冶、疆：指古冶子、田開疆（或作田彊）。參見鐵崖先生古樂府卷四梁父吟注。又，晏子春秋卷二内篇諫下：“公孫接、田開疆、古冶子事景公，以勇力搏虎聞。晏子過而趨，三子者不起，晏子入見公曰：‘……今君之蓄勇力之士也，上無君臣之義，下無長率之倫，内不以禁暴，外不可威敵，此危國之器也，不若去之。’……因請公使人少餽之二桃，曰：‘三子何不計功而食桃？’”三人因争勝而先後自刎。

〔二〕關、張：指關羽、張飛。詩中分别稱“前將軍”、“右將軍”。

〔三〕“前將軍”三句：三國志蜀書關羽傳：“（建安）二十四年，先主爲漢中王，拜羽爲前將軍，假節鉞。是歲，羽率衆攻曹仁於樊……而曹公遣徐晃救曹仁。羽不能克，引軍退還……權遣將逆擊羽，斬羽及子平于臨沮。”裴松之注引蜀記曰：“羽與晃宿相愛，遥共語，但説平生，不及軍事。須臾，晃下馬宣令：‘得關雲長頭，賞金千斤。’羽驚怖，謂晃曰：‘大兄，是何言邪？’晃曰：‘此國之事耳。’”

〔四〕“右將軍”三句：三國志蜀書張飛傳：“先主爲漢中王，拜飛爲右將軍、假節……飛愛敬君子而不恤小人。先主常戒之曰：‘卿刑殺既過差，又日鞭撾健兒，而令在左右，此取禍之道也。’飛猶不悛。先主伐吳，飛當率兵萬人，自閬中會江州。臨發，其帳下將張達、范彊殺飛，持其首，順流而奔孫權。”

# 義鶻子〔一〕

　　曹操猜忌，殺人如草莽。其於羽，獨義之，且加賞賜，送其西去。左右欲追之，操曰：“人各爲其主耳。”余以是知操之雄霸中原，非袁本初輩比也〔二〕。本初一日殺二烈〔三〕，壯士爲之解體，豈英雄也哉！

義鶻子，軍中百萬刺顏良。感君德①，爲君償。西風颯颯吹關梁，翻身背向西風翔。豈比架上鷹，饑則附人飽則颺②〔四〕。

【校】

① 德：樓氏鐵崖詠史注本作“恩”。
② 颺：樓氏鐵崖詠史注本作“揚”。

【箋注】

〔一〕義鶻子：喻指關羽。三國志蜀書關羽傳：“建安五年，曹公東征，先主奔袁紹。曹公禽羽以歸，拜爲偏將軍，禮之甚厚。紹遣大將顏良攻東郡太守劉延於白馬，曹公使張遼及羽爲先鋒擊之。羽望見良麾蓋，策馬刺良於萬衆之中，斬其首還，紹諸將莫能當者，遂解白馬圍。曹公即表封羽爲漢壽亭侯。初，曹公壯羽爲人，而察其心神無久留之意，謂張遼曰：‘卿試以情問之。’既而遼以問羽，羽歎曰：‘吾極知曹公待我厚，然吾受劉將軍厚恩，誓以共死，不可背之。吾終不留，吾要當立效以報曹公乃去。’……及羽殺顏良，曹公知其必去，重加賞賜。羽盡封其所賜，拜書告辭，而奔先主於袁軍。左右欲追之，曹公曰：‘彼各爲其主，勿追也。’”
〔二〕袁本初：袁紹，漢末群雄之一，後漢書有傳。
〔三〕殺二烈：袁紹連殺諍臣臧洪、陳容，參見本卷一日殺二烈。
〔四〕“豈比架上鷹”二句：後漢書呂布傳：“譬如養鷹，飢即爲用，飽則颺去。”

# 的盧馬①〔一〕

大耳主，呼阿盧②，阿盧努力托我千金軀③。檀溪水深不見底，阿盧一躍三丈餘。君不見當陽橋〔二〕，沔水渡〔三〕，一雙羽翼④真都護（關、張、劉備），豈知阿盧⑤論功不在關張下（叶“戶”）。

【校】

① 青照堂刊楊鐵崖詠史本於題下有小字注“劉備”。

② 阿盧：青照堂刊楊鐵崖詠史本作“的盧”，下同。

③ 阿盧努力托我千金軀：青照堂刊楊鐵崖詠史本作“的盧須努力，托主千金軀”兩句。

④ 一雙羽翼：青照堂刊楊鐵崖詠史本作“關張兩將”。

⑤ 豈知阿盧：青照堂刊楊鐵崖詠史本作“豈知的盧馬”。

## 【箋注】

〔一〕的盧馬：劉備坐騎。太平御覽卷八百九十七馬：“世語曰：劉備屯樊城，劉表禮焉，憚其爲人，不甚信用。曾請宴會荆越蔡瑁，欲因會取備。備覺之，僞如厠，潛遁出行。所乘馬名爲的顱，騎的顱走，墮襄陽城西檀溪水中，溺不得出，備急曰：‘的顱，今日厄，可不努力！’的顱乃一踊三丈，遂得過。”

〔二〕當陽橋：三國志蜀書張飛傳：“曹公入荆州，先主奔江南。曹公追之，一日一夜，及於當陽之長阪。先主聞曹公卒至，棄妻子走，使飛將二十騎拒後。飛據水斷橋，瞋目橫矛曰：‘身是張益德也，可來共決死！’敵皆無敢近者，故遂得免。”

〔三〕沔水渡：三國志蜀書關羽傳：“（建安）二十四年，先主爲漢中王，拜羽爲前將軍，假節鉞。是歲，羽率衆攻曹仁於樊。曹公遣于禁助仁。秋，大霖雨，漢水泛溢，禁所督七軍皆没。禁降羽，羽又斬將軍龐惪。梁郟、陸渾群盜或遥受羽印號，爲之支黨，羽威震華夏。”又，資治通鑑卷六十八漢紀六十：“（建安二十四年）備自陽平南渡沔水，緣山稍前，營於定軍山。”注：“華陽國志曰：‘漢中沔陽縣有定軍山，北臨沔水。’”

# 反顧狼①〔一〕

操嘗謂丕曰：“司馬懿非人臣也，必預汝家事。”操明知懿奸，而不能爲丕謀②，何也？以篡繼篡，果天數乎！

阿瞞挾③智數〔二〕，百戰開金漳〔三〕。能殺千里草〔四〕，不殺反顧狼。反顧狼，破汝家室坐汝床。

## 【校】

① 青照堂刊楊鐵崖詠史本題作反狼顧，無詩前小序，題下有小字注：“司馬懿。”

② 謀：原本無，據樓氏鐵崖詠史注本增補。

③ 挾：青照堂刊楊鐵崖詠史本作“誇”。

## 【箋注】

〔一〕反顧狼：喻指司馬懿。晉書宣帝紀：“宣皇帝諱懿，字仲達，河内溫縣孝敬里人。姓司馬氏……帝内忌而外寬，猜忌多權變。魏武察帝有雄豪志，聞有狼顧相，欲驗之。乃召使前行，令反顧，面正向後而身不動。又嘗夢三馬同食一槽，甚惡焉。因謂太子丕曰：‘司馬懿非人臣也，必預汝家事。’”

〔二〕阿瞞：曹操小字。

〔三〕開金漳：指曹操建國於鄴，作金虎臺等。三國志魏書卷一武帝紀：“（建安十八年）秋七月，始建魏社稷宗廟。……九月，作金虎臺，鑿渠引漳水入白溝以通河。”參見陳善學序刊楊鐵崖先生文集卷五銅雀妓注。

〔四〕千里草：指董卓。參見本卷千里草。

<br>

# 大礪謡〔一〕 公孫瓚

　　大如礪，可避世，燕之南陲趙北際。塹十週（十二里①），京十丈（謂之易京），鐵關京門人莫上〔二〕。京門開，大吭健②婦聲如雷。謀夫猛將日解散，深籌高議憑誰裁〔三〕！於乎，逐夫餘〔四〕，掃黃蘖〔五〕，白馬義從（音“宗”）天下烈〔六〕。幽州牧，劉金城（劉虞），誰謀③烏桓節制明？操兵犯大義，大礪難爲京〔七〕。金萬穴，穀千堆，上谷胡市千家財〔八〕。天下之事不可待，獨夫引火焚④高臺〔九〕。

## 【校】

① 此“十二里”小字注原本無，據青照堂刊楊鐵崖詠史本增補。下句小字注同。

② 健：原本作“建”，據樓氏鐵崖詠史注本、青照堂刊楊鐵崖詠史本改。

③ 誰謀：青照堂刊楊鐵崖詠史本作“詔討”。

④ 焚：青照堂刊楊鐵崖詠史本作“高”。

## 【箋注】

〔一〕大礪：咏公孫瓚事。公孫瓚：漢末北方群雄之一，被袁紹所滅。後漢書公

孫瓚傳："瓚破禽劉虞,盡有幽州之地,猛志益盛。前此有童謠曰:'燕南
垂,趙北際,中央不合大如礪,唯有此中可避世。'瓚自以爲易地當之,遂徙
鎮焉。"

〔二〕"塹十週"三句:指公孫瓚築城自固。後漢書獻帝紀:"(建安)四年春三
月,袁紹攻公孫瓚于易京,獲之。"注:"公孫瓚頻失利,乃臨易河築京以自
固,故號易京。其城三重,周回六里。今内城中有土京,在幽州歸義
縣南。"

〔三〕"京門開"四句:後漢書公孫瓚傳:"瓚慮有非常,乃居於高京,以鐵爲門。
斥去左右,男人七歲以上不得入易門。專侍姬妾,其文簿書記皆汲而上
之。令婦人習爲大言聲,使聞數百步,以傳宣教令。疏遠賓客,無所親信,
故謀臣猛將稍有乖散。"

〔四〕夫餘:東北小國。太平寰宇記卷一百七十四東夷三夫餘國:"夫餘本屬玄
菟,至漢末,公孫度雄張海東,威服外夷,其王始死,子尉仇台立,更屬
遼東。"

〔五〕黃孽:指黃巾軍。後漢書公孫瓚傳:"初平二年,青、徐黃巾三十萬衆入勃
海界,欲與黑山合。瓚率步騎二萬人,逆擊於東光南,大破之,斬首三萬
餘級。"

〔六〕"白馬"句:後漢書公孫瓚傳:"瓚常與善射之士數十人,皆乘白馬,以爲左
右翼,自號'白馬義從'。烏桓更相告語,避白馬長史。乃畫作瓚形,馳騎
射之,中者咸稱萬歲。虜自此之後,遂遠竄塞外。"

〔七〕"幽州牧"五句:謂幽州刺史劉虞與公孫瓚因烏桓而起紛争,公孫瓚濫用
武力而江山不保。後漢書劉虞傳:"虞初舉孝廉,稍遷幽州刺史,民夷感其
德化,自鮮卑、烏桓、夫餘、穢貊之輩,皆隨時朝貢,無敢擾邊者……初,詔
令公孫瓚討烏桓,受虞節度。瓚但務會徒衆以自强大,而縱任部曲,頗侵
擾百姓,而虞爲政仁愛,念利民物,由是與瓚漸不相平。"又,後漢書公孫瓚
傳:"瓚志掃滅烏桓,而劉虞欲以恩信招降,由是與虞相忤。"

〔八〕"金萬穴"三句:指劉虞寬政之效。後漢書劉虞傳:"時處處斷絶,委輸不
至,而虞務存寬政,勸督農植,開上谷胡市之利,通漁陽鹽鐵之饒,民悦年
登,穀石三十。青、徐士庶避黃巾之難歸虞者,百餘萬口。"

〔九〕"獨夫"句:後漢書公孫瓚傳:"(袁)紹設伏,瓚遂大敗,復還保中小城。自
計必無全,乃悉縊其姊妹妻子,然後引火自焚。紹兵趣登臺斬之。"

# 徐無山人歌〔一〕 田疇

徐無山,北平里。田子泰,擊劍士〔二〕。山中躬耒耜,五千人,忽成市〔三〕。立農政,制婚禮。興學校,集師弟,烏桓鮮卑拜堂陛〔四〕。袁本初五使不可呼〔五〕,曹孟德茂才一舉無趑趄〔六〕。論功辭賞申包胥〔七〕,君讎未報劉公虞〔八〕。易之京,大如礪。獨夫斃,目始閉〔九〕。

## 【箋注】

〔一〕徐無山人:漢末隱士田疇曾隱居徐無山中,故稱之爲徐無山人。按資治通鑑卷六十漢紀五十二注,徐無山位於右北平郡徐無縣。

〔二〕“田子泰”二句:三國志魏書田疇傳:“田疇字子泰,右北平無終人也。好讀書,善擊劍。”

〔三〕“山中”三句:資治通鑑卷六十漢紀五十二:“初,(劉)虞欲遣使奉章詣長安,而難其人,衆咸曰:‘右北平田疇,年二十二,年雖少,然有奇材。’虞乃備禮,請以爲掾……得報,馳還,比至,虞已死……疇北歸無終,率宗族及他附從者數百人,掃地而盟曰:‘君仇不報,吾不可以立於世!’遂入徐無山中,營深險平敞地而居,躬耕以養父母,百姓歸之,數年間至五千餘家。”

〔四〕“立農政”五句:資治通鑑卷六十漢紀五十二:“疇乃爲約束……又制爲婚姻嫁娶之禮,與學校講授之業,班行於衆,衆皆便之,至道不拾遺。北邊翕然服其威信,烏桓、鮮卑各遣使致饋,疇悉撫納,令不爲寇。”

〔五〕袁本初:即袁紹。三國志魏書田疇傳:“袁紹數遣使招命,又即授將軍印,因安輯所統,疇皆拒不受。紹死,其子尚又辟焉,疇終不行。”

〔六〕曹孟德:魏太祖曹操。三國志魏書田疇傳:“建安十二年,太祖北征烏丸,未至,先遣使辟疇,又命田豫喻指。疇戒其門下趣治嚴。門人謂曰:‘昔袁公慕君,禮命五至,君義不屈;今曹公使一來而君若恐弗及者,何也?’疇笑而應之曰:‘此非君所識也!’”

〔七〕“論功”句:三國志魏書田疇傳:“復以前爵封疇,疇上疏陳誠,以死自誓。太祖不聽,欲引拜之,至於數四,終不受……乃下世子及大臣博議,世子以疇同於子文辭祿、申胥逃賞,宜勿奪以優其節。尚書令荀彧、司隸校尉鍾繇亦以爲可聽……太祖喟然知不可屈,乃拜爲議郎。”申包胥:春秋時楚國大夫,吳軍攻入楚都,申包胥求救於秦,迫使吳國退兵,事後又拒受封賞。參見陳善學序刊楊鐵崖先生文集卷一蘆中人注。

〔八〕劉公虞：指幽州刺史劉虞。參見前注及本卷大礪謠注。

〔九〕"易之京"四句：指公孫瓚。參見本卷大礪謠注。


# 賣國奴〔一〕


　　法正爲劉璋軍議校尉，度璋不足有爲，與張松密謀，奉劉備爲州主，遂説璋迎備。且陰獻策於備，備遂取璋〔二〕。正，賣國人也。備以正外統邦畿，内爲謀主。睚眥之怨必報，擅殺數人。人告孔明，乃以主公賴以羽翼，不敢禁止〔三〕。孫盛罪孔明之言爲"失刑正〔四〕"，是也。

　　賣國奴，主公取汝爲參謨，睚眥殺人在通都，主公縱之不敢辜〔五〕。顛頡揚干法必誅，如何大臣不糾正，卻爲主公羽翼相嘔嚅！


## 【箋注】

〔一〕賣國奴：指劉璋屬官法正。

〔二〕"法正爲劉璋軍議校尉"七句：概述法正獻策促使劉備襲取益州一事。法正，字孝直，官至尚書令、護軍將軍。劉璋，東漢末年割據群雄之一，時任益州牧。參見本卷鳳雛行注。

〔三〕"備以正"七句：三國志蜀書法正傳："以正爲蜀郡太守、揚武將軍，外統都畿，内爲謀主。一飡之德，睚眦之怨，無不報復，擅殺毀傷己者數人。或謂諸葛亮曰：'法正於蜀郡太縱橫，將軍宜啓主公，抑其威福。'亮答曰：'主公之在公安也，北畏曹公之强，東憚孫權之逼，近則懼孫夫人生變於肘腋之下。當斯之時，進退狼跋，法孝直爲之輔翼，令翻然翱翔，不可復制，如何禁止法正使不得行其意邪！'"

〔四〕孫盛：字安國，東晉史學家。著有魏氏春秋、晉陽秋。晉書有傳。失刑正：孫盛語。三國志作"失政刑"。三國志蜀書法正傳裴松之注："孫盛曰：夫威福自下，亡家害國之道；刑縱於寵，毀政亂理之源，安可以功臣而極其陵肆，嬖幸而藉其國柄者哉！故顛頡雖勤，不免違命之刑；揚干雖親，猶加亂行之戮。夫豈不愛？王憲故也。諸葛氏之言，於是乎失政刑矣。"顛頡，春秋時晉國大夫，居功自傲，擅自進攻僖負羈，被晉文公處死。詳見春秋左傳正義卷十五、卷十六。揚干，春秋時晉國公子，晉悼公之弟。春秋左傳

　　正義卷二十九：“晉侯之弟揚干亂行於曲梁，魏絳戮其僕……晉侯以魏絳
　　爲能，以刑佐民矣。反役，與之禮食，使佐新軍。”

〔五〕顧亮集録楊鐵崖詠史古樂府本附注曰：“犯罪應死曰辜。”


# 獵許謡①〔一〕


　　英英雙獵夫，勇氣如兩虎。歇馬松林間，健卒散飛②雨。林間赤
髯郎〔二〕，欲效鴻門舞〔三〕。樓桑將軍天下奇〔四〕，順天取予天難欺，肯使
髯郎死作蛛蝱靡〔五〕！嗚呼，肯使髯郎死作蛛蝱靡！

【校】

① 顧亮集録楊鐵崖詠史古樂府本、青照堂刊楊鐵崖詠史本皆於題下附小字注：
　　“曹操、劉備。”

② 健：青照堂刊楊鐵崖詠史本作“從”。飛：樓氏鐵崖詠史注本、青照堂刊楊鐵
　　崖詠史本作“如”。

【箋注】

〔一〕本詩評述劉備與曹操在許都共獵一事。許：魏國都城，位於今河南許昌。

〔二〕赤髯郎：指關羽。三國志蜀書關羽傳裴松之注：“蜀記曰：初，劉備在許，
　　　與曹公共獵。獵中，衆散，羽勸備殺公，備不從。及至夏口，飄颻江渚，羽
　　　怒曰：‘往日獵中，若從羽言，可無今日之困。’備曰：‘是時亦爲國家惜之
　　　耳。若天道輔正，安知此不爲福邪！’”

〔三〕效鴻門舞：意爲仿效當年項羽之鴻門宴，刺殺曹操。

〔四〕樓桑將軍：指劉備。三國志蜀書先主傳：“先主少孤，與母販履織席爲業。
　　　舍東南角籬上有桑樹，生高五丈餘，遥望見童童如小車蓋，往來者皆怪此
　　　樹非凡，或謂當出貴人。”

〔五〕“肯使”句：三國志蜀書關羽傳：“（孫）權遣將逆擊羽，斬羽及子平于臨
　　　沮。追謚羽曰壯繆侯。（注：）吴歷曰：權送羽首於曹公，以諸侯禮葬其尸
　　　骸。”蛛蝱，蜘蛛別名。

# 鳳雛行<sup>〔一〕</sup> 有序論

　　龐德公以統爲“鳳雛”，配孔明之“卧龍”，人品高矣。而力勸先主取劉璋<sup>〔二〕</sup>，論者以爲扼其吭而奪之國，孔明必不爲此<sup>〔三〕</sup>。夫劉氏自焉，陰懷異志，造乘輿，斷劍閣，遣米賊，殺漢使，助馬騰，襲長安<sup>〔四〕</sup>。其不仁如此，乃漢之賊，去袁、董不遠<sup>〔五〕</sup>。夫璋以孽息復盜王土，恢復漢室者所當討，此統之勸先主急取也。孔明嘗説先主攻劉琮<sup>〔六〕</sup>，取荆州，則孔明豈以取益州爲不是耶！然統曰“逆取順守<sup>〔七〕</sup>”，則非也。統不以璋爲逆，而反以自家<sup>①</sup>爲逆，何哉！

　　鳳之雛，桑之叟<sup>〔八〕</sup>。非過譽，劉荆州<sup>〔九〕</sup>。聘國士，鳳兮相從卧龍起。復漢土，取孽奴。從君西去到成都，龍飛鳳躍勿跙躓。

【校】

① 家：原本無，據顧亮集録楊鐵崖詠史古樂府本增補。

【箋注】

〔一〕鳳雛：龐統，字士元，曾從學於龐德公。諸葛孔明與其爲師兄弟。參見鐵崖先生古樂府卷八覽古之十八。

〔二〕先主：指劉備。劉璋：漢末割據群雄之一，佔據益州。參見本卷賣國奴。

〔三〕“而力勸”三句：按：本詩謂襲取益州乃龐統計策，必非孔明主意。對此或有異議。朱子語類卷一百三十六歷代三：“毅然問：‘孔明誘奪劉璋，似不義。’曰：‘便是後世聖賢難做，動著便粘手惹脚。’‘諸葛孔明天資甚美，氣象宏大，但所學不盡純正，故亦不能盡善。取劉璋一事，或以爲先主之謀，未必是孔明之意，然在當時多有不可盡曉處。’”

〔四〕“夫劉氏自焉”八句：歷數劉璋父劉焉罪行。後漢書劉焉傳：“劉焉字君郎，江夏竟陵人也。魯恭王後也……是時益州賊馬相亦自號‘黄巾’。……遣兵破巴郡，殺郡守趙部。州從事賈龍先領兵數百人在犍爲，遂糾合吏人攻相，破之，龍乃遣吏卒迎焉。焉到，以龍爲校尉，徙居綿竹。撫納離叛，務行寬惠，而陰圖異計……初平二年，犍爲太守任岐及賈龍并反，攻焉。焉擊破，皆殺之。自此意氣漸盛，遂造作乘輿車重千餘乘……

興平元年,征西將軍馬騰與範謀誅李傕,焉遣叟兵五千助之。”

〔五〕袁、董: 指袁紹、董卓。

〔六〕劉琮: 荆州牧劉表次子。東漢末年劉表死後,繼任。曹操大軍南下時,舉荆州而降。

〔七〕逆取順守: 資治通鑑卷六十六漢紀五十八:“法正至荆州,陰獻策於劉備曰:‘以明將軍之英才,乘劉牧之懦弱;張松,州之股肱,響應於内,以取益州,猶反掌也。’備疑未決。龐統言於備曰:‘……今益州戸口百萬,土沃財富,誠得以爲資,大業可成也。’備曰:‘……今以小利而失信義於天下,奈何?’統曰:‘亂離之時,固非一道所能定也。且兼弱攻昧,逆取順守,古人所貴。若事定之後,封以大國,何負於信! 今日不取,終爲人利耳。’備以爲然。”

〔八〕桑之叟: 指龐德公。

〔九〕劉荆州: 此指劉備。

# 虎威將①〔一〕　于禁

虎威將,何鋒棱,曾斬故人雙涕零〔二〕。不隨漢水死樊城,歸國欲爲秦孟明〔三〕。虎威將,謁高陵,不如白馬將,先軫賜策圖丹青〔四〕。

## 【校】

① 原本題下又有小字注概述于禁生平,據樓氏鐵崖詠史注本刪。

## 【箋注】

〔一〕虎威將: 指曹魏大將于禁。

〔二〕“曾斬”句: 三國志魏書于禁傳:“昌豨復叛,遣禁征之,禁急進攻豨。豨與禁有舊,詣禁降。諸將皆以爲豨已降,當送詣太祖,禁曰:‘諸君不知公常令乎! 圍而後降者不赦。夫奉法行令,事上之節也。豨雖舊友,禁可失節乎!’自臨與豨訣,隕涕而斬之……東海平,拜禁虎威將軍。”

〔三〕“不隨漢水”二句: 三國志魏書于禁傳:“建安二十四年,太祖在長安,使曹仁討關羽於樊,又遣禁助仁。秋,大霖雨,漢水溢,平地水數丈,禁等七軍皆没。禁與諸將登高望水,無所回避,羽乘大船就攻禁等,禁遂降。惟龐悳不屈節而死……會孫權禽羽,獲其衆,禁復在吴。文帝踐阼,權稱藩,遣禁還。帝引見禁,鬚髮皓白,形容憔悴,泣涕頓首。帝慰喻以荀林父、孟明視故事,拜爲安遠將軍。”裴松之注:“魏書載制曰:‘昔荀林父敗績於邲,孟明喪師於殽,秦、晉不替,使復其位。其後晉獲狄土,秦霸西戎,區區小國,猶尚若斯,而況萬乘乎?樊城之敗,水災暴至,非戰之咎,其復禁等官。’”

〔四〕“虎威將”四句:白馬將:指龐悳。三國志魏書龐悳傳:“後親與(關)羽交戰,射羽中額。時悳常乘白馬,羽軍謂之‘白馬將軍’,皆憚之……爲羽所殺,太祖聞而悲之……文帝即王位,乃遣使就悳墓賜謚,策曰:‘昔先軫喪元,王蠋絕脰,隕身徇節,前代美之。惟侯式昭果毅,蹈難成名,聲溢當時,義高在昔,寡人愍焉,謚曰壯侯。’”按:先軫,春秋時晉國大夫,臨陣戰死。又,三國志魏書于禁傳:“欲遣使吳,先令北詣鄴謁高陵。帝使豫於陵屋畫關羽戰克、龐悳憤怒、禁降服之狀。禁見,慚恚發病薨。”


# 子卿來①〔一〕


子卿來,曹氏昌,袁氏危〔二〕。許下糧穀僅僅一月支,許幕府料敵何神奇〔三〕。輕兵三百里,覆厄上告天子下方伯,手擒漢賊真狐狸。奇謀天授脱不取,乃以他過相羈縻〔四〕。烏巢輜重脱鈔掠,其敗不過三日期。牛唇馬舌雜人鼻〔五〕,幅巾父子將何之〔六〕?子卿來,曹氏昌,袁氏危。

## 【校】

① 原本與顧亮集録楊鐵崖詠史古樂府本題下皆附小字注曰:“許攸字子卿,袁紹之謀臣。”據樓氏鐵崖詠史注本删。按:上述注語所謂“字子卿”有誤,參見注釋。

## 【箋注】

〔一〕子卿:袁紹謀臣許攸。許攸字子遠,子卿實爲尊稱,“貴之也”。參見資治通鑑卷六十三漢紀五十五注釋。

〔二〕“子卿來”三句:後漢書袁紹傳:“許攸進曰:‘曹操兵少而悉師拒我,許下餘守勢必空弱。若分遣輕軍,星行掩襲,許拔則操成禽。如其未潰,可令首尾奔命,破之必也.'紹又不能用.會攸家犯法,審配收繫之,攸不得志,遂奔曹操."又,資治通鑑卷六十三漢紀五十五:"操聞攸來,跣出迎之,撫掌笑曰:'子卿遠來,吾事濟矣!'"

〔三〕"許下"二句:資治通鑑卷六十三漢紀五十五:"(許攸)謂操曰:'袁氏軍盛,何以待之? 今有幾糧乎?'操曰:'尚可支一歲.'攸曰:'無是,更言之.'又曰:'可支半歲.'攸曰:'足下不欲破袁氏邪,何言之不實也?'操曰:'向言戲之耳.其實可一月,爲之奈何?'攸曰:'公孤軍獨守,外無救援而糧穀已盡,此危急之日也.袁氏輜重萬餘乘,在故市、烏巢,屯軍無嚴備,若以輕兵襲之,不意而至,燔其積聚,不過三日,袁氏自敗也.'"

〔四〕"奇謀"二句:謂許攸不爲袁紹所用,又以他人過錯遭羈押.參見前注.

〔五〕"烏巢"三句:烏巢,位於滑州酸棗城東.後漢書袁紹傳注引曹瞞傳:"攸勸公襲瓊等,公大喜,乃選精銳步騎,皆執袁軍旗幟,銜枚縛馬口,夜從間道出,人把束薪……既至,圍屯,大放火,營中驚亂,大破之.盡燔其糧穀寶貨.斬督將眭元進等,割得將軍淳于仲簡鼻,殺士卒千餘人,皆取鼻,牛馬割脣舌,以示紹軍.將士皆惶懼."

〔六〕幅巾父子:指袁紹及其長子袁譚.後漢書袁紹傳:"初,紹聞操擊瓊,謂長子譚曰:'就操破瓊,吾拔其營,彼固無所歸矣.'乃使高覽、張郃等攻操營,不下.二將聞瓊等敗,遂奔操.於是紹軍驚擾,大潰.紹與譚等幅巾乘馬,與八百騎度河,至黎陽北岸."


# 喬家婿①〔一〕 并序論


　　烏林之捷〔二〕,歷代史儒②爲江東君臣之頌.予猶惜江東之君,志與賊不俱生,而諸將討賊之心猶未一也.肅爲贊軍而先歸〔三〕,寧自將③兵而入夷陵〔四〕,蒙又爲寧分兵而出④〔五〕,普恃久將爲左右督,且與瑜不睦也〔六〕.賊陷大澤中〔七〕,可擒不擒.縱不禽⑤也,下令購賊首,軍中獨無送首至者耶! 讀史至此,爲之掩卷懊歎⑥.

　　烏南飛,烏林枝.關西有豺虎(馬超、韓遂也)〔八〕,江東有熊羆〔九〕.中原弟子慣鞍馬,未識蒙衝習風火〔十〕.丹徒老尉多智謀〔十一〕,夜樹降旗南岸下⑦.喬家婿,真奇才⑧,紫旗青蓋潮⑨頭來.南風一箭火鴉發,鼙鼓震天如怒雷。焦兵爛馬連營倒〔十二〕,老奸失脚⑩華容道〔十三〕。當時兵忌躐上將,弩末何能穿魯縞。伏龍料敵非空談〔十四〕,瞞首合⑪貯江東函。贊⑫軍一歸何太速,左右督,心二三⑬。巴西健兒解追賊,徑取夷陵未奇特〔十五〕。千金況⑭令購瞞首,走馬窮途操⑮可得。三軍飲酒氣如虹,南山作豆江作鍾。子布 文表⑯兩幗婦〔十六〕,周公 魯公雙劍雄〔十七〕。雙劍雄,呼真龍⑰,斫案龍刀第一功〔十八〕。

## 【校】

① 青照堂刊楊鐵崖詠史本題作烏南飛,題下無小字注。

② 儒:樓氏 鐵崖詠史注本作"論",青照堂刊楊鐵崖詠史本作"傳"。

③ 將:青照堂刊楊鐵崖詠史本作"分"。

④ 而出:青照堂刊楊鐵崖詠史本作"出援"。

⑤ 縱不禽:原本脱,據青照堂刊楊鐵崖詠史本補。

⑥ 懊歎:青照堂刊楊鐵崖詠史本作"懊嗟",且以下又有"因賦烏林行"一句。

⑦ 自"烏南飛"至"夜樹降旗南岸下"凡八句,原本無,據青照堂刊楊鐵崖詠史本增補。

⑧ "喬家婿,真奇才"兩句,青照堂刊楊鐵崖詠史本作"喬家小婿真奇才"一句。

⑨ 潮:樓氏 鐵崖詠史注本作"湖"。

⑩ 脚:青照堂刊楊鐵崖詠史本作"足"。

⑪ 合:青照堂刊楊鐵崖詠史本作"盍"。

⑫ 贊:青照堂刊楊鐵崖詠史本作"蘆"。

⑬ "左右督,心二三"兩句,青照堂刊楊鐵崖詠史本作"左右督心持二三"一句。

⑭ 況:原本作"無",據青照堂刊楊鐵崖詠史本改。

⑮ 走馬窮途操:青照堂刊楊鐵崖詠史本作"匹馬窮途人"。

⑯ 子布 文表:原本與顧亮集録楊鐵崖詠史古樂府本皆作"子(張)布 子(蔡)表",青照堂刊楊鐵崖詠史本作"子布 元表",據樓氏 鐵崖詠史注本改。

⑰ "雙劍雄,呼真龍"兩句,原本無,據青照堂刊楊鐵崖詠史本增補。

## 【箋注】

〔一〕喬家婿:指周瑜。喬,或作"橋"。三國志吳書周瑜傳:"初,孫堅興義兵討董卓,徙家於舒。堅子策與瑜同年,獨相友善……時得橋公兩女,皆國色也。策自納大橋,瑜納小橋。"

〔二〕烏林之捷:指赤壁之戰。按:烏林與赤壁山相對,故此借指赤壁。參見後漢書獻帝紀、資治通鑑卷六十五漢紀五十七注文。

〔三〕肅：指魯肅。三國志吳書魯肅傳：“魯肅字子敬，臨淮 東城人也……時周瑜受使至鄱陽，肅勸追召瑜還。遂任瑜以行事，以肅爲贊軍校尉，助畫方略。曹公破走，肅即先還，權大請諸將迎肅。”

〔四〕寧：指甘寧。三國志吳書甘寧傳：“甘寧字興霸，巴郡 臨江人也……後隨周瑜拒破曹公於烏林。攻曹仁於南郡，未拔，寧建計先徑進取夷陵，往即得其城，因入守之。”

〔五〕蒙：指呂蒙。三國志吳書呂蒙傳：“呂蒙字子明，汝南 富陂人也……瑜使甘寧前據夷陵，曹仁分衆攻寧，寧困急，使使請救。諸將以兵少不足分，蒙謂瑜、普曰：‘留凌公績，蒙與君行，解圍釋急。’”

〔六〕普：指程普。三國志吳書程普傳：“程普字德謀，右北平 土垠人也……與周瑜爲左右督，破曹公於烏林，又進攻南郡，走曹仁。拜裨將軍。……先出諸將，普最年長，時人皆呼程公。”又，三國志吳書周瑜傳：“性度恢廓，大率爲得人，惟與程普不睦。”裴松之注引江表傳曰：“普頗以年長，數陵侮瑜。瑜折節容下，終不與校。”

〔七〕賊陷大濘中：指曹操等從華容道步行而歸，陷入泥濘。

〔八〕關西有豺虎：指韓遂、馬超等將。按：馬超之父馬騰，東漢末年與“韓遂等俱起事於西州”，後馬超爲劉備帳下大將。傳載三國志蜀書。

〔九〕江東有熊羆：指東吳豪傑。

〔十〕蒙衝：一種小型戰船，速度較快。

〔十一〕丹徒老尉：指黃蓋。黃蓋曾任丹陽都尉，故稱。赤壁大戰前，設計詐降火攻。

〔十二〕“南風”三句：三國志吳書周瑜傳：“瑜部將黃蓋曰：‘今寇衆我寡，難與持久。然觀操軍船艦首尾相接，可燒而走也。’……蓋放諸船，同時發火。時風盛猛，悉延燒岸上營落。頃之，烟炎漲天，人馬燒溺死者甚衆，軍遂敗退。”

〔十三〕“老奸”句：三國志魏書武帝紀注引山陽公載記曰：“公船艦爲備所燒，引軍從華容道步歸，遇泥濘，道不通，天又大風，悉使羸兵負草填之，騎乃得過。羸兵爲人馬所蹈藉，陷泥中，死者甚衆。”

〔十四〕“當時”三句：三國志蜀書諸葛亮傳：“時（孫）權擁軍在柴桑，觀望成敗，亮説權曰：‘……曹操之衆，遠來疲弊，聞追豫州，輕騎一日一夜行三百餘里，此所謂“彊弩之末，勢不能穿魯縞”者也。故兵法忌之，曰“必蹶上將軍”。’”伏龍，即卧龍，指諸葛亮。

〔十五〕"巴西健兒"二句：指甘寧。

〔十六〕子布、文表：此二人於赤壁戰前倡言投降。參見後注引録孫權語。按：子布爲張昭字。張昭曾爲孫權軍師，三國志吳書有傳。至於文表究竟何人，迄無定説。明人嚴衍撰資治通鑑補卷六十五引述此段史實且附小注曰："秦松字文表。"然今考三國志吳書之張紘傳，謂秦松與張紘等爲孫策謀臣，"各早卒"，顯然不能爲赤壁戰前之謀臣。又，丹陽人芮玄字文表，拜奮武中郎將，以功封溧陽侯。其女兒爲孫權妃。或即此詩所謂"文表"。參見元郝經撰續後漢書卷六十一芮玄傳。

〔十七〕周公：指周瑜。魯公：即魯肅。三國志吳書周瑜傳裴松之注引江表傳曰："權拔刀斫前奏案曰：'諸將吏敢復有言當迎操者，與此案同！'及會罷之夜，瑜請見……權撫背曰：'公瑾，卿言至此，甚合孤心。子布、文表諸人，各顧妻子，挾持私慮，深失所望。獨卿與子敬與孤同耳，此天以卿二人贊孤也。'"

〔十八〕顧亮集録楊鐵崖詠史古樂府本於詩末附評語曰："末意以刀斷之功歸孫權。"


# 合肥戰①〔一〕　孫權

　　君不見當陽坂，決死敵，百萬敵兵不敢逼②〔二〕。又不見逍遥津，萬軍力窮兵不敢一戰③〔三〕（張遼）。紫髯郎（孫權），青游繮④，危橋斷板馬不驤〔四〕。監谷利〔五〕，真王良〔六〕。大船椎牛慶⑤萬歲，賀齊雙淚啼浪浪〔七〕。

## 【校】

① 青照堂刊楊鐵崖詠史本所録合肥戰詩有兩首，其一與本詩迥異，其二與本詩有數句相似。今皆作同題異詩另外録入。

② 逼：樓氏鐵崖詠史注本作"邁"。

③ 本句蓋有闕字。又，懺華庵叢書本於詩末有小字注："此章疑有脱誤。"

④ 繮：原本誤作"疆"，據樓氏鐵崖詠史注本改。

⑤ 慶：樓氏鐵崖詠史注本作"稱"。

## 【箋注】

〔一〕合肥戰：指東漢建安二十年(二一五)，孫權率兵與曹魏軍戰於合肥。合肥，今屬安徽省。

〔二〕“君不見當陽坂”三句：指張飛於當陽之長阪喝退曹兵。參見陳善學序刊楊鐵崖先生文集卷二的盧馬。

〔三〕“又不見逍遥津”二句：稱賞魏將張遼。張遼字文遠。曾率將士七千餘人屯守合肥，孫權十萬大軍圍攻，張遼左沖右突，“權人馬皆披靡，無敢當者”。詳見三國志魏書張遼傳。逍遥津，位於今安徽合肥。

〔四〕“紫髯郎”三句：指孫權逃險。三國志吴書甘寧傳：“建安二十年，從攻合肥，會疫疾，軍旅皆已引出，惟車下虎士千餘人，并吕蒙、蔣欽、凌統及寧，從權逍遥津北。”又，三國志吴書孫權傳：“遂征合肥，合肥未下，徹軍還。兵皆就路，權與凌統、甘寧等在津北爲魏將張遼所襲，統等以死扞權，權乘駿馬越津橋得去。”裴松之注引獻帝春秋：“張遼問吴降人：‘向有紫髯將軍，長上短下，便馬善射，是誰？’降人答曰：‘是孫會稽。’遼及樂進相遇，言不早知之，急追自得，舉軍歎恨。”

〔五〕谷利：孫權侍從官。三國志吴書孫權傳裴松之注引江表傳：“權乘駿馬上津橋，橋南已見徹，丈餘無版。谷利在馬後，使權持鞍緩控，利於後著鞭，以助馬勢，遂得超度。權既得免，即拜利都亭侯。谷利者，本左右給使也，以謹直爲親近監，性忠果亮烈，言不苟且，權愛信之。”

〔六〕王良：春秋時善馭馬者。見孟子滕文公下。又漢王充論衡率性：“王良登車，馬不罷駕。”

〔七〕賀齊：孫權部將。三國志吴書賀齊傳裴松之注引江表傳曰：“權征合肥還，爲張遼所掩襲於津北，幾至危殆。齊時率三千兵在津南迎權。權既入大船，會諸將飲宴，齊下席涕泣而言曰：‘至尊人主，常當持重。今日之事，幾致禍敗，群下震怖，若無天地，願以此爲終身誡。’權自前收其淚曰：‘大慚！謹以剋心，非但書諸紳也。’”

# 費尚書〔一〕

禕乃亮後賢將相，攸、允所不及者①〔二〕。平生特過於酒，漢壽之厄，爲酒所誤〔三〕。雖越巂太守預以彭羕之事戒之〔四〕，而禕不知警,豈非沉湎落魄之過耶? 酒既誤之②,又乏左右,其及禍③也宜哉! 張巖以文偉④爲好近新附,長寧以文偉對棋爲矜己有餘⑤〔五〕,以致被害。余謂⑥非也,爲賦費尚書詩⑦。

費尚書,相國升同車,宮中之事悉咨諏〔六〕。費尚書,能辦⑧賊。來家小兒苦相劇〔七〕(來敏),郟中賊來人不識(郭脩⑨)。費尚書,湎於酒,又無捉刀在左右。嗚呼,座中目動何爲⑩人,相國一語驚逃虜〔八〕。相國先監何其神,於乎,相國先監何其神!

## 【校】

① 攸、允所不及者:青照堂刊楊鐵崖詠史本作"攸、允輩所不及也"。

② 之:青照堂刊楊鐵崖詠史本作"人"。

③ 禍:原本脱,據青照堂刊楊鐵崖詠史本補。

④ 文偉:原本作"文禕",據樓氏鐵崖詠史注本、青照堂刊楊鐵崖詠史本改。下同。

⑤ 有餘:原本無,據青照堂刊楊鐵崖詠史本增補。

⑥ 余謂:原本無,據青照堂刊楊鐵崖詠史本增補。

⑦ 爲賦費尚書詩:原本無,據青照堂刊楊鐵崖詠史本增補。又,以下詩歌青照堂刊楊鐵崖詠史本差異頗大,故作同題異詩另外録入。

⑧ 辦:原本作"辨",據三國志蜀書費禕傳改。

⑨ 郭脩之"脩",原本作"循",據三國志蜀書費禕傳改。

⑩ 何爲:樓氏鐵崖詠史注本作"爲何"。

## 【箋注】

〔一〕費尚書:蜀國宰相費禕。三國志蜀書費禕傳:"費禕字文偉,江夏鄳人也……亮卒,禕爲後軍師。頃之,代蔣琬爲尚書令。"裴松之注引:禕別傳:"于時軍國多事,公務煩猥,禕識悟過人,每省讀書記,舉目暫視,已究其意旨,其速數倍於人,終亦不忘。常以朝晡聽事,其間接納賓客,飲食嬉戲,加之博弈,每盡人之歡,事亦不廢。"

〔二〕攸:郭攸之。允:董允。三國志蜀書董允傳:"延熙六年,加輔國將軍。七年,以侍中守尚書令,爲大將軍費禕副貳。九年,卒。"裴松之注引華陽國志:"時蜀人以諸葛亮、蔣琬、費禕及允爲四相,一號'四英'也。"宋蕭常續後漢書卷十二董允傳:"侍中郭攸之性謙順,備員而已,獻納之任,允皆專之。”三國志蜀書費禕傳裴松之注引禕別傳：“董允代禕爲尚書令，欲斅禕之所行，旬日之中，事多愆滯。允乃歎曰：‘人才力相縣若此甚遠，此非吾之所及也。聽事終日，猶有不暇爾。’”

〔三〕“平生特過於酒”三句：三國志蜀書費禕傳：“後十四年夏，還成都，成都望氣者云都邑無宰相位，故冬復北屯漢壽。延熙十五年，命禕開府。十六年歲首大會，魏降人郭脩在坐。禕歡飲沈醉，爲脩手刃所害，謚曰敬侯。”

〔四〕越巂太守：指張嶷，其字伯岐。三國志蜀書張嶷傳：“嶷初見費禕爲大將軍，姿性泛愛，待信新附太過，嶷書戒之曰：‘昔岑彭率師，來歙杖節，咸見害於刺客，今明將軍位尊權重，宜鑒前事，少以爲警。’後禕果爲魏降人郭脩所害。”

〔五〕“長寧”句：三國志吳書諸葛恪傳裴松之注引志林：“昔魏人伐蜀，蜀人禦之……費禕時爲元帥，荷國任重，而與來敏圍棋，意無厭倦。敏臨別謂禕：‘君必能辦賊者也。’言其明略內定，貌無憂色。況長寧以爲君子臨事而懼，好謀而成者。且蜀爲蕞爾之國，而方向大敵，所規所圖，唯守與戰，何可矜已有餘，晏然無戚？斯乃性之寬簡，不防細微，卒爲降人郭脩所害，豈非兆見於彼而禍成於此哉？”按：長寧未詳何人，或疑爲蜀人。參見清人杭世駿撰三國志補注卷六諸葛滕二孫濮陽傳。

〔六〕“費尚書”三句：謂諸葛亮在世時尤其器重費禕。三國志蜀書費禕傳：“丞相亮南征還，群寮於數十里逢迎，年位多在禕右，而亮特命禕同載，由是衆人莫不易觀……亮北住漢中，請禕爲參軍。”三國志蜀書諸葛亮傳：“侍中、侍郎郭攸之、費禕、董允等，此皆良實，志慮忠純……愚以爲宮中之事，事無大小，悉以咨之，然後施行，必能裨補闕漏，有所廣益。”

〔七〕來家小兒：指來敏。

〔八〕“座中目動”二句：概述諸葛亮識破刺客一事。三國志蜀書諸葛亮傳裴松之注：“曹公遣刺客見劉備，方得交接，開論伐魏形勢，甚合備計。稍欲親近，刺者尚未得便會，既而亮入，魏客神色失措。亮因而察之，亦知非常人。須臾，客如厠，備謂亮曰：‘向得奇士，足以助君補益。’亮問所在，備曰：‘起者其人也。’亮徐歎曰：‘觀客色動而神懼，視低而忤數，姦形外漏，邪心內藏，必曹氏刺客也。’追之，已越墻而走。”


# 藍田玉①〔一〕


予讀諸葛恪出師論〔二〕，未嘗不悲其志而哀其身，至於石岡②

之慘也〔三〕。論者多以恪志大取③族，不逃父瑾之言〔四〕；又以吴主之詔，不當立碑者爲公論④〔五〕，皆成敗論人耳。昔者周公流言之變〔六〕，霍光謀逆之誣〔七〕，二公幸賴成、昭之明以免。恪⑤受周、霍之任〔八〕，不遇明主，遂罹大患⑥。使出師之論，不能終西朝叔父討罪之志〔九〕，恪之不幸，抑吴之不幸也⑦。故予以⑧春秋法原其心，不以成敗禍福論恪，爲賦藍田玉以哀之。

葛家兒⑨，藍田玉。俘告大王廟⑩，讐殺韓都督（綜）〔十〕。捷書未到漢成都，殺身以⑪議張光禄（緝）〔十一〕。老馬（懿）身死⑫王淩誅，曹家厄會適投虚。夜讀叔父出師表，飲馬河洛宜長驅〔十二〕。兵頓新城非迫促〔十三〕，宗廟神靈未徼福。一日誓死百世知，至今壯士爲痛哭。（恪云：“若一朝殞没，志雖不立，亦令來世知我心也⑬。”）

重些之曰：

悲風發兮⑭石子岡，犬銜衣兮⑮惶惶〔十四〕。葦衣篋帶人不亡⑯，吴兒野祭淚滂⑰滂。西朝侍中兄弟行〔十五〕，一門忠孝同耿光⑱。

先生自注：“諸葛瞻之死〔十六〕，外不負國，内不改父之志，忠孝存焉。予於恪亦云。”

## 【校】

① 青照堂刊楊鐵崖詠史本題作葛家兒。

② 石岡：青照堂刊楊鐵崖詠史本誤作“石崇”。

③ 志大取：青照堂刊楊鐵崖詠史本作“取赤”。

④ “者爲公論”四字，原本無，據青照堂刊楊鐵崖詠史本增補。

⑤ 恪：原本脱，據青照堂刊楊鐵崖詠史本補。

⑥ 患：青照堂刊楊鐵崖詠史本作“禍”。

⑦ “抑吴之不幸也”六字，原本無，據青照堂刊楊鐵崖詠史本增補。

⑧ 予以：青照堂刊楊鐵崖詠史本作“本”。

⑨ “葛家兒”三字，原本無，據青照堂刊楊鐵崖詠史本增補。

⑩ “俘告大王廟”五字，原本無，據青照堂刊楊鐵崖詠史本增補。

⑪ 以：青照堂刊楊鐵崖詠史本作“已”。

⑫ 死：青照堂刊楊鐵崖詠史本作“斃”。

⑬ 顧亮集録楊鐵崖詠史古樂府本於“恪云”二字以上，有“仁注”二字。“亦令來世知我心也”以下，又有“此亦叔父死而後已之忠”一句。

⑭ 發兮：青照堂刊楊鐵崖詠史本作“東來”。

⑮ 犬銜衣兮：青照堂刊楊鐵崖詠史本作“銜衣老犬”。

⑯ 人不亡：青照堂刊楊鐵崖詠史本作“移劍履”。

⑰ 淚滂：青照堂刊楊鐵崖詠史本作“雙淚”。

⑱ “西朝侍中”二句：青照堂刊楊鐵崖詠史本作“西朝侍中從父子（瞻），張公移書相料理。不須成敗論人才，曰孝曰忠同一死”四句。

## 【箋注】

〔一〕藍田玉：源於孫權稱讚諸葛恪語。三國志吳書諸葛恪傳裴松之注引江表傳：“恪少有才名，發藻岐嶷，辯論應機，莫與爲對。權見而奇之，謂瑾曰：‘藍田生玉，真不虛也。’”

〔二〕出師諭：載諸葛恪傳。

〔三〕石岡：即石子岡。三國志吳書諸葛恪傳：“先是，童謠曰：‘諸葛恪，蘆葦單衣篾鈎落，於何相求成子閣。’成子閣者，反語石子岡也。建業南有長陵，名曰石子岡，葬者依焉。鈎落者，校飾革帶，世謂之鈎絡帶。恪果以葦席裹其身而篾束其腰，投之於此岡。”

〔四〕“論者”二句：三國志吳書諸葛恪傳：“恪以丹楊山險，民多果勁，雖前發兵，徒得外縣平民而已，其餘深遠，莫能禽盡，屢自求乞爲官出之，三年可得甲士四萬……恪父瑾聞之，亦以事終不逮，歎曰：‘恪不大興吾家，將大赤吾族也。’”

〔五〕“又以”二句：三國志吳書諸葛恪傳裴松之注引江表傳曰：“朝臣有乞爲恪立碑以銘其勳績者，博士盛沖以爲不應。孫休曰：‘盛夏出軍，士卒傷損，無尺寸之功，不可謂能；受托孤之任，死於豎子之手，不可謂智。沖議爲是。’遂寢。”

〔六〕周公流言之變：指西周成王年幼，周公執政，管叔、蔡叔疑之，散播流言。詳見尚書大傳。

〔七〕“霍光”句：西漢昭帝之兄燕王等，曾誣告霍光“專權自恣，疑有非常”。其時昭帝年僅十四，然頗有主見。詳見漢書霍光傳。

〔八〕周、霍：指周公、霍光。三國志吳書諸葛恪傳：“（孫）權不豫，而太子少，乃徵恪以大將軍領太子太傅。”又：“（恪與弟融書曰：）吾身受顧命，輔相幼主，竊自揆度，才非博陸而受姬公負圖之托，懼忝丞相輔漢之效，恐損先帝委付之明。”

〔九〕西朝叔父：指諸葛亮。

〔十〕韓都督：指魏前軍督韓綜。諸葛恪於東興大敗魏軍，斬韓綜。

〔十一〕“殺身”句：光禄大夫張緝（皇后父）等謀廢大將軍司馬師，欲以太常夏侯玄代之。事覺，諸所連及者皆伏誅。參見三國志魏書毋丘儉傳。

〔十二〕“老馬身死”四句：源於諸葛恪所撰出師諭。三國志吳書諸葛恪傳：“恪乃著論（即本詩所謂出師諭）諭衆意曰：‘……司馬懿先誅王凌，續自隕斃，其子幼弱，而專彼大任，雖有智計之士，未得施用。當今伐之，是其厄會……近見家叔父表陳與賊争競之計，未嘗不喟然歎息也。夙夜反側，所慮如此。’”按：“家叔父表”，即諸葛亮所撰出師表。

〔十三〕“兵頓”二句：三國志吳書諸葛恪傳：“恪意欲曜威淮南，驅略民人，而諸將或難之曰：‘今引軍深入，疆場之民，必相率遠遁，恐兵勞而功少，不如止圍新城。新城困，救必至，至而圖之，乃可大獲。’恪從其計，迴軍還圍新城。攻守連月，城不拔，士卒疲勞。”

〔十四〕犬銜衣：三國志吳書諸葛恪傳：“（孫）峻搆恪欲爲變，與亮謀，置酒請恪。恪將見之夜，精爽擾動，通夕不寐。明將盥漱，聞水腥臭……嚴畢趨出，犬銜引其衣，恪曰：‘犬不欲我行乎？’還坐，頃刻乃復起，犬又銜其衣，恪令從者逐犬，遂升車。”

〔十五〕西朝侍中：指諸葛瞻。諸葛瞻字思遠，諸葛亮之子、諸葛恪從弟。官至射聲校尉、侍中、尚書僕射，加軍師將軍。傳載三國志蜀書。

〔十六〕諸葛瞻之死：魏征西將軍鄧艾伐蜀，欲招降，諸葛瞻不屈而戰死。詳見三國志蜀書諸葛瞻傳。


# 亂宮奴〔一〕


亂宮奴，錦襠褕。淫如秦嫪毐〔二〕，驕如馮子都〔三〕，春風永巷花龍駒①。内②家官爵賤如土，昨夜③宮奴官上柱〔四〕。葦衣篋帶血魂啼，石子岡頭天嘯④雨〔五〕。桓桓虎將吞⑤熊貔，燕席豈⑥受宮奴欺！虎將死，作椎鬼⑦，夢中擊奴奴不起⑧〔六〕。

## 【校】

① “錦襠褕”以下四句：青照堂刊楊鐵崖詠史本作“錦襠褕，春風永巷騎龍駒，宮中淫如秦嫪毐，市上嬌如馮子都。”

② 内：青照堂刊楊鐵崖詠史本作“官”。

③ 夜：<u>青照堂</u>刊<u>楊鐵崖詠史</u>本作"日"。

④ 嘯：<u>青照堂</u>刊<u>楊鐵崖詠史</u>本作"大"。

⑤ 吞：<u>青照堂</u>刊<u>楊鐵崖詠史</u>本作"失"。

⑥ 豈：<u>青照堂</u>刊<u>楊鐵崖詠史</u>本作"可"。

⑦ "虎將死,作椎鬼"二句：<u>青照堂</u>刊<u>楊鐵崖詠史</u>本作"桓桓虎將作雄鬼"一句。

⑧ 不起：<u>青照堂</u>刊<u>楊鐵崖詠史</u>本作"怖死"。

## 【箋注】

〔一〕原本題下有小字注："<u>孫峻</u>,殺<u>諸葛恪</u>者。"<u>三國志吳書孫峻傳</u>："<u>孫峻</u>字<u>子遠</u>,<u>孫堅</u>弟<u>靜</u>之曾孫也……<u>峻</u>素無重名,驕矜險害,多所刑殺,百姓囂然。又奸亂宮人,與<u>公主魯班</u>私通。"

〔二〕<u>嫪毐</u>：<u>秦</u>人,<u>吕后</u>姘夫。<u>吕不韋</u>送<u>嫪毐</u>入宮中,與<u>吕后</u>淫亂。參見<u>陳善學序刊楊鐵崖先生文集卷一文信侯</u>。

〔三〕<u>馮子都</u>：名<u>殷</u>,<u>西漢霍光</u>家奴。頗得主人寵倖,後與<u>霍光</u>寡妻淫亂。參見<u>鐵崖賦稿卷上周公負成王圖賦</u>。

〔四〕"内家官爵"二句：<u>三國志吳書孫峻傳</u>："<u>孫權</u>末,徙<u>武衛都尉</u>,爲侍中。<u>權</u>臨薨,受遺輔政,領<u>武衛將軍</u>,故典宿衛,封<u>都鄉侯</u>。既誅<u>諸葛恪</u>,遷<u>丞相大將軍</u>,督中外諸軍事、假節,進封<u>富春侯</u>。"上柱："<u>上柱國</u>"之略稱。未見史書記載授予<u>孫峻上柱國</u>,此處蓋非實指。按："<u>上柱國</u>"在<u>元</u>代爲一等勛階,正一品。

〔五〕"葦衣篾帶"二句：述<u>諸葛恪</u>死狀。參見本卷<u>藍田玉</u>。

〔六〕"桓桓虎將"五句：述<u>孫峻</u>死因。<u>諸葛恪</u>遭<u>孫峻</u>刺殺,葬於<u>石子崗</u>。後<u>孫峻</u>令<u>文欽</u>、<u>吕據</u>等率軍征<u>魏</u>,於<u>石頭餞</u>行時,入<u>吕據</u>營地,見其治兵得法,軍營整肅,遂稱心痛離去。夜夢爲<u>諸葛恪</u>所擊,恐懼發病而死。詳見<u>三國志吳書孫峻傳</u>。

# 一日殺二烈[一]

一日殺二烈,青天雨飛霜[二]。壯夫一解體,智士盡括囊。<u>汝南使</u>(<u>紹</u>)[三],圖霸業,不爲天子誅兇孽。一日殺二烈,十敗雌雄今已決[四]。

## 【箋注】

〔一〕二烈：指<u>臧洪</u>、<u>陳容</u>。<u>後漢書臧洪傳</u>："(<u>袁</u>)<u>紹</u>本愛<u>洪</u>,意欲屈服赦之,見

其辭切，知終不爲用，乃命殺焉。洪邑人陳容，少爲諸生，親慕於洪，隨爲東郡丞。先城未敗，洪使歸紹。時容在坐，見洪當死，起謂紹曰：‘將軍舉大事，欲爲天下除暴，而專先誅忠義，豈合天意？臧洪發舉爲郡將，奈何殺之！’紹慚，使人牽出，謂曰：‘汝非臧洪疇，空復爾爲？’容顧曰：‘夫仁義豈有常所，蹈之則君子，背之則小人。今日寧與臧洪同日死，不與將軍同日生也。’遂復見殺。在紹坐者，無不歎息，竊相謂曰：‘如何一日戮二烈士！’”

〔二〕“青天”句：蒙求集注卷上：“燕鄒衍事燕惠王，左右譖之，被繫于獄。仰天而哭，盛夏天爲之降霜。”

〔三〕汝南使：指袁紹。袁紹爲汝南汝陽人。

〔四〕十敗：源自荀彧、郭嘉評論袁紹語。資治通鑑卷六十二漢紀五十四：“袁紹與操書，辭語驕慢。操謂荀彧、郭嘉曰：‘今將討不義而力不敵，何如？’對曰：‘劉、項之不敵，公所知也。漢祖惟智勝項羽，故羽雖強，終爲所禽。今紹有十敗，公有十勝，紹雖強，無能爲也。紹繁禮多儀，公體任自然，此道勝也。紹以逆動，公奉順以率天下，此義勝也。桓、靈以來，政失於寬，紹以寬濟寬，故不攝，公糾之以猛，上下知制，此治勝也。紹外寬內忌，用人而疑之，所任唯親戚子弟，公外易簡而內機明，用人無疑，唯才所宜，不問遠近，此度勝也……’”

## 卷十八　陳善學序刊楊鐵崖先生文集卷二之下

## 老駕戀棧豆①〔一〕

老馬戀棧豆,棧豆不多時。老駕老待死,豈復千里馳!哀哀犺犢子(爽),身隨六龍飛。老駕空獻策,犺犢復何爲〔二〕?犺犢子,窟室方聚麀〔三〕,五侯宅前起高樓〔四〕,智囊乃是都鄉侯(蔣濟)〔五〕。

【校】

① 原本題下有小字注,概述有關史實,據樓氏鐵崖詠史注本删。

【箋注】

〔一〕老駕戀棧豆:晉書宣帝紀:"大司農桓範出赴爽,蔣濟言於帝曰:'智囊往矣。'帝曰:'爽與範内疏而智不及,駕馬戀棧豆,必不能用也。'"又,三國志魏書曹爽傳裴松之注引干寶晉書:"桓範出赴爽,宣王謂蔣濟曰:'智囊往矣。'濟曰:'範則智矣,駕馬戀棧豆,爽必不能用也。'"

〔二〕"哀哀"四句:三國志魏書曹爽傳裴松之注引魏氏春秋曰:"爽既罷兵,曰:'我不失作富家翁。'(桓)範哭曰:'曹子丹佳人,生汝兄弟,犢耳!何圖今日坐汝等族滅矣!'"按:曹爽父名真,字子丹。

〔三〕窟室方聚麀:指曹爽驕奢淫逸,私納魏明帝曹叡才人爲妾。資治通鑑卷七十五魏紀七:"大將軍爽,驕奢無度,飲食衣服,擬於乘輿;尚方珍玩,充牣其家。又私取先帝才人以爲伎樂。作窟室,綺疏四周,數與其黨何晏等縱酒其中。"

〔四〕"五侯"句:三國志魏書曹爽傳:"遂免爽兄弟,以侯還第。"裴松之注引魏末傳:"爽兄弟歸家,敕洛陽縣發民八百人,使尉部圍爽第四角,角作高樓,令人在上望視爽兄弟舉動。"

〔五〕都鄉侯:指司馬懿謀士蔣濟。三國志魏書蔣濟傳:"蔣濟字子通,楚國平阿人也……以隨太傅司馬宣王屯洛水浮橋,誅曹爽等,進封都鄉侯,邑七百户。"又,晉書宣帝紀:"嘉平元年春正月甲午,天子謁高平陵,(曹)爽兄弟皆從。是日,太白襲月。帝於是奏永寧太后廢爽兄弟。"

## 寝興鬼<sup>①〔一〕</sup> 范粲

當塗高<sup>〔二〕</sup>，高復圮。邵陵公，金墉死<sup>〔三〕</sup>。范貞士，三十六年寝興鬼。

【校】

① 原本題下有小字注概述范粲生平，據樓氏鐵崖詠史注本删。

【箋注】

〔一〕寝興鬼：指范粲。晉書隱逸傳：“范粲字承明，陳留外黄人……齊王芳被廢，遷于金墉城，粲素服拜送，哀慟左右……粲又稱疾，闔門不出。於是特詔爲侍中，持節使於雍州。粲因陽狂不言，寝所乘車，足不履地……以太康六年卒，時年八十四。不言三十六載，終於所寝之車。”
〔二〕當塗高：指曹魏政權。參見青照堂刊楊鐵崖詠史縛虎行。
〔三〕邵陵公：指曹魏齊王曹芳。資治通鑑卷八十晉紀二：“是歲（泰始十年），邵陵厲公曹芳卒。初，芳之廢遷金墉也。”注：“芳之廢也，築宫于河内重門。今言遷金墉，蓋始廢之時，自禁中遷于金墉，後乃居于河内也。”

## 三鬼行<sup>〔一〕</sup>

管輅以何晏爲“鬼幽”<sup>〔二〕</sup>，又以鄧颺爲“鬼躁”，皆曹爽之客也<sup>〔三〕</sup>。予以輅能言幽、躁二鬼于爽<sup>①</sup>，而不及司馬懿之僞鬼，何也？爲賦三鬼行。

傅粉郎，白如瓠，顧影日中作行步<sup>〔四〕</sup>。窟室將軍禮上賓<sup>〔五〕</sup>，能令公喜令公怒。山陽王弼、鄧颺徒，時時座上談虛無<sup>〔六〕</sup>。管先生，呼鬼幽，狎鬼躁，行尸已<sup>②</sup>詔青蠅到<sup>〔七〕</sup>。不知大鬼有尸居，窟室將軍敗昏耄<sup>③〔八〕</sup>。

【校】

① 于爽：樓氏鐵崖詠史注無此二字。

② 已：樓氏鐵崖詠史注本作“人”。

③ 耄：樓氏鐵崖詠史注本作“髦”。

## 【箋注】

〔一〕三鬼：即三國曹魏時人何晏、鄧颺與司馬懿。三國志魏書管輅傳裴松之
注引輅別傳曰：“舅夏大夫問輅：‘前見何、鄧之日，爲已有兇氣未也？’輅
言：‘……夫鄧之行步，則筋不束骨，脉不制肉，起立傾倚，若無手足，謂之
鬼躁。何之視候，則魂不守宅，血不華色，精爽烟浮，容若槁木，謂之鬼幽。
故鬼躁者爲風所收，鬼幽者爲火所燒，自然之符，不可以蔽也。’”又，晉書
五行志上：“魏尚書鄧颺行步弛縱，筋不束體，坐起傾倚，若無手足，此貌之
不恭也。管輅謂之鬼躁。鬼躁者，兇終之徵，後卒誅也。”鄧颺：字玄茂，
鄧禹後人。官至尚書。生平見三國志魏書曹爽傳注引魏略。

〔二〕管輅：三國志魏書管輅傳：“管輅字公明，平原人也。容貌粗醜，無威儀而
嗜酒，飲食言戲，不擇非類，故人多愛之而不敬也。”

〔三〕曹爽：三國魏明帝、齊王時權臣。參見本卷老駑戀棧豆注。

〔四〕“傅粉郎”三句：指何晏。資治通鑑卷七十五魏紀七：“何晏性自喜，粉白
不去手，行步顧影。尤好老、莊之書，與夏侯玄、荀粲及山陽王弼之徒，競
爲清談，祖尚虛無。”

〔五〕窟室將軍：指曹爽。參見本卷老駑戀棧豆注。

〔六〕“山陽王弼、鄧颺徒”二句：謂王弼、鄧颺等人常與何晏談玄。王弼：字輔
嗣，山陽高平（今山東濟寧一帶）人。曾任尚書郎。以談玄著稱。生平附
見三國志魏書鍾會傳。

〔七〕“管先生”四句：指管輅爲何晏卜命。三國志魏書管輅傳：“鄧颺在晏許，
晏謂輅曰：‘聞君蓍爻神妙，試爲作一卦，知位當至三公不？’又問：‘連夢
見青蠅數十頭，來在鼻上，驅之不肯去，有何意故？’輅曰：‘……今君侯位
重山岳，勢若雷電，而懷德者鮮，畏威者衆。殆非小心翼翼多福之仁。又，
鼻者艮，此天中之山，高而不危，所以長守貴也。今青蠅臭惡，而集之焉。
位峻者顛，輕豪者亡……’輅還邑舍，具以此言語舅氏，舅氏責輅言太切
至。輅曰：‘與死人語，何所畏邪！’”

〔八〕“不知大鬼”二句：大鬼，指晉宣帝司馬懿。晉書宣帝紀：“河南尹李勝將蒞
荆州，來候帝。帝詐疾篤，使兩婢侍，持衣衣落，指口言渴，婢進粥，帝不持杯
飲，粥皆流出霑胸……勝退告（曹）爽曰：‘司馬公尸居餘氣，形神已離，不足
慮矣。’他日，又言曰：‘太傅不可復濟，令人愴然。’故爽等不復設備。”

# 遇敵即倒戈①〔一〕

黃旗張,紫蓋舉,荊揚之君得天下(叶"禹")。萬或兒,立彭祖〔二〕,大軍堂堂出牛渚〔三〕。雪滿山,冰滿河,望敵不來我奈何。敵一來,我倒戈。

## 【校】

① 原本題下有小字注,概述相關史實,據樓氏鐵崖詠史注本刪。

## 【箋注】

〔一〕遇敵即倒戈:三國志吳書孫晧傳裴松之注引江表傳:"初,丹楊刁玄使蜀,得司馬徽與劉廙論運命曆數事。玄詐增其文以誑國人曰:'黃旗紫蓋見於東南,終有天下者,荊、揚之君乎!'又得中國降人,言壽春下有童謠曰'吳天子當上'。晧聞之喜曰:'此天命也。'即載其母妻子及後宮數千人,從牛渚陸道西上,云青蓋入洛陽,以順天命。行遇大雪,道塗陷壞,兵士被甲持仗,百人共引一車,寒凍殆死。兵人不堪,皆曰:'若遇敵便當倒戈耳!'晧聞之,乃還。"

〔二〕"萬或兒"二句:指萬或擁立孫晧。三國志吳書孫晧傳:"孫晧字元宗,權孫,和子也。一名彭祖,字晧宗。孫休立,封晧爲烏程侯……休薨,是時蜀初亡……左典軍萬或昔爲烏程令,與晧相善,稱晧才識明斷,是長沙桓王之疇也……於是遂迎立晧,時年二十三。"

〔三〕牛渚:山名。方輿勝覽卷十五太平州:"牛渚山,在當塗縣北三十里。山下有磯,古津渡也,與和州橫江陵相對。"

# 大目奴〔一〕

文欽矯太后詔,起兵討司馬師〔二〕。尹大目者,自小爲曹氏家奴,師將與俱行。師爲文鴦所驚,病目突出〔三〕。尹爲師說欽、鴦和解,欽屬聲罵大目曰:"汝先帝家奴,反與司馬作逆!"張弓射之。大目涕泣而免,欽、鴦父子遂奔吳。欽、鴦矯詔討賊,矯雖有罪,而討賊則不失其正也。大目之矢,何不移之於突目之賊。鴦能以匹馬出入八千驍騎中,如此者六七〔四〕,亦奇男子也。惜其事不成。

大目曹家奴,曹家突目子,作逆干天誅。文家小鴦年十八,勁弓引滿不虛發。胡不射殺突目子!曹家奴,狐鼠耳。

## 【箋注】

〔一〕大目奴:三國志魏書毌丘儉傳裴松之注引魏末傳曰:"殿中人姓尹,字大目,小爲曹氏家奴,常侍在帝側,大將軍將俱行。大目知大將軍一目已突出,啓云:'文欽本是明公腹心,但爲人所誤耳,又天子鄉里。大目昔爲文欽所信,乞得追解語之,令還與公復好。'大將軍聽遣大目單身往,乘大馬,被鎧胄,追文欽,遥相與語。大目心實欲曹氏安,謬言:'君侯何苦若不可復忍數日中也!'欲使欽解其旨。欽殊不悟,乃更屬聲罵大目:'汝先帝家人,不念報恩,而反與司馬師作逆;不顧上天,天不佑汝!'乃張弓傅矢欲射大目,大目涕泣曰:'世事敗矣,善自努力也。'"

〔二〕"文欽"二句:文欽,任揚州刺史。司馬師:司馬懿長子,任曹魏大將軍。西晉初年追尊爲景皇帝。生平見晉書景帝紀。三國志魏書毌丘儉傳:"毌丘儉字仲恭,河東聞喜人也……儉以計厚待(文)欽,情好歡洽。欽亦感戴,投心無貳。正元二年正月,有彗星數十丈,西北竟天,起於吳、楚之分。儉、欽喜,以爲己祥。遂矯太后詔,罪狀大將軍司馬景王,移諸郡國,舉兵反。"

〔三〕"師爲"二句:文鴦,文欽子。三國志魏書毌丘儉傳裴松之注引魏氏春秋曰:"欽中子俶,小字鴦。"資治通鑑卷七十六:"欽子鴦年十八,勇力絕人。謂欽曰:'及其未定,擊之可破也。'於是分爲二隊,夜夾攻軍。鴦帥壯士先至鼓譟,軍中震擾。(司馬)師驚駭,所病目突出,恐衆知之,嚙被皆破。"

〔四〕"鴦能"二句:指文欽父子引兵東撤,司馬師率驍騎八千追趕,文鴦匹馬回擊,來回衝殺,追騎莫敢逼近。詳見資治通鑑卷七十六。

## 晉子房〔一〕 鍾會

會久有悖逆志,畏艾威名〔二〕,因習其書及帝報書,購成其事。

艾被詔書,即束身就縛〔三〕。會號晉子房,不特誤晉,亦誤身矣。

　　鍾士季,非人豪。矯詔殺賊亦徒勞,不復返國當塗高〔四〕。挾書伎,作奸偽。先憂已料辛憲英〔五〕,安得成都作劉備〔六〕!

## 【箋注】

〔一〕晉子房:漢初留侯張良,字子房。三國志魏書鍾會傳:“鍾會字士季,潁川長社人,太傅繇小子也……壽春之破,會謀居多,親待日隆,時人謂之子房。”

〔二〕艾:指鄧艾。鄧艾字士載,曾與鍾會分別率軍滅蜀,官至司徒。後遭鍾會誣陷,被司馬昭殺害。傳載三國志魏書。

〔三〕“因習”四句:三國志魏書鍾會傳:“會內有異志,因鄧艾承制專事,密白艾有反狀,於是詔書檻車徵艾。”裴松之注引世語:“會善效人書,於劍閣要艾章表白事,皆易其言,令辭指悖傲,多自矜伐。又毀文王報書,手作以疑之也。”

〔四〕當塗高:指魏政權。參見青照堂刊楊鐵崖詠史縛虎行注。

〔五〕“先憂”句:辛憲英早已窺知鍾會野心,參見陳善學序刊楊鐵崖先生文集卷二辛家女注。

〔六〕“安得”句:三國志魏書鍾會傳:“會得文王書云:‘恐鄧艾或不就徵,今遣中護軍賈充將步騎萬人徑入斜谷,屯樂城,吾自將十萬屯長安,相見在近。’會得書,驚呼所親語之曰:‘但取鄧艾,相國知我能獨辦之;今來大重,必覺我異矣,便當速發。事成,可得天下;不成,退保蜀漢,不失作劉備也。’”按:鍾會謀反未成,死於混戰,年僅四十。


# 王孝子祥①〔一〕

　　王孝子,魏三公〔二〕。雀入幕,鯉躍冰(叶工②)〔三〕。孝子可移臣子忠,而況三老北面天子尊辟雍〔四〕。何司徒(曾),荀僕射(顗),九錫王(司馬③昭)前相率拜。孝子龍鍾亦長揖〔五〕,爵號④同升在三太〔六〕。三太何足尊,不若犍爲李孝孫〔七〕。

## 【校】

① 原本題爲王孝子,據青照堂刊楊鐵崖詠史本增“祥”字。

② 工：原本無，據青照堂刊楊鐵崖詠史本增補。

③ 司馬：原本無，據青照堂刊楊鐵崖詠史本增補。

④ 號：青照堂刊楊鐵崖詠史本作"級"。

## 【箋注】

〔一〕王孝子：王祥字休徵，琅邪臨沂人，漢諫議大夫王吉後人。按：原本於題下附評語："休徵慚否！"意爲有孝感盛名之王祥，與犍爲李密辭官奉母相比，終究有愧。

〔二〕魏三公：指王祥於曹魏時官拜司空。

〔三〕"雀入幕"二句：晉書王祥傳："父母有疾，衣不解帶，湯藥必親嘗。母常欲生魚，時天寒冰凍，祥解衣將剖冰求之，冰忽自解，雙鯉躍出，持之而歸。母又思黃雀炙，復有黃雀數十飛入其幙，復以供母。鄉里驚嘆，以爲孝感所致焉……拜司空，轉太尉，加侍中……武帝踐祚，拜太保，進爵爲公，加置七官之職。"

〔四〕三老：指王祥。晉書王祥傳："高貴鄉公即位，與定策功。……遷太常，封萬歲亭侯。天子幸太學，命祥爲三老。祥南面几杖，以師道自居，天子北面乞言。"

〔五〕"何司徒"四句：謂何曾、荀顗二人皆對晉王司馬昭行跪拜禮。何司徒：指何曾。晉書何曾傳："何曾字穎考，陳國陽夏人也。……咸熙初，拜司徒，改封朗陵侯。文帝爲晉王，曾與高柔、鄭沖俱爲三公，將入見，曾獨致拜盡敬，二人猶揖而已。"荀僕射：指荀顗。荀顗於魏咸熙年間官拜司空。九錫王：指司馬昭。魏元帝曾下詔拜司馬昭爲相國，封爲晉王，加九錫。資治通鑑卷七十八魏紀十元帝咸熙元年："王祥、何曾、荀顗共詣晉王，顗謂祥曰：'相王尊重，何侯與一朝之臣，皆已盡敬，今日便當相率而拜，無所疑也。'祥曰：'相國雖尊，要是魏之宰相，吾等魏之三公。王、公相去一階而已，安有天子三公可輒拜人者？損魏朝之望，虧晉王之德。君子愛人以禮，我不爲也。'及入，顗遂拜，而祥獨長揖。"

〔六〕三太：王祥官拜太保，何曾進位太傅，荀顗任太尉。

〔七〕李孝孫：此指李密。晉書孝友傳："李密字令伯，犍爲武陽人也。一名虔……少仕蜀，爲郎。數使吳，有才辯，吳人稱之。蜀平，泰始初，詔徵爲太子洗馬。密以祖母年高，無人奉養，遂不應命。乃上疏……帝覽之曰：'士之有名，不虛然哉！'"

# 王蓼莪<sup>〔一〕</sup> 并序論

吾嘗讀伍子鞭平王之尸<sup>〔二〕</sup>，此孝子鉅痛，惟知有父讎，不知有君矣。使君殺父，當其罪也，孝子猶欲身代父命，況殺無罪，而孝子之痛能已乎？又況君不君，爲國之賊，如司馬昭者乎<sup>〔三〕</sup>！王裒痛父殺於昭，未嘗西向坐，廬於墓側，旦暮攀柏悲號，柏爲之枯。烏乎，裒之痛，即員之痛也。爲賦續蓼莪二章。

**其一**

哀哀我父兮，生我劬勞。我父何罪兮，呼天以號。涕落草木兮，草木爲我槁（叶。平聲）。

**其二**

西隔日兮，東飛雲。父貽我讎兮，讎豈我君。我懷我痛兮，我思伍員<sup>〔四〕</sup>！

## 【箋注】

〔一〕王蓼莪：指王裒。晉書王裒傳：“王裒字偉元，城陽營陵人也。祖修，有名魏世。父儀，高亮雅直，爲文帝司馬。東關之役，帝問於衆曰：‘近日之事，誰任其咎？’儀對曰：‘責在元帥。’帝怒曰：‘司馬欲委罪於孤耶！’遂引出斬之……（裒）痛父非命，未嘗西向而坐，示不臣朝廷也。於是隱居教授，三徵七辟皆不就。廬于墓側，旦夕常至墓所拜跪，攀柏悲號，涕淚著樹，樹爲之枯……及讀詩至‘哀哀父母，生我劬勞’，未嘗不三復流涕，門人受業者并廢蓼莪之篇。”

〔二〕伍子鞭平王之尸：伍子胥爲報殺父之仇，引吳兵攻入楚都，鞭打楚平王尸以洩憤。參見陳善學序刊楊鐵崖先生文集卷一廬中人注。

〔三〕司馬昭：即晉文帝。生平見晉書太祖文帝紀。

〔四〕伍員：伍子胥名員，字子胥。

# 夕陽亭<sup>〔一〕</sup> 賈充、荀勖

夕陽亭，馬趑趄<sup>①</sup>，車驅驅。問高貴，今何如<sup>〔二〕</sup>？天戈不行長臂

主〔三〕,西門今送西征夫②。夕陽亭,行且止。白沙一陣③南風起〔四〕,千載髑髏夜生齒。項城大府攝鬼豪〔五〕,論功闕(音"掘")剗當塗高〔六〕。中④書小兒(荀勗)既有罪〔七〕,夕陽老魅(賈充)誅何⑤逃。於乎,桐宮(太子)空斃金屑𩰰〔八〕,鴛鴦樢中生繼馬(牛金⑥)〔九〕。

## 【校】

① 起起:原本作"超超",據青照堂刊楊鐵崖詠史本、懺華庵叢書本改。

②"天戈"二句:原本無,據青照堂刊楊鐵崖詠史本補。

③ 陣:青照堂刊楊鐵崖詠史本、元詩選本作"信"。

④ 中:原本作"竹",據樓氏鐵崖詠史注本改。

⑤ 何:青照堂刊楊鐵崖詠史本作"猶"。

⑥ 牛金:原本誤作"金牛",徑改。

## 【箋注】

〔一〕夕陽亭:晉書賈充傳:"充無公方之操,不能正身率下,專以謟媚取容。侍中任愷、中書令庾純等剛直守正,咸共疾之。又以充女爲齊王妃,懼後益盛。及氐羌反叛,時帝深以爲慮,愷因進說,請充鎮關中……充既外出,自以爲失職,深銜任愷,計無所從。將之鎮,百僚餞於夕陽亭,荀勗私焉。充以憂告,勗曰:'……然是行也,辭之實難。獨有結婚太子,不頓駕而自留矣。'……俄而侍宴,論太子婚姻事,勗因言充女才質令淑,宜配儲宮,而楊皇后及荀顗亦并稱之。帝納其言。會京師大雪,平地二尺,軍不得發。既而皇儲當婚,遂不西行。詔充居本職。"

〔二〕"問高貴"二句:高貴,指魏帝高貴鄉公曹髦。資治通鑑卷七十七魏紀九元皇帝上:"(景元元年五月)復進大將軍昭位相國,封晉公,加九錫。帝(即高貴鄉公)見威權日去,不勝其忿……謂曰:'司馬昭之心,路人所知也。吾不能坐受廢辱,今日當與卿自出討之。'……帝遂拔劍升輦,率殿中宿衛蒼頭官僮鼓譟而出……中護軍賈充自外入,逆與帝戰於南闕下,帝自用劍。眾欲退,騎督成倅弟太子舍人濟問充曰:'事急矣,當云何?'充曰:'司馬公畜養汝等,正爲今日。今日之事,無所問也!'濟即抽戈前刺帝,殞于車下。昭聞之,大驚,自投於地……戊申,昭上言:'成濟兄弟大逆不道,夷其族。'"

〔三〕長臂主:指司馬昭長子晉武帝司馬炎。晉書武帝紀:"武皇帝諱炎,字安世,文帝長子也……聰明神武,有超世之才。髮委地,手過膝。"

〔四〕南風：借指賈充女賈南風，賈南風乃晉惠帝司馬衷皇后。晉書惠賈皇后傳：“惠賈皇后諱南風，平陽人也，小名貴。父充。……初，后詐有身，内槖物爲産具，遂取妹夫韓壽子慰祖養之，托諒闇所生，故弗顯。遂謀廢太子，以所養代立。時洛中謡曰：‘南風烈烈吹黄沙，遥望魯國鬱嵯峨，前至三月滅汝家。’”

〔五〕“項城”句：晉書賈充傳：“初，充伐吴時，嘗屯項城，軍中忽失充所在。充帳下都督周勤時晝寝，夢見百餘人録充，引入一逕。勤驚覺，聞失充，乃出尋索，忽覩所夢之道，遂往求之。果見充行至一府舍，侍衛甚盛。府公南面坐，聲色甚厲，謂充曰：‘將亂吾家事，必爾與荀勗，既惑吾子，又亂吾孫……若不悛慎，當旦夕加罪！’充因叩頭流血。”

〔六〕“論功”句：謂曹魏滅亡，賈充有功。按：當塗高，指魏政權。參見青照堂刊楊鐵崖詠史縛虎行。

〔七〕荀勗：晉書荀勗傳：“拜中書監，加侍中，領著作，與賈充共定律令。充將鎮關右也，勗謂馮紞曰：‘賈公遠放，吾等失勢。太子婚尚未定，若使充女得爲妃，則不留而自停矣。’勗與紞伺帝間并稱：‘充女才色絶世，若納東宫，必能輔佐君子，有關雎后妃之德。’遂成婚。當時甚爲正直者所疾，而獲佞媚之譏焉。”

〔八〕“桐宫”句：晉書惠賈皇后傳：“及太子廢黜，趙王倫、孫秀等因衆怨謀欲廢后……倫乃矯詔遣尚書劉弘等持節齎金屑酒賜后死。后在位十一年。”桐宫，史記殷本紀：“帝太甲既立三年，不明，暴虐……於是伊尹放之於桐宫。”此指太子被廢。

〔九〕牛繼馬：晉書元帝紀：“初，玄石圖有‘牛繼馬後’，故宣帝深忌牛氏，遂爲二榼，共一口，以貯酒焉，帝先飲佳者，而以毒酒鴆其將牛金。而恭王妃夏侯氏竟通小吏牛氏而生元帝，亦有符云。”

# 玩鞭亭〔一〕

湖陰蜂目兒，夜製衮龍衣〔二〕。乳鷹待人哺（敦子）〔三〕，妖鳳隨人飛（錢鳳）〔四〕。夢中金烏天上墮〔五〕。荆臺老①姥話黄鬚，金鞭已脱巴賓馬②〔六〕。天木梟南桁〔七〕，太寧天子日重光③〔八〕。

【校】

① 荆臺老：樓氏鐵崖詠史注本作“荆花龍”。

② 巴賓：當作“巴賓”，蜀巴中。

③ 懷華庵叢書本篇末有小字注：“此章疑有脱誤。”

## 【箋注】

〔一〕原本題下有小字注曰：“溫庭筠曰湖陰曲。一曰荆臺老姥曲。”按：樂府詩集卷七十五載溫庭筠湖陰曲，且有序曰：“晉王敦舉兵，至湖陰。明帝微行，視其營伍。由是樂府有湖陰曲。後其辭亡，因作而附之。”參見鐵崖賦稿卷上玩鞭亭賦。

〔二〕“湖陰蜂目兒”二句：謂王敦意欲稱帝。晉書王敦傳：“王敦字處仲，司徒導之從父兄也……洗馬潘滔見敦而目之曰：‘處仲蜂目已露，但豺聲未振，若不噬人，亦當爲人所噬。’”

〔三〕乳鷹：喻指王應。晉書王敦傳：“敦無子，養含子應。及敦病甚，拜應爲武衛將軍以自副……初，敦始病，夢白犬自天而下噬之，又見刁協乘軺車導從，瞋目令左右執之。俄而敦死，時年五十九。應秘不發喪，裹尸以席，蠟塗其外，埋於廳事中，與諸葛瑶等恒縱酒淫樂。”

〔四〕錢鳳：字世儀，與沈充爲同郡人。偕沈充追隨王敦，結黨營私。參見晉書沈充傳。

〔五〕夢中金烏天上墮：指明帝微服偵查時，王敦晝寢，夢日環其城。詳見晉書明帝紀。

〔六〕“荆臺老姥”二句：參見鐵崖賦稿卷上玩鞭亭賦。

〔七〕南桁：晉書王敦傳：“既而周光斬錢鳳，吳儒斬沈充，并傳首京師。有司議曰：‘王敦滔天作逆，有無君之心，宜依崔杼、王凌故事，剖棺戮尸，以彰元惡。’於是發瘞出尸，焚其衣冠，跽而刑之。敦、充首同日懸于南桁，觀者莫不稱慶。”

〔八〕太寧：東晉明帝司馬紹年號。


# 撫床奴〔一〕 衛瑾

撫床奴，伊霍手①〔二〕。密封事，幾掣肘。伊霍死〔三〕，肜②倫起〔四〕。短青鬼〔五〕，聾天耳。

## 【校】

① 手：樓氏鐵崖詠史注本作“子”。

② 彤：原本作“弼”，據樓氏鐵崖詠史注本改。

**【箋注】**

〔一〕撫床奴：晉書衛瓘傳：“惠帝之爲太子也，朝臣咸謂純質，不能親政事。瓘每欲陳啓廢之，而未敢發。後會宴陵雲臺，瓘托醉，因跪帝床前曰：‘臣欲有所啓。’帝曰：‘公所言何耶？’瓘欲言而止者三，因以手撫床曰：‘此座可惜！’帝意乃悟，因謬曰：‘公真大醉耶？’瓘於此不復有言。賈后由是怨瓘。”

〔二〕伊霍手：意爲具有伊尹、霍光廢立的能力。殷帝太甲既立，昏庸，伊尹放之桐宫。三年後太甲悔過，又從而立之。漢霍光立昌邑王賀，賀行淫亂，光遂廢賀而立宣帝。

〔三〕伊、霍死：指衛瓘被賈后所害。晉書衛瓘傳：“（汝南王）亮奏遣諸王還藩，與朝臣廷議，無敢應者，唯瓘贊其事，楚王瑋由是憾焉。賈后素怨瓘，且忌其方直，不得騁己淫虐，又聞瓘與瑋有隙，遂謗瓘與亮欲爲伊、霍之事，啓帝作手詔，使瑋免瓘等官……遂與子恒、嶽、裔及孫等九人同被害，時年七十二。”

〔四〕彤、倫：指梁王司馬彤、趙王司馬倫。參見下篇繫尾狗。

〔五〕短青鬼：指賈后。晉書惠賈皇后傳：“（小吏云）見一婦人，年可三十五六，短形青黑色，眉後有疵……聽者聞其形狀，知是賈后。”


# 繫尾狗[一]

　　不自了，我當了，阿遹醉書那可曉[二]。青鬼未死金墉城，張阿衡，詔空矯[三]。繫尾狗，付梁趙（彤①、倫）。

**【校】**

① 彤：原本誤作“弼”，徑改。參見注釋。

**【箋注】**

〔一〕繫尾狗：指梁王司馬彤與趙王司馬倫。晉書惠賈皇后傳：“及太子廢黜，趙王倫、孫秀等因衆怨謀欲廢后。后數遣宮婢微服於人間視聽，其謀頗

泄。后甚懼，遂害太子，以絶衆望。<u>趙王</u>倫乃率兵入宮，使翊軍校尉<u>齊王</u>
<u>囧</u>入殿廢后。后與<u>囧</u>母有隙，故倫使之。后驚曰：'卿何爲來！'<u>囧</u>曰：'有
詔收后。'后曰：'詔當從我出，何詔也？'后至上閣，遥呼帝曰：'陛下有婦，
使人廢之，亦行自廢。'又問<u>囧</u>曰：'起事者誰？'<u>囧</u>曰：'<u>梁</u>、<u>趙</u>。'后曰：'繫
狗當繫頸，今反繫其尾，何得不然！'"

〔二〕"不自了"三句：<u>阿遹</u>，指<u>愍懷太子</u>。<u>晉書愍懷太子傳</u>："<u>愍懷太子遹</u>字<u>熙</u>
<u>祖</u>，<u>惠帝</u>長子，母曰<u>謝才人</u>……<u>賈后</u>將廢太子，詐稱上不和，呼太子入朝。
既至，后不見，置于別室，遣婢<u>陳舞</u>賜以酒棗，逼飲醉之。使黄門侍郎<u>潘岳</u>
作書草，若禱神之文，有如太子素意，因醉而書之，令小婢<u>承福</u>以紙筆及書
草使太子書之。文曰：'陛下宜自了，不自了，吾當入了之。中宫又宜速自
了，不了，吾當手了之……'太子醉迷不覺，遂依而寫之，其字半不成。"

〔三〕"青鬼未死"三句：青鬼，指<u>賈后</u>，參見本卷<u>撫床奴</u>。<u>張阿衡</u>，指<u>張華</u>。當
時以<u>張華</u>比<u>伊尹</u>，<u>伊尹</u>官名"<u>阿衡</u>"，故有此稱。<u>晉書張華傳</u>："及<u>賈后</u>謀
廢太子，左衞率<u>劉卞</u>甚爲太子所信遇，每會宴，<u>卞</u>必預焉。屢見<u>賈謐</u>驕傲，
太子恨之，形於言色，<u>謐</u>亦不能平。<u>卞</u>以<u>賈后</u>謀問<u>華</u>……<u>華</u>曰：'假令有
此，君欲如何？'<u>卞</u>曰：'東宫俊乂如林，四率精兵萬人。公居<u>阿衡</u>之任，若
得公命，皇太子因朝入録尚書事，廢<u>賈后</u>於<u>金墉城</u>，兩黄門力耳。'<u>華</u>曰：
'今天子當陽，太子，人子也，吾又不受<u>阿衡</u>之命，忽相與行此，是無其君
父，而以不孝示天下也。'"


# 負阿母①〔一〕 潘岳


<u>潘黄門</u>，乾没不知<u>止</u>。矯詔作書附青鬼〔二〕，<u>秋興堂</u>中違母旨〔三〕。
兇會參，不先後。黄門殉死<u>石</u>家友，負阿母〔四〕。

【校】

① 原本題下有小字注，概述相關史實，據<u>樓氏鐵崖詠史</u>注本删。

【箋注】

〔一〕負阿母：<u>資治通鑑</u>卷八十三<u>晉紀</u>五<u>惠帝</u>永康元年："初，<u>孫秀</u>嘗爲小吏，事
黄門郎<u>潘岳</u>，<u>岳</u>屢撻之。衞尉<u>石崇</u>之甥<u>歐陽建</u>，素與相國<u>倫</u>有隙。<u>崇</u>有愛
妾曰<u>緑珠</u>，<u>孫秀</u>使求之，<u>崇</u>不與。及<u>淮南王允</u>敗，<u>秀</u>因稱<u>石崇</u>、<u>潘岳</u>、<u>歐陽</u>

建奉允爲亂,收之……初,潘岳母常誚責岳曰:‘汝當知足,而乾没不已
乎!’及敗,岳謝母曰:‘負阿母!’遂與崇、建皆族誅。”

〔二〕“矯詔”句:指潘岳依附於賈后,僞造太子草書。參見本卷繫尾狗。

〔三〕秋興堂:借指潘岳家。按:潘岳年三十二,以太尉掾兼虎賁中郎,曾作秋
　　　興賦,抒“江湖山藪之思”。

〔四〕“兇會參”四句:意爲潘岳乃石崇友,死亦同時,如其詩讖,有負其母之規
　　　勸。晉書潘岳傳:“初被收,俱不相知,石崇已送在市,岳後至,崇謂之曰:
　　　‘安仁,卿亦復爾邪!’岳曰:‘可謂白首同所歸。’岳金谷詩云:‘投分寄石
　　　友,白首同所歸。’乃成其讖。”


# 金谷步障歌〔一〕


金谷水派銀河流,金谷峙據三神丘〔二〕。太僕卿君①十二樓〔三〕,花
草不識人間秋。蜀江染絲雲②五色,紫鳳銜絲終③夜織。翦斷鯨濤三
萬匹,天女江妃不敢惜。明珠量斛買娥眉〔四〕,時時玉笛障中吹。紅鸎
翠鵲飛在地,香塵蹋蹋凝流脂〔五〕。野鷹西來歌吹歇,踏錦未收風雨
裂。樓前甲士屯如雲,樓上佳人墜如雪〔六〕。嗚呼,董家郿塢金成泥,
鬼燈一點燃空臍〔七〕。齊州奴④〔八〕,何用爾,只須豆粥與荓⑤蕫〔九〕。不
見祇今金谷底,野花作障山禽啼。


## 【校】

① 汲古閣刊鐵崖先生古樂府補本“君”字下注:“一作居。”

② 雲:原本作“紅”,據汲古閣刊鐵崖先生古樂府補本改。

③ 終:汲古閣刊鐵崖先生古樂府補本作“中”。

④“齊州奴”三字,樓氏鐵崖詠史注本無。

⑤ 荓:原本作“萍”,據懺華庵叢書本改。


## 【箋注】

〔一〕金谷:石崇莊園所在地。石崇字季倫,有別館在河陽金谷,一名梓澤。步
　　　障:晉書石崇傳:“財産豐積,室宇宏麗。後房百數,皆曳紈繡,珥金翠。
　　　絲竹盡當時之選,庖膳窮水陸之珍。與貴戚王愷、羊琇之徒以奢靡相

尚……愷作紫絲布步障四十里,崇作錦步障五十里以敵之。"

〔二〕三神丘:指蓬萊、方丈、瀛洲三神山,相傳在東海上。此處喻指金谷園風光
神奇。

〔三〕太僕卿:指石崇,石崇曾任此職。十二樓:仙人所居。史記孝武本紀:"方
士有言:黄帝時爲五城十二樓……"注:"應劭曰:'崑崙縣圃五城十二樓,
仙人之所常居也。'"

〔四〕明珠量斛買娥眉:參見鐵崖先生古樂府卷九綠珠辭注。

〔五〕香塵:晉王嘉拾遺記晉時事:"(石崇)又屑沉水之香如塵末,布象牀上,使
所愛者踐之。"

〔六〕佳人:指綠珠。綠珠最終跳樓自盡,參見下篇綠珠行。

〔七〕"董家郿塢金成泥"二句:郿塢爲董卓所築,異常奢華。董卓死後,守尸吏
燃大炷置其臍中,即所謂"燃空臍"。參見本卷千里草。

〔八〕齊州奴:指石崇。石崇生於青州(今位於山東),故小名齊奴。

〔九〕"只須"句:晉書石崇傳:"崇爲客作豆粥,咄嗟便辦。每冬,得韭萍虀。嘗
與(王)愷出游,爭入洛城,崇牛迅若飛禽,愷絶不能及。愷每以此三事爲
恨,乃密貨崇帳下問其所以。答云:'豆至難煮,豫作熟末,客來,但作白粥
以投之耳。韭萍虀是擣韭根雜以麥苗耳。'"


# 綠珠行〔一〕


主家高樓起金谷,買妾不惜真珠斛〔二〕。美人買得一片心,不買青
眉與明目。手持玉笛吹鳳凰〔三〕,誓漢蕭史雙頡頏。樓頭侍宴宴未徹,
甲光一片樓前①雪。神珠一點擲畫欄,化作流星光不滅。嗚呼珊瑚步
障裂,行人吊珠在古井〔四〕,井中照見青天月。石家妾,石家哭,二十四
人金谷友(叶"吐")〔五〕,八驪道旁方拜②履〔六〕。

【校】

① 前:樓氏鐵崖詠史注本作"頭"。

② 方拜:樓氏鐵崖詠史注本作"拜方"。

【箋注】

〔一〕綠珠:晉石崇妾。晉書石崇傳:"崇有妓曰綠珠,美而豔,善吹笛。孫秀使

人求之。崇時在金谷别館,方登涼臺,臨清流,婦人侍側。使者以告。崇盡出其婢妾數十人以示之,皆蘊蘭麝,被羅縠,曰:‘在所擇。’使者曰:‘君侯服御麗則麗矣,然本受命指索緑珠,不識孰是?’崇勃然曰:‘緑珠吾所愛,不可得也!’……崇謂緑珠曰:‘我今爲爾得罪。’緑珠泣曰:‘當效死於官前。’因自投于樓下而死。”

〔二〕“買妾”句:參見鐵崖先生古樂府卷九緑珠辭注。

〔三〕吹鳳凰:蕭史、弄玉故事,參見鐵崖先生古樂府卷十小游仙之二十五注。

〔四〕古井:緑珠井,在白州雙角山下。參見鐵崖先生古樂府卷九緑珠辭。

〔五〕金谷友:潘岳、石崇等依附權貴賈謐,時稱“二十四友”。參見鐵崖先生古樂府卷八覽古二十三。

〔六〕拜履:資治通鑑卷八十二晉紀四孝惠皇帝上:“(賈)謐雖驕奢而好學,喜延士大夫……(石)崇與(潘)岳尤諂事謐,每候謐及廣城君郭槐出,皆降車路左,望塵而拜。”


# 佛念兒①〔一〕


十歲兒,童之奇。遭罹②家難,投死若歸。十歲兒,能處死,銜璧走尸欲何爲〔二〕!

【校】

① 原本題下有小字注,概述有關史實。據樓氏鐵崖詠史注本删。

② 罹:樓氏鐵崖詠史注本作“攉”。

【箋注】

〔一〕佛念,十六國時期後秦末帝姚泓子。晉書載記第十九姚泓:“姚泓字元子,興之長子也……泓計無所出,謀欲降於(劉)裕。其子佛念,年十一,謂泓曰:‘晉人將逞其欲,終必不全,願自裁決。’泓憮然不答。佛念遂登宫墙自投而死。”

〔二〕銜璧走尸:指姚泓雖降,仍未逃一死。晉書載記第十九姚泓:“泓將妻子詣壘門而降……(劉裕)送泓于建康市斬之,時年三十,在位二年。”

# 緇衣相①〔一〕 慧琳

緇衣相,高屐②公。車如疊,馬如龍。弘輔(王)曇首(王)不當中〔二〕,百客日日談清風,冠顛屨③倒更加女侍中(陸令萱)〔三〕。

## 【校】

① 原本題下有小字注,概述有關史實。據樓氏鐵崖詠史注本删。
② 屐: 樓氏鐵崖詠史注本作“履”。
③ 屨: 樓氏鐵崖詠史注本作“履”。

## 【箋注】

〔一〕緇衣相: 南朝劉宋僧人慧琳。按: 慧琳雖爲僧人,卻參政議政,權勢如同宰相,故或稱之爲“緇衣相”。南史夷貊傳:“慧琳者,秦郡秦縣人,姓劉氏。少出家,住治城寺。有才章,兼内外之學,爲廬陵王義真所知……元嘉中,遂參權要,朝廷大事皆與議焉。賓客輻湊,門車常有數十兩。四方贈賂相係,勢傾一時。方筵七八,座上恒滿。琳著高屐,披貂裘,置通呈書佐,權侔宰輔。會稽孔覬嘗詣之,遇賓客填咽,暄涼而已。覬慨然曰:‘遂有黑衣宰相,可謂冠履失所矣。’”

〔二〕“弘輔”句: 資治通鑑卷一百二十宋紀二:“(元嘉三年)六月,以右衛將軍王華爲中護軍,侍中如故。華以王弘輔政,王曇首爲上所親任,與己相埒,自謂力用不盡,每歎息曰:‘宰相頓有數人,天下何由得治!’是時宰相無常官,唯人主所與議論政事、委以機密者,皆宰相也,故華有是言。亦有任侍中而不爲宰相者。”又,宋書王華傳:“王弘輔政,而弟曇首爲太祖所任,與華相埒。”

〔三〕女侍中: 指北齊後主高緯乳母陸令萱。陸令萱驕豪干政,高緯封之爲女侍中。

# 筆頭奴①〔一〕

筆頭奴,社稷臣。匿肥馬,給罷驥,弗願人主盤於畋(叶)。主欲殺,已而賜裘一襲馬十匹,麋與鹿前陳。索牛車,牛車不允帝不噴②〔二〕。筆頭奴,社稷臣。佛狸主〔三〕,堯舜君。

## 【校】

① 原本題下有小字注,概述有關史實。據樓氏鐵崖詠史注本删。

② 噴:樓氏鐵崖詠史注本作"瞋"。

## 【箋注】

〔一〕筆頭奴:指古弼。魏書有傳。資治通鑑卷一百二十四宋紀六:"(文帝元嘉二十一年)八月乙丑,魏主畋于河西,尚書令古弼留守。詔以肥馬給獵騎,弼悉以弱者給之。帝大怒曰:'筆頭奴敢裁量朕!朕還臺,先斬此奴!'弼頭銳,故帝常以'筆'目之。弼官屬惶怖,恐并坐誅,弼曰:'吾爲人臣,不使人主盤於游畋,其罪小;不備不虞,乏軍國之用,其罪大。今蠕蠕方强,南寇未滅,吾以肥馬供軍,弱馬供獵,爲國遠慮,雖死何傷!且吾自爲之,非諸君之憂也。'帝聞之,歎曰:'有臣如此,國之寶也。'賜衣一襲,馬二匹,鹿十頭。"

〔二〕"索牛車"二句:資治通鑑卷一百二十四宋紀六:"魏主復畋于山北,獲麋鹿數千頭。詔尚書發車五百乘以運之。詔使已去,魏主謂左右曰:'筆公必不與我,汝輩不如以馬運之。'遂還。行百餘里,得弼表曰……帝曰:'果如吾言,筆公可謂社稷之臣矣!'"

〔三〕佛狸主:指十六國時期北魏世祖拓跋燾,其字佛狸。拓跋燾繼魏太宗之後登基。參見宋書索虜傳。

## 牆燕①〔一〕

牆裏燕,不出牆,牆外旗竿如插檣②。牆裏燕,飛出牆,不使枉殺牆外百萬黃口鷁。牆裏燕,何堂堂。軷③去夬〔二〕,稱燕王。

## 【校】

① 原本題下有小字注,概述有關史實。據樓氏鐵崖詠史注本删。

② 檣:原本作"牆",據汲古閣刊鐵崖先生古樂府補本改。

③ 㰟：原本作“垂”，據晉書改。

## 【箋注】

〔一〕牆燕：指後燕帝慕容垂。元左克明編古樂府卷三慕容垂歌：“慕容攀牆視，吳軍無邊岸。我身分自當，枉殺牆外漢。慕容愁憤憤，燒香作佛會。願作牆裏燕，高飛出牆外。慕容出牆望，吳軍無邊岸。咄我臣諸佐，此事可惋歎。”

〔二〕“㰟去夬”二句：晉書載記第二十三慕容垂：“慕容垂字道明，皝之第五子也……皝甚寵之，常目而謂諸弟曰：‘此兒闊達好奇，終能破人家，或能成人家。’故名霸，字道業，恩遇逾于世子儁……垂少好畋游，因獵墜馬折齒。慕容儁僭即王位，改名㰟，外以慕郤㰟爲名，内實惡而改之。尋以讖記之文，乃去‘夬’，以‘垂’爲名焉……垂引兵至滎陽，以太元八年自稱大將軍、大都督、燕王，承制行事，建元曰燕元。”

# 樵薪母〔一〕

　　曄①之不孝〔二〕，罪已足滅身，況以輕薄之伎謀不軌，爲亡身之具哉！爲賦樵薪母，以代史誅。
　　樵薪母，悖逆兒，豔妻光妓肉成帷〔三〕。悖逆兒，善文史〔四〕，反書詆蹋②將誰理〔五〕？悖臣逆子兩當死。擊③頸教，教曷施（母教已）。妓妾語，涕漣洏，夏侯同色果誰欺〔六〕！

## 【校】

① 曄：樓氏鐵崖詠史注本作“蔚宗”。
② 詆蹋之“詆”，宋書范曄傳作“抵”，參見注釋。
③ 擊：樓氏鐵崖詠史注本誤作“繫”。

## 【箋注】

〔一〕樵薪母：指范曄母。宋書范曄傳：“收曄家，樂器服玩，并皆珍麗，妓妾亦盛飾，母住止單陋，唯有一厨盛樵薪，弟子冬無被，叔父單布衣。”

〔二〕曄之不孝：宋書范曄傳：“范曄字蔚宗，順陽人，車騎將軍泰少子也。母如厠産之,額爲塼所傷,故以塼爲小字。出繼從伯<u>弘之</u>,襲封<u>武興縣五等</u><u>侯</u>。……兄<u>曇</u>爲<u>宜都</u>太守,嫡母隨<u>曇</u>在官。十六年,母亡,報之以疾,<u>曄</u>不時奔赴,及行,又攜妓妾自隨,爲御史中丞<u>劉損</u>所奏,<u>太祖</u>愛其才,不罪也。”

〔三〕肉成帷:又稱“肉陣”。蜀<u>王仁裕</u>撰<u>開元天寶遺事</u>卷下肉陣:“<u>楊國忠</u>於冬月常選婢妾肥大者,行列於前,令遮風,蓋藉人之氣相暖,故謂之‘肉陣’。”

〔四〕善文史:<u>范曄</u>乃<u>後漢書</u>作者。

〔五〕“反書”句:<u>宋書</u><u>范曄傳</u>:“上重遣問曰:‘卿與<u>謝綜</u>、<u>徐湛之</u>、<u>孔熙先</u>謀逆,并已答款,猶尚未死,徵據見存,何不依實?’……<u>曄</u>辭窮,乃曰:‘<u>熙先</u>苟誣引臣,臣當如何?’<u>熙先</u>聞<u>曄</u>不服,笑謂殿中將軍<u>沈邵之</u>曰:‘凡諸處分,符檄書疏,皆<u>范曄</u>所造及治定,云何於今方作如此抵蹋邪!’上示以墨迹,<u>曄</u>乃具陳本末。”按:原本於“抵蹋”下有小字注:“即詆諱。”蓋指抵賴。

〔六〕“擊頸教”五句:概述<u>范曄</u>臨刑情狀。<u>資治通鑑</u>卷一百二十四<u>宋紀</u>六:“(<u>范</u>)<u>曄</u>在獄爲詩曰:‘雖無<u>嵇生</u>琴,庶同<u>夏侯</u>色。’(注:<u>嵇康</u>爲<u>晉文王</u>所殺,臨命,顧視日影,索琴而彈。<u>夏侯玄</u>爲<u>晉景王</u>所殺,及赴東市,顏色不變。)……(<u>元嘉</u>二十二年)十二月乙未,<u>曄</u>、<u>綜</u>、<u>熙先</u>及其子弟、黨與皆伏誅。<u>曄</u>母至市,涕泣責<u>曄</u>,以手擊<u>曄</u>頸,<u>曄</u>顏色不怍;妹及妓妾來別,<u>曄</u>悲涕流漣。<u>綜</u>曰:‘舅殊不及<u>夏侯</u>色。’<u>曄</u>收淚而止。”

# 噎贗君<sup>①〔一〕</sup>　廢帝

真天子,<u>法興</u>死。贗之君,愎諫臣<sup>〔二〕</sup>。妻姑主,逆人倫<sup>〔三〕</sup>。啖鬼目粽虐用人(帝殺恭事)<sup>〔四〕</sup>,<u>竹林</u>射鬼鬼殺身<sup>〔五〕</sup>,噎!贗之君,今幾人。

## 【校】

① 原本題下有小字注,概述有關史實。據<u>樓氏</u><u>鐵崖詠史注</u>本删。

## 【箋注】

〔一〕噎贗君:<u>南朝</u><u>劉宋</u><u>前廢帝</u><u>劉子業</u>。蓋因其曾稱“贗天子”,臨死驚恐而口吃,故有此稱。

〔二〕“真天子”四句:<u>南史</u><u>戴法興傳</u>:“<u>前廢帝</u>即位,<u>法興</u>遷越騎校尉。……<u>廢帝</u>年已漸長,兇志轉成,欲有所爲,<u>法興</u>每相禁制……帝意稍不能平。所愛幸閹人華願兒有盛寵,賜與金帛無算。法興常加裁减,願兒甚恨之。帝常使願兒出入市里,察聽風謠,而道路之言,謂法興爲真天子,帝爲贗天子。願兒因此告帝曰:'外間云宫中有兩天子,官是一人,戴法興是一人……'帝遂免法興官,徙付遠郡,尋於家賜死。"

〔三〕"妻姑主"二句: 宋書前廢帝本紀:"山陰公主淫恣過度,謂帝曰:'妾與陛下,雖男女有殊,俱托體先帝。陛下六宫萬數,而妾唯駙馬一人,事不均平,一何至此!'帝乃爲主置面首左右三十人,進爵會稽郡長公主,秩同郡王,食湯沐邑二千户,給鼓吹一部,加班劍二十人。帝每出,與朝臣常共陪輦。"

〔四〕啖鬼目粽: 宋書武三王傳:"江夏文獻王義恭,幼而明穎,姿顏美麗,高祖特所鍾愛……前廢帝狂悖無道,義恭、元景等謀欲廢立。永光元年八月,廢帝率羽林兵於第害之,并其四子,時年五十三。斷析義恭支體,分裂腸胃,挑取眼精,以密漬之,以爲鬼目粽。"按資治通鑑注,宋人以蜜漬物曰"粽"。

〔五〕"竹林"句: 南史宋本紀中前廢帝:"湘東王彧與左右阮佃夫、王道隆、李道兒,密結帝左右壽寂之、姜産之等十一人,謀共廢帝。先是,帝好游華林園竹林堂,使婦人保身相逐,有一婦人不從命,斬之。經少時,夜夢游後堂,有一女子罵曰:'帝悖虐不道,明年不及熟矣。'帝怒,於宫中求得似所夢者一人戮之。其夕復夢所戮女罵曰:'汝枉殺我,已訴上帝。'至是,巫覡云'此堂有鬼'。帝與山陰公主及六宫綵女數百人隨群巫捕鬼,屏除侍衛,帝親自射之。事畢,將奏靡靡之聲,壽寂之懷刀直入,姜産之爲副,諸姬迸逸,廢帝亦走。追及之,大呼:'寂!寂!'如此者三,手不能舉,乃崩於華光殿,時年十七。"


# 黄羅衣〔一〕

　　上寢疾,急召褚淵入見。上流涕曰:"吾近危篤,故召卿。欲使卿著黄羅耳(黄羅者,乳母服)。"吁,奉璽勸進之賊,何以受此托耶!

　　黄羅衣,老乳母,走入齊宫奉璽綬〔二〕。乳兒千人英,悔不射,佳射堋(蒼梧戲射蕭道成事)〔三〕。

【箋注】

〔一〕黄羅衣：詠南朝劉宋後廢帝輔政大臣褚淵事。褚淵，字彦回。南史褚彦回傳：“彦回後爲吴興太守，帝寢疾危殆，馳使召之，欲託後事。及至，召入，帝坐帳中流涕曰：‘吾近危篤，故召卿，欲使著黄羅襦。’指床頭大函曰：‘文書皆函内置，此函不得復開。’彦回亦悲不自勝。黄羅襦，乳母服也。帝雖小間，猶懷身後慮。”

〔二〕“走入”句：謂褚淵擁立齊帝蕭道成。南史褚彦回傳：“及廢蒼梧，群公集議，袁粲、劉彦節既不受任，彦回曰：‘非蕭公無以了此。’手取事授高帝。高帝曰：‘相與不肯，我安得辭！’事乃定。”

〔三〕蒼梧：指蒼梧王，即後廢帝劉昱。蕭道成：南朝蕭齊開國皇帝。資治通鑑宋紀十六蒼梧王：“帝嘗直入領軍府。時盛熱，蕭道成晝卧裸袒。帝立道成於室内，畫腹爲的，自引滿，將射之。道成歛版曰：‘老臣無罪。’左右王天恩曰：‘領軍腹大，是佳射堋。一箭便死，後無復射，不如以骲箭射之。’帝乃更以骲箭射，正中其齊。投弓大笑曰：‘此手何如！’帝忌道成威名，嘗自磨鋋，曰：‘明日殺蕭道成。’陳太妃駡之曰：‘蕭道成有功於國，若害之，誰復爲汝盡力邪！’帝乃止。”


# 宋忠臣〔一〕

　　粲守石頭，父子俱死。百姓哀之，爲之謡曰：“石頭城，寧爲袁粲死，不作褚淵生〔二〕。”宋臣子之忠不忠者，自此謡矣。夫死節，聖經所取〔三〕。裴子野之論，以袁景倩“蹈匹夫之節”〔四〕，則宋之死節臣篾矣。粲之死，骨香萬代。淵輩之生，臭狐腐鼠耳，雖壽至頤期，何取哉！

宋忠臣，袁粲死。石頭謡，司國是，立傳何須沈穢史（約）〔五〕。

【箋注】

〔一〕宋忠臣：指袁粲父子。

〔二〕“粲守”七句：石頭，即石頭城，位於今江蘇南京。通鑑紀事本末卷二十蕭道成篡宋：“（袁）粲下城，列燭自照，謂其子最曰：‘本知一木不能止大厦之崩，但以名義至此耳。’僧静乘暗逾城獨進，棨覺有異人，以身衛棨，僧静直前斫之。棨謂棨曰：‘我不失忠臣，汝不失孝子。’遂父子俱死。百姓哀之，爲之謡曰：‘可憐石頭城，寧爲袁棨死，不作褚淵生。’”褚淵：字彦回。參見上篇。

〔三〕聖經：指春秋經。

〔四〕“裴子野”二句：資治通鑑宋紀十六：“裴子野論曰：袁景倩，民望國華，（注：袁棨，字景倩。）受付托之重；智不足以除奸，權不足以處變，蕭條散落，危而不扶。及九鼎既輕，三才將換，區區斗城之裏，出萬死而不辭，蓋蹈匹夫之節而無棟梁之具矣。（注：裴子野之論，有春秋責備賢者之意，故通鑑取之。）”

〔五〕沈穢史：指宋書。宋書乃梁沈約所撰，其中有袁棨傳。


# 破面鬼①〔一〕　徐孝嗣

破面鬼，破面何以生？宰相不才，不能廢昏而立明（昏，東昏寶卷也）〔二〕。潘吾父，梅吾兄〔三〕，大司馬（蕭衍），圍宫城。黄油裏顙〔四〕，金蓮絞頸〔五〕，二十四年齊鼎傾。霍子孟，真阿衡〔六〕。

## 【校】

① 鬼：原本作“兒”，據詩句及樓氏鐵崖詠史注本改。

## 【箋注】

〔一〕破面鬼：指徐孝嗣。南齊書徐孝嗣傳：“帝疾甚，孝嗣入居禁中，臨崩受遺托重，申開府之命……帝失德稍彰，孝嗣不敢諫諍……群小亦稍憎孝嗣，勸帝召百僚集議，因誅之。冬，召孝嗣入華林省，遣茹法珍賜藥，孝嗣容色不異，少能飲酒，藥至斗餘，方卒。”又，南齊書沈文季傳：“（文季兄子）昭略潛自南出，濟淮還臺。至是與文季俱被召入華林省。茹法珍等進藥酒，昭略怒罵徐孝嗣曰：‘廢昏立明，古今令典。宰相無才，致有今日。’以甌擲面破，曰‘作破面鬼’。”

〔二〕昏：指東昏侯蕭寶卷。蕭寶卷字智藏，齊明帝第二子，年十六繼位。後蕭衍、蕭穎胄等起兵攻之，廢爲東昏侯。南齊書有其本紀。

〔三〕潘：指潘妃父寶慶。梅：指梅蟲兒。南史恩倖傳：“茹法珍,會稽人；梅蟲兒,吳興人,齊東昏時并爲制局監,俱見愛幸……帝自群公誅後,無復忌憚,無日不游走。所幸潘妃本姓俞,名尼子,王敬則伎也。或云宋文帝有潘妃,在位三十年,於是改姓曰潘,其父寶慶亦從改焉。帝呼寶慶及法珍爲‘阿丈’,蟲兒及東冶營兵俞靈韻爲‘阿兄’。”

〔四〕黃油裹顙：齊東昏帝遭部下斬殺,以黃油裹其首送梁武帝軍。詳見南史梁本紀。

〔五〕金蓮：指潘妃。資治通鑑齊紀十：“潘妃有國色,衍欲留之,以問侍中、領軍將軍王茂。茂曰：‘亡齊者此物,留之恐貽外議。’乃縊殺於獄,并誅嬖臣茹法珍等。”又,通鑑紀事本末蕭衍篡齊：“（東昏）鑿金爲蓮華以帖地,令潘妃行其上,曰：‘此步步生蓮華也。’”

〔六〕“霍子孟”二句：嘆齊無伊尹、霍光輔佐天子,故亡。按：霍光字子孟,阿衡指伊尹。


# 斷舌鬼〔一〕


沈約病,夢齊和帝以劍斷其舌,乃呼道士奏赤章於天,稱“禪代事不由己出”。約有勸衍之言曰：“豈復有人乃更同公作賊。懷中詔書,豈它人爲耶！”衍曰：“成帝業者,卿也〔二〕。”則知斬舌之劍不錯也。

斷舌鬼,禪代不由己,懷中之書衍風旨。巴陵王（和帝）〔三〕,爲誰死,赤章詭天天可詭！

【箋注】

〔一〕斷舌鬼：指沈約。梁書沈約傳：“初,高祖（蕭衍）有憾於張稷,及稷卒,因與約言之。約曰：‘尚書左僕射出作邊州刺史,已往之事,何足復論。’帝以爲婚家相爲,大怒曰：‘卿言如此,是忠臣邪！’乃輦歸內殿。約懼,不覺高祖起,猶坐如初。及還,未至床,而憑空頓於户下,因病,夢齊和帝以劍斷其舌。召巫視之,巫言如夢。乃呼道士奏赤章於天,稱禪代之事不由己出……（高祖）及聞赤章事,大怒,中使譴責者數焉,約懼,遂卒。”

〔二〕“衍曰”三句：梁書沈約傳：“時高祖勳業既就,天人允屬,約嘗扣其端,高

祖默而不應。佗日又進曰：‘……今童兒牧豎，悉知齊祚已終，莫不云明公
其人也……’高祖然之。約出，高祖召范雲告之，雲對略同約旨。……雲
許諾，而約先期入，高祖命草其事。約乃出懷中詔書并諸選置，高祖初無
所改……高祖曰：‘我起兵於今三年矣，功臣諸將，實有其勞，然成帝業者，
乃卿二人也。’”

〔三〕巴陵王：指南朝齊末帝蕭寶融。蕭寶融字智昭，高宗第八子。被迫禪位
於梁王蕭衍，封爲巴陵王。年十五薨，追尊爲齊和帝。


# 死城陽殺寇祖仁[一]

　　城陽王徽走抵寇祖仁家。祖仁一門三剌史，皆徽所引拔。
徽齎金百斤、馬五十匹。祖仁利其財，令逃於它所，使人於路殺
之，送首於爾朱兆[二]。兆忽夢徽謂己曰：“我有金二百斤、馬一百
匹，在祖仁家，卿可取之。”兆覺之，掩捕祖仁，如其數徵之。祖仁
家舊有金、馬，盡陪償。兆猶以不足數，懸其首高樹，用大石墜其
足死。予讀而悲之曰：“誰謂死者無知也！死城陽猶能殺祖仁。
世之謀人財①、戕人命者，可謂②萬世明鑒矣。”

　　寇祖仁，大不仁。一門三剌史，出自城陽君。城陽逃難夜叩門，
殺之於塗，取馬五十匹，黃金一百斤。城陽智不死，夢告爾朱，我有金
馬在舊臣。徽陪其數數不敷，殺祖仁。

## 【校】

① 財：原本作“才”，據樓氏鐵崖詠史注本改。
② 謂：樓氏鐵崖詠史注本作“爲”。

## 【箋注】

〔一〕死城陽殺寇祖仁：事已見本篇序，詳見資治通鑑梁紀十“武帝中大通二
　　年”。城陽，指北魏城陽王元徽，魏書有傳。寇祖仁，曾任洛陽令。
〔二〕爾朱兆：魏書尒朱兆傳：“尒朱兆，字萬仁，榮從子也……及尒朱榮死也，
　　兆自汾州率騎據晉陽。元曄立，授兆大將軍，爵爲王。”

# 外兵子〔一〕　陶弘景

　　予讀弘景臨終預制詩："豈悟昭陽殿，遂作單于宮〔二〕。"此逆告梁祚之覆也。其胡笳詩云〔三〕："百年四五帝，終是甲辰君。"乃吾元天曆君之終讖也〔四〕。異哉！其言符於千十百年之上，弘景之先見，何其神耶！殆有術數矣。

　　外兵子，仙家郎，明星算象步陰陽。渾儀三尺包玄黃〔五〕，神符秘訣綵候參機祥。水丑木成梁〔六〕，單于逆見宮昭陽，胡笳天曆其神不可量。仙家郎，瞳已方〔七〕。斷舌鬼〔八〕，安得招致談羲皇〔九〕！

## 【箋注】

〔一〕外兵子：即陶弘景，南朝齊、梁時道士。唐賈嵩華陽陶隱居內傳："先生諱弘景，字通明，丹陽秣陵人也……梁武帝即位，彌加欽重……天監三年，夜夢有人云：'丹亦可得作。'……先生以爲營非常事，宜聲迹曠絕，而此山密邇朝市，巖林淺近，人人皆云有望，是丹家酷忌……乃以夜半出山，天大晦冥，人莫能見。負笈以從者二人。改名氏曰王整，官稱外兵。"

〔二〕"豈悟"二句：梁書侯景傳："先是，丹陽陶弘景隱於華陽山，博學多識，嘗爲詩曰：'夷甫任散誕，平叔坐談空，不意昭陽殿，化作單于宮。'大同末，人士競談玄理，不習武事；至是，景果居昭陽殿。"

〔三〕胡笳詩：宋郭茂倩樂府詩集卷五十九陶弘景胡笳曲："負宸飛天曆，與奪徒紛紜。百年三五代，終是甲辰君。"

〔四〕"吾元"句：天曆乃元文宗年號，文宗生於元大德八年，其年爲甲辰年，其登基之年爲戊辰年，即天曆元年，故有此説。元史文宗本紀四："（至順二年三月丙戌）司徒香山言：'陶弘景胡笳曲有"負宸飛天曆，終是甲辰君"之語，今陛下生年、紀號，實與之合，此實受命之符，乞録付史館，頒告中外。'"

〔五〕"明星"二句：南史陶弘景傳："尤明陰陽五行、風角星算、山川地理、方圓產物、醫術本草，著帝代年曆……又常造渾天象，高三尺許，地居中央，天轉而地不動，以機動之，悉與天相會。"

〔六〕水丑木成梁：南史陶弘景傳："齊末爲歌，曰'水丑木'爲'梁'字。及梁武兵至新林，遣弟子戴猛之假道奉表。及聞議禪代，弘景援引圖讖，數處皆

成‘梁’字，令弟子進之。武帝既早與之游，及即位後，恩禮愈篤，書問不
絕，冠蓋相望。”

〔七〕瞳已方：南史陶弘景傳：“弘景善辟穀導引之法，自隱處四十許年，年逾八
十而有壯容。仙書云‘眼方者壽千歲’，弘景末年一眼有時而方。”

〔八〕斷舌鬼：指沈約，參見本卷斷舌鬼注。

〔九〕原本篇末小字注：“沈約爲東郡，高其人，累書召之，不至。”按：此注文源
自梁書陶弘景傳。


# 太平寺主〔一〕


太清君〔二〕，虎之武，婦之仁。跂狗以噬何猖猖〔三〕，老公荷荷口無
津〔四〕。獅子座，何用萬錢，贖皇帝身〔五〕。太平寺主，西方聖人〔六〕。


## 【箋注】

〔一〕太平寺主：指蕭衍。南史侯景傳：“（侯景）曰：‘恨不得（宇文）泰。請兵
三萬，橫行天下，要須濟江縛取蕭衍老公，以作太平寺主。’”

〔二〕原本詩末有小字注：“太清，年號。”按：太清君指梁武帝蕭衍，太清爲梁武
帝末年年號。

〔三〕跂狗：指侯景。梁書侯景傳：“天監中，有釋寶志曰：‘掘尾狗子自發狂，當
死未死嚙人傷。須臾之間自滅亡，起自汝陰死三湘。’又曰：‘山家小兒果
攘臂，太極殿前作虎視。’掘尾狗子、山家小兒，皆猴狀。景遂覆陷都邑，毒
害皇室。”又，南史侯景傳：“景右足短，弓馬非其長，所在唯以智謀。”

〔四〕“老公”句：南史梁本紀中：“（武帝）雖在蒙塵，齋戒不廢，及疾不能進膳，
盥漱如初。皇太子日中再朝，每問安否，涕泗交面。賊臣侍者，莫不掩泣。
疾久口苦，索蜜不得，再曰：‘荷！荷！’遂崩。”

〔五〕“獅子座”三句：南史梁本紀中：“（太清元年）三月庚子，幸同泰寺，設無遮
大會。上釋御服，服法衣，行清净大捨，名曰‘羯磨’……乙巳，帝升光嚴殿
講堂，坐師子座，講金字三慧經，捨身。夏四月庚午，群臣以錢一億萬奉贖
皇帝菩薩，僧衆默許。”

〔六〕西方聖人：語出列子仲尼：“孔子動容有間，曰：‘西方之人有聖者焉。不
治而不亂，不言而自信，不化而自行。’”

# 杖頭三語[一]

志公杖頭掛刀、尺、拂三物,後爲齊、梁、陳云①。

錦幪老,江東游,符讖三語在杖頭。老蕭荷荷已入口[二],幡蓋禁中那得留。君不見佛圖子,狎石鷗[三],預人家國言不休[四],幾陷柴山趙血髏(趙攬[五])。

## 【校】

① 此詩前引文,原本爲題下小字注,徑改成大字。

## 【箋注】

〔一〕杖頭三語:寶志禪師事。李太白全集卷二十八志公畫讚:“水中之月,了不可取。虛空其心,寥廓無主。錦幪鳥爪,獨行絕侶。刀齊尺梁,扇迷陳語。丹青聖容,何往何所。”王琦注引傳燈録:“寶志禪師,金城人,姓朱氏。少出家,止道林寺,修習禪定。宋太始初,忽居止無定,飲食無時,髪長數寸,徒跣執錫杖,杖頭攗剪刀、尺、銅鑑,或挂一兩尺帛。數日不食,無飢容。時或歌吟,詞如讖記,士庶皆共事之……”又引神僧傳曰:“寶志,面方而瑩徹如鏡,手足皆鳥爪。每行游市中,其錫杖上嘗懸剪刀一事、尺一枝、塵尾扇一柄。剪刀者,齊也;尺者,量也;塵尾扇者,塵也。蓋隱語歷齊、梁、陳三朝耳。”

〔二〕老蕭:指梁武帝蕭衍,參見本卷太平寺主注。

〔三〕“君不見”二句:晉書佛圖澄傳:“(石)勒召澄,試以道術。澄即取鉢盛水,燒香呪之,須臾鉢中生青蓮花,光色曜日,勒由此信之……及(石)季龍僭位,遷都于鄴,傾心事澄,有重於勒。下書衣澄以綾錦,乘以彫輦,朝會之日,引之升殿,常侍以下悉助舉輿,太子諸公扶翼而上,主者唱大和尚,衆坐皆起,以彰其尊。又使司空李農旦夕親問,其太子諸公五日一朝,尊敬莫與爲比。支道林在京師,聞澄與諸公游,乃曰:‘澄公其以季龍爲海鷗鳥也。’”

〔四〕“預人”句:佛圖澄預言石季龍家國諸事,屢言屢中,詳見晉書佛圖澄傳。又,晉書五行志下馬禍:“石季龍在鄴,有一馬尾有燒狀,入其中陽門,出顯陽門,東宮皆不得入,走向東北,俄爾不見。術者佛圖澄歎曰:‘災其及矣!’逾年季龍死,其國遂滅。”

〔五〕“幾陷”句:晉書佛圖澄傳:“季龍大享羣臣於太武前殿,澄吟曰:‘殿乎,殿乎!棘子成林,將壞人衣。’季龍令發殿石下視之,有棘生焉。冉閔小字棘奴。”又,册府元龜卷二百三十三僭僞部:“石季龍僭立,將伐燕,天竺佛圖澄進曰:‘燕,福德之國,未可加兵。’……太史令趙攬固諫曰:‘燕地歲星所守,行師無功,必受其禍。’季龍怒,鞭之。”按:石勒、石季龍相繼僭稱趙天王,石季龍死,子世嗣位,不久石遵廢世而自立。次年,冉閔殺石遵及諸胡十萬餘人,趙魏大亂。


# 些龍子辭〔一〕


北齊和士開〔二〕,穢亂官掖,勢傾八貴。琅琊王儼時年十三〔三〕,潛令子宜表彈之〔四〕,又令白琮雜他人文書奏之〔五〕。上不審而可之。儼誆厙狄伏連曰:“奉敕收士開。”伏連執士開手曰:“今日有一大好事。”授以一函,曰:“有敕,令王向臺。”遂就臺斬之〔六〕。斛律光撫掌曰〔七〕:“龍子所爲,固自不凡!”余猶悼宫中禍根未除,夷陸令萱①之請不得〔八〕,遂卒爲令萱所殺②〔九〕。

些龍子,悲獮兒,腸肥腦滿事大奇〔十〕。十三能殺辟陽老〔十一〕,尚恨陸婦侍三司,斛光不殺劉桃枝〔十二〕。


## 【校】

① 夷陸令萱:原本作“陸夷令萱”,樓氏鐵崖詠史注本作“陸令萱”,徑爲改正。
② 此引文原本爲題下小字注,據樓氏鐵崖詠史注本改爲大字。


## 【箋注】

〔一〕龍子:指琅邪王高儼。

〔二〕和士開:北齊佞臣,得胡太后寵幸。生平詳見北齊書恩倖傳。

〔三〕琅邪王儼:即高儼,北齊末代君主高緯弟。官至大司馬。遭高緯嫉恨,被殺。生平見北齊書琅邪王儼傳。

〔四〕子宜:姓王,其時任治書侍御史。按:琅邪王與王子宜等合謀剗除和士開事,詳見北齊書琅邪王儼傳。

〔五〕琮：即馮子琮，胡太后妹夫。官至尚書左僕射，與和士開不合，故與琅邪王合謀殺之。北齊書有傳。

〔六〕"儼誑"九句：通鑑紀事本末卷二十五周滅齊："齊以琅邪王儼爲太保。琅邪王儼以和士開、穆提婆等專横奢縱，意甚不平……儼誑領軍庫狄伏連曰：'奉敕，令領軍收士開。'……秋七月庚午旦，士開依常早參，伏連前執士開手曰：'今有一大好事。'王子宜授以一函，云：'有敕，令王向臺。'因遣軍士護送，儼遣都督馮永洛就臺斬之。"參見北齊書琅邪王儼傳。

〔七〕斛律光：字明月，北齊丞相斛律金之子，襲父爵。傳見北齊書。通鑑紀事本末卷二十五周滅齊："（斛律）光聞儼殺士開，撫掌大笑曰：'龍子所爲，固自不似凡人。'"

〔八〕陸令萱：北齊後主高緯乳母。通鑑紀事本末卷二十五周滅齊："儼本意唯殺士開，其黨因逼儼曰：'事既然，不可中止。'帝使劉桃枝將禁兵八十人召儼，桃枝遥拜，儼命反縛，將斬之，禁兵散走。帝又使馮子琮召儼，儼辭曰：'士開昔來實合萬死，謀廢至尊，剃家家髮爲尼，臣爲是矯詔誅之。尊兄若欲殺臣，不敢逃罪；若赦臣，願遣姊姊來迎，臣即入見。'姊姊，即陸令萱也，儼欲誘出殺之。令萱執刀在帝後，聞之戰慄。"按：北齊諸王呼嫡母爲"家家"，稱乳母爲"姊姊"。參見本卷緇衣相。

〔九〕卒爲令萱所殺：北齊書琅邪王儼傳："陸令萱説帝曰：'人稱琅邪王聰明雄勇，當今無敵，觀其相表，殆非人臣。自專殺以來，常懷恐懼，宜早爲計。'……九月下旬，帝啓太后曰：'明旦欲與仁威出獵，須早出早還。'是夜四更，帝召儼，儼疑之。陸令萱曰：'兄兄唤，兒何不去？'儼出至永巷，劉桃枝反接其手，儼呼曰：'乞見家家、尊兄！'桃枝以袂塞其口，反袍蒙頭負出，至大明宫，鼻血滿面，立殺之，時年十四。"

〔十〕腸肥腦滿：北齊書琅邪王儼傳："（帝曾欲殺琅邪王，斛律光）請帝曰：'琅邪王年少，腸肥腦滿，輕爲舉措，長大自不復然，願寬其罪。'帝拔儼帶刀環亂築，辮頭，良久乃釋之。"

〔十一〕辟陽老：指西漢審食其。審食其得吕后寵幸，後爲淮南王劉長所殺。審食其封辟陽侯，故有此稱。此借指和士開。

〔十二〕"斛光"句：意爲斛律光不殺劉桃枝，結果非但琅邪王高儼被害，自己亦遭其毒手。劉桃枝，北齊御用殺手。


# 盲老公〔一〕


祖珽①欲立令萱爲太后〔二〕，且曰："陸雖婦人，然實雄傑，女媧以來未之有也。"萱亦謂珽爲"國師"。及珽執政,與萱議同異,乃諷中丞劾王子沖,事連令萱〔三〕。夫盲公、舌姆,一體人也,至立權地,不能不相傾也。盲公可畏哉! 爲賦盲老公二章。

### 其一

盲老公,饒舌姆〔四〕。盜天機,觸天柱,蔽我明月血流雨。蔽月月已苦,蔽日不得照幽土。

### 其二〔五〕

饒舌姆,盲老公,國師國媧雙比隆。一語不合意,兩虎爭雌雄。國師不救地裂,國媧不補天崩(叶)。

## 【校】

① 祖珽之"珽",原本作"挺",據樓氏鐵崖詠史注本改。下同。

## 【箋注】

〔一〕盲老公:指祖珽。祖珽夜中以蕪菁子燭熏眼,因此失明。參見北齊書祖珽傳。

〔二〕令萱:即陸令萱。令萱爲北齊後主高緯乳母,故又稱"陸媼"。北齊書祖珽傳:"太后之被幽也,珽欲以陸媼爲太后,撰魏帝皇太后故事,爲太姬言之。謂人曰:'太姬雖云婦人,寔是雄傑,女媧已來無有也。'太姬亦稱珽爲國師、國寶。"

〔三〕"及珽執政"四句:北齊書祖珽傳:"(珽)又説謡云:'高山崩,槲樹舉,盲老翁背上下大斧,多事老母不得語。'珽并云'盲老翁是臣',云與國同憂戚;勸上行,語其'多事老母',似道女侍中陸氏……珽自是專主機衡……又欲黜諸閹豎及群小輩,推誠朝廷,爲致治之方。陸媼、穆提婆議頗同異。珽乃諷御史中丞麗伯律令劾主書王子沖納賄,知其事連穆提婆,欲使贓罪相及,望因此坐,并及陸媼……陸媼聞而懷怒,百方排毀。"

〔四〕饒舌姆:指陸媼,即陸令萱,參見本卷些龍子辭。

〔五〕原本於第二首附有評語:"何來想致。"

## 黄花詞①〔一〕

袥②壁閜丹丘,網軒接瓊樓。金人未成鑄,玉册竟爲偶。后裳輝

錦襠,伶衣亂珠駐。典禮既乖違,綱維蕩無有。百年<u>神武</u>基,勢落清
觴酒<sup>〔二〕</sup>。嗟哉金湯固,一朝拉枯朽。

　　　　<u>黄花</u>,<u>穆后</u>之小字也。本<u>宋欽道</u>奸私所生<sup>〔三〕</sup>,<u>欽道</u>伏誅,<u>黄花</u>遂入宫。
有幸<u>後主</u>,遂立之爲后。童謡曰:"黄花勢欲落,清觴滿杯酌。"後主自立<u>穆</u>
<u>后</u>,昏飲無度<sup>〔四〕</sup>,故云"清觴滿杯酌"<sup>③</sup>,言<u>黄花</u>不久也。

## 【校】

① <u>汲古閣</u>刊<u>鐵崖先生古樂府</u>補本題下有小字注:"<u>齊後主 穆后</u>。"

② 柎壁:原本作"柎璧",<u>鐵崖先生古樂府</u>補本作"椒壁",據<u>樓氏 鐵崖詠史</u>注
本改。

③ "遂立之爲后"至"清觴滿杯酌":原本作"遂立爲后,自是昏飲無度。童謡云:
黄花勢欲落,清觴滿杯酌",據<u>鐵崖先生古樂府</u>補本改補。

## 【箋注】

〔一〕<u>黄花</u>:<u>北齊 後主</u>皇后<u>穆氏</u>。<u>北齊書 穆后傳</u>:"<u>後主</u>皇后<u>穆氏</u>,名<u>邪利</u>,本<u>斛</u>
<u>律后</u>從婢也。母名<u>輕霄</u>,本<u>穆子倫</u>婢也,轉入侍中<u>宋欽道</u>家,奸私而生后,
莫知氏族,或云后即<u>欽道</u>女子也。小字<u>黄花</u>,後字<u>舍利</u>。……<u>欽道</u>伏誅,
<u>黄花</u>因此入宫,有幸於<u>後主</u>,宫内稱爲<u>舍利</u>太監。女侍中<u>陸太姬</u>知其寵,
養以爲女。"

〔二〕"百年<u>神武</u>基"二句:謂<u>神武</u>皇帝所創<u>北齊</u>基業,毁於<u>黄花</u>。此二句源自
當時童謡,參見詩後跋文。<u>神武</u>:指<u>北齊高祖 神武</u>皇帝<u>高歡</u>。其生平詳
見<u>北齊書 神武本紀</u>。

〔三〕<u>宋欽道</u>:<u>魏</u>吏部尚書<u>宋弁</u>之孫,官至黄門侍郎。傳載<u>北齊書</u>卷三十四。

〔四〕"<u>後主</u>自立<u>穆后</u>"二句:詳見<u>北齊書 穆后傳</u>。

# 菖蒲花詞<sup>①〔一〕</sup>

　　<u>黄花</u>落<sup>〔二〕</sup>,菖花開。勸君續命酒,金琶聲若雷。<u>晉州</u>古城鐵甕
裂,大人石點燕支回<sup>②</sup>。玉鏡高臺<sup>③</sup>畫眉未,蟠蛇陣前看兒戲<sup>〔三〕</sup>。馬上
走戎裝,褌衣上身何短長<sup>〔四〕</sup>。長風起華橋<sup>④</sup>,日落<u>漳河</u>道。爲君始,爲
君終,菖花不如美人草。

　　馮淑妃名小憐，慧黠能彈琵琶，工歌舞。穆后從婢。后愛衰，以五月
五日進於後主，號曰"續命⑤"。周師取平陽，帝獵於三堆。晉州告急，帝將
還，淑妃請更殺一圍。自晉陽以皇后衣至，帝爲按轡，命淑妃著之，然後
去。及帝遇害，以淑妃賜代王達，因作弦斷詩曰："雖蒙今日寵，猶憶昔時
憐。欲知心斷絕，應看膝上弦。"隋文帝賜達妃兄李詢，令著布裙配春，詢
母逼自殺〔五〕。

【校】

① 汲古閣刊鐵崖先生古樂府補本題下有小字注："馮小憐。"
② 回：汲古閣刊鐵崖先生古樂府補本作"面"。
③ 高臺：樓氏鐵崖詠史注本作"臺高"。
④ 橋：原本作"槁"，據汲古閣刊鐵崖先生古樂府補本改。
⑤ 進於後主號曰續命：原本作"進號於後主曰續命"，據北史馮淑妃傳改。又，
　　此跋文原本截止於"續命"二字，據汲古閣刊鐵崖先生古樂府補本作增補。

【箋注】

〔一〕菖蒲花：喻指淑妃，即齊後主寵妃馮小憐。生平已見本詩跋。
〔二〕黄花：暗指齊後主穆后。穆后小名黄花。參見本卷黄花詞。
〔三〕"晉州古城"四句：參見鐵崖先生復古詩集卷四馮小憐注。
〔四〕"馬上"二句：北史馮淑妃傳："舊俗相傳，晉州城西石上有聖人迹，淑妃欲
　　往觀之。帝恐弩矢及橋，故抽攻城木造遠橋……帝與淑妃度橋，橋壞，至
　　夜乃還。稱妃有功勳，將立爲左皇后，即令使馳取褘翟等皇后服御，仍與
　　之并騎觀戰，東偏少卻，淑妃怖曰：'軍敗矣！'帝遂以淑妃奔還。至洪洞
　　戍，淑妃方以粉鏡自玩，後聲亂唱賊至，於是復走。内參自晉陽以皇后衣
　　至，帝爲按轡，命淑妃著之，然後去。"
〔五〕"及帝遇害"十句：出自北史馮淑妃傳。


# 齊博士〔一〕

　　熊安生，齊國子博士。周主入鄴，遽令掃門。家人怪問，曰：
"周帝重道，必將見我。"俄而周主幸其第，不聽拜，引與同坐，給

安車以自隨。予謂安生博士即叔孫<sup>①</sup>通輩爾〔二〕，其得爲王蠋耶〔三〕！

齊國士，虜入國，掃門俟，安車以隨不知恥。天上人〔四〕，更宣旨。

## 【校】

① 叔孫：原本作"孫叔"，據樓氏鐵崖詠史注本改。

## 【箋注】

〔一〕齊博士：北齊國子博士熊安生。熊安生：字植之，長樂阜城人。博通五經，然專以三禮教授弟子。北齊武成帝河清年間，陽休之特奏爲國子博士。生平詳見周書儒林傳。
〔二〕叔孫通：漢初齊人。參見史義拾遺卷上叔孫通論。
〔三〕王蠋：齊人。曾進諫於齊王，不聽，遂退而耕於野。其後燕軍侵齊，欲脅迫王蠋爲燕國效力，王蠋自經於樹，"自奮絕脰而死"。詳見史記田單列傳。
〔四〕天上人：指北齊李德林。北史李德林傳："周武帝平齊，遣使就宅宣旨云：'平齊之利，唯在於爾，宜入相見。'仍令從駕至長安，授内史上士，詔誥格式及用山東人物，一以委之。周武謂群臣曰：'我常日唯聞李德林與齊朝作書檄，我正謂其是天上人。豈言今日得其驅使，復爲我作文書，極爲大異。'"

## 田鵬鸞〔一〕

齊主與穆后、馮淑妃、幼主等奔青州，使内參田鵬鸞西出覘候。周師獲之，問："齊主<sup>①</sup>何在？"紿云："已去，計當出境。"周人不信，捶之，折一支，辭色愈厲，竟折四支而死。以大齊無一死節臣，而區區内參乃能爲主而死，與密召周師約生致齊主者〔二〕，豈不宵壤也！

田鵬鸞，一嬖令（叶，平聲）。非巨公大卿，一死足以爲國禎。阿<sup>②</sup>那肱，何以生（即密召師人也）！

## 【校】

① 主：原本作"王"，據樓氏鐵崖詠史注本改。

② 阿：原本誤作“何”，據樓氏鐵崖詠史注本改。

## 【箋注】

〔一〕田鵬鸞：顏氏家訓卷三勉學篇：“齊有宦者内參田鵬鸞，本蠻人也。年十四五，初爲閹寺，便知好學，懷袖握書，曉夕諷誦。所居卑末，使役苦辛，時伺閒隙，周章詢請。每至文林館，氣喘汗流，問書之外，不暇他語。及睹古人節義之事，未嘗不感激沈吟久之。吾甚憐愛，倍加開獎。後被賞遇，賜名敬宣，位至侍中開府……竟斷四體而卒……齊之將相，比敬宣之奴不若也。”

〔二〕密召周師約生致齊主者：指北齊宰臣阿那肱。阿那肱，即高阿那肱。北齊書恩倖傳：“高阿那肱，善無人也……又諂悦和士開，尤相褻狎……士開死後，後主謂其識度足繼士開，遂致位宰輔……及周將軍尉遲迥至關，肱遂降。時人皆云肱表款周武，必仰生致齊主，故不速報兵至，使後主被擒。”又，資治通鑑卷一百七十三陳紀七：“齊上皇留胡太后於濟州，使高阿那肱守濟州關，覘候周師……上皇至青州，即欲入陳。而高阿那肱密召周師，約生致齊主。”按：高阿那肱、和士開，皆爲陸令萱養子。


## 刺瓜辭[一]　隋高祖楊堅

　　趙王招謀殺堅[二]，邀之過第，引入寢室，伏壯士於室後。堅左右皆不得入，惟從祖弟弘與元冑立户側。酒酣，招以佩刀刺瓜，連啗堅，欲因而刺之。元冑急進，招呵之曰：“我與丞相言，汝何爲也？”叱使卻。冑嗔目憤氣，扣刀入衛。招僞吐，將入後閣。冑恐其爲變，扶令上座①。如此者三。招又稱喉乾，命冑就廚取水②，冑不動。聞室後有被甲聲，遽扶堅下床，趨去③。招將追之，冑以身蔽户，招不得出。招恨，不時發彈，指出血。壬子，堅誣招與越野王盛謀反[三]，皆殺之。元冑，蓋樊將軍後又有此人也[四]。獨惜其異日有反謀，坐死[五]，有愧於噲矣。

　　普六茹[六]，麟角兒[七]。平一四海天授之，拔刀刺瓜欲何爲？樊噲排闥，沛公如廁，元冑障門，相國逸騎。遷周鼎，開皇基。南北再合，車書同歸。嗚呼，畢王族，趙王夷[八]，拔刀刺瓜欲何爲！

## 【校】

① 上座：原本作"座上"，據樓氏 鐵崖詠史注本改。

② 命：原本無，據樓氏 鐵崖詠史注本增補。水：樓氏 鐵崖詠史注本作"飲"。

③ 去：樓氏 鐵崖詠史注本作"出"。

## 【箋注】

〔一〕刺瓜：指宇文招以吃瓜爲名，欲刺殺楊堅。參見詩前序文。

〔二〕趙王招：即宇文招。堅：指隋文帝楊堅。宇文招欲刺殺楊堅，因元冑護衛而未果。詳見隋書元冑傳。

〔三〕"堅誣"句：趙王宇文招、越野王宇文盛，皆周太祖文皇帝宇文泰之子。詳見周書卷十三文閔明武宣諸子傳。

〔四〕樊將軍：指樊噲。樊噲曾於鴻門宴上護衛劉邦。參見鐵崖先生古樂府卷一鴻門會注。

〔五〕"獨惜"二句：隋書元冑傳："元冑，河南 洛陽人也，魏昭成帝之六代孫。……高祖受禪，進位上柱國，封武陵郡公，邑三千户。拜左衛將軍，尋遷右衛大將軍……蜀王秀之得罪，冑坐與交通，除名。煬帝即位，不得調。時慈州刺史上官政坐事徙嶺南，將軍丘和亦以罪廢。冑與和有舊，因數從之游。冑嘗酒酣謂和曰：'上官政壯士也，今徙嶺表，得無大事乎？'因自拊腹曰：'若是公者，不徒然矣。'和明日奏之，冑竟坐死。"

〔六〕普六茹：此指隋文帝楊堅。隋文帝父楊忠從周太祖起義關西，賜姓普六茹氏。參見隋書高祖本紀。

〔七〕麟角兒：指隋文帝楊堅。隋書高祖本紀："高祖文皇帝姓楊氏，諱堅，弘農郡 華陰人也……皇妣吕氏，以大統七年六月癸丑夜，生高祖於馮翊 般若寺，紫氣充庭。有尼來自河東，謂皇妣曰：'此兒所從來甚異，不可於俗間處之。'尼將高祖舍於別館，躬自撫養。皇妣嘗抱高祖，忽見頭上角出，遍體鱗起。皇妣大駭，墜高祖於地。尼自外入見，曰：'已驚我兒，致令晚得天下。'爲人龍顏，額上有玉柱入頂，目光外射，有文在手曰'王'。長上短下，沈深嚴重。"

〔八〕"畢王族"二句：北周静帝 大象二年（五八〇）六月，畢王欲謀殺丞相（即隋文帝楊堅），事洩，被滅族。次月，趙王宇文招等亦遭楊堅治罪誅殺。畢王，又稱畢剌王，北周明帝之子宇文賢。宇文賢於北周末年任上柱國、雍州牧。周書文敏明武宣諸子列傳："明帝三男，徐妃生畢剌王賢……賢性強濟,有威略。慮隋文帝傾覆宗社,言頗泄漏,尋爲所害,并其子弘義、恭道、樹孃等,國除。”

<br>

# 補梁毗哭金辭①〔一〕

　　隋大理卿梁毗②爲安寧刺史。凡蠻長以金多者爲豪俊③,遞相攻奪。酋長相率以金④遺毗,毗置金座側,對之慟哭,曰:“此物饑不可食,寒不可衣,汝等以此相滅,今將此物來⑤殺我邪?”一無所受。余爲毗補哭金詞。

　　汝金來(叶),我今與汝⑥辭。汝鋒不犀,能斫我頸。汝液不鴆,能折我肌。金谷汝剚首〔二〕,金塢汝焚尸〔三〕,金兔汝滅族〔四〕,金牛汝喪師〔五〕。故我⑦與汝永訣誓,不爲安寧貪刺史,寧爲齊黔婁〔六〕、魯榮啟期〔七〕。

## 【校】

① 汲古閣刊鐵崖先生古樂府補卷一載此詩,據以校勘。原本題作補梁毗,“哭金辭”三字據汲古閣刊鐵崖先生古樂府補本增補。
② 梁毗:原本無,據汲古閣刊鐵崖先生古樂府補本增補。
③ 俊:汲古閣刊鐵崖先生古樂府補本作“俠”。
④ 汲古閣刊鐵崖先生古樂府補本“金”字下多一“來”字。
⑤ 來:汲古閣刊鐵崖先生古樂府補本作“來又”。
⑥ 汝:樓氏鐵崖詠史注本作“爾”。
⑦ 故我:樓氏鐵崖詠史注本作“我故”。

## 【箋注】

〔一〕梁毗:隋書梁毗傳:“毗既出憲司,復典京邑,直道而行,無所迴避,頗失權貴心,由是出爲西寧州刺史,改封邯鄲縣侯。在州十一年。先是,蠻夷酋長皆服金冠,以金多者爲豪儁,由此遞相陵奪,每尋干戈,邊境略無寧歲。毗患之。後因諸酋長相率以金遺毗,於是置金坐側,對之慟哭而謂之曰……一無所納,悉以還之。於是蠻夷感悟,遂不相攻擊。高祖聞而善之,徵爲散騎常侍、大理卿。”

〔二〕“金谷”句：指金谷主人西晉豪富石崇棄尸東市。

〔三〕金塢：即郿塢。郿塢主人東漢董卓死後遭焚尸。按：郿塢藏金二三萬斤，參見藝文類聚卷八十三金引録英雄記。

〔四〕金兔：借指董昌。新唐書逆臣傳：“董昌，杭州臨安人。始籍土團軍，以功擢累石鏡鎮將……昌曰：‘讖言“兔上金床”，我生於卯，明年歲旅其次，二月朔之明日，皆卯也，我以其時當即位。’……乾寧二年，即僞位，國號大越羅平，建元曰天册，自稱‘聖人’……（錢鏐將顧）全武執昌還，及西江，斬之，投尸于江，傳首京師，夷其族。”

〔五〕金牛：太平寰宇記卷八十四劍南東道三劍州：“石牛道。常璩國志：周顯王時，秦惠王謀伐蜀，乃作石牛五頭，朝瀉金其後，曰牛便金，有養卒百人。蜀人悦之，使使請石牛，惠王許之。乃遣五丁迎石牛入蜀。至静王五年，秦大夫張儀、司馬錯等從石牛道伐蜀，滅之。”

〔六〕黔婁：高士傳卷中黔婁先生：“黔婁先生者，齊人也。修身清節，不求進於諸侯。魯恭公聞其賢，遣使致禮，賜粟三千鍾，欲以爲相，辭不受。齊王又禮之以黄金百斤，聘爲卿，又不就。著書四篇，言道家之務，號黔婁子。終身不屈，以壽終。”

〔七〕榮啟期：或作榮聲期，上古高士。參見鐵崖先生古樂府卷四七哀詩。

# 鴆酒來〔一〕　隋煬帝

　　賊欲弑帝。帝曰：“天子死，自有法。取鴆酒來。”賊不許。自解練巾授賊，縊死之。初，帝嘗以鴆酒自隨。及亂，索酒不能得。

　　鴆酒來，酒不來，永巷閣門門已開。十二小兒衣濺血（趙王杲①）〔二〕，只尺抽戈猜阿孩（齊王暕②）〔三〕。破木衝，錦纜斷，潘郎不到流珠堂（虞世基）〔四〕，蕭娘已逐行春館〔五〕。（化及據有六宮，奉養一如煬帝。還長安，爲御營，使后妃皆入營。營前大帳，化及南面視事其中。）練帶巾，鬃榻板〔六〕（帝死，蕭后與宮人漆床板爲小棺），七寶焚衣孰長短〔七〕。

## 【校】

① 杲：原本誤作“果”，據隋書改。

② 只：樓氏鐵崖詠史注本作"咫"。悚：原本誤作"疎"，據隋書改。

## 【箋注】

〔一〕鴆酒：按通鑑紀事本末煬帝亡隋："初，帝自知必及於難，常以罌貯毒藥自隨，謂所幸諸姬曰：'若賊至，汝曹當先飲之，然後我飲。'及亂，顧索藥，左右皆逃散，竟不能得。"

〔二〕十二小兒：指隋煬帝幼子楊杲。隋書煬三子傳："煬帝三男，蕭皇后生元德太子昭、齊王暕，蕭嬪生趙王杲……趙王杲小字季子。年七歲，以大業九年封趙王……後遇化及反，杲在帝側，號慟不已。裴虔通使賊斬之於帝前，血濺御服。時年十二。"

〔三〕阿孩：隋書煬三子傳："齊王暕字世朏，小字阿孩……俄而化及作亂，兵將犯蹕，帝聞，顧謂蕭后曰：'得非阿孩邪？'其見疎忌如此。化及復令人捕暕，暕時尚臥未起，賊既進，暕驚曰：'是何人？'莫有報者。暕猶謂帝令捕之，因曰：'詔使且緩，兒不負國家。'賊於是曳至街而斬之，及其二子亦遇害。暕竟不知殺者爲誰。時年三十四。"

〔四〕潘郎：本指晉人潘岳，此借指虞世基。隋書虞世基傳："虞世基字茂世，會稽餘姚人也……少傅徐陵聞其名，召之，世基不往。後因公會，陵一見而奇之，顧謂朝士曰：'當今潘、陸也。'因以弟女妻焉。"又，通鑑紀事本末煬帝亡隋："帝問：'世基何在？'賊黨馬文舉曰：'已梟首矣。'"按：流珠堂在隋江都宮中，隋煬帝死後，與趙王杲同殯於此。

〔五〕蕭娘：指隋煬帝蕭皇后。隋書后妃傳："煬帝蕭皇后，梁明帝巋之女也……及宇文氏之亂，隨軍至聊城。化及敗，沒於竇建德。突厥處羅可汗遣使迎后於洺州，建德不敢留，遂入於虜庭。大唐貞觀四年，破滅突厥，乃以禮致之，歸于京師。"

〔六〕縓榻板：通鑑紀事本末煬帝亡隋："（隋煬帝死）蕭后與宮人撤漆床板爲小棺，與趙王杲同殯於西院流珠堂。"

〔七〕七寶焚衣：隋文帝第三子楊俊事。隋書文四子傳："秦孝王俊字阿祇，高祖第三子也……盛治宮室，窮極侈麗。俊有巧思，每親運斤斧，工巧之器，飾以珠玉。爲妃作七寶幂羅，又爲水殿，香塗粉壁，玉砌金階……二十年六月，薨於秦邸。上哭之數聲而已。俊所爲侈麗之物，悉命焚之。敕送終之具，務從儉約，以爲後法也。"

# 卷十九　陳善學序刊楊鐵崖先生文集卷三之上

# 卷十九　陳善學序刊楊鐵崖先生文集卷三之上

## 蒲山公[一] 并序論

　　傳曰：“既以此始，必以此終[二]。”密牛背所讀，無他異書，乃項羽傳耳[三]，其識度陋矣[四]。既以羽始，宜以羽終。羽不能與劉季爭天下[五]，僅勝陳涉[六]；密不能與世民父子爭天下，曾不勝楊玄感[七]。羽有一范增不能用[八]，密亦有一魏徵不能用[九]。密晚節歸唐而復叛，稠桑之及，不如垓下之死已[十]。

　　蒲山公，從師緱氏縣[十一]。不讀黃石書[十二]，乃讀項羽傳。西楚王，霸天下。蒲山公，不能取關中尺寸土。窮無歸，稠桑在垓下（叶“戶”）。

## 【箋注】

〔一〕蒲山公：李密爵位，借指李密。新唐書李密傳：“密趣解雄遠，多策略，散家資養客禮賢不愛藉。以蔭爲左親衛府大都督、東宮千牛備身。額銳角方，瞳子黑白明澈。煬帝見之，謂宇文述曰：‘左仗下黑色小兒爲誰？’曰：‘蒲山公李寬子密。’帝曰：‘此兒顧盼不常，無入衛。’”按：李密字玄邃，一字法主。隋文帝開皇年間襲父爵蒲山公。參見隋書李密傳、新唐書李密傳。

〔二〕傳：指左傳。左傳宣公十二年：“君以此始，亦必以終。”

〔三〕項羽傳：當指史記之項羽本紀。新唐書李密傳：“（宇文）述諭密曰：‘君世素貴，當以才學顯，何事三衛間哉！’密大喜，謝病去，感厲讀書。聞包愷在緱山，往從之。以蒲韀乘牛，挂漢書一帙角上，行且讀。越國公楊素適見于道，按轡躡其後，曰：‘何書生勤如此？’密識素，下拜。問所讀，曰：‘項羽傳。’”

〔四〕其識度陋矣：新唐書李密傳：“或稱密似項羽，非也。羽興五年霸天下，密連兵數十百戰不能取東都。始玄感亂，密首勸取關中；及自立，亦不能鼓而西，宜其亡也。”

〔五〕劉季：漢高祖劉邦字季。

〔六〕陳涉：即陳勝，秦末起義軍首領。

〔七〕楊玄感：隋書楊玄感傳：“楊玄感，司徒素之子也……玄感驍勇多力，每戰親運長矛，身先士卒，暗嗚叱咤，所當者莫不震懾。論者方之項羽。又善撫馭，士樂致死，由是戰無不捷。”

〔八〕范增：項羽謀臣。項羽不能用范增，詳見史記項羽本紀。

〔九〕魏徵：新唐書魏徵傳：“武陽郡丞元寶藏舉兵應李密，以徵典書檄。密得寶藏書，輒稱善，既聞徵所爲，促召之。徵進十策説密，不能用……後從密來京師，久之未知名。自請安輯山東。”

〔十〕“密晚節歸唐”三句：意爲李密降而復叛，最終結局還不如項羽。稠桑：驛名，位於今河南靈寶市北。李密死於此。垓下：項羽殞命處。新唐書李密傳：“聞故所部將多不附世充者，高祖詔密以本兵就黎陽招撫故部曲，經略東都……東至稠桑驛，有詔復召密，密大懼，謀叛……熊州副將盛彥師率步騎伏陸渾縣南邢公峴之下，密兵度，橫出擊，斬之，年三十七。”

〔十一〕緱氏縣：位於今河南偃師東南，因緱山得名。李密於此師從包愷。

〔十二〕黄石書：指黄石公贈予張良之太公兵法。詳見史記留侯世家。


# 西夏賊〔一〕


　　建德爲群盜之劇。觀其行事，余不忍以劇賊目之。在鄉里時，解所耕牛與貧無以爲喪者，已爲一奇少年。起兵日，滑州刺史王軌爲奴所殺，以首來。建德曰：“奴殺主，大逆也！内之不可不賞，賞則敗教，將焉用爲？”遂殺奴，反軌首。余謂此舉暗合吾聖經“不納三叛、以懲不義”之旨〔二〕，漢①光武有慚德矣〔三〕。推是心也，豈不可以有天下義士吾民耶！虬髯子不起〔四〕，以是所行拔諸密、銑、舉、軌、世充之群〔五〕，其不雄長何待！不使編②髮重譯而朝，吾不信矣。

　　西夏賊，中夏才〔六〕。滑州奴，殺主以首來。斬奴反主首，滑人響應聲如雷。西夏賊，不識書，不納三叛法暗符，如何堂堂天子乃爵蒼頭奴〔七〕！


【校】

① 漢：樓氏鐵崖詠史注本無。

② 編：懺華庵叢書本作"編"。

## 【箋注】

〔一〕西夏賊：指竇建德。竇建德曾建立夏國，自號夏王。下所叙事均詳見新唐書竇建德傳。

〔二〕聖經：指春秋。春秋左傳正義卷五十三："是以春秋書齊豹曰'盜'，三叛人名，以懲不義。數惡無禮，其善志也。"又，晉杜預撰春秋左氏傳序："故發傳之體有三，而爲例之情有五……五曰'懲惡而勸善'。求名而亡，欲蓋而章，書齊豹'盜'、三叛人名之類是也。"疏："昭二十年'盜殺衛侯之兄縶'，襄二十一年'邾庶其以漆、閭丘來奔'，昭五年'莒牟夷以牟婁及防兹來奔'，昭三十一年'邾黑肱以濫來奔'，是謂盜與三叛人名也。"

〔三〕漢光武有慚德：意爲東漢光武帝劉秀招降納叛而成帝業。詳見後漢書光武帝紀。慚德，因言行有缺失而内愧于心。書仲虺之誥："成湯放桀于南巢，惟有慚德。"

〔四〕虬髯子：指李世民。本卷鄂國公之二詩，稱唐太宗爲"虬髯天子"。又，杜甫詩贈太子太師汝陽郡王璡："汝陽讓帝子，眉宇真天人。虬髯似太宗，色映塞外春。"不起：不起事，不起兵争天下。

〔五〕密、銑、舉、軌、世充：指李密、蕭銑、薛舉、李軌、王世充，均於隋末起事，割據一方。兩唐書皆有傳。

〔六〕"西夏"二句：竇建德建立夏國，自號夏王，改年號爲五鳳。

〔七〕"如何"句：意爲光武帝授爵予小人，處事不如竇建德。蒼頭奴，此指東漢彭寵家奴子密。後漢書彭寵傳："彭寵字伯通，南陽宛人也……寵齋，獨在便室。蒼頭子密等三人因寵臥寐，共縛著牀……即斬寵及妻頭，置囊中，便持記馳出城，因以詣闕。封爲不義侯。"

# 鄭沙門〔一〕

頲不樂仕進於世充，謂其妻曰："吾不幸遭遇亂世，側身猜忌之朝，繫足危亡之地，無以自全。人生會當有死，早晚何殊！"遂削髮爲僧。世充大怒曰："爾以我爲必敗，欲苟免耶？不誅何以制衆！"遂斬頲於市。余悲頲之避禍，不如陸德明也〔二〕。

　　鄭沙門，國大臣，失身北面東都君（世充）〔三〕。東都之君老巫
婢〔四〕，（程知節曰：“上公非撥亂之主，乃老巫婢。”以其言咒誓①耳。）李下桃間
爭鼎位。巨鏃斧，大輻勢，江淮咆哮十六虎〔五〕（段達、單雄信、朱粲之
流）。明年面縛我先知，沙門脫身苦無所。君不見東宮先生服巴豆，何
必髡鑪取絕脰〔六〕。

## 【校】

① 咒誓：此二字原本脫闕，據舊唐書程知節傳補。

## 【箋注】

〔一〕鄭沙門：指鄭頤。通鑑紀事本末卷二十七唐平東都：“御史大夫鄭頤不樂
　　　仕世充，多稱疾不預事。至是謂世充曰：‘臣聞佛有金剛不壞身，陛下真是
　　　也。臣實多幸，得生佛世，願棄官削髮爲沙門，服勤精進，以資陛下之神
　　　武。’世充曰：‘國之大臣，聲望素重，一旦入道，將駭物聽。俟兵革休息，當
　　　從心志。’頤固請不許，退謂其妻曰：‘……人生會當有死，早晚何殊！姑從
　　　吾所好，死亦無憾。’遂削髮被僧服。世充聞之，大怒曰：‘爾以我爲必敗，
　　　欲苟免邪？不誅之，何以制衆！’遂斬頤於市。頤言笑自若，觀者壯之。”
　　　按：鄭頤原爲李密臣，爲王世充所獲，疾其多詐，故不樂仕。
〔二〕陸德明：兩唐書皆有傳。陸德明不願屈從王世充，巧計避禍遁世。
〔三〕東都君：指王世充。王世充稱帝於洛陽，故有此稱。
〔四〕“東都之君”句：舊唐書程知節傳：“知節謂秦叔寶曰：‘世充器度淺狹，而
　　　多妄語，好爲咒誓，乃巫師老嫗耳，豈是撥亂主乎！’”又，新唐書秦瓊傳：
　　　“後歸王世充，署龍驤大將軍。與程齩金計曰：‘世充多詐，數與下呪誓，乃
　　　巫嫗，非撥亂主也。’因約俱西走。”
〔五〕“巨鏃斧”三句：指王世充敗於大唐之後，其部將“十六虎”多被斬首。十
　　　六虎：指段達、王隆、崔弘丹、薛德音、楊汪、孟孝義、單雄信、楊公卿、郭什
　　　柱、郭士衡、董濬、張童仁、王德仁、朱粲、郭善才等。
〔六〕“君不見”二句：意爲鄭頤遁入佛門仍未逃一死，還不如效仿陸德明裝病
　　　避禍。東宮先生：指陸德明。陸德明爲王世充子之師，故稱。舊唐書陸
　　　德明傳：“王世充僭號，封其子爲漢王，署德明爲師，就其家，將行束脩之
　　　禮。德明恥之，因服巴豆散，臥東壁下。王世充子入，跪牀前，對之遺痢，
　　　竟不與語。遂移病於成皋，杜絕人事。”

# 糟犯脞<sup>①</sup>〔一〕

朱粲初引陸從典、顏愍楚爲賓客,其後乏食,皆爲所噉。段確性嗜酒,奉詔使朱粲,乘醉侮粲曰:"聞卿好噉人,人作何味?"粲曰:"噉醉人如糟藏麂肉。"遂收確,烹以噉。粲,獸人,不足誅也。確以身試其牙吻,糟麂之咱,將誰咎哉!

著作子(從典<sup>②</sup>),舍人兒(愍楚<sup>③</sup>)。豢作朱家豨<sup>④</sup>,啖之一無遺。段家醉夫危與狃,酒香已帶糟犯脞。空持使節一丈長,不及劉郎三尺鍤<sup>⑤</sup>〔二〕。分殺身,不能先殺烏將軍<sup>⑥</sup>〔三〕。

## 【校】

① "糟犯脞"之"糟",青照堂刊楊鐵崖詠史本作"精"。下同。青照堂刊楊鐵崖詠史本題下有小字注"段確"二字。

② 從典:青照堂刊楊鐵崖詠史本作"陸從典"。

③ 愍楚:青照堂刊楊鐵崖詠史本作"顏愍楚"。

④ 豨:青照堂刊楊鐵崖詠史本作"豕"。

⑤"空持"二句:原本無,據青照堂刊楊鐵崖詠史本增補。

⑥"分殺身"二句:青照堂刊楊鐵崖詠史本無。

## 【箋注】

〔一〕糟犯脞:指段確遭朱粲烹食事。舊唐書朱粲傳:"僭稱楚帝於冠軍,建元爲昌達……軍中罄竭,無所虜掠,乃取嬰兒蒸而噉之,因令軍士曰:'食之美者,寧過於人肉乎!但令他國有人,我何所慮。'即勒所部,有略得婦人小兒皆烹之,分給軍士,乃稅諸城堡,取小弱男女以益兵糧。隋著作佐郎陸從典、通事舍人顏愍楚因譴左遷,并在南陽,粲悉引之爲賓客,後遭飢餒,合家爲賊所噉……粲敗,以數千兵奔于菊潭縣,遣使請降。高祖令假散騎常侍段確迎勞之,確因醉侮粲曰:'聞卿噉人,作何滋味?'粲曰:'若噉嗜酒之人,正似糟藏豬肉。'確怒,慢罵曰:'狂賊,入朝後一頭奴耳,更得噉人乎!'粲懼,於坐收確及從者數十人,奔于王世充。"

〔二〕劉郎:劉伶。晉書劉伶傳:"常乘鹿車,攜一壺酒,使人荷鍤而隨之,謂曰:'死便埋我。'其遺形骸如此。"

〔三〕<u>烏將軍</u>：指豬妖，此借指<u>朱粲</u>。<u>宋曾慥編類説卷十一烏將軍娶婦</u>：“<u>郭元振</u>，<u>開元</u>中下第，自<u>晉</u>之<u>汾</u>，夜行失道。有宅門宇甚峻，堂上燈燭而悄無人。俄聞女子哭聲，公曰：‘人耶？鬼耶？’曰：‘妾鄉有<u>烏將軍</u>，能禍福人，每歲鄉人擇美女嫁焉。父利鄉人之金，潛以應選，醉妾此室而去。將軍二更當來。’公大憤曰：‘吾力救不得，當殺身以徇！’……公取佩刀，捉其腕而斷之，將軍失聲而去。天明，視其手乃豬蹄也……乃令鄉人執弓矢，尋血而行，入大冢中，見一大豬無前左蹄，走出而斃。”

# 毒龍馬<sup>①〔一〕</sup>

　　<u>秦王</u>與<u>建成</u>、<u>元吉</u>因<sup>②</sup>射獵角勝上前，<u>建成</u>以一胡馬授<u>世民</u>。此馬駿而善<sup>③</sup>蹶，人不能御，<u>世民</u>即乘以逐鹿。馬特蹶者三，而<u>世民</u>乘之如常，顧謂<u>宇文士及</u>曰〔二〕：“彼欲以此斃我，而我有命焉。”爲賦<u>毒龍馬</u>。

　　毒龍馬，詭稱良，能跳絶澗三丈强。真龍西府天策將〔三〕，不是東邸<u>長林郎</u>〔四〕。天策上將人中豪，身騎天馬金拳毛。露紫騅青什伐赤<sup>④〔五〕</sup>，翦剗群盜皆稱勞。毒龍性，空善蹶。帳前嗷嗷不爲動，三蹶三驅汗流血〔六〕。於乎，毒龍馬，<u>荆州牛</u>〔七〕，豈是六龍之匹儔。

## 【校】

① <u>青照堂刊楊鐵崖詠史</u>本録有同題組詩兩首，小序基本相同，第二首與本詩近似。

② 因：原本無，據<u>青照堂刊楊鐵崖詠史</u>本增補。

③ 此馬駿而善：原本作“馬駿喜”，據<u>青照堂刊楊鐵崖詠史</u>本改。

④ 伐赤：原本作“代志”，據<u>青照堂刊楊鐵崖詠史</u>本、<u>懺華庵叢書</u>本改。

## 【箋注】

〔一〕毒龍馬：指<u>李建成</u>贈<u>李世民</u>之馬。<u>通鑑紀事本末卷二十八太宗平内難</u>：“上校獵城南，太子、<u>秦</u>、<u>齊王</u>皆從，上命三子馳射角勝。<u>建成</u>有胡馬，肥壯而喜蹶，以授<u>世民</u>，曰：‘此馬甚駿，能超數丈澗，弟善騎，試乘之。’<u>世民</u>乘以逐鹿，馬蹶，<u>世民</u>躍立於數步之外，馬起，復乘之，如是者三。顧謂<u>宇文</u>

士及曰：‘彼欲以此見殺，死生有命，庸何傷乎！’”按：太子，即唐高祖李淵
長子李建成。齊王，即李元吉，李世民胞弟。

〔二〕宇文士及：宇文述之子，宇文化及弟。官至右衛大將軍。兩唐書均有傳。

〔三〕天策將：指李世民。新唐書高祖本紀：“（武德四年）十月己丑，秦王世民
爲天策上將，領司徒。”

〔四〕長林郎：指李建成。新唐書隱太子建成傳：“建成等私募四方驍勇及長安
惡少年二千人爲宮甲，屯左右長林門，號‘長林兵’。”

〔五〕“身騎”三句：宋元方志叢刊本長安志卷十六醴泉縣：“太宗昭陵在縣西北
六十里……所乘六駿石像在陵後：青騅，平竇建德時乘；什伐赤，定王世
充、竇建德時乘；特勒驃，平宋金剛時乘；颯露紫，平東都時乘；拳毛騧，平
劉黑闥時乘，有石真容自拔箭處；白蹄烏，平薛仁杲時乘。”

〔六〕汗流血：指汗血馬，又稱天馬。參見鐵崖先生古樂府卷七佛郎國進天
馬歌注。

〔七〕荆州牛：漢末荆州牧劉表所有。晉書桓温傳：“頗聞劉景升有千斤大牛，
噉芻豆十倍於常牛，負重致遠，曾不若一羸牸，魏武入荆州，以享軍士。”
按：劉表字景升。

# 阿鼠兒[一] 尹德妃①父

建成烝德妃[二]，高宗烝才人[三]，一類也。才人入宮後，與帝
同聽政。帝居東間，塈居西間，謂之“二聖”。使建成得位，則尹
氏爲武氏、鼠爲三思矣[四]。殺唐子孫，豈止戕一如晦而已哉[五]！
阿鼠兒，黃頭豎。春宮郎[六]，烝鼠女，怙威作勢鼠變虎。杜陵才
俊唐砥柱[七]，戎機新讚秦王府。鼠投器，肆無忌[八]，戕我砥柱讒妾婢。
嗚呼春宮郎，豈真主？虬髯不起②鄂不章[九]，二聖禍胎寧在武！

## 【校】

① 尹德妃：原本作“□德□”，據新唐書隱太子建成傳補。
② 起：懺華庵叢書本作“賦”。

## 【箋注】

〔一〕阿鼠兒：指尹德妃父尹阿鼠。

〔二〕建成：唐高祖李淵長子李建成。德妃：指唐高祖李淵嬪妃尹德妃。新唐
　　書隱太子建成傳：“帝晚多内寵，張婕好、尹德妃最幸，親戚分事宮府。建
　　成與元吉通謀，内結妃御以自固。”

〔三〕才人：此指武曌。高宗：唐高宗李治。新唐書后妃傳：“高宗則天順聖皇
　　后武氏，并州文水人。父士彠……太宗聞士彠女美，召爲才人……高宗爲
　　太子時，入侍，悦之。”

〔四〕三思：即武三思，武則天從侄。生平見舊唐書外戚傳。

〔五〕如晦：指李世民臣杜如晦。舊唐書隱太子建成傳：“又德妃之父尹阿鼠所
　　爲横恣，秦王府屬杜如晦行經其門，阿鼠家僮數人牽如晦墜馬，毆擊之，罵
　　云：‘汝是何人，敢經我門而不下馬！’阿鼠或慮上聞，乃令德妃奏言：‘秦
　　王左右兇暴，凌轢妾父。’高祖又怒謂太宗曰：‘爾之左右欺我妃嬪之家，一
　　至於此，況凡人百姓乎！’”

〔六〕春宮郎：指太子李建成。

〔七〕杜陵才俊：指杜如晦。按：杜如晦字克明，京兆杜陵人。代長孫無忌爲尚
　　書右僕射，與房玄齡共掌朝政。舊唐書有傳。

〔八〕“鼠投器”二句：漢賈誼治安策：“里諺曰：‘欲投鼠而忌器。’此善諭也。
　　鼠近於器尚憚不投，恐傷其器，況於貴臣之近主乎！”此用此典，言毫不
　　顧忌。

〔九〕虬髯：指秦王李世民。鄂：指鄂國公尉遲敬德。參見本卷鄂國公注。

# 破野頭〔一〕 宇文化及

　　唐公以義起兵〔二〕，當以大義率天下。義旗所指，無急弑君之
賊，宇文化及是也〔三〕，貸而不問，何以令關中之兵而動天下之豪
傑也耶！漢高爲義帝發喪，煬帝不正於義帝乎〔四〕！天討之名，乃
使竊於李魏公〔五〕。兇問至長安，又未聞率吏民大臨，爲之發流珠
之殯〔六〕。時裴寂、劉文静、蕭瑀輩以文墨議論在左右〔七〕，曾無數
罪之言，導其主於魏公之上。嘻，此晉陽君臣不知春秋之
過也〔八〕。

破野頭，父之悖，君之讎。内妻（去聲①）六宮，外奴百職與②諸侯。
甲擁一十萬，冕僭十二旒〔九〕。日月所不容，鳥獸所不儔③。請無沐浴

臣〔十〕，書無董狐史〔十一〕。乃令四夫④勇〔十二〕，發憤勵弓矢。晉陽義主張義旗⑤，逆賊不討將何爲！嗚呼⑥，仗下小兒徒假手，玄武門前未梟首〔十三〕。

## 【校】

① 小字注"去聲"兩字，原本無，據青照堂刊楊鐵崖詠史本增補。

② 奴：青照堂刊楊鐵崖詠史本作"臣"。與：青照堂刊楊鐵崖詠史本作"交"。

③ "甲擁一十萬"以下四句二十字，原本無，據青照堂刊楊鐵崖詠史本增補。

④ 乃令四夫：青照堂刊楊鐵崖詠史本作"時令匹夫"。

⑤ "晉陽義主張義旗"一句，原本無，據青照堂刊楊鐵崖詠史本增補。

⑥ 嗚呼：原本無，據青照堂刊楊鐵崖詠史本增補。

## 【箋注】

〔一〕破野頭：宇文化及姓氏"費已頭"之諧音。隋書李密傳："俄而宇文化及殺逆，率衆自江都北指黎陽，兵十餘萬。密乃自率步騎二萬拒之。……密與化及隔水而語，密數之曰：'卿本匈奴皂隸破野頭耳。'"又，元和姓纂卷六宇文："濮陽宇文，本武川人，姓費已頭氏（案唐世系表，作費也頭氏），屬鮮卑俟豆歸（案北周書，作侯豆歸）。後從其主姓，亦稱宇文氏。"

〔二〕唐公：指唐高祖李淵。

〔三〕宇文化及：隋末叛軍首領，殺隋煬帝。後被竇建德生擒并斬殺。隋書有傳。

〔四〕"漢高爲義帝發喪"二句：意爲漢高祖劉邦尚知爲義帝（楚懷王）發喪以爭取人心，李淵父子卻無此舉。若論皇家血統，隋煬帝比義帝更爲純正。

〔五〕李魏公：指李密。舊唐書李密傳："（大業十三年春）隋越王侗遣虎賁郎將劉長恭率步騎二萬五千討密，密一戰破之，長恭僅以身免。（翟）讓於是推密爲主，號爲魏公。"又，宇文化及謀反，殺隋煬帝。後越王楊侗稱帝，遣使者授李密爲太尉、尚書令、東南道大行臺行軍元帥、魏國公，令李密"先平化及，然後入朝輔政"。參見隋書李密傳。

〔六〕發流珠之殯：指爲隋煬帝發喪。參見上卷鴆酒來注。

〔七〕裴寂：字玄真，蒲州桑泉人。劉文静：字肇仁，自云彭城人，代居京兆之武功。蕭瑀：字時文，梁武帝之後。裴、劉、蕭三人，皆唐高祖、唐太宗帳下謀臣。

〔八〕晉陽君臣：指李唐君臣。晉陽位於今山西太原，唐高祖李淵、太宗李世民在此起事。

〔九〕“破野頭”七句：概述宇文化及惡行。詳見隋書宇文化及傳。

〔十〕沐浴臣：蓋指北宋宰相李迪。宋邵伯溫邵氏聞見録卷七：“李文定公迪爲學子時……携書見（柳開）仲塗，以文卷爲贄，與謁俱入。久之，仲塗出，曰：‘讀君之文，須沐浴乃敢見。’因留之門下。一日，仲塗自出題，令文定與其諸子及門下客同賦。賦成，驚曰：‘君必魁天下，爲宰相。’令門下客與諸子拜之曰：‘異日無忘也也。’文定以狀元及第，十年致位宰相。”

〔十一〕董狐：春秋晉國太史，以秉筆直書著稱於世。

〔十二〕四夫：指當時欲起兵，或發兵征討宇文化及者。資治通鑑綱目卷三十七下：“宇文化及擁衆十餘萬，據有六宮，自奉如煬帝……下令欲還長安，奪人舟楫以行，至顯福宮。虎賁郎將麥孟才等與折衝郎將沈光謀曰：‘吾儕受先帝厚恩，今俛首事讎，何面目視息世間哉！吾必欲殺之，死無所恨。’光泣曰：‘是所望於將軍也。’乃與孟才糾合恩舊，帥所將數千人將以晨襲化及。語洩，化及殺之。其麾下皆鬥死，無一降者。”又，“隋吳興太守沈法興起兵，據江表十餘郡。”注：“法興聞宇文化及弑逆，舉兵討之。得精卒六萬，攻餘杭、毗陵、丹陽，皆下之，據十餘郡。”

〔十三〕“仗下小兒徒假手”二句：意爲宇文化及并非由大唐政權處死。宇文化及死于手下降將王薄之手。玄武門，長安城（今陝西西安）皇宮北門。

# 鄂國公〔一〕　序論①

玄武之變〔二〕，唐之存亡間不容髮。吾不咎秦王而咎高祖。建大謀取天下者，秦王也，王當嗣。高祖以妃嬪之言立建成，此禍端也〔三〕。酖酒之吐〔四〕，天命在秦王矣！高祖始議秦王封洛陽，建天子旌旗，如梁孝王故事，而又以婦言譖而止〔五〕。宮府日以殺秦王爲事，此周公之事不得不行也。況元吉謀殺，建成上烝張、尹〔六〕，不能無罪。爲國殺之，吾於秦王乎何咎！然扼弓之險，微敬德則秦王死林木之下〔七〕。一矢之捷，徑取兇首，宮府之噪者皆潰。秦王見上於吮乳號慟之頃〔八〕，此大唐天地重開之慶也。故吾以回天第一功歸敬德。晉陽令及杜、房諸臣〔九〕，吾未論也。論者猶以推刃同氣、喋血禁門爲秦王之咎，可乎？因賦鄂國公詩②。

太白經芒③占井鬼〔十〕,齊王字讖④奸天紀〔十一〕。春宫酒吐血一升,玄武門前伏兵起。長林射落雙飛鴻,將軍一箭回天功。扼吭太弟滅巢嗣〔十二〕(十王皆坐誅,乃絶屬籍)⑤,吮乳小兒啼乃翁⑥。凌烟閣〔十三〕,鄂國公,至今毛髮生雄風〔十四〕。嗚呼,榆窠⑦奪槊未足道〔十五〕,回天之功唐大造。

## 【校】

① 青照堂刊楊鐵崖詠史本題下注作"尉遲敬德",載詩兩首,本詩爲第一首。

② 青照堂刊楊鐵崖詠史本無此序論。

③ 芒:青照堂刊楊鐵崖詠史本作"天"。

④ 字讖:青照堂刊楊鐵崖詠史本作"一戰"。

⑤ 扼吭太弟:樓氏鐵崖詠史注本作"扼吮太茅"。屬籍:原本作"籍屬",據青照堂刊楊鐵崖詠史本、舊唐書巢王元吉傳改。

⑥ 翁:原本作"死",據青照堂刊楊鐵崖詠史本、懺華庵叢書本改。

⑦ 窠:原本作"巢",據樓氏鐵崖詠史注本改。

## 【箋注】

〔一〕鄂國公:尉遲敬德。舊唐書尉遲敬德傳:"尉遲敬德,朔州善陽人……(貞觀)十一年,封建功臣爲代襲刺史,册拜敬德宣州刺史,改封鄂國公。"

〔二〕玄武之變:舊唐書長孫無忌傳:"(武德九年)六月四日,無忌與尉遲敬德……等九人,入玄武門討建成、元吉,平之。"玄武門:長安城(今陝西西安)皇宫北門。

〔三〕"高祖"二句:清張自勳撰綱目續麟卷十三:"唐立世子建成爲皇太子,世民爲秦王,元吉爲齊王。是時天下雖無統,然唐王稱皇帝,其位已定,且書立建成爲皇太子,非徒備唐事,蓋以志亂本也。臨湖之變,已兆于此。注:武德九年,世民射殺建成于臨湖殿。"按:唐高祖以妃嬪讒言而疏遠太宗,詳見舊唐書隱太子建成傳。

〔四〕酖酒:舊唐書隱太子建成傳:"隱太子建成,高祖長子也……後又與元吉謀行酖毒,引太宗入宫夜宴,既而太宗心中暴痛,吐血數升,淮安王神通狼狽扶還西宫。"

〔五〕"高祖"四句:舊唐書隱太子建成傳:"(高祖)謂太宗曰:'發迹晉陽,本是汝計;克平宇内,是汝大功。欲升儲位,汝固讓不受,以成汝美志。建成自居東宫,多歷年所,今復不忍奪之。觀汝兄弟,終是不和,同在京邑,必有忿競。汝還行臺,居於洛陽,自陝已東,悉宜主之。仍令汝建天子旌旗,如梁孝王故事。'……及將行,建成、元吉相與謀曰:'秦王今往洛陽,既得土地甲兵,必爲後患。留在京師制之,一匹夫耳。'密令數人上封事曰:'秦王左右多是東人,聞往洛陽,非常欣躍,觀其情狀,自今一去,不作來意。'高祖於是遂停。是後,日夜陰與元吉連結後宮,譖訴愈切,高祖惑之。"

〔六〕"建成"句:舊唐書隱太子建成傳:"建成、元吉又外結小人,内連嬖幸,高祖所寵張婕妤、尹德妃皆與之淫亂。"

〔七〕"然扼弓之險"二句:舊唐書尉遲敬德傳:"會突厥侵擾烏城,建成舉元吉爲將,密謀請太宗同送於昆明池,將加屠害。敬德聞其謀,與長孫無忌遽啟太宗曰:'大王若不速正之,則恐被其所害,社稷危矣。'……六月四日,建成既死,敬德領七十騎躡踵繼至,元吉走馬東奔,左右射之墜馬。太宗所乘馬又逸於林下,橫被所繮,墜不能興。元吉遽來奪弓,垂欲相扼,敬德躍馬叱之,於是步走欲歸武德殿,敬德奔逐射殺之。其宮府諸將薛萬徹、謝叔方、馮立等率兵大至,屯於玄武門,殺屯營將軍。敬德持建成、元吉首以示之,宮府兵遂散。"

〔八〕"秦王"句:通鑑紀事本末卷二十八太宗平内難:"上方泛舟海池,世民使尉遲敬德入宿衛,敬德擐甲持矛,直至上所。上大驚,問曰:'今日亂者誰邪?卿來此何爲?'對曰:'秦王以太子、齊王作亂,舉兵誅之,恐驚動陛下,遣臣宿衛。'……上乃召世民撫之曰:'近日以來,幾有投杼之惑。'世民跪而吮上乳,號慟久之。"

〔九〕晉陽令:指劉文靜。房:房玄齡。杜:杜如晦。兩唐書皆有傳。按:劉文靜爲唐朝開國功臣,後任宰相。又,唐太宗時,房玄齡善謀,杜如晦善斷,彼此相資爲賢相。

〔十〕"太白"句:新唐書傅奕傳:"(武德)九年,太白躔秦分,奕奏秦王當有天下。"又,元陳師凱書蔡氏傳旁通卷二:"井、鬼,秦之分野。雍州。"

〔十一〕"齊王"句:唐高祖李淵之子李元吉,唐初封齊王,貞觀年間追封巢王。舊唐書巢王元吉傳:"巢王元吉,高祖第四子也……往者護軍薛寶上齊王符籙云:'元吉合成唐字。'齊王得之喜曰:'但除秦王,取東宮如反掌耳。'"

〔十二〕太弟:李建成稱李元吉爲"太弟"。又,玄武門兵變之後,李建成五子與李元吉五子,凡十王,并坐誅。參見舊唐書隱太子建成傳、巢王元吉傳。

〔十三〕凌烟閣:舊唐書尉遲敬德傳:"(貞觀)十七年,抗表乞骸骨,授開府儀同三司,令朝朔望。尋與長孫無忌等二十四人圖形於凌烟閣。"

〔十四〕“至今”句：用杜甫丹青引：“淩烟功臣少顏色，將軍下筆開生面……褒
　　公鄂公毛髮動，英姿颯爽來酣戰。”

〔十五〕榆窠奪槊：舊唐書尉遲敬德傳：“因從獵於榆窠，遇王世充領步騎數萬
　　來戰。世充驍將單雄信領騎直趨太宗，敬德躍馬大呼，橫刺雄信墜馬。
　　賊徒稍却，敬德翼太宗以出賊圍。”


# 田舍翁〔一〕　魏徵


　　“田舍翁”之辭，長孫后知之，徵不知也。使徵知之，必有所
對。吾賦田舍翁，代徵辭云。

　　臣本山東農，臣誠田舍翁①。臣少且孤，去②師河汾公（王通）〔二〕。
師謂臣當遇明主，輔以禮樂開時雍。臣受上皇帝③，洗馬在東宮。陛
下功高正宸極，忘臣射鈎〔三〕，引臣入帷中。臣亡死罪④，受陛下喉舌，
有言不諱，無言不從。仁磨義勵奏⑤陛下，疏凡三⑥百封，不使漢霸道
雜陶唐風⑦。陛下許臣良，臣誓爲稷契，不爲比干與龍逢（叶）〔四〕。陛
下馬上得〔五〕（句），褒鄂功〔六〕。下馬治，臣之忠。三四青錢米斗⑧賤，二
十九人刑⑨圄空〔七〕。舞慶善⑩，歌樂工，老臣侍酒天開容，胡爲乎會
須⑪殺此田舍翁！陛下比臣諸葛亮，諸葛本是南陽農。田舍翁，有桑
土。翁歸耕，餽以田舍婦〔八〕。下呼田舍兒，不願⑫尚貴主，但願陛下鴻
名高萬古。高萬古⑬，無忘小白心在莒。臣亦無敢⑭忘，飯牛在齊，解
縛在魯〔九〕。


## 【校】

① “臣本山東農”二句，青照堂刊楊鐵崖詠史本作“田舍翁，臣上代，不以仕易
　　農”三句。

② 去：原本無，據青照堂刊楊鐵崖詠史本增補。

③ “師謂臣”三句，原本無，據青照堂刊楊鐵崖詠史本增補。

④ 臣亡死罪：原本作“臣罪死”，據青照堂刊楊鐵崖詠史本改補。

⑤ 勵奏：青照堂刊楊鐵崖詠史本作“勸奉”。

⑥ 凡：原本無，據青照堂刊楊鐵崖詠史本增補。三：樓氏鐵崖詠史注本
　　作“二”。

⑦ "不使漢霸道雜陶唐風"一句,原本無,據青照堂刊楊鐵崖詠史本增補。

⑧ 三四青錢米斗: 青照堂刊楊鐵崖詠史本作"三百青錢米斛"。

⑨ 刑: 青照堂刊楊鐵崖詠史本作"図"。

⑩ 善: 青照堂刊楊鐵崖詠史本作"喜"。

⑪ 會須: 樓氏鐵崖詠史注本無。

⑫ 願: 青照堂刊楊鐵崖詠史本作"敢"。

⑬ 高萬古: 原本脱,據青照堂刊楊鐵崖詠史本補。

⑭ 敢: 青照堂刊楊鐵崖詠史本無。

## 【箋注】

〔一〕詩撰於元至正十八年(一三五八)前後。繫年依據: 鐵崖弟子張憲亦有長詩代魏徵田舍翁詞,且有詩序,述及鐵崖賦詩原委:"鐵崖楊先生以殺田舍翁爲文皇根心語,蓋徵好直諫,忤意者數矣,是必有弗堪其直者,故怒曰:'會須殺此田舍翁!'不覺其言之出口也。"按: 張憲追隨鐵崖從學,始於至正十八年鐵崖避兵富春山時。參見東維子文集卷三送張憲之汴梁序。田舍翁: 資治通鑑卷一百九十四唐紀十太宗貞觀六年:"上嘗罷朝,怒曰:'會須殺此田舍翁。'后問爲誰,上曰:'魏徵每廷辱我。'后退,具朝服立於庭,上驚問其故。后曰:'妾聞主明臣直。今魏徵直,由陛下之明故也,妾敢不賀!'上乃悦。"

〔二〕王通: 生於隋開皇四年,卒於大業十三年。"其在河汾,實能講明五帝、三王、周公、孔子之道,學者從之"。參見宋周必大東宮故事五。

〔三〕射鈎: 春秋時管仲曾輔佐公子糾,射小白而中帶鈎。小白歸齊國後不計前嫌,用管仲而稱霸。此借指魏徵曾爲李密、竇建德所用,對抗李世民。

〔四〕"有言"八句: 舊唐書魏徵傳:"太宗與之言,未嘗不欣然納受。徵亦喜逢知己之主,思竭其用,知無不言。太宗嘗勞之曰:'卿所陳諫,前後二百餘事,非卿至誠奉國,何能若是?'"……"徵再拜曰:'願陛下使臣爲良臣,勿使臣爲忠臣。'帝曰:'忠、良有異乎?'徵曰:'良臣,稷、契、咎陶是也。忠臣,龍逢、比干是也。良臣使身獲美名,君受顯號,子孫傳世,福禄無疆。忠臣身受誅夷,君陷大惡,家國并喪,空有其名。以此而言,相去遠矣。'"

〔五〕馬上得: 用陸賈語。史記酈生陸賈列傳:"陸生時時前説詩書,高帝馬之曰:'迺公居馬上而得之,安事詩書?'陸生曰:'居馬上得之,寧可以馬上治之乎?'"

〔六〕褒: 褒國公段志玄。鄂: 指鄂國公尉遲敬德。按: 玄武門之變中,段志玄與尉遲敬德等誅殺李建成和李元吉。詳見舊唐書段志玄傳。

〔七〕“三四”二句：新唐書魏徵傳：“於是帝即位四年，歲斷死二十九，幾至刑措，米斗三錢。”

〔八〕“翁歸耕”二句：用冀缺典。左傳僖公三十三年：“臼季使過冀，見冀缺耨，其妻饁之。”

〔九〕“無忘小白”四句：小白：齊桓公名。新唐書魏徵傳：“徵曰：‘昔齊桓公與管仲、鮑叔牙、寧戚四人者飲，桓公請叔牙曰：“盍起爲寡人壽？”叔牙奉觴而起曰：“願公無忘在莒時，使管仲無忘束縛於魯時，使寧戚無忘飯牛車下時。”桓公避席而謝曰：“寡人與二大夫能無忘夫子之言，則社稷不危矣。”’帝曰：‘朕不敢忘布衣時，公不得忘叔牙之爲人也。’”

# 大健兒〔一〕 薛萬徹

　　太宗嘗曰：“當①今名將，惟李勣、道宗、萬徹而已〔二〕。勣、道宗雖不能大勝，亦不大敗。至萬徹，非大勝，即大敗。”徹自建成敗後，嘗隱於終南山。晚節再出，乃爲房氏不肖子所陷。君子惜之。

　　敦煌有力士，自稱大健兒。氣吞黃狼纛，義扶白鵲旗〔三〕。李家春宮子〔四〕，去逐春宮起。海池敵虬髯〔五〕，不識真天子。天子親評三大將，鴨綠歸來肆驕宕〔六〕。快刀不斬兩牝妖（高陽、巴陵二公主）〔七〕，躄足甘爲群鼠葬。老荊盜弄金烏丸〔八〕，手提血日夢中還（荊王自言夢中弄日頭）。何如短衣匹馬射猛虎〔九〕，老死不出終南山。

## 【校】

① 當：原本誤作“嘗”，據樓氏鐵崖詠史注本改。

## 【箋注】

〔一〕大健兒：薛萬徹自稱。舊唐書薛萬徹傳：“薛萬徹，雍州咸陽人，自燉煌徙焉……萬徹少與兄萬均隨父在幽州，俱以武略爲羅藝所親待。尋與藝歸附高祖。……永徽二年，授寧州刺史。入朝與房遺愛款昵，因謂遺愛曰：‘今雖患脚，坐置京師，漢輩猶不敢動。’遺愛謂萬徹曰：‘公若國家有變，

我當與公立荆王元景爲主。’及謀洩，吏逮之，萬徹不之伏，遺愛證之，遂伏
誅。臨刑大言曰：‘薛萬徹大健兒，留爲國家效死力固好，豈得坐房遺愛殺
之乎！’遂解衣，謂監刑者疾斫。執刀者斬之不殊，萬徹叱之曰：‘何不加
力！’三斫乃絶。”

〔二〕李勣、道宗、萬徹：即詩中所謂“天子親評三大將”，道宗姓李，萬徹即薛萬
徹，兩唐書皆有傳。

〔三〕白鵲旗：李白詩送外甥鄭灌從軍三首之三：“斬胡血變黃河水，梟首當懸
白鵲旗。”

〔四〕李家春宮子：指皇太子李建成。

〔五〕虬髯：指唐太宗李世民。舊唐書薛萬徹傳：“隱太子建成又引萬徹置於左
右。建成被誅，萬徹率宮兵戰於玄武門，鼓譟欲入秦府，將士大懼。及梟
建成首示之，萬徹與數十騎亡於終南山。太宗累遣使諭意，萬徹釋仗而
來，太宗以其忠於所事，不之罪也。”

〔六〕“鴨綠歸來”句：新唐書薛萬徹傳：“貞觀二十二年，以青丘道行軍總管帥
師三萬伐高麗，次鴨涤水，以奇兵襲大行城，與高麗步騎萬餘戰，斬虜將所
夫孫。虜皆震恐，遂傅泊汋城。虜衆三萬來援，擊走之，拔其城。萬徹在
軍中，任氣不能下人，或有上書言狀者，帝愛其功，直加讓勗而已，即爲
焚書。”

〔七〕兩牝妖：指太宗二女高陽公主（嫁房遺愛）、巴陵公主。資治通鑑卷一百
九十九唐紀十五高宗永徽三年：“（駙馬都尉薛萬徹）與遺愛謀：‘若國家
有變，當奉司徒荆王元景爲主。’元景女適遺愛弟遺則，由是與遺愛往
來……駙馬都尉柴令武，紹之子也，尚巴陵公主，除衛州刺史，託以主疾留
京師求醫，因與遺愛謀議相結。高陽公主謀黜遺直，奪其封爵，使人誣告
遺直無禮於己。遺直亦言遺愛及主罪，云：‘罪盈惡稔，恐累臣私門。’上令
長孫無忌鞫之，更獲遺愛及主反狀……四年春二月甲申，詔遺愛、萬徹、令
武皆斬，元景、恪、高陽、巴陵公主并賜自盡。”注：“高祖女丹陽公主下嫁薛
萬徹。”

〔八〕老荆：指荆王李元景。按：李元景爲唐太宗弟，唐高祖第六子，房遺愛曾
與薛萬徹商議擁立荆王。新唐書高祖諸子傳：“荆王元景，武德三年始王
趙……貞觀初，累遷雍州牧。十年，徙封荆。”又，資治通鑑卷一百九十九
唐紀十五：“元景嘗自言，夢手把日月。”

〔九〕短衣匹馬：用杜甫曲江之三：“短衣匹馬隨李廣，看射猛虎終殘年。”

# 唐奸狐〔一〕 許敬宗　杭州人

　　敬宗,武瞾之鷹犬也〔二〕。初,虞世基與其父善心同遭賊害。世基死,世南匍匐請代;善心死,敬宗舞蹈求生〔三〕。少年已爲悖子,宜其終老爲奸臣。太常謚"繆"〔四〕,太史傳"奸"〔五〕,足爲萬世戒矣①!

　　許老魅,唐奸狐。生不滅頂誅,死謚"繆"不誣②。尚書郎(楊思敬)〔六〕,黨奸暴,負法重負詔(詔下再議)③。歐太史,筆春秋。第一奸,録鯀兜④〔七〕。

## 【校】

① 青照堂刊楊鐵崖詠史本無此詩序。

② "生不滅"二句:青照堂刊楊鐵崖詠史本作"奸狐不賜滅頂誅,千年醜惡謚曰繆"。

③ "尚書郎"三句:青照堂刊楊鐵崖詠史本作"太常博士初非誣,晉朝司馬同謚號,而況奸狐貪且暴。禮部尚書重奸黨,負法負經兼負詔"五句。

④ "歐太史"四句:青照堂刊楊鐵崖詠史本作"歐陽太史筆春秋,第一奸中録鯀兜"兩句。

## 【箋注】

〔一〕唐奸狐:指唐高宗時右相許敬宗。

〔二〕"敬宗"二句:新唐書許敬宗傳:"許敬宗字延族,杭州新城人……帝將立武昭儀,大臣切諫,而敬宗陰揣帝私,即妄言曰:'田舍子賸穫十斛麥,尚欲更故婦。天子富有四海,立一后,謂之不可,何哉?'帝意遂定。"

〔三〕"虞世基"五句:虞世基,虞世南兄。舊唐書虞世南傳:"少與兄世基受學於吳郡顧野王……及至隋滅,宇文化及弑逆之際,世基爲内史侍郎,將被誅,世南抱持號泣,請以身代。化及不納,因哀毀骨立,時人稱焉。"新唐書許敬宗傳:"(許敬宗父)善心爲宇文化及所殺,敬宗哀請得不死,去依李密爲記室。"

〔四〕謚繆:新唐書許敬宗傳:"太常博士袁思古議:'敬宗棄子荒徼,女嫁蠻落,謚曰"繆"。'其孫彦伯訴思古有嫌,詔更議。博士王福畤曰:'何曾忠而

孝，以食日萬錢謚“繆醜”，況敬宗忠孝兩棄，飲食男女之累過之。’執不
改。有詔尚書省雜議，更謚曰‘恭’。”

〔五〕太史：指歐陽修。歐陽修撰新唐書，將許敬宗列爲奸臣傳第一人。

〔六〕“尚書郎”三句：舊唐書許敬宗傳：“詔令尚書省五品已上重議。禮部尚書
袁思敬議稱：‘按謚法：既過能改曰恭。請謚曰恭。’詔從其議。”按：楊思
敬之“楊”，舊唐書作“袁”，誤。參見續通志卷一百二十一謚略所附四庫
館臣按語。

〔七〕“歐太史”四句：意爲歐陽修撰新唐書，將許敬宗視同惡人鯀、讙兜。兜，
讙兜。讙兜、鯀與共工、三苗并稱上古“四兇”。參見史記五帝本紀。

# 謝祐頭〔一〕 零陵刺史

孝子不報仇，孰愈秦娥休〔二〕。昊天難共戴，厚地難共游。黔州
督，剛且警。夜重關，驚失頂①。淋漓血②書題謝祐，孝子之③家作溺
皿。嗚呼刺客何其神，何其神④，荊軻豫讓爲何人〔三〕！

## 【校】

① “黔州督”四句：青照堂刊楊鐵崖詠史本作“黔州都督剛且警，夜半重關驚失
頂”兩句。
② 淋漓血：青照堂刊楊鐵崖詠史本作“頂鬃塗大”。
③ 孝子之：青照堂刊楊鐵崖詠史本作“零陵王”。
④ 何其神：原本無，據青照堂刊楊鐵崖詠史本增補。

## 【箋注】

〔一〕本詩評述零陵王李明之子爲父報仇、暗殺謝祐事。資治通鑑卷二百三唐
紀十九高宗永淳元年：“黔州都督謝祐希天后意，逼零陵王明令自殺，上深
惜之，黔府官屬皆坐免官。祐後寢於平閣，與婢妾十餘人共處，夜，失其
首。垂拱中，明子零陵王俊、黎國公傑爲天后所殺，有司籍其家，得祐首，
漆爲穢器，題云謝祐，乃知明子使刺客取之也。”又，新唐書太宗諸子傳：
“曹王明，母本巢王妃，帝寵之，欲立爲后，魏徵諫曰：‘陛下不可以辰嬴自
累。’乃止。貞觀二十一年，始王曹，累爲都督、刺史。高宗詔出後巢王。

永隆中,坐太子賢事,降王零陵,徙黔州。都督謝祐逼殺之。"

〔二〕秦娥休：宋郭茂倩樂府詩集卷六十一雜曲歌辭載左延年秦女休行："始出
上西門,遥望秦氏廬。秦氏有好女,自名爲女休。休年十四五,爲宗行報
讎。左執白楊刃,右據宛魯矛。讎家便東南,仆僵秦女休。"

〔三〕荆軻、豫讓：春秋戰國間人,以行俠仗義著稱。詳見史記刺客列傳。

# 長髮尼〔一〕 序論

武氏之禍,以天論者,不敢咎天;以人論者,予敢咎文皇之不
明不斷。文皇既悟李太史在官之言,而又以疑似者置之以敗
業〔二〕,何也? 晚年又以李勣爲可托大事,遂以太子治屬之〔三〕。而
他日武氏之立,使唐氏子孫殺戮殆盡者,乃成於勣言。嗚呼,王
氏后以妒引武入宫〔四〕,婦人小慧,不足咎也。李義府①請立昭
儀〔五〕,貢諛脱罪,亦不足咎也。所可咎者,無忌與勣,爲顧命大臣
而敢負國如此。雖然,以文皇明并日月,智如蓍龜,既能以"佳兒
佳婦"付遂良,而又何取②無忌與勣以間之也〔六〕。外戚元舅不當
使之奸政,亡賴賊徒不當以詐黜③使。雄④復收恩以用之〔七〕,遂使
勣以"陛下家事"一語成其惡。無忌雖救,遂良未嘗力諫,陽爲不
許而陰受其略,亦從之者耳。此則文皇托孤非人,可咎之尤者
也。予賦武尼詩,既備見王后及無忌、勣之罪,而於太宗亦不能
曰"無罪"云。

長髮尼,唐禍水。殿上⑤秉笏臣獠死,大野子孫幾絶祀〔八〕。吁嗟
乎,人中貓〔九〕,甕中蛆〔十〕,何足誅。請誅白髮山東夫(勣自稱山東田
夫⑥)〔十一〕,再誅齊公老鳳奴(帝作威鳳賦⑦賜元舅)〔十二〕。文皇殿上去⑧獻
俘,於乎⑨,文皇有知⑩罪曰予。

## 【校】

① 義府：青照堂刊楊鐵崖詠史本作"義甫"。

② 何取：青照堂刊楊鐵崖詠史本作"可使"。

③ 詐黜：青照堂刊楊鐵崖詠史本作"黜而詐"。

④ 雉：樓氏鐵崖詠史注本作"治"。

⑤ 上：青照堂刊楊鐵崖詠史本作"前"。

⑥ 夫：樓氏鐵崖詠史注本作"人"。山東田夫：原本作"山東山夫"，據青照堂刊楊鐵崖詠史本改。

⑦ 威鳳賦：原本作"鳳賦"，據青照堂刊楊鐵崖詠史本增補。

⑧ 殿上去：青照堂刊楊鐵崖詠史本作"廟上來"。

⑨ 於乎：青照堂刊楊鐵崖詠史本作"於戲"。有知：原本無，據青照堂刊楊鐵崖詠史本增補。

⑩ 有知：原本無，據青照堂刊楊鐵崖詠史本增補。

## 【箋注】

〔一〕長髮尼：指武則天。

〔二〕"以人論者"四句：謂李太史預言武氏之禍，唐文皇決斷有誤。文皇：唐太宗謚號。李太史：指李淳風。新唐書李淳風傳："太宗得秘讖，言'唐中弱，有女武代王'。以問淳風，對曰：'其兆既成，已在宮中。又四十年而王，王而夷唐子孫且盡。'帝曰：'我求而殺之，奈何？'對曰：'天之所命，不可去也，而王者果不死，徒使疑似之戮淫及無辜。且陛下所親愛，四十年而老，老則仁，雖受終易姓，而不能絕唐。若殺之，復生壯者，多殺而逞，則陛下子孫無遺種矣！'帝采其言止。"

〔三〕"晚年"二句：新唐書李勣傳："（太宗）後留宴，顧曰：'朕思屬幼孤，無易公者。公昔不遺李密，豈負朕哉？'……帝疾，謂太子曰：'爾於勣無恩，今以事出之，我死，宜即授以僕射，彼必致死力矣！'……帝欲立武昭儀爲皇后，畏大臣異議，未決。……帝後密訪勣，曰：'將立昭儀，而顧命之臣皆以爲不可，今止矣！'答曰：'此陛下家事，無須問外人。'帝意遂定。"按：太子名治，即唐高宗。

〔四〕王氏后：唐高宗李治皇后。新唐書后妃傳："太宗聞士彠女美，召爲才人，方十四……既見帝，賜號武媚。及帝崩，與嬪御皆爲比丘尼。高宗爲太子時，入侍，悦之。王皇后久無子，蕭淑妃方幸，后陰不悦。它日，帝過佛廬，才人見且泣，帝感動。后廉知狀，引内後宮，以撓妃寵。"

〔五〕昭儀：此指武昭儀，即武則天。新唐書奸臣傳："李義府，瀛州饒陽人……高宗立，遷中書舍人，兼修國史，進弘文館學士。爲長孫無忌所惡，奏斥壁州司馬，詔未下，義府問計於舍人王德儉。德儉者，許敬宗甥，瘦而智，善揣事，因曰：'武昭儀方有寵，上欲立爲后，畏宰相議，未有以發之。君能建白,轉禍於福也。’義府即代德儉直夜,叩閤上表,請廢后立昭儀。帝悦,召見與語,賜珠一斗,停司馬詔書,留復侍。”

〔六〕“以文皇”六句:舊唐書長孫無忌傳:“太宗欲立晉王,而限以非次,迴惑不決……無忌等請太宗所欲,報曰:‘我欲立晉王。’無忌曰:‘謹奉詔。有異議者,臣請斬之。’太宗謂晉王曰:‘汝舅許汝,宜拜謝。’晉王因下拜……尋而太宗又欲立吳王恪,無忌密爭之,其事遂輟……高宗即位,進拜太尉,兼揚州都督……時無忌位當元舅,數進謀議,高宗無不優納之。”通鑑紀事本末卷三十武韋之禍:“上一日退朝,召長孫無忌、李勣、于志寧、褚遂良入內殿……勣稱疾不入。無忌等至內殿,上顧謂無忌曰:‘皇后無子,武昭儀有子,今欲立昭儀爲后,何如?’遂良對曰:‘皇后名家,先帝爲陛下所娶。先帝臨崩,執陛下手謂臣曰:“朕佳兒佳婦,今以付卿。”此陛下所聞,言猶在耳。皇后未聞有過,豈可輕廢!臣不敢曲從陛下,上違先帝之命。’上不悦而罷。明日又言之,遂良曰:‘陛下必欲易皇后,伏請妙擇天下令族,何必武氏……’上大怒,命引出。昭儀在簾中大言曰:‘何不撲殺此獠!’無忌曰:‘遂良受先朝顧命,有罪不可加刑。’于志寧不敢言。”

〔七〕雉:呂雉,漢高祖劉邦皇后。此借指武則天。

〔八〕大野子孫:實指大唐宗室李氏子孫。據舊唐書高祖本紀,唐高祖之祖父仕後周,賜姓大野氏。

〔九〕人中貓:新唐書奸臣傳:“(李)義府貌柔恭,與人言,嬉怡微笑,而陰賊褊忌著于心,凡忤意者,皆中傷之,時號義府‘笑中刀’。又以柔而害物,號曰‘人貓’。”

〔十〕甕中蛆:喻指高宗廢后王氏與蕭良娣慘狀。新唐書后妃傳:“初,蕭良娣有寵,而武才人貞觀末以先帝宮人召爲昭儀,俄與后、良娣爭寵,更相毀短……李義府等陰佐昭儀,以偏言怒帝,遂下詔廢后、良娣皆爲庶人,囚宮中……武后知之,促詔杖二人百,剔其手足,反接投釀甕中。”

〔十一〕白髮山東人:指李勣。新唐書李勣傳:“自屬疾,帝及皇太子賜藥即服,家欲呼醫巫,不許。諸子固以藥進,輒曰:‘我山東田夫耳,位三公,年逾八十,非命乎!生死係天,寧就醫求活耶!’”

〔十二〕齊公:指長孫無忌。據舊唐書長孫無忌傳,唐太宗封無忌爲齊國公,又作威鳳賦賜之。


# 武氏翦甲詞[一]


武嬰女[二],文皇妃(叶)[三],弱兼厥嗣雄其夫。立周七廟[四],滅唐諸孤,身①服衮冕執鎮圭(叶)。郊祀上帝,圜丘之墟。於乎,黜牝晨之僭,洗麀聚之污〔五〕。復子厥辟,退老椒廬。何用拜洛受圖〔六〕,禪少室〔七〕,頌天樞〔八〕。雖不剪甲,神其吐諸。

【校】

① 身:原本無,汲古閣刊鐵崖先生古樂府補本此處空闕一字,據文淵閣四庫全書本鐵崖先生古樂府補增補。

【箋注】

〔一〕翦甲:剪指甲。此處或寓武則天并非貞女之意。莊子集釋德充符:"爲天子之諸御:不爪翦,不穿耳;取妻者止于外,不得復使。"疏:"夫帝王宮闈,揀擇御女,穿耳翦爪,恐傷其形。家世父曰:不爪翦,不穿耳,謂不加修飾而後本質見。"

〔二〕武護:即武士護,武則天父,并州文水人。傳見舊唐書。

〔三〕文皇:即唐太宗李世民。武則天於貞觀年間入選宮中,封"才人"。

〔四〕立周七廟:新唐書后妃傳:"太后知威柄在己,因大赦天下,改國號周,自稱聖神皇帝,旗幟尚赤,以皇帝爲皇嗣。立武氏七廟于神都。"

〔五〕麀聚:唐駱賓王撰代李敬業傳檄天下文:"僞臨朝武氏者,人非溫順,地實寒微。昔充太宗下陳,嘗以更衣入侍……踐元后於翬翟,陷吾君於聚麀。"又,宋孔平仲珩璜新論:"武后乃太宗才人也,而高宗立以爲后,所謂'陷吾君於聚麀'也。"(載駱臨海集箋注卷十。)

〔六〕拜洛受圖:舊唐書禮儀志四:"則天垂拱四年四月,雍州永安人唐同泰僞造瑞石於洛水,獻之。其文曰:'聖母臨人,永昌帝業。'於是號其石爲'寶圖'……於是則天加尊號爲聖母神皇。大赦天下,改'寶圖'爲'天授聖圖',洛水爲永昌……至其年十二月,則天親拜洛受圖,爲壇於洛水之北、中橋之左。"

〔七〕禪少室:舊唐書禮儀志三:"則天證聖元年,將有事於嵩山,先遣使致祭以祈福助,下制,號嵩山爲神岳,尊嵩山神爲天中王,夫人爲靈妃……至天册萬歲二年臘月甲申,親行登封之禮。禮畢,便大赦,改元萬歲登封……粤三日丁亥,禪于少室山。"

〔八〕頌天樞:新唐書后妃傳:"延載二年,武三思率蕃夷諸酋及耆老請作天樞,紀太后功德,以黜唐興周,制可。使納言姚璹護作。乃大哀銅鐵合冶之,署曰'大周萬國頌德天樞',置端門外。其制若柱,度高一百五尺,八面,面別五尺,冶鐵象山爲之趾,負以銅龍,石鑱怪獸環之。柱顛爲雲蓋,出大珠,高丈,圍三之。作四蛟,度丈二尺,以承珠。其趾山周百七十尺,度二丈。無慮用銅鐵二百萬斤。"

# 匡復府〔一〕 序論

千載下讀史,至李敬業以匡復盧陵爲辭(見駱賓王檄文①)〔二〕,爲之快誦三過。至二李(孝逸、知十)爲賊后將兵〔三〕,魏元忠、劉知柔輩②又爲二李畫策〔四〕,則爲之③唾罵。宗臣儒輩,不以討賊爲義,而以黨賊爲忠,吾不知其何心也④!敬業成敗,君子勿⑤論。誠使敬業能用魏思溫之策〔五〕,以十萬勝兵,乘天下人心之公憤,直指河洛,肅將天討,山東豪傑無不響應,則逆牝可以授首⑥,盧陵可以復辟矣。乃惑仲璋(薛)之言,以金陵有王氣,自謀巢穴而敗,訖使思溫、賓王殉戮獻俘於賊牝之庭〔六〕,此千載忠臣義士之所悲也!

慘⑦紫帳中妖牝啼,盧陵下殿黃臺西〔七〕(太子賢出巴州,逼令自殺)。二三義士謀大舉,揚州都督開三府(一匡復府,二英公府,三揚州大都督府)。勝兵一聚十萬餘,山東豪傑爭相呼。金華駱子⑧哀六尺〔八〕,檄文一紙春秋筆。帳前天授韜略師,韜略不用將何爲(敬業以思溫爲軍師)。空令玉鈐誇賊選(武后改左右衛爲玉鈐⑨衛),魏郎劉郎雙桀犬。

## 【校】

① "見駱賓王檄文"六字: 原本爲大字,徑改爲小字注文。

② 輩: 原本無,據青照堂刊楊鐵崖詠史本增補。

③ 之: 原本無,據青照堂刊楊鐵崖詠史本增補。

④ "吾不知其何心也"一句,青照堂刊楊鐵崖詠史本作"此其故何也? 人心天理,亘古亘今不可滅也"三句。

⑤ 勿: 青照堂刊楊鐵崖詠史本作"未"。

⑥ "則逆牝可以授首"一句,原本無,據青照堂刊楊鐵崖詠史本增補。

⑦ 慘: 青照堂刊楊鐵崖詠史本、儷華庵叢書本作"黲"。

⑧ 子: 青照堂刊楊鐵崖詠史本作"生"。

⑨ 左右衛：原本作"左右"，據青照堂刊楊鐵崖詠史本增補。玉鈐：原本作"王鈐"，據本詩詩句改。

## 【箋注】

〔一〕匡復府：李敬業在揚州所創三府之一，自稱匡復府上將。

〔二〕廬陵：指廬陵王，即唐中宗李顯，高宗與武則天所生。舊唐書李敬業傳："高宗崩，則天太后臨朝，既而廢帝爲廬陵王，立相王爲皇帝，而政由天后，諸武皆當權任，人情憤怨。時給事中唐之奇貶授括蒼令，長安主簿駱賓王貶授臨海丞，詹事司直杜求仁黟縣丞，敬業坐事左授柳州司馬，其弟盩厔令敬猷亦坐累左遷，俱在揚州……遂據揚州，鳩聚民衆，以匡復廬陵爲辭。乃開三府：一曰匡復府，二曰英公府，三曰揚州大都督府。敬業自稱匡復府上將，領揚州大都督，以杜求仁、唐之奇、駱賓王爲府屬，餘皆偽署職位。旬日之間，勝兵有十餘萬。"按：敬業乃李勣之孫。

〔三〕二李爲賊后將兵：武則天下令，左玉鈐衛大將軍、梁郡公李孝逸爲揚州道行軍大總管，左金吾衛大將軍李知十爲副，率軍三十萬征討李敬業。

〔四〕"魏元忠"句：舊唐書魏元忠傳："魏元忠，宋州宋城人也。本名真宰，以避則天母號改焉……徐敬業據揚州作亂，左玉鈐衛大將軍李孝逸督軍討之，則天詔元忠監其軍事。"又，通鑑紀事本末卷三十武韋之禍："孝逸等諸軍繼至，戰數不利。孝逸懼，欲引退，魏元忠與行軍管記劉知柔言於孝逸曰：'風順荻乾，此火攻之利。'固請決戰。敬業置陳既久，士卒多疲倦顧望，陳不能整。孝逸進擊之，因風縱火，敬業大敗，斬首七千級，溺死者不可勝紀。"

〔五〕"誠使"句：舊唐書李敬業傳："初，敬業兵集，圖其所向，薛璋曰：'金陵王氣猶在，大江設險，可以自固。且取常、潤等州，以爲霸基，然後治兵北渡。'魏思溫曰：'兵貴神速，但宜早渡淮而北，招合山東豪傑，乘其未集，直取東都，據關決戰，此上策也。'敬業不從。"

〔六〕按：李敬業兵敗，魏思溫、駱賓王皆被斬首。參見資治通鑑卷二百三。

〔七〕"廬陵"句：新唐書十一宗諸子傳："高宗有八子，天后所生者四人，自爲行，而睿宗最幼。長曰弘，爲太子，仁明孝友，后方圖臨朝，鴆殺之，而立次子賢。賢日憂惕，每侍上，不敢有言，乃作樂章，使工歌之，欲以感悟上及后。其言曰：'種瓜黃臺下，瓜熟子離離。一摘使瓜好，再摘令瓜稀。三摘尚云可，四摘抱蔓歸。'而賢終爲后所斥，死黔中。"

〔八〕金華駱子：駱賓王爲婺州義烏人，故稱。六尺："六尺之孤"之略，指廬陵王。

# 馮小寶[一]　即懷義僧①

馮小寶,美姿容。招來白馬寺,髡爲佛家童[二]。身騎御賜馬,貂
璫先後從。往來千金邸,出入合璧宮。御史先避道[三](馮思②勗),駙馬
下通宗[四](薛紹③)。南衙宰相側目久(蘇良嗣)④,馮家弄兒捽⑤入
手[五]。祖宗法有黑羅閹[六],小髡不煽比丘婦⑥。(太宗時有羅黑黑⑦,善
彈琵琶。太宗閹爲給使,使教宮人。)

## 【校】

① "馮小寶"之"寶",青照堂刊楊鐵崖詠史本作"珪",下同。題下小字注青照
　　堂刊楊鐵崖詠史本作"即薛懷義"。
② 思勗之"思",原本作"景",據青照堂刊楊鐵崖詠史本改。
③ 薛紹之"紹",原本誤作"統",據舊唐書外戚傳改。
④ 南衙宰相:青照堂刊楊鐵崖詠史本作"南衙宰"。蘇良嗣:原本誤作"蘇良
　　驛",徑改。
⑤ 捽:原本作"摔",據青照堂刊楊鐵崖詠史本改。
⑥ "祖宗法"二句:青照堂刊楊鐵崖詠史本作"如何不效羅黑童,小髡閹作比丘
　　婦,尚使補闕之言談國醜"三句。
⑦ 羅黑黑:原本作"羅思黑",據資治通鑑改。

## 【箋注】

〔一〕馮小寶:舊唐書外戚傳:"薛懷義者,京兆鄠縣人,本姓馮,名小寶。以鬻
　　臺貨爲業,偉形神,有膂力,爲市於洛陽,得幸於千金公主侍兒。公主知
　　之,入宮言曰:'小寶有非常材用,可以近侍。'因得召見,恩遇日深。則天
　　欲隱其迹,便於出入禁中,乃度爲僧。"
〔二〕"招來"二句:舊唐書外戚傳:"垂拱初,説則天於故洛陽城西修故白馬寺,
　　懷義自護作,寺成,自爲寺主。頗恃恩狂蹶,其下犯法,人不敢言。"
〔三〕"御史"句:舊唐書外戚傳:"右臺御史馮思勗屢以法劾之,(薛)懷義遇勗
　　於途,令從者毆之,幾死。"
〔四〕"駙馬"句:舊唐書外戚傳:"以懷義非士族,乃改姓薛,令與太平公主婿薛
　　紹合族,令紹以季父事之。"

〔五〕南衙宰相：指蘇良嗣。新唐書蘇良嗣傳：“遇薛懷義于朝，懷義偃蹇，良嗣怒，叱左右批其頰，曳去。武后聞之，戒曰：‘弟出入北門，彼南衙宰相行來，毋犯之。’”

〔六〕“祖宗”二句：資治通鑑卷二百三唐紀十九則天后垂拱二年：“太后託言懷義有巧思，故使入禁中營造。補闕長社王求禮上表，以爲：‘太宗時，有羅黑黑善彈琵琶，太宗閹爲給使，使教宮人。陛下若以懷義有巧性，欲宮中驅使者，臣請閹之，庶不亂宮闈。’表寢不出。”


# 兄入甕〔一〕


火山烘，鐵甕紅，請兄入甕中。嗚呼，鼷鼠捕狸鼠權竭，蛛絲羅鰲蛛先滅。甕中人，嶺南別〔二〕。後來之人，脯肝飲血〔三〕。

## 【箋注】

〔一〕兄入甕：新唐書酷吏傳：“來俊臣，京兆萬年人……時有來子珣、周興者，皆萬年人……天授中，人告子珣、興與丘神勣謀反，詔來俊臣鞫狀。初，興未知被告，方對俊臣食，俊臣曰：‘囚多不服，奈何？’興曰：‘易耳，內之大甕，熾炭周之，何事不承。’俊臣曰：‘善。’命取甕且熾火，徐謂興曰：‘有詔按君，請嘗之。’興駭汗，叩頭服罪。”

〔二〕嶺南別：新唐書酷吏傳：“詔誅（丘）神勣，而宥（周）興嶺表，在道爲讐人所殺。”

〔三〕“後來”二句：新唐書酷吏傳：“（來俊臣）乃有異圖，常自比石勒，欲告皇嗣及廬陵王與南北衙謀反，因得騁志。（衛）遂忠發其謀。初，俊臣屢掎摭諸武、太平公主、張昌宗等過咎，后不發。至是諸武怨，共證其罪。有詔斬於西市，年四十七。人皆相慶，曰：‘今得背著牀瞑矣！’爭抉目摘肝，醢其肉，須臾盡，以馬踐其骨，無孑餘，家屬籍没。”


# 弘霸死〔一〕


郭弘霸，武后時號“四其御史”。嘗按李思徵，不勝楚毒死。

後屢見思徵爲屬，霸懼，援刃自刳腹死；時大旱，霸死即雨；又洛陽橋成，民稱"三慶"〔二〕。是知酷吏之傷陰陽也甚矣。"烹弘羊，天乃雨"〔三〕，信有是理。

洛橋成，弘霸死，旱即雨。不用烹弘羊，祭魃鬼〔四〕。嗚呼，狼毒野①葛（王弘義）驢駒櫼（王旭）〔五〕，羅鉗吉網方自孽（羅希奭、吉溫）〔六〕。

## 【校】

① 野：樓氏鐵崖詠史注本無。

## 【箋注】

〔一〕弘霸：郭弘霸。新唐書酷吏傳："郭弘霸，舒州同安人，仕爲寧陵丞。天授中，由革命舉，得召見，自陳：'往討徐敬業，臣誓抽其筋，食其肉，飲其血，絕其髓。'武后大悦，授左臺監察御史，時號'四其御史'。"其按芳州刺史李思徵，見新唐書酷吏傳。

〔二〕三慶：新唐書酷吏傳："是時大旱，弘霸死而雨。又洛陽橋久壞，至是成，都人喜。后問群臣：'外有佳事耶？'司勳郎中張元一曰：'比有三慶：旱而雨，洛橋成，弘霸死。'"

〔三〕"烹弘羊"二句：弘羊，指桑弘羊。史記平準書："於是弘羊賜爵左庶長，黃金再百斤焉。是歲小旱，上令官求雨。卜式言曰：'縣官當食租衣税而已，今弘羊令吏坐市列肆，販物求利。亨弘羊，天乃雨。'"

〔四〕魃鬼：即旱魃。詩大雅雲漢："旱魃爲虐，如惔如焚。"毛傳："魃，旱神也。"

〔五〕"狼毒"句：舊唐書酷吏傳："王弘義，冀州衡水人也……與俊臣常行移牒，州縣懾懼，自矜曰：'我之文牒，有如狼毒野葛也。'"又，新唐書酷吏傳："王旭者，貞觀時侍中珪孫也……其爲人苛急，少縱貸，人莫敢與忤。每治獄，囚皆逆服。製獄械，率有名，曰'驢駒拔櫼'、'犢子縣'等，以怖下。"

〔六〕羅鉗：指羅希奭。吉網：指吉溫。新唐書酷吏傳："吉溫，故宰相頊從子也。性陰詭，果于事……（李林甫）先引溫居門下，與錢塘羅希奭爲奔走，椎鍛詔獄……是時溫與希奭相勗以虐，號'羅鉗吉網'。公卿見者，莫敢耦語。"

## 點籌郎〔一〕　中宗

桑條葦〔二〕，新下帷，折翎鸚鵡繞桑飛①〔三〕。騢面雛兒雙比翼〔四〕，陸博象牀縱歡劇。點籌郎，偶在側，血指老人髩若②戟〔五〕。郎君郎君胡不天，忍使牝雞啼爾前！苞桑不計〔六〕，死將誰憐！嗚呼，錦襧子，宮娥眉③，洗兒又散黃金錢〔七〕。

## 【校】

① 鸚鵡：原本作“鸚武”，據樓氏鐵崖詠史注本改。

② 若：樓氏鐵崖詠史注本作“成”。

③ 眉：懺華庵叢書本作“肩”。

## 【箋注】

〔一〕點籌郎：唐中宗李顯。舊唐書后妃傳：“中宗見廢，（韋）后隨從房州……帝在房州時，常謂后曰：‘一朝見天日，誓不相禁忌。’及得志，受上官昭容邪説，引武三思入宮中，升御牀，與后雙陸，帝爲點籌，以爲歡笑，醜聲日聞于外。”

〔二〕桑條韋：指唐中宗皇后韋氏。參見本卷桑條韋。舊唐書后妃傳：“中宗韋庶人，京兆萬年人也……中宗爲太子時，納爲妃……時侍中敬暉謀去諸武，武三思患之，乃結上官氏以爲援，因得幸於后，潛入宮中謀議，乃諷百官上帝尊號爲應天皇帝，后爲順天皇后。帝與后親謁太廟，告謝受尊號之意。於是三思驕橫用事，敬暉、王同皎相次夷滅，天下咸歸咎於后……追貶爲庶人。”

〔三〕折翎鸚鵡：指張易之、昌宗兄弟。參見本卷鸚鵡折翼詞。

〔四〕“黥面雛兒”句：指上官婉兒私通武三思，又一同依附於韋皇后。黥面，指上官婉兒。參見青照堂刊楊鐵崖詠史黥面奴注。

〔五〕血指老人：指敬暉。參見本卷机上肉。

〔六〕苞桑不計：意爲唐中宗對於政權鞏固没有計劃。周易正義卷二：“九五：休否，大人吉。其亡其亡，繫于苞桑。”疏：“‘繫于苞桑’者，苞，本也，凡物繫于桑之苞本則牢固也。若能‘其亡其亡’，以自戒慎，則有‘繫于苞桑’之固，無傾危也。”

〔七〕“錦襧子”三句：通鑑紀事本末卷三十一安史之亂：“甲辰，禄山生日，上及貴妃賜衣服、寶器、酒饌甚厚。後三日，召禄山入禁中，貴妃以錦繡爲大襁褓，裹禄山，使宮人以綵輿昇之。上聞後宮喧笑，問其故，左右以貴妃三日洗禄兒對。上自往觀之，喜，賜貴妃洗兒金銀錢，復厚賜禄山，盡歡而罷。自是禄山出入宮掖不禁，或與貴妃對食，或通宵不出，頗有醜聲於外，上亦不疑也。”

# 桑條韋[一]

　　按史,伽葉志忠曰:順天皇后未受命,天下歌桑條韋,於是上桑韋①歌十二首,請編之樂府,皇后祀先蠶,則奏之。余惜后晚年遵武后遺轍,遂陷逆婦。爲賦桑條韋,補詩刺②云。

　　桑條韋,著翬衣(后服),開繭館,繅蠶絲。順陰配陽立③坤儀。胡爲乎,牝乘雄,黥面牝雛飛金籠[二](上官婉兒)④,小鸚折翅棲桑中[三](武三思⑤)。天子不敢令,墨敕行斜封[四]。執法不敢言,宮苑奪農功。隆慶⑥池,相王⑦府(睿宗五子皆生於此),雲氣成龍亦⑧成虎[五]。手提三尺正天綱(臨淄王)[六],一夜天星落紅雨[七](韋氏宗屬誅戮迨盡,武氏褓褓兒無留)。桑條韋,枝已折,葉已稀。上陽⑨不可宅[八],飛騎不可歸。天戈取血不釁鼓,灑⑩祭定陵陵上土[九](中宗)。通化門前衰⑪布奴[十](宗楚客衣斬衰,乘青驢逃。出通化門,門者斬之。引圖讖,使韋氏革唐命者,此人也。),小⑫白竿頭畫眉女[十一]。

【校】

① 桑韋:樓氏鐵崖詠史注本作“桑條”。
② 詩刺:青照堂刊楊鐵崖詠史本作“詩之美刺”,汲古閣刊鐵崖先生古樂府補本作“詩之刺”。
③ 立:樓氏鐵崖詠史注本作“正”。
④ 黥面牝雛飛金:汲古閣刊鐵崖先生古樂府補本作“黥面牝雛飛”,樓氏鐵崖詠史注本作“黥面牝雛飛金”,青照堂刊楊鐵崖詠史本作“黥面乳雛飛出”。上官婉兒:原本作“婉兒”,據青照堂刊楊鐵崖詠史本增補。
⑤ 折翅:青照堂刊楊鐵崖詠史本作“抑翅”。小字注“武三思”,原本無,據汲古閣刊鐵崖先生古樂府補本、青照堂刊楊鐵崖詠史本補。
⑥ 慶:原本作“靈”,據汲古閣刊鐵崖先生古樂府補本、青照堂刊楊鐵崖詠史本改。
⑦ “相王”之“相”,原本作“湘”,據樓氏鐵崖詠史注本改。
⑧ 亦:青照堂刊楊鐵崖詠史本作“并”。

⑨　上陽：青照堂刊楊鐵崖詠史本作"上陽宫"。

⑩　灑：青照堂刊楊鐵崖詠史本作"合"。

⑪　衰：原本作"哀"，青照堂刊楊鐵崖詠史本作"縗"，據樓氏鐵崖詠史注本改。

⑫　小：樓氏鐵崖詠史注本誤作"太"。

## 【箋注】

〔一〕桑條韋：舊唐書后妃傳："神龍三年，節愍太子死後，宗楚客率百寮上表，加后號爲順天翊聖皇后。景龍二年春，宫中希旨，妄稱后衣箱中有五色雲出，帝使畫工圖之，出示於朝……右驍衛將軍、知太史事迦葉志忠上表曰：'昔高祖未受命時，天下歌桃李子……伏惟應天皇帝未受命時，天下歌英王石州；順天皇后未受命時，天下歌桑條韋也，女時韋也……謹進桑條歌十二篇，伏請宣布中外，進入樂府，皇后先蠶之時，以享宗廟。'"順天皇后，即唐中宗韋庶人。

〔二〕黥面牝雞：指上官婉兒。上官婉兒乃上官儀孫女，唐中宗嬪妃。參見黥面奴（載青照堂刊楊鐵崖詠史）。

〔三〕"小鸚"句：指武三思依附於韋皇后。

〔四〕"墨敕"句：通鑑紀事本末卷三十武韋之禍："安樂、長寧公主及皇后妹郕國夫人、上官婕妤、婕妤母沛國夫人鄭氏、尚宫柴氏、賀婁氏、女巫第五英兒、隴西夫人趙氏皆依勢用事，請謁受賕，雖屠沽臧獲，用錢三十萬，則別降墨敕除官，斜封付中書，時人謂之斜封官。"

〔五〕"隆慶池"三句：通鑑紀事本末卷三十武韋之禍："初，則天之世，長安城東隅民王純家井溢，浸成大池數十頃，號隆慶池。相王子五王列第於其北。望氣者言：'常鬱鬱有帝王氣，比日尤盛。'"相王，指唐睿宗李旦。李旦爲唐高宗李治與武則天所生，中宗李顯之弟。武則天稱帝之後，貶爲親王，封相王，其五子（包括李隆基）皆封郡王，故稱"五王"。

〔六〕三尺：指劍。臨淄王：即相王子唐玄宗李隆基。按：李隆基起兵討韋氏，并其黨皆伏誅。

〔七〕天星落紅雨：指李隆基討伐韋氏之夜，天星散落如雨。參見本卷安樂公主畫眉歌。

〔八〕"上陽"句：意爲韋皇后被殺，不同於當年武則天退居上陽宫。上陽，宫殿名，位於洛陽（今屬河南）。唐高宗李治遷都洛陽時修建。

〔九〕定陵：資治通鑑卷二百十唐紀二十六睿宗景雲元年："（十一月）己酉，葬孝和皇帝于定陵，廟號中宗。朝議以韋后有罪，不應祔葬。"

〔十〕衰布奴：指宗楚客。資治通鑑卷二百九唐睿宗景雲元年：“中書令宗楚客
　　　衣斬衰、乘青驢逃出，至通化門。門者曰：‘公，宗尚書也。’去布帽，執而斬
　　　之。并斬其弟晉卿。”注：“通化門，京城東面北來第一門。”

〔十一〕畫眉女：指唐中宗幼女安樂公主。舊唐書宗楚客傳：“宗楚客者，蒲州
　　　河東人，則天從父姊之子也……韋庶人及安樂公主尤加親信，未幾，遷
　　　中書令。楚客雖迹附韋氏，而嘗別有異圖，與侍中紀處訥共爲朋黨，故
　　　時人呼爲宗、紀。”又，古列女傳卷七殷紂妲己：“武王遂致天之罰，斬妲
　　　己頭，懸於小白旗，以爲亡紂者是女也。”參見本卷安樂公主畫眉歌。


# 安樂公主畫眉歌〔一〕


　　　銅鼓①二鼓星如雪〔二〕，帳底春雲夢初熟②。羽林千騎開③殺聲，畫
眉畫眉天未明。結龍蟠，飛鸞舞，鏡中人，皇太女。畫眉不鑒長髮
尼〔三〕，畫眉畫眉將何爲？墨書未罷斜封旨〔四〕，血浸三郎三尺水〔五〕。

## 【校】

① 鼓：懺華庵叢書本作“并”。
② 熟：原本作“熱”，據文淵閣四庫全書本鐵崖先生古樂府補改。
③ 開：懺華庵叢書本作“聞”。

## 【箋注】

〔一〕安樂公主：新唐書中宗八女傳：“安樂公主，最幼女。帝遷房陵而主生。
　　　解衣以褓之，名曰‘裹兒’。姝秀辯敏，后尤愛之。下嫁武崇訓。帝復位，
　　　光艷動天下，侯王柄臣多出其門……臨淄王誅庶人，主方覽鏡作眉，聞亂，
　　　走至右延明門，兵及，斬其首。追貶爲‘悖逆庶人’。”

〔二〕二鼓星如雪：李隆基欲起兵誅殺韋氏，是夜二鼓，天星散落如雪。故云天
　　　意如此。參見通鑑紀事本末卷三十武韋之禍。

〔三〕長髮尼：指武則天。參見本卷長髮尼。

〔四〕斜封旨：指安樂公主、長寧公主等仗勢用權，封官受賄。參見本卷桑條韋。

〔五〕“血浸”句：意爲安樂公主死於三郎刀劍之下。三郎，指臨淄王李隆基，即
　　　唐玄宗。三尺水，喻指長三尺之劍。李賀春坊正字劍子歌：“先輩匣中三

尺水,曾入吳潭斬龍子。"


# 喬家妾①〔一〕


　　唐右司郎中喬知之有美妾曰碧玉,武承嗣借以教諸姬,遂留不還。喬作綠珠怨詩寄之,碧玉赴井死之②。

　　石家有綠珠〔二〕,喬家有碧玉。顏色上春花,節操冬貞木。金谷樓,鸚鵡③井,一雙白璧④沉倒影〔三〕。

## 【校】

① "喬家妾"之"妾",青照堂刊楊鐵崖詠史本作"女"。

② 此詩序原本無,據汲古閣刊鐵崖先生古樂府補本、青照堂刊楊鐵崖詠史本增補。

③ 鸚鵡:原本作"鸚武",據青照堂刊楊鐵崖詠史本改。

④ 璧:原本作"碧",據青照堂刊楊鐵崖詠史本改。

## 【箋注】

〔一〕喬家妾:資治通鑑卷二百六唐紀二十二則天后神功元年:"右司郎中馮翊喬知之有美妾曰碧玉,知之爲之不昏。武承嗣借以教諸姬,遂留不還。知之作綠珠怨以寄之,碧玉赴井死。承嗣得詩於裙帶,大怒,諷酷吏羅告,族之。"武承嗣,武則天侄子,即武氏兄之子。

〔二〕石家:西晉豪富石崇之家。綠珠:石崇愛妾。石崇被捕,綠珠墜樓自盡。

〔三〕"金谷樓"三句:指石崇愛妾綠珠自殺一事。參見鐵崖先生古樂府卷九綠珠辭。


# 鸚鵡折翼辭


　　武氏嘗①夢大鸚鵡兩翼皆折,以告狄仁傑。仁傑喻以"鵡者,武氏姓氏也,兩翼爲兩皇子"〔一〕。非也! 兩翼折者,易之、昌宗二雛梟首之狀也〔二〕。爲作鸚鵡折翼辭。末語用胡氏史斷〔三〕,語罄賊不討,三思不誅,復脩武氏之政而五王受禍〔四〕。哀哉!

有鳥曰鷦,飛入我後宮,惟家之索牝化雄〔五〕。食我鳳兮滅我族,養我鷗鴉戕我鷃(叶)。皇天悔禍,實生我五雄(五王)。翦元雛,梟元兕。嗟此二雛,折爾兩翼,夢以告之,將死無所。云胡折翅,又入條桑〔六〕。我弓不張,惟我雄之傷。

## 【校】

① 嘗:原本作"常",據樓氏鐵崖詠史注本改。

## 【箋注】

〔一〕"武氏"三句:通鑑紀事本末卷三十武韋之禍:"(太后武則天)又謂仁傑曰:'朕夢大鸚鵡兩翼皆折,何也?'對曰:'武者,陛下之姓;兩翼,二子也。陛下起二子,則兩翼振矣。'太后由是無立承嗣、三思之意。"狄仁傑,武則天執政時期官至宰相,封梁國公。兩唐書皆有傳。

〔二〕易之、昌宗:指張易之、昌宗兄弟。張氏兄弟於武則天晚年時擅權專政。神龍元年,張柬之、崔玄暐等率羽林兵迎皇太子入朝,誅易之、昌宗於迎仙院,并斬其兄昌期、同休,從弟景雄,皆梟首天津橋。詳見舊唐書桓彦範傳。

〔三〕胡氏:指宋胡安國。

〔四〕五王:指桓彦範、敬暉、崔玄暐、張柬之、袁恕己,即詩中所謂"五雄"。按:桓彦範等人擁立唐中宗復辟之後,均被封爲郡王,故此稱"五王"。參見本卷机上肉。

〔五〕"惟家"句:書牧誓:"牝雞無晨,牝雞之晨,惟家之索。"孔傳:"喻婦人知外事……雌代雄鳴則家盡,婦奪夫政則國亡。"

〔六〕入條桑:指陷入韋后所構之禍。參見本卷桑條韋、机上肉。

# 机上肉〔一〕

机上肉①,有臘毒,洛州長史明目人(薛季昶),已識宮中遺產禄。机上肉,復何爲?肉生兩翅桑中飛。小窗呼來博雙陸〔二〕,夢中只愁鸚鷡知〔三〕。點籌郎〔四〕,無主決,老翁彈指空流血〔五〕(敬暉②),黥面牝雞弄喉舌〔六〕。（上官婉兒辨慧，善屬文，上使專掌制命。先通三思，遂引入宮中，通韋后。）老翁在瀧八十餘〔七〕（張流瀧州），一死幸逃紅血髏。葛菜③不得裂腹胃〔八〕（恕己），竹槎不得完肌膚（桓彥範）〔九〕。儋州公〔十〕，心業業（季昶任儋州）。楊衛尉，髡長鬣〔十一〕。（楊元琰知三思復用事，棄官爲僧。敬暉笑曰：“髡去玄頭，豈不妙哉！”琰多髯，故敬暉戲之。及敬暉得罪，琰獨免。）

## 【校】

① 原本“肉”之下有一“復”字，蓋因下文“机上肉，復何爲”二句而衍，據懷華庵叢書本刪。

② 小字注“敬暉”，原本誤作“柬之”，徑爲改正。參見注釋。

③ 菜：原本作“採”，據樓氏鐵崖詠史注本改。

## 【箋注】

〔一〕机上肉：喻指武三思。新唐書桓彥範傳：“桓彥範字士則，潤州丹陽人……誅二張也，柬之勒兵景運門，將遂夷諸武。洛州長史薛季昶勸曰：‘二兇雖誅，產、祿猶在，請除之。’會日暮事遽，彥範不欲廣殺，因曰：‘三思机上肉爾，留爲天子藉手。’季昶歎曰：‘吾無死所矣！’俄而三思竊入宮，因韋后反盜朝權。同功者歎曰：‘死我者，桓君也。’”產、祿：指漢高祖呂后侄子呂產、呂祿。曾獨攬兵權，最終被周勃剗除。薛季昶以二呂借指武三思等。

〔二〕雙陸：又名“十二棋”、“六博”等，一種類似下棋、具有賭博性質的游戲。參見明周祈名義考卷八博奕。

〔三〕鸚鵡：指張易之、昌宗兄弟。參見本卷鸚鵡折翼詞。

〔四〕點籌郎：指唐中宗。參見本卷點籌郎。

〔五〕老翁彈指：指敬暉。新唐書敬暉傳：“敬暉字仲曄，絳州平陽人……初，易之已誅，薛季昶請收諸武，暉亦苦諫，不從。三思濁亂，暉每椎坐悵恨，彈指流血。尋及貶，又放瓊州，爲周利貞所害。”

〔六〕黰面牝雞：指上官婉兒。參見黰面奴（載青照堂刊楊鐵崖詠史）。

〔七〕老翁在瀧：指張柬之。新唐書張柬之傳：“誅二張也，柬之首發其謀。以功擢天官尚書、同鳳閣鸞臺三品、漢陽郡公……俄及貶，又流瀧州，憂憤卒，年八十二。”

〔八〕“葛菜”句：指袁恕己。新唐書袁恕己傳：“例及貶，又流環州，爲周利貞所逼，恕己素餌黃金，至是飲野葛數升，不死，憤懣，抔土以食，爪甲盡，不能絶,乃擊殺之。"

〔九〕"竹槎"句:指桓彦範。新唐書桓彦範傳:"三思誣彦範等同逆,陰令許州司功參軍鄭愔上變。乃貶彦範瀧州司馬,敬暉崖州司馬,袁恕己竇州司馬,崔玄暐白州司馬,張柬之新州司馬,悉奪勳封……三思慮五人者且復用,乃納崔湜計,遣周利貞矯制殺之。利貞至貴州,逢彦範,即縛曳竹槎上,肉盡,杖殺之,年五十四。"

〔十〕儋州公:指薛季昶。新唐書薛季昶傳:"薛季昶者,絳州龍門人……預誅易之等功,進户部侍郎。五王失柄,出季昶荆州長史,貶儋州司馬。初,季昶與昭州首領周慶立、廣州司馬光楚客不叶,懼二怨,不敢往。歎曰:'吾至是邪!'即具棺沐浴,仰藥死。"

〔十一〕"楊衛尉"二句:謂楊元琰倖免於難。新唐書楊元琰傳:"楊元琰者,字温,虢州閿鄉人……敬暉等爲武三思所構,元琰知禍未已,乃詭計請祝髮事浮屠,悉還官封。中宗不許,暉聞,尚戲曰:'胡頭應祝。'以多鬚似胡云。元琰曰:'功成不退,懼亡。我不空言。'暉感之,然已不及計。暉等死,獨元琰全。再遷衛尉卿。"

# 伴食相〔一〕 盧懷慎

懷慎與姚崇同相〔二〕。崇應變成務,精於吏事,賢而有才者也。上見朝臣奏①事稱旨者,輒曰"此必姚崇之謀",否②則曰"何不與姚崇議之"。崇之賢而才可知矣。懷慎事皆推崇,復何爲哉③!時人以"伴食"譏之,余謂伴食未可譏也。因撫賢④狀,爲賦伴食相詩,庶不使與陳希烈徒⑤唯諾於李林甫者比也〔三〕。

伴食相,未可譏。姚相國,賢無私。紫微堂中決萬機〔四〕,我宜從之復何爲!御史法,無中沮〔五〕(王仙童事);將軍功,無濫予〔六〕(郭虔瓘⑥事),公皆奏之特不許。身卿相,妻子饑〔七〕,老蒼鬐身作喪資〔八〕。亡身⑦自代薦臣璟,但願國有今周伊,臣有戒語璟已知〔九〕。(懷慎嘗語璟:"上享國久,稍倦於勤。將有憸人乘間而入。公第識之。")伴食相,吾何譏!豈比偃月⑧老方士〔十〕,一唯一諾如妾婢⑨(叶,平聲)。

【校】

① 奏:原本作"奉",據青照堂刊楊鐵崖詠史本改。

② 否：青照堂刊楊鐵崖詠史本作"不者"。

③ 哉：原本無，據青照堂刊楊鐵崖詠史本、懺華庵叢書本補。

④ 賢：青照堂刊楊鐵崖詠史本作"其"。

⑤ 庶不使與陳希烈徒：青照堂刊楊鐵崖詠史本作"庶使不與陳希烈徒給"。

⑥ "郭虔瓘"之"瓘"，原本作"灌"，青照堂刊楊鐵崖詠史本作"雄"，據資治通鑑改。

⑦ 身：青照堂刊楊鐵崖詠史本作"臣"。

⑧ 偃月：青照堂刊楊鐵崖詠史本作"偃月堂"。

⑨ 一唯一諾如妾婢：青照堂刊楊鐵崖詠史本作"唯諾曾無異議持"。

## 【箋注】

〔一〕伴食相：指盧懷慎。新唐書盧懷慎傳："盧懷慎，滑州人……懷慎自以才不及（姚）崇，故事皆推而不專，時譏爲'伴食宰相'。"

〔二〕姚崇：舊唐書姚崇傳："姚崇，本名元崇，陝州硤石人也……時突厥叱利元崇構逆，則天不欲元崇與之同名，乃改爲元之。……代郭元振爲兵部尚書、同中書門下三品，復遷紫微令。避開元尊號，又改名崇。"

〔三〕陳希烈：新唐書奸臣傳上："陳希烈者，宋州人。博學，尤深黄老……進同中書門下平章事，遷左丞相兼兵部尚書、許國公，又兼秘書省圖書使，寵與林甫侔。林甫居位久，其陰詭雖足自固，亦希烈左右焉。"李林甫：唐玄宗時宰相。參見本卷哥奴冢。

〔四〕紫微堂：指中書堂。按：唐玄宗開元元年改中書省曰紫微省，中書令曰紫微令。參見舊唐書職官志。

〔五〕"御史法"二句：指盧懷慎決斷王仙童案。新唐書盧懷慎傳："薛王舅王仙童暴百姓，憲司按得其罪，業爲申列，有詔紫微、黄門覆實。懷慎與姚崇執奏：'仙童罪狀明甚，若御史可疑，則它人何可信？'由是獄決。"

〔六〕"將軍功"二句：指盧懷慎否決郭虔瓘提案。資治通鑑卷二百一十一唐紀二十七玄宗開元四年："隴右節度使郭虔瓘奏，奴石良才等八人皆有戰功，請除游擊將軍。敕下，盧懷慎等奏曰：'郭虔瓘恃其微效，輒侮彝章，爲奴請五品，實亂綱紀，不可許。'上從之。"

〔七〕妻子饑：舊唐書盧懷慎傳："懷慎清儉，不營産業，器用服飾，無金玉綺文之麗。所得禄俸，皆隨時分散，而家無餘蓄，妻子匱乏。"

〔八〕"老蒼"句：資治通鑑卷二百一十一唐紀二十七玄宗開元四年："（盧懷慎）薨，家無餘蓄，惟一老蒼頭，請自鬻以辦喪事。"

〔九〕"亡身自代"三句：謂盧懷慎臨終薦舉賢臣宋璟等。資治通鑑卷二百一十一唐紀二十七玄宗開元四年："十一月，己卯，黄門監盧懷慎疾亟，上表薦宋璟、李傑、李朝隱、盧從愿并明時重器，所坐者小，所棄者大，望垂矜録，上深納之。乙未，薨。"考異曰："鄭處誨明皇雜録云：懷慎爲黄門監、吏部尚書，卧病既久，宋璟、盧從愿相與訪焉。懷慎常器重二人，持一人手謂曰：'公出入爲藩輔，主上求治甚切，然享國歲久，近者稍倦于勤，必有人乘此而進矣。君其志之。'"周、伊，指上古賢臣周公、伊尹。

〔十〕偃月：指月堂主人李林甫。新唐書奸臣傳上："（李）林甫有堂如偃月，號月堂。每欲排構大臣，即居之，思所以中傷者。若喜而出，即其家碎矣。"老方士：指陳希烈。

# 胡眼大〔一〕 安禄山①

胡眼大（上嘗曰："胡眼大，勿令笑我。"），唐家小，中書相麻無用草〔二〕。（翰林張垍已草相制。）三千驍鋭授告身〔三〕（收軍心也），四十監坊并②牧考〔四〕（蓄戰馬也③）。賜恩甲第花蕚傍，五家錦隊東西坊〔五〕。柳城胡有天子相，寶檀牀厭（入聲）金雞障〔六〕。宫中洗兒報大家，花棚十幅裁宫紗〔七〕。小娥愁絶大娘笑，緑輿壓碎④金蝦蟆。旄頭落光龍尾道〔八〕，范陽歸著龍章襖。腹刀只懼李哥奴⑤，雄狐小兒直⑥小草〔九〕（禄山視國忠，蔑如也）。大腹兒，君不疑，赤心素與君相知〔十〕。射生騎，西南飛，二十四州盡蜂蟻〔十一〕，（帝嘗歎曰："二十四郡無一義士耶！"）三十六將無熊羆（募兵皆白徒無用之人）。潼關覆〔十二〕，河東蹙，小龍北行，老騾入蜀〔十三〕。將軍合用李豬奴⑦，砟爾百斤之大腹⑧〔十四〕。

【校】

① 安禄山：此小字注原本無，據青照堂刊楊鐵崖詠史本增補。又，原本與樓氏鐵崖詠史注本題下有小字注："一作大腹兒。"然青照堂刊楊鐵崖詠史所録大腹兒，與本詩不同。

② 并：青照堂刊楊鐵崖詠史本作"兼"。

③ 也：原本作"奴"，據青照堂刊楊鐵崖詠史本改。

④ 緑：懺華庵叢書本作"緑"。碎：青照堂刊楊鐵崖詠史本作"抑"。

⑤ 哥奴：青照堂刊楊鐵崖詠史本作“十郎”。

⑥ 直：原本作“真”，據青照堂刊楊鐵崖詠史本改。

⑦ 奴：樓氏鐵崖詠史注本作“兒”。

⑧ 斫爾百斤之大腹：青照堂刊楊鐵崖詠史本作“李豬奴，斫大腹”兩句。

## 【箋注】

〔一〕胡眼大：新唐書安禄山傳：“帝爲禄山起第京師，以中人督役，戒曰：‘善爲部署，禄山眼孔大，毋令笑我。’”

〔二〕中書相麻：資治通鑑卷二百一十七唐紀三十三玄宗天寶十三載：“上欲加安禄山同平章事，已令張垍草制。楊國忠諫曰：‘禄山雖有軍功，目不知書，豈可爲宰相！制書若下，恐四夷輕唐。’上乃止。乙巳，加禄山左僕射，賜一子三品、一子四品官。”

〔三〕“三千”句：資治通鑑卷二百一十七唐紀三十三玄宗天寶十三載：“安禄山奏：‘臣所部將士討奚、契丹、九姓、同羅等，勳效甚多，乞不拘常格，超資加賞，仍好寫告身付臣軍授之。’於是除將軍者五百餘人，中郎將者二千餘人。禄山欲反，故先以此收衆心也。”

〔四〕“四十”句：資治通鑑卷二百一十七唐紀三十三玄宗天寶十三載：“安禄山求兼領閑廄、群牧。（正月）庚申，以禄山爲閑廄、隴右群牧等使。禄山又求兼總監。壬戌，兼知總監事。禄山奏以御史中丞吉溫爲武部侍郎，充閑廄副使。”

〔五〕“賜恩”二句：資治通鑑卷二百一十六唐紀三十二玄宗天寶十二載：“楊國忠與虢國夫人居第相鄰，晝夜往來，無復期度，或并轡走馬入朝，不施障幕，道路爲之掩目。三夫人將從車駕幸華清宮，會於國忠第，車馬僕從，充溢數坊，錦繡珠玉，鮮華奪目……楊氏五家，隊各爲一色衣以相別，五家合隊，粲若雲錦，國忠仍以劍南旌節引于其前。”花蕚，花蕚樓，在興慶宮西。

〔六〕“柳城”二句：新唐書安禄山傳：“帝登勤政樓，幄坐之左張金雞大障，前置特榻，詔禄山坐，褰其幄，以示尊寵。太子諫曰：‘自古幄坐非人臣當得，陛下寵禄山過甚，必驕。’帝曰：‘胡有異相，我欲厭之。’”

〔七〕“宮中洗兒”二句：參見本卷點籌郎。

〔八〕“旄頭”句：新唐書安禄山傳：“時太平久，人忘戰，帝春秋高，嬖黷鉗固，李林甫、楊國忠更持權，綱紀大亂。禄山計天下可取，逆謀日熾，每過朝堂龍尾道，南北睥睨，久乃去。”

〔九〕“腹刀”二句：謂安禄山畏懼李林甫，蔑視楊國忠。通鑑紀事本末卷三十

一安史之亂：“安禄山以李林甫狡猾逾己，故畏服之。及楊國忠爲相，禄山
視之蔑如也，由是有隙。國忠屢言禄山有反狀，上不聽。”按：李林甫小字
哥奴。

〔十〕“大腹兒”三句：新唐書安禄山傳：“晚益肥，腹緩及膝。……帝視其腹曰：
‘胡腹中何有而大？’答曰：‘唯赤心耳！’”

〔十一〕“二十四州”句：新唐書顔真卿傳：“禄山反，河朔盡陷，獨平原城守具
備。……玄宗始聞亂，歎曰：‘河北二十四郡，無一忠臣邪？’”

〔十二〕潼關：位於今陝西渭南潼關縣。

〔十三〕小龍：指唐肅宗，時爲皇太子。老騾：指唐玄宗。玄宗騎騾入蜀。

〔十四〕“將軍合用”二句：指李猪兒斫殺安禄山。新唐書安禄山傳：“帳下李猪
兒者，本降豎，幼事禄山，謹甚，使爲閹人，愈親信……既叛，不能無恚
懼，至是目復盲，俄又得疽疾，尤卞躁，左右給侍，無罪輒死，或箠掠呵
辱，猪兒尤數，雖嚴莊親倚，時時遭笞箠，故二人深怨禄山……至德二載
正月朔，禄山朝群臣，創甚，罷。是夜，莊、慶緒持兵扈門，猪兒入帳下，
以大刀斫其腹。禄山盲，捫佩刀不得，振幄柱呼曰：‘是家賊！’俄而腸潰
于牀，即死，年五十餘。”


# 五王毬歌〔一〕


天河洗玉通銀浦，雲氣成龍或成虎。金絲翦斷黄臺瓜〔二〕，蕚緑五
枝生五花〔三〕。讓皇①不在荆蠻俗，李家兄弟真骨肉〔四〕。醉歸何處戲
毬場，黄衣天人是三郎。十幅大裒驚裂繒，西風夜入金雞障〔五〕。五馬
一龍龍化豬〔六〕，大棚兒在黄金輿〔七〕。青騾萬里蠶叢路〔八〕，雄狐尚復
將雌去。涼州曲破可奈何？至今玉笛憶寧哥〔九〕。

　　　　張憲跋曰〔十〕：“國朝雅詠五王毬者多矣，至吾鐵崖先生始以錦囊隱語
　　　帶史斷，此其難也。寧哥識破涼州，諸王之所不及。非老於史學，孰能感
　　　慨至此哉②！”

## 【校】

① 皇：原本作“王”，據樓氏鐵崖詠史注本改。
② 張憲跋文原本無，據汲古閣刊鐵崖先生古樂府補本增補。

## 【箋注】

〔一〕詩撰於元至正十八年(一三五八)前後。繫年依據：本詩附有鐵崖弟子張憲跋語，而張憲追隨鐵崖，始於至正十八年。參見本卷田舍翁。五王：指玄宗兄弟五人。參見本卷桑條韋注釋。

〔二〕黄臺瓜：語出唐高宗次子李賢所作樂章。參見本卷匡復府。

〔三〕生五花：舊唐書讓皇帝憲傳："玄宗兄弟聖曆初出閣，列第於東都積善坊，五人分院同居，號'五王宅'……玄宗時登樓，聞諸王音樂之聲，咸召登樓，同榻宴謔……中使相望，以爲天子友悌，近古無比，故人無間然。"

〔四〕"讓皇不在荆蠻俗"二句：意爲睿宗長子讓皇帝讓位予玄宗，并非荆蠻之俗影響，實爲骨肉相親。新唐書讓皇帝憲傳："睿宗六子：肅明皇后生憲，宮人柳生撝，昭成皇后生玄宗皇帝，崔孺人生範，王德妃生業，後宮生隆悌。讓皇帝憲，始王永平。文明元年，武后以睿宗爲皇帝，故憲立爲皇太子；睿宗降爲皇嗣，更册爲皇孫……睿宗將建東宮，以憲嫡長，又嘗爲太子，而楚王有大功，故久不定。憲辭曰：'儲副，天下公器，時平則先嫡，國難則先功，重社稷也。使付授非宜，海内失望，臣以死請。'因涕泣固讓。時大臣亦言楚王有定社稷功，且聖庶抗嫡，不宜更議。帝嘉憲讓，遂許之。"又，新唐書讓皇帝憲傳："玄宗爲太子，嘗製大衾長枕，將與諸王共之。睿宗知，喜甚。"

〔五〕"醉歸"四句：舊唐書讓皇帝憲傳："邸第相望，環於宮側。玄宗於興慶宮西南置樓，西面題曰花萼相輝之樓，南面題曰勤政務本之樓。玄宗時登樓，聞諸王音樂之聲，咸召登樓，同榻宴謔，或便幸其第，賜金分帛，厚其歡賞。諸王每日於側門朝見，歸宅之後，即奏樂縱飲，擊毬鬥雞，或近郊從禽，或別墅追賞，不絶於歲月矣。"

〔六〕龍化豬：指安禄山。白孔六帖卷九十八豬："安禄山事迹：禄山常夜宴醉臥，化爲一黑豬而龍首。左右遽言之，玄宗曰：'豬龍也，無能爲也。'"

〔七〕"大綳兒"句：指楊貴妃洗禄山兒，參見本卷點籌郎。

〔八〕"青騾"句：指唐玄宗避亂逃往蜀地。唐元稹望雲騅馬歌："玄宗當時無此馬，不免騎騾來幸蜀。"

〔九〕"涼州曲破"二句：指寧哥聽涼州新曲而預知戰亂。寧哥，指寧王李憲，乃唐玄宗長兄，追謚爲讓皇帝。新唐書讓皇帝憲傳："涼州獻新曲，帝御便坐，召諸王觀之。憲曰：'曲雖佳，然宮離而不屬，商亂而暴，君卑逼下，臣僭犯上。發於忽微，形於音聲，播之詠歌，見於人事，臣恐一日有播遷之禍。’帝默然。及安、史亂,世乃思憲審音云。”又,宋馬永易實賓録卷六寧哥:“唐寧王憲,睿宗長子……玄宗友悌,古無有者,至呼憲爲‘寧哥’云。”

〔十〕張憲:鐵崖門生。參見東維子文集卷三送張憲之汴梁序。

# 卷二十 陳善學序刊楊鐵崖先生文集卷三之下

# 卷二十　陳善學序刊楊鐵崖先生文集卷三之下

## 一足夔<sup>〔一〕</sup> 封常清

封常清<sup>〔二〕</sup>，高仙芝之客也<sup>〔三〕</sup>。細瘦類目，一足偏短。性剛果，耐勞苦，出軍賞罰分明。禄山反，帝引見，策云云，天子壯之，以爲范陽節度。募兵得六萬人，然皆市井傭保，寇至不能禦。西奔，語高仙芝急守潼關。賊攻關，不得入。始，清欲入關見天子論成敗事，上書皆不報。至渭南，有詔赴潼關，斬於軍。仙芝亦以棄陝守關被誅。玄宗爲失刑矣。卒使叛將得藉口，執翰以降賊<sup>〔四〕</sup>。玄宗曚瞽之咎，至於二將奚咎！

一足夔<sup>①</sup>，平生偏<sup>②</sup>識高仙芝。求食不見納，窮如饑鳥飛<sup>③〔五〕</sup>。達奚露布誰屬筆？倚馬一揮天下奇<sup>〔六〕</sup>。乳母小狐假虎威（鄭德詮，仙芝乳母子，爲郎將<sup>④</sup>），一足夔<sup>⑤</sup>殺之如縋兒<sup>〔七〕</sup>。府君覽狀不敢罪，夔兮夔兮真軍師<sup>⑥</sup>。府君勇且驍，驍如<sup>⑦</sup>漢家霍嫖姚<sup>〔八〕</sup>。鋭兵深入坦駒嶺，再渡娑夷之水（即溺水也）飛藤橋。虜俘既獲小勃律，捷書夜到唐皇<sup>⑧</sup>朝<sup>〔九〕</sup>。萬里奇功有如此，陌刀之將何足擬<sup>⑨〔十〕</sup>（李嗣業，仙芝之部將也）。一足夔，本奇士，如何論事<sup>⑩</sup>塞斞耳？朝出兵，暮賜死<sup>〔十一〕</sup>。（邊令誠誣奏常清以賊搖衆，仙芝盜減糧賜。即軍斬之。）

## 【校】

① 一足夔：青照堂刊楊鐵崖詠史本作"一足夔生目且羸"。

② 偏：青照堂刊楊鐵崖詠史本作"高"。

③ 饑鳥飛：青照堂刊楊鐵崖詠史本作"飛鳥依"。

④ 郎將：原本作"將軍"，據青照堂刊楊鐵崖詠史本改。

⑤ 一足夔：青照堂刊楊鐵崖詠史本作"一夔"。

⑥ "府君覽狀"二句，原本無，據青照堂刊楊鐵崖詠史本增補。

⑦ 驍如：原本無，據青照堂刊楊鐵崖詠史本增補。

⑧ 唐皇：樓氏鐵崖詠史注本作"皇唐"。

⑨ 擬：青照堂刊楊鐵崖詠史本作"侈"。

⑩ 如何：樓氏鐵崖詠史注本作"何如"。事：青照堂刊楊鐵崖詠史本作"士"。

## 【箋注】

〔一〕一足夔：典出呂氏春秋察傳："樂正夔，一足，信乎？"此指封常清，因其跛
　　脚而有此名。

〔二〕封常清：生平事迹詳見新唐書本傳。

〔三〕高仙芝：高麗人。唐玄宗時官至右羽林大將軍。兩唐書皆有傳。

〔四〕"卒使"二句：舊唐書哥舒翰傳："哥舒翰，突騎施首領哥舒部落之裔
　　也……及安禄山反，上以封常清、高仙芝喪敗，召翰入，拜爲皇太子先鋒兵
　　馬元帥……與高仙芝舊卒共二十萬，拒賊於潼關……楊國忠恐其謀己，屢
　　奏使出兵。上久處太平，不練軍事，既爲國忠眩惑，中使相繼督責。翰不
　　得已，引師出關……軍既敗，翰與數百騎馳而西歸，爲火拔歸仁執降
　　於賊。"

〔五〕"一足夔"四句：新唐書封常清傳："高仙芝爲都知兵馬使，嘗出軍，奏傔從
　　三十餘人，衣襨鮮明，常清慨然投牒請豫。常清素瘠，又脚跛，仙芝陋其
　　貌，不納。明日復至，仙芝謝曰：'傔已足，何庸復來？'常清怒曰：'我慕公
　　義，願事鞭鞚，故無媒自前，公何見拒深乎？以貌取士，恐失之子羽。公其
　　念之。'仙芝猶未納，乃日候門下，仙芝不得已，竄名傔中。"

〔六〕"達奚露布"二句：新唐書封常清傳："會達奚諸部叛……達奚行遠，人馬
　　疲，禽馘略盡。常清於幕下潛作捷布，具記井泉次舍、克賊形勢謀略，條最
　　明審。仙芝取讀之，皆意所欲出，乃大駭，即用之。軍還，靈督迎勞……進
　　揖常清坐，與語，異之，遂知名。"達奚，拓跋氏部落名。

〔七〕"乳母"二句：新唐書封常清傳："常清才而果，胸無疑事。仙芝委家事於
　　郎將鄭德詮，其乳母子也，威動軍中。常清嘗自外還，諸將前謁。德詮見
　　常清始貴，易之，走馬突常清騶士去。常清命左右引德詮至廷中……因叱
　　曰：'須暫假郎將死，以肅吾軍。'因杖死，以面仆地曳出之……仙芝驚，及
　　見常清，憚其公，不敢讓。"

〔八〕霍嫖姚：指西漢名將霍去病。霍去病受封嫖姚校尉，故名。

〔九〕"鋭兵深入"四句：新唐書高仙芝傳："小勃律，其王爲吐蕃所誘，妻以女，
　　故西北二十餘國皆羈屬吐蕃。自仁琬以來三討之，皆無功。天寶六載，詔
　　仙芝以步騎一萬出討……過坦駒嶺，嶺峻絕，下四十里。仙芝恐士憚險不
　　敢進，乃潛遣二十騎，衣阿弩越胡服來迎……仙芝即陽喜，令士盡下。娑

夷河,弱水也。既行三日,越胡來迎……仙芝以小勃律王及妻自赤佛道還連雲堡,與令誠俱班師。於是拂菻、大食諸胡七十二國皆震懾降附。”

〔十〕陌刀之將:指高仙芝帳下名將李嗣業。新唐書李嗣業傳:“李嗣業字嗣業,京兆高陵人。長七尺,膂力絶衆……後應募安西,軍中初用陌刀,而嗣業尤善,每戰必爲先鋒……高仙芝討勃律,署嗣業及中郎將田珍爲左右陌刀將……虜號爲‘神通大將’。”

〔十一〕“一足夔”五句:新唐書高仙芝傳:“初,(監門將軍邊)令誠數私於仙芝,仙芝不應,因言其逗橈狀以激帝,且云:‘常清以賊搖衆,而仙芝棄陝地數百里,朘盜稟賜。’帝大怒,使令誠即軍中斬之。令誠已斬常清,陳尸於蘧蒢。仙芝自外至,令誠以陌刀百人自從……仙芝視常清尸曰:‘公,我所引拔,又代吾爲節度,今與公同死,豈命歟!’遂就死。”


# 陳濤斜〔一〕


瑄,唐之腐儒耳。好談論釋老,性復簡誕。雖未至於王衍誤世①,亦去衍爲不遠耳。故賀蘭進明以衍目之。杜甫亦稱瑄爲醇儒,得大臣體,至悲陳濤斜之詩,不掩其罪,此甫爲詩史也〔二〕。予補其猶有未至者,以瑄有好名之累、任人之失也。

房次律,坐談客②,讀書未讀孫吳策〔三〕。自言可敵曳落河〔四〕,馬牛盡喪陳濤澤〔五〕。君不見范陽節度一足雄,募兵六萬嬰賊鋒,一戰不利斬軍中〔六〕(封常清③)。而況大言不知變,執法春秋習車戰(此好名之累也)。可憐帳下兩鼠妖④〔七〕,大燕主前稱北面⑤〔八〕。

## 【校】

① 誤世:青照堂刊楊鐵崖詠史本作“之庸”。

② “房次律”二句:青照堂刊楊鐵崖詠史本作“陳渾山中坐談客”一句。

③ 封常清:原本作“常清”,據青照堂刊楊鐵崖詠史本增補。

④ 帳下兩鼠妖:青照堂刊楊鐵崖詠史本作“帳中兩鼠奴”。

⑤ 大燕主前稱北面:原本作“大燕王,稱北面”兩句,據青照堂刊楊鐵崖詠史本、懺華庵叢書本改。

## 【箋注】

〔一〕本詩評述唐肅宗時陳濤斜戰役總指揮房琯。新唐書房琯傳：“房琯字次律，河南河南人。……琯既有重名，帝傾意待之，機務一二與琯參決，諸將相莫敢望……北海太守賀蘭進明自河南至，詔攝御史大夫、嶺南節度使，入謝，帝曰：‘朕語琯除正大夫，何爲攝邪？’進明銜之，因曰：‘陛下知晉亂乎？惟以尚虛名，任王衍爲宰相，基祖浮華，不事天下事，故至於敗。方唐中興，當用實才，而琯性疏闊，大言無當，非宰相器。’”

〔二〕“杜甫”五句：陳濤，或作“陳陶”。杜詩詳注卷四悲陳陶：“孟冬十郡良家子，血作陳陶澤中水。野曠天清無戰聲，四萬義軍同日死。群胡歸來血洗箭，仍唱夷歌飲都市。都人迴面向北啼，日夜更望官軍至。”

〔三〕孫、吳策：指孫子、吳起所著兵書。

〔四〕曳落河：指安禄山之精兵。新唐書房琯傳：“琯雅自負，以天下爲己任，然用兵本非所長。其佐李揖、劉秩等皆儒生，未嘗更軍旅，琯每詫曰：‘彼曳落河雖多，能當我劉秩乎？’”按新唐書回鶻傳：“同羅在薛延陀北，多覽葛之東，距京師七千里而嬴，勝兵三萬……安禄山反，劫其兵用之，號‘曳落河’者也。曳落河，猶言健兒云。”

〔五〕“馬牛”句：指房琯在陳濤斜大敗。新唐書房琯傳：“初，琯用春秋時戰法，以車二千乘繚營，騎步夾之。既戰，賊乘風譟，牛悉犇栗，賊投芻而火之，人畜焚燒，殺卒四萬，血丹野。”

〔六〕“君不見”三句：指封常清。參見本卷一足夔。

〔七〕帳下兩鼠妖：指行軍司馬李揖（原任户部侍郎）、參謀劉秩（原任給事中）。原本有小字注於詩末：“琯幕客兩書生劉秩、李揖，未嘗習事，而專以戎務委之；裨將楊希文、劉貴哲喪師，皆降於賊。此任人之失也。”

〔八〕大燕主：指史思明。史思明更國號爲大燕，建元順天，自稱應天皇帝，號范陽爲燕京。參見新唐書逆臣傳。


# 南八兒〔一〕 霽雲

霽雲起微賤，操舟人也。張巡被圍，築臺，募萬死一生者，數日，無一人應。俄有喑鳴而來者，乃霽雲也，其不畏死也可知。“南八，男兒死，不可爲不義屈！”雖巡不叮嚀，其有不死者耶！

觀<sup>①</sup>其乞援賀蘭，憤氣見於射塔之矢。而志不遂也，君子悲之。爲賦些章，以繼無衣之詩〔二〕。

南八兒，齧指示<sup>②</sup>，千人呼。血誠豈減申包胥，臨淮節度真狗奴（賀蘭進明也，好啗狗糞。見仙芝傳<sup>③</sup>）〔三〕。我歌無衣雙淚<sup>④</sup>濡，嗚呼，我歌無衣雙淚濡（申包胥乞師時，秦哀公爲無衣詩）。

## 【校】

① 觀：樓氏鐵崖詠史注本無。

② 示：青照堂刊楊鐵崖詠史本作“哭”。

③ 青照堂刊楊鐵崖詠史本小字注爲“靈奴察罵高仙芝爲‘啗狗糞奴’”，誤。高仙芝并非臨淮節度。

④ 淚：青照堂刊楊鐵崖詠史本作“涕”。下同。

## 【箋注】

〔一〕南八兒：指南霽雲。新唐書南霽雲傳：“南霽雲者，魏州頓丘人。少微賤，爲人操舟。禄山反，鉅野尉張沼起兵討賊，拔以爲將。”新唐書張巡傳：“巡復遣（南霽雲）如臨淮告急，引精騎三十冒圍出，賊萬衆遮之，霽雲左右射，皆披靡。既見（賀蘭）進明，進明曰：‘睢陽存亡已決，兵出何益？’……霽雲泣曰：‘昨出睢陽時，壯士不粒食已彌月。今大夫兵不出，而廣設聲樂，義不忍獨享，雖食，弗下咽。今主將之命不達，霽雲請置一指以示信，歸報中丞也。’因拔佩刀斷指，一坐大驚，爲出涕。卒不食去。抽矢回射佛寺浮圖，矢著甎，曰：‘吾破賊還，必滅賀蘭，此矢所以志也！’……（城陷，尹子琦）乃以刃脅降，巡不屈。又降霽雲，未應。巡呼曰：‘南八！男兒死爾，不可爲不義屈！’霽雲笑曰：‘欲將有爲也，公知我者，敢不死！’亦不肯降。乃與姚誾、雷萬春等三十六人遇害。”

〔二〕無衣：詩秦風無衣：“豈曰無衣，與子同袍。王于興師，修我戈矛，與子同仇……”史記秦本紀：“吳王闔閭與伍子胥伐楚，楚王亡奔隨，吳遂入郢。楚大夫申包胥來告急，七日不食，日夜哭泣。”正義：“左傳云，申包胥對秦伯曰：‘寡君越在草莽，未獲所伏，下臣何敢即安！’立依於庭牆而哭，日夜不絕聲，勺飲不入口，七日。秦哀公爲賦無衣，九頓首而坐。秦師乃出。”

〔三〕臨淮節度：指御史大夫賀蘭進明，其時新任河南節度使。按：所謂賀蘭進明“好啗狗糞”，新、舊唐書之高仙芝傳無此記載。清褚人穫堅瓠十集卷一食異：“唐書高仙芝傳載賀蘭進明好啗狗糞。”

# 厲鬼些[一]　張巡

巡守睢陽,志節與金石爭勁、日月爭光,古今無以尚矣。猶讓其食盡食愛妾,至大括城中婦人食之,繼以男子,陷於殘忍。夫守城爲民,而食民以守城,何異①戕四肢而欲保身家者。吁,巡之食人,非其本心,將爲救兵之俟耳。予獨疑厲鬼之言,訖不能殺慶緒[二],殺子奇②[三],殺進明也[四],豈幽明二道耶? 抑後來新店之戰,其有陰兵助鶻而猝至者耶[五]? 人不得而知也。爲作些厲鬼辭。

張孤忠,掘鼠羅雀食不充。啖妾啖婦人,啖敢飽我躬? 生不能殺賊,死誓厲鬼爲鬼雄。厲兮拏陰霧,呼靈風。南山之背,黃埃之中。

重爲些曰:

尰走宇虜兮,篲掃鄴宮[六],奇死兮莊降[七](叶)。厲兮歸來兮,昴之西[八],尾之東[九],勿終爲鬼雄。

## 【校】

① 何異:原本作"何",據樓氏鐵崖詠史注本增補。
② 子奇之"奇",新唐書張巡傳作"琦"。

## 【箋注】

〔一〕厲鬼:新唐書張巡傳:"巡士多餓死,存者皆痍傷氣乏。巡出愛妾曰:'諸君經年乏食,而忠義不少衰,吾恨不割肌以啖衆,寧惜一妾而坐視士饑?'乃殺以大饗,坐者皆泣。巡彊令食之,遠亦殺奴僮以哺卒,至羅雀掘鼠,煮鎧弩以食……賊攻城,士病不能戰。巡西向拜曰:'孤城備竭,弗能全。臣生不報陛下,死爲鬼以癘賊。'城遂陷,與遠俱執。……被圍久,初殺馬食,既盡,而及婦人老弱,凡食三萬口。人知將死,而莫有畔者。城破,遺民止四百而已。"

〔二〕慶緒:即安慶緒,禄山次子。舊唐書安慶緒傳:"初名仁執,玄宗賜名慶緒,爲禄山都知兵馬使。嚴莊、高尚立爲僞主。"

〔三〕子奇:即尹子奇,"奇"或作"琦"。安慶緒部下大將,攻陷睢陽并殺害張巡。

〔四〕進明：即賀蘭進明，唐御史大夫，繼任河南節度使。當時以重兵駐守臨淮，坐視睢陽被困，拒不發兵救援。

〔五〕新店之戰：通鑑紀事本末卷三十一安史之亂：“郭子儀等與賊遇於新店，賊依山而陳，子儀等初與之戰，不利，賊逐之下山。回紇自南山襲其背，於黃埃中發十餘矢。賊驚顧曰：‘回紇至矣。’遂潰。官軍與回紇夾擊之，賊大敗，僵尸蔽野。”

〔六〕彗掃鄴宫：晉書佛圖澄傳：“石宣將殺石韜，宣先到寺，與澄同坐。……後二日，宣果遣人害韜於佛寺中，欲因季龍臨喪殺之。季龍以澄先誡，故獲免。及宣被收，澄諫季龍曰：‘皆陛下之子也，何爲重禍邪！陛下若含怒加慈者，尚有六十餘歲。如必誅之，宣當爲彗星下埽鄴宫。’季龍不從。後月餘，有一妖馬，髦尾皆有燒狀，入中陽門，出顯陽門，東首東宮，皆不得入，走向東北，俄爾不見。澄聞而歎曰：‘災其及矣！’”

〔七〕奇：指尹子奇。莊：指嚴莊，爲安慶緒丞相。通鑑紀事本末卷三十一安史之亂：“郭子儀遣左兵馬使張用濟、右武鋒使渾釋之將兵取河陽及河內，嚴莊來降。陳留人殺尹子奇，舉郡降。”

〔八〕昴：晉書天文志上二十八舍：“昴七星，天之耳目也，主西方，主獄事。”又，同書同卷：“昴西二星曰天街，三光之道，主伺候關梁中外之境。”

〔九〕尾：宋史天文志三二十八舍：“尾宿九星，爲天子後宮，亦主后妃之位……不明，則后有憂，穀荒。日食，其分將有疾，在燕風沙，兵、喪，後宮有憂。”


# 白衣山人〔一〕


　　李泌①乞歸衡山，詔賜隱②居，服給三品料，又爲築室山中。後再起於代、德③兩朝，此山人多此一出也。

　　鬼谷生〔二〕，非隱淪。入朝市，神仙人④。翰林待詔講老子（玄宗）〔三〕，靈武上書稱國賓（肅宗）。二聖懂〔四〕，俟子斃⑤〔五〕（建寧），五父（李輔國）挾牝啼〔六〕。君王饞烏喙〔七〕，飄然冥鴻在天際〔八〕⑥。樛枝松〔九〕，破桐葉〔十〕（德宗朝請誅懷光）⑦，出處語默⑧何從容〔十一〕。兩京之功不⑨必錄〔十二〕（泌於兩京有功，不錄），魯連子，陶朱公〔十三〕，吾將⑩與汝尋赤松〔十四〕。

# 【校】

① 李泌：原本作"泌"，據青照堂刊楊鐵崖詠史本增補。按：青照堂本載白衣山人詩兩首，本詩爲第一首。

② 隱：原本無，據青照堂刊楊鐵崖詠史本增補。

③ 代、德：樓氏鐵崖詠史注本誤作"德、代"。

④ "入朝市，神仙人"二句：青照堂刊楊鐵崖詠史本作"出入朝市疑神人"一句。

⑤ "二聖懽，倓子斃"二句：青照堂刊楊鐵崖詠史本作"二聖重懽炎子斃"一句。

⑥ "五父"三句：青照堂刊楊鐵崖詠史本作"飄然冥鴻在天際，可堪五父挾牝（李輔國）啼。莫遣君王饞鳥啄"。

⑦ 桐葉：青照堂刊楊鐵崖詠史本作"葉桐"。小字注原本無，據青照堂刊楊鐵崖詠史本增補。下同。

⑧ 默：青照堂刊楊鐵崖詠史本作"嘿"。

⑨ 不：青照堂刊楊鐵崖詠史本作"何"。

⑩ 將：青照堂刊楊鐵崖詠史本作"方"。

# 【箋注】

〔一〕白衣山人：李泌。新唐書李泌傳："李泌字長源，魏八柱國弼六世孫，徙居京兆。七歲知爲文……肅宗即位靈武，物色求訪，會泌亦自至。已謁見，陳天下所以成敗事，帝悦，欲授以官，固辭，願以客從。入議國事，出陪輿輦，衆指曰：'著黄者聖人，著白者山人。'……崔圓、李輔國以泌親信，疾之。泌畏禍，願隱衡山。有詔給三品禄，賜隱士服，爲治室廬。……代宗立，召至，舍蓬萊殿書閣……德宗在奉天，召赴行在，授左散騎常侍……泌出入中禁，事四君，數爲權倖所疾，常以智免。"

〔二〕鬼谷生：指李泌。新唐書李泌傳："（泌子）繁爲家傳，言泌本居鬼谷，而史臣謬言好鬼道，以自解釋。"

〔三〕"翰林"句：新唐書李泌傳："天寶中，詣闕獻復明堂九鼎議，帝憶其早惠，召講老子，有法，得待詔翰林，仍供奉東宮……好縱橫大言，時時譎議，能寢移人主。然常持黄老鬼神説，故爲人所讒切。"

〔四〕二聖：指唐肅宗李亨與廣平王（即唐代宗李豫）。

〔五〕倓子斃：新唐書肅宗十四子傳："承天皇帝倓，始王建寧。英毅有才略，善騎射。禄山亂，典親兵，扈車駕……至靈武，太子即帝位，議以倓爲天下兵馬元師，左右固請廣平王……更詔倓典親軍，以李輔國爲府司馬。時張良

娣有寵,與輔國交構,欲以動皇嗣者。倓忠謇,數爲帝言之,由是爲良娣、
輔國所譖,妄曰:'倓恨不總兵,鬱鬱有異志。'帝惑偏語,賜倓死,俄悔悟。
明年,廣平王收二京,使李泌獻捷。泌與帝雅素,從容語倓事,帝改
容。……是時,廣平有大功,亦爲后所構,故泌因對之,廣平遂安。”

〔六〕五父:指宦官李輔國。牝:此指張良娣。參見本卷李五父。

〔七〕烏喙:吳越春秋勾踐伐吳外傳:“越王爲人長頸烏喙,鷹視狼步,可以共患
難而不可共處樂。”

〔八〕“飄然”句:揚雄法言:“治則見,亂則隱。鴻飛冥冥,弋人何慕焉?”

〔九〕樛枝松:新唐書李泌傳:“泌嘗取松樛枝以隱背,名曰‘養和’,後得如龍形
者,因以獻帝,四方争效之。”

〔十〕破桐葉:李泌持破桐葉請誅李懷光。參見本卷破桐葉。

〔十一〕出處語默:易繫辭上:“君子之道,或出或處,或默或語。”

〔十二〕兩京之功:指廣平王(即唐代宗李豫)收復二京之後,李泌及時進言,消
　　　　除唐肅宗李亨疑心。

〔十三〕魯連子:指戰國時人魯仲連。陶朱公:春秋時人范蠡。新唐書李泌傳:
　　　　“獨柳泚稱,兩京復,泌謀居多,其功乃大於魯連、范蠡云。”

〔十四〕尋赤松:意爲遁隱學道。參見東維子文集卷十三知止堂記。


# 青巖山人<sup>①〔一〕</sup>　甄濟

柳城胡<sup>〔二〕</sup>,被衮衣<sup>②</sup>。幕下客,山中歸<sup>③</sup>。汲田有<sup>④</sup>綿上粟<sup>〔三〕</sup>,青
巖有<sup>⑤</sup>西山薇<sup>〔四〕</sup>。封刀呼,面黃屋。頭可斷,不可辱<sup>⑥</sup>。大唐天子館三
司<sup>⑦</sup>,三百僞官齊俯伏。

【校】

① 原本題下有小字注概述甄濟生平,據樓氏鐵崖詠史注本删。

② “柳城胡”二句:青照堂刊楊鐵崖詠史本作“柳城妖□心已非”。被:樓氏鐵
　　崖詠史注本作“披”。

③ “幕下客”二句:青照堂刊楊鐵崖詠史本作“幕下書客山中歸”一句。

④ 有:青照堂刊楊鐵崖詠史本作“可無”。

⑤ 有:青照堂刊楊鐵崖詠史本作“亦有”。

⑥ “封刀呼”四句,青照堂刊楊鐵崖詠史本作“吾頭可斷,不可辱,鋒車驅來面黃

屋"三句。

⑦ 大唐天子館三司：青照堂刊楊鐵崖詠史本作"大燕天子孰推尊"。

## 【箋注】

〔一〕青巖山人：指甄濟，因其隱居衛州青巖山，故稱。舊唐書甄濟傳："甄濟字孟成，中山無極人，家於衛州。少孤，天寶中隱居衛州青岩山，人伏其操行，約不畋漁。採訪使安禄山表薦之，授試大理評事，充范陽郡節度掌書記。天寶末，安禄山有異志，謀以智免……至夜，僞嘔血疾不能支，遂舁歸。及禄山反，使僞節度使蔡希德領行戮者李挨等二人，封刀來召，察濟詐不起，即就戮。濟以左手書云：'去不得！'李挨持刀而前，濟引首以待，希德歔欷嗟歎之，曰：'李挨退。'以實病報禄山。後安慶緒亦使人至縣，強舁至東都安國觀。經月餘，代宗收東京，濟起，詣軍門上謁，乃送上都。肅宗館之於三司，使令受僞命官瞻望，以愧其心。"
〔二〕柳城胡：指安禄山。安禄山爲營州柳城人。
〔三〕綿上：位於今山西介休。春秋時晉臣介子推，曾隱於綿上山中。詳見史記晉世家。
〔四〕西山薇：先秦高士伯夷、叔齊故事。參見鐵崖先生古樂府卷一紫芝曲。

# 白將軍①〔一〕

白將軍，躍如虎，突如鶻，長橛②雙飛勢飄忽。天子大將在河陽，金刀小龍敢逆勃！將軍挺身獨出奇，誓折龍角如折枝。匹馬如龍亂流出③，攬陣不用千熊羆。白將軍一呼④（去聲）皆雙裂，生龍斷之馬上歸，目光射人滴盟⑤血。史家（思明⑥）有人來劫我，亦曰李郎（日越）驍將可〔二〕。火⑦船萬炬撒中流，鐵騎千蹄攢柵左〔三〕。大將門前拜颷旗〔四〕，大軍小配多雄雌⑧。嗚呼，白將軍，驍有爲⑨，蕭摩訶解捉健兒何足奇〔五〕（摩訶，胡僧也⑩）！

## 【校】

① 原本題下有小字注，簡述相關史實，據樓氏鐵崖詠史注本刪。
② 橛：青照堂刊楊鐵崖詠史本作"槊"。

③ 出：青照堂刊楊鐵崖詠史本作“去”。

④ 白將軍一呼：青照堂刊楊鐵崖詠史本作“白將軍，氣一嘆”。

⑤ 目光：樓氏鐵崖詠史注本作“日光”。人：青照堂刊楊鐵崖詠史本作“星”。
盟：青照堂刊楊鐵崖詠史本作“黑”。

⑥ 此小字注原本無，據青照堂刊楊鐵崖詠史本增補。下同。

⑦ 火：青照堂刊楊鐵崖詠史本作“大”。

⑧ 大軍小配多：青照堂刊楊鐵崖詠史本作“官軍小醜分”。雄雌：原本作“雌
雄”，據樓氏鐵崖詠史注本、青照堂刊楊鐵崖詠史本改。

⑨ 有爲：原本作“且奇”，據青照堂刊楊鐵崖詠史本改。

⑩ 蕭摩訶解捉健兒何足奇：原本作“誰説摩訶捉健兒”，據青照堂刊楊鐵崖詠史
本改補。又，青照堂本小字注作“大力胡僧”。

## 【箋注】

〔一〕白將軍：白孝德。舊唐書白孝德傳：“白孝德，安西胡人也。驍悍有膽力，
乾元中，事李光弼爲偏裨。史思明攻河陽，使驍將劉龍仙率鐵騎五千臨城
挑戰。龍仙捷勇自恃，舉右足加馬鬣上，嫚罵光弼……光弼乃招孝德前，
問曰：‘可乎？’曰：‘可。’光弼問：‘所要幾何兵？’孝德曰：‘可獨往耳。’光
弼壯之。終問所欲，對曰：‘願選五十騎於軍門爲繼，兼請大軍鼓譟以增氣
勢，他無所用。’……龍仙去十步與之言，褻罵如初。孝德息馬伺便，因瞋
目曰：‘賊識我乎？’龍仙曰：‘誰耶？’曰：‘我，國之大將白孝德也。’龍仙
曰：‘是何猪狗！’孝德發聲虓噉，持矛躍馬而搏之。城上鼓譟，五十騎繼
進。龍仙矢不暇發，環走堤上。孝德追及，斬首，攜之而歸，賊徒大駭。”

〔二〕“史家”二句：資治通鑑卷二百二十一唐紀三十七肅宗乾元二年：“（光弼）
還河陽，留兵千人，使部將雍希顥守其柵，曰：‘賊將高庭暉、李日越、喻文
景，皆萬人敵也，思明必使一人來劫我。我且去之，汝待於此。若賊至，勿
與之戰。降，則與之俱來。’……思明果謂李日越曰：‘李光弼長於憑城，今
出在野，此成擒矣。汝以鐵騎宵濟，爲我取之。不得，則勿返。’日越將五
百騎，晨至柵下，希顥阻壕休卒，吟嘯相視。日越怪之，問曰：‘司空在乎？’
曰：‘夜去矣。’‘兵幾何？’曰：‘千人。’‘將誰？’曰：‘雍希顥。’日越默計久
之，謂其下曰：‘今失李光弼，得希顥而歸，吾死必矣，不如降也。’遂請降。”

〔三〕“火船”二句：資治通鑑卷二百二十一唐紀三十七肅宗乾元二年：“（史）思
明有良馬千餘匹，每日出，於河南渚浴之，循環不休，以示多。光弼命索軍
中牝馬，得五百匹，繫其駒於城內。俟思明馬至水際，盡出之，馬嘶不已，

思明馬悉浮渡河，一時驅之入城。思明怒，列戰船數百艘，泛火船於前而隨之，欲乘流燒浮橋。光弼先貯百尺長竿數百枚，以巨木承其根，氈裏鐵叉置其首，以迎火船而叉之。船不得進，須臾自焚盡。又以叉拒戰船，於橋上發礮石擊之，中者皆沉没。賊不勝而去。"

〔四〕颭旗：資治通鑑卷二百二十一唐紀三十七肅宗乾元二年："光弼令諸將曰：'爾曹望吾旗而戰，吾颭旗緩，任爾擇利而戰；吾急颭旗三至地，則萬衆齊入，死生以之，少退者斬！'……光弼連颭其旗，諸將齊進致死，呼聲動天地，賊衆大潰。"

〔五〕蕭摩訶：南北朝時陳朝名將。通鑑紀事本末卷二十四陳伐齊："（吳明徹率軍伐齊）齊師選長大有膂力者爲前隊，號蒼頭、犀角、大力，其鋒甚銳，又有西域胡，善射，弦無虛發，衆軍尤憚之。辛酉，戰于呂梁。將戰，吳明徹謂巴山太守蕭摩訶曰：'若殪此胡，則彼軍奪氣，君才不減關羽矣。'……摩訶飲畢，馳馬衝齊軍。胡挺身出陳前十餘步，彀弓未發，摩訶遥擲銑鋧，正中其額，應手而仆。齊軍大力十餘人出戰，摩訶又斬之。於是齊軍大敗。"

# 李五父〔一〕

李輔國以閹豎竊定策功，遂肆橫逆，專制朝政。玄宗以遷〔二〕，張后以弒①〔三〕，肅宗以驚殞〔四〕，其爲逆也大矣。代宗不奮皇威以加天討，乃假使者行盗之所爲〔五〕，不羞國柄哉！

李五父，高家奴（力士奴），一日尊尚父〔六〕，乃勝高老②薈〔七〕（音"查"）。飛龍牝雞兒，西内兵謀相表裏〔八〕。坐阿亨③，非孝子〔九〕。（太上皇謂力士言："兒用輔國，不得終孝矣〔十〕。"）牝已戮，妖尚容，誓告太廟誅元兇，胡爲盗兒割顱投溷中！

【校】

① 弒：樓氏鐵崖詠史注本作"殺"。

② 老：樓氏鐵崖詠史注本作"家"。

③ 亨：原本作"享"，據樓氏鐵崖詠史注本改。

## 【箋注】

〔一〕李五父：李輔國。舊唐書李輔國傳：“李輔國，本名静忠，閑厩馬家小兒。少爲閹，貌陋，粗知書計。爲僕，事高力士……中貴人不敢呼其官，但呼‘五郎’。宰相李揆，山東甲族，位居台輔，見輔國執子弟之禮，謂之‘五父’。”

〔二〕玄宗以遷：新唐書李輔國傳：“輔國素微賤，雖暴貴，力士等猶不爲禮，怨之，欲立奇功自固……輔國因妄言於帝曰：‘太上皇居近市，交通外人，玄禮、力士等將不利陛下，六軍功臣反側不自安，願徙太上皇入禁中。’……自是太上皇怏怏不豫，至棄天下。”

〔三〕張后以弑：新唐書李輔國傳：“張皇后數疾其顓，帝寢疾，太子監國，后召太子，將誅輔國及程元振，太子不從，更召越王、兗王圖之。元振告輔國，即伏兵凌霄門，迎太子，伺變，是夜捕二王及中人朱輝光、馬英俊等，囚之，而殺后他殿。”

〔四〕“肅宗”句：張皇后等人被李輔國殺害，唐肅宗驚恐而崩。詳見新唐書肅宗本紀。

〔五〕“代宗”二句：新唐書李輔國傳：“自輔國徙太上皇，天下疾之。帝在東宮積不平，既嗣位，不欲顯戮，遣俠者夜刺殺之，年五十九，抵其首溷中，殊右臂，告泰陵。然猶秘其事，刻木代首以葬，贈太傅，謚曰‘醜’。後梓州刺史杜濟以武人爲牙門將，自言刺輔國者。”

〔六〕尚父：指李輔國。新唐書李輔國傳：“代宗立，輔國等以定策功，愈跋扈……帝矍然欲剪除，而憚其握兵，因尊爲‘尚父’，事無大小率關白，群臣出入皆先詣輔國。”

〔七〕高老耆：指高力士。新唐書高力士傳：“肅宗在東宮，兄事力士，它王、公主呼爲翁，戚里諸家尊曰‘耆’。”

〔八〕“飛龍”二句：謂李輔國與張良娣合謀篡權。資治通鑑卷二百一十九唐紀三十五肅宗至德二載：“李輔國本飛龍小兒……見張良娣有寵，陰附會之，與相表裏。建寧王倓數於上前詆訐二人罪惡，二人譖之於上。”又，張氏與李輔國謀徙上皇於西内等等，詳見新唐書肅宗廢后庶人張氏傳。

〔九〕“坐阿亨”二句：意爲李輔國之禍源於唐肅宗，肅宗没能聽從其父玄宗告誡。亨：指唐肅宗李亨。唐肅宗初名嗣昇，封陝王。又更名紹。天寶三載，又更名亨。參見新唐書肅宗本紀。

〔十〕太上皇：指唐玄宗。唐玄宗謂高力士語，詳見新唐書李輔國傳。

# 哥奴冢[一]　李林甫

　　哥奴沉蠱上皇十九年,至天寶,天下一敗而不可救,養成胡虜十四年不調,幾易唐祚。雖鹽肉醢骨,無以伸天下共憤。諸將克長安,必發其冢。帝乃曰:“此賊昔日百方危朕。”敕諸將焚骨揚灰,而以李泌言遂止[二]。善夫胡氏之論曰[三]:“肅宗當按誅王敦故事,跪而斬之,以謝天下。獨憾危己,是以天子讐匹夫也,不亦褊乎!”予責泌贊肅不能行是舉也。

　　李哥奴,之死不勝誅,阿釗私忿斲棺取含珠[四]。如何嗣皇帝,又以天子讐匹夫。元兇跪斬有典故[五],白衣相國乃使恢弘聖德酬私顧[六]。

## 【箋注】

〔一〕哥奴:李林甫小字。其生平詳見新唐書奸臣傳。上皇:指唐玄宗。資治通鑑綱目卷四十四:“(李林甫)凡在相位十九年,養成天下之亂,而上不之寤也。”

〔二〕“帝乃曰”四句:新唐書李泌傳:“初,帝在東宮,李林甫數構譖,勢危甚,及即位,怨之,欲掘冢焚骨。泌以天子而念宿嫌,示天下不廣,使脅從之徒得釋言於賊。帝不悦,曰:‘往事卿忘之乎?’對曰:‘臣念不在此。上皇有天下五十年,一旦失意,南方氣候惡,且春秋高,聞陛下録故怨,將内慚不懌,萬有一感疾,是陛下以天下之廣不能安親也。’帝感悟,抱泌頸以泣曰:‘朕不及此。’”

〔三〕胡氏:指南宋胡安國。胡安國撰資治通鑑舉要補遺,朱熹資治通鑑綱目有所選録。資治通鑑綱目卷四十四上:“胡氏曰:林甫之罪,不可勝誅矣。肅宗若數其蒙蔽專權,妬疾忠賢,養成禍亂,致上皇播越、宗廟塗炭。按誅王敦故事,跪而斬之,以伸天下之憤,何不可之有! 顧獨憾其危己,是以天子而讐匹夫,不亦褊乎! 天下,大物也,非器足以容,必不勝任。肅宗雖克復兩京,而遂失河北,豈非器小而然耶!”

〔四〕阿釗:指楊國忠。楊國忠原名釗。新唐書奸臣傳:“(楊)國忠素銜林甫,及未葬,陰諷禄山暴其短。禄山使阿布思降將入朝,告林甫與思約爲父子,有異謀。事下有司,其壻楊齊宣懼,妄言林甫厭祝上,國忠劾其姦。帝怒,詔林甫淫祀厭勝,結叛虜,圖危宗社,悉奪官爵,斲棺剔取含珠金紫,更以小椑,用庶人禮葬之。"

〔五〕"元兇"句:指斬殺王敦。王敦爲東晉權臣,舉兵叛亂。晉書王敦傳:"有司議曰:'王敦滔天作逆,有無君之心,宜依崔杼、王凌故事,剖棺戮尸,以彰元惡。'於是發瘞出尸,焚其衣冠,跽而刑之。"

〔六〕白衣相國:指李泌。參見本卷白衣山人。


# 免胄行〔一〕

　　予謂子反、華元之平〔二〕,春秋非之。羊、陸交歡,君子謂非純臣之事〔三〕。涇陽之急,子儀單騎見虜,可謂奇功①,然非萬全之筭②也。

　　葉子高,胡不胄? 國人望君如望母〔四〕。郭子儀,胡不胄? 虜人見君如見斗。涇陽鐵騎合如山,已無唐家天可汗。老臣鬚眉忽在眼,萬口萬歲③呼平安。大酋投戈④拜馬下,諭以言語酋喏喏⑤。馬上呼聲⑥銀海翻,滴酒誓如刑白馬〔五〕。人生一誠裂金石,誰道⑦犬狼心不測。嗚呼尚父不免胄〔六〕,安得胡兒⑧叙甥舅〔七〕!

## 【校】

① 功:樓氏鐵崖詠史注本作"勳"。
② 筭:樓氏鐵崖詠史注本作"策"。
③ 歲:青照堂刊楊鐵崖詠史本作"壽"。
④ 戈:青照堂刊楊鐵崖詠史本作"地"。
⑤ 喏喏:樓氏鐵崖詠史注本、青照堂刊楊鐵崖詠史本作"諾諾"。
⑥ 聲:青照堂刊楊鐵崖詠史本作"酒"。
⑦ 道:樓氏鐵崖詠史注本作"謂"。
⑧ 胡兒:青照堂刊楊鐵崖詠史本作"回鶻"。

## 【箋注】

〔一〕免胄:郭子儀事。新唐書郭子儀傳:"懷恩盡説吐蕃、回紇、党項、羌、渾、奴剌等三十萬,掠涇、邠,躪鳳翔,入醴泉、奉天,京師大震……天子自將屯苑中,急召子儀屯涇陽,軍纔萬人。比到,虜騎圍已合……身自率鎧騎二千出入陣中。回紇怪問:‘是謂誰?’報曰:‘郭令公。’驚曰:‘令公存乎?懷恩言天可汗棄天下,令公即世,中國無主,故我從以來。公今存,天可汗存乎?’報曰:‘天子萬壽。’回紇悟曰:‘彼欺我乎!’……子儀將出,左右諫:‘戎狄野心不可信。’子儀曰:‘虜衆數十倍,今力不敵,吾將示以至誠。’左右請以騎五百從,又不聽。即傳呼曰:‘令公來!’虜皆持滿待。子儀以數十騎出,免冑見其大酋曰:‘諸君同艱難久矣,何忽亡忠誼而至是邪?’回紇捨兵下馬拜曰:‘果吾父也。’子儀即召與飲,遺錦綵結歡,誓好如初。”

〔二〕子反、華元之平:指春秋時楚國司馬子反與宋大臣華元以誠相待而講和。公羊傳宣公十五年:“夏,五月,宋人及楚人平……莊王圍宋,軍有七日之糧爾,盡此不勝,將去而歸爾。於是使司馬子反乘堙而闚宋城,宋華元亦乘堙而出見之。司馬子反曰:‘子之國何如?’華元曰:‘憊矣。’曰:‘何如?’曰:‘易子而食之,析骸而炊之。’司馬子反曰:‘嘻!甚矣憊。雖然,吾聞之也,圍者,柑馬而秣之,使肥者應客,是何子之情也?’華元曰:‘吾聞之,君子見人之厄則矜之,小人見人之厄則幸之。吾見子之君子也,是以告情于子也。’司馬子反曰:‘諾。勉之矣!吾軍亦有七日之糧爾,盡此不勝,將去而歸爾。’揖而去之……故君子大其平乎己也。此皆大夫也,其稱人何?貶。曷爲貶?平者在下也。”

〔三〕羊、陸:指西晉名臣羊祜、孫吳大將陸抗,二人爲敵對將領卻又交好。宋唐庚撰三國雜事:“晉陽秋曰:‘孫皓聞羊、陸和交,以詰於抗……或以祜、抗爲失臣節,兩譏之。’親仁善隣者,國家之事;出奇克敵者,將帥之職。羊、陸以將帥之職而修國家之事,此論者所以譏其失節也。”

〔四〕葉子高:春秋時楚國大臣,賜爵爲公,或稱葉公。左傳哀公十六年:“葉公亦至,及北門,或遇之,曰:‘君胡不冑?國人望君如望慈父母焉。盜賊之矢若傷君,是絶民望也。若之何不冑?’乃冑而進。又遇一人曰:‘君胡冑?國人望君如望歲焉,日日以幾,若見君面,是得艾也。民知不死,其亦夫有奮心,猶將旌君以徇於國,而又掩面以絶民望,不亦甚乎!’乃免冑而進。”

〔五〕刑白馬:指用白馬血摻酒,飲酒結盟。漢書匈奴傳:“(韓)昌、(張)猛與單于及大臣俱登匈奴諾水東山,刑白馬,單于以徑路刀金留犁撓酒,以老上單于所破月氏王頭爲飲器者共飲血盟。”

〔六〕尚父:指郭子儀。據新唐書郭子儀傳,德宗嗣位,詔子儀還朝,賜號“尚父”。

〔七〕"安得"句：新唐書郭子儀傳："（子儀）曰：'吐蕃本吾舅甥國，無負而來，
　　棄親也。馬牛被數百里，公等若倒戈乘之，若俯取一芥，是謂天賜，不可
　　失。且逐戎得利，與我繼好，不兩善乎？'會懷恩暴死，群虜無所統一，遂
　　許諾。"

# 奴材篇①〔一〕

　　郭家兒，皆奴材。孝謹幸有曜〔二〕，獨異膏粱胎。乳母子，驕且侈。
壯哉②都虞侯，杖殺長安市。邠③州留後小尚書（郭晞），白日殺人縱虎
貙。郭家子，材非奴，明朝受教段都虞（段秀實）〔三〕。

## 【校】

① 青照堂刊楊鐵崖詠史本題作奴材。又，青照堂本載奴材詩兩首，本篇爲第
　　一首。
② 壯哉：原本無，據青照堂刊楊鐵崖詠史本、懺華庵叢書本增補。
③ "邠州"之"邠"，原本作"汾"，據樓氏鐵崖詠史注本、青照堂刊楊鐵崖詠史
　　本改。

## 【箋注】

〔一〕奴材：郭子儀自評其子語。資治通鑑卷二百二十四唐紀四十大曆三年：
　　"（二月）甲午，郭子儀禁無故軍中走馬。南陽夫人乳母之子犯禁，都虞侯
　　杖殺之。諸子泣訴於子儀，且言都虞侯之橫，子儀叱遣之。明日，以事語
　　僚佐而歎息曰：'子儀諸子，皆奴材也。不賞父之都虞侯而惜母之乳母子，
　　非奴材而何！'"按：郭子儀妻封南陽夫人。
〔二〕曜：新唐書郭曜傳："（郭子儀長子）曜性沈静，資貌瑰傑。累從節度府辟
　　署，破虜有功，爲開陽府果毅都尉……子儀專征伐，曜留治家事，少長無間
　　言。諸弟或飾池館，盛車服，曜獨以朴簡自處。"
〔三〕"邠州留後"五句：指子儀子檢校尚書郭晞胡作非爲。新唐書段秀實傳：
　　"時郭子儀爲副元帥居蒲，子晞以檢校尚書領行營節度使，屯邠州，士放縱
　　不法……白晝群行丐頡於市，有不嗛，輒擊傷市人，椎釜鬲甕盎盈道，至撞
　　害孕婦……（郭）晞出，秀實曰：'副元帥功塞天地，當務始終。今尚書恣

卒爲暴,使亂天子邊,欲誰歸罪? 罪且及副元帥。今邠惡子弟以貨竄名軍籍中,殺害人,藉藉如是,幾日不大亂? 亂由尚書出。人皆曰尚書以副元帥故不戰士,然則郭氏功名,其與存者有幾!'晞再拜曰:'公幸教晞,願奉軍以從。'即叱左右皆解甲,令曰:'敢譁者死!'"

# 晉州男子①〔一〕

白衣山人不言事〔二〕(泌),成都司録下法吏〔三〕(李少良言元載,杖死)。晉州男子不怕死,痛哭一書三十字。諸道監,諸州團,豈勝老魅據朝端。胡椒鍾乳甲乙藏,南珍北貨金銀山〔四〕。八位堂〔五〕,萬年縣,臭襪填咽不一嚥〔六〕。晉男子,解括麻,賜衣闕下拜官家。

## 【校】

① 原本題下有小字注,概述相關史實,據樓氏鐵崖詠史注本删。

## 【箋注】

〔一〕晉州男子:指郇謨。新唐書李少良傳:"大曆八年,有晉州男子郇謨以麻總髮,持竹笥、葦席,行哭長安東市。人問之,曰:'我有字三十,欲以獻上,字言一事,即不中,以笥貯尸,席裹而棄之。'京兆以聞,帝召見,賜以衣,館内客省,問狀,多譏切(元)載。其言'團'者,願罷諸州團練使;其言'監'者,請罷諸道監軍,大抵類此。先是,天下兵興,凡要州權署團練、刺史,載用事,授刺史者悉帶團練以悦人心,故謨指而刺云。"

〔二〕白衣山人:指李泌。參見本卷白衣山人。

〔三〕成都司録:舊唐書李少良傳:"李少良者,以吏用,早從使幕,因職遷殿中侍御史。罷,游京師,干謁權貴。時元載專政,所居第宅崇侈,子弟縱横,貨賄公行,士庶咸嫉之。少良怨不見用,乘衆怒以抗疏上聞。留少良於禁内客省,少良友人韋頌因至禁門訪少良,少良漏其言,頌不慎密,遂爲載備知之,乃奏少良狂妄,詔下御史臺訊鞫……少良以泄禁中奏議,制使陸珽同伏罪。"按:資治通鑑稱李少良爲"成都司録"。

〔四〕"胡椒"二句:新唐書元載傳:"大曆十二年三月庚辰,仗下,帝御延英殿,遣左金吾大將軍吳湊收載及王縉,繫政事堂……乃下詔賜載自盡……籍其家,鍾乳五百兩,詔分賜中書、門下臺省官,胡椒至八百石,它物稱是。"

〔五〕八位堂:蓋指元載宅第。八位,指朝廷高官。元高文秀雜劇須賈大夫誶范叔第四折:"白身一跳到關西,坐都堂便登八位。"

〔六〕"萬年縣"二句:通鑑紀事本末卷三十二元載專權:"乃賜載自盡於萬年縣。載請主者:'願得快死。'主者曰:'相公須受少污辱,勿怪。'乃脱穢韤塞其口而殺之。"


# 汝州公〔一〕

　　建中四年,李希烈據許。時宰相關播以李元平爲有攘寇才,拜爲汝州公。柳子惟深颺言於朝,曰:"是夫喋喋,衒玉賈石。王衍誤天下,殷浩敗中軍,今之衍、浩也。"盜襲汝州,縛汝州公歸見希烈,便液污地。希烈大罵曰:"盲宰相以汝當我!"嘻,世之大言無實者,使不敗,何以辨才之真偽乎!

　　石以玉縤,梟以鳳吭兮。衍誤相,浩誤兵(叶"邦")兮。莽襲旦,操襲昌兮。嗚呼,汝甸茫茫①兮,汝公悵悵,往者莫咎兮,來者未央。

## 【校】

① 茫茫:原本及樓氏鐵崖詠史注本皆作"范范",據史義拾遺卷下汝州公辭改。

## 【箋注】

〔一〕本詩評述中唐以大言欺人者李元平,與史義拾遺卷下汝州公辭近似,可參看。


# 顔太師〔一〕 騷體

　　君子論顔二烈,禄山成於前,盧杞成於後。世道不幸,風紀之幸也。予獨悼建中之君,爲兩相所蔽而不少悟焉,何也?李元平,妄人也,信關播以爲將相之才,而使之敵①希烈;顔真卿,貞人也,信杞以爲談説之客,而使之喻希烈。元平爲賊輔,而真卿爲賊殺。<u>建中</u>之君，烏得不蒙塵於<u>奉天</u>。抑於太師有憾也：<u>李泌</u>度其君(<u>肅宗</u>)不能保己之不傾而高舉，故獲免。<u>盧</u>鬼亂政之時，齒且八袞矣，吾不知太師之不去何待耶！舐血之訴，觸其所惡聞，吾又不知太師之市恩何屑屑耶！卒以餘齒陷於死地，借頰舌之力，免軍旅之勞，其究如此。讀其史，悲其時，而爲之些云：

嗚呼，鳳凰不翔兮，鴟鴞肆其強梁。麒麟中傷兮，豈云異夫犬羊！君子之與小人兮，水火不相容(叶"王")。危吾族其無類②兮，固以業業於<u>汾陽</u>(<u>子儀</u>)。棄仆射於瓊崖兮(<u>楊炎</u>)，豈不感予之類傷。嗟夫子決於火坎③乎，蓍之行藏。嗟嗟夫子兮烈煌煌，些夫子兮死不亡。

## 【校】

① 敵：<u>樓氏</u><u>鐵崖詠史注</u>本作"獻"。
② 類：<u>樓氏</u><u>鐵崖詠史注</u>本作"賴"。
③ 坎：<u>樓氏</u><u>鐵崖詠史注</u>本作"坑"。

## 【箋注】

〔一〕本詩評述并褒揚<u>顏真卿</u>，與<u>史義拾遺</u>卷下<u>顏太師</u>些近似，可參看。


# 藍面鬼①〔一〕


<u>藍面鬼</u>，陰且袜(音"媚"②)。<u>郭家姬</u>，群走避③〔二〕，天子見之殊嫵媚。<u>藍面鬼</u>，泚操兵〔三〕，鬼遣使〔四〕(<u>吳漵</u>)，鬼淩兢④，尚持天⑤柄殺<u>崔寧</u>〔五〕。嗚呼⑥，救駕將軍謁⑦天子，奸一排，數千里⑧。<u>藍面鬼</u>⑨，<u>澧州</u>死〔六〕。

## 【校】

① 原本題下有小字注，概述相關史實，據<u>樓氏</u><u>鐵崖詠史注</u>本删。
② <u>青照堂刊楊鐵崖詠史</u>本小字注作"險媚"。
③ "<u>郭家姬</u>"二句：<u>青照堂刊楊鐵崖詠史</u>本作"<u>郭家諸姬</u>群走避"一句。
④ "<u>藍面鬼</u>"四句：<u>青照堂刊楊鐵崖詠史</u>本作"<u>藍面鬼</u>，大無情，<u>奉天</u>犇播鬼淩

兢”三句。

⑤ 天：<u>青照堂</u>刊<u>楊鐵崖詠史</u>本作“大”。

⑥ 嗚呼：原本無，據<u>青照堂</u>刊<u>楊鐵崖詠史</u>本增補。

⑦ 謁：<u>青照堂</u>刊<u>楊鐵崖詠史</u>本作“見”。

⑧ 奸一排，數千里：<u>青照堂</u>刊<u>楊鐵崖詠史</u>本作“君臣相歡似魚水，似魚水”。

⑨ <u>青照堂</u>刊<u>楊鐵崖詠史</u>本於“藍面鬼”下多“何申”兩字。

## 【箋注】

〔一〕藍面鬼：指<u>盧杞</u>。<u>舊唐書·盧杞傳</u>：“<u>杞</u>貌陋而色如藍，人皆鬼視之。”

〔二〕“<u>郭家姬</u>”二句：指<u>郭子儀</u>令姬妾退避<u>盧杞</u>。<u>舊唐書·盧杞傳</u>：“<u>建中</u>初，徵爲御史中丞。時尚父<u>子儀</u>病，百官造問，皆不屏姬侍；及聞<u>杞</u>至，<u>子儀</u>悉令屏去，獨隱几以待之。<u>杞</u>去，家人問其故，<u>子儀</u>曰：‘<u>杞</u>形陋而心險，左右見之必笑。若此人得權，即吾族無類矣。’”

〔三〕<u>泚</u>：指<u>朱泚</u>。曾任<u>隴右</u>節度使，<u>唐德宗 建中</u>年間反叛，擁兵自立，稱帝。

〔四〕遣使：<u>新唐書·吳溆傳</u>：“<u>吳溆</u>者，<u>章敬皇后</u>之弟。……<u>朱泚</u>反，<u>盧杞</u>、<u>白志貞</u>皆謂<u>泚</u>有功，不宜首難，得大臣一人持節慰曉，惡且悛。<u>德宗</u>顧左右，無敢行，<u>溆</u>曰：‘陛下不以臣亡能，願至賊中諭天子至意。’帝大悦。<u>溆</u>退，謂人曰：‘吾知死無益而決見賊者，人臣食禄死其難所也。方危時，安得自計？且不使陛下恨下無犯難者。’……而<u>泚</u>業僭逆，故留<u>溆</u>客省不遣，卒被害。”

〔五〕殺崔寧：<u>新唐書·盧杞傳</u>：“帝出<u>奉天</u>，<u>杞</u>與<u>關播</u>從。後數日，<u>崔寧</u>自賊中來，以播遷事指<u>杞</u>，<u>杞</u>即誣<u>寧</u>反，帝殺之。”

〔六〕“救駕將軍”五句：謂<u>盧杞</u>阻撓“救駕將軍”<u>李懷光</u>謁見皇帝，以致貶死。<u>新唐書·盧杞傳</u>：“<u>李懷光</u>自<u>河北</u>還，數破賊，<u>泚</u>解去……<u>杞</u>懼，即譖帝曰：‘<u>懷光</u>勳在宗社，賊憚之破膽，今因其威，可一舉而定。若許來朝，則犒賜留連，賊得哀整殘餘爲完守計，圖之實難，不如席勝使平京師，破竹之勢也。’帝然之。詔<u>懷光</u>無朝，進屯<u>便橋</u>。<u>懷光</u>自以千里勤難，有大功，爲姦臣沮間，不一見天子，内怏怏無所發，遂謀反，因暴言<u>杞</u>等罪惡。士議譁沸，皆指目<u>杞</u>，帝始寤，貶爲<u>新州</u>司馬……乃詔爲<u>澧州</u>別駕……<u>杞</u>遂死<u>澧州</u>。”

# 破桐葉〔一〕

上再三欲全<u>懷光</u>，使<u>泌</u>招之。<u>懷光</u>父子懼上無信，而深信<u>泌</u>

者也。泌曾不以救駕大功原其逼駕之惡〔二〕,何也?泌能成就馬
燧〔三〕,其成就懷光,又何難哉!此破桐葉詩,吾未平於泌也。

　　一虎在河中〔四〕,一虎在河東〔五〕。河中棄虎虎滅族〔六〕,河東諭虎
虎成功。嗚呼鬼谷子〔七〕,教君破葉桐,何如斲珪教周公〔八〕!

【箋注】

〔一〕破桐葉:新唐書李泌傳:"時李懷光叛,歲又蝗旱,議者欲赦懷光。帝博問
　　群臣,泌破一桐葉附使以進,曰:'陛下與懷光,君臣之分不可復合,如此葉
　　矣!'由是不赦。"

〔二〕救駕大功:指朱泚反叛,李懷光屢屢戰勝之。參見本卷藍面鬼注。

〔三〕成就馬燧:指用馬燧戰勝李懷光。

〔四〕一虎在河中:指李懷光。新唐書李懷光傳:"有詔以懷光爲太子太保,許
　　其麾下擇功高者一人統其兵。不奉詔。懷光至河中,取同、絳二州,按兵
　　觀望。京師平,命給事中孔巢父、中人啖守盈召之,皆爲懷光帳下所害,於
　　是繕兵嚴守。帝乃遣渾瑊討之。"按:李懷光被迫謀反"逼駕",參見本卷
　　藍面鬼注。

〔五〕一虎在河東:指馬燧。新唐書馬燧傳:"帝還京,李懷光反河中,詔燧爲河
　　東保寧、奉誠軍行營副元帥,與渾瑊、駱元光合兵討之……于時天下蝗,兵
　　艱食,物貨翔踊,中朝臣多請宥懷光者,帝未決。燧以'懷光逆計久,反覆
　　不可信。河中近甸,捨之屈威靈,無以示天下'。……不閱月,河中平。遷
　　光禄大夫,兼侍中。"

〔六〕河中棄虎:新唐書李懷光傳:"(馬)燧拔絳州,諸軍遂圍河中。貞元元年
　　八月,朔方部將牛名俊斬懷光,傳首以獻……初,懷光死,其子瑊盡殺其弟
　　乃死,故懷光無後。"

〔七〕鬼谷子:指李泌。參見本卷白衣山人注。

〔八〕教周公:指周公教成王。柳宗元集卷四桐葉封弟辯:"古之傳者有言,成
　　王以桐葉與小弱弟,戲曰:'以封汝。'周公入賀,王曰:'戲也。'周公曰:
　　'天子不可戲。'乃封小弱弟於唐。"又,史記晉世家:"成王與叔虞戲,削桐
　　葉爲珪以與叔虞,曰:'以此封若。'史佚因請擇日立叔虞。成王曰:'吾與
　　之戲爾。'史佚曰:'天子無戲言。言則史書之,禮成之,樂歌之。'於是遂封
　　叔虞於唐。"

# 孔巢父①〔一〕

巢父,字弱翁,孔子三十七世孫。辨而才,爲魏博宣慰使。見田悦〔二〕,與言逆順利害,開曉其衆,皆喜曰:"不圖今日還爲王臣!"數日,田緒殺悦〔三〕。李懷光據河中〔四〕,帝復令宣慰,罷其兵。衆憤噪而合,乃害巢父。贈左②僕射。予讀杜甫送巢父詩〔五〕,未嘗不高其節。惜以專對才而死,不得爲竹溪之逸也〔六〕。

孔巢父,竹溪流,竹溪之水可飲牛〔七〕,胡爲去③干肉食謀!孔巢父,盍歸來(叶)?河北虎幸斃〔八〕,河中虎方威④〔九〕。孔巢父,不歸去。十年東海迷烟霧,釣竿空負珊瑚樹〔十〕。

## 【校】

① 青照堂刊楊鐵崖詠史本孔巢父,無詩序,然詩有兩首,本篇爲第一首。

② 左:樓氏鐵崖詠史注本作"右",誤。參見舊唐書孔巢父傳。

③ 去:樓氏鐵崖詠史注本作"乎"。

④ "河北虎"二句:青照堂刊楊鐵崖詠史本、懺華盦叢書本作"平生苦無專對才,魏州履虎幸虎斃,河中撩虎飼虎頞"三句。其中"平生苦無專對才"句,青照堂本脱"專"字。

## 【箋注】

〔一〕孔巢父:生平事迹詳見舊唐書孔巢父傳。其遇害於李懷光,參見本卷破桐葉。

〔二〕田悦:魏博節度使田承嗣侄,繼任魏博節度使。唐德宗建中初年反叛。兩唐書皆有傳。

〔三〕田緒:田悦從弟,田承嗣子。殺田悦後歸順大唐。兩唐書皆有傳。

〔四〕李懷光:參見本卷破桐葉。

〔五〕送巢父:指杜甫詩送孔巢父謝病歸游江東兼呈李白。

〔六〕"不得"句:意爲不能重返竹溪隱逸。

〔七〕"孔巢父"三句:指孔巢父年少時爲"竹溪六逸"之一。其中"竹溪之水可飲牛"句,意爲竹溪乃清隱之地。寓以許由洗耳潁濱、巢父牽牛飲於上游之典。參見高士傳卷上許由。又,舊唐書孔巢父傳:"巢父早勤文史,少時與韓準、裴政、李白、張叔明、陶沔隱於徂來山,時號‘竹溪六逸’。”

〔八〕河北虎:指田悦。

〔九〕河中虎:喻指李懷光。參見本卷破桐葉。

〔十〕“十年東海迷烟霧”二句:化用杜甫詩送孔巢父謝病歸游江東兼呈李白:“巢父掉頭不肯住,東將入海隨烟霧。詩卷長留天地間,釣竿欲拂珊瑚樹。”


# 陳醫者[一]

　　霍、顯使淳于衍毒許后[二],助逆也。陳仙奇使山甫毒李希烈,助順也。史臣不以酈寄誘呂禄①爲賣友[三],以其助漢取賊也。酈寄不以誘呂禄爲賣友,則仙奇②不以毒希烈爲賣主也。雖然,大將不討賊,而假手於哎咀之夫③[四],國柄可知已。

　　陳山甫,醫術活萬人④。爲國殺元⑤罪,汝醫非不仁。大將不擊賊,斧鉞養兇嚚。吁嗟山甫氏,刀圭上⑥麒麟[五]。豈比妖術謀全身,金匝甘露殺寶臣(李)⑦[六]!

## 【校】

① 呂禄:原本誤作“呂產”,徑爲改正。下同。
② 仙奇:原本作“山甫”,據青照堂刊楊鐵崖詠史本改。
③ 夫:青照堂刊楊鐵崖詠史本作“士”。
④ “陳山甫”二句:青照堂刊楊鐵崖詠史本作“醫術與函術,設心恐傷人”。
⑤ 元:青照堂刊楊鐵崖詠史本作“可”。
⑥ 上:原本作“土”,據青照堂刊楊鐵崖詠史本、懺華庵叢書本改。
⑦ “豈比妖術”二句:青照堂刊楊鐵崖詠史本無。

## 【箋注】

〔一〕陳醫者:陳山甫。資治通鑑卷二百三十二唐紀四十八德宗貞元二年:“希烈兵勢日蹙,會有疾,夏四月丙寅,大將陳仙奇使醫陳山甫毒殺之,因以兵襲誅其兄弟妻子,舉衆來降。”又,新唐書逆臣傳中:“(李希烈)啖牛肉而病,親將陳仙奇陰令醫毒之以死。”

〔二〕霍：當指西漢大將軍霍光子霍禹。顯：指霍光夫人顯，史載其名，姓氏則
　　不詳。淳于衍：女醫。漢書孝宣許皇后傳：“是時霍將軍有小女，與皇太
　　后有親。公卿議更立皇后，皆心儀霍將軍女，亦未有言……霍光夫人顯欲
　　貴其小女，道無從。明年，許皇后當娠，病。女醫淳于衍者，霍氏所愛，嘗
　　入宮侍皇后疾……即擣附子，齎入長定宮。皇后免身後，衍取附子并合大
　　醫大丸以飲皇后……遂加煩懣，崩。”按：據漢荀悦前漢紀孝宣紀二，霍光
　　夫人毒殺許皇后，事後才告訴霍禹。

〔三〕酈寄誘吕禄：參見史義拾遺卷上或問酈寄賣友。

〔四〕哎咀之夫：指行醫之人。

〔五〕刀圭：中藥量器名。此代指醫生。麒麟：閣名。參見麗則遺音卷二麒
　　麟閣。

〔六〕寶臣：新唐書李寶臣傳：“寶臣既貯異志，引妖人作讖兆，爲丹書、靈芝、朱
　　草，齋別室，築壇置銀盤、金匜、玉斝，猥曰：‘内産甘露神酒。’刻玉印，告其
　　下曰：‘天瑞自至。’衆莫敢辯者。妖人復言：‘當有玉印自天下，海内不戰
　　而定。’寶臣大悦，厚賫金帛。既而畏事露且誅，詐曰：‘公飲甘露液，可與
　　天神接。’密置堇于液，寶臣已飲即瘖，三日死。”


# 喜鵲兒〔一〕


　　喜鵲兒，朝飛禁中柳，暮宿省中梧。口銜天詔①報人喜，更學金雞
傳赦書〔二〕。胡爲乎？謗非謗，譽非譽，陰陽反覆搖天樞。宜亦有巢鳩
敢居②，錦江滑滑愁泥塗〔三〕。只不如，丈人烏〔四〕，巢不奪鳩居③，豈比
爾鵲愛憎及④除胥。

## 【校】

① 詔：青照堂刊楊鐵崖詠史本作“語”。
②“宜亦有”句：原本無，據青照堂刊楊鐵崖詠史本增補。
③ 巢不奪鳩居：青照堂刊楊鐵崖詠史本作“烏好人亦好，人好愛反烏”兩句。
④ 憎及：青照堂刊楊鐵崖詠史本作“鵲如”。

## 【箋注】

〔一〕喜鵲兒：指竇申。新唐書竇參傳：“俄以中書侍郎同中書門下平章事領度

支、鹽鐵使。每<u>延英</u>對，它相罷，<u>參</u>必留，以度支爲言，實專政也。然<u>參</u>無學術，不能稽古立事，惟樹親黨，多所詗察，四方畏之……<u>申</u>，其族子也，爲給事中，<u>參</u>親愛，每除吏多訪<u>申</u>，<u>申</u>因得招略，漏禁密語，故<u>申</u>所至，人目爲‘喜鵲’。帝聞，以戒<u>參</u>，且曰：‘是必爲累，不如斥之。’”

〔二〕金雞傳赦書：<u>宋</u> <u>趙昇</u> <u>朝野類要</u>卷一故事<u>金雞</u>：“大禮畢，車駕登樓，有司於<u>麗正門</u>下肆赦，即立金雞竿盤……蓋天文有天雞星，明則主人間有赦恩。”

〔三〕“宜亦有”二句：<u>新唐書</u> <u>竇參傳</u>：“初，<u>陸贄</u>與<u>參</u>不平，<u>吳通玄</u>兄弟皆在翰林，與<u>贄</u>軒輊不得，<u>申</u>舅嗣虢<u>王則</u>之與<u>通微</u>等善，遂共譖<u>贄</u>。帝得其姦，逐<u>申</u>爲<u>道州</u>司馬。不浹日，貶<u>參</u> <u>郴州</u>別駕……<u>參</u>竟賜死於<u>邕州</u>，年六十。而杖殺<u>申</u>。”巢鳩敚居，詩<u>召南</u> <u>鵲巢</u>：“維鵲有巢，維鳩居之。”毛傳：“鳲鳩不自爲巢，居鵲之成巢。”又，“<u>錦江</u>”句又用竹雞一名泥滑滑事。

〔四〕丈人烏：又稱“仁烏”。參見<u>陳善學</u>序刊<u>楊鐵崖</u>先生文集卷五<u>丈人烏</u>。

# 姚家有牙將<sup>①</sup>〔一〕

　　<u>姚</u>家有牙將，腰背<sup>②</sup>雙青萍〔二〕。追行<u>長樂驛</u>，夜殺<u>程務盈</u>。代表雪主罪，仗劍隨自刑。我歌古義烈，豈愧宮門到<sup>③</sup>〔三〕。

【校】

① <u>懺華庵叢書</u>本題下有小字注“<u>曹文洽</u>”。
② 背：<u>青照堂刊楊鐵崖詠史</u>本、<u>懺華庵叢書</u>本作“佩”。
③ <u>懺華庵叢書</u>本詩末有小字注“<u>田文客</u>也”。

【箋注】

〔一〕姚家牙將：<u>姚南仲</u>裨將<u>曹文洽</u>。<u>舊唐書</u> <u>姚南仲傳</u>：“（貞元）十六年，（薛）盈珍遣小使<u>程務盈</u>馳驛奉表，誣奏<u>南仲</u>陰事。<u>南仲</u>裨將<u>曹文洽</u>亦入奏事京師，伺知<u>盈珍</u>表中語。<u>文洽</u>私懷憤怒，遂晨夜兼道追<u>務盈</u>，至<u>長樂驛</u>及之，與同舍宿，中夜殺<u>務盈</u>，沉<u>盈珍</u>表於廁中，乃自殺。日旰，驛吏闢門，見血流塗地，旁得<u>文洽</u>二緘，一告于<u>南仲</u>，一表理<u>南仲</u>之冤，且陳首殺<u>務盈</u>。”

〔二〕青萍：寶劍名，此代指劍。

〔三〕“我歌古義烈”二句：<u>史記</u> <u>孟嘗君列傳</u>：“<u>孟嘗君</u>相<u>齊</u>，其舍人<u>魏子</u>爲<u>孟嘗君</u>收邑入，三反而不致一入。<u>孟嘗君</u>問之，對曰：‘有賢者，竊假與之，以故不致入。'孟嘗君怒而退魏子。居數年,人或毀孟嘗君於齊湣王曰:'孟嘗君將爲亂。'及田甲劫湣王,湣王意疑孟嘗君。孟嘗君乃奔。魏子所與粟賢者聞之,乃上書言孟嘗君不作亂,請以身爲盟,遂自到宮門以明孟嘗君。"

# 柿林院〔一〕

蒲博士①,書筭備,雙②入東宮如駆蚤〔二〕。麻鞋天子瘖且聾〔三〕(順宗),小牝一鳴天日蒙〔四〕。博士前殿,書備後院③。結交死友〔五〕,標題私讖④。劉柳文章,伊周廟廊⑤〔六〕。柳州蛇〔七〕,朗州瘴〔八〕(叶)。中風郎⑥〔九〕,夫婦高眠金櫃⑦床〔十〕。

## 【校】

① 博士: 青照堂刊楊鐵崖詠史本作"博工"。下同。

② 雙: 青照堂刊楊鐵崖詠史本作"雙雙"。

③ "博士前殿"二句: 青照堂刊楊鐵崖詠史本作"博工侍前殿,書備入後院"。

④ "結交死友"二句: 青照堂刊楊鐵崖詠史本作"結交死黨十一人,將相標題出私讖"。

⑤ "劉柳文章"二句: 青照堂刊楊鐵崖詠史本作"可憐工文章,曰伊曰周隨汝狂"。

⑥ 中風郎: 青照堂刊楊鐵崖詠史本作"只不如中風郎"。

⑦ 櫃: 原本作"匣",據青照堂刊楊鐵崖詠史本、懺華庵叢書本改。

## 【箋注】

〔一〕本詩評述王伾、王叔文等人在柿林院與太子(即唐順宗李誦)結黨營私事。柿林院: 位於長安皇宮。參見宋宋敏求撰長安志卷六宮室四。

〔二〕"蒲博士"三句: 蒲博士,指王叔文。蒲博,樗蒲博弈,古代一種博戲。此指王叔文善棋。書算備,指王伾。資治通鑑卷二百三十六唐紀五十二德宗貞元十九年:"初,翰林待詔王伾善書,山陰王叔文善棋,俱出入東宮,娛侍太子。伾,杭州人也。叔文譎詭多計,自言讀書知治道,乘間常爲太子言民間疾苦。太子嘗與諸侍讀及叔文等論及宮市事……叔文曰:'……太子職當視膳問安,不宜言外事。陛下在位久,如疑太子收人心,何以自解!'太子大驚,因泣曰:'非先生,寡人無以知此。'遂大愛幸,與<u>王伾</u>相依附。"駏蛩,駏驉與蛩蛩,傳說中的異獸,形影不離,見<u>呂氏春秋不廣</u>。

〔三〕麻鞋天子:指<u>唐順宗　李誦</u>。<u>通鑑紀事本末</u>卷三十四<u>伾文用事</u>:"<u>德宗</u>崩……太子知人情憂疑,紫衣麻鞋,力疾出<u>九仙門</u>,召見諸軍使,京師粗安。……丙申,即皇帝位於<u>太極殿</u>。衛士尚疑之,企足引領而望之,曰:'真太子也。'乃喜而泣。時<u>順宗</u>失音,不能決事,常居深宮,施簾帷,獨宦官<u>李忠言</u>、昭容生氏侍左右。百官奏事,自帷中可其奏。自<u>德宗</u>大漸,<u>王伾</u>先入,稱詔召<u>王叔文</u>,坐翰林中使決事。<u>伾</u>以<u>叔文</u>意入言於<u>忠言</u>,稱詔行下,外初無知者。"

〔四〕小牝:指昭容<u>生氏</u>。

〔五〕結交死友:<u>新唐書　王叔文傳</u>:"<u>叔文</u>淺中浮表,遂肆言不疑,曰:'某可爲相,某可爲將,它日幸用之。'陰結天下有名士,而士之欲速進者,率諧附之,若<u>韋執誼</u>、<u>陸質</u>、<u>呂溫</u>、<u>李景儉</u>、<u>韓曄</u>、<u>韓泰</u>、<u>陳諫</u>、<u>柳宗元</u>、<u>劉禹錫</u>爲死友,而<u>凌準</u>、<u>程异</u>又因其黨進,出入詭秘,外莫得其端。"

〔六〕"劉、柳文章"二句:謂<u>劉禹錫</u>、<u>柳宗元</u>依附於<u>王叔文</u>、<u>王伾</u>等。<u>資治通鑑</u>卷二百三十六<u>唐紀</u>五十二<u>順宗　永貞元年</u>:"(二月)壬戌,以殿中丞<u>王伾</u>爲左散騎常侍,依前翰林待詔,<u>蘇州</u>司功<u>王叔文</u>爲起居舍人、翰林學士。<u>伾</u>寢陋、吳語,上所褻狎;而<u>叔文</u>頗任事自許,微知文義,好言事,上以故稍敬之,不得如<u>伾</u>出入無阻。<u>叔文</u>入至翰林,而<u>伾</u>入至柿林院,見<u>李忠言</u>、<u>牛昭容</u>計事。大抵<u>叔文</u>依<u>伾</u>,<u>伾</u>依<u>忠言</u>,<u>忠言</u>依<u>牛昭容</u>,轉相交結……日夜汲汲如狂,互相推獎,曰伊、曰周、曰管、曰葛,僩然自得,謂天下無人。"

〔七〕<u>柳州</u>:<u>柳宗元</u>貶謫地。<u>柳宗元</u>於元和十年徙爲<u>柳州</u>刺史,世號<u>柳柳州</u>。參見<u>新唐書柳宗元傳</u>。蛇:<u>柳宗元</u>有捕蛇者説。

〔八〕<u>朗州</u>:<u>劉禹錫</u>貶謫地。<u>新唐書　劉禹錫傳</u>:"<u>憲宗</u>立,<u>叔文</u>等敗,<u>禹錫</u>貶<u>連州</u>刺史,未至,斥<u>朗州</u>司馬。州接<u>夜郎</u>諸夷。"

〔九〕中風郎:指<u>王伾</u>。<u>資治通鑑</u>卷二百三十六<u>唐紀</u>五十二<u>順宗　永貞元年</u>:"自<u>叔文</u>歸第,<u>王伾</u>失據,日詣宦官及<u>杜佑</u>請起<u>叔文</u>爲相,且總北軍;既不獲,則請以爲威遠軍使、平章事,又不得,其黨皆憂悸不自保。是日,<u>伾</u>坐翰林中,疏三上,不報,知事不濟,行且卧,至夜,忽叫曰:'<u>伾</u>中風矣!'明日,遂輿歸不出。"

〔十〕"夫婦"句:<u>新唐書　王伾傳</u>:"當其黨盛,門皆若沸羹,而<u>伾</u>尤通天下賕謝,日月不閡。爲巨匱,裁竅以受珍,使不可出,則寢其上。"又,<u>資治通鑑</u>卷二百三十六唐紀五十二順宗永貞元年："伾尤闒茸，專以納賄爲事，作大匱貯金帛，夫婦寢其上。"

# 行行臨賀尉①〔一〕

行行臨賀尉，親友絕送迎。門客徐晦氏，獨餞藍田亭。明朝舉監察，驚動太常卿〔二〕。取舍兩不失，允矣李中丞〔三〕。

【校】

① 原本題下有小字注，概述相關史實，據樓氏鐵崖詠史注本删。

【箋注】

〔一〕臨賀尉：指楊憑。新唐書楊憑傳："（憑）入拜京兆尹。與御史中丞李夷簡素有隙，因劾憑江西姦贓及它不法……憲宗以憑治京兆有績，但貶臨賀尉。……憑所善客徐晦者，字大章，第進士、賢良方正，擢櫟陽尉。憑得罪，姻友憚累，無往候者，獨晦至藍田慰餞。宰相權德輿謂曰：'君送臨賀誠厚，無乃爲累乎？'晦曰：'方布衣時，臨賀知我，今忍遽棄邪？有如公異時爲姦邪譖斥，又可爾乎？'德輿歎其直，稱之朝。李夷簡遽表爲監察御史，晦過謝，問所以舉之之由。夷簡曰：'君不負楊臨賀，肯負國乎！'"

〔二〕太常卿：即權德輿。權德輿元和初年任太常卿。

〔三〕李中丞：即李夷簡。李夷簡於元和年間任御史中丞。生平詳見新唐書本傳。

# 山棚客〔一〕 中岳寺僧圓静

漢壽客〔二〕，刺以酤（費褘）。黔州客〔三〕，刺以淫（謝祐）。諸葛相，機最深，冗①牆急遁幾成禽〔四〕。如何東門萬大栿，白日馬頭飛劍落〔五〕。飈風一道捲塵來，緋衣小兒驚墜塹〔六〕。山棚客，客亦神，十日大索長安民。不知客已出蒲津〔七〕，空殺恒州十四人〔八〕。

【校】

① 冗：樓氏鐵崖詠史注本作“沉”。

【箋注】

〔一〕山棚客：指李師道所養刺客。新唐書李師道傳：“又有説師道曰：‘上雖志討蔡，謀皆出宰相，而武元衡得君，願爲袁益事……’乃使人殺元衡，傷裴度。初，師道置邸東都，多買田伊闕、陸渾間，以舍山棚，遣將訾嘉珍、門察部分之，嵩山浮屠圓静爲之謀。”又，新唐書吕元膺傳：“東畿西南通鄧、虢，川谷曠深，多麋鹿，人業射獵而不事農，遷徙無常，皆趫悍善鬥，號曰‘山棚’。”

〔二〕漢壽客：指三國時刺殺醉酒費褘之郭脩。參見陳善學序刊楊鐵崖先生文集卷二費尚書注。

〔三〕黔州客：指唐武則天時暗殺謝祐之刺客。參見本卷謝祐頭。

〔四〕“諸葛相”三句：指諸葛亮識破曹魏刺客，刺客越墙而逃。參見陳善學序刊楊鐵崖先生文集卷二費尚書。

〔五〕“白日”句：資治通鑑卷二百三十九唐紀五十五憲宗元和十年：“六月癸夘，天未明，(武)元衡入朝，出所居靖安坊東門，有賊自暗中突出射之，從者皆散走，賊執元衡馬行十餘步而殺之，取其顱骨而去。”

〔六〕“緋衣”句：新唐書裴度傳：“王師討蔡，以度視行營諸軍……王承宗、李師道謀緩蔡兵，乃伏盜京師，刺用事大臣，已害宰相元衡，又擊度，刃三進，斷靴，刺背裂中單，又傷首，度冒氈，得不死。哄導駭伏，獨騶王義持賊大呼，賊斷義手。度墜溝，賊意已死，因亡去。”

〔七〕蒲津：關名，渡黃河、通秦晉之要道。

〔八〕“空殺”句：資治通鑑卷二百三十九唐紀五十五憲宗元和十年：“(六月)戊申，詔中外所在搜捕，獲賊者賞錢萬緡，官五品；敢庇匿者，舉族誅之。於是京城大索，公卿家有複壁、重橑者皆索之。成德軍進奏院有恒州卒張晏等數人，行止無狀，衆多疑之。庚戌，神策將軍王士則等告王承宗遣晏等殺元衡。吏捕得晏等八人……戊辰，斬晏等五人，殺其黨十四人，李師道客竟潛匿亡去。”

## 興橋行〔一〕　李祐

蔡州三葉驕乳虎〔二〕，興橋柵中虎猶怒〔三〕。鄧唐節度在朗山〔四〕

（愬），誰能縛虎生致取！ 文城 白狗破喉衿〔五〕（一柵名），興橋鐵壁高千尋。畎秋壯士三百匹，不料野騎成生禽。夜深解縛節度府，授以六院吾無猜〔六〕（使祐爲六院兵馬使）。大雪陣中鵝鸛開，將軍坎壖入中穴（李祐、李忠義鏨其城爲坎以先登），素旗白馬從天來〔七〕。古來豺虎化心腹，潛出盧龍下綿竹〔八〕（魏用田疇，破①蜀用田章）。平淮誰是第一功〔九〕，尚書僕射封涼國〔十〕。

## 【校】

① 破：原本無，徑補。參見注釋。

## 【箋注】

〔一〕興橋：柵名，李愬於此擒李祐。

〔二〕蔡州三葉：指吳少誠、吳少陽、吳元濟，此三人先後擔任蔡州叛軍主帥。詳見舊唐書吳少誠傳。按：少誠、少陽爲堂兄弟，元濟乃少陽長子。蔡州：今河南 汝南。

〔三〕興橋柵中虎：指李祐。李祐爲蔡州吳元濟帳下牙將，駐守興橋柵，驍勇善戰。舊唐書有傳。

〔四〕“鄧唐節度”句：指隨唐鄧節度使李愬襲取朗山。新唐書李愬傳：“憲宗討吳元濟……愬求自試，宰相李逢吉亦以愬可用，遂檢校左散騎常侍，爲隨唐鄧節度使……於是繕鎧厲兵，攻馬鞍山，下之，拔道口柵，戰嵁岈山，以取鑪冶城，入白狗、汶港柵，披楚城，襲朗山，再執守將。”

〔五〕文城、白狗：皆柵名。新唐書李愬傳：“平青陵城，禽票將丁士良，異其才，不殺，署捉生將。士良謝曰：‘吳秀琳以數千兵不可破者，陳光洽爲之謀也，我能爲公取之。’乃禽以獻。於是秀琳舉文城柵降。遂以其衆攻吳房。”

〔六〕“夜深”二句：新唐書李愬傳：“初，秀琳降，愬單騎抵柵下與語，親釋縛，署以爲將。秀琳爲愬策曰：‘必破賊，非李祐無與成功者。’祐，賊健將也，守興橋柵……祐果輕出，用誠禽而還。諸將素苦祐，請殺之，愬不聽……愬乃令佩刀出入帳下，署六院兵馬使。六院者，隨、唐兵也，凡三千人，皆山南奇材銳士，故委祐統之。祐捧檄嗚咽，諸將乃不敢言，由是始定襲蔡之謀矣。”

〔七〕“大雪”三句：新唐書李愬傳：“元和十一年十月己卯，師夜起，祐以突將三千爲前鋒，李忠義副之，愬率中軍三千……夜半至懸瓠城，雪甚，城旁皆鵝

鷙池，愬令擊之，以亂軍聲。賊恃吳房、朗山戍，晏然無知者。祐等坎墉先
登，衆從之……黎明，雪止，愬入駐元濟外宅，蔡吏驚曰：‘城陷矣！’元濟尚
不信。”

〔八〕潛出盧龍：指曹操用田疇而北征烏丸。三國志魏書田疇傳：“太祖令疇將
其衆爲鄉導，上徐無山，出盧龍，歷平岡，登白狼堆，去柳城二百餘里，虜乃
驚覺。單于身自臨陣，太祖與交戰，遂大斬獲，追奔逐北，至柳城。”　下綿
竹：指魏用鍾會、鄧艾破蜀，田章爲先鋒。詳見三國志魏書鄧艾傳、鍾
會傳。

〔九〕淮：此指蔡州。蔡州屬淮西節度使。

〔十〕“尚書”句：新唐書李愬傳：“有詔進檢校尚書左僕射、山南東道節度使，封
涼國公。”


# 石忠烈〔一〕


按羅隱作傳云〔二〕，石孝忠者，生長韓、魏間，有膂力。少時偷
雞盜狗，州里苦之。後折節事李愬，爲愬①前驅。元和中，天子用
裴丞相征蔡，愬與光顏、重胤②皆受丞相節制〔三〕。明年蔡平，刑部
侍郎韓愈撰碑〔四〕，專歸大丞相。孝忠見其文，大恚怒，因作力推
其碑，吏不能止，乃執詣節度使，命具獄，將斃之碑下。孝忠度必
死，乃佯卧地，若不勝按驗狀。吏就詰之，孝忠伺隙用枷尾拉殺
之。上聞之，使送闕下。及至，問曰：“汝推碑殺吏，爲何？”對曰：
“臣一死未足塞責，今得面天顏一言，赤族無恨。臣事李愬歲久，
平蔡之日，臣在軍前。吳秀琳〔五〕，蔡之奸賊，愬降之；李祐〔六〕，蔡
之驍將，愬禽之；爪牙脱落而元濟縛。今刻石紀功，盡歸承相，而
愬名第與光顏、重胤齒。愬固無言，不幸更有一淮西，其將如愬
者，復肯爲陛下用乎？賞不當功，罰不當罪〔七〕，非陛下所以勸人
也。臣惟③碑不惟明愬績，亦將爲陛下正賞罰之源。臣不搥碑，
無以爲吏禽；臣不殺吏，無以見陛下。臣死不容時矣，請就刑。”
帝既得淮西本末，且多其義，遂赦之，因命曰“忠烈”。復召段學
士撰碑〔八〕，如孝忠語④。余曰：“石乃雞狗奴耳，敢以一死易主碑，
亦力士中一奇事也。”因詩以見仆碑事，非特愬妻之力也。

淮西碑(叶),千尺立龜趺。司馬大手筆[九],點竄古典謨,千載不可磨(叶)。石力士,雞狗奴,金椎椎碎石,不怕天子誅,天子貸厥辜。段學士,石重書,力士爾非雞狗奴。

## 【校】

① 爲愬：原本無，據樓氏鐵崖詠史注本增補。

② 胤：樓氏鐵崖詠史注本作“允”。下同。

③ 惟：樓氏鐵崖詠史注本作“推”，當從。

④ 語：樓氏鐵崖詠史注本作“言”。

## 【箋注】

〔一〕石忠烈：指李愬軍先鋒將領石孝忠。

〔二〕羅隱作傳：指羅隱所撰説石烈士（載唐文粹卷一百）。羅隱，餘杭人。曾佐錢鏐軍幕。工詩，有盛名。舊五代史有傳。

〔三〕光顏：指李光顏。重胤：“胤”或作“允”，即烏重允。李光顏、烏重允時爲淮西行營大將，參見舊唐書裴度傳。

〔四〕韓愈：舊唐書韓愈傳：“詔愈撰平淮西碑，其辭多叙裴度事。時先入蔡州擒吳元濟，李愬功第一，愬不平之。愬妻出入禁中，因訴碑辭不實，詔令磨愈文。憲宗命翰林學士段文昌重撰文勒石。”

〔五〕吳秀琳：原爲吳元濟帳下大將，後歸降於李愬。參見本卷興橋行。

〔六〕李祐：參見本卷興橋行。

〔七〕“賞不當功”二句：荀子正論：“德不稱位，能不稱官，賞不當功，刑不當罪，不祥莫大焉。”

〔八〕段學士：翰林學士段文昌。段文昌字墨卿，西河人。武元衡女壻。舊唐書有傳。

〔九〕司馬：指韓愈。當時韓愈受命於裴度，任行軍司馬。大手筆：唐李商隱韓碑：“愬武古通作牙爪，儀曹外郎載筆隨。行軍司馬智且勇，十四萬衆猶虎貔。入蔡縛賊獻太廟，功無與讓恩不訾。……帝曰汝度功第一，汝從事愈宜爲詞。愈拜稽首蹈且舞，金石刻畫臣能爲。古者世稱大手筆，此事不繫於職司，當仁自古有不讓，言訖屢頷天子頤。公退齋戒坐小閣，濡染大筆何淋漓。點竄堯典舜典字，塗改清廟生民詩。”

# 韓宣慰[一]

　　王庭湊圍牛元翼於深州，詔愈至境，觀事勢，勿遽入。愈曰：
“止，君之仁；死，臣之義。”遂往。庭湊拔刀弦弓以逆①之。及館，
甲士羅於庭。庭湊曰：“所以紛紛者，乃此曹所爲，非庭湊心。”愈
屬聲曰：“天子以尚書有將帥才，故賜之節鉞，不知尚書乃不能與
健兒語。”甲士前曰：“先太師爲國擊走朱滔[二]，血衣猶在，此軍何
負朝廷，乃以爲賊？”愈曰：“汝曹尚能記先太師，則善矣。自禄
山、思明、元濟爲逆者[三]，子孫今有尚在②者乎？田令公以魏博歸
朝廷[四]，子孫孩提皆爲美官。王承元以北軍歸朝廷[五]，弱冠建
節。劉悟、李祐皆爲節度使[六]。汝曹亦聞之乎？”庭湊曰：“今侍
郎來，欲何爲？”愈曰：“神策諸將③如牛元翼者不少，朝廷顧大體，
不可棄之耳。尚書何爲圍之不置？”湊曰：“即當出之。”因與宴，
禮而歸之。未幾，元翼出深州。夫愈之舌，端可謂有專對之才
矣，宜其有以悦服庭湊，異於孔、顏諸公也[七]。

　　唐家虎穴生王畿，顏公孔公俱不歸（真卿、巢父）。韓公鎮州去，虎
口尤可危。於乎韓公天下奇，正論不數柏拾遺④[八]。鱷溪⑤爲我徙雷
雨，衡山爲我開烟霏[九]。況爾稱人類，太師留血衣，片言爲爾析是非，
老虎嘯中失突圍⑥。元相國，何能爲，奇節欲擧于家兒[十]。

## 【校】

① 逆：樓氏鐵崖詠史注本作“迎”。

② 在：樓氏鐵崖詠史注本作“存”。

③ 諸將：樓氏鐵崖詠史注本作“將軍”。

④ 原本“柏拾遺”以下有小字注，概述柏耆事迹。據樓氏鐵崖詠史注本删。

⑤ 溪：樓氏鐵崖詠史注本作“魚”。

⑥ 圍：原本作“固”，據懺華庵叢書本改。

## 【箋注】

〔一〕韓宣慰：指韓愈。按：當時韓愈爲宣慰使，出使深州，欲説服王庭湊罷兵。

通鑑紀事本末卷三十四河朔再叛："王庭湊圍牛元翼於深州,官軍三面救之,皆以乏糧不能進……深州圍益急,朝廷不得已,（穆宗長慶二年）二月甲子,以庭湊爲成德節度使,軍中將士官爵皆復其舊,以兵部侍郎韓愈爲宣慰使……韓愈既行,衆皆危之。詔愈至境更觀事勢,勿遽入。愈曰：'止,君之仁;死,臣之義。'遂往。"

〔二〕先太師：指王庭湊養父王武俊。王武俊爲契丹人,官至檢校太尉兼中書令,贈太師。生平事迹詳見舊唐書王武俊傳、王庭湊傳。朱滔：朱泚弟。朱泚稱帝,朱滔爲幽州節度使。新唐書有傳。

〔三〕禄山：指安禄山。思明：指史思明。二人生平詳見新唐書逆臣傳。元濟：姓吳,蔡州叛軍主帥。參見本卷興橋行。

〔四〕田令公：指田弘正。田弘正以藩鎮魏博歸順於唐,官至檢校司徒兼中書令、鎮州大都督府長史。舊唐書有傳。

〔五〕王承元：成德節度使王武俊之孫,承宗之弟。新唐書有傳。

〔六〕劉悟：原爲平盧節度使李師道部將,後歸降於唐。舊唐書劉悟傳："元和末,憲宗既平淮西,下詔誅師道……擒師道并男二人,并斬其首以獻。擢拜悟檢校工部尚書兼御史大夫、義成軍節度使,封彭城郡王。"李祐：參見本卷興橋行。

〔七〕孔：指孔巢父,參見本卷孔巢父。顔：指顔真卿,參見史義拾遺卷下顔太師些。孔巢父、顔真卿游説均未成功,遭叛軍殺害。

〔八〕柏拾遺：指柏耆。舊唐書柏耆傳："會王承宗以常山叛,朝廷厭兵,欲以恩澤撫之。耆於蔡州行營以書干裴度,請以朝旨奉使鎮州,乃自處士授左拾遺。既見承宗,以大義陳説,承宗泣下,請質二男,獻兩郡。由是知名。"

〔九〕"鱷溪"二句：源於蘇軾文。蘇軾潮州韓文公廟碑："故公之精誠,能開衡山之雲,而不能回憲宗之惑。能馴鱷魚之暴,而不能弭皇甫鎛、李逢吉之謗。"

〔十〕"元相國"三句：謂宰相元稹思立奇功,用其友于方計策,反致貶官。新唐書元稹傳："未幾,進同中書門下平章事,朝野雜然輕笑,稹思立奇節報天子以厭人心。時王庭湊方圍牛元翼於深州,稹所善于方言：'王昭、于友明皆豪士,雅游燕、趙間,能得賊要領,可使反間而出元翼。願以家賞辦行,得兵部虚告二十,以便宜募士。'稹然之。李逢吉知其謀,陰令李賞訹裴度曰：'于方爲稹結客,將刺公。'度隱不發。神策軍中尉以聞,詔韓皋、鄭覃及逢吉雜治,無刺度狀,而方計暴聞,遂與度偕罷宰相,出爲同州刺史。"

## 卷二十一 陳善學序刊楊鐵崖先生文集卷四之上

## 甘露行〔一〕

　　史臣以"甘露之變",仇士良殺訓、注,自是天下事皆決於北司〔二〕,宰相行文書而己。予謂甘露無變,訓、注無誅,唐禍將有甚於閹輩①者〔三〕。讀史至此,雖②不能不咎太和之君倚托非人〔四〕,遂至喋血禁門,乘輿幾踣,然訓、注二兇因此斬剟無遺,殆天假手此輩③耳。涯(王)、餗(賈)、元輿(舒)、孝本(李)④輩,駢首就戮〔五〕,皆二兇之黨,何足惜之⑤! 涯臨終猶咎王璠:"昔不漏言,必無今日〔六〕。"嗚呼,君子知二兇之禍敗必極於此,又何尤於璠也哉!

　　石榴林,甘露降,白棓⑥夜匿丹鳳門,皂璫⑦曉集金吾仗〔七〕。王氏婢⑧(守澄),仇氏奴〔八〕(士良),天子一怒何足誅。王山人〔九〕(訓),鹿裘子〔十〕(注),天子養成雙鑿齒〔十一〕。逐三相,進百官,鑿齒⑨不滅麟鳳無時還。鳳翔茶〔十二〕(注殺於鳳翔張仲清茶次),長安柳〔十三〕(訓腰斬於長安獨柳樹下),天殺二兇天假手,嗚呼⑩,王家五帝何足咎〔十四〕!

## 【校】

① 輩:青照堂刊楊鐵崖詠史本作"奴"。

② 雖:樓氏鐵崖詠史注本無此字,原本作"誰",據青照堂刊楊鐵崖詠史本改。

③ 輩:青照堂刊楊鐵崖詠史本作"變"。

④ 自"涯"至"孝本",此四人姓氏小字注原本無,據青照堂刊楊鐵崖詠史本增補。其中"舒"字原誤作大字,徑改。

⑤ 惜之:青照堂刊楊鐵崖詠史本作"恤哉"。

⑥ 棓:原本作"梧",據青照堂刊楊鐵崖詠史本、懺華庵叢書本改正。

⑦ 璫:原本作"襠",據青照堂刊楊鐵崖詠史本、懺華庵叢書本改。

⑧ 婢:青照堂刊楊鐵崖詠史本作"奴"。

⑨ 鑿齒:青照堂刊楊鐵崖詠史本作"鑿山齒"。

⑩ 嗚呼:原本無,據青照堂刊楊鐵崖詠史本增補。

## 【箋注】

〔一〕甘露：指甘露之變。唐文宗與李訓、舒元輿、鄭注等謀誅宦官，太和九年（八三五）十一月，以觀甘露爲名，試圖一網打盡，事洩而敗。李訓、鄭注、舒元輿及王涯、賈餗等遭宦官仇士良腰斬梟首。資治通鑑卷二百四十五唐紀六十一文宗太和九年：“始，鄭注與李訓謀，至鎮，選壯士數百，皆持白棓，懷其斧，以爲親兵……（十一月）壬戌，上御紫宸殿，百官班定，韓約不報平安，奏稱：‘左金吾聽事後石榴夜有甘露，臣遞門奏訖。’……訓奏：‘臣與衆人驗之，殆非真甘露，未可遽宣布，恐天下稱賀。’上曰：‘豈有是邪？’顧左右中尉仇士良、魚志弘帥諸宦者往視之。宦者既去，訓遽召郭行餘、王璠曰：‘來受勅旨。’璠股栗不敢前，獨行餘拜殿下。時二人部曲數百，皆執兵立丹鳳門外……俄風吹幕起，見執兵者甚衆，又聞兵仗聲，士良等驚駭走出。”

〔二〕北司：指宦官。新唐書劉蕡傳：“宦人握兵，橫制海内，號曰‘北司’。”

〔三〕“予謂甘露無變”三句：意爲李訓、鄭注一旦得勢，禍患尤烈。資治通鑑綱目卷四十九：“司馬公曰：‘……涯、餗安高位，飽重禄；訓、注小人，窮奸究險，力取將相，已乃與之比肩，不以爲恥，國家危殆，不以爲憂，自謂得保身之良策矣。若使人人如此而無禍，則奸臣孰不願之哉！一旦禍生不虞，足折形剧，蓋天誅之也，士良安能族之哉！’”

〔四〕太和之君：指唐文宗李昂。

〔五〕按：王涯、賈餗、舒元輿、王璠、李孝本，甘露之變後均遭殺戮。五人新唐書皆有傳。

〔六〕王璠：官至户部尚書。甘露之變前，奉李訓命招募豪俠。事變後闔家被誅。通鑑紀事本末卷三十五宦官弑逆：“（王）璠知見紿，涕泣而行。至左軍，見王涯曰：‘二十兄自反，胡爲見引？’涯曰：‘五弟昔爲京兆尹，不漏言於王守澄，豈有今日邪？’璠俛首不言。”

〔七〕“皂璠”句：通鑑紀事本末卷三十五宦官弑逆：“士良等命左右神策副使劉泰倫、魏仲卿等各帥禁兵五百人，露刃出閤門討賊。……又遣騎各千餘出城追亡者，又遣兵大索城中。”

〔八〕王氏婢：指王守澄。　仇氏奴：指仇士良。參見史義拾遺卷下鄭注論。

〔九〕王山人：指李訓。舊唐書李訓傳：“自言與鄭注善，逢吉以爲然，遺訓金帛珍寶數百萬，令持入長安，以賂注。注得賂甚悦，乘間薦于中尉王守澄，乃以注之藥術、訓之易道，合薦于文宗。守澄以訓縗粗，難入禁中，帝令訓戎服,號<u>王山人</u>,與<u>注</u>入内。”

〔十〕鹿裘子:<u>鄭注</u>。<u>資治通鑑</u>卷二百四十五<u>唐紀</u>六十一<u>文宗太和</u>九年:“(八月)丁丑,以太僕卿<u>鄭注</u>爲工部尚書,充翰林侍講學士。<u>注</u>好服鹿裘,以隱淪自處。”

〔十一〕雙鑿齒:喻指<u>鄭注</u>、<u>李訓</u>。鑿齒:獸名。害人,爲<u>羿</u>所誅殺。參見<u>淮南子本經訓</u>。

〔十二〕鳳翔茶:<u>資治通鑑</u>卷二百四十五<u>唐紀</u>六十一<u>文宗太和</u>九年:“(<u>鄭</u>)注知(<u>李</u>)訓已敗,復還<u>鳳翔</u>。<u>仇士良</u>等使人齎密敕授<u>鳳翔</u>監軍<u>張仲清</u>,令取<u>注</u>……<u>注</u>恃其兵衛,遂詣<u>仲清</u>。(押牙<u>李</u>)<u>叔和</u>稍引其從兵,享之於外,<u>注</u>獨與數人入。既啜茶,<u>叔和</u>抽刀斬<u>注</u>。”

〔十三〕長安柳:<u>資治通鑑</u>卷二百四十五<u>唐紀</u>六十一<u>文宗太和</u>九年:“左神策出兵三百人,以<u>李訓</u>首引<u>王涯</u>、<u>王璠</u>、<u>羅立言</u>、<u>郭行餘</u>,右神策出兵三百人,擁<u>賈餗</u>、<u>舒元輿</u>、<u>李孝本</u>,獻於廟社,徇於兩市。命百官臨視,腰斬於獨柳之下,梟其首於<u>興安門</u>外。親屬無問親疏皆死,孩穉無遺,妻女不死者没爲官婢。”

〔十四〕王家五帝:指<u>穆宗</u>、<u>敬宗</u>、<u>文宗</u>、<u>武宗</u>、<u>宣宗</u>。按<u>新唐書</u>卷八爲上述五帝本紀,卷末贊曰:“甘露之事,禍及忠良,不勝冤憤,飲恨而已……嗚呼,自是而後,<u>唐</u>衰矣!”


# 封刀行①〔一〕


<u>會昌</u>天子仇浮屠〔二〕,毁天下寺四萬四千六百區。<u>大秦</u>穆護祆僧盡歸俗②,<u>五臺</u>髡衆奔<u>幽都</u>。使君亦機警(<u>仲武</u>),封刀掛闕無入境,胡爲主客郎中猶有請(<u>韋博</u>)!君不見山棚刺客殺<u>武相</u>〔三〕,八十妖僧搥③折脛〔四〕。

【校】

① 原本題下與篇末有小字注,概述相關史實,據<u>樓氏鐵崖詠史</u>注本删。
② <u>大秦</u>穆護祆僧盡歸俗:原本作“穆護妖僧盡歸族”,據<u>青照堂</u>刊<u>楊鐵崖詠史</u>本改。
③ 妖:<u>青照堂</u>刊<u>楊鐵崖詠史</u>本作“祆”。　搥:<u>樓氏鐵崖詠史</u>注本作“捶”。

【箋注】

〔一〕封刀：指幽州長史張仲武封刀禁止游僧入境。資治通鑑卷二百四十八唐紀六十四武宗會昌五年：“五臺僧多亡奔幽州。李德裕召進奏官謂曰：‘汝趣白本使，五臺僧爲將必不如幽州將，爲卒必不如幽州卒，何爲虛取容納之名，染於人口！ 獨不見近日劉從諫招集無算閑人，竟有何益！’張仲武乃封二刀付居庸關，曰：‘有游僧入境則斬之。’主客郎中韋博以爲事不宜太過，李德裕惡之，出爲靈武節度副使。”

〔二〕會昌天子：指唐武宗李炎。資治通鑑卷二百四十八唐紀六十四武宗會昌五年：“上惡僧尼耗蠹天下，欲去之……乃先毀山野招題、蘭若，上都、東都兩街各留二寺，每寺留僧三十人；天下節度、觀察使治所及同、華、商、汝州各留一寺，分爲三等：上等留僧二十人，中等留十人，下等五人。餘僧及尼并大秦穆護、祆僧皆勒歸俗。寺非應留者，立期令所在毀撤……詔陳釋教之弊，宣告中外。凡天下所毀寺四千六百餘區，歸俗僧尼二十六萬五百人，大秦穆護、祆僧二千餘人，毀招提、蘭若四萬餘區。”

〔三〕山棚刺客殺武相：指李師道豢養刺客殺宰相武元衡。參見陳善學序刊楊鐵崖先生文集卷三山棚客注。

〔四〕八十妖僧：指嵩山僧圓靜。新唐書李師道傳：“初，師道置邸東都，多買田伊闕、陸渾間，以舍山棚，遣將訾嘉珍、門察部分之，嵩山浮屠圓靜爲之謀。……圓靜者，年八十餘，嘗爲史思明將，驍悍絕倫。既執，力士椎其脛，不能折。罵曰：‘豎子，折人脚且不能，乃曰健兒！’因自置其足折之。且死，歎曰：‘敗吾事，不得見洛城流血！’”

# 就死謠〔一〕

溫書生，筆如銳兵，文如建瓴。天策將軍求節鉞，書生抱筆死，誓不草表生〔二〕。揮戈曳戟犯闕庭，何物狗子干天刑〔三〕（周重）！

【箋注】

〔一〕本詩評述唐末書生溫庭皓。舊唐書文苑傳下：“（溫庭筠）弟庭皓，咸通中爲徐州從事，節度使崔彥魯爲龐勛所殺，庭皓亦被害。”

〔二〕“天策將軍”三句：謂溫庭皓拒絕爲龐勛撰寫奏表，慷慨赴死。天策將軍，指唐末兵變頭領龐勛。按：或謂溫庭皓抗旨獲釋，與舊唐書溫庭筠傳所述有異。通鑑紀事本末卷三十六龐勛之亂："勛召溫庭皓，使草表求節鉞。庭皓曰：'此事甚大，非頃刻可成，請還家徐草之。'勛許之。明旦，勛使趣之，庭皓來見勛曰：'昨日所以不即拒者，欲一見妻子耳。今已與妻子別，謹來就死。'勛熟視，笑曰：'書生敢爾，不畏死邪！龐勛能取徐州，何患無人草表。'遂釋之。"

〔三〕狗子：指周重。通鑑紀事本末卷三十六龐勛之亂："有周重者，每以才略自負，勛迎爲上客，重爲勛草表，稱：'臣之一軍，乃漢室興王之地……臣聞見利乘時，帝王之資也。臣見利不失，遇時不疑。伏乞聖慈，復賜旌節。不然揮戈曳戟，詣闕非遲。'"


# 牛頭阿旁〔一〕


路巖與韋保衡同相位，二人勢傾天下，時人目其黨爲"牛頭阿旁"，言如鬼陰惡可畏也。既而爭權有隙，保衡遂短巖於上，罷巖爲西川節度。出城之日，路人以瓦礫擲送。巖謂京兆尹薛能曰〔二〕："臨行煩以瓦礫爲餞。"能曰："爾來宰相出府司，無例發人防衛。"巖甚慚。夫巖之黨衆矣，南行，未聞有一阿旁護送者。得勢則附，失勢則離，宰相亦何樂養此輩哉！

咸通主〔三〕，嬉於荒。咸通相，肆厥狂。門下百①什牛頭旁。愛州叟〔四〕，敢論牛頭旁。明年劍南道〔五〕，瓦礫如雨不見牛頭旁②。

## 【校】

① 百：樓氏鐵崖詠史注本作"伯"。
② 原本詩末有小字注，概述相關史實，據樓氏鐵崖詠史注本删。

## 【箋注】

〔一〕牛頭阿旁：指路巖、韋保衡及其黨羽。參見本詩序文。
〔二〕薛能：字太拙，汾州人。生平見元辛文房唐才子傳卷七。
〔三〕咸通：唐懿宗年號，公元八六〇至八七四年。
〔四〕愛州叟：指陳蟠叟。新唐書路巖傳："始爲相時，委事親吏邊咸。會至德

令陳蟠叟奏書願請間言財利,帝召見,則曰:‘臣願破邊咸家,可佐軍興。’
帝問:‘咸何人?’對曰:‘宰相巖親吏也。’帝怒,斥蟠叟,自是人無敢言。”
又,資治通鑑卷二百五十一唐紀六十七懿宗咸通十年:“至德令陳蟠叟因
上書召對,言:‘請破邊咸一家,可贍軍二年。’……上怒,流蟠叟於愛州。”
按:愛州,天寶元年曾改爲九真郡,隸屬於嶺南道。參見太平寰宇記卷一
百七十一嶺南道。

〔五〕劍南道:指路巖就任西川節度所行之路。


# 光州民〔一〕


咸通末,光州逐刺史李弱翁。有補闕楊堪上言:“刺史不道,
百姓負冤,當訴於朝廷,實①諸典刑。豈得群聚擅自斥逐,亂上下
之分。此風殆不可長,宜加嚴誅,以懲來者!”予謂堪真腐儒。民
之所以敢亂分者,誰致哉! 吁,堪亦弱翁之流歟〔二〕!
光州民,無路叩天閽。呼天不應,叫地不聞。刺史又不仁,豺虎
我民。楊補闕,黨惡不黨民。君何怪,光州民!

## 【校】

① 實:樓氏鐵崖詠史注本作“置”。

## 【箋注】

〔一〕光州:今河南潢川。按:咸通末年百姓驅逐光州刺史李弱翁,楊堪上言,
　　爲之鳴冤叫屈。詳見資治通鑑卷二百五十二唐紀六十八懿宗咸通十一
　　年。楊堪:楊虞卿之子,韋昭度之舅。時任左補闕。參見資治通鑑卷二百
　　六十唐紀七十六。
〔二〕按:楊虞卿、楊堪父子乃鐵崖祖先。鐵崖不爲親者諱,直斥楊堪爲“腐
　　儒”,爲“弱翁之流”,確屬難得。參見鐵崖文集卷二先考山陰公實錄。


# 蠶頤津〔一〕


前年殺諫官,諫官死閹閹〔二〕。今年殺諫官,諫官死蠶頤。炎炎田

阿父〔三〕，豈畏兩拾遺？誓討阿父賊，賴有沙陀兒（克用）〔四〕。

## 【箋注】

〔一〕蠧頤津：在眉州眉山縣。新唐書田令孜傳："左拾遺孟昭圖請對，不召，因上疏極諫……疏入，令孜匿不奏，矯詔貶昭圖嘉州司户參軍，使人沈于蠧頤津。"

〔二〕"前年殺諫官"二句：指宦官田令孜殺害侯昌業。通鑑紀事本末卷三十七黄巢之亂："廣明元年春二月，左拾遺侯昌業以盗賊滿關東，而上不親政事，專務游戲，賞賜無度；田令孜專權無上，天文變異，社稷將危，上疏極諫。上大怒，召昌業至内侍省，賜死。"

〔三〕田阿父：新唐書田令孜傳："咸通時，歷小馬坊使。僖宗即位，擢令孜左神策軍中尉……始，帝爲王時，與令孜同卧起，至是以其知書能處事，又帝資狂昏，故政事一委之，呼爲'父'。"

〔四〕"誓討"二句：新唐書田令孜傳："養子匡祐宣慰河中，王重榮厚爲禮，匡祐傲甚，舉軍怒，重榮因數令孜罪，責其無禮……令孜自將討重榮，率邠寧朱玫、鳳翔李昌符，合鄜、延、靈、夏等兵凡三萬，壁沙苑。重榮説太原李克用連和，克用上書請誅令孜、玫，帝和之，不從。大戰沙苑，王師敗。玫走還邠州，與昌符皆耻爲令孜用，還與重榮合。神策兵潰還，略所過皆盡。克用逼京師，令孜計窮，乃焚坊市，劫帝夜啓開遠門出奔。"沙陀兒，指李克用。李克用本姓朱耶氏，其先隴右金城人。始祖拔野，唐貞觀中從太宗討高麗、薛延陁有功，爲金方道副都護，遂於沙陁府任職安家。父國昌，咸通中討龐勛有功，入爲金吾上將軍，賜姓李氏。詳見舊五代史唐武皇本紀。

# 唐孔目〔一〕

陳敬瑄討阡能及羅渾擎、句胡僧，梟三首之外，其①餘不戮一人。榜邛州，賊黨皆釋不問。未幾，邛州刺史申捕獲阡能叔父行全，請准法。瑄以問孔目官唐溪，溪對曰："公已榜勿問，而刺史復捕人，此必有故。今若殺之，豈惟明公失信，竊恐阡能之黨復起矣。"因詰其所以然。果行全有良田，刺史欲買而不得，故恨之耳。敬瑄將按刺史，刺史以憂卒。行全密餉溪金百兩，溪怒曰：

“此太師仁明，何預吾事！汝乃懷禍相餉乎！”還其金，斥使去。胡氏論曰[二]：“唐溪明足以燭奸，智足以守信，廉足以提身，使處敬瑄之位，阡能、韓秀昇、楊師立之禍[三]，何自而起哉！”（事見綱目僖宗中和二年。）

唐孔目，吏之師。邛州脅從法不治，太師條告民已知。邛州刺史挾其私，我法不宥法爾欺，刺史悷死莫具辭。罪家懷金謝孔目，孔目仁明推太師，懷金禍我將何爲！唐孔目，非吏師，王者師！

## 【校】

① 其：原本作“自”，據懹華庵叢書本改。

## 【箋注】

〔一〕唐孔目：陳敬瑄帳下孔目唐溪，事已見本詩序。陳敬瑄：宦官田令孜兄，唐僖宗時任西川節度使。中和二年（八八二）三月，邛州（今四川邛崍）阡能聚衆起事，其後蜀人羅渾擎、句胡僧等紛紛響應。陳敬瑄派遣高仁厚率軍征討，旋即剿滅。詳資治通鑑卷二百五十五唐紀七十一僖宗中和二年。

〔二〕胡氏：指南宋胡安國。胡安國撰資治通鑑舉要補遺，朱熹資治通鑑綱目有所選録。

〔三〕韓秀昇：涪州刺史。楊師立：劍南東川節度副大使。按：唐僖宗中和二年（八八二），邛州蠻阡能、涪州刺史韓秀昇先後叛；四年，劍南東川節度副大使楊師立反，皆陳敬瑄討平之。詳見資治通鑑綱目卷五十一、新唐書懿宗本紀。

# 白雲先生[一]

高駢好神仙。有方士呂用之與張守一、諸葛殷共蠱惑駢[二]，用之刻青石爲奇字，云“玉皇授白雲先生高駢”。駢得之驚喜。用之又欲以兵威脅制諸將，請募驍勇，號爲“莫邪都”[三]。駢從之。又慮人泄其奸謀，乃言於駢曰：“神仙不難致，但恨學道者不能絕俗累，故不肯降臨耳。”駢乃悉去姬妾，謝絕人事，賓客將吏皆不得見。有不得已而見之者，皆先令沐浴齋祓，拜起纔畢，復引出。由是用之得專行威福,無所忌憚,境内不復知有駢矣。余嘗論駢初年折節爲文學,交諸儒,硜硜言治道,手貫雙雕〔四〕,尤有英氣。其在安南,鑿道通餉,有馬援不能治者〔五〕。徙淮南,傳檄天下兵討黄巢,威鎮一時。天子倚以爲重,亦足稱雄矣。乃爲嬖人一惑,陰圖割據。志不能如,乃篤意神仙事,俾用之輩得入其奸,愚弄之如弄嬰兒於股掌之上,卒爲所累,而不逃師鐸①之執、秦彦屠滅之慘〔六〕,亦足哀哉!爲賦白雲辭,以爲惑方士之戒也②。

赤松子,蟠溪翁〔七〕。吁氣成雲,噢雨成龍。延和閣〔八〕,白雲封。羽衣鶴氅呼雄風,雷③精下碎莫邪鋒。

## 【校】

① 鐸:原本作“譯”,據舊唐書畢師鐸傳改。
② 樓氏鐵崖詠史注本序文之末有小字注曰:“事見新書叛臣傳。”
③ 雷:樓氏鐵崖詠史注本作“雪”。

## 【箋注】

〔一〕白雲先生:指高駢。
〔二〕吕用之:新唐書高駢傳:“(吕)用之者,鄱陽人,世爲商儈,往來廣陵,得諸賈之驩。既孤,依舅家,盜私其室,亡命九華山,事方士牛弘徽,得役鬼術,賣藥廣陵市。始詣駢親將俞公楚,驗其術,因得見駢,署幕府,稍補右職……又薦狂人諸葛殷、張守一爲長年方,并署牙將。”
〔三〕莫邪都:新唐書高駢傳:“(吕用之)又募卒二萬,爲左、右‘鎮邪軍’,與守一分總,置官署如駢府。”
〔四〕手貫雙雕:新唐書高駢傳:“事朱叔明爲司馬,有二鵰并飛,駢曰:‘我且貴,當中之。’一發貫二鵰焉,衆大驚,號‘落鵰侍御’。”
〔五〕馬援:東漢開國名將。曾受封爲伏波將軍,率兵平定嶺南。後漢書有傳。
〔六〕“卒爲所累”三句:舊唐書畢師鐸傳:“高駢初敗黄巢於浙西,皆師鐸、梁纘之效也,頗寵待之。駢末年惑於吕用之,舊將俞公楚、姚歸禮皆爲用之讒構見殺,師鐸意不自安……戍將張神劍亦怒用之,兩人謀自安之計……即割臂血爲盟,推師鐸爲盟主,稱大丞相,移檄郡縣,以誅用之、守一、殷爲名。”新唐書高駢傳:“師鐸誅用之支黨數十,使孫約迎秦彦。彦者,徐州人,本名立。”又,舊唐書高駢傳:“師鐸出城戰敗,慮駢爲賊内應,又有尼奉

仙,自言通神,謂師鐸曰:'揚府災,當有大人死應之,自此善也。'秦彥曰:
'大人非高令公耶?'即令師鐸以兵攻道院……駢未暇言,首已墮地矣。"

〔七〕赤松子:此指方士張守一。　蟠溪翁:指方士吕用之。資治通鑑卷二百
五十四唐紀七十僖宗中和二年:"(吕)用之自謂磻溪真君,謂(張)守一乃
赤松子,(諸葛)殷乃葛將軍。"

〔八〕延和閣:舊唐書高駢傳:"於府第別建道院,院有迎仙樓、延和閣,高八十
尺,飾以珠璣金鈿。侍女數百,皆羽衣霓服,和聲度曲,擬之鈞天。日與用
之、殷、守一三人授道家法籙,談論於其間,賓佐罕見其面。"


# 上源宴〔一〕


李克用入汴,朱全忠請入城,館於上源驛。薄暮罷酒,從者
皆醉。楊彥洪密與全忠謀,連車塞路,發兵圍驛①而攻之。克用
醉,不之聞。親兵薛志勤等格鬭〔二〕,侍者郭景銖扶克用匿牀下,
以水沃面,克用始張目,援弓而起。會大雨震電,天地晦冥,得率
左右數人逾垣突圍,乘電光行,緣城得出。全忠誤射彥洪,殺之。
嗚呼,克用上源之厄,甚於鴻門,而大雨震電,天有以相之。已而
全忠射殺自家謀臣,又豈非天意耶②!

王滿渡前兵破竹〔三〕,菟句巢中遺觳觫〔四〕(獲巢幼子及巢乘輿服)。
上源驛舍張高筵,將軍飲酒歡滅燭。獨眼龍〔五〕,醉眼紅,謱聲動天醉
耳③聾。薛裨將,郭侍童,大呼將軍起張弓。疾雷怪雨兼陰風,高車勁
栅塞四衝。獨眼龍,將何從? 天公有眼、識爾順且忠,電光一道開迷
矇。又令碭山賊〔六〕,射殺謀臣楊彥洪。

## 【校】

① 驛:原本作"騎",據懺華庵叢書本改。
② 樓氏鐵崖詠史注本於序文末有小字注:"事見綱目僖宗中和四年。"
③ 耳:樓氏鐵崖詠史注本作"且"。

## 【箋注】

〔一〕上源:位于河南開封。朱全忠於上源驛謀刺李克用而誤殺自家謀臣事,

已見本詩序,并詳資治通鑑卷二百五十五僖宗中和四年。李克用:即後唐太祖。生平詳見舊五代史唐書武皇本紀,參見本卷蠆頤津。朱全忠:原名溫,唐廷賜名全忠,後又改名晃。五代十國時後梁開國皇帝。生平詳見舊五代史梁太祖本紀。

〔二〕薛志勤:小字鐵山,蔚州奉誠人。舊五代史有傳。

〔三〕王滿渡:舊五代史梁太祖本紀:"(唐僖宗中和四年)河東節度使李克用奉僖宗詔,統騎軍數千同謀破賊,與帝合勢於中牟北邀擊之,賊衆大敗於王滿渡,多束手來降。"按河南通志卷十二河防開封府,王滿渡在中牟縣南,爲汴河所經津濟處。

〔四〕"冤句"句:資治通鑑卷二百五十五唐紀七十一僖宗中和四年:"(黄)巢收餘衆近千人,東奔兗州。(五月)辛未,克用追至冤句,騎能屬者纔數百人,晝夜行二百餘里,人馬疲乏,糧盡,乃還汴州,欲裹糧復追之,獲巢幼子及乘輿器服符印,得所掠男女萬人,悉縱遣之。"據資治通鑑卷二百五十二注,冤句爲漢縣名,金廢。黄巢之老巢。故城在曹州府菏澤縣。

〔五〕獨眼龍:據舊五代史唐武皇本紀,李克用一目微眇,故其時有此綽號。

〔六〕碭山賊:指朱全忠。據舊五代史梁太祖本紀,朱全忠本名溫,宋州碭山人。

# 壽春宴〔一〕

壽春留春春不留,大宴①重開延喜樓。相君送別②灞橋上〔二〕(崔胤),灞橋之水無西流。沙陀老龍窺獨眼,國破家③亡見何晚〔三〕。紇干凍雀何處飛〔四〕?長安春草已離離。寢宮出婦奉玉觚④〔五〕,天子爲歌楊柳枝〔六〕。

【校】

① 宴:青照堂叢書本作"燕"。

② 別:青照堂叢書本作"客"。

③ 家:原本作"君",據青照堂叢書本改。

④ 觚:蓋爲"觝"之訛寫。

【箋注】

〔一〕壽春：宫殿名。舊唐書昭宗本紀："大赦天下，改元天復。李茂貞自鎮來朝，賜宴於壽春殿，進錢數萬緡。時中尉韓全誨及北司與茂貞相善，宰相崔胤與朱全忠相善，四人各爲表裏。全忠欲遷都洛陽，茂貞欲迎駕鳳翔，各有挾天子令諸侯之意。……（天復三年二月）己丑，上宴（朱）全忠于壽春殿……戊戌，全忠歸大梁，上宴之内殿，置酒于延喜門。是日，全忠與四鎮判官皆預席，上臨軒泣别，又令中使走送御製楊柳枝詞五首賜之。"

〔二〕相君：指崔胤。通鑑紀事本末卷三十八朱温篡唐："上又賜全忠詩，全忠亦和進，又賜楊柳枝辭五首。百官班辭於長樂驛。崔胤獨送至霸橋，自置餞席，夜二鼓，胤始還入城。上復召對，問以全忠安否。置酒奏樂，至四鼓乃罷。"霸橋：即灞橋，位於今陝西西安城東。唐代於此設驛站，人們常於橋頭折柳贈别送行，久之遂成習俗。

〔三〕"沙陀老龍"二句：資治通鑑卷二百六十四唐紀八十昭宗天復三年："以胤爲司徒兼侍中。胤恃全忠之勢，專權自恣，天子動静皆稟之……刑賞繫其愛憎，中外畏之，重足一迹……李克用使者還晉陽，言崔胤之横，克用曰：'胤爲人臣，外倚賊勢，内脅其君，既執朝政，又握兵權。權重則怨多，勢侔則釁生，破家亡國，在眼中矣！'"

〔四〕紇干凍雀：喻指唐昭宗李曄。參見陳善學序刊楊鐵崖先生文集卷四齊雲樓注。

〔五〕"寢宫"句：資治通鑑卷二百六十四唐紀八十昭宗天祐元年："三月丁未，以朱全忠兼判左、右神策及六軍諸衛事。（崔胤既誅，朱全忠遂專總禁衛，其實布分私人於天子左右，而爲言判其事耳。）癸丑，全忠置酒私第，邀上臨幸。乙卯，全忠辭上，先赴洛陽督修宫室。上與之宴群臣，既罷，上獨留全忠及忠武節度使韓建飲，皇后出，自捧玉卮以飲全忠。"

〔六〕楊柳枝：指唐昭宗所作楊柳枝辭五首。

## 佳麥良繭歌〔一〕

張全義，本田家子，與李罕之割臂爲盟〔二〕，分據河陽。罕之性貪暴，以寇鈔爲事。全義勤儉，督民耕植。後爲河南尹，披荆棘，勸樹藝，蠲其租税，民之歸者如市。都城坊曲，漸復舊制。野無曠土,桑麻蔚然。出見田疇美者,召田主勞以酒食。有蠶桑善收者,親至其家,呼出老幼,賜以茶綵衣物。民皆言:張公不喜聲妓,見之未嘗笑,惟見佳麥良繭則笑耳。全義後入梁,拜中書令,封魏王。妻女爲温所淫,略事劉后〔三〕,拜爲國父者①。其末節固不足數。佳麥良繭,有關民社,吾特爲之歌,以勸後之有民社者云②。

張田公,善勸農。佳麥長若③尋,良繭大如甕(叶)。時時出省耕,下馬行田中。親與爾農,行酒持饟。更以茶綵,勞爾老與童。大邑勝兵帶甲萬,小邑生齒千租庸。坐令墟落叙九功,北韓(建)南郭(禹)〔四〕,無足比隆。嗚呼大明主(宋武帝),如何晦④言布襖田家翁〔五〕。

## 【校】

① 者:樓氏鐵崖詠史注本無。
② 樓氏鐵崖詠史注本序文後有小字注曰:"事見綱目僖宗光啓三年,又見五代史雜傳。"
③ 若:樓氏鐵崖詠史注本作"如"。
④ 晦:樓氏鐵崖詠史注本作"諱"。

## 【箋注】

〔一〕佳麥良繭:事已見本詩序。張全義:字國維,濮州臨濮人。初名居言。曾隨黃巢起事。降歸唐後,賜名全義。後梁、後唐時皆封爲王。舊五代史有傳。

〔二〕李罕之:陳州項城人。曾隨黃巢起事,不久歸附唐廷,先後爲諸葛爽、李克用、朱温麾下將領。舊五代史有傳。

〔三〕劉后:指後唐莊宗李存勗皇后劉氏。

〔四〕北韓南郭:資治通鑑卷二百五十七唐紀七十三僖宗文德元年:"歸州刺史郭禹擊荆南,逐王建肇,建肇奔黔州。詔以禹爲荆南留後。荆南兵荒之餘,止有一十七家,禹勵精爲治,撫集彫殘,通商務農,晚年殆及萬户。時藩鎮各務兵力相殘,莫以養民爲事,獨華州刺史韓建招撫流散,勸課農桑,數年之間,民富軍贍。時人謂之北韓南郭。"按:郭禹本名成汭,參見舊五代史成汭傳。

〔五〕"嗚呼"二句:指南朝宋武帝。宋書武帝本紀:"孝武大明中,壞上所居陰室,於其處起玉燭殿,與群臣觀之。牀頭有土鄣,壁上掛葛燈籠、麻繩拂。侍中袁顗盛稱上儉素之德,孝武不答,獨曰:‘田舍公得此,以爲過矣。’”

# 金牀兔①〔一〕

有鳥鳥三足,呼作董家真鸑鷟。明年兔子上金牀,神姒宮中龍衮服。李丞相(邈),吳學士〔二〕(謡②),不逐會稽鐐、碣死〔三〕。鎮海節度(錢鏐)明綱常,提兵三③萬秋鷹揚。只許開門作節度,不許閉門稱天王〔四〕。鹽腰米,三萬斛。馬蹄金,五百屋〔五〕。檻車已具小江南,口率民錢猶未足。唐金牀,漢金塢〔六〕,前卓後昌同一虜④。祠中妖覡滅天册⑤,市上貪夫照臍炬。

## 【校】

① 原本題下有小字注概述相關史實,據樓氏鐵崖詠史注本删。
② 士:原本作“大”,徑改。又,吳謡之“謡”,一作“瑶”,或作“繇”。參見注釋。
③ 三:原本作“二”,據樓氏鐵崖詠史注本改。
④ 虜:樓氏鐵崖詠史注本作“鹵”。
⑤ 册:原本作“策”,據樓氏鐵崖詠史注本改。參見注釋。

## 【箋注】

〔一〕金牀兔:唐昭宗時妄自稱帝之董昌事。新唐書董昌傳:“朝廷賴其入,故累拜檢校太尉、同中書門下平章事,爵隴西郡王……山陰老人僞獻謡曰:‘欲知天子名,日從日上生。’昌喜,賜百縑,免稅徵。命方士朱思遠築壇祠天,詭言天符夜降,碧楮朱文不可識。昌曰:‘讖言兔上金牀,我生於卯,明年歲旅其次,二月朔之明日,皆卯也,我以其時當即位。’客倪德儒曰:‘咸通末,越中秘記言:“有羅平鳥,主越禍福。”中和時,鳥見吳越,四目而三足,其鳴曰“羅平天册”,民祀以攘難。今大王署名,文與鳥類。’即圖以示昌,昌大喜。乾寧二年,即僞位,國號大越羅平,建元曰天册,自稱‘聖人’。”
〔二〕“李丞相”二句:資治通鑑卷二百六十唐紀七十六昭宗乾寧二年:“(董昌)以前杭州刺史李邈、前婺州刺史蔣瓌、兩浙鹽鐵副使杜郢、前屯田郎中李

瑜爲相。又以吳瑶等皆爲翰林學士,李暢之等皆爲大將軍。昌移書錢鏐,
告以權即羅平國位,以鏐爲兩浙都指揮使。"又,新唐書董昌傳:"(錢鏐兵
臨城下)昌懼,獻鏐錢二百萬緡犒軍,執應智、王溫、韓媪、吳繇、秦昌裕送
於鏐,且待罪……又執朱思遠、王守真、盧勤送鏐軍求解。"

〔三〕鐐、碣:新唐書黃碣傳:"黃碣,閩人也……董昌爲威勝軍節度使,表碣自
　　副,久乃應。及昌反,碣諫曰:'……今王僻嬰一城,乃爲大逆,何邪? 碣請
　　舉族先死,不能見王之滅。'……昌令使者斬之……乃召會稽令吳鐐問策,
　　鐐曰:'王爲真諸侯,遺榮子孫而不爲,乃作僞天子,自取滅亡。'昌叱斬之,
　　族其家。"

〔四〕"鎮海節度"四句:新唐書董昌傳:"鎮海節度使錢鏐書讓昌曰:'開府領節
　　度,終身富貴,不能守,閉城作天子,滅親族,亦何賴? 願王改圖。'昌不聽,
　　鏐悉兵三萬攻之。"

〔五〕"蠶腰"四句:新唐書董昌傳:"昌敗,猶積糧三百萬斛,金幣大抵五百餘
　　帑,而兵不及萬人。"

〔六〕金塢:指董卓所筑郿塢。參見陳善學序刊楊鐵崖先生文集卷二金谷步障
　　歌注。


# 朱延壽妻[一]


　　朱延壽之姊①爲楊行密夫人[二]。行密狎延壽,延壽怒,陰與
田頵通謀。謀泄,行密詐爲目病,謂夫人曰:"吾不幸目疾,府事
當悉以授三舅。"夫人以書召延壽。延壽至,執而殺之。延壽赴
召時,妻謂曰:"此行吉兇未可知。可日發一使以安我。"一日使
不至,妻曰:"事危矣!"部分奴僕,授兵守門,候捕騎至。至則集
家人,聚寶貨,火焚府舍,曰:"妾誓不以皎然之軀爲仇人所辱。"
遂赴火死②。

　　夜聞目眚子③,肺腑④變仇讎。英英朱氏婦,烈氣橫斗牛。百口同
日⑤死,百⑥燎焚高樓。伯姬録爾棄⑦,誰執唐春秋[三]!

【校】

① 姊:原本作"妹",據舊五代史田頵傳注所引新唐書改。

② 此序原本無,據汲古閣刊鐵崖先生古樂府補本補入。

③ 目𣍟子: 青照堂刊楊鐵崖詠史本作"淮南王"。

④ 肺腑: 青照堂刊楊鐵崖詠史本作"親戚"。

⑤ 日: 樓氏鐵崖詠史注本作"一"。

⑥ 百: 原本作"一",據青照堂刊楊鐵崖詠史本、舊五代史田頵傳改。

⑦ 棄: 原本作"卒",據青照堂刊楊鐵崖詠史本改。

## 【箋注】

〔一〕朱延壽妻: 事已見本詩序。舊五代史田頵傳注引錄五代史補:"楊行密據淮南,以妻弟朱氏衆謂之朱三郎者,行密署爲泗州防禦使。泗州素屯軍,朱氏驍勇,到任恃衆自負,行密雖悔,度力未能制,但姑息之,時議以爲行密事勢去矣。居無何,行密得目疾,雖瘉,且詐稱失明,其出入皆以人扶策,不爾則觸牆抵柱,至于流血,姬妾僕隸以爲實然,往往無禮,首尾僅三年。朱氏聞之,信而少懈弛。行密度其計必中,謂妻曰……妻以爲然,遂發使述其意而召之。朱氏大喜,倍道而至……方設拜,行密奮袖中鐵槌以擊之,正中其首。"

〔二〕楊行密: 廬州(今屬安徽)人。唐末任淮南節度使,封吳王。生平詳見舊五代史僭僞列傳、新五代史吳世家。

〔三〕"伯姬錄爾棄"二句: 意爲伯姬與朱夫人事迹相似,然前者名垂青史,後者卻遭遺棄,實屬撰唐史者失誤。伯姬,即宋恭伯姬,參見鐵崖先生古樂府卷四淇寡婦。

# 王承綱女〔一〕

蜀軍使王承綱女將嫁,蜀主聞其美色〔二〕,强取入宫。承綱力請之,蜀主怒,流於茂州。女聞父得罪,自殺①。

王客女,春花面,璞玉軀,青年已許東家夫。如何君王亂禮法,合歡重縮雙羅襦。感君恩,侍君酒,但念高堂父與母。願君知妾心,使妾東家奉箕帚。君一怒,父萬里,魂飛鸞刀逐父死,不殉牽羊秦國鬼②〔三〕。

## 【校】

① 此序文原本無,據汲古閣刊鐵崖先生古樂府補本補入。

② 原本詩末有小字注"蜀主降,封秦國公",汲古閣刊鐵崖先生古樂府補本則作
"蜀主降封",皆誤。據樓氏鐵崖詠史注本删。按:封爲秦國公者,并非前蜀
王衍,而是後蜀末代皇帝孟昶。

## 【箋注】

〔一〕王承綱女:宋張唐英撰蜀檮杌卷上:"(乾德四年)四月,流軍使王承綱於
茂州。(前蜀王)衍嘗私至承綱家,悅其女有美色,欲私之。承綱言已許
嫁,將適人,衍不從,遂取入宫。潘昭與承綱有隙,奏其出怨言,故被貶。
女聞承綱得罪,剪髮求贖其罪,不從,乃自縊死。自五月不雨至九月,林木
皆枯,赤地千里,所在盜起。"茂州:位於今四川茂縣一帶。

〔二〕蜀主:指五代十國時前蜀末代君主王衍。其生平詳見舊五代史僭僞列
傳、新五代史前蜀世家。

〔三〕牽羊秦國鬼:指王衍投降,後被誅於秦川驛。新五代史前蜀世家:"唐莊
宗滅梁,蜀人皆懼。莊宗遣李嚴聘蜀……嚴見其人物富盛,而衍驕淫,歸
乃獻策伐蜀。明年,唐魏王繼岌、郭崇韜伐蜀……衍即上表乞降……莊宗
召衍入洛……同光四年四月,行至秦川驛,莊宗用伶人景進計,遣宦者向
延嗣誅其族。"牽羊,借指乞降,典出左傳。左氏春秋正義卷二十三宣十二
年:"十二年春,楚子圍鄭……三月,克之。入自皇門,至於逵路。鄭伯肉
袒牽羊以逆。(肉袒牽羊,示服爲臣僕。)"

# 商人妻〔一〕 天福三年

楚順賢夫人貌陋,而治家有法,楚王希範憚之。既卒,希範
始縱聲色,爲長夜之飲,内外無别。有商人妻美色,希範殺其夫
而奪之。妻矢不辱,自經死①。

商人妻,身栖栖②,家住湘纍湘水西。君王昨夜殺無罪③,良人白
日④歸黄泥。妾非野鴛鴦,生死⑤雙鳳皇。書寄⑥回文錦〔二〕,臂纏紅守
宫(叶)。良人爲我死,我爲雌雉經⑦(叶)。嗚呼,司馬后,真犬羊,甘奉
巾櫛穹廬王〔三〕(晉后羊氏歸曜)。

## 【校】

① 此詩序原本無,據汲古閣刊鐵崖先生古樂府補本增補。其中"順賢夫人",原

　　作“順賢大夫”，據文淵閣四庫全書本鐵崖先生古樂府補改。

② “商人妻”二句：青照堂刊楊鐵崖詠史本作“彼美人兮身孤栖”一句。

③ 殺無罪：青照堂刊楊鐵崖詠史本作“失刑政”。

④ 白日：青照堂刊楊鐵崖詠史本作“無罪”。

⑤ 生死：青照堂刊楊鐵崖詠史本作“家有”。

⑥ 書寄：青照堂刊楊鐵崖詠史本作“素織”。

⑦ “良人爲我死”二句：青照堂刊楊鐵崖詠史本作“潔身誓逐良人死，白練丈二飛寒霜”。

## 【箋注】

〔一〕商人妻：述五代十國時楚帝馬希範逼死商人妻事，已見詩序，此詩序文則摘自資治通鑑卷二百八十一後晉紀二高祖天福三年。天福，後晉高祖石敬瑭所用年號。順賢夫人：姓彭。馬希範，武穆王馬殷嫡子，五代十國時楚帝。生平詳見舊五代史補傳、新五代史楚世家。

〔二〕回文錦：參見鐵崖先生古樂府卷九回文字。

〔三〕“司馬后”三句：晉書后妃傳：“惠羊皇后諱獻容，泰山南城人……懷帝即位，尊后爲惠帝皇后，居弘訓宮。洛陽敗，没于劉曜。曜僭位，以爲皇后。因問曰：‘吾何如司馬家兒？’后曰：‘胡可并言？陛下開基之聖主，彼亡國之暗夫，有一婦一子及身三耳，不能庇之；貴爲帝王，而妻子辱於凡庶之手。遺妾爾時實不思生，何圖復有今日。妾生於高門，常謂世間男子皆然，自奉巾櫛以來，始知天下有丈夫耳。’曜甚愛寵之。生曜二子而死，僞諡獻文皇后。”按：劉曜爲匈奴人，西晉末年稱帝，建國號趙。

# 王官谷〔一〕

　　白馬河，浮濁流〔二〕。大柳樹，坑瓜丘①〔三〕。容臺學士獨先識〔四〕，王官谷裏歸騎牛。重來手擲魚須竹〔五〕，駕隼班中脱②麋鹿。天子詔，賜還山③。老楊丞④相涕汍瀾，青山無尋處⑤王官〔六〕。

## 【校】

① “白馬河”四句：青照堂刊楊鐵崖詠史本作“白馬河中浮濁流，大柳樹下如瓜

丘”兩句。

② 脱：青照堂刊楊鐵崖詠史本作“恕”。

③ “天子詔”二句：青照堂刊楊鐵崖詠史本作“天子有詔賜還山”一句。

④ 丞：樓氏鐵崖詠史注本作“承”。

⑤ 青山無尋處：青照堂刊楊鐵崖詠史本作“谷深何處尋”。

## 【箋注】

〔一〕王官谷：晚唐司空圖隱逸之地。舊唐書司空圖傳：“圖有先人別墅在中條山之王官谷，泉石林亭，頗稱幽棲之趣。自考槃，日與名僧高士游詠其中。晚年爲文，尤事放達。”

〔二〕“白馬河”二句：指朱全忠於白馬驛大肆殺戮。資治通鑑卷二百六十五唐紀八十一昭宣帝天祐二年：“六月戊子朔，敕裴樞、獨孤損、崔遠、陸扆、王溥、趙崇、王贊等并所在賜自盡。時全忠聚樞等及朝士貶官者三十餘人於白馬驛，（白馬驛在滑州白馬縣。）一夕盡殺之，投尸于河。初，李振屢舉進士，竟不中第，故深疾搢紳之士，言於全忠曰：‘此輩常自謂清流，宜投之黃河，使爲濁流！’全忠笑而從之。振每自汴至洛，朝廷必有竄逐者，時人謂之‘鴟梟’。”

〔三〕“大柳樹”二句：資治通鑑卷二百六十五唐紀八十一昭宣帝天祐二年：“全忠嘗與僚佐及游客坐於大柳之下，全忠獨言曰：‘此柳宜爲車轂。’衆莫應。有游客數人起應曰：‘宜爲車轂。’全忠勃然屬聲曰：‘書生輩好順口玩人，皆此類也！車轂須用夾榆，柳木豈可爲之！’顧左右曰：‘尚何待！’左右數十人，捽言‘宜爲車轂’者，悉撲殺之。”坑瓜丘，指秦始皇坑殺儒生之瓜丘。參見陳善學序刊楊鐵崖先生文集卷一伏生受書行。

〔四〕容臺學士：指司空圖。司空圖曾於禮部任職，禮部別稱容臺。

〔五〕魚須竹：指官員上朝時手執之笏。唐李賀酒罷張大徹索贈詩：“往還誰是龍頭人，公主遣秉魚須笏。”舊唐書司空圖傳：“昭宗遷洛，鼎欲歸梁，柳璨希賊旨，陷害舊族，詔圖入朝。圖懼見誅，力疾至洛陽，謁見之日，墮笏失儀，旨趣極野。璨知不可屈，詔曰：‘……可放還山。’”

〔六〕“老楊丞相”二句：新五代史楊涉傳：“涉舉進士，昭宗時爲吏部尚書。哀帝即位，拜中書侍郎、同中書門下平章事。涉，唐名家，世守禮法，而性特謹厚，不幸遭唐之亂。拜相之日，與家人相對泣下，顧謂其子凝式曰：‘吾不能脱此網羅，禍將至矣，必累爾等。’”

# 長樂坂〔一〕

張統師，傾危臣，平生自比山東人（濬常自比謝安、裴度）。獨眼龍，已窺破〔二〕，誰遣當國居中鈞，又欲羽扇揮三軍。揮三軍，動河朔，敗杭歸來過長樂〔三〕，將軍何以酬祖爵！

## 【箋注】

〔一〕長樂坂：即滻坡，位於長安城東。舊唐書張濬傳：“張濬字禹川，河間人……濬初發迹，依楊復恭。及復恭失勢，乃依田令孜，以至重位，而反薄復恭。”資治通鑑卷二百五十八唐紀七十四昭宗大順元年：“張濬帥諸軍五十二都及邠、寧、鄜、夏雜虜合五萬人發京師，上御安喜樓餞之。濬屏左右言於上曰：‘俟臣先除外憂，然後爲陛下除内患。’楊復恭竊聽聞之。兩軍中尉餞濬於長樂坂，復恭屬濬酒，濬辭以醉，復恭戲之曰：‘相公杖鉞專征，作態邪？’濬曰：‘俟平賊還，方見作態耳！’復恭益忌之。”

〔二〕獨眼龍：指李克用。參見本卷蠡頤津、上源宴注。通鑑紀事本末卷三十八諸鎮相攻：“上知（張）濬與復恭有隙，特親倚之。濬亦以功名爲己任，每自比謝安、裴度。（李）克用之討黃巢屯河中也，濬爲都統判官。克用薄其爲人，聞其作相，私謂詔使曰：‘張公好虛談而無實用，傾覆之士也。主上采其名而用之，他日交亂天下，必是人也。’”按：“平生”句似當作“平生自比東山人”，蓋指張濬自比謝東山（謝安）。

〔三〕“揮三軍”三句：舊唐書張濬傳：“大順元年六月，濬率軍五十二都，兼邠、寧、鄜、夏雜虜共五萬人騎，發自京師。……李存孝擊之，一戰而敗，委兵仗潰散。進攻晉州。數日，中夜濬斂衆遁走。比曙，喪師殆半。存孝進收晉、絳、慈、隰等州。濬狼狽由含山逾王屋，出河清，坼屋木縛筏濟河，部下離散將盡。”

# 負國賊〔一〕

負國賊，柳司空。三年進士步黃閣①，佻巧不殊張樂工〔二〕。魏公九錫不爲功〔三〕,徒殺東朝積善宮〔四〕。臨刑自呼"負國賊",豈悔黃犬東門東〔五〕。

## 【校】

① "三年進士步黃閣"句,樓氏鐵崖詠史注本無。

## 【箋注】

〔一〕負國賊:柳璨。新唐書柳璨傳:"崔胤死,昭宗密許璨宰相,外無知者……遂以諫議大夫同中書門下平章事。起布衣,至是不四歲,其暴貴近世所未有……進拜司空……及(蔣)玄暉死,而(朱)全忠恚璨背己,貶登州刺史,俄除名爲民,流崖州,尋斬之。臨刑悔,吒曰:'負國賊柳璨,死宜矣!'"

〔二〕張樂工:指朱全忠所寵藝人張廷範。新唐書張廷範傳:"廷範者,以優人爲(朱)全忠所愛,扈東遷爲御營使,進金吾衛將軍、河南尹……卒用廷範太常卿。"

〔三〕魏公:指朱全忠。資治通鑑卷二百六十五唐紀八十一昭宣帝天祐二年:"柳璨、蔣玄暉等議加朱全忠九錫,朝士多竊懷憤邑……(十一月)辛巳,以全忠爲相國,總百揆,以宣武、宣義……等二十一道爲魏國,進封魏王,仍加九錫。全忠怒其稽緩,讓不受。"

〔四〕"徒殺"句:新唐書柳璨傳:"朱全忠圖篡殺,宿衛士皆汴人,璨一厚結之,與蔣玄暉、張廷範尤相得。既挾全忠,故朝權皆歸之……天祐二年,長星出太微、文昌間,占者曰:'君臣皆不利,宜多殺以塞天變。'玄暉、廷範乃與璨謀殺大臣宿有望者,璨手疏所仇媢若獨孤損等三十餘人,皆誅死,天下以爲冤。"又,資治通鑑卷二百六十五唐紀八十一昭宣帝天祐二年:"璨陷害朝士過多,全忠亦惡之。璨與蔣玄暉、張廷範朝夕宴聚,深相結,爲全忠謀禪代事。何太后泣遣宮人阿虔、阿秋達意玄暉,語以它日傳禪之後,求子母生全。王殷、趙殷衡譖玄暉,云'與柳璨、張廷範於積善宮夜宴,對太后焚香爲誓,期興復唐祚',全忠信之……追削蔣玄暉爲凶逆百姓……(十二月)己酉,全忠密令殷、殷衡害太后於積善宮。"

〔五〕黃犬東門東:李斯臨刑,憶當年牽黃犬出上蔡東門打獵之快樂而哀嘆。詳見史記李斯列傳。

# 送璽使①〔一〕

楊僕射,相天子,對泣妻兒不知止②。碭山之賊著柘黃〔二〕,金祥殿前送國璽〔三〕。豈不聞謝家傲吏生清風,解璽不③爲齊侍中〔四〕。

## 【校】

① 青照堂刊楊鐵崖詠史本題作押國寶使。

② "對泣妻兒"句原本無,據青照堂刊楊鐵崖詠史本補。

③ 不:青照堂刊楊鐵崖詠史本作"肯"。

## 【箋注】

〔一〕送璽使:指楊涉。資治通鑑卷二百六十六後梁紀一太祖開平元年:"(三月)甲辰,唐昭宣帝降御札禪位于梁。以攝中書令張文蔚爲册禮使,禮部尚書蘇循副之;攝侍中楊涉爲押傳國寶使……帥百官備法駕詣大梁。楊涉子直史館凝式言於涉曰:'大人爲唐宰相,而國家至此,不可謂之無過。況手持天子璽綬與人,雖保富貴,奈千載何! 盍辭之!'涉大駭曰:'汝滅吾族!'神色爲之不寧者數日。"

〔二〕碭山之賊:指梁太祖朱全忠。朱全忠爲碭山(今屬安徽)人。

〔三〕金祥殿:梁太祖開平初年,皇宫内殿改爲此名。參見舊五代史梁太祖本紀。

〔四〕"豈不聞"二句:指南朝宋侍中謝朏不肯解璽授齊王。參見史義拾遺卷下謝朏議。

# 唐鴟鴞①〔一〕

全忠急於禪代,獨蘇循倡言梁王功德,宜即帝位。未有贊成其議。循乃入謁,舞蹈呼萬歲。敬翔曰〔二〕:"蘇循,唐之鴟鴞,賣國求利,不可立維新之朝。"詔循及刑部尚書張禕等十五人并勒致仕,偕斥歸田。循父子乃之河中,依朱友謙〔三〕。余獨悼敬翔善言唐鴞,而不知所事者鴞之渠也〔四〕。(見五代史六臣傳。"唐鴟鴞"

見綱目。)

唐老鴉<sup>①</sup>,將鴉雛。矜兇挾怪,什伍其徒。乘時<sup>②</sup>陰黑,闚人屋廬。我室<sup>③</sup>既毀,我社亦墟。嗟爾梟<sup>④</sup>兮,移南荊,入東吳,汝音不革將焉如!舊主喪鬼車〔五〕,新主聽之勸〔六〕,我又若,提胡盧〔七〕。嗟嗟敬大夫,墓門刺汝不容誅〔八〕。磔以警百官,百官無詐狙。敬大夫,亦何愚。何如<sup>⑤</sup>不輔唐李烏〔九〕,新主自是鴉之渠。

## 【校】

① 鴉:原本作"鸚",青照堂刊楊鐵崖詠史本作"梟"。據樓氏鐵崖詠史注本改。下同。

② 時:樓氏鐵崖詠史注本作"人",青照堂刊楊鐵崖詠史本作"而"。

③ 室:青照堂刊楊鐵崖詠史本作"居"。

④ 梟:樓氏鐵崖詠史注本作"鴉"。

⑤ 何如:青照堂刊楊鐵崖詠史本作"如何"。

## 【箋注】

〔一〕唐鴟鴞:蘇循。資治通鑑卷二百六十五唐紀八十一昭宣帝天祐二年:"柳璨、蔣玄暉等議加朱全忠九錫,朝士多竊懷憤邑。禮部尚書蘇循獨揚言曰:'梁王功業顯大,曆數有歸,朝廷速宜揖讓。'朝士無敢違者。"梁王,即朱溫,又名全忠。資治通鑑卷二百六十六後梁紀一太祖開平元年:"禮部尚書蘇循及其子起居郎楷自謂有功于梁,(唐昭宣帝天祐二年蘇循鼓成禪代之事,故自以爲有功。)當不次擢用。循朝夕望爲相。帝薄其爲人,敬翔及殿中監李振亦鄙之。翔言於帝曰:'蘇循,唐之鴟梟,賣國求利,不可以立於惟新之朝。'(五月)戊戌,詔循及刑部尚書張褘等十五人并勒致仕,楷斥歸田里。循父子乃之河中依朱友謙。"鴟鴞,毛詩豳風載鴟鴞詩。宋金履祥資治通鑑前編卷七:"鴟鴞之詩曰:'鴟鴞鴟鴞,既取我子,無毀我室。……'集傳曰:鴟鴞,惡鳥,攫鳥子而食者也。室,鳥巢也,周公托爲鳥之愛巢者,呼鴟鴞而謂之曰:爾既取我之子矣,無更毀我之室也……以比武庚既敗,管、蔡不可更毀我王室也。"管、蔡,指試圖傾覆周室的亂臣管叔、蔡叔。

〔二〕敬翔:字子振,同州馮翊人。唐神龍中平陽王暉之後裔,五代後梁大臣。舊五代史有傳。

〔三〕朱友謙:字德光,許州人。本名簡,梁太祖爲更名友謙,後唐莊宗賜姓名爲李繼麟。舊五代史有傳。

〔四〕鴞之渠：指梁太祖朱全忠。

〔五〕鬼車："鬼車鳥，相傳此鳥昔有十首，能收人魂。一首爲犬所噬。秦中天陰，有時有聲，聲如力車鳴。"見唐段成式酉陽雜俎羽篇。又，或謂"鬼車"爲鴟鴞別名。參見明周祈撰名義考卷十鴟鴞。

〔六〕新主：指後梁太祖朱溫。

〔七〕提胡盧：鳥名。此鳥形似鶪，啼聲激烈，借指蘇循。參見鐵崖先生古樂府卷七五禽言。

〔八〕墓門：指詩陳風墓門。序云："刺陳佗也。陳佗無良師傅，以至於不義，惡加於萬民焉。"此指敬翔未盡相職。

〔九〕唐李烏：指晉王，即後唐莊宗李存勗。按：李存勗帥軍進入後梁都城，敬翔不肯臣服，自殺。新五代史梁臣傳第九敬翔："翔與李振俱爲太祖所信任，莊宗入汴，詔赦梁群臣，李振喜謂翔曰：'有詔洗滌，將朝新君。'邀翔欲俱入見。翔夜止高頭車坊，將旦，左右報曰：'崇政李公入朝矣！'翔歎曰：'李振謬爲丈夫矣！復何面目入梁建國門乎？'乃自經而卒。"

# 淮南刺客辭①〔一〕

　　刺客，在春秋爲翩、豹之書也〔二〕。然②有不爲盜行者，如晉鉏麑〔三〕，唐紇干之流〔四〕，其可例③以翩、豹律之乎？五季之亂，而刺客④有如張顯之所遣者，吾義其人，謂鉏、紇之徒非歟！使可求死於刺，則顯不得而梟，祥不得而轘矣〔五〕。昔人論紀信誑楚存漢〔六〕，開漢之祚四百年，論其功宜在蕭、曹之上〔七〕。今張刺客誑顯而存可求，以討吳國之賊，其功又豈泰⑤章輩之下耶〔八〕！故予爲賦刺客詩⑥。

　　晉刺客，不殺朝服臣。唐刺客，不殺寢苫人。淮南刺客，不殺幕府賓。嗟此二三子，磊磊天下士⑦。嗚呼，梟顯首，轘紀胸，刺客刺客⑧可無功！

## 【校】

① 青照堂刊楊鐵崖詠史本題作張顯刺客。

② 然：青照堂刊楊鐵崖詠史本作“鮮”。

③ 其可例：青照堂刊楊鐵崖詠史本作“烏可鈞”。

④ 而刺客：原本無，據青照堂刊楊鐵崖詠史本增補。

⑤ 泰：原本作“秦”，據青照堂刊楊鐵崖詠史本改。

⑥ “故予”句，原本無，據青照堂刊楊鐵崖詠史本增補。

⑦ “嗟此二三子”二句：原本作“二三天下士”一句，據青照堂刊楊鐵崖詠史本改補。

⑧ 刺客刺客：青照堂刊楊鐵崖詠史本作“淮南刺客”。

## 【箋注】

〔一〕淮南刺客：五代時張顥所遣刺客。按：張顥與徐溫殺害弘農王楊渥後，張顥欲獨攬大權，有意將徐溫調離廣陵，幕僚嚴可求設計挽留。“顥知可求陰附溫，夜，遣盜刺之。可求知不免，請爲書辭府主。盜執刀臨之，可求操筆無懼色。盜能辨字，見其辭旨忠壯，曰：‘公長者，吾不忍殺。’掠其財以復命，曰：‘捕之不獲。’顥怒曰：‘吾欲得可求首，何用財爲！’”（資治通鑑卷二百六十六後梁紀一太祖開平二年）又，新五代史吳世家：“（楊）隆演字鴻源，行密第二子也。……初，溫、顥之弒渥也，約分其地以臣於梁，及渥死，顥欲背約自立。溫患之，問其客嚴可求，可求曰：‘顥雖剛愎，而闇於成事，此易爲也。’……行軍副使李承嗣與張顥善，覺可求有附溫意，諷顥使客夜刺殺之，客刺可求不能中。明日，可求詣溫，謀先殺顥，陰遣鍾章選壯士三十人，就衙堂斬顥，因以弒渥之罪歸。溫由是專政，隆演備位而已。”

〔二〕翽、豹：指公孫翽、齊豹。公孫翽射殺蔡昭公，齊豹殺衛侯之兄縶。左傳昭公三十一年：“是以春秋書齊豹曰‘盜’，三叛人名，以懲不義，數惡無禮，其善志也。”

〔三〕鉏麑：晉力士。左傳宣公二年：“宣子驟諫，公患之，使鉏麑賊之。晨往，寢門闢矣，盛服將朝。尚早，坐而假寐。麑退，歎而言曰：‘不忘恭敬，民之主也。賊民之主，不忠；棄君之命，不信。有一於此，不如死也。’觸槐而死。”

〔四〕紇干：指唐刺客紇干承基。舊唐書于志寧傳：“志寧上書諫曰……（皇太子）承乾大怒，陰遣刺客張師政、紇干承基就殺之。二人潛入其第，見志寧寢處苫廬，竟不忍而止。”

〔五〕祥：指紀祥，“縊殺”弘農王楊渥之人，後車裂而死。新五代史吳世家：

“（楊）渥字承天，行密長子也。……初，渥之入廣陵也，留帳下兵三千於宣州，以其腹心陳璠、范遇將之。既入立，惡徐溫典牙兵，召璠等爲東院馬軍以自衛。而溫與左衙都指揮使張顥皆行密時舊將，又有立渥之功，共惡璠等侵其權。（天祐）四年正月，渥視事，璠等侍側，溫、顥擁牙兵入，拽璠等下，斬之，渥不能止……五年五月，溫、顥共遣盜入寢中殺渥，渥説群盜能反殺溫等者皆爲刺史。群盜皆諾，惟紀祥不從，執渥縊殺之。”又，資治通鑑卷二百六十六後梁紀一太祖開平二年：“溫始暴顥弒君之罪，轘紀祥等於市。（轘，車裂也。）”

〔六〕紀信誑楚存漢：漢王劉邦遭楚軍圍困，漢將紀信獻計詐降，且冒充漢王，遂使劉邦奪路脱逃，而紀信被項羽燒殺。詳見漢書高帝紀。

〔七〕蕭、曹：指西漢蕭何、曹參。

〔八〕泰章：指鍾泰章，即嚴可求所薦刺殺張顥之刺客，當時任左監門衛將軍。按：此人名記載不一，新五代史楊隆演傳作“鍾章”，資治通鑑則作“鍾泰章”。而鐵崖詠史，多據資治通鑑。

# 王鐵槍〔一〕

王鐵槍，梁武夫，馬上雙運一百廿斤殳。君王一笑問尅敵，三日破鄆言①非誣。君側惡未掃，鼠奴代招討②〔二〕。保鑾騎士誰③作監〔三〕，帳底三軍成愯㤜④〔四〕。鐵槍來（叶⑤），戲⑥呼鬪雞兒〔五〕，鬪雞小兒不敢馳⑦。鐵槍折，羞見邈佶烈（李嗣源）〔六〕，梁家郎君宗社滅（敬翔呼末帝爲“郎君”）⑧。同光主〔七〕，莫相呼⑨，願爲左車隨我舁⑩，豹皮一死誓作朱家奴。嗚呼王鐵槍，梁武夫。於乎王鐵槍，非武夫⑪。朝唐暮晉，何物談⑫詩書〔八〕！

【校】

① 言：樓氏鐵崖詠史注本作“信”。

②“君側”二句：青照堂刊楊鐵崖詠史本作“君側之盜吾未掃，段家鼠奴代招討”。

③ 誰：青照堂刊楊鐵崖詠史本作“盜”。

④ 成愯㤜：青照堂刊楊鐵崖詠史本作“具草草”。

⑤ 叶：青照堂刊楊鐵崖詠史本作"叶'離'"。

⑥ 戲：原本作"嗚"，據青照堂刊楊鐵崖詠史本改。

⑦ "鬭雞小兒"句原本無，據青照堂刊楊鐵崖詠史本增補。

⑧ "梁家郎君"句及小字注，原本無，據青照堂刊楊鐵崖詠史本增補。

⑨ 莫相呼：青照堂刊楊鐵崖詠史本作"惜爾軀"。

⑩ "願爲左車"句原本無，據青照堂刊楊鐵崖詠史本增補。

⑪ "梁武夫"二句，原本無，據青照堂刊楊鐵崖詠史本增補。

⑫ 談：原本無，據青照堂刊楊鐵崖詠史本增補。

## 【箋注】

〔一〕王鐵槍：名彦章，字子明，鄆州壽張人。梁太祖部下，官至澶州刺史。爲人驍勇有力，善使鐵鎗，軍中號王鐵槍。新五代史死節傳："龍德三年夏，晉取鄆州，梁人大恐。宰相敬翔顧事急……曰：'事急矣，非彦章不可！'末帝乃召彦章爲招討使，以段凝爲副。末帝問破敵之期，彦章對曰：'三日。'左右皆失笑……彦章引兵急擊南城，浮橋斷，南城遂破，蓋三日矣。"

〔二〕鼠奴：指段凝。新五代史死節傳："是時，段凝已有異志，與趙巖、張漢傑交通。彦章素剛，憤梁日削，而嫉巖等所爲，嘗謂人曰：'俟吾破賊還，誅姦臣以謝天下。'巖等聞之懼，與凝叶力傾之……乃罷彦章，以凝爲招討使。"

〔三〕保鑾騎士：舊五代史王彦章傳："是歲秋九月，朝廷聞晉人將自兖州路出師，末帝急遣彦章領保鑾騎士數千於東路守捉，且以鄆州爲敵人所據，因圖進取，令張漢傑爲監軍。"

〔四〕惝怳：零亂散漫之狀。

〔五〕鬭雞兒：舊五代史王彦章傳："彦章性忠勇，有膂力，臨陣對敵，奮不顧身。居嘗謂人曰：'李亞子鬭雞小兒，何足顧畏！'"按：鬭雞小兒，指後唐莊宗李存勗。

〔六〕邈佶烈：後唐明宗李嗣源小名。新五代史死節傳："（王）彦章傷重，馬踣，被擒……彦章武人，不知書，常爲俚語謂人曰：'豹死留皮，人死留名。'其於忠義，蓋天性也。莊宗愛其驍勇，欲全活之，使人慰諭彦章，彦章謝曰：'臣與陛下血戰十餘年，今兵敗力窮，不死何待？且臣受梁恩，非死不能報，豈有朝事梁而暮事晉，生何面目見天下之人乎！'莊宗又遣明宗往諭之，彦章病創，臥不能起，仰顧明宗，呼其小字曰：'汝非邈佶烈乎？我豈苟活者！'遂見殺。"

〔七〕同光：後唐莊宗年號。

〔八〕"朝唐暮晋"二句：譏刺長樂老馮道。參見陳善學序刊楊鐵崖先生文集卷
　　四華山隱者歌注。

# 卷二十二　陳善學序刊楊鐵崖先生
## 文集卷四之中

# 卷二十二　陳善學序刊楊鐵崖先生文集卷四之中

## 李天下〔一〕

　　沙陀兒，萬乘主，宮中自擊花奴鼓〔二〕。三千宮女習①吳歈，二十五弦作胡②語〔三〕。彩衫挂上卸御③袍，傅眉趨作談容④舞。老優磨鏡兒，手批李天下(叶)⑤〔四〕。理天下，國體淪，國法斁(上聲)⑥。牝雞一語殺健⑦令(羅貫〔五〕)，優奴兩州封列土⑧〔六〕。紫樞老令(張承業)言⑨不聽〔七〕，三軍解甲無東⑩征。歌聲未歇酒未醒⑪，鐵鏃已入金頂顙(叶⑫)。乞漿飲，漿不來⑬，牝優輦道獅門開〔八〕。箜篌錦瑟代文槽⑭，蒼鷹烈火飛寒灰〔九〕。君不見⑮景龍(唐中宗)百官作優伎，諫官不言唐亦墜〔十〕。

## 【校】

① 習：青照堂刊楊鐵崖詠史本作“能”。

② 二十五弦作胡：原本作“三十三弦作吳”，據青照堂刊楊鐵崖詠史本改。

③ 挂上卸御：青照堂刊楊鐵崖詠史本作“卸下赭黃”。

④ 趨作談容：原本作“趨作諛容”，青照堂刊楊鐵崖詠史本作“起作談客”。據懷華庵叢書本改。

⑤ 批：原本作“披”，據青照堂刊楊鐵崖詠史本改。小字注“叶”原本無，據青照堂刊楊鐵崖詠史本增補。

⑥ “理天下”三句及小字注，原本無，據青照堂刊楊鐵崖詠史本增補。

⑦ 雞：青照堂刊楊鐵崖詠史本作“優”。健：原本作“縣”，據青照堂刊楊鐵崖詠史本改。

⑧ 土：原本作“社”，據青照堂刊楊鐵崖詠史本改。

⑨ 言：青照堂刊楊鐵崖詠史本作“諫”。

⑩ 東：青照堂刊楊鐵崖詠史本作“出”。

⑪ 未歇酒未醒：青照堂刊楊鐵崖詠史本作“未停舞未徹”。

⑫ 叶：青照堂刊楊鐵崖詠史本作“平聲”。

⑬ “乞漿飲”二句：青照堂刊楊鐵崖詠史本作“絳宵乞漿飲漿不來”一句。

⑭ 文槽：青照堂刊楊鐵崖詠史本作“棺梓”。

⑮ 君不見：青照堂刊楊鐵崖詠史本作“於乎”。

## 【箋注】

〔一〕李天下：後唐莊宗自稱。新五代史伶官傳：“莊宗既好俳優，又知音，能度曲，至今汾、晉之俗，往往能歌其聲，謂之‘御製’者皆是也。其小字亞子，當時人或謂之亞次。又別爲優名以自目，曰李天下。自其爲王，至於爲天子，常身與俳優雜戲于庭，伶人由此用事，遂至於亡。”

〔二〕花奴：汝陽王李璡小名。李璡爲唐玄宗李隆基之侄，尤善羯鼓。參見説郛卷一百二引録唐南卓撰羯鼓録。

〔三〕二十五弦：指瑟。

〔四〕“老優”二句：新五代史伶官傳：“莊宗嘗與群優戲于庭，四顧而呼曰：‘李天下，李天下何在？’（伶人敬）新磨遽前，以手批其頰。莊宗失色，左右皆恐，群伶亦大驚駭，共持新磨詰曰：‘汝奈何批天子頰？’新磨對曰：‘李天下者，一人而已。復誰呼邪？’於是左右皆笑，莊宗大喜，賜與新磨甚厚。”

〔五〕“牝雞”句：舊五代史羅貫傳：“羅貫，不知何許人……自禮部員外郎爲河南令。貫爲人强直，正身奉法，不避權豪。時宦官伶人用事，凡請託於貫者，其書盈閣，一無所報……先是梁時張全義專制京畿，河南、洛陽寮佐，皆由其門下，事全義如厮僕。及貫授命，持本朝事體，奉全義稍慢，部民爲府司庇護者，必奏正之。全義怒，因令女使告劉皇后從容白於莊宗，宦官又言其短，莊宗深怒之……即令伏法，曝尸於府門，冤痛之聲，聞於遠邇。”

〔六〕“優奴”句：新五代史伶官傳：“其戰於胡柳也，嬖伶周匝爲梁人所得。其後滅梁入汴，周匝謁於馬前，莊宗得之喜甚，賜以金帛，勞其良苦。周匝對曰：‘身陷仇人，而得不死以生者，教坊使陳俊、内園栽接使儲德源之力也。願乞二州以報此兩人。’莊宗皆許以爲刺史。”

〔七〕紫樞老：指張承業。參見青照堂刊楊鐵崖咏史老奴。

〔八〕“乞漿”三句：新五代史莊宗皇后劉氏傳：“郭從謙反，莊宗中流矢，傷甚，卧絳霄殿廊下，渴欲得飲，后令宦者進湩酪，不自省視。莊宗崩，后與李存渥等焚嘉慶殿，擁百騎出師子門。后於馬上以囊盛金器寶帶，欲於太原造寺爲尼。在道與存渥姦，及至太原，乃削髮爲尼。”

〔九〕“箜篌”二句：新五代史伶官傳：“亂兵從樓上射帝，帝傷重，踣于絳霄殿廊下，自皇后、諸王、左右皆奔走。至午時，帝崩，五坊人善友聚樂器而焚之。……傳曰：‘君以此始，必以此終。’莊宗好伶，而弑於（郭）門高，焚以樂器。可不信哉！可不戒哉！”

〔十〕“君不見”二句：資治通鑑卷二百九唐紀二十五中宗景龍三年：“上數與近臣學士宴集，令各效伎藝以爲樂。工部尚書張錫舞談容娘，將作大匠宗晉卿舞渾脱，左衛將軍張洽舞黄麞，左金吾將軍杜元談誦婆羅門呪，中書舍人盧藏用效道士上章。”

## 血鏃吟〔一〕

　　予讀五代符存審出鏃戒子語，比膏粱家遺子以金玉而速其蕩覆者賢矣。孝子之情，不能不動於中。爲作血鏃吟。

李中書，符氏父，血戰淋漓起門户。毒刀鑿骨出鏃頭，夜夢沙場洗殘雨。丹砂凝血狼牙錐，古劍共匣銅龍悲。鬥雞走犬①符家兒，爾父辛苦②那得知！符家兒，泣鏃語，啼血傷親抱慈母。風陰雨濕同一痛，地裂天摧崩五腑。血鏃哀我父③，蓼莪之情情萬古〔二〕。莫將古墳④寄戰場，白帝城頭一堆土〔三〕。

## 【校】

① 犬：青照堂刊楊鐵崖詠史本作“狗”。
② 辛苦：青照堂刊楊鐵崖詠史本作“苦辛”。
③ “血鏃哀我父”一句，青照堂刊楊鐵崖詠史本作“血鏃吟，哀我父”兩句。
④ 墳：懺華庵叢書本作“憤”。

## 【箋注】

〔一〕血鏃：五代時後唐名將符存審臨終戒子事。新五代史符存審傳：“符存審字德詳，陳州宛丘人也。初名存……從罕之歸晉，晉王以爲義兒軍使，賜姓李氏，名存審……加同中書門下平章事。……臨終，戒其子曰：‘吾少提一劍去鄉里，四十年間取將相，然履鋒冒刃出死入生而得至此也。’因出其平生身所中矢鏃百餘而示之，曰：‘爾其勉哉！’”
〔二〕蓼莪之情：毛詩正義卷十三蓼莪：“蓼莪，刺幽王也。民人勞苦，孝子不得終養爾。”
〔三〕白帝城：在夔州奉節，今屬重慶市。杜詩詳注卷十五白帝：“白帝城中雲出門，白帝城下雨翻盆……戎馬不如歸馬逸，千家今有百家存。哀哀寡婦誅求盡,慟哭秋原何處村。"

# 警枕辭[一]

　　吴越王錢鏐自少在軍中,夜未嘗寐。倦極,則就圓木小枕,或枕大鈴,寐熟輒欹而寤,名曰"警枕"。置粉盤於卧内,有所記則書盤中,比老不倦。或寝方酣,外有白事者,令侍女振鈴即寤。時彈銅丸於樓牆之外,以警直更者。嘗微行,夜叩北門,吏不肯啟關,曰:"雖大王來,亦不啟。"乃自他門入。明日,召北門吏,厚賜之①。

　　不睡龍,醒復醒,珊瑚圓木摇金鈴。五花寶簟芙蓉屏,銅盤雪粉香淺清。樓牆銅彈飛霹靂,夜半更奴起②辟易。圓木功,無與敵。吴越封疆平地闢,四世三王安衽席[二]。

## 【校】

① 此詩序原本無,據列朝詩集本增補,且徑改小字爲大字。

② 夜半更奴起: 青照堂刊楊鐵崖詠史本作"夜遣更奴驚"。

## 【箋注】

〔一〕警枕:吴越王錢鏐事。錢鏐:宋范坰、林禹吴越備史卷一武肅王:"王始在軍中,未嘗自安。每欲暫憩,必先整衣甲,盥漱而後寝焉。又以圓木小枕綴鈴,睡熟則欹,由是而寤,名曰'警枕'。又置粉盤于卧内,有所記則書之。及撫鎮二國,殆及四紀,勤勞恭儉,始終如一致。每夕必列侍女,各主一更,戒之曰:'外有報事,當振鈴聲以爲警省。'凡有聞報,即時而遣。又嘗以彈丸牆樓之外,以警宿直者,使其不寐以應其事……稍暇,則命諸子孫諷誦詩賦,或以所製詩什賜于丞相將吏以下,由是往往達旦。天福中,近侍李詠因監契丹,驛中有判官謂李詠曰:'武肅王嘗夜不睡。'詠詰其所知,答曰:'嘗聞五臺王子太師言,浙中不睡龍今已歸矣。'訪其所聞,乃壬辰之後也。"

〔二〕"吴越封疆"二句:謂吴越王錢鏐之藩國和平安穩,傳承數世。四世三王:指錢鏐、鏐子元瓘、元瓘子佐、佐弟俶,相繼爲王。詳見新五代史吴越世家。

# 鐵筋行[一]

　　徐知誥①以宋齊丘爲謀主，每夜引齊丘於水亭，屏語常至夜分。或居高堂，悉去屏障。獨置大②爐，相向坐，不言，以鐵筋畫灰爲字，隨以筋滅去之③。故其所謀，人莫得而知也。予悼齊丘能以鐵筋畫灰籌人之國，而不得籌己之禍也。

　　鐵筋子，捭闔流，挾策千里干昇州[二]。昇州④團練求秘策，鐵筋爲君灰上畫。鐵筋畫，造國手。昇元天子傳璽綬⑤[三]，泰州囚君誰執⑥咎[四]？於呼，鐵筋謀，成繆醜(齊丘縊死，謚曰繆侯)⑦。君不見張留侯，食借筋[五]，參機謀⑧，老蕭未械韓未醢⑨[六]，赤松歸來第一籌⑩[七]。

## 【校】

① “徐知誥”之“誥”，原本誤作“詔”，據樓氏鐵崖詠史注本、青照堂刊楊鐵崖詠史本改。

② 大：青照堂刊楊鐵崖詠史本作“火”。

③ 隨以筋滅去之：原本作“隨筋滅去”，據青照堂刊楊鐵崖詠史本改補。

④ 昇州：原本承上而脱，據青照堂刊楊鐵崖詠史本補。

⑤ 青照堂刊楊鐵崖詠史本於此句下多“青陽僭服不勝誅”一句。

⑥ 君誰執：青照堂刊楊鐵崖詠史本作“居那可”。

⑦ “鐵筋謀”二句：青照堂刊楊鐵崖詠史本作“鐵箸之謀成繆醜”一句。又，小字注原本置於篇末，徑移於此。

⑧ “食借筋”二句：青照堂刊楊鐵崖詠史本作“食前借箸參機謀”一句。

⑨ 醢：原本作“休”，據青照堂刊楊鐵崖詠史本改。

⑩ 籌：青照堂刊楊鐵崖詠史本作“儔”。

## 【箋注】

〔一〕鐵筋行：詠徐知誥與宋齊丘畫筋密謀事，詳見資治通鑑卷二百七十後梁紀五均王貞明四年。徐知誥：即南唐烈祖。本姓李，楊行密攻濠州而得之，養以爲子，因楊氏諸子不能容，改從徐溫姓，名知誥。封齊王之後，復姓李，改名昇。參見新五代史南唐世家。宋齊丘：南唐大臣，因不得志而乞歸九華山，賜號九華先生。後自縊而死。新五代史南唐世家：“初，宋齊丘爲昇謀篡楊氏最有力，及成事，乃陽入九華山，昇屢招之，乃出。昇僭號，未幾，齊丘以病罷相，出爲洪州節度使。景立，復召爲相，而陳覺、魏岑等皆爲齊丘所引用……鍾謨素善李德明，既歸，而聞德明由宋齊丘等見殺，欲報其冤……謨還，言覺姦詐，景怒，流覺饒州，殺之。宋齊丘坐覺黨與，放還青陽，賜死。”

〔二〕昇州：即金陵，五代時吳國建都於此。徐知誥曾任昇州刺史、江州團練使。

〔三〕“昇元”句：新五代史南唐世家：“天祚三年，建齊國，置宗廟社稷，以宋齊丘、徐玠爲左右丞相。十月，(楊)溥遣攝太尉楊璘傳位於昇，國號齊，改元昇元。”

〔四〕泰州囚君：資治通鑑卷二百八十二後晉紀三高祖天福四年：“唐人遷讓皇之族於泰州，號永寧宮，防衛甚嚴。”按：遷讓皇於他州之策，實爲宋齊丘所獻。讓皇，指吳王楊溥。

〔五〕食借箸：漢書張良傳：“漢三年，項羽急圍漢王於滎陽，漢王憂恐，與酈食其謀橈楚權……酈生未行，良從外來謁漢王。漢王方食，曰：‘客有爲我計橈楚權者。’具以酈生計告良，曰：‘於子房何如？’良曰：‘誰爲陛下畫此計者？陛下事去矣。’漢王曰：‘何哉？’良曰：‘臣請借前箸以籌之……’漢王輟食吐哺，罵曰：‘豎儒，幾敗乃公事！’”

〔六〕老蕭：指蕭何。韓：韓信。

〔七〕赤松歸來：意爲追隨赤松子，隱逸逍遙。


# 齊雲樓〔一〕


乾寧三年，李茂貞舉兵犯闕，延王戒丕請上幸太原。上至渭北，韓建請幸華州，遂欲制之。上從之。茂貞遂入長安，燔燒俱盡。昭宗登齊雲樓望故京，作菩薩蠻三章，其卒章曰：“野烟生碧樹，陌上行人去。安得有英雄，迎歸大內宮〔二〕！”酒酣，與從人悲歌泣下。吁，昭宗之路窮勢蹙，以不能用李克用之言耳，而信天下癡物之謀〔三〕，以至如此。十六宅之幽〔四〕，將誰咎哉！

齊雲樓，渭水一條流〔五〕。雙飛燕子，春來秋去春復秋，碧雲四合思悠悠〔六〕。凍死雀，愁殺紇干頭〔七〕。

## 【箋注】

〔一〕齊雲樓：位於華州（今陝西華縣一帶）城內。參見大清一統志卷一百九十
　　　同州府二。資治通鑑卷二百六十唐紀七十六昭宗乾寧三年：“秋七月，
　　　（李）茂貞進逼京師。延王戒丕曰：‘今關中藩鎮無可依者，不若自鄜州濟
　　　河，幸太原。臣請先往告之。’辛卯，詔幸鄜州。壬辰，上出至渭北。韓建
　　　遣其子從允奉表請幸華州……上乃從之。乙未，宿下邽。丙申，至華州，
　　　以府署爲行宮。建視事於龍興寺。茂貞遂入長安，自中和以來所葺宮室
　　　市肆，燔燒俱盡。”乾寧三年，公元八九六年。乾寧爲唐昭宗年號。李茂
　　　貞，本姓宋，名文通，深州博野（今屬河北保定）人。唐僖宗時任隴右節度
　　　使，昭宗時曾舉兵反叛，五代後梁時割據稱王。舊五代史有傳。延王戒
　　　丕，唐玄宗子延王李玢後人。韓建，字佐時，許州（今河南許昌）人。唐昭
　　　宗時任中書令。舊五代史有傳。

〔二〕按：宋阮閱撰詩話總龜卷四十二怨嗟門載唐昭宗菩薩蠻，文字稍有出入。

〔三〕李克用：即後唐太祖。生平見舊五代史唐書武皇本紀。按：李克用曾欲
　　　討李茂貞，昭宗不許。癡物：語出李克用，指韓建。資治通鑑卷二百六十
　　　唐紀七十六昭宗乾寧三年：“（八月）韓建移檄諸道，令共輸資糧詣行在。
　　　李克用聞之，歎曰：‘去歲從余言，豈有今日之患！’又曰：‘韓建，天下癡
　　　物，爲賊臣弱帝室，是不爲李茂貞所擒，則爲朱全忠所虜耳！’”

〔四〕“十六宅之幽”二句：光化三年（九〇〇）十一月，中尉劉季述囚禁昭宗於
　　　少陽院，而立太子裕。參見青照堂叢書本楊鐵崖詠史三使相。按：少陽
　　　院在大明宮，太子居之。至於十六宅，乃皇子所居。此謂昭宗囚於“十六
　　　宅”，誤。資治通鑑卷二百三十八唐紀五十四憲宗元和六年“十六宅諸
　　　王”注：“余按開元以來，皇子多居禁中，詔附苑城爲大宮，分院而處，號十
　　　王宅，中人押之；就夾城參天子起居。其後增爲十六宅。”

〔五〕“渭水”句：語出唐昭宗菩薩蠻。原詞見宋阮閱撰詩話總龜卷四十二怨
　　　嗟門。

〔六〕原本篇末有小字注：“碧雲四合，寓意克用。”

〔七〕“凍死雀”二句：資治通鑑卷二百六十四唐紀八十昭宗天祐元年：“初，上
　　　在華州，朱全忠屢表請上遷都洛陽……（正月）己酉，全忠引兵屯河中。丁
　　　巳，上御延喜樓，朱全忠遣牙將寇彥卿奉表，稱邠、岐兵逼畿甸，請上遷都
　　　洛陽……壬戌，車駕發長安……甲子，車駕至華州，民夾道呼萬歲，上泣謂
　　　曰：‘勿呼萬歲，朕不復爲汝主矣！’館於興德宮，謂侍臣曰：‘鄙語云：紇干

山頭凍殺雀,何不飛去生處樂! 朕今漂泊,不知竟落何所!'因泣下霑襟,左右莫能仰視。"又,大明一統志卷二十一大同府:"紇真山,在府城東北五十里。紇真,猶漢言'千里'。其山冬夏積雪……亦名紇干山。"

# 腕可斷〔一〕

韋債相〔二〕,脱緤経。欐①杯之逆〔三〕,誓寝皮飲血。韓侍郎,不草麻,解衣待鐵礦(叶)。明年債相殂,故人呼我踵覆轍〔四〕。走閩山,泣天闕〔五〕。

## 【校】

① 欐:樓氏鐵崖詠史注本作"擲"。

## 【箋注】

〔一〕腕可斷:咏唐末韓偓以死抗命之行爲。資治通鑑卷二百六十三唐紀七十九昭宗天復二年:"韋貽範之爲相也,多受人賂,許以官。既而以母喪罷去,日爲債家所譟。親吏劉延美所負尤多,故汲汲於起復,日遣人詣兩中尉、樞密及李茂貞求之。(七月)甲戌,命韓偓草貽範起復制,偓曰:'吾腕可斷,此制不可草!'即上疏論貽範遭憂未數月,遽令起復,實駭物聽,傷國體。學士院二中使怒曰:'學士勿以死爲戲!'偓以疏授之,解衣而寝。二使不得已奏之。上即命罷草。"

〔二〕韋債相:指韋貽範。新唐書盧光啟傳:"光啟執政,韋貽範、蘇檢相繼爲宰相。貽範字垂憲。"按:宰相韋貽範多受賄賂,後因母喪去職,爲償債而急於復職,故稱"債相"。

〔三〕欐杯:當指韋貽範以大杯逼迫唐昭宗飲酒。資治通鑑卷二百六十三唐紀七十九昭宗天復二年:"三月庚戌,上與李茂貞及宰相、學士、中尉、樞密宴,酒酣,茂貞及韓全誨亡去。上問韋貽範:'朕何以巡幸至此?'對曰:'臣在外不知。'固問,不對。上曰:'卿何得於朕前妄語云不知?'又曰:'卿既以非道取宰相,當於公事如法。若有不可,必準故事。'怒目視之,微言曰:'此賊兼須杖之二十。'顧謂韓偓曰:'此輩亦稱宰相!'貽範屢以大杯獻上,上不即持,貽範舉杯直及上頤。"

〔四〕故人：指蘇檢、李茂貞等。資治通鑑卷二百六十三唐紀七十九昭宗天復二
　　年：“蘇檢數爲韓偓經營入相，言於茂貞及中尉、樞密，且遣親吏告偓。偓
　　怒曰：‘公與韋公自貶所召歸，旬月致位宰相，訖不能有所爲，今朝夕不濟，
　　乃欲以此相污邪！’”

〔五〕“走閩山”二句：新唐書韓偓傳：“全忠至中書，欲召偓殺之。鄭元規曰：
　　‘偓位侍郎、學士承旨，公無遽。’全忠乃止。貶濮州司馬，帝執其手流涕
　　曰：‘我左右無人矣。’再貶榮懿尉，徙鄧州司馬。天祐二年，復召爲學士，
　　還故官。偓不敢入朝，挈其族南依王審知而卒。”


# 三閣圖〔一〕


金陵新閣空中起〔二〕，虎踞龍蟠鳳雙①掎。沉檀雕柱闈玉螭，麗華
吹笙綵雲裏〔三〕。水晶簾空濾明月，三十六宮白於水。紅塵巴馬四百
秋（梁末童謠）〔四〕，五城步障五花毬。綵繒山頭蓋宮殿，山前十二銀潢
流。健娥五百曳錦纜〔五〕，金蓮吐影上下金銀州。二三狎客混歌舞〔六〕，
中有酒悲淚如雨。嘉州諷諫三閣圖，秦州②別幸千花株〔七〕。回鶻
隊〔八〕，鴉群呼，夜半卷土昌瀘渝〔九〕。黃茅縛髻口銜璧〔十〕，草降表，王
中書③〔十一〕。嗚呼，玉樹聲中作唐虞〔十二〕，門外崇韜是擒虎〔十三〕。

## 【校】

① 鳳雙：樓氏鐵崖詠史注本作“雙鳳”。
② 州：原本作“川”，據新五代史前蜀世家、資治通鑑改。
③ “草降表”二句：懷華庵叢書本作“草降表有王中書”一句。

## 【箋注】

〔一〕三閣圖：指五代時前蜀嘉州司馬劉贊進獻陳後主三閣圖，用以諷諫。資
　　治通鑑卷二百七十二後唐紀一莊宗同光元年：“潘在迎每勸蜀主誅諫者，
　　無使謗國。嘉州司馬劉贊獻陳後主三閣圖，并作歌以諷；賢良方正蒲禹卿
　　對策語極切直，蜀主雖不罪，亦不能用也。”

〔二〕金陵新閣：南朝陳後主至德二年（五八四），於光照殿前起臨春、結綺、望
　　仙三閣，極爲奢華，供貴妃等居住游賞。參見陳書後主張貴妃傳、鐵崖先

生古樂府卷四陳朝檜。

〔三〕麗華：陳後主張貴妃名。

〔四〕"紅塵"句：指五代後梁時"巴馬子"童謠,參見鐵崖先生古樂府卷九三閣
　　　詞注。

〔五〕"健娥"句：蓋指前蜀王衍效仿隋煬帝龍舟之游。新五代史前蜀世家三王
　　　衍："(乾德)二年冬,北巡,至于西縣,旌旗戈甲,連亘百餘里。其還也,自
　　　閬州浮江而上,龍舟畫舸,照耀江水,所在供億,人不堪命。"又,題唐韓偓
　　　撰煬帝開河記："龍舟既成,泛江沿淮而下,至大梁,又別加修飾,砌以七寶
　　　金玉之類。於是吳越取民間女年十五六歲者五百人,謂之殿脚女,至於龍
　　　舟御楫,即每船用綵纜十條,每條用墊脚女十人,嫩羊十口,令殿脚女與羊
　　　相間而行牽之……時舳艫相繼,連接千里,自大梁至淮口,聯綿不絕。錦
　　　帆過處,香聞百里。"

〔六〕二三狎客：指韓昭、潘在迎、顧在珣。資治通鑑卷二百七十二後唐紀一莊
　　　宗同光元年："蜀主以文思殿大學士韓昭、内皇城使潘在迎、武勇軍使顧在
　　　珣爲狎客,陪侍游宴,與宮女雜坐,或爲豔歌相唱和,或談嘲謔浪,鄙俚褻
　　　慢,無所不至,蜀主樂之。"

〔七〕"秦州"句：資治通鑑卷二百七十三後唐紀二莊宗同光三年："蜀安重霸勸
　　　王承休請蜀主東游秦州。承休到官,即毁府署,作行宮,大興力役,强取民
　　　間女子教歌舞,圖形遺韓昭,使言於蜀主。又獻花木圖,盛稱秦州山川土
　　　風之美。蜀主將如秦州,群臣諫者甚衆,皆不聽。王宗弼上表諫,蜀主投
　　　其表於地。……王承休妻嚴氏美,蜀主私焉,故銳意欲行。"

〔八〕回鶻隊：通鑑紀事本末卷四十下莊宗滅蜀："(後唐莊宗同光三年)十一月
　　　丙申,蜀主至成都,百官及後宮迎於七里亭。蜀主入妃嬪中作回鶻隊入
　　　宮。丁酉,出見群臣於文明殿,泣下霑襟,君臣相視,竟無一言以救國患。"
　　　按：回鶻隊,指效仿回鶻排隊入宮。

〔九〕昌瀘渝：即昌州、瀘州、渝州,三州皆前蜀領地,位於今四川大足、瀘州和
　　　重慶市一帶。

〔十〕"黄茅"句：新五代史前蜀世家："唐魏王繼岌、郭崇韜伐蜀。是歲,衍改元
　　　曰咸康……十月,幸秦州,群臣切諫,衍不聽。行至梓潼,大風發屋拔木,
　　　太史曰：'此貪狼風也,當有敗軍殺將者。'衍不省。衍至縣谷,而唐師入其
　　　境,衍懼,遽還……即上表乞降。"

〔十一〕王中書：指王宗弼。王宗弼其時任前蜀中書令。資治通鑑卷二百七十
　　　　三後唐紀二莊宗同光三年："郭崇韜遣王宗弼等書,爲陳利害。李紹琛

未至利州,宗弼棄城引兵西歸。王宗勛等三招討追及宗弼於白芀……
因相持而泣,遂合謀送款於唐。"

〔十二〕玉樹: 即玉樹後庭花,陳後主令宫女習唱之曲,讚譽張貴妃、孔貴嬪之容
色。此借指前蜀王臣淫樂之曲。詳見陳書後主張貴妃傳。

〔十三〕崇韜: 指郭崇韜,爲伐蜀主帥。擒虎: 指韓擒虎,滅陳主帥。

# 李客省〔一〕

李嚴解亡蜀〔二〕,亡蜀亦亡唐。人知啼血母,已悟孟知祥〔三〕。孰知
白日相,料敵在高堂①〔四〕。

【校】

① "孰知"二句: 青照堂刊楊鐵崖詠史本作"孰知白衣相,料敵在高昌",且有小
字注曰:"梁震語季興事。"

【箋注】

〔一〕李客省: 五代十國時後唐客省使李嚴。

〔二〕"李嚴"句: 新五代史李嚴傳:"後事莊宗爲客省使。嚴爲人明敏多藝能,
習騎射,頗知書而辯。同光三年,使于蜀,爲王衍陳唐興復功德之盛,音辭
清亮,蜀人聽之皆竦動……是時,蜀之君臣皆庸暗,而恃險自安,窮極奢
僭。嚴自蜀還,具言可取之狀。"

〔三〕孟知祥: 五代 後蜀開國君王。新五代史 李嚴傳:"其後孟知祥屈彊於
蜀……嚴乃求爲西川兵馬都監。將行,其母曰:'汝前啟破蜀之謀,今行,
其以死報蜀人矣!'嚴不聽。初,嚴與知祥同事莊宗……知祥雖與嚴有舊
恩,而惡其來。蜀人聞嚴來,亦皆惡之。嚴至,知祥置酒,從容問嚴曰:'朝
廷以公來邪? 公意自欲來邪?'嚴曰:'君命也。'知祥發怒曰:'天下藩鎮
皆無監軍,安得爾獨來此? 此乃孺子熒惑朝廷爾!'即擒斬之。明宗不能
詰也。知祥由此遂反。"

〔四〕"孰知"二句: 謂李嚴母預知其子赴蜀必遭禍。又,青照堂本此二句作"孰知
白衣相,料敵在高昌",亦通。"白衣相"指唐末進士梁震,"高昌"即南平王
高季興,季興原名季昌。詳本卷荊臺隱士注。按: 青照堂本詩末二句轉而
叙述梁震行爲,與前述李嚴行爲結局作對照,似較原本構思更巧。

# 將進酒〔一〕

　　將進酒，雙①玉觶，徐家荊樹雙聯枝〔二〕。酒中有鴆毒，爾汝心相疑。兄一飲兮，弟不敢違；兄不飲兮，弟不敢舉卮，五百分壽各相持。申狎兒②，雙絲工奏棠棣詩〔三〕，兩觶不決我分飲③，腦血與酒④相淋漓。申狎兒，生不恨，死不悲，但願兄弟和樂歌⑤塤篪〔四〕。君不見唐樂工，以死白⑥東宮，金刀剖出忠義胸〔五〕。

## 【校】

① 雙：青照堂刊楊鐵崖詠史本作“舉”。

② 申狎兒：青照堂刊楊鐵崖詠史本作“申老奴，本狎兒”。

③ “兩觶”句：青照堂刊楊鐵崖詠史本作“將近之酒一傾倒”。

④ 腦血與酒：青照堂刊楊鐵崖詠史本作“腦中迸血”。

⑤ 歌：青照堂刊楊鐵崖詠史本作“吹”。

⑥ 以死白：青照堂刊楊鐵崖詠史本作“明”。

## 【箋注】

〔一〕將進酒：述南唐先主徐知誥兄弟相爭而伶人申漸高喪命事。資治通鑑卷二百七十六後唐紀五明宗天成四年：“十二月，吳加徐知誥兼中書令，領寧國節度使。（徐知誥奪知詢寧國節而自領之。）知誥召徐知詢飲，以金鍾酌酒賜之，曰：‘願弟壽千歲。’知詢疑有毒，引它器均之，跪獻知誥曰：‘願與兄各享五百歲。’知誥變色，左右顧，不肯受，知詢捧酒不退。左右莫知所爲，伶人申漸高徑前爲詼諧語，掠二酒合飲之，懷金鍾趨出。知誥密遣人以良藥解之，已腦潰而卒。”

〔二〕徐家：指徐知誥、知詢兄弟。荊樹雙聯枝：喻指骨肉兄弟，用田氏紫荊樹故事。參見鐵崖先生古樂府卷一桓山禽注。

〔三〕棠棣：詩小雅篇名，序云：“燕兄弟也。”

〔四〕“但願”句：詩小雅何人斯：“伯氏吹壎，仲氏吹篪。”箋云：“伯仲喻兄弟也。我與汝恩如兄弟，其相應和如壎篪。以言俱爲王臣，宜相親愛。”

〔五〕“君不見”三句：指唐樂工安金藏故事。新唐書忠義傳：“安金藏，京兆長安人。在太常工籍。睿宗爲皇嗣，少府監裴匪躬、中官范雲仙坐私謁皇嗣，皆殊死，自是公卿不復見，唯工優給使得進。俄有誣皇嗣異謀者，武后詔來俊臣問狀，左右畏慘楚，欲引服。金藏大呼曰：‘公不信我言，請剖心以明皇嗣不反也。’引佩刀自剚腹中，腸出被地，眩而仆。”

# 檻車行〔一〕

檻車成，狼牙釘。狼牙鑿鑿刺人骨，鋒血點點銅花腥。建州城〔二〕，未解圍，三軍不進將何爲？三軍誓得檻車子，檻車之車且勿馳。大鵬笏〔三〕，如神錐，啟聖門前擊老鴟。剖鴟心，吮鴟血，一尺欑刀①欑霏雪。檻車子，天好還，老鴟三日身先殘。君不見唐家鐵甕子，請兄入甕死〔四〕。

## 【校】

① 一尺欑刀：樓氏鐵崖詠史注本作“一刀欑刀”，懺華庵叢書本作“一刀兩刀”。

## 【箋注】

〔一〕檻車：指五代時閩國奸臣薛文傑所造。資治通鑑卷二百七十八後唐紀七潞王清泰元年：“初，（薛）文傑以爲古制檻車疏闊，更爲之，形如木匱，攢以鐵鋩，內向，動輒觸之。車成，文傑首自入焉。”

〔二〕建州：即建安郡，唐初武德四年（六二一）置。含建安、邵武、浦城、建陽、將樂五縣。位於今福建福州一帶。參見新唐書地理志。

〔三〕大鵬：指閩國君主王昶。王昶原名繼鵬，其時封福王，殺父王璘後登基。資治通鑑卷二百七十八後唐紀七潞王清泰元年：“吳蔣延徽敗閩兵於浦城，遂圍建州，閩主璘遣上軍使張彥柔、驃騎大將軍王延宗將兵萬人救建州。延宗軍及中途，士卒不進，曰：‘不得薛文傑，不能討賊。’延宗馳使以聞，國人震恐。太后及福王繼鵬泣謂璘曰：‘文傑盜弄國權，枉害無辜，上下怨怒久矣。今吳兵深入，士卒不進，社稷一旦傾覆，留文傑何益！’……文傑出，繼鵬伺之於啟聖門外，以笏擊之仆地，檻車送軍前，市人爭持瓦礫擊之。文傑善術數，自云過三日則無患。部送者聞之，倍道兼行，二日而至，士卒見之，踴躍欑食之。閩主亟遣赦之，不及。”

〔四〕“君不見”二句：以武則天時酷吏周興下場比附薛文傑。參見陳善學序刊楊鐵崖先生文集卷三兒入甕注。

# 琉璃瓶[一]

　　琉璃瓶,琉璃瓶①,水晶篋底三姓名。騏驎噴烟香玉案②,上禱天眼天③難明。盧家兒,第一闥④,爵中書,輔九旒⑤。太原賊一起,君王北顧憂。盧家兒,黃門之位徒淹留⑥。君王問汝將何如⑦,額塌沙土真包羞⑧[二]。不愈唐家崔⑨與盧[三],姓名亦在黃金甌⑩。

## 【校】

① “琉璃瓶”二句:原本作“琉璃瓶”一句,據青照堂刊楊鐵崖詠史本增補。

② “騏驎”句:原本無,據青照堂刊楊鐵崖詠史本增補。

③ 上禱天眼天:青照堂刊楊鐵崖詠史本作“禱天天眼大”,懷華庵叢書本作“禱天天眼殊”。

④ 第一闥:原本無,據青照堂刊楊鐵崖詠史本增補。

⑤ 輔九旒:原本無,據青照堂刊楊鐵崖詠史本增補。

⑥ “太原賊一起”四句:原本作“太原賊起”一句,據青照堂刊楊鐵崖詠史本改補。

⑦ 將何如:青照堂刊楊鐵崖詠史本作“太平策”。

⑧ “額塌”句:原本無,據青照堂刊楊鐵崖詠史本增補。塌,青照堂本作“榻”,據懷華庵叢書本改。

⑨ 不愈:青照堂刊楊鐵崖詠史本作“吁嗟”。青照堂本於“崔”字下有小字注“琳”。

⑩ “姓名”句:原本無,據青照堂刊楊鐵崖詠史本增補。

## 【箋注】

〔一〕琉璃瓶:述五代後唐末帝李從珂擇相事。資治通鑑卷二百七十九後唐紀八潞王清泰元年:“劉昫與馮道昏姻。昫性苛察,李愚剛褊,道既出鎮,二人論議多不合……由是動成忿争,至相詬罵,各欲非時求見,事多凝滯。帝患之,欲更命相,問所親信以朝臣聞望宜爲相者,皆以尚書左丞姚顗、太常卿盧文紀、秘書監崔居儉對。論其才行,互有優劣,帝不能決,乃置其名

於瑠璃瓶,夜焚香祝天,且以籤挾之,首得<u>文紀</u>,次得<u>顗</u>。秋七月辛亥,以
<u>文紀</u>爲中書侍郎、同平章事。”

〔二〕“<u>太原</u>賊”六句：指<u>晉高祖石敬瑭</u>。<u>石敬瑭</u>原爲<u>後唐</u>重臣,於<u>太原</u>起兵造
反。<u>新五代史盧文紀傳</u>：“是時天下多事,廢帝數以責<u>文紀</u>……<u>晉高祖</u>起
<u>太原</u>,廢帝北征,過拜<u>徽陵</u>,休仗舍,顧<u>文紀</u>曰：‘吾自<u>鳳翔</u>識卿,不以常人
爲待,自卿爲相,詢于輿議,皆云可致太平,今日使吾至此,卿宜如何?’<u>文
紀</u>皇恐謝罪。”

〔三〕<u>崔</u>與<u>盧</u>：指<u>崔琳</u>與<u>盧從愿</u>。<u>唐李德裕</u>撰<u>次柳氏舊聞</u>：“<u>玄宗</u>善八分書,將
命相,先以御體書其姓名,置案上。會太子入視,上舉金甌覆其名,以告之
曰：‘宰相名,汝庸能知之乎? 即射中,賜若卮酒也。’<u>肅宗</u>拜而稱之曰：‘非
<u>崔琳</u>、<u>盧從愿</u>乎?’上曰：‘然。’因舉甌以賜酒卮。”


# 落葉辭〔一〕


后皇嘉樹①〔二〕,翠葉翹翹〔三〕。植于東垣,春陽韶韶②。根未撥③兮
歲未凋,一葉落兮隨風飄。<u>寶皇殿</u>〔四〕,肆巫妖④,樓頭<u>春燕</u>⑤飛淩
霄〔五〕,葉落溝兮水迢迢⑥。

## 【校】

① 后皇嘉樹：<u>青照堂刊楊鐵崖詠史</u>本作“閭之樹兮”。

② “植于東垣”二句：<u>青照堂刊楊鐵崖詠史</u>本作“植于東垣兮春陽昭昭”。

③ 撥：<u>青照堂刊楊鐵崖詠史</u>本作“發”。

④ “寶皇殿”二句：<u>青照堂刊楊鐵崖詠史</u>本作“寶皇殿兮肆巫袄”。

⑤ <u>青照堂刊楊鐵崖詠史</u>本“春燕”下多一“兮”字。

⑥ 葉落溝兮水迢迢：<u>青照堂刊楊鐵崖詠史</u>本作“於乎,葉落御溝兮水迢迢,
水迢迢”。

## 【箋注】

〔一〕落葉：語出<u>閩主王昶</u>批<u>葉翹</u>上書辭。<u>資治通鑑</u>卷二百七十九<u>後唐紀</u>八<u>潞
王清泰</u>二年：“<u>昶</u>元妃<u>梁國夫人李氏</u>,同平章事<u>敏</u>之女,<u>昶</u>嬖<u>李春鷰</u>,待夫
人甚薄。<u>翹</u>諫曰：‘夫人先帝之甥,聘之以禮,奈何以新愛而棄之!’<u>昶</u>不

悦,由是疏之。未幾,復上書言事,昶批其紙尾曰:‘一葉隨風落御溝。’遂放歸永泰,以壽終。”

〔二〕后皇嘉樹:語出楚辭九章橘頌:“后皇嘉樹,橘徠服兮。”

〔三〕翠葉翹翹:喻指葉翹。資治通鑑卷二百七十九後唐紀八潞王清泰二年:“(閩主)以六軍判官永泰葉翹爲内宣徽使、參政事。翹博學質直,閩惠宗擢爲福王友,(閩主昶初封福王。)昶以師傅禮待之,多所裨益,宮中謂之‘國翁’。昶既嗣位,驕縱,不與翹議國事。一旦,昶方視事,翹衣道士服過庭中趨出,昶召還,拜之曰:‘軍國事殷,久不接對,孤之過也。’翹頓首曰:‘老臣輔導無狀,致陛下即位以來無一善可稱,願乞骸骨。’昶曰:‘先帝以孤屬公,政令不善,公當極言,奈何棄孤去!’厚賜金帛,慰諭令復位。”

〔四〕“寶皇殿”二句:新五代史閩世家:“(王)鏻,審知次子也。……鏻好鬼神、道家之説,道士陳守元以左道見信,建寶皇宫以居之。守元謂鏻曰:‘寶皇命王少避其位,後當爲六十年天子。’鏻欣然遜位,命其子繼鵬權主府事。既而復位,遣守元問寶皇:‘六十年後將安歸?’守元傳寶皇語曰:‘六十年後,當爲大羅仙人。’鏻乃即皇帝位,受册於寶皇,以黄龍見真封宅,改元爲龍啟,國號閩。”

〔五〕春燕:新五代史閩世家:“鏻婢春鶯有色,其子繼鵬烝之,鏻已病,繼鵬因陳氏以求春鶯,鏻怏怏與之……繼鵬,鏻長子也。既立,更名昶,改元通文……昶亦好巫,拜道士譚紫霄爲正一先生,又拜陳守元爲天師,而妖人林興以巫見幸,事無大小,興輒以寶皇語命之而後行……而昶愈惑亂,立父婢春鶯爲淑妃,後立以爲皇后。”


# 荆臺隱士①〔一〕


白衣客,參國謀,渤海帷幄②吾何留〔二〕?但願稱隱士,歸土洲,醉披鶴氅騎黄牛。九華先生不回首〔三〕,千古萬古名繆醜。

## 【校】

① 青照堂刊楊鐵崖詠史本所録荆臺隱士,與此本題同詩異,可參看。
② 幄:原本作“握”,據樓氏鐵崖詠史注本改。

## 【箋注】

〔一〕荆臺隱士:梁震。資治通鑑卷二百六十七後梁紀二太祖開平二年:“依政

進士梁震,唐末登第,至是歸蜀。過江陵,(荆南節度使)高季昌愛其才識,
留之,欲奏爲判官。震耻之,(高季昌出於奴僕,故梁震耻爲之僚屬。)欲
去,恐及禍,乃曰:'震素不慕榮宦,明公不以震爲愚,必欲使之參謀議,但
以白衣侍樽俎可也,何必在幕府!'季昌許之。震終身止稱前進士,不受高
氏辟署。季昌甚重之,以爲謀主,呼曰'先輩'。"資治通鑑卷二百七十九
後唐紀八潞王清泰二年:"荆南節度使高從誨,性明達,親禮賢士,委任梁
震,以兄事之。震常謂從誨爲'郎君'……省刑薄賦,境内以安。梁震曰:
'先王待我如布衣交,以嗣王屬我。今嗣王能自立,不墜其業,吾老矣,不
復事人矣。'遂固請退居。從誨不能留,乃爲之築室於土洲。(江陵有九十
九洲,土洲其一也。)震披鶴氅,自稱荆臺隱士,每詣府,跨黄牛至聽事。從
誨時過其家,四時賜與甚厚。自是悉以政事屬孫光憲。臣光曰:'孫光憲
見微而能諫,高從誨乃聞善而能徙,梁震成功而能退,自古有國家者能如
是,夫何亡國敗家喪身之有!'"按:從誨乃高季昌子。

〔二〕渤海:高季昌曾封渤海郡王。

〔三〕九華先生:指宋齊丘。參見本卷鐵笛行注。資治通鑑卷二百九十四後周
紀五世宗顯德六年:"唐宋齊丘至九華山,唐主命鎖其第,穴牆給飲食。齊
丘歎曰:'吾昔獻謀幽讓皇帝族於泰州,宜其及此!'乃縊而死。謚曰
醜繆。"

# 張生鐵[一]

胡風排城城欲摧,黄頭奚騎連天來。斷頭將軍一寸鐵[二],百煉精
芒貫秋月。兵憒馬憊鼓聲死,將軍不作降胡鬼[三]。大惡漢[四],真狗
奴,殿前斫鐵拜胡雛。生鐵生鐵鐵不枯,胡雛祭墓雙膝膜[五]。

【箋注】

〔一〕張生鐵:五代後唐太原四面都招討使張敬達。新五代史張敬達傳:"張敬
達字志通,代州人也。小字生鐵。"

〔二〕斷頭將軍:資治通鑑卷二百八十後晉紀一高祖天福元年:"晉安寨被圍數
月,高行周、符彦卿數引騎兵出戰,衆寡不敵,皆無功……援兵竟不至。張
敬達性剛,時謂之'張生鐵',楊光遠、安審琦勸敬達降於契丹,敬達曰:
'吾受明宗及今上厚恩,爲元帥而敗軍,其罪已大,況降敵乎! 今援兵旦暮

至,且當俟之。必若力盡勢窮,則諸軍斬我首,攜之出降,自求多福,未爲晚也。'"

〔三〕"將軍"句:新五代史張敬達傳:"契丹兵圍敬達者,自晉安寨南,長百餘里,闊五十里,敬達軍中望之,但見穹廬連屬如岡阜,四面亘以毛索,掛鈴爲警,縱犬往來。敬達軍中有夜出者,輒爲契丹所得,由是閉壁不敢復出。"

〔四〕大惡漢:新五代史楊光遠傳:"晉高祖起太原,末帝以光遠佐張敬達爲太原四面招討副使,爲契丹所敗,退守晉安寨。契丹圍之數月,人馬食盡,殺馬而食,馬盡,乃殺敬達出降。耶律德光見之,靳曰:'爾輩大是惡漢兒!'光遠與諸將初不知其誚己,猶爲謙言以對,德光曰:'不用鹽酪,食一萬匹戰馬,豈非惡漢兒邪!'光遠等大慚伏。"

〔五〕"胡雛"句:資治通鑑卷二百八十後晉紀一高祖天福元年:"光遠乘其無備,斬敬達首,帥諸將上表降於契丹……契丹主嘉張敬達之忠,命收葬而祭之,謂其下及晉諸將曰:'汝曹爲人臣,當效敬達也。'"


# 石郎詞〔一〕


石郎石郎臬捩豎〔二〕,忍背沙陀篡唐主〔三〕。胡兒①許汝著柘黃,解衣築壇柳林下(叶"户")。地割十六州,帛輸三十萬〔四〕。北平父子争山河(趙德鈞)〔五〕,鐵硯書生前泣諫(維翰)〔六〕。斛律小雛一諾重,石郎石郎②石不爛〔七〕。嗚呼,石家天子傳後主,木葉山頭拜相祖〔八〕。

## 【校】

① 兒:樓氏鐵崖詠史注本作"雛"。
② 石郎石郎:原本作"石郎",據懷華庵叢書本增補。

## 【箋注】

〔一〕石郎:指石敬瑭。
〔二〕臬捩:新五代史晉高祖本紀:"其父臬捩雞,本出於西夷,自朱邪歸唐,從朱邪入居陰山。其後晉王李克用起於雲、朔之間,臬捩雞以善騎射,常從晉王征伐有功,官至洺州刺史。臬捩雞生敬瑭,其姓石氏,不知其得姓之始也。"

〔三〕“忍背”句：元胡一桂史纂通要卷十七後晉：“後晉高祖姓石名敬瑭。……唐明宗愛之，妻以晉國公主（明宗女，爲皇后）。鎮太原。素與潞王不協，王嗣位，徙鎮天平，拒命。求援契丹，上表稱臣，且請事以父禮。於是契丹自將赴援，敗唐兵晉陽，作册書立敬瑭爲大晉皇帝，滅唐，都汴。”按：後唐皇帝“其先本號朱邪，蓋出於西突厥，至其後世，別自號曰沙陀，而以朱邪爲姓”。參見新五代史唐本紀。

〔四〕“胡兒”四句：資治通鑑卷二百八十後晉紀一高祖天福元年：“契丹主作策書，命敬瑭爲大晉皇帝，自解衣冠授之，築壇於柳林，是日（即十一月丁酉），即皇帝位。割幽、薊、瀛、莫、涿、檀、順、新、媯、儒、武、雲、應、寰、朔、蔚十六州以與契丹，仍許歲輸帛三十萬匹。己亥，制改長興七年爲天福元年。”

〔五〕北平父子：指後唐中書令趙德鈞與其子樞密使延壽。趙氏父子爲後唐重臣，然欲割據一方，“遣使於契丹，厚齎金幣，求立以爲帝，仍許晉祖長鎮太原，契丹主不之許”。詳舊五代史趙德鈞傳。

〔六〕鐵硯書生：指桑維翰。桑維翰其時受職於後晉石敬瑭，任翰林學士、禮部侍郎。資治通鑑卷二百八十後晉紀一高祖天福元年：“（趙延壽）詐云德鈞遣使致書於契丹主，爲唐結好，説令引兵歸國；其實別爲密書，厚以金帛略契丹主……（契丹主）欲許德鈞之請。帝聞之，大懼，亟使桑維翰見契丹主，説之曰……契丹主曰：‘吾非有渝前約也，但兵家權謀不得不爾。’對曰：‘皇帝以信義救人之急，四海之人俱屬耳目，奈何二三其命，使大義不終！臣竊爲皇帝不取也。’跪於帳前，自旦至暮，涕泣爭之。契丹主乃從之。”參見本卷鐵硯子注。

〔七〕“斛律”二句：舊五代史契丹傳：“幽州趙德鈞屯兵於團柏谷，遣使至幕帳，求立己爲帝，以石氏世襲太原，（耶律）德光對使指帳前一石曰：‘我已許石郎爲父子之盟，石爛可改矣。’”

〔八〕“石家天子”二句：謂晉高祖石敬瑭後人晉廢帝被迫至木葉山契丹始祖廟叩拜。後主，即晉廢帝。資治通鑑卷二百八十六後漢紀一高祖天福十二年：“晉主與李太后、安太妃、馮后及弟睿、子延煦、延寶俱北遷……晉主既出塞，契丹無復給，從官、宮女皆自采木實草葉而食之。至錦州，契丹令晉主及后妃拜契丹主阿保機墓。（契丹置錦州，近木葉山。）晉主不勝屈辱，泣曰：‘薛超誤我！’馮后陰令左右求毒藥，欲與晉主俱自殺，不果。”又，遼史營衛志中部族上：“契丹之先，曰奇首可汗，生八子。其後族屬漸盛，分爲八部，居松、漠之間。今永州木葉山有契丹始祖廟，奇首可汗、可敦并八子像皆在焉。"

# 鐵鞭郎〔一〕

　　鐵鞭郎，鞭有神，鐵鞭指人能殺人。石公自詡無如我〔二〕，七十二節生龍鱗。鞭指日，日色死。射天笞地争天子〔三〕，我當爲雪萬世耻。吁嗟偃身①，鐵鞭鐵鞭無復神〔四〕。

## 【校】

① 吁嗟偃身：疑此句脱字。

## 【箋注】

〔一〕鐵鞭郎：安重榮。新五代史安重榮傳："重榮有力，善騎射，爲振武巡邊指揮使。晉高祖起太原……重榮以巡邊千騎叛入太原。高祖即位，拜重榮成德軍節度使……饒陽令劉巖獻水鳥五色，重榮曰：'此鳳也。'畜之後潭。又使人爲大鐵鞭以獻，誑其民曰：'鞭有神，指人，人輒死。'號'鐵鞭郎君'，出則以爲前驅。"

〔二〕石公：指五代晉高祖石敬瑭。

〔三〕争天子：新五代史安重榮傳："重榮起於軍卒，暴至富貴，而見唐廢帝、晉高祖皆自藩侯得國，嘗謂人曰：'天子寧有種邪？兵强馬壯者爲之爾！'……是時高祖與契丹約爲父子，契丹驕甚，高祖奉之愈謹，重榮憤然，以謂：'詘中國以尊夷狄，困已弊之民，而充無厭之欲，此晉萬世耻也！'數以此非誚高祖……重榮將反也，其母又以爲不可，重榮曰：'請爲母卜之。'指其堂下旛竿龍口仰射之，曰：'吾有天下則中之。'一發而中，其母乃許。"

〔四〕"吁嗟"二句：新五代史安重榮傳："鎮之城門抱關鐵胡人，無故頭自落，鐵胡，重榮小字，雖甚惡之，然不悟也。其冬，安從進反襄陽，重榮聞之，乃亦舉兵……（杜）重威使人擒之，斬首以獻，高祖御樓受馘，命漆其首送于契丹。"

# 鐵硯子〔一〕

　　鐵硯子，廟廊器，直是書生一片心。臬捩豎〔二〕，拜胡雛，鐵硯之子

輔我石家六尺孤〔三〕。景家兒，言失信，十萬橫磨起兵釁〔四〕。胡兒捲甲
趨洛陽，公卿南走如牛羊。鐵硯死〔五〕，不足惜，誰引胡奴①亂中國〔六〕？
君不見班超擲筆燕頷而虎頭，西域萬里能封侯〔七〕。

【校】

① 奴：樓氏鐵崖詠史注本作“兒”。

【箋注】

〔一〕鐵硯子：指桑維翰。新五代史桑維翰傳：“桑維翰字國僑，河南人也。爲
　　人醜怪，身短而面長，常臨鑑以自奇曰：‘七尺之身，不如一尺之面。’慨然
　　有志於公輔。初舉進士，主司惡其姓，以爲‘桑’‘喪’同音。人有勸其不
　　必舉進士，可以從佗求仕者，維翰慨然，乃著日出扶桑賦以見志，又鑄鐵硯
　　以示人曰：‘硯弊則改而佗仕！’卒以進士及第。晉高祖辟爲河陽節度掌書
　　記，其後常以自從。”
〔二〕臬掾豎：指五代後晉高祖石敬瑭。參見本卷石郎詞注。
〔三〕石家六尺孤：指後晉出帝石重貴。石重貴乃石敬瑭養子，石敬瑭死後登
　　基。桑維翰輔佐晉出帝，於景延廣失勢後任宰相。
〔四〕“景家兒”三句：景家兒，指景延廣。新五代史桑維翰傳：“出帝即位，召拜
　　侍中。而景延廣用事，與契丹絶盟，維翰言不能入。”舊五代史景延廣傳：
　　“少帝既嗣位，延廣獨以爲己功，尋加同平章事，彌有矜伐之色。朝廷遣使
　　告哀契丹，無表致書，去臣稱孫，契丹怒，遣使來讓，延廣乃奏令契丹迴圖
　　使喬榮，告戒王曰：‘先帝則北朝所立，今上則中國自策，爲隣爲孫則可，無
　　臣之理。’且言：‘晉朝有十萬口橫磨劍，翁若要戰則早來，他日不禁孫子，
　　則取笑天下，當成後悔矣。’由是與契丹立敵，干戈日尋。”
〔五〕鐵硯死：按舊五代史桑維翰傳，晉出帝密令張彥澤殺害桑維翰。
〔六〕“誰引胡奴”句：意爲桑維翰乃石敬瑭重要謀臣，主張并促成與契丹結盟，
　　導致割讓燕、雲十六州，罪責難逃。參見本卷石郎詞。
〔七〕“君不見”二句：後漢書班超傳：“兄固被召詣校書郎，超與母隨至洛陽。
　　家貧，常爲官傭書以供養。久勞苦，嘗輟業投筆歎曰：‘大丈夫無他志略，
　　猶當效傅介子、張騫立功異域，以取封侯，安能久事筆研間乎？’左右皆笑
　　之。超曰：‘小子安知壯士志哉！’其後行詣相者，曰：‘祭酒，布衣諸生耳，
　　而當封侯萬里之外。’超問其狀，相者指曰：‘生燕頷虎頸，飛而食肉，此萬
　　里侯相也。’”

# 博羅神〔一〕

　　朝拜博羅神，暮拜博羅神，聲欬陰室，煽聚市人①。張小狐②，八國王③，日日告神聽神語。邊菩薩〔二〕，下虔城④〔三〕，小狐⑤告神神不靈。嗟嗟小子被神誤⑥，金陵市上妖血腥〔四〕。君不見寶皇宮⑦，殺兄殺弟身同傾（閩主璘事⑧）〔五〕。

## 【校】

① “聲欬陰室”二句：青照堂刊楊鐵崖詠史本作“陰室作聲，搧惑人群”。

② 張小狐：青照堂刊楊鐵崖詠史本作“狐爭”。

③ 王：樓氏鐵崖詠史注本、青照堂刊楊鐵崖詠史本作“主”。

④ “邊菩薩”二句：青照堂刊楊鐵崖詠史本作“老邊菩薩下虔城”一句。

⑤ 狐：青照堂刊楊鐵崖詠史本作“胥”。

⑥ “嗟嗟小子”句：原本無，據青照堂刊楊鐵崖詠史本增補。

⑦ 君不見寶皇宮：原本作“君不見寶皇宮室皇□”，青照堂刊楊鐵崖詠史本作“君不見閩王亦聽寶皇命”，據樓氏鐵崖詠史注本改。

⑧ 按：“璘”或作“鏻”，新五代史閩世家：“鏻，審知次子也。……封閩王。”

## 【箋注】

〔一〕博羅神：資治通鑑卷二百八十三後晉紀四高祖天福七年：“有神降於博羅縣民家，與人言而不見其形，閭閻人往占吉兇，多驗，縣吏張遇賢事之甚謹。時循州盜賊群起，莫相統一，賊帥共禱於神，神大言曰：‘張遇賢當爲汝主！’於是共奉遇賢，稱中天八國王，改元永樂，置百官，攻掠海隅。遇賢年少，無它方略，諸將但告進退而已。”按：博羅爲漢古縣，唐屬循州，位於今廣東省東南。

〔二〕邊菩薩：資治通鑑卷二百九十一後周紀二太祖廣順二年：“唐主削邊鎬官爵，流饒州。初，鎬以都虞候從查文徽克建州，凡所俘獲皆全之，建人謂之‘邊佛子’。及克潭州，市不易肆，潭人謂之‘邊菩薩’。既而爲節度使，政無綱紀，惟日設齋供，盛修佛事，潭人失望，謂之‘邊和尚’矣。”

〔三〕虔：指虔州（今江西贛州）。

〔四〕“金陵”句：資治通鑑卷二百八十三後晉紀四高祖天福八年：“唐主遣洪州

營屯都虞候嚴恩將兵討<u>張遇賢</u>，以通事舍人<u>金陵</u>邊鎬爲監軍。鎬用<u>虔州</u>人<u>白昌裕</u>爲謀主，擊<u>張遇賢</u>，屢破之。遇賢禱於神，神不復言，其徒大懼。<u>昌裕</u>勸鎬伐木開道，出其營後襲之，<u>遇賢</u>棄衆奔別將<u>李台</u>。<u>台</u>知神無驗，執遇賢以降，斬於<u>金陵</u>市。"

〔五〕"君不見"二句：參見本卷<u>落葉辭</u>注。又<u>新五代史 閩世家</u>："（<u>晉天福</u>）三年夏，虹見其宮中，<u>林興</u>傳神言：'此宗室將爲亂之兆也。'乃命<u>興</u>率壯士殺<u>審知</u>子<u>延武</u>、<u>延望</u>及其子五人。後<u>興</u>事敗，亦被殺。"

# 白麻答〔一〕

<u>胡麻答</u>〔二〕，不逃君王酖酒厄。<u>白麻答</u>，萬間帑藏塡金帛。<u>迎春門</u>外甲如麻，刮財突入將軍衙，金刀取首火焚家〔三〕。嗚呼<u>白麻</u>何足嗟，輦金北歸成帝豝〔四〕。

## 【箋注】

〔一〕<u>白麻答</u>：指<u>白再榮</u>。<u>新五代史 白再榮</u>傳："<u>白再榮</u>，不知其世家何人也。……<u>契丹</u>犯京師，<u>再榮</u>從<u>契丹</u>北歸，至<u>鎮州</u>，<u>契丹</u>留<u>麻答</u>守<u>鎮州</u>而去，<u>晉</u>人從者多留焉。居未幾，<u>李筠</u>、<u>何福進</u>等謀逐<u>麻答</u>，使人召<u>再榮</u>，<u>再榮</u>遲疑不欲往，軍士迫之乃往，共攻之。<u>麻答</u>走，諸將以<u>再榮</u>名次最高，乃推爲留後。<u>再榮</u>出於行伍，貪而無謀……悉拘嘗事<u>麻答</u>者，取其財，<u>鎮</u>人謂之<u>白麻答</u>。"

〔二〕<u>胡麻答</u>：即指<u>麻答</u>，或作<u>滿達</u>、<u>滿達勒</u>，<u>遼太宗</u>從弟。<u>遼太宗</u>南侵，以<u>麻答</u>爲安國節度使，又以爲中京留守。<u>麻答</u>貪婪兇殘，民間有珍寶美女，必奪取之。後敗歸，<u>世宗</u>殺之。詳見<u>清 厲鶚 遼史拾遺</u>卷二十<u>滿達</u>傳。又，<u>資治通鑑 後漢紀</u>謂<u>麻答</u>歸國後被"<u>契丹</u>主鴆殺"，故此謂"不逃君王酖酒厄"。

〔三〕"<u>迎春門</u>"三句：<u>迎春門</u>，<u>開封</u>城門，原稱<u>曹門</u>。<u>舊五代史 漢書隱帝紀</u>下："<u>周太祖</u>自<u>迎春門</u>入，諸軍大掠，烟火四發，翌日至晡方定。"又，<u>新五代史 白再榮</u>傳："<u>漢高祖</u>即位，拜<u>再榮</u>爲留侯，遷<u>義成軍</u>節度使。罷還京師。<u>周太祖</u>以兵入京師，軍士攻<u>再榮</u>於第，悉取其財。已而前啟曰：士卒嘗事公隸麾下，一旦無禮如此，亦復何面見公乎！乃斬之，攜其首而去，家人以帛贖而葬之。"

〔四〕帝豝：指<u>遼太宗 耶律德光</u>。參見本卷<u>帝豝行</u>注。

# 帝羓行〔一〕

　　黑兔子，白狐精，石郎遠引來南征。殺狐林中一回首，天矢射落
旄頭星〔二〕。腰中白羽已先蛻，鼎湖飛髯安可乘〔三〕？鹽羓首丘九尾窟，
猶勝沙丘吹鮑腥〔四〕。

## 【箋注】

〔一〕帝羓：指耶律德光。清厲鶚遼史拾遺卷二太宗本紀引洛中紀異：“契丹主
　　德光嘗晝寢，夢一神人，花冠，美姿容，輜軿甚盛，自天而下。衣白衣，佩金
　　帶，執金骨朵。有異獸十二隨其後，内一黑色兔，入德光懷而失之。神人
　　語德光曰：‘石郎使人唤汝，汝須去。’覺，告其母，忽之不以爲異。後復夢，
　　即前神人也……乃召巫者筮，言：‘太祖從西樓來，言中國將立天皇，要爾
　　爲助，爾須去。’未浹旬，唐石敬瑭反於河東，爲後唐張敬達所敗，亟遣趙瑩
　　持表重賂，許割燕、雲，求兵爲援。契丹帝曰：‘我非爲石郎興師，乃奉天帝
　　敕使也。’率兵十萬，直至太原，唐師遂衂。立石敬塘爲晉帝。”新五代史四
　　夷附錄第一契丹傳：“德光行至欒城，得疾，卒於殺胡林。契丹破其腹，去
　　其腸胃，實之以鹽，載而北，晉人謂之‘帝羓’焉。”張舜民使北記殺狐林：
　　“契丹主太宗怒晉出帝不稟北命，擅登大寶，自將兵南下，執出帝并母后大
　　臣北歸。於鄴西愁死崗得疾，至欒城（“欒”一作“樂”）殺狐林而崩。崗
　　者，本陳思王不爲文帝所容，於此悲吟，號愁思崗，訛爲愁死。殺狐林者，
　　村民林中射殺一狐，因以名之。”（載契丹國志卷二十五。）按：殺狐林又名
　　“殺胡林”，位於正定府欒城縣西北。

〔二〕旄頭星：蓋即昴星。史記天官書：“昴曰髦頭，胡星也，爲白衣會。”正義：
　　“昴七星爲髦頭，胡星，亦爲獄事。明，天下獄訟平；暗，爲刑罰濫。六星明
　　與大星等，大水且至，其兵大起；搖動若跳躍者，胡兵大起；一星不見，皆兵
　　之憂也。”或曰旄頭星即彗星，俗稱掃帚星。參見明彭大翼撰山堂肆考卷
　　三天文犵約欃槍。

〔三〕鼎湖飛髯：相傳黄帝在鼎湖，有龍垂髯接之升天。參見鐵崖先生古樂府卷
　　一湘靈操注。又，李白登高丘而望遠海：“窮兵黷武今如此，鼎湖飛龍安
　　可乘！”

〔四〕沙丘吹鮑腥：秦始皇死於沙丘，尸匿鮑魚中。參見鐵崖先生古樂府卷一易
　　水歌注。

# 十阿父〔一〕

十阿父,一阿父。天子父,殺人人莫禦。人莫禦,王法斁,天子曷以處〔二〕?司寇執父,天子竊負〔三〕。

## 【箋注】

〔一〕十阿父:新五代史周世宗家人傳:"周太祖聖穆皇后柴氏,無子,養后兄守禮之子以爲子,是爲世宗。守禮字克讓,以后族拜銀青光禄大夫、檢校吏部尚書兼御史大夫。……守禮亦頗恣橫,嘗殺人於市,有司以聞,世宗不問。是時王溥、王晏、王彥超、韓令坤等同時將相,皆有父在洛陽,與守禮朝夕往來,惟意所爲。洛陽人多畏避之,號'十阿父'。"

〔二〕"人莫禦"三句:新五代史周世宗家人傳:"嗚呼父子之恩至矣。……爲舜與世宗者,宜如何無使瞽叟、守禮至於殺人,則可謂孝矣!"

〔三〕"司寇"二句:指舜父瞽瞍殺人,被執法者拘捕,舜竊負其父而逃。孟子注疏盡心章句上:"桃應問曰:'舜爲天子,皋陶爲士,瞽瞍殺人,則如之何?'孟子曰:'執之而已矣。''然則舜不禁與?'曰:'夫舜惡得而禁之?夫有所受之也。''然則舜如之何?'曰:'舜視棄天下猶棄敝蹝也。竊負而逃,遵海濱而處,終身訢然,樂而忘天下。'"

# 枕劍行〔一〕

陳王有利劍,晝佩夜枕之。防身仗①劍,卒爲劍所尸。安僕夫,昵私弊②公軀,爲壁殺主不殺壁。嗟嗟安僕夫,不見古姜婦。姜婦奉鴆杯,陽僵覆鴆酒。活主父,存主母〔二〕。

## 【校】

① 仗:樓氏鐵崖詠史注本作"伏"。
② 弊:原本誤作"蔽",據懺華庵叢書本改。

## 【箋注】

〔一〕本詩評述五代後周陳王安審琦遭愛妾暗殺一事。舊五代史周書安審琦傳：“國初，封南陽王。顯德初，進封陳王。……六年正月七日夜，爲其隸人安友進、安萬合所害，時年六十三。初，友進與審琦之愛妾私通，有年數矣。其妾常慮事泄見誅，因與友進謀害審琦，友進甚有難色。其妾曰：‘爾若不從，我當反告。’友進乃許之。至是夕，審琦沈醉，寢於帳中，其妾乃取審琦所枕劍與友進，友進猶惶駭不敢剚刃，遽召其黨安萬合，便殺審琦。既而慮事泄，乃引其帳下數妓，盡殺以滅其迹。”

〔二〕“妾婦奉鴆杯”四句：述“古妾婦”巧妙救主故事。古列女傳卷五周主忠妾：“周主忠妾者，周大夫妻之媵妾也。大夫號主父，自衛仕於周二年，且歸。其妻淫於鄰人。恐主父覺其淫者，憂之。妻曰：‘無憂也，吾爲毒酒，封以待之矣。’三日，主父至，其妻曰：‘吾爲子勞，封酒相待。’使媵婢取酒而進之。媵婢心知其毒酒也，計念進之則殺主父，不義；言之又殺主母，不忠。猶豫，因陽僵覆酒。主大怒而笞之。……主父弟聞其事，具以告主父。主父驚，乃免媵婢而笞殺其妻。”


# 華山隱者歌〔一〕


世宗召陳摶，問以飛昇黄白之術。對曰：“陛下爲天子，當以治天下爲務，安用此爲？”乃遣還山。予嘗論曰：“以摶爲隱士耶？則出赴世宗之聘。以摶爲方士耶？對世宗不以飛昇黄白之術，而必以治天下爲務。摶蓋世間之傑，經世之士，不幸生五季也。出與世驅，則不能爲亂臣，朝梁而暮晉、南吳蜀而北幽并也〔二〕，故依隱以玩世。及聞趙祖起，一笑而知天下可定〔三〕，華山之雲遂高枕矣。世宗能聘而不能用，乃以方士蓄之，宜其急返故山也①。他日，宋君臣亦以修養術叩之〔四〕，摶言曰②：‘白日昇天，何益於治？聖君賢相，政③合德共治之時，勤行修煉，無以出此。’參此言也，摶豈隱士耶？方士耶？”又曰：“華山陳希夷如張乖崖之流，是皆一代人豪。乖崖、希夷爲布衣交，摶嘗夜話乖崖曰：‘我分華山一半，餘人不可，公則可〔五〕。’以宣毫一枝、白雲臺④墨一劑爲贈。崖曰：‘驅我入鬧處也。’既送公回，謂弟子曰：‘此人無心於物，達則爲公卿，否則爲帝王師〔六〕！’吁，此語乃希夷自道耳⑤！”

華山人，帝者師，人中仙。長樂老魅（馮道），讀書我山巓。我方一枕羲皇前,汝且朝<u>唐</u>暮<u>晉</u>、婢膝雙眉肩。<u>陳橋</u>馬龍天〔七〕,一笑歸去不知山中今日爲何⑥年。

## 【校】

① 也:原本無,據<u>樓氏</u> <u>鐵崖詠史注</u>本增補。

② 曰:原本無,據<u>樓氏</u> <u>鐵崖詠史注</u>本增補。

③ 政:<u>樓氏</u> <u>鐵崖詠史注</u>本作“正”。

④ 臺:原本作“基”,據<u>宋</u> <u>吳處厚</u>撰<u>青箱雜記</u>卷十所載此則軼事改。

⑤ “又曰”以下凡一百二字,<u>樓氏</u> <u>鐵崖詠史注</u>本無。

⑥ 爲何:原本作“何爲”,據<u>樓氏</u> <u>鐵崖詠史注</u>本改。

## 【箋注】

〔一〕<u>華山隱者</u>:<u>陳摶</u>。<u>宋史</u> <u>陳摶傳</u>:“<u>陳摶</u>字<u>圖南</u>,<u>亳州</u> <u>真源</u>人。始四五歲,戲<u>渦水</u>岸側,有青衣媼乳之,自是聰悟日益……<u>後唐</u> <u>長興</u>中,舉進士不第,遂不求禄仕,以山水爲樂自言:‘嘗遇<u>孫君仿</u>、<u>麞皮處士</u>二人者,高尚之人也,語摶曰:<u>武當山</u> <u>九室巖</u>可以隱居。’摶往棲焉,因服氣辟穀歷二十餘年,但日飲酒數杯。移居<u>華山</u> <u>雲臺觀</u>,又止<u>少華</u>石室。每寢處,多百餘日不起。<u>周世宗</u>好黃白術,有以<u>摶</u>名聞者,<u>顯德</u>三年,命<u>華州</u>送至闕下。留止禁中月餘,從容問其術,<u>摶</u>對曰:‘陛下爲四海之主,當以致治爲念,奈何留意黃白之事乎?’……既知其無他術,放還所止。”

〔二〕“朝<u>梁</u>而暮<u>晉</u>”二句:指<u>長樂老</u> <u>馮道</u>。<u>新五代史</u> <u>馮道傳</u>:“道少能矯行以取稱於世,及爲大臣,尤務持重以鎮物,事四姓十君,益以舊德自處。然當世之士無賢愚皆仰<u>道</u>爲元老,而喜爲之稱譽……當是時,天下大亂,戎夷交侵,生民之命,急於倒懸,<u>道</u>方自號<u>長樂老</u>,著書數百言,陳己更事四姓及<u>契丹</u>所得階勳官爵以爲榮。”

〔三〕“及聞”二句:<u>宋</u> <u>邵伯温</u> <u>河南邵氏聞見前録</u>卷七:“(<u>陳摶</u>)常乘白騾,從惡少年數百,欲入<u>汴州</u>。中途聞<u>藝祖</u>登極,大笑墜騾,曰:‘天下於是定矣!’遂入<u>華山</u>爲道士。”

〔四〕“<u>宋</u>君臣”句:<u>宋史</u> <u>陳摶傳</u>:“<u>太平興國</u>中來朝,<u>太宗</u>待之甚厚……因遣中使送至中書,(宰相<u>宋</u>)<u>琪</u>等從容問曰:‘先生得玄默修養之道,可以教人乎?’對曰:‘<u>摶</u>山野之人,於時無用,亦不知神仙黃白之事、吐納養生之理,非有方術可傳。假令白日沖天,亦何益於世? 今聖上龍顏秀異,有天人之表,博達古今,深究治亂,真有道仁聖之主也。正君臣協心同德,興化致治之秋,勤行修煉,無出於此。'琪等稱善,以其語白上。上益重之,下詔賜號希夷先生,仍賜紫衣一襲。"

〔五〕"乖崖"五句:乖崖,指宋人張詠。詠字復之,謚忠定,宋史有傳。夢溪筆談校證卷二十神奇:"張忠定少時謁華山陳圖南,遂欲隱居華山。圖南曰:'他人即不可知。如公者,吾當分半以相奉。然公方有官職,未可議此。其勢如失火家待君救火,豈可不赴也?'乃贈以一詩。"

〔六〕按:以上所述陳希夷與張乖崖夜話之軼事,原載宋吳處厚撰青箱雜記卷十。

〔七〕陳橋馬龍天:指趙匡胤陳橋兵變稱帝。參見陳善學序刊楊鐵崖先生文集卷四陳橋行注。

## 卷二十三　陳善學序刊楊鐵崖先生文集卷四之下

# 卷二十三　陳善學序刊楊鐵崖先生文集卷四之下

## 陳橋行[一]

　　兩日蕩重光[二]，點檢作天王。崇元①殿上行禪章，制書私草修文郎[三]（穀）。趙書記[四]，正皇綱。遺孤披麻在金牀，胡爲猝霍馬上醉擁黃衣裳[五]！何以朝萬國，陞明堂。

## 【校】

①　崇元之“元”，原本作“光”，據樓氏鐵崖詠史注本改。

## 【箋注】

〔一〕陳橋行：述宋太祖趙匡胤於陳橋驛稱帝一事。宋史太祖本紀：“（周）世宗在道，閱四方文書，得韋囊，中有木三尺餘，題云‘點檢作天子’，異之。時張永德爲點檢，世宗不豫，還京師，拜太祖檢校太傅、殿前都點檢，以代永德。恭帝即位，改歸德軍節度、檢校太尉。七年春，北漢結契丹入寇，命出師禦之。次陳橋驛，軍中知星者苗訓引門吏楚昭輔視日下復有一日，黑光摩蕩者久之。夜五鼓，軍士集驛門，宣言策點檢爲天子。”陳橋驛，位於開封府祥符縣東北。

〔二〕“兩日”句：漢書兒寬傳：“癸亥宗祀，日宣重光。”顏師古注引李奇曰：“太平之世，日抱重光，謂日有重日也。”又，尚書五行傳曰：“明王踐位，則日儷其精，重光以見吉祥。”（引自文選卷五十五陸士衡演連珠注。）

〔三〕修文郎：指翰林承旨陶穀。宋史紀事本末卷一太祖代周：“（王溥、范質）遂請匡胤詣崇元殿，行禪代禮。召百官至，晡時班定，猶未有禪詔，翰林承旨陶穀出諸袖中，遂用之。匡胤就廷，北面拜受。已，乃掖升殿，即皇帝位。”

〔四〕趙書記：指趙普。宋史趙普傳：“太祖領同州節度，辟爲推官，移鎮宋州，表爲掌書記。太祖北征至陳橋，被酒臥帳中，衆軍推戴，普與太宗排闥入告……及受禪，以佐命功授右諫議大夫，充樞密直學士……陳王元僖上言曰：‘……國有大事，使之謀之；朝有宏綱，使之舉之；四目未察，使之明之；

四聰未至,使之達之。'"

〔五〕猝霍:蓋爲俗語,倉促混亂之意。按舊五代史後周恭帝本紀,顯德六年六
　　　月,周世宗崩,恭帝繼位,年僅八歲。次年正月,趙匡胤於陳橋驛馬上黃袍
　　　加身。

# 金櫃書①〔一〕

　　慈母愛,愛幼雛②,趙家光義爲皇儲。龍行虎步狀日異〔二〕,狗趨鷹
擊③勢日殊。膝下豈無六尺孤,阿昭阿芳④非呱呱〔三〕。夜闌⑤鬼靜燈
模糊,大雪漏下四鼓餘。牀前地,戳柱斧〔四〕。史家筆,無董狐⑥〔五〕。
嗚呼,朱牌金字火羊飛⑦〔六〕,禍在韓王金櫃書⑧〔七〕!

## 【校】

① 青照堂刊楊鐵崖詠史本題作慈母愛。
② "慈母愛"二句:原本作"金櫃書"一句,據青照堂刊楊鐵崖詠史本改。
③ 擊:青照堂刊楊鐵崖詠史本作"附"。
④ 芳:青照堂刊楊鐵崖詠史本作"美"。
⑤ 闌:樓氏鐵崖詠史注本作"闌"。
⑥ "牀前地"四句:青照堂刊楊鐵崖詠史本作"百官不執董狐筆,孤兒寡嫂夫何
　　呼"兩句。
⑦ "朱牌"句:青照堂刊楊鐵崖詠史本作"牀前戳地銀柱斧"。
⑧ "禍在"句:原本作"藝祖在天天可欺",據青照堂刊楊鐵崖詠史本改。

## 【箋注】

〔一〕金櫃書:宋史紀事本末卷一金匱之盟:"太祖建隆元年二月乙亥,尊母杜
　　　氏爲皇太后。太后定州安喜人,治家嚴而有法。生五子,曰匡濟、匡胤、光
　　　義、光美、匡贊。匡濟、匡贊早卒……二年六月甲午,皇太后杜氏崩。太后
　　　疾,帝侍藥餌,不離左右。疾革,召趙普入受遺命,且問帝曰:'汝知所以得
　　　天下乎?'帝曰:'皆祖考、太后之餘慶也。'后曰:'不然,正由柴氏使幼兒
　　　主天下爾。若周有長君,汝安得至此!汝百歲後,當傳位光義,光義傳光
　　　美,光美傳德昭。夫四海至廣,能立長君,社稷之福也。'帝泣曰:'敢不如

教！’后顧謂普曰：‘爾同記吾言，不可違也。’普即榻前爲誓書，於紙尾署曰‘臣普記’，藏之金匱，命謹密宮人掌之。”

〔二〕龍行虎步：宋史太祖本紀：“受命杜太后，傳位太宗……每對近臣言：太宗龍行虎步，生時有異，他日必爲太平天子，福德吾所不及云。”

〔三〕“膝下”二句：意爲宋太祖趙匡胤有子能繼皇位。阿昭，宋太祖次子燕懿王德昭。阿芳，太祖少子秦康惠王德芳。

〔四〕“夜闌”四句：宋李燾續資治通鑑長編卷十七太祖：“初，有神降于盩厔縣民張守真家，自言：‘我天之尊神，號黑殺將軍，玉帝之輔也。’守真每齋戒祈請，神必降……守真遂爲道士。上不豫，驛召守真至闕下。壬子，命内侍王繼恩就建隆觀設黃籙醮，令守真降神。神言：‘天上宮闕已成，玉鎖開，晉王有仁心。’言訖，不復降。上聞其言，即夜召晉王，屬以後事。左右皆不得聞，但遙見燭影下，晉王時或離席，若有所遜避之狀。既而上引柱斧戳地，大聲謂晉王曰：‘好爲之！’癸丑，上崩于萬歲殿，時夜已四鼓。”按：晉王，即宋太宗趙光義。

〔五〕董狐：春秋晉國太史，以秉筆直書著稱於世。“史家筆”二句意爲太宗弒兄。

〔六〕“朱牌”句：元釋念常佛祖歷代通載卷十八宋太宗：“寘秦王廷美，降涪陵縣公，安置房州。上嘗以傳國意訪之趙普，普曰：‘太祖已誤，陛下豈容再誤耶？’廷美所以得罪，則普爲之也。盧多遜在朝握權，常短趙普，普惡之，遂入覲覘變，奏：‘多遜謂陛下萬年之後，當以天下與魏王，魏王當還秦王。陛下不當立太子。’俱坐大逆，免死，放歸田里。咸以爲冤。秦王即太祖少子德芳也。上遂南遷二王，尋殺之。忽一日，趙普見空有火一團，一羔羊轉運其上，拜曰：‘普之罪也。’須臾光滅，遂得疾。命方士禱疾，見烟焰中有朱牌，金字書云‘魏王廷美’。士謝曰：‘普言非其罪也。’有答之曰：‘杜太后遺言，丞相寫誓書，藏之金櫃石室。而首發多遜之獄，致主上殺一弟一姪，安可謂之無罪？’俄而普薨。”

〔七〕韓王：指趙普。宋太宗時，追封趙普爲韓王。

# 中書令〔一〕

中書令，貴戚卿。我國既滅，我何用生？棄汝鐵券繕我兵。兵不勝，以死下見先皇靈。宋賞令（句），節當旌，胡爲重兵屠我城！

## 【箋注】

〔一〕中書令：指<u>李重進</u>。<u>宋史</u><u>李重進</u>傳：“<u>李重進</u>，其先<u>滄州</u>人。<u>周太祖</u>之甥，
　　<u>福慶長公主</u>之子也……<u>重進</u>年長於<u>世宗</u>，及<u>周祖</u>寢疾，召<u>重進</u>受顧命，令
　　拜<u>世宗</u>，以定君臣之分……以<u>重進</u>色黔，號‘<u>黑大王</u>’……<u>太祖</u>即位，以<u>韓
　　令坤</u>代爲侍衛都指揮使，加<u>重進</u>中書令。既而移鎮<u>青州</u>，加開府階。<u>重進</u>
　　與<u>太祖</u>俱事<u>周室</u>，分掌兵柄，常心憚<u>太祖</u>。<u>太祖</u>立，愈不自安，及聞移鎮，
　　陰懷異志。<u>太祖</u>知之，遣六宅使<u>陳思誨</u>齎賜鐵券，以安其心……自以<u>周室</u>
　　近親，恐不得全，遂拘<u>思誨</u>，治城隍，繕兵甲……<u>太祖</u>謂左右曰：‘朕於<u>周室</u>
　　舊臣無所猜間，<u>重進</u>不體朕心，自懷反側，今六師在野，當暫往慰撫之爾。’
　　遂親征……城將陷，<u>重進</u>左右勸殺<u>思誨</u>，<u>重進</u>曰：‘吾今舉族將赴火死，殺
　　此何益！’即縱火自焚，<u>思誨</u>亦爲其黨所害。<u>太祖</u>入駐城西南，閱逆黨數百
　　人，盡戮之。”

## 澶淵行

　　　予嘗論<u>澶淵</u>之役〔一〕如博，勝負懸於一氣①，如<u>劉毅</u>〔二〕、<u>張乖
崖</u>者是已〔三〕。一夫之氣，其動物者如此，而況英君傑相雄將盛氣
之鼓三軍，其胸次已無夷離堇之種落者乎〔四〕！宜其事了於五
日〔五〕，不違期尅，孤注之采，不歸於<u>準</u>得乎〔六〕！<u>子儀</u>單騎見虜，壓
以誠〔七〕；<u>寇準</u>擁主臨虜，壓以氣。事勢不同，取效則一。獨惜<u>景
德</u>之君，以姑息從事，而<u>準</u>之大志不終〔八〕。<u>宋</u>不稱臣，<u>繼昌（李）
馳</u>誓書〔九〕，反嫗其鬼母，而俾虜以弟我。雖曰南北弭兵，弭兵實
<u>準</u>之遺恨也。

　　<u>陽城淀</u>〔十〕，<u>高陽關</u>〔十一〕。邊書告急夕五至，皇帝親至<u>岢嵐山</u>〔十二〕。
殿前<u>寇</u>相一斗膽，<u>楚</u><u>蜀</u>謀臣謀可斬〔十三〕。陽光抱珥已開光〔十四〕，（駕起，
司天奏：“日抱珥，黃氣充②塞，宜不戰而勝。”）牀機一發中<u>撻覽</u>〔十五〕。雄謀
獨斷衆勿搖，孤注一擲先成梟。跋<u>河</u>不渡勢不止，賈勇況有<u>高嫖
姚</u>〔十六〕。千羊萬犬銳若隼，望見龍光氣俱盡。萬歲聲呼天可汗，擎天
一柱惟付<u>準</u>。飛龍使，修載書，鬼母尚執<u>關南</u>圖〔十七〕。君不見<u>漢</u>家玉
帛賜單于，何嘗割地分邊隅。卻憐藝祖歲帛二十萬，不博黑子一萬蕃

枯顱〔十八〕。（太祖嘗曰：“我二十疋博一胡兒首，其精兵不過有十萬，止廢我數百萬絹耳！”）

## 【校】

① 勝負懸於一氣：原本作“勝負不懸於一氣之勝負也”，據樓氏鐵崖詠史注本刪改。
② 充：原本作“光”，據列朝詩集本改。

## 【箋注】

〔一〕澶淵之役：宋真宗景德元年，遼軍深入。宋真宗欲遷都南逃，寇準等力主抗戰，真宗無奈，親臨澶州督戰。宋軍以伏弩射殺遼軍大將蕭達蘭，士氣因此大振，遂成澶淵之盟。按：澶淵故址在今河南省濮陽市西。

〔二〕劉毅：字希樂，彭城沛人。資治通鑑卷一百十三晉紀三十五安帝元興三年：“劉裕與何無忌同舟還京口，密謀興復晉室。劉邁弟毅家於京口，亦與無忌謀討玄。無忌曰：‘桓氏彊盛，其可圖乎？’毅曰：‘天下自有彊弱，苟爲失道，雖彊易弱，正患事主難得耳。’無忌曰：‘天下草澤之中，非無英雄也。’毅曰：‘所見惟有劉下邳！’無忌笑而不答，還以告裕，遂與毅定謀。”

〔三〕張乖崖：宋人張詠，自號乖崖。宋史張詠傳：“出知益州，時李順搆亂，王繼恩、上官正總兵攻討，頓師不進。詠以言激正，勉其親行，仍盛爲供帳餞之。酒酣，舉爵屬軍校曰：‘汝曹蒙國厚恩，無以塞責，此行當直抵寇壘，平蕩醜類。若老師曠日，即此地還爲爾死所矣。’正由是決行深入，大致克捷。”

〔四〕夷離堇：遼史營衛志下：“天贊元年，以强大難制，析五石烈爲五院，六爪爲六院，各置夷離堇。”遼史國語解：“夷離堇，統軍馬大官。”此指契丹族。

〔五〕了於五日：宋史寇準傳：“契丹内寇，縱游騎掠深、祁間……準曰：‘是狃我也。請練師命將，簡驍銳據要害以備之。’是冬，契丹果大入。急書一夕凡五至，準不發，飲笑自如。明日，同列以聞，帝大駭，以問準。準曰：‘陛下欲了此，不過五日爾。’因請帝幸澶州。”

〔六〕“孤注之采”二句：宋史寇準傳：“準頗自矜澶淵之功，雖帝亦以此待準甚厚。王欽若深嫉之……欽若曰：‘城下之盟，春秋恥之。澶淵之舉，是城下之盟也。以萬乘之貴而爲城下之盟，其何恥如之！’帝愀然爲之不悦。欽若曰：‘陛下聞博乎？博者輸錢欲盡，乃罄所有出之，謂之孤注。陛下，寇準之孤注也，斯亦危矣。’”

〔七〕“子儀”二句：參見陳善學序刊楊鐵崖先生文集卷三免冑行注。

〔八〕“獨惜”三句：續資治通鑑卷二十五宋紀二十五真宗景德元年：“寇準在澶州……曹利用與韓杞至行在議和，準畫策以進，且曰：‘如此，則可保百年無事。不然，數十年後敵且生心矣。’帝曰：‘數十歲後，當有扞禦之者。吾不忍生靈重困，姑聽其和可也。’準尚未許，有譖其幸兵以自取重者，準不得已許之。”

〔九〕“宋不稱臣”二句：宋陳均九朝編年備要卷七契丹請和：“敵復請關南，利用輒沮之……敵人且請以兄禮事上，遣姚東之同利用來，遂命李繼昌賫國書與東之俱往。敵遣丁振奉誓書來，尋退師。自是不復寇邊矣。”按：李繼昌時任西京左庫藏使，假左衛大將軍。

〔十〕陽城淀：位於慶都縣東南（今河北望都縣境内），陽城故城近在西北，故名。按：宋真宗景德元年閏九月，契丹主大舉入寇，駐兵陽城淀。參見續資治通鑑卷二十四宋紀二十四。

〔十一〕高陽關：位於今河北保定市高陽縣，地近遼國。

〔十二〕岢嵐山：在宜芳縣北九十八里，位於今山西岢嵐縣。參見太平寰宇記卷四十一河東道二嵐州。九朝編年備要卷七真宗皇帝：“（景德元年）閏月，契丹大舉入寇。契丹主同其母蕭氏大舉寇邊……敵駐兵于陽城淀，又分兵圍岢嵐軍，守臣賈宗擊走之。”

〔十三〕楚蜀謀臣：指王欽若、陳堯叟。宋史寇準傳：“既而契丹圍瀛州，直犯貝、魏，中外震駭。參知政事王欽若，江南人也，請幸金陵；陳堯叟，蜀人也，請幸成都。帝問準，準心知二人謀，乃陽若不知，曰：‘誰爲陛下畫此策者，罪可誅也！’”

〔十四〕“陽光”句：續資治通鑑卷二十五宋紀二十五真宗景德元年：“（十一月）庚午，車駕北巡。司天言：‘日抱珥，黃氣充塞，宜不戰而却，有和解之象。’”

〔十五〕撻覽：即蕭達蘭，時任遼統軍使。蕭達蘭通天文，首倡南侵。宋威虎軍頭張瓌以牀子弩射殺之，遼軍爲之奪氣。詳見續資治通鑑卷二十五宋紀二十五真宗景德元年。

〔十六〕高嫖姚：指高瓊。高瓊世爲燕人，時任殿前都指揮使，力主戰遼。宋史有傳。

〔十七〕“飛龍使”三句：續資治通鑑卷二十五宋紀二十五真宗景德元年：“曹利用與韓杞至遼軍帳，遼復以關南故地爲言……利用答以：‘稟命專對，有死而已。若北朝不恤後悔，恣其邀求，地固不可得，兵亦未易息也！’遼主及蕭太后聞之,意稍怠,但欲歲取金帛。利用許遺絹二十萬匹、銀十萬兩,議始定。"按:鬼母,指遼蕭太后。

〔十八〕"卻憐藝祖"二句:意爲可惜宋太祖當年没能殺盡遼寇。續資治通鑑卷六宋紀六太祖開寶三年:"初,遼聚六萬騎攻定州,命判四方館事田欽祚領兵三千禦之……北邊傳言三千打六萬。(十一月)癸亥,奏至,帝喜,謂左右曰:'契丹數入寇邊,我以二十匹絹購一契丹人首,其精兵不過十萬人,止費二百萬匹絹,則敵盡矣。'自是益修邊備。"藝祖:此指宋太祖趙匡胤。黑子一萬蕃枯顱,喻指淮陽(即澶淵一帶)遼軍。漢賈誼新書卷一益壤:"今淮陽之比大諸侯,僅過黑子之比於面耳。"又,庾子山集注卷二哀江南賦:"地惟黑子,城猶彈丸。其怨則黷,其盟則寒。"又,原本於末二句旁附評語:"慣能旁擮。"

# 賓州月①〔一〕

青擊智②高〔二〕,次賓州,懼崑崙關爲賊據〔三〕。值上元,令大張燈燭,宴將佐。俄稱病如内。至曉,客未散,忽馳報云:"三鼓時已奪崑崙矣。"卒平廣南〔四〕。然非龐籍贊襄〔五〕,焉能冀其成功乎!

賓州海月光團團,銀花火樹燒爛斑〔六〕。將軍如内客未散,捷書已奪崑崙關。當時諫官疑武士,豈知辦③賊邊如此。嗚呼④,銅面將軍今豈無〔七〕?世無丞相龐公甘老死。

## 【校】

① 粤西詩載(文淵閣四庫全書本)卷六、青照堂刊楊鐵崖詠史載此詩,據以校勘。粤西詩載本題爲狄武襄吟,青照堂刊楊鐵崖詠史本題作狄武襄,皆無序文。

② 智:樓氏鐵崖詠史注本作"知"。又,原本詩序爲題下小字注,據樓氏鐵崖詠史注本移置篇前。

③ 辦:原本作"辨",據樓氏鐵崖詠史注本改。

④ 嗚呼:青照堂刊楊鐵崖詠史本作"於乎"。

## 【箋注】

〔一〕賓州月：述宋仁宗皇祐初年狄青智取賓州之戰。賓州，今廣西壯族自治區賓陽縣。

〔二〕青：指狄青。狄青字漢臣，汾州西河人。宋史有傳。智高：即儂智高。儂智高爲廣源州蠻，於宋仁宗皇祐元年（一〇四九）九月起兵造反，建大南國，自稱仁惠皇帝。詳見宋史紀事本末卷六儂智高。

〔三〕崑崙關：位於賓州附近。

〔四〕廣南：指廣南西路，此前被儂智高佔據。按：狄青平廣南，詳見宋史狄青傳。

〔五〕龐籍：宋仁宗時宰相。宋史龐籍傳："儂智高反，師數不利，遣狄青爲宣撫使。諫官韓絳謂武人不宜專任，帝以問籍。籍曰：'青起行伍，若以文臣副之，則號令不專，不如不遣。'詔嶺南諸軍，皆受青節度。既而捷書至，帝喜曰：'青破賊，卿之力也。'"

〔六〕銀花火樹：用唐蘇味道正月十五夜詩："火樹銀花合，星橋鐵鎖開。"

〔七〕銅面將軍：指狄青。宋史狄青傳："臨敵被髮、帶銅面具，出入賊中，皆披靡莫敢當。"

# 悲靖康<sup>〔一〕</sup>

悲靖康，一易姓①〔二〕，十賣降〔三〕（王時雍等十人）。建炎帝，開朝綱〔四〕。解將腰脊斷臺諫②〔五〕，天斧不殺同安王③〔六〕。君不見，激忠肝，立義膽。彭王④葅〔七〕，丁公斬〔八〕。

## 【校】

① 青照堂刊楊鐵崖詠史本於此有小字注："張邦昌。"

② 青照堂刊楊鐵崖詠史本於此有小字注："諫大夫宋齊愈言李綱，綱以危法中之，腰斬於市。"

③ 青照堂刊楊鐵崖詠史本於此有小字注："邦昌。"

④ 彭王之"王"，青照堂刊楊鐵崖詠史本作"公"。

## 【箋注】

〔一〕悲靖康：評述北宋末年靖康之變。

〔二〕一易姓：宋史紀事本末張邦昌僭逆：“欽宗靖康二年二月丁卯，金人令翰林承旨吳开、吏部尚書莫儔入城，令推立異姓堪爲人主者……（三月）丁酉，金人奉册寶至，遂立邦昌爲帝，國號大楚。邦昌北向拜舞，受册即位。”

〔三〕十賣降：指王時雍等十人擁立張邦昌爲皇帝，并任其高官。宋史鄧肅傳：“肅言叛臣之上者，其惡有五：諸侍從而爲執政者，王時雍、徐秉哲、吳开、吕好問、莫儔、李回是也……朝臣之爲事務官者，私結十友講册立邦昌之儀者是也。”

〔四〕“建炎帝”二句：指建炎元年（一一二七）夏五月，康王趙構於南京（今河南商丘）登基稱帝，重振宋朝。

〔五〕斷臺諫：指殺宋齊愈。建炎以來繫年要録卷七：“（建炎元年秋七月）右諫議大夫宋齊愈罷。初，齊愈既論尚書右僕射李綱之過，會朝廷治從逆者之罪，言者論齊愈在皇城司首書張邦昌字以示議臣，由是罷諫議大夫，下臺獄。制曰：‘所幸探符之未獲，奈何援筆以遽書？遺毒至今，造端自汝。’或曰齊愈論綱不已，故綱以危法中之。”又，宋史高宗本紀：“（建炎元年七月）甲辰，以右諫議大夫宋齊愈當金人謀立異姓，書張邦昌姓名，斬于都市。”

〔六〕“天斧”句：同安王，指張邦昌。宋史張邦昌傳：“（康）王即皇帝位，相李綱，徙邦昌太保、奉國軍節度使，封同安郡王……綱又力言：‘邦昌已僭逆，豈可留之朝廷，使道路目爲故天子哉？’高宗乃降御批曰：‘邦昌僭逆，理合誅夷，原其初心，出於迫脅，可特與免貸，責授昭化軍節度副使，潭州安置。’”

〔七〕彭王：指漢彭越。漢書黥布傳：“漢誅梁王彭越，盛其醢以遍賜諸侯。”又，史記欒布傳：“漢召彭越，責以謀反，夷三族。已而梟彭越頭於雒陽下，詔曰：‘有敢收視者，輒捕之。’……布曰：‘方上之困於彭城，敗滎陽、成皋間，項王所以不能遂西，徒以彭王居梁地，與漢合從苦楚也……今陛下一微兵於梁，彭王病不行，而陛下疑以爲反，反形未見，以苛小案誅滅之，臣恐功臣人人自危也。’”

〔八〕丁公：漢初季布弟。史記季布傳：“季布母弟丁公爲楚將。丁公爲項羽逐窘高祖彭城西，短兵接，高祖急，顧丁公曰：‘兩賢豈相厄哉！’於是丁公引兵而還，漢王遂解去。及項王滅，丁公謁見高祖。高祖以丁公徇軍中，曰：

'丁公爲項王臣不忠,使項王失天下者,廼丁公也。'遂斬丁公,曰:'使後世爲人臣者無效丁公!'"

## 一綱謡〔一〕

萬法舉,在一綱,十議春秋誅叛①降〔二〕(叛謂張邦昌,降謂時雍輩)。議和議戰争是否②,老臣澤起開封府〔三〕(中興之初,李綱在内,宗澤在外)。招來關陜茸樊鄧③〔四〕,誓爲君王復中土。復中土④,開中興,七十五日明黃星〔五〕。(綱去位,黃伯善當國,自汪伯彦而下皆奴事之〔六〕。)

【校】

① 誅叛:青照堂刊楊鐵崖詠史本作"一反"。
② 否,據青照堂刊楊鐵崖詠史本作"不",注"音甫"。
③ 樊鄧:青照堂刊楊鐵崖詠史本作"淮樊鄧"。
④ 復中土:此三字原本無,蓋承前而脱,據青照堂刊楊鐵崖詠史本增補。

【箋注】

〔一〕綱:南宋初年宰相李綱。
〔二〕"萬法舉"三句:據宋史李綱傳,宋高宗即位之初,請李綱出任宰相。李綱曰:"昔唐明皇欲相姚崇,崇以十事要説,皆中一時之病。今臣亦以十事仰干天聽。"按:李綱所謂"十事",一曰議國是,二曰議巡幸,三曰議赦令,四曰議僭逆,五曰議僞命,六曰議戰,七曰議守,八曰議本政,九曰議久任,十曰議修德。本詩所謂"十議",蓋即指此。又,時雍姓王,與吳开、莫儔等"奉金人指立張邦昌",參見本卷悲靖康,及中興小紀卷一。
〔三〕老臣澤:指宗澤。宋史李綱傳:"開封守闕,綱以留守非宗澤不可,力薦之。澤至,撫循軍民,修治樓櫓,屢出師以挫敵。"
〔四〕關:關中。關、陜大致指今陜西地區。樊、鄧:指今湖北襄樊、河南鄧州一帶。按:宋朱熹丞相李公奏議後序:"建炎再造,首登廟堂,慨然以修政事、攘夷狄爲己任。誅僭逆,定經制,寬民力,變士風,通下情,改弊法,招兵買馬,經理財賦,分布要害,繕治城壁。建遣張所撫河北,傅亮收河東,宗澤守京城,西顧關陜,南茸樊鄧。且將益據形便,以爲必守中原、必還二聖之計。然在位纔七十餘日，而又遭讒以去。”

〔五〕“復中土”三句：李綱輔政，頗有起色，然在相位僅七十五日，因張浚等彈
劾而賦閒，罷爲觀文殿大學士、提舉洞霄宫。詳見中興小紀卷二相關記
載。明黄星，又稱德星。隋書天文志中：“瑞星：一曰景星，如半月，生於
晦朔，助月爲明。或曰星大而中空。或曰有三星，在赤方氣，與青方氣相
連。黄星在赤方氣中，亦名德星。”

〔六〕黄伯善、汪伯彦：參見本卷司農卿。


# 司農卿〔一〕　黄鍔

一綱重九鼎〔二〕，一澤堅萬城〔三〕。九鼎一轉城一傾①〔四〕，雲中騎下
維揚兵〔五〕（粘罕）。赭衣倉皇易介胄，翠蓋②望望東南征。廷中之臣誰
執咎（言汪、黄也）〔六〕？六軍錯殺司農卿。

【校】

① 青照堂刊楊鐵崖詠史本於此有小字注：“李綱遠竄，宗澤憤死。”
② 翠蓋：青照堂刊楊鐵崖詠史本作“翠華”。

【箋注】

〔一〕司農卿：黄鍔。宋史奸臣三黄潜善傳：“高宗即位，拜中書侍郎。時上從
人望，擢李綱爲右相。綱將奏逐潜善及汪伯彦，右丞吕好問止之。未幾，
潜善拜右僕射兼中書侍郎，綱遂罷……俄泗洲奏金人且至，帝大驚，决策
南渡。御舟已戒，潜善、伯彦方共食，堂吏大呼曰：‘駕行矣！’乃相視蒼黄
鞭馬南馳。都人争門而出，死者相枕籍，人無不怨憤。會司農卿黄鍔至江
上，軍士聞其姓，以爲潜善也，争數其罪，揮刃而前。鍔方辨其非是，而首
已斷矣。”

〔二〕一綱：指李綱。參見本卷一綱謡。

〔三〕一澤：指宗澤。參見本卷一綱謡。

〔四〕“九鼎”句：喻指李綱遭貶、宗澤氣死。

〔五〕雲中騎：指金國大將粘罕所率南侵軍隊。宋史劉光世傳：“帝在揚州，金
騎掩至天長，光世迎敵，未至而軍潰。帝倉卒渡江。”

〔六〕汪、黄：指汪伯彦、黄潛善。


# 張忠獻〔一〕


　　陽烏白日沉虞淵〔二〕，百鳥泣血悲杜鵑。兩狐（潛善、伯彦）不逐三鼠磔〔三〕（康履、藍珪、曾擇），啼嬰抱出黄簾前〔四〕。黑輿迫脅亦可憐〔五〕（隆祐太后），二十六日民無天〔六〕。張韓大將漢周勃〔七〕，劉吕神機亦飄忽〔八〕。馮轀甄援牛馬走（二人爲國游説賊者），虎口持書争出没〔九〕。安國夫人奔内京①（世忠妻梁氏爲苗、劉贊，太后召入，疾馳一日夜至世忠所），黄麻使臣斬閫律〔十〕（苗所遣僞命人，世忠斬之，焚其麻制）。内間相臣徒具員②（朱勝非），簾③下草奏真長物〔十一〕。築京觀，尸悖骨〔十二〕。張忠獻，功第一。

## 【校】

① 奔内京：青照堂刊楊鐵崖詠史本作“復入覲”。
② 相臣徒具員：樓氏鐵崖詠史注本作“相從徒具員”，青照堂刊楊鐵崖詠史本作“相臣徒紛紜”。
③ 簾：青照堂刊楊鐵崖詠史本作“廉”。

## 【箋注】

〔一〕張忠獻：張浚。張浚字德遠，漢州綿竹人。高宗時知樞密院事，贈太師，謚“忠獻”，宋史有傳。
〔二〕“陽烏”句：宋朱震漢上易傳説卦傳：“日在西方之下，日薄于虞淵之時也。”又，明莫璠讀史三首之二：“皇天不祚宋，白日沉虞淵。”（詩載明徐伯齡撰蟫精雋卷十二櫟壽詩。）
〔三〕兩狐：指黄潛善、汪伯彦，參見宋史奸臣傳以及本卷司農卿。三鼠：指康履、藍珪、曾擇，參見宋史宦者傳。宋史叛臣上苗傅傳：“建炎三年二月壬戌，高宗從王淵議，由鎮江幸杭州。時諸大將如劉光世、張俊、楊沂中、韓世忠分守要害，扈衛者獨苗傅……三月辛巳，拜王淵同簽書樞密院事。初，淵建幸杭州議，内侍實左右之。及淵躐躋樞筦，衆謂薦由内侍。傅自負宿將，疾淵驟貴；（劉）正彦雖由淵進，淵檄取所予兵，亦怨之。於是傅積

不能平,與王世脩、張逵、王鈞甫、馬柔吉等謀作亂……帝憑闌呼二賊問
故,傅厲聲曰:'陛下信任中官,軍士有功者不賞,私內侍者即得美官。黃
潛善、汪伯彥誤國,猶未遠竄。王淵遇敵不戰,因友康履得除樞密。臣立
功多,止作遥郡團練。已斬淵首,更乞斬康履、藍珪、曾擇以謝三軍。'"

〔四〕"啼嬰"句:歷代通鑑輯覽卷八十四宋高宗皇帝:"(建炎三年三月)扈從統
制苗傅、劉正彥作亂,殺王淵及内侍康履等,劫帝傳位于魏國公旉,請隆祐
太后臨朝。"按:魏國公趙旉出生于建炎元年,其時三歲。

〔五〕黑興:當時隆祐太后所乘爲黑色竹興。按:苗傅等逼迫太后下詔,命高宗
禪位與皇子,詳見續資治通鑑卷一百四高宗建炎三年。

〔六〕"二十六日"句:宋高宗被迫傳位皇子,至恢復建炎年號,共計二十六日。

〔七〕張、韓:指秦鳳路總管張俊、平寇左將軍韓世忠,當時皆握有重兵,張浚賴
以平叛。宋史張浚傳:"建炎三年春,金人南侵,車駕幸錢塘,留朱勝非于
吳門捍禦,以浚同節制軍馬。已而勝非召,浚獨留。時潰兵數萬,所至剽
掠,浚招集甫定。會苗傅、劉正彥作亂,改元赦書至平江,浚命守臣湯東野
秘不宣。未幾,傅等以檄來,浚慟哭,召東野及提點刑獄趙哲謀起兵討
賊。"周勃:西漢太尉。吕后死後,剷除吕氏諸王,劉氏政權得以延續
穩固。

〔八〕劉、吕:指鎮江統帥劉光世、建業節制吕頤浩,其時皆率軍助張浚討平苗、
劉。宋史皆有傳。

〔九〕"馮輥"二句:馮輥,進士,張浚門客。宋史苗傅傳:"張浚遣進士馮輥赴行
在,請帝親總要務;復抵書馬柔吉、王鈞甫宜早反正,以解天下之惑。浚既
遣輥,即檄諸路,約吕頤浩、劉光世會平江。"又,宋史張浚傳:"初,浚遣客
馮輥以計策往説傅等,會大軍且至,傅、正彥憂恐不知所出。輥知其可動,
即以大義白宰相朱勝非,使率百官請復辟。"甄援,成都人。本爲太學諸
生,請持詔過江招集兵馬,還,授保義郎。建炎以來繫年要錄卷二十一:
"初,保義郎甄援在城中,竊録明受詔赦及二凶檄書以出,至餘杭門,爲邏
者所得。苗傅命斬之,援笑曰:'將軍方爲宗社立功,奈何斬壯士?'傅嫚
罵,且詰其故。援曰:'今誤國姦臣多散處於外,願賣將軍之文,糾忠義之
士,誅漏網以報將軍耳。'傅意解……防禁少緩,援更衣逾墙而出。至是見
張浚於平江……浚遂令援遍往韓世忠、劉光世諸軍宣諭。"

〔十〕"安國"二句:宋史后妃下哲宗昭慈聖獻孟皇后傳:"帝聞事急,詔禪位元
子,太后垂簾聽政。……韓世忠妻梁氏在傅軍中,勝非以計脱之,太后召
見,勉令世忠速來。"又,建炎以來繫年要錄卷二十一:"太后召梁氏入見,

封爲安國夫人,錫予甚渥。后執其手曰:'國家艱難至此,太尉首來救駕,可令速清巖陛。'梁氏馳出都城……愈疾驅一日夜,會世忠於秀州。俄而傅等遣使以麻制授世忠,世忠曰:'吾但知有建炎,豈知有明受!'斬其使,焚其詔。"

〔十一〕長物:非必需品,多餘之物。參見東維子文集卷十五借巢記。

〔十二〕尸悖骨:宋史苗傅傳:"傅棄軍,變姓名,夜逾建陽,土豪詹標覺之,執送世忠,檻車赴行在……世忠軍還,俘傅、正彦以獻,磔于建康市。"


# 唐琦石〔一〕

　　荆軻匕,博浪椎〔二〕,唐琦石。三壯兒,不了事,永爲人所嗤。我獨歌壯兒,義憤千古奇,成敗論人吾不知。琶八子,私殺之,豈如慶忌者,成名萬古於要離〔三〕。

## 【箋注】

〔一〕唐琦:宋稗類鈔卷三忠義:"唐琦,開封人。紹興衛士也。高宗南渡,金帥海金琶八追至紹興,太守李鄴以城降。琦資性忠勇,誓與賊偕死以報國。一日,鄴方與琶八并馬而行,琦持二大甓登小閣上,祝曰:'願天相我,一擊殺此兩賊。'不幸甓中馬,琦被執。琶八曰:'大金兵數百萬,汝殺我一人何益?'琦曰:'願碎爾腦,以愧降賊者耳!'……琶八怒曰:'汝願何以死?'琦曰:'我願以布裹尸灌油,焚三日。'琶八如其言焚之。琦恐琶八追及高宗,故以焚尸緩其程耳。"

〔二〕"荆軻匕"二句:指荆軻、張良之行刺。參見鐵崖先生古樂府卷一易水歌注。

〔三〕慶忌、要離:參見鐵崖先生古樂府卷四要離冢注。


# 金山捷〔一〕

　　金山捷,將軍料敵如神明。未禽玉帶鶻〔二〕,先禽鐵爪鷹〔三〕(兀朮將李選。選呼爲"鐵爪鷹",本江淮宣撫使潰卒也)。龍皇廟前①鼕鼓鳴,紅袍脱兔千人驚〔四〕。白馬刑,颶風停,五緉火鴉然水鼉②,天矢未殲③旄頭星〔五〕。

## 【校】

① 前: 青照堂刊楊鐵崖詠史本作"背"。

②"白馬刑"三句,青照堂刊楊鐵崖詠史本無。

③ 殲: 青照堂刊楊鐵崖詠史本作"滅"。

## 【箋注】

〔一〕金山捷: 宋高宗建炎四年(一一三〇)三月,韓世忠在金山大敗金兵。金山: 位於今江蘇鎮江,當時在丹徒縣西北江中,與焦山對峙。

〔二〕玉帶鶻: 指金帥兀朮。

〔三〕鐵爪鷹: 指金將李選。按建炎以來繫年要録卷三十二:"金人至鎮江府,浙西制置使韓世忠已屯焦山寺以邀之,降其將鐵爪鷹李選,選者,江淮宣撫司潰卒也。"

〔四〕"龍皇廟"二句: 建炎以來繫年要録卷三十二:"完顔宗弼遣使通問,世忠亦遣使臣石皋報之,約會會戰。世忠謂諸將曰:'是間形勢,無如金山龍王廟者,敵必登此覘我虚實。'乃遣偏將蘇德將二百卒伏廟中,又遣二百卒伏廟下,戒之曰:'聞江中鼓聲,岸兵先入,廟兵繼出。'敵至,果有五騎趨龍王廟,廟中之伏喜,先鼓而出。五騎振策以馳,僅得其二。有一人紅袍玉帶,既墜,復跳馳而脱。詰二人者,即宗弼也。"按: 完顔宗弼,即兀朮。

〔五〕"白馬刑"四句: 述兀朮突圍逃遁。旄頭星,屬於彗星,相傳旄頭星出現,預示有兵亂。此借指兀朮。參見宋史天文志五彗字。宋史韓世忠傳:"撻辣在濰州,遣字菫太一趨淮東以援兀朮,世忠與二酋相持黄天蕩者四十八日……(兀朮)謂諸將曰:'南軍使船如使馬,奈何?'募人獻破海舟策。閩人王某者,教其舟中載土,平版鋪之,穴船版以櫂槳,風息則出江,有風則勿出。海舟無風,不可動也。又有獻謀者曰:'鑿大渠接江口,則在世忠上流。'兀朮一夕潛鑿渠三十里,且用方士計,刑白馬,剔婦人心,自割其額祭天。次日風止,我軍帆弱不能運,金人以小舟縱火,矢下如雨。孫世詢、嚴允皆戰死,敵得絶江遁去。"五緉,古代測風器。以雞毛五兩繫於竿頂,故名。

# 鐵象歌〔一〕

去年殺趙哲〔二〕，今年殺曲端。王（庶）家小兒造赤丸〔三〕，鳳翔仇家炙人肝〔四〕（康隨）。張宣撫（浚），開西都，淫殺健將心何如〔五〕。西人望端如望歲，豈比馬謖誅當誅〔六〕。詐旗可以走婁宿〔七〕（虜名），鐵象不能追①的盧〔八〕。嗚呼②，象兮象兮吾與汝③同死，象兮象兮吾爾呼④。

## 【校】

① 追：青照堂刊楊鐵崖詠史本作“逃”。

② 嗚呼：青照堂刊楊鐵崖詠史本作“於乎”。

③ 象兮象兮吾與汝：青照堂刊楊鐵崖詠史本作“象乎象乎誓與爾”。

④ 爾呼：原本作“逝矣”，據青照堂刊楊鐵崖詠史本改。

## 【箋注】

〔一〕鐵象：南宋驍將曲端坐騎。宋史曲端傳：“（張）浚自興州移司閬州，欲復用端。（吳）玠與端有憾，言曲端再起，必不利於張公；王庶又從而間之。浚入其說，亦畏端難制。端嘗作詩題柱曰：‘不向關中興事業，却來江上泛漁舟。’庶告浚，謂其指斥乘輿，於是送端恭州獄。武臣康隨者，嘗忤端，鞭其背，隨恨端入骨。浚以隨提點夔路刑獄，端聞之曰：‘吾其死矣！’呼‘天’者數聲。端有馬名‘鐵象’，日馳四百里，至是連呼‘鐵象可惜’者又數聲，乃赴逮。既至，隨令獄吏縶維之，糊其口，燼之以火。端乾渴求飲，予之酒，九竅流血而死，年四十一。”

〔二〕殺趙哲：建炎以來繫年要錄卷三十八：“建炎四年冬十月庚午朔，張浚斬同州觀察使、環慶路經略安撫使趙哲於邠州。……初，諸軍既敗還……浚問誤國大事誰當任其咎者，衆言環慶兵先走，浚命擁哲斬之。哲不伏，且自言有復辟功，浚親校以摑擊其口，斬於堞下。軍士爲之喪氣。”

〔三〕王家小兒：指王庶。王庶曾任龍圖閣待制，節制陝西六路軍馬。與曲端不協，故進讒言。宋史有傳。赤丸：殺武將之令物。前漢紀卷二十六孝成三：“長安中群輩殺吏，受任報讎，相與探丸爲號：赤丸殺武吏，黑丸殺文吏，白丸主治喪。”

〔四〕鳳翔仇家：指康隨。

〔五〕“張宣撫”三句：指張浚。其時張浚任川陜宣撫處置使。中興小紀卷十六引朱勝非閒居録曰：“張浚出使陜、蜀，便宜除官，至節度雜學士，權出人主之右。竭蜀之財，悉陜之兵，凡三十萬衆，與金角，一戰盡覆。用其屬劉子羽謀，歸罪將帥趙哲、曲端，并誅之，將士由是怨怒，俱叛浚。浚以身免，奔還閬州。關、陜之陷，自此始。”

〔六〕馬謖：三國蜀將，因街亭失守而被誅。

〔七〕婁宿：金兵統帥名。宋史曲端傳：“建炎元年十二月，婁宿攻陜西。二年正月，入長安、鳳翔，關、隴大震。二月，義兵起，金人自鞏東還。端時治兵涇原，招流民潰卒，所過人供糧秸，道不拾遺。金游騎入境，端遣副將吳玠據清溪嶺與戰，大破之。端乘其退，遂下兵秦州，而義兵已復長安、鳳翔。”

〔八〕“鐵象”句：意爲鐵象不如劉備坐騎的盧，未能救主人於危難。


# 岳鄂王歌〔一〕


予讀飛傳，冤其父子死，而陰報之事史不書，乃見於稗官之書〔二〕。張巡之死〔三〕，誓爲厲鬼以殺賊，烏知飛死不爲厲以殺檜乎〔四〕？吾不敢以鬼死其英爽，而些之以屬之。辭曰：

生兮人之英，死兮屬之靈。國有駔兮摧①我國長城〔五〕，善寡與兮惡好朋，大霧蔽天兮天日不我明。嗟爾屬兮，謁上帝以②上征，萬八千丈兮華之頂（叶“丁”）。帝命我兮司陰刑，剗爾駔兮赫以就冥，嗟爾屬兮人之英。


## 【校】

① 摧：原本作“推”，據懺華庵叢書本改。

② 以：樓氏鐵崖詠史注本作“兮”。


## 【箋注】

〔一〕岳鄂王：南宋名將岳飛。宋史岳飛傳：“建廟於鄂，號忠烈。淳熙六年，謚武穆。嘉定四年，追封鄂王。”

〔二〕陰報之事：元劉一清撰錢塘遺事卷二東窗事發：“秦檜欲殺岳飛，於東窗下謀其妻王夫人。夫人曰：‘擒虎易，放虎難。’其意遂決。後檜游西湖，舟中得疾，見一人被髮厲聲曰：‘汝誤國害民，我已訴於天，得請於帝矣。’檜遂死。未幾，熺亦死。夫人思之，方士伏章見熺荷鐵枷，因問秦太師所在。熺曰：‘吾父見在酆都。’方士如其言而往，果見檜與萬俟卨俱荷鐵枷，備受諸苦。”又天台山全志卷十華頂陰刑引錄此岳鄂王歌，并曰：“飛死爲神，居天台第一峰，擒檜受諸苦楚。”又，西湖游覽志卷二十一北山分脈城内勝迹：“忠佑廟在按察司左，宋紹興十三年以岳飛故宅改爲太學，學中時時相驚，以岳將軍見。孝宗朝，詔復其官，追謚武穆，建廟學左，曰忠佑。淳祐六年，改謚忠武，已而學中復驚‘岳將軍降爲土神’。”

〔三〕張巡：參見陳善學序刊楊鐵崖先生文集卷三厲鬼些注。

〔四〕檜：秦檜，生平見宋史奸臣傳。

〔五〕“國有駰”句：宋史岳飛傳：“昔劉宋殺檀道濟，道濟下獄，嗔目曰：‘自壞汝萬里長城！’高宗忍自棄其中原，故忍殺飛，嗚呼冤哉！嗚呼冤哉！”

# 岳王行

飛來屋上鵠，漂流甕中雛〔一〕。大野收岐嶷〔二〕，夢澤乳於菟〔三〕。蹶張八石弩〔四〕，地盤丈八殳。拔身列校中，即上青皇書。燕雲誓掃犬羊穴，河洛未復冠裳區〔五〕。平生知己張都督，未信八日①開西樞〔六〕。拐子連珠斷如草〔七〕，背嵬先鋒雄若貙〔八〕。兩河豪傑收赤幟，千里父老馱青芻。忔查內附兀朮慚，黃龍直造無須臾〔九〕。皇天后土不監我忠赤，白虹貫日賜屬鏤〔十〕。錦山錦水邊一隅，神州何時歸版圖？周兵入郢明月墮〔十一〕，胡馬南牧長城殂。燕南書生已料敵〔十二〕，東窗老魅何足誅〔十三〕。嗚呼，吳牙執信及六主〔十四〕，茅旌孤兒過故都〔十五〕。

## 【校】

① 日：原本作“月”，據樓氏鐵崖詠史注本改。參見注釋。

## 【箋注】

〔一〕“飛來”二句：宋史岳飛傳：“飛生時，有大禽若鵠，飛鳴室上，因以爲名。未彌月，河決內黃，水暴至，母姚抱飛坐甕中，衝濤及岸得免，人異之。”

〔二〕“大野”句：詩大雅生民：“誕實匍匐，克岐克嶷。”按此用詩所述后稷出生典以比岳飛。

〔三〕"夢澤"句：於菟，楚人稱虎。左傳宣公四年：楚令尹子文生時，其母使人棄於夢澤，虎乳之。故令尹子文又名鬥穀於菟。參見左傳莊公三十年。

〔四〕八石弩：宋史岳飛傳："家貧力學，尤好左氏春秋、孫吳兵法。生有神力，未冠，挽弓三百斤，弩八石。"

〔五〕"拔身"四句：宋史岳飛傳："隸留守宗澤，戰開德、曹州皆有功，澤大奇之……康王即位，飛上書數千言，大略謂：'陛下已登大寶，社稷有主，已足伐敵之謀，而勤王之師日集，彼方謂吾素弱，宜乘其怠擊之。……臣願陛下乘敵穴未固，親率六軍北渡，則將士作氣，中原可復。'書聞，以越職奪官歸。"青皇，太子，此指康王。

〔六〕張都督：指張浚。宋史岳飛傳："召浚還防秋，飛袖小圖示浚，浚欲俟來年議之。飛曰：'已有定畫，都督能少留，不八日可破賊。'……果八日而賊平。浚嘆曰：'岳侯神算也。'"

〔七〕拐子：宋史岳飛傳："兀朮有勁軍，皆重鎧，貫以韋索，三人爲聯，號'拐子馬'，官軍不能當……飛戒步卒以麻札刀入陣，勿仰視，第斫馬足。拐子馬相連，一馬仆，二馬不能行，官軍奮擊，遂大敗之。兀朮大慟曰：'自海上起兵，皆以此勝，今已矣！'"

〔八〕"背嵬"句：宋史岳飛傳："方郾城再捷，飛謂雲曰：'賊屢敗，必還攻潁昌，汝宜速援王貴。'既而兀朮果至，貴將游奕、雲將背嵬戰于城西，雲以騎兵八百挺前決戰，步軍張左右翼繼之，殺兀朮婿夏金吾、副統軍粘罕索索堇，兀朮遁去。"

〔九〕"忔查"二句：宋史岳飛傳："金帥烏陵思謀素號桀黠，亦不能制其下，但諭之曰：'毋輕動，俟岳家軍來即降。'金統制王鎮，統領崔慶，將官李覲、崔虎、葉旺等，皆率所部降，以至禁衛龍虎大王下忔查、千户高勇之屬，皆密受飛旗牓，自北方來降。金將軍韓常欲以五萬衆内附。飛大喜，語其下曰：'直抵黃龍府，與諸君痛飲爾！'"

〔十〕白虹貫日：指岳飛含冤被殺。戰國策魏策四："聶政之刺韓傀也，白虹貫日。"屬鏤：劍名。吳王賜伍子胥屬鏤劍令自殺。見左傳哀公十一年。

〔十一〕"周兵"句：北史鮮于世榮傳："周兵入鄴，諸將皆降，世榮在三臺之前，獨鳴鼓不輟。及被執不屈，乃見殺。世榮雖武人無文藝，以朝危政亂，每常竊歎。"

〔十二〕"燕南"句：宋史岳飛傳："方兀朮棄汴去，有書生叩馬曰：'太子毋走，岳少保且退矣。'兀朮曰：'岳少保以五百騎破吾十萬，京城日夜望其來，何謂可守?’生曰:‘自古未有權臣在内,而大將能立功於外者,<u>岳少保</u>且不免,況欲成功乎?’<u>兀术</u>悟,遂留。<u>飛</u>既歸,所得州縣旋復失之。”

〔十三〕<u>東窗老魅</u>:指<u>秦檜</u>。參見上首<u>岳鄂王歌</u>注。

〔十四〕<u>吴牙</u>:北宋末年<u>張邦昌</u>僭位,<u>吴开</u>同知樞密院事,人稱“賣國吴牙”。此蓋以<u>吴牙</u>泛指宋末降臣。參見<u>宋 陳均 九朝編年備要</u>卷三十。六主:<u>南宋</u>自<u>高宗</u>之後,帝位凡六傳。

〔十五〕“茅旌”句:<u>德祐</u>二年(一二七六)閏月,<u>宋恭宗</u>及太后隨<u>元</u>兵北行。其時<u>恭宗</u>年僅六歲,其父<u>度宗</u>兩年前崩,故此稱“茅旌孤兒”。詳見<u>宋史紀事本末</u>卷二十八<u>元伯顏入臨安</u>、<u>宋史 瀛國公本紀</u>。


# 銀瓶女①〔一〕


<u>宋 岳鄂王</u>之幼女也。王被收,女負銀瓶投水死。今祠在<u>浙憲司</u>之右②。

<u>岳</u>家父,國之城③。<u>秦</u>家奴〔二〕,城④之傾。皇天不靈殺我父與兄,嗟我銀瓶爲我父緹縈⑤〔三〕。生不贖父死,不如無生。千尺井⑥,一尺瓶,瓶中之水精衛鳴。

## 【校】

① <u>萬曆 杭州府志</u>卷四十七<u>祠廟</u>中録此詩,據以校勘。<u>萬曆 杭州府志</u>本題作<u>銀瓶怨</u>。

② 此詩序原本無,據<u>汲古閣</u>刊<u>鐵崖先生古樂府補本</u>增補。

③ 城:<u>萬曆 杭州府志</u>本作“楨”。

④ 城:<u>樓氏 鐵崖詠史注</u>本作“國”。

⑤ 緹縈之“緹”,原本作“提”,據<u>鐵崖先生古樂府補本</u>、<u>懷華庵叢書</u>本改。又,“皇天不靈”二句:<u>萬曆 杭州府志</u>本作“皇天弗靈嗟我父與兄”。

⑥ 井:<u>汲古閣</u>刊<u>鐵崖先生古樂府補本</u>作“水”。

## 【箋注】

〔一〕<u>銀瓶女</u>:<u>岳飛</u>幼女<u>銀瓶娘子</u>。明<u>田汝成 西湖游覽志</u>卷二十一<u>北山分脈城内勝迹</u>:“<u>忠佑廟</u>在按察司左……祠後有<u>銀瓶娘子井</u>。<u>銀瓶娘子</u>者,王季女也,聞王下獄,哀憤骨立,欲叩闕上書,而邏卒嬰門,不能自達,遂抱銀瓶投井死。”

〔二〕秦家奴:指秦檜。

〔三〕緹縈:事迹載古列女傳。參見麗則遺音卷二曹娥碑。


# 宋節婦巴陵女子行①〔一〕


岳州破,拔都惡,鈔如烏,險如壑。巴陵之女玉燕飛,中道零落無時歸。巴陵之女清如玉,下有黄龍千仞谷。巴陵女,投身葬龍腹。龍爾有神,篤生忠臣。亂爲龍逢比干〔二〕,治爲周召甫申〔三〕。

## 【校】

① 明鈔楊維楨詩集載巴陵女子行,與本詩不同,實爲郝經所作,故納入僞作編。

## 【箋注】

〔一〕巴陵女子:韓希孟。元郝經巴陵女子行序:“己未秋九月,王師渡江。大帥拔都及萬户解成等,自鄂渚以一軍舰上流,遂圍岳。岳潰,入於洞庭,俘其遺民以歸。節婦巴陵女子韓希孟,誓不辱于兵,書詩衣帛以見意,赴江流以死。”其詩後附巴陵女子赴江詩,序曰:“巴陵女子韓希孟,魏公五世孫,嫁與賈尚書男瓊爲婦。岳州破,被虜之。明日,以衣帛書詩,願好事君子相傳,知吾宋家有守節者。”按:韓希孟事迹載宋史列女傳。岳州:唐稱巴州,又改岳州。元立岳州路,隸屬於湖廣行省。參見元史地理志。

〔二〕亂:指亂世。龍逢:即關龍逢,爲夏桀所殺。比干:被商紂王殺害。詳見史記殷本紀。

〔三〕周召甫申:指周朝賢臣周公旦、召公奭、尹吉甫、申伯。參見史記周本紀。


# 冷山使者〔一〕


洪使者,雲中居。不受僞命官,寧作牧羊奴。冰山寒墮指,乞食教胡雛,服食言語殊,使者嚙雪歌穹廬。豈不解修粘罕書,黄金寶馬千馱車,歸來割地和單于〔二〕。

## 【箋注】

〔一〕冷山使者:南宋初年使者洪皓。冷山,洪皓流放地,位於今吉林舒蘭縣。宋史洪皓傳:"(建炎三年)擢徽猷閣待制,假禮部尚書,爲大金通問使……皓至太原,留幾一年,金遇使人禮日薄。及至雲中,粘罕迫二使仕劉豫,皓曰:'……留亦死,不即豫亦死,不願偷生鼠狗間,願就鼎鑊無悔。'粘罕怒,將殺之。旁一酋唶曰:'此真忠臣也。'目止劍士,爲之跪請,得流遞冷山。流遞,猶編竄也……雲中至冷山行六十日,距金主所都僅百里,地苦寒,四月草生,八月已雪,穴居百家,陳王悟室聚落也。悟室敬皓,使教其八子。或二年不給食,盛夏衣麤布,嘗大雪薪盡,以馬矢然火煨麪食之……金主以生子大赦,許使人還鄉,皓與張邵、朱弁三人在遣中……皓自建炎己酉出使,至是還,留北中凡十五年。同時使者十三人,惟皓、邵、弁得生還,而忠義之聲聞於天下者,獨皓而已。"

〔二〕"豈不解"三句:斥秦檜。宋史秦檜傳:"二帝北遷,檜與傅、叔夜、何㮚、司馬朴從至燕山,又徙韓州。上皇聞康王即位,作書貽粘罕,與約和議,俾檜潤色之。檜以厚賂達粘罕。會金主吳乞買以檜賜其弟撻懶爲任用,撻懶攻山陽,建炎四年十月甲辰,檜與妻王氏及婢僕一家,自軍中取漣水軍水砦航海歸行在……蓋檜在金庭首唱和議,故撻懶縱之使歸也。"

## 寶慶權①臣〔一〕 史彌遠

史新恩〔二〕,一漏語②,朝爲儲皇暮爲虜③〔三〕。會稽望氣如④玉虹〔四〕,渡江二馬一馬龍〔五〕。湖州二潘非二五,夜擁黃袍拜真主〔六〕。一時⑤雞狗余與梁(天錫、成大),詆法真魏加無將〔七〕。四十年,南國治⑥,定策元勳推老史⑦〔八〕。揚州制臣無一夔(趙夔),金甲斬關吾未知〔九〕(李全)。

## 【校】

① 權:青照堂刊楊鐵崖詠史本作"相"。

② "史新恩"二句:青照堂刊楊鐵崖詠史本作"几上狂書一漏語"一句。

③ 儲皇：樓氏鐵崖詠史注本作“皇儲”。虜：樓氏鐵崖詠史注本作“鹵”。

④ 如：青照堂刊楊鐵崖詠史本作“流”。

⑤ 一時：青照堂刊楊鐵崖詠史本作“何物”。

⑥ “四十年”二句：青照堂刊楊鐵崖詠史本作“四十一年南國治”一句。

⑦ 元勳推老史：原本作“無功推老吏”，據青照堂刊楊鐵崖詠史本改。

## 【箋注】

〔一〕寶慶權臣：史彌遠。寶慶，南宋理宗年號，公元一二二五至一二二七年。

〔二〕史新恩：指史彌遠。宋史紀事本末卷八十八史彌遠廢立：“（嘉定）十五年夏四月丁巳，進封子竑爲濟國公……時楊皇后專國政，彌遠用事久，宰執、侍從、臺諫、藩閫皆所引薦，莫敢誰何，權勢熏灼。竑心不能平，嘗書楊后及彌遠之事于几上，曰：‘彌遠當決配八千里。’又嘗指宮壁輿地圖瓊、崖，曰：‘吾他日得志，置史彌遠於此。’又嘗呼彌遠爲‘新恩’，以他日非新州則恩州也。彌遠聞之，大懼，思以處竑，而竑不知。”

〔三〕“朝爲”句：宋史宗室三鎮王竑傳：“寶慶元年正月庚午，湖州人潘壬與其弟丙謀立竑……彌遠令客秦天錫託召醫治竑疾，竑本無疾。丙戌，天錫詣竑，諭旨逼竑縊于州治。”

〔四〕“會稽”句：指理宗出生時瑞兆。宋史理宗本紀：“諱昀，太祖十世孫。父希瓐，追封榮王，家于紹興府山陰縣，母全氏。以開禧元年正月癸亥生于邑中虹橋里第。前一夕，榮王夢一紫衣金帽人來謁，比寤，夜漏未盡十刻，室中五采爛然，赤光屬天，如日正中……幼嘗晝寢，人忽見身隱隱如龍鱗。”

〔五〕“渡江”句：宋史余天錫傳：“是時彌遠在相位久，皇子竑深惡之，念欲有廢置。會沂王宮無後，丞相欲借是陰立爲後備。天錫秋告歸試于鄉，彌遠曰：‘今沂王無後，宗子賢厚者幸具以來。’天錫絶江，與越僧同舟，舟抵西門，天大雨，僧言門左有全保長者，可避雨，如其言過之。保長知爲丞相館客，具雞黍甚肅。須臾有二子侍立，全曰：‘此吾外孫也。日者嘗言二兒後極貴。’問其姓，長曰趙與莒，次曰與芮。天錫憶彌遠所屬，其行亦良是，告于彌遠，命二子來。……彌遠密諭曰：‘二子長最貴，宜撫於父家。’遂載與歸。天錫母朱爲沐浴、教字，禮度益閑習。未幾，召入嗣沂王，迄即帝位，是爲理宗。”

〔六〕“湖州”二句：二潘，湖州潘壬、潘丙兄弟，二人擁立趙竑爲帝，未果。二五，指春秋時晉國大夫梁五、東關五，二人幫助驪姬子奚齊成爲太子。詳見左傳莊公二十八年。宋史理宗本紀：“（寶慶元年正月）庚午，湖州盜潘壬、潘丙、潘甫謀立濟王竑，竑聞變，匿水竇中，盜得之，擁至州治，以黄袍加其身……彌遠奏遣殿司將彭任討之，至則盜平。”

〔七〕“一時雞狗”二句：余，余天錫。梁，梁成大。真，真德秀。魏，魏了翁。宋史梁成大傳：“諂事史彌遠家幹萬昕，昕言真德秀當擊，成大曰：‘某若入臺，必能辦此事。’……拜監察御史，尋奏：‘魏了翁已從追竄，人猶以爲罪大罰輕。真德秀狂僭悖繆，不減了翁，相羊家食，宜削秩貶竄，一等施行。’”

〔八〕“定策元勳”句：指史彌遠誅韓侂胄，力主停戰議和。詳見宋史史彌遠傳。

〔九〕“揚州制臣”二句：謂揚州一帶邊防依仗趙葵，丞相史彌遠并無實績。宋史趙葵傳：“紹定元年，出知滁州。二年，（李）全將入浙西告糴，實欲覘畿甸也。初，全之獻俘也，朝廷授以節鉞，葵策其必叛，乃上書丞相史彌遠……彌遠猶未欲興討，參知政事鄭清之贊決之，乃加葵直寶章閣、淮東提點刑獄兼知滁州……四年正月壬寅，遂殺全。……葵前後留揚八年，墾田治兵，邊備益飭。”夔，舜臣。此借指趙葵。


# 獨松節士歌〔一〕

　　獨松節士者，富春古先生馮驥也。仕宋爲大理寺丞。淳祐初，守獨松關。大軍壓關，主將有賣降者，獨節士殉關以死，大節①炳然，已列史傳。其孫士頤出節士讀書所來青樓卷求題〔二〕，余感壬辰之變〔三〕，守關者無節士之節，爲賦獨松節士歌。

獨松托根國西户，千載風雲據龍虎。大樹將軍之子孫〔四〕，特立東南天一柱。疾雷夜破釣魚臺〔五〕，黄鬚鐵甲連山來。獨松節士真柱石，一力當關萬花開。虎毛將士獻地圖，津頭相國來乘桴〔六〕。獨松未折重趙鼎，鐵甕已破羞②胡膜。白頭老父話往轍，地險由來重人傑。紅鸞昨夜斬關來〔七〕，二十四州③俱瓦裂〔八〕。我欲關頭問獨松，獨松已殉烏號弓〔九〕。來青書屋江之東〔十〕，五雲繞屋光如虹。

【校】

① 大節：樓氏鐵崖詠史注本無。

② 羞：樓氏鐵崖詠史注本作“差”。

③ 州：原本作“洲”，據樓氏鐵崖詠史注本改。

## 【箋注】

〔一〕本詩稱頌宋末杭州獨松關守將馮驥，蓋作於元至正十五年乙未（一三五
　　五）。繫年依據：其一，至正十二年壬辰七月，徐壽輝一度攻陷錢塘，本詩
　　序曰“余感壬辰之變”，故知詩作於此後。其二，鐵崖曾於至正十五年游富
　　春，與獨松節士之孫馮士頤等交游酬唱。本詩末尾曰“來青書屋江之東，
　　五雲繞屋光如虹”，疑即描摹此番游寓時所見光景。參見東維子文集卷七
　　富春八景詩序。馮驥：兩浙名賢錄卷七忠烈大理丞馮德父驥：“馮驥字德
　　父，富春人。性至孝，母病，刲股和藥以進。登景定進士。調安吉武康簿，
　　有聲。累遷大理丞。時元兵下襄樊，募豪傑爲戰守計，驥被薦，協張濡守
　　獨松。元兵來攻，殺其渠帥。元將益兵擣之，濡遁，驥與弟驪力戰死，贈集
　　賢殿修撰。”萬曆杭州府志卷二十四山川五余杭縣：“獨松嶺，在縣西北九
　　十里，高四十二丈，長五里。去嶺二里有關，名獨松，因以爲名。其關屬安
　　吉州。”

〔二〕士頤：鐵崖友人。至正初年，鐵崖在錢塘與之交往甚多。參見東維子文集
　　卷七富春八景詩序、卷二十六馮處謙墓銘。按：或謂士頤爲馮驥曾孫。參
　　見汲古閣刊鐵崖先生古樂府補卷四馮處士歌。

〔三〕壬辰之變：元至正十二年壬辰（一三五二）七月，徐壽輝軍攻打杭州，元軍
　　官兵或降或遁，鐵崖屢撰詩文抨擊。參見東維子文集卷四送監郡觀閭公
　　秩滿序。

〔四〕大樹將軍：指東漢馮異。此切馮驥姓。參見東維子文集卷十三大樹
　　軒記。

〔五〕釣魚臺：指富春嚴子陵釣臺。

〔六〕相國：指宋季左丞相留夢炎。元軍攻破獨松關，留夢炎棄位而逃。

〔七〕紅蠻：此指徐壽輝軍。徐壽輝起於湖廣，亦屬紅巾軍。鐵崖撰李鐵鎗歌：
　　“紅蠻昨夜斬關來，防關老將泣如孩。”（詩載列朝詩集甲集前編卷七下。）

〔八〕二十四州：本指河北諸郡，此借指全國。新唐書顏真卿傳：“禄山反，河朔
　　盡陷，獨平原城守具備……玄宗始聞亂，歎曰：‘河北二十四郡，無一忠
　　臣邪？’”

〔九〕烏號弓：據史記封禪書，“烏號弓”乃黄帝之弓。此借指宋末皇帝。參見
　　麗則遺音卷三鐵箭。

〔十〕來青書屋：馮士頤先輩所建讀書樓。參見鐵崖先生古樂府卷四風日好注。

## 咸淳師相①〔一〕　賈似道

開慶班師捷何有〔二〕？大國行人在沌口〔三〕。斷橋功臣嫉如仇（曹世雄），鐵壁②更忌鐵精猴（劉整）〔四〕。峴山萬堞包長圍〔五〕，葛山賜第兼賜妃〔六〕（宮人葉氏）。真珠搭當錦地衣〔七〕，寶穴妖蛇歸不歸〔八〕？羅刹江頭白日瞽（渡江日日食），黯淡灘前射工語。輪舟不運水底龍，拉脅俄驚厕中虎〔九〕。

【校】

① 青照堂刊楊鐵崖詠史本録有同名詩歌，然與本詩差異頗大，故作同題異詩處理。

② 壁：原本作“璧”，據樓氏鐵崖詠史注本改。

【箋注】

〔一〕咸淳師相：宋末宰相賈似道。咸淳，南宋度宗年號，公元一二六五至一二七四年。賈似道，字師憲，台州（今屬浙江）人。理宗時任宰相，“理宗崩，度宗又其所立，每朝必答拜，稱之曰‘師臣’而不名，朝臣皆稱爲‘周公’”。其生平見宋史奸臣傳。

〔二〕開慶班師捷：宋理宗開慶元年，蒙古兵分三路，大舉進攻。大汗蒙哥攻四川，忽必烈攻鄂州（今湖北武漢），另一路由雲南入廣西攻湖南。理宗令賈似道自漢陽援鄂，於軍中擢似道爲右丞相。鄂州軍堅守四月，蒙哥在四川中箭死，忽必烈一時不能得手，於是撤軍。或稱此役爲“開慶之捷”，實則偶然。

〔三〕大國行人：指賈似道所遣議和使。賈似道馳援鄂州後，死傷慘重，遂派遣使者到蒙古軍中議和，請求稱臣納貢，忽必烈不允。其後再遣使者請求納貢。詳見宋史賈似道傳。沌口：又稱沌口渡，在漢陽縣西南三十里（嘉靖漢陽府志卷二方域志），位於今湖北武昌。

〔四〕“斷橋功臣”二句：宋史賈似道傳：“大元兵拔砦而北，留張傑、閻旺以偏師候湖南兵。明年正月，兵至，傑作浮梁新生磯，濟師北歸。似道用劉整計，攻斷浮梁,殺殿兵百七十,遂上表以肅清閭。帝以其有再造功,以少傅、右丞相召入朝。”又,元陳桱通鑑續編卷二十三:“賈似道之斷浮橋敗蒙古也,整及高達、曹世雄之功爲多。似道憾其輕己,令吕文德捃摭其罪,世雄竟死,達亦廢棄。整聞之懼,會俞興帥蜀,整素與興有隙,心益不安,及興至,考覈整軍前錢糧,整遂率所部二十七人自瀘降於蒙古也。”又,宋史賈似道傳:“高達在圍中,恃其武勇,殊易似道。……曹世雄、向士璧在軍中,事皆不關白似道,故似道皆恨之。以覈諸兵費,世雄、士璧皆坐侵盗官錢貶遠州,每言於帝欲誅達。”

〔五〕峴山:位於今湖北襄陽。續資治通鑑卷一百七十九宋度宗咸淳五年:“蒙古括諸路兵以益襄陽,遣史天澤與樞密副使呼喇楚往經畫之……天澤築長圍,起萬山,包百丈山,令南北不相通。又築峴山、虎頭山爲一字城,聯亘諸堡,爲久駐計。”

〔六〕“葛山”句:續資治通鑑卷一百七十九宋度宗咸淳六年:“時蒙古攻圍襄、樊甚急,似道日坐葛嶺,起樓閣亭榭,作半閒堂,延羽流,塑己像其中,取宮人葉氏及倡尼有美色者爲妾,日肆淫樂,與故博徒縱博,人無敢窺其第者。”

〔七〕真珠搭當:慶元三年韓侂胄生辰,“權工部尚書獻真珠搭擋十副,光耀奪目,蓋大長公主奩中故物”。詳見兩朝綱目備要卷八寧宗。錦地衣:西湖游覽志餘卷二十一委巷叢談:“宋秦檜格天閣成,鄭仲爲蜀宣撫,遺錦地衣一片。檜命鋪閣上,廣袤合一,默然不樂,以爲探我陰事。鄭竟得罪。”

〔八〕寶穴:指余玠家穴。宋史賈似道傳:“酷嗜寶玩,建多寶閣,日一登玩。聞余玠有玉帶,求之,已殉葬矣,發其冢取之。”

〔九〕“羅刹江”四句:羅刹江,錢塘江之别名。黯淡灘,位於今福建北部南平市東。射工,一種水蟲。抱朴子内篇卷十七登涉:“又有短狐,一名蜮,一名射工,一名射影,其實水蟲也。……緣口中物如角弩,以氣爲矢,則因水而射人,中人身者即發瘡,中影者亦病。”續資治通鑑卷一百八十二德祐元年:“(會稽縣尉鄭虎臣以其父嘗爲似道所配,欲報之。)鄭虎臣監押賈似道,舟次南劍州黯淡灘,虎臣曰:‘水清甚,何不死於此?’似道曰:‘太皇許我不死。’至漳州木綿庵,虎臣曰:‘吾爲天下殺似道,雖死何憾!’遂拘其子與妾于别館,即厠上拉其胸殺之。”


# 沈劊子辭〔一〕


李芾守潭州〔二〕,命劊子殺一家妻子。既殺芾家人,亦殺自家

人,積尸一處,焚之,復自殺。劊子姓沈名忠。吁,忠,一獄丁耳,
剛腸勁節,乃得與一代忠義臣附名於史傳,亦足偉哉!

　　沈劊子①,人中豪,手執法家三尺刀。誓言不食刀生毛,常拔劍匕
罵②荊高〔三〕。首披③曼胡揮孟勞〔四〕,怒斫佞④肉爲鵝膏。潭州安撫脱
戰袍,身與城甓無遁逃。夜呼爾劊話白旄,上及竿珥下髡⑤毛。蒼精
一動捫赤繺,鋒如猛將麾蘭膏⑥。劉(整)焦(□)夏(貴)吕(文焕)方
(回)柳(岳)⑦高(應嵩),犬尻羊膝朝北朝⑧〔五〕。上方之劍不使操〔六〕,嗚
呼上方之劍不使操⑨。

## 【校】

① 沈劊子:青照堂刊楊鐵崖詠史本作“於乎沈劊子”。
② 拔劍匕罵:青照堂刊楊鐵崖詠史本作“將劍技馬”。
③ 披:青照堂刊楊鐵崖詠史本作“揮”。
④ 斫佞:樓氏鐵崖詠史注本作“斫佞”,青照堂刊楊鐵崖詠史本作“斫奴”。
⑤ 髡:原本作“髮”,據青照堂刊楊鐵崖詠史本改。
⑥ 膏:青照堂刊楊鐵崖詠史本作“皋”。青照堂刊本以下又有“不知家鬼滅若
　　敖”一句。
⑦ 小字注“整”、“貴”原本無,據青照堂刊楊鐵崖詠史本增補。柳(岳):原本作
　　“華(岳)”,據青照堂刊楊鐵崖詠史本改。
⑧ “犬尻”句:青照堂刊楊鐵崖詠史本作“紛結股脚連雕尻,朋趨族附官北朝”
　　兩句。
⑨ “嗚呼上方”句:青照堂刊楊鐵崖詠史本作“於乎沈劊子,魂可招。些爾酒,
　　歌我騷,起作理官身姓咎”五句。

## 【箋注】

〔一〕沈劊子:宋末潭州劊子沈忠。參見鐵崖先生古樂府卷六傅道人歌。
〔二〕李芾:南宋末年“知潭州,兼湖南安撫使”,生平見宋史忠義傳。潭州,今
　　湖南長沙。
〔三〕荊高:指荆軻、高漸離。參見史記刺客列傳。
〔四〕曼胡:或作“縵胡”。曼胡之纓,爲武士或劍客所佩戴。參見莊子説劍篇。
　　孟勞:春秋時魯國寶刀。
〔五〕劉、焦、夏、吕、方、柳、高:皆爲南宋屬官,宋末降元。劉整以瀘州叛降,參

見本卷咸淳師相。夏貴以淮西降,呂文煥以襄陽降,方回以嚴州降。柳岳,南宋末年任工部侍郎。高應嵩,或當作高應松。柳、高二人於宋末奉命求降。據宋少帝賜高應松辭參政不允詔後書:"宋至德祐,國事已非。元年二月,似道出督而自潰,宜中當國。冬十月,遣柳岳赴燕城,議納土,求封小國。直學士高應松辭草表,乃以京局劉袞然權直院爲之。二年二月,少帝北遷,參政高應松、僉樞謝堂、臺臣阮登炳、郭琪、陳春伯等從行。"(文載元吳海聞過齋集卷七。)按:柳岳於求降途中被殺。高應松隨宋少帝北遷,到燕地後絕食自盡,入宋史忠義傳。焦氏,其名不詳。

〔六〕上方之劍:即尚方劍。漢書朱雲傳:"臣願賜尚方斬馬劍,斷佞臣一人以屬其餘。"

# 冬青冢①〔一〕

老羝夜射錢塘潮〔二〕,天山兩乳王氣消〔三〕。禿妖尚厭②龍虎怪,浮圖千尺高岌嶢〔四〕。文山老客智且勇〔五〕,夜舟拔山山不動〔六〕。江南石馬久不嘶,冢上冬青今已拱。百年父老憤填胸,不知巧手奪化③工。冬青之木鬱蔥蔥,六欑更樹④蒲門東〔七〕。

## 【校】

① 此詩列朝詩集甲集前編卷七上、卷七下重複收録,據以校勘。列朝詩集甲集前編卷七上題作冬青冢篇。

② 厭:列朝詩集本、元詩選本作"壓"。

③ 化:列朝詩集本、元詩選本作"天"。

④ 更樹:原本作"樹更",據列朝詩集本、元詩選本改。

## 【箋注】

〔一〕本詩評述宋末遺民唐珏、謝翱等藏護宋皇遺骨事。萬曆會稽縣志卷十四祠祀之屬:"至元戊寅,西僧楊璉真珈奏發諸陵。宋遺民山陰唐珏潛易以僞骨,取真者葬之山陰天章寺前,六陵各爲一函,每陵樹冬青一以志。"又,西湖游覽志餘卷六亦載此事,謂唐珏字玉潛,曰:"(至元十五年戊寅)十二月十二日,(總江南浮屠者楊璉真珈)率其黨頓蕭山,發宋家諸陵寢,斷殘肢體,攫珠襦玉匣,焚其骴,棄骨草莽間。玨時年三十二歲,聞之痛憤……乃斵文木爲櫃,復黄絹爲囊,各署其表,曰某陵某陵,分委而散遣之,蓺地以藏,爲文而告……玨葬骨後,又於宋常朝殿掘冬青樹,植所函土堆上,作冬青樹行二首。”按:宋濂書穆陵遺骼謂楊璉真珈等三僧於至元二十一年上言掘陵,次年正月朝廷批准施行。

〔二〕射錢塘潮:相傳吳越王錢鏐用强弩射錢塘潮。參見麗則遺音卷三鐵箭。

〔三〕天山:指杭州天目山。乾隆杭州府志卷一百九雜記:“天目山有二水,一條東流,經於潛、臨安,百五十里至餘杭,爲苕溪。又東三十里,抱錢唐。又東北流六十里,過湖州,入太湖。一條西趨於潛,爲紫溪,合桐廬之水,匯於錢唐。此郭璞所謂‘天山兩乳’也。”又,新五代史吳越世家:“豫章人有善術者,望牛、斗間有王氣。牛、斗,錢塘分也。”參見鐵崖先生詩集甲集錢塘懷古率堵無傲同賦。

〔四〕浮圖:此指杭州白塔。萬曆會稽縣志卷十四祠祀之屬:“獨理宗顱巨,(唐玨)恐易之事泄,不敢易僞骨。至楊璉真珈,遂筑白塔於錢塘,藉以骨,而以理宗顱爲飲器。”

〔五〕文山老客:指謝翱。謝翱追隨文天祥,參議軍事。曾“托庾詞作冬青引”傳唐玨事。參見西湖游覽志餘卷六板蕩淒涼、東維子文集卷二十六高節先生墓銘。

〔六〕夜舟拔山:蓋以莊子寓言誇飾文山老客之定力。莊子大宗師:“夫藏舟於壑,藏山於澤,謂之固矣。然而夜半有力者負之而走,昧者不知也。”

〔七〕“冬青之木”二句:以冬青比作春秋時季孫氏之六櫼。左傳襄公四年:“秋,定姒薨,不殯于廟,無櫬,不虞。匠慶謂季文子曰:‘子爲正卿,而小君之喪不成,不終君也。君長,誰受其咎?’初,季孫爲己樹六櫼於蒲圃東門之外。匠慶請木,季孫曰:‘略!’匠慶用蒲圃之櫬,季孫不御。君子曰:‘志所謂“多行無禮,必自及也”,其是之謂乎!’”

# 卷二十四　陳善學序刊楊鐵崖先生 文集卷五之上

# 卷二十四　陳善學序刊楊鐵崖先生文集卷五之上

## 羅敷詞①〔一〕

盈盈秦氏女,采桑南陌頭。一顧雲不飛,再顧水不流。使君立五馬,招徽重回頭。艷歌爲君發,繁絲爲君撤。使君有婦如有婪〔二〕,羅敷有夫非秋胡〔三〕。使君喜,使君愁,羅敷不得須臾留。

【校】

① 原本題下有小字注:"一作陌上桑。"

【箋注】

〔一〕羅敷詞:又名陌上桑。陌上桑乃古樂府,見宋郭茂倩樂府詩集卷二十八相和歌辭。羅敷,參見鐵崖先生古樂府卷四採桑詞。

〔二〕有婪:商湯之妃,事迹載古列女傳卷一。參見鐵崖先生古樂府卷二荆釵曲注。

〔三〕秋胡:參見鐵崖先生古樂府卷四採桑詞注。

## 陽臺婦①〔一〕

巫山高,十二峰。雨爲體,雲爲容,爲雲爲雨日日陽臺中。君王望南雲未從,夜夢見之雲朦朦,雲妖雨怪瘺以訕。君不見霸南國,歌南風〔二〕。一婦在楚宮,一婦稱賢九婦同〔三〕。巫山高,高九峰。

【校】

① 原本題下有小字注:"即巫山高曲。"

【箋注】

〔一〕陽臺婦:即巫山高曲。古今樂録載漢鼓吹鐃歌十八曲,其七曰巫山高。參

見宋郭茂倩樂府詩集卷十六漢鐃歌。巫山，參見鐵崖先生古樂府卷九陽
臺曲注。

〔二〕歌南風：相傳舜作五弦之琴以歌南風，而天下治。參見宋郭茂倩樂府詩
集卷五十七虞舜南風歌二首題解。

〔三〕"一婦在楚宮"二句：指楚莊王夫人樊姬，樊姬曾引進後宮九人。參見鐵
崖先生古樂府卷九新來子注。


# 木蘭辭〔一〕

木蘭古辭二首，世疑"金柝①"、"鐵衣"句非漢魏語〔二〕，余觀
二辭，前辭爲古，後詞蓋又擬者之作②也。吾爲此辭，又將發蘭之
所未發也。

金韸韸，鼓韸韸③。行人且勿行，木蘭換衣裹戎裝。木蘭戴金錏
鍪，著鐵裲襠。右手雁翎刀，左手月輪弓（叶）。跨上八尺馬，輕若飛鴻
翔。木蘭父老，下無丁弟，上無壯王兄（叶）。木蘭代父前戎行，戎④羌
健兒八尺長，不知木蘭弱與强。木蘭與跋跋，跋跋誰雌誰復⑤雄〔三〕
（叶）。健兒何草草，木蘭何堂堂。東市斫，西市斫，相斫似，阿若郎〔四〕
（楊阿若事）。擒賊報信，歸報我國王。國王賞⑥功爵名字，始知木蘭是
女娘。女娘安用尚書郎？請移木蘭爺父⑦當。國王進忠良，制戎羌。
垂衣裳，不下堂。木蘭去兵，亦爲婦採桑。

## 【校】

① 柝：原本誤作"析"，據樓氏鐵崖逸編注本改。
② 後詞蓋又擬者之作：樓氏鐵崖逸編注本作"後辭蓋擬者之辭"。
③ 韸韸：樓氏鐵崖逸編注本作"鏜鏜"。
④ 戎：原本作"我"，據汲古閣刊鐵崖先生古樂府補本、樓氏鐵崖逸編注本改。
⑤ 誰復：樓氏鐵崖逸編注本作"復誰"。
⑥ 賞：樓氏鐵崖逸編注本作"償"。
⑦ 父：汲古閣刊鐵崖先生古樂府補本作"娘"。

## 【箋注】

〔一〕木蘭古辭二首：載宋郭茂倩輯樂府詩集卷二十五。

〔二〕“世疑”二句：<u>明 徐燉 徐氏筆精</u>卷二詩話 <u>木蘭辭</u>：“或者疑‘萬里赴戎機，
　　　關山度若飛。朔氣傳金柝，寒光照鐵衣’四句，如<u>唐</u>人詩，遂以爲<u>唐</u>人僞爲
　　　之者。不知<u>齊</u>、<u>梁</u>如此句甚多也……予謂此辭出<u>齊</u>、<u>梁</u>作者無疑。”

〔三〕“<u>木蘭</u>與跕跋”二句：出自<u>折楊柳歌辭</u>之二：“健兒須快馬，快馬須健兒。
　　　跕跋黄塵下，然後別雄雌。”（載<u>明 李攀龍</u>編<u>古今詩删</u>卷五<u>鼓角橫吹
　　　曲辭</u>。）

〔四〕“東市斫”四句：出自古謡。<u>魏志</u>曰：“<u>楊阿若</u>，後名<u>豐</u>，字<u>伯陽</u>。少游俠，
　　　常以報仇解怨爲事，故時人爲之號曰：‘東市相斫<u>楊阿若</u>，西市相斫<u>楊阿
　　　若</u>。’”（載<u>藝文類聚</u>卷三十三<u>人</u>部十七游俠。）


# 焦仲婦〔一〕


　　　<u>舊序</u>言：“<u>仲</u>，<u>廬江</u>小吏，<u>漢 建安</u>時人。”古辭凡千七百言〔二〕，
　　予嫌其辭過冗而情不倫，復述此辭。

　　<u>劉氏</u>有好女，十三能織素。十五能箜篌，十六通書數。十七爲<u>焦
氏</u>婦，得意<u>焦氏</u>夫，失意<u>焦氏</u>姑。阿母謂<u>阿仲</u>，汝去爾婦，爾婦自專不
受驅。東隣有女如<u>羅敷</u>〔三〕，吾與汝娶①，如水與魚。<u>阿仲</u>孝母復愛妾，
愛妾愛必割，母命不可違斯須。<u>仲</u>去婦，無七辜〔四〕。爲吾謝外姆，破
鏡毋再合，斷弦當再續（平聲）。婦感<u>仲</u>區區，誓天日，不再家（叶
“姑”）。君如盤石，妾如葦蒲。葦蒲繞石，石不爲車。但苦親父亡，父
亡有暴兄（叶）。暴若豺與狼，迫我再事人，不得留母堂。脱我舊絲履，
重作嫁衣裳。腰襪繡華袜，耳著明月鐺。團扇畫雙鸞，箜篌彈鳳
皇〔五〕。羞若市門倚②〔六〕，使我掩面不得藏。昨日縣令媒，云有弟三
郎。今日府君媒，云有第五郎。金鞍玉勒③馬，青雀白鵠舫（平聲）。雜
彩三百端，賚錢三萬鎰（平聲）。<u>仲</u>婦不得卻，懼違我暴兄（叶）。寧違
暴兄死，不違<u>焦仲</u>使意傷。矢爲<u>焦</u>家一姓婦，不爲他婦食二家水漿。
開户四無人，投身赴滄浪。<u>焦仲</u>聞之裂肝腸，挂身一在枯枝桑。兩家
合葬<u>廬水</u>傍〔七〕，暴姑悍兄④淚浪浪。

## 【校】

① 娶：<u>汲古閣刊鐵崖先生古樂府補</u>本作“聚”。

② 羞若市門倚：汲古閣刊鐵崖先生古樂府補本作“蓋若市門”。

③ 勒：汲古閣刊鐵崖先生古樂府補本作“腦”。

④ 兄：樓氏鐵崖逸編注本無。

## 【箋注】

〔一〕焦仲婦：指漢末人士焦仲卿妻劉蘭芝。參見鐵崖先生古樂府卷九焦仲
　　　卿妻。

〔二〕古辭：此指古詩無名人爲焦仲卿妻作，又名孔雀東南飛，載玉臺新詠卷一。

〔三〕羅敷：參見鐵崖先生古樂府卷四採桑詞。

〔四〕七辜：即“七出”。孔子家語卷六本命解：“婦有七出三不去。七出者：不
　　　順父母者，無子者，淫僻者，嫉妒者，惡疾者，多口舌者，竊盜者。”

〔五〕鳳皇：歌曲名，又名白頭吟。西京雜記卷三：“司馬相如將聘茂陵人女爲
　　　妾，卓文君作白頭吟以自絶，相如乃止。”

〔六〕市門倚：指經商，或謂作娼。史記 貨殖列傳：“夫用貧求富，農不如工，工
　　　不如商，刺繡文不如倚市門。”

〔七〕廬水：位於今安徽 潛山、懷寧一帶。


# 燕燕步踽踽〔一〕


　　燕燕步踽踽(飛燕善踽踽步)，飛附陽阿主。燕燕尾涎涎，飛宿昭陽
殿。啄子啄及矢①，誓斷涎涎尾〔二〕。(梟其首，斷其手，帝怒語也。)十四
月，虹流輝。望堯門〔三〕，是耶非②？(帝以其妊逾十四月，當生聖人。)市犢
歸，渦鳳飛。玄宮之人兮，白華 綠衣〔四〕。(燕譖班姬，班姬退處東宮，作賦
自悼。白華、綠衣，賦中之語也。)

## 【校】

① 矢：樓氏鐵崖詠史注本誤作“夫”。參見注釋。

② “望堯門”二句：汲古閣刊鐵崖先生古樂府補本作“望堯門方是耶非”一句。

## 【箋注】

〔一〕詩述漢成帝皇后趙飛燕姐妹故事。

〔二〕“燕燕步踟蹰”六句：漢書孝成趙皇后傳：“孝成趙皇后，本長安宮人……
及壯，屬陽阿主家，學歌舞，號曰飛燕。成帝嘗微行出，過陽阿主，作樂。
上見飛燕而説之，召入宮，大幸。有女弟復召入，俱爲倢伃，貴傾後宮……
皇后既立，後寵少衰，而弟絶幸，爲昭儀，居昭陽舍……姊弟專寵十餘年，
卒皆無子……哀帝崩，王莽白太后詔有司曰：‘前皇太后與昭儀俱侍帷幄，
姊弟專寵錮寢，執賊亂之謀，殘滅繼嗣以危宗廟，誖天犯祖……’後月餘，
復下詔……是日自殺。凡立十六年而誅。先是有童謡曰：‘燕燕，尾涎涎，
張公子，時相見。木門倉琅根，燕飛來，啄皇孫。皇孫死，燕啄矢。’成帝每
微行出，常與張放俱，而稱富平侯家，故曰張公子。倉琅根，宮門銅鍰也。”
參見鐵崖先生古樂府卷九團扇歌、昭陽曲。

〔三〕堯門：相傳孝武鈎弋趙倢伃懷孕十四月始生昭帝，遂命其所生門曰堯母
門。參見鐵崖賦稿卷上周公負成王圖賦。

〔四〕“玄宮”二句：漢書孝成班倢伃傳：“趙氏姊弟驕妒，倢伃恐久見危，求共養
太后長信宮，上許焉。倢伃退處東宮，作賦自傷悼，其辭曰：‘……緑衣兮
白華，自古兮有之。’”顏師古注：“緑衣，詩邶風，刺妾上僭，夫人失位。白
華，小雅篇，周人刺幽王黜申后也。”


# 秦女休行〔一〕


　　秦氏有烈女，自名爲女休（叶“虚”）。左手執，白楊①刀；右手執②，
烏龍殳。年十五，妻燕王，夫燕王，陷無辜。取仇西山上，殺人白晝
衢。關吏不敢睚眦，司敗莫孰何（叶“乎”）〔二〕。於乎，殺人者殺，創人
者創。女休豈敢避法走藏，累嫂與兄，使縣吏解章。女休自歸罪，丞
卿列坐東南③牀。丞卿議罪，拘文法故常。牽曳東市頭，法刀利如霜。
刀未下，金雞銜赦出法場〔三〕。百男盡短一女長，嗟嗟女休真女郎。丈
夫堂堂，掩面事仇，女休眎之，如妾婦女娟。


【校】

① 楊：汲古閣刊鐵崖先生古樂府補本作“揚”。
② 執：汲古閣刊鐵崖先生古樂府補作“把”。
③ 丞卿：汲古閣刊鐵崖先生古樂府補本作“丞相”。列坐東南：樓氏鐵崖逸編

注本作"坐列東西"。

**【箋注】**

〔一〕本詩模擬左延年秦女休行而作。詩見宋郭茂倩樂府詩集卷六十一雜
　　曲歌辭。
〔二〕司敗：即司寇,掌刑法之官。
〔三〕金雞銜赦：宋羅願爾雅翼卷十三釋雞："雞或乙丙夜輒鳴者,俗謂之盜啼,
　　云行且有赦。蓋海中星占云：天雞星動爲有赦。故後魏、北齊赦日皆設
　　金雞,揭于竿。至今猶然。"又,隋書刑法志："(北齊)赦日,則武庫令設金
　　雞及鼓於闔闔門外之右,勒集囚徒於闕前,撾鼓千聲,釋枷鎖焉。"


# 君馬黄〔一〕


　　君馬黄,當風嘶路旁。關山不憚遠,君命重有將。大劍帶陸
離〔二〕,千里歌載馳〔三〕。路幽川谷陿,日晏①行者饑。下馬知馬勞,上
馬憂馬遲。馬遲竟何罪,君命不可違。

**【校】**

① 晏：原本作"宴",據樓氏鐵崖逸編注本改。

**【箋注】**

〔一〕汲古閣刊鐵崖先生古樂府補本於題下有小字注曰："古樂府有君馬黄、驄
　　馬驅二曲。"按宋郭茂倩樂府詩集卷十六鼓吹曲辭,漢鼓吹鐃歌十八曲中
　　有君馬黄。
〔二〕"大劍"句：文選屈原九章涉江："帶長鋏之陸離。"呂向注："陸離,劍低
　　昂貌。"
〔三〕載馳：詩經篇名。狄人伐衛,衛亡,許穆夫人趑赴衛國吊唁,"閔其宗國顛
　　覆,自傷不能救"。詩見詩鄘風。


# 蔡琰胡笳詞①〔一〕


　　胡笳悲,胡笳悲。遭家喪亂,胡越各東西。漢南破鏡天上飛〔二〕,

照鏡重畫閼氏眉。衣毳如絺,食乳如飴。日積月漬,口語侏僂。夜看北斗在南垂。胡天草青十二期,死甘胡鬼狼山陂〔三〕。漢大將軍念中郎氏不嗣〔四〕,贖以千萬②資。單于貪鄙,輕合與離,卷蘆吹笳送南歸。碧睛③狼子裰母衣,嗟爾去住猶狐疑,一步一遠足踟蹰〔五〕。皇天白日不照父母國,偏照子母私。心懸懸,怒如饑,我作爾調憤益悲。彼狼子,胡足慈。不見世違④獸行兒,獸行妻母忍母死⑤(句),鳩一厄〔六〕。

　　十八拍之悲,在二雛耳,豈爲失身之悲耶!唐劉商和十八拍,其詞曰"生得天屬親"、"仇讐結恩信"〔七〕。善言其悲,而不知有破其悲者。先生詞云:"皇天白日不照父母國,偏照子母私。"既諷之以大義;而"世違獸行"、"妻母忍死"者,又警之以往事之必至者。使姬聞九冥,其不愧且服乎⑥!

## 【校】

① 詞:汲古閣刊鐵崖先生古樂府補本作"辭"。

② 萬:樓氏鐵崖逸編注本作"金"。

③ 睛:樓氏鐵崖逸編注本作"眼"。

④ 違:原本及汲古閣刊鐵崖先生古樂府補本皆作"達",據樓氏鐵崖逸編注本改。下同。

⑤ 母死:汲古閣刊鐵崖先生古樂府補本作"死母"。

⑥ 此跋文爲鐵崖弟子所撰,原本無,據汲古閣刊鐵崖先生古樂府補本增補。

## 【箋注】

〔一〕蔡琰:字文姬,東漢末年蔡邕之女。生平事迹詳見後漢書列女傳。胡笳詞:胡笳十八拍,見宋郭茂倩樂府詩集卷五十九琴曲歌辭。參見鐵崖先生復古詩集卷四伏生女注。

〔二〕破鏡:喻指月亮。參見唐李程破鏡飛上天賦。

〔三〕狼山:"在昌平州西北四十里"。此蓋以狼山泛指北邊荒山。參見大明一統志卷一順天府山川。

〔四〕漢大將軍:指曹操。中郎氏:指蔡邕。後漢書董祀妻:"文姬爲胡騎所獲,没於南匈奴左賢王。在胡中十二年,生二子,曹操素與邕善,痛其無嗣,乃遣使者以金璧贖之。"

〔五〕"碧睛狼子"三句:述蔡文姬母子分離之慘狀,多出自蔡氏悲憤詩。參見後漢書董祀妻。

〔六〕“不見世違”三句：概述王昭君母子故事。世違，相傳爲王昭君之子。明顧起元説略卷九史別下：“樂府解題又云：昭君有子曰世違。單于死，世違繼立。凡爲胡者，父死，妻母。昭君問世違曰：‘汝爲漢也，爲胡也？’世違曰：‘欲爲胡耳！’昭君乃吞藥自殺。”

〔七〕“唐劉商”三句：樂府詩集卷五十九劉商胡笳十八拍，其第十五拍曰：“不緣生得天屬親，豈向仇讎結恩信。”

# 銅雀妓〔一〕

火龍戕，銅雀翔。漳河水〔二〕，鼎中央。魏武①安得萬萬壽〔三〕？長生銅雀宮（叶“光”②），百歲葬西岡。銅雀妓，不得與金銀珠寶同埋藏。臺上六尺床，床下繐帳奠酒漿③。月十五，作伎以爲常，更令登高臺而望西陵〔四〕（叶“良”）。漳河水啾啾，東下不回頭。銅雀妓，漳河流。試問堂上妓，何不殉死如秦丘〔五〕。

## 【校】

① 魏武：汲古閣刊鐵崖先生古樂府補本作“魏武王”。

② 叶光：汲古閣刊鐵崖先生古樂府補本作“叶”。

③ 漿：汲古閣刊鐵崖先生古樂府補本作“粮”。

## 【箋注】

〔一〕銅雀妓：古樂府題。元劉履編風雅翼卷八同謝諮議銅雀臺詩解題：“銅雀臺在鄴都，魏武帝所作。今樂府集有銅雀臺，一名銅雀妓，亦相和歌詞之平詞曲也。”

〔二〕漳河：流經銅雀臺所在地鄴都（今河北臨漳）。

〔三〕魏武：指曹操。

〔四〕“月十五”三句：陸機集卷九吊魏武帝文：“吾婕好妓人，皆著銅雀臺。於臺堂上施八尺牀、繐帳，朝晡上脯糒之屬，月朝十五日，輒向帳作妓。汝等時時登銅雀臺，望吾西陵墓田。”

〔五〕殉死如秦丘：指秦穆公以子車氏三子殉葬。參見麗則遺音卷一哀三良。

# 懊憹詞〔一〕 并引

　　樂録曰：“懊憹歌者，石崇妾緑珠所作也〔二〕。”其辭未盡珠義。
今演“澀布”語，美珠節云。

　　四座且勿哄（平聲），聽妾歌懊憹。竹直不可屈，布澀不可縫。縫
澀斷針折，屈竹竹破裂。

## 【箋注】

〔一〕本詩模擬石崇妾緑珠懊憹歌而作，彰顯緑珠節義之思。樂府詩集卷四十
　　六緑珠懊憹歌，解題曰：“古今樂録曰：懊憹歌者，晉石崇緑珠所作，唯‘絲
　　布澀難縫’一曲而已。”其詩起首曰：“絲布澀難縫，令憹十指穿。黄牛細
　　犢車，游戲出孟津。”

〔二〕緑珠：參見陳善學序刊楊鐵崖先生文集卷二緑珠行。

# 雨雪曲〔一〕

　　祖穆天子黄竹詩，陳後主與江總皆有是作。今又以刺
武氏〔二〕。

　　天蒼蒼，地茫茫，二月三①月雪滂滂。雨我黄竹濕衣裳，天子不在
黄竹鄉。天蒼蒼，地茫茫。武曌兒高冠大履據皇堂②，唐家臣子三月
以爲祥〔三〕。

## 【校】

① 三：原本作“五”，據汲古閣刊鐵崖先生古樂府補本改。
② 皇堂：汲古閣刊鐵崖先生古樂府補本作“堂皇”。

## 【箋注】

〔一〕雨雪曲：古樂府題，宋郭茂倩樂府詩集卷二十四横吹曲辭收陳後主、江總
　　等作，解題云本詩采薇及穆天子傳。按穆天子傳卷五：“日中大寒，北風雨
　　雪，有凍人，天子作詩三章以哀民，曰：‘我祖黄竹……’”

〔二〕武氏：指武則天。

〔三〕唐家臣子：指蘇味道等。舊唐書王求禮傳：“王求禮，許州長社人。則天朝爲左拾遺，遷監察御史，性忠謇敢言……時三月雪，鳳閣侍郎蘇味道等以爲瑞，草表將賀，求禮止之曰：‘宰相調燮陰陽，而致雪降暮春，災也，安得爲瑞？如三月雪爲瑞雪，則臘月雷亦瑞雷也。’舉朝嗤笑，以爲口實。”

# 華山畿〔一〕

　　南徐有士子〔二〕，從華山畿往雲陽〔三〕。見客舍一女子，悅之無因，遂感心疾。母問故，至華山尋女，得蔽膝，令置席下。舉席見蔽膝，遂吞而死。氣欲絶，謂母曰：“葬從華山度。”母從之。比至女門，牛不前。女歌曰：“華山畿，君既爲儂死，儂活爲誰施？歡若見憐時。棺木爲儂開。”棺應聲開，女透入棺，乃合葬。呼爲神女冢云。

華山折，東海竭。惟有相思情，萬古不可滅。白玉槨，黃金棺。金椎碎，眼亦剜，白骨臭腐神不還。神不還，如何華山畿，爲儂應聲而開棺！儂入棺，化作雙雙雉子斑〔四〕。

【箋注】

〔一〕華山畿：樂府舊題，宋郭茂倩樂府詩集卷四十六收二十五首，本詩序即録自樂府詩集解題，引古今樂録。

〔二〕南徐：南朝劉宋時，改稱徐州爲南徐州，即今江蘇鎮江。

〔三〕雲陽：今江蘇丹陽。

〔四〕元張憲撰雉子斑曲：“雉子斑，雙雙起，錦膺繡頸斑斕尾。十步一啄粟，百步一飲水，雌逐雄飛雄隨雌……”

# 獨酌謠

　　我約月槎客〔一〕，去向月宮游。試辨月中物，山河之倒影，大樹之閻浮〔二〕。羿妻不死到今幾甲子〔三〕？山夷海突還紀宮中籌〔四〕？吾聞

九州之外更九州〔五〕,君房曼倩不能週〔六〕。豈無湯桀與軒尤〔七〕,造①蠻
逑觸尋戈矛〔八〕,久安長治安得萬歲而千秋〔九〕。君不見沙丘鮑〔十〕,烏
江猴〔十一〕,白門兔〔十二〕,荊州牛〔十三〕,錦裯老羯〔十四〕,金牀小蟈〔十五〕,邛溝
又築汪芒丘〔十六〕。淚亦不能爲之墮,心亦胡能生許愁。采石袍②〔十七〕,
赤壁舟〔十八〕。古人不與今月③在,古月還爲今人留〔十九〕,呼酒重登黃
鶴樓。

## 【校】

① 造:汲古閣刊鐵崖先生古樂府補本作"逑"。

② 袍:原本作"枹",據汲古閣刊鐵崖先生古樂府補本改。

③ 月:樓氏鐵崖逸編注本作"人"。

## 【箋注】

〔一〕月槎客:指漢張騫。參見鐵崖先生古樂府卷三望洞庭注。

〔二〕"山河"二句:唐段成式酉陽雜俎天咫:"或言月中蟾桂,地影也;空處,水
　　　影也。"

〔三〕羿妻:即嫦娥。參見鐵崖先生古樂府卷三修月匠。

〔四〕宮中籌:用海屋添籌典。參見鐵崖先生古樂府卷三夢游滄海歌注。

〔五〕"九州"句:參見陳善學序刊楊鐵崖先生文集卷一三鄒子注。

〔六〕君房:秦始皇使者、方士徐福字。參見東維子文集卷二十小蓬萊記。曼
　　　倩:東方朔字。漢書有傳。

〔七〕湯:商湯。桀:夏桀。軒:軒轅黃帝。尤:蚩尤。

〔八〕蠻、觸:用蠻觸相爭典。參見鐵雅先生復古詩集卷四馮小憐注。

〔九〕久安長治:語本漢書賈誼傳:"建久安之勢,成長治之業。"

〔十〕沙丘鮑:指秦始皇。秦始皇崩於沙丘,以鮑魚亂其臭氣。參見鐵崖先生古
　　　樂府卷一易水歌。

〔十一〕烏江猴:指項羽。項羽自刎於烏江之畔。史記項羽本紀:"人或説項王
　　　曰:'關中阻山河四塞,地肥饒,可都以霸。'項王見秦宫室皆以燒殘破,
　　　又心懷思欲東歸,曰:'富貴不歸故鄉,如衣繡夜行,誰知之者?'説者曰:
　　　'人言楚人沐猴而冠耳,果然。'項王聞之,烹説者。"

〔十二〕白門兔:指呂布。呂布於白門樓被縛。參見陳善學序刊楊鐵崖先生文
　　　集卷二赤兔兒注。

〔十三〕荊州牛:借指三國時劉表。參見陳善學序刊楊鐵崖先生文集卷三毒龍

馬注。

〔十四〕錦棚老羯：指安禄山。參見陳善學序刊楊鐵崖先生文集卷三點籌郎注。

〔十五〕金牀小蠕：指唐末董昌。參見陳善學序刊楊鐵崖先生文集卷四金牀兔注。

〔十六〕邗溝：相傳吳王劉濞開鑿，并置太倉，首創漕運。位於今江蘇揚州一帶。又，隋煬帝曾"發淮南民十餘萬開邗溝"。參見江南通志卷八十一食貨志、通鑑紀事本末卷二十六下煬帝亡隋。汪芒丘：指防風氏葬地。參見鐵崖先生古樂府卷四塗山篇。

〔十七〕采石袍：指李白。相傳李白著宮錦袍，游采石江中，傲然自得，旁若無人，因醉入水中捉月而死。參見清王琦李太白集注卷三十五引録摭言。

〔十八〕赤壁舟：指蘇軾舟游赤壁，玩月吟詠。

〔十九〕"古人"二句：李白把酒問月："今人不見古時月，今月曾經照古人。"


# 隴頭水〔一〕


隴頭水，交河津〔二〕。人①行九回坂，西通月氏②東達秦。貳師將〔三〕，漢家傑，手摩龍泉七星滅〔四〕。此身未報主君仇，孷妻再鑄千金鈎〔五〕，精誠豈識征夫侯。

【校】

① 人：汲古閣刊鐵崖先生古樂府補本作"東"。

② "月氏"之"氏"，原本作"氐"，據汲古閣刊鐵崖先生古樂府補本改。

【箋注】

〔一〕本詩模擬古樂府隴頭曲。原本題下有小字注："一曰隴頭曲。漢橫吹曲之一也。"宋郭茂倩樂府詩集卷二十一橫吹曲辭載陳後主隴頭，解題曰："一曰隴頭水。通典曰：'天水郡有大阪，名曰隴坻，亦曰隴山，即漢隴關也。'三秦記曰：'其坂九回，上者七日乃越。上有清水四注下，所謂隴頭水也。'"

〔二〕交河津：位於今新疆吐魯番。太平寰宇記卷一百五十六隴右道七西州（廢）："西州，（交河郡。今理高昌縣。）本漢車師國之高昌壁也……天寶元年改爲<u>交河郡</u>,<u>乾元</u>元年復爲<u>西州</u>。元領縣四：<u>高昌</u>、<u>柳中</u>、<u>交河</u>、<u>蒲昌</u>。"

〔三〕<u>貳師將</u>：指<u>李廣利</u>。<u>太平寰宇記</u>卷一百八十二四夷十一西戎三大<u>宛國</u>："<u>太初</u>元年,拜<u>李廣利</u>爲<u>貳師將軍</u>,期至<u>貳師</u>城取善馬,率數萬人至其境。"

〔四〕<u>龍泉</u>：上古寶劍名。參見<u>麗則遺音</u>卷三斬蛇劍。又,<u>明</u> <u>徐應秋</u> <u>玉芝堂談薈</u>卷二十七畫影劍："<u>唐太宗</u>有古劍,七星隱現,隨於北斗。"

〔五〕<u>孽妻再鑄千金鈎</u>：<u>干將</u>、<u>莫邪</u>故事。參見<u>鐵崖先生古樂府</u>卷四<u>赤堇</u>篇注。


# 折楊柳<sup>〔一〕</sup>

折楊柳,楊柳不可折。楊柳條,十丈長,與君繫馬青①絲韁。<u>閼支婦</u><sup>〔二〕</sup>,剖黃鼠,勸君飲②馬乳。楊柳風③,作胡④語。楊柳枝,作胡舞<sup>〔三〕</sup>。

## 【校】

① 青：<u>樓氏</u> <u>鐵崖逸編注</u>本作"紫"。

② 飲：原本作"銀",據<u>汲古閣刊鐵崖先生古樂府</u>補本改。

③ 風：<u>汲古閣刊鐵崖先生古樂府</u>補本作"聲"。

④ 胡：<u>文淵閣四庫全書本鐵崖先生古樂府</u>補作"人"。當屬避諱而改。下同。

## 【箋注】

〔一〕<u>汲古閣刊鐵崖先生古樂府</u>補本題下有小字注："鼓角橫吹曲也。"<u>清胡彦昇</u> <u>樂律表微</u>卷七考器上："<u>梁胡吹歌</u>云：'快馬不須鞭,拗折楊柳枝。下馬吹胡笛,愁殺路旁兒。'此歌元出於北國,知橫笛是此名也……按羌笛有折楊柳、落梅花諸曲。"

〔二〕<u>閼支婦</u>：參見<u>鐵崖先生古樂府</u>卷二昭君曲注。

〔三〕"楊柳風"四句：采用折楊柳詞而反其意。<u>宋郭茂倩</u> <u>樂府詩集</u>卷二十五橫吹曲辭折楊柳歌詞五首之四："遙看<u>孟津</u>河,楊柳鬱婆娑。我是虜家兒,不解漢兒歌。"

## 上陵者篇〔一〕

步出城西關，松柏鬱盤盤。道逢上陵者，手指西陵田〔二〕。借問葬者誰，大將葬衣冠。大將非戰死，軍中答剌罕〔三〕。健兒啗人鮓，無骨賜桐棺〔四〕。

【箋注】

〔一〕汲古閣刊鐵崖先生古樂府補本題下有小字注：“宋樂志鐃歌十五之一也。”按：宋書樂志四載漢鼓吹鐃歌十八曲，第八曲爲上陵曲。又有鼓吹鐃歌十五篇，其中第六首爲上陵者篇。

〔二〕西陵：本指曹操陵墓，此處借指高官之墓。參見本卷銅雀妓。

〔三〕答剌罕：元陶宗儀南村輟耕録卷一答剌罕：“答剌罕，譯言一國之長，得自由之意。非勳戚不與焉。太祖龍飛日，朝廷草創，官制簡古，惟左右萬户，次及千户而已。丞相順德忠獻王哈剌哈孫之曾祖啟昔禮，以英材見遇，擢任千户，錫號答剌罕。至元壬申，世祖録勳臣後，拜王宿衛官襲號答剌罕。”

〔四〕桐棺：表示薄葬。左傳哀公二年：“桐棺三寸，不設屬辟。”

## 童男取①寡婦〔一〕

童年②十六，寡婦六六年。俯就寡婦妒，還受壯女憐。壯女拊膺，蹋地呼天〔二〕。俾妻鬼夫，（鬼夫，指童男出征死。）寧作生口〔三〕，老死不傳。火風起，燒野田。野鴨逐胡雁，胡能牽連飛上天〔四〕。（梁紫騮③馬歌辭云：野火燒野田，野鴨飛上天。童男取寡婦，壯女笑殺人。）

【校】

① 取：樓氏鐵崖逸編注本作“娶”。

② 年：汲古閣刊鐵崖先生古樂府補本作“男齒”。

③ 梁紫騮：原本作“演紫留”，據汲古閣刊鐵崖先生古樂府補本改。

【箋注】

〔一〕本詩以梁紫騮馬歌辭"童男取寡婦"一句爲題,詠當世時事。按:元順帝至元三年(一三三七)夏,民間謠傳朝廷欲搜括童男童女。一時不問長幼,嫁娶殆盡。鐵崖曾有詩感嘆。本詩或爲一時之作。參見鐵崖先生古樂府卷六盧孤女。

〔二〕踏地呼天:宋郭茂倩樂府詩集卷二十五梁鼓角橫吹曲地驅歌樂辭四首之二:"驅羊入谷,自羊在前。老女不嫁,踏地喚天。"

〔三〕生口:指奴隸。宋郭茂倩樂府詩集卷二十五梁鼓角橫吹曲捉搦歌四首之一:"粟穀難春付石臼,弊衣難護付巧婦。男兒千凶飽人手,老女不嫁只生口。"

〔四〕"火風起"四句:出自梁紫騮馬歌辭,此本小字注所録,與之稍有出入。


# 捉搦詞[一]

古詩云:"華陰山頭百尺井,可憐女子能照①影,不見其餘見斜領。"其詞義不可以訓。今翻"斜領"歸諸正云:

百尺井,女子來照影。持此咸陽鏡[二],不照左斜領,照妾心肝貞且勁。

【校】

① 照:原本作"昭",據樓氏鐵崖逸編注本改。

【箋注】

〔一〕本詩翻捉搦歌,旨在表彰貞節。宋郭茂倩樂府詩集卷二十五捉搦歌四首之三:"華陰山頭百丈井,下有流水徹骨冷。可憐女子能照影,不見其餘見斜領。"華陰山:即西嶽華山。

〔二〕咸陽鏡:相傳爲秦始皇專用之方鏡,能鑒別女子忠邪與否。參見鐵崖先生古樂府卷九玉鏡臺注。

# 饑不從虎食行〔一〕

西方有白額虎,東方有蒼頭狼。太室爲爾宅〔二〕,孟門爲爾場〔三〕。饑以人爲糧,渴以血爲漿。食盡食萬倀,自矜無對當。無數自相啖,相雄不能兩强。朝食其子,莫食其妃,況弟與①兄(叶)。黨從皆滅,身隨之亡。惟有慈烏喜鵲,噪其四旁〔四〕。君不見博浪椎〔五〕,淮陰胯②〔六〕,兩人未遇時,其事足悲咤。饑不從虎食,倦不息狼舍。待時以售,如藏待價〔七〕。劉季得之天下王〔八〕,項羽失之國不霸。

## 【校】

① 與:汲古閣刊鐵崖先生古樂府補本作"況"。

② 胯:原本作"㡑",樓氏鐵崖逸編注本作"袴",據文淵閣四庫全書本鐵崖先生古樂府補改。

## 【箋注】

〔一〕本詩翻古樂府猛虎行。宋郭茂倩樂府詩集卷三十一猛虎行古辭曰:"飢不從猛虎食,暮不從野雀棲。野雀安無巢,游子爲誰驕。"

〔二〕太室:嵩山之東峰,"在登封縣北五里。山海經作泰室。唐武后立封禪壇于其上……東西廣四十里,南北深三十里。自下至巔,直上計二十里。周圍一百四十里,上有二十四峰。"(河南通志卷七山川上)

〔三〕孟門:位於今山西柳林縣,相傳大禹於此治水開鑿。資治通鑑卷一周紀一:"商紂之國,左孟門,右太行,常山在其北,大河經其南。修政不德,武王殺之。"注:"水經注:'孟門在河東北屈縣西,即龍門上口也。'"

〔四〕"自矜無對當"十句:源於韓愈猛虎行:"自矜無當對,氣性縱以乖。朝怒殺其子,暮還食其妃。匹儕四散走,猛虎還孤棲。狐鳴門兩旁,烏鵲從噪之。出逐猴入居,虎不知所歸。"搜神記卷十二:"魯牛哀得疾,七日化而爲虎,形體變易,爪牙施張。其兄啟户而入,搏而食之。方其爲人,不知其將爲虎也;方其爲虎,不知其常爲人也。"

〔五〕博浪椎:張良刺秦始皇事,參見陳善學序刊楊鐵崖先生文集卷一赤松詞注。

〔六〕淮陰胯:指韓信曾匍匐於惡少胯下。詳見史記淮陰侯列傳。

〔七〕"待時"二句：孟子 公孫丑上："雖有智慧，不如乘勢；雖有鎡基，不如待
　　　時。"論語 子罕："子貢曰：'有美玉於斯，韞匵而藏諸？求善賈而沽諸？'子
　　　曰：'沽之哉，沽之哉，我待賈者也。'"
〔八〕劉季：漢高祖劉邦字季。

# 折逃屋〔一〕

　　折逃屋，屋基生秬黍。農拔穭黍，投礫與鷸。五種不敢入土〔二〕，
孔謙竿尺到田所〔三〕。

## 【箋注】

〔一〕折逃屋：官府折算逃亡屋。按：疑本詩所述，爲明初時事。明初朱元璋派
　　　遣官員到江南，測算統計田土與户口。參見東維子文集卷一送經理官成
　　　教授還京序、卷三送經理官黄侯還京序。
〔二〕五種：指黍、稷、菽、麥、稻。參見漢書 地理志上顔師古注。
〔三〕孔謙：新五代史 唐臣傳孔謙："孔謙，魏州人也，爲魏州孔目官。魏博入于
　　　晉，莊宗以爲度支使。謙爲人勤敏，而傾巧善事人，莊宗及其左右皆悦之。
　　　自少爲吏，工書算，頗知金穀聚斂之事……更制括田竿尺，盡率州使公廨
　　　錢，由是天下皆怨苦之。"

# 鐵城謡①〔一〕

　　張司業有築城詞。嫌其嘽緩，無沈痛迫切之警，今補之。
　　蒸土築城城上鐵〔二〕，北風一夜吹作雪。君不見銅駝關外鐵甕
堆〔三〕，中填白骨外塗血，髑髏作聲穿鬼穴。銅駝崩，鐵甕裂。

## 【校】

① 列朝詩集甲集前編第七下、鐵崖逸編注卷三、元詩選初集辛集皆載此詩。

## 【箋注】

〔一〕本詩據唐人張籍築城詞引申并翻新，主述民夫冤苦。按：元至正十九年

（一三五九）七、八月間,杭州大肆築城,其時鐵崖撰有杵歌七首(載東維子文集卷三十)。本詩主旨與之接近,蓋爲一時之作。張籍築城詞:“築城處,千人萬人齊把杵。重重土堅試行錐,軍吏執鞭催作遲。來時一年深磧裏,盡著短衣渴無水,力盡不得抛杵聲,杵聲未定人皆死。家家養男當門戶,今日作君城下土。”

〔二〕蒸土築城:參見東維子文集卷三十杵歌七首之二。

〔三〕銅馳關:十六國春秋卷九十四北涼録一沮渠蒙遜:“酒泉南有銅駝山,言犯之者輒大雨雪,蒙遜遣工取之,得銅萬斤。”

# 問生靈〔一〕 續聶夷中樂府①

金椎碎銅仙〔二〕,大②窰燒石佛〔三〕。天子問生靈,生靈消鬼卒〔四〕(張道陵事)。天上光明光,無屋照突兀。願照屋下坎,再照坎中骨。

## 【校】

① 題下小字注“續聶夷中樂府”原本無,據汲古閣刊鐵崖先生古樂府補本增補。

② 大:汲古閣刊鐵崖先生古樂府補本作“火”。

## 【箋注】

〔一〕本詩效仿唐人聶夷中樂府而作,慨歎元末死於戰亂之百姓。元辛文房唐才子傳卷九聶夷中:“夷中字坦之,河南人也……性儉,蓋奮身草澤,備嘗辛楚,卒多傷俗閔時之舉,哀稼穡之艱難……古樂府尤得體,皆警省之辭,裨補政治,樂而不淫,哀而不傷,正國風之義也。”按:鐵崖謂此詩“續聶夷中樂府”,然未確指。聶夷中有詠田家詩,又名傷田家,載全唐詩卷六百三十六,詩曰:“二月賣新絲,五月糶新穀。醫得眼前瘡,剜却心頭肉。我願君王心,化作光明燭。不照綺羅筵,只照逃亡屋。”本詩後四句,明顯與此詩有關。

〔二〕銅仙:即漢武帝所建金人捧露盤。參見李賀金銅仙人辭漢歌。

〔三〕石佛:錢謙益國初群雄事略卷一宋小明王:“至正十一年,濠州遂安童謠云:‘挖了石佛眼,當時木子反。’是年秋,芝麻李稱王。”按:石佛,即開掘黃河所得之石人;木子者,芝麻李之姓也。

〔四〕鬼卒:指張道陵所創五斗米道門徒。張道陵即張陵,東漢末黃巾軍首領張

魯祖父,創建五斗米道。後漢書劉焉傳:"曹操破張魯,定漢中。魯字公
旗。初,祖父陵,順帝時客於蜀,學道鶴鳴山中,造作符書,以惑百姓。受
其道者輒出米五斗,故謂之'米賊'。陵傳子衡,衡傳於魯,魯遂自號'師
君'。其來學者,初名爲'鬼卒',後號'祭酒'。"


# 擬戰城南[一]

　　昨日戰,羊邏堡[二],今日戰,牛皮航[三]。王者有征而無戰,胡爲日
日戰血屠鋒芒。篁竹之丁婁鷗張[四],上山跳踉山①鹿獐。將軍馬無昆
號硯②[五],安能爲之相陸③梁[六]。昨夜將軍獲生口,什什伍伍童及叟。
問之半是良家兒,賊中驅來帕紅首[七]。五花劊子牛頭神,五十八人同
斧斤[八]。烏鳶飛來百成群,不得銜啄飛去野水濱[九]。乃知當街割啗
人,須臾白骨堆成薪④[十]。嗚呼⑤,君王子民天地仁⑥,忍使天地殺毒
傷陽春。嗚呼,忍使天地殺毒傷陽春。

## 【校】

① 山:樓氏鐵崖逸編注本作"出"。
② 昆號硯:樓卜瀍注曰"疑當作騉蹄趼"。按:此三字中,"號"當屬"蹄"之訛
　　寫,其餘兩字不誤:"昆"即"騉","硯"與"研"通。參見注釋。
③ 相陸:汲古閣刊鐵崖先生古樂府補本作"陸相"。
④ 汲古閣刊鐵崖先生古樂府補本於此有小字注:"是日民兵食人,殆如狗彘。"
⑤ 嗚呼:汲古閣刊鐵崖先生古樂府補本作"於乎"。
⑥ 仁:汲古閣刊鐵崖先生古樂府補本作"人"。

## 【箋注】

〔一〕本詩模擬古樂府戰城南(屬於漢鼓吹鐃歌曲),概述元朝戰爭史,當作於元
　　至正十七年(一三五七),或稍後。繫年依據:其一,詩中"乃知當街割啗
　　人,須臾白骨堆成薪"兩句,指淮西"青軍",而青軍食人,尤以至正十七年
　　據守揚州時爲烈。其二,由詩末"君王子民天地仁"等句推知,其時尚屬
　　元朝。
〔二〕羊邏堡:即陽邏堡,位於今湖北武漢漢陽東。大明一統志卷六十一黃州

府："陽邏鎮在府城西一百二十里,宋置堡於此,東接蘄黃,西抵漢沔,南渡江至鄂,北距五關,乃要害地。咸淳十年,元兵南侵,淮西制置使夏貴等以戰艦萬艘橫截江面,兵不敢近。巴延取攻陽邏堡,令阿珠泝流西上,對青山磯止泊,乘夜雪率衆抵南岸,巴延復攻堡,拔之,夏貴潰走。"

〔三〕牛皮航：蓋指忽必烈平雲南。忽必烈自臨洮過大渡河,經山谷二千里,用牛皮製成革囊,乘之以渡金沙江,攻克大理國。參見元史世祖本紀一。

〔四〕篁竹之丁：當指習於谿谷篁竹中作戰之綠林。

〔五〕昆號硯：即"昆蹄研"。經典釋文卷三十釋畜："騉蹄跰,善陞甗。"注："跰,本或作研,謂蹄平正。善陞甗者,能登山陳也。一云：甗者,阪也。言騉善登高歷險,上下於阪。李云：'騉者,其蹄正堅而平,似研也。'"

〔六〕陸梁：史記秦始皇本紀："三十三年,發諸嘗逋亡人、贅婿、賈人略取陸梁地,爲桂林、象郡、南海,以適遣戍。"索隱："謂南方之人,其性陸梁,故曰'陸梁'。"正義："嶺南之人多處山陸,其性强梁,故曰'陸梁'。"

〔七〕帕紅首：元至正十一年,潁州劉福通起兵造反,以紅巾裹頭爲號。其後包括蘄黃徐壽輝在内,群起響應,皆稱紅巾軍。

〔八〕五十八人同斧斤：不詳。

〔九〕"烏鳶"二句：化用李白戰城南："烏鳶啄人腸,銜飛上掛枯樹枝。"

〔十〕"乃知"二句：概述淮西"青軍"兵士食人慘狀。元陶宗儀南村輟耕録卷九想肉："天下兵甲方殷,而淮右之軍嗜食人,以小兒爲上,婦女次之,男子又次之。或使坐兩缸間,外逼以火；或於鐵架上生炙；或縛其手足,先用沸湯澆潑,却以竹帚刷去苦皮；或乘夾袋中,入巨鍋活煮；或刲作事件而淹之。或男子則止斷其雙腿,婦女則特剜其兩乳。酷毒萬狀,不可具言。總名曰'想肉',以爲食之而使人想之也。"按：所謂"淮右之軍",當指淮西張明鑑爲首之"長槍軍"。又,明太祖實録卷五："(至正十七年十月,朱元璋)命元帥繆大亨率師取揚州,克之。青軍元帥張明鑑以其衆降。初,乙未歲,明鑑聚衆淮西,以青布爲號,名'青軍',人呼爲'一片瓦'；其黨張監驍勇,善用槍,又號'長槍軍'。黨衆暴悍,專事剽劫,由含山、全椒轉掠六合、天長,至揚州,人皆苦之。時元鎮南王字羅普化鎮揚州,招降明鑑等,以爲濠泗義兵元帥,俾駐揚州,分屯守禦……明鑑等既據城,兇暴益甚,日屠城中居民以爲食。至是大亨攻之,明鑑等不支,乃出降……按籍城中居民,僅餘十八家。"參見東維子文集卷二十四故忠勇西夏侯邁公墓銘。

# 卷二十五　陳善學序刊楊鐵崖先生文集卷五之下

## 素雲引爲玄霜公子賦①〔一〕

　　清河美人姑射神〔二〕,夢中認得梨花雲〔三〕。朝朝暮暮不肯雨〔四〕,瓊枝玉葉光輪囷。絶②妝不染胭脂水,輕歌欲過鶯笙起。五花細馬駄春風,羅帶飄飆白鷳尾。柔情已遂彩雲③空,半卷青④衣嘶玉龍。九點峰前指歸路〔五〕,家住松陵東復東〔六〕。桃葉桃根春已暮〔七〕,又逐飛花度江去。梨園昨夜春雨多,回首孤飛在何處。何處孤飛去復來,直是玄霜百尺臺。

【校】

① 列朝詩集甲集前編第七下、元詩選初集辛集、劉世珩影元刊十八卷本玉山草堂雅集卷二、鐵崖逸編注卷四録此詩,據以校勘。原本題作紫雲引,據列朝詩集本、玉山草堂雅集本、樓氏鐵崖逸編注本改補。
② 絶:列朝詩集本、玉山草堂雅集本、樓氏鐵崖逸編注本作“艶”。
③ 已遂彩雲:列朝詩集本、玉山草堂雅集本作“易逐彩霞”,樓氏鐵崖逸編注本“易逐綵雲”。
④ 卷青:列朝詩集本、樓氏鐵崖逸編注本作“掩春”,玉山草堂雅集本作“捲春”。

【箋注】

〔一〕本詩詠讚松江吕希顏侍姬素雲,當作於元至正二十年(一三六〇)前後,即鐵崖晚年重返松江不久。繫年依據:其一,列朝詩集本、玉山草堂雅集本於題下有小字注:“玄霜,璜溪吕氏月臺名也。”按鐵崖畹蘭詞序曰:“畹蘭氏嘗侍余觴咏玉山草堂中,轉眼已十歲。今年自海上見余玄霜所,擁髻道舊,凄然自傷遲暮意。”可見鐵崖至正十九年冬自杭州返歸松江之初,與玄霜公子交往頗多。其二,據本詩“九點峰前指歸路”、“何處孤飛去復來”等語推之,當時鐵崖返回松江不久。玄霜公子:即吕希顏,松江璜溪人。參見東維子文集卷二十二心樂齋志。按:頗疑畹蘭氏即素雲,素雲曾爲顧

瑛姬妾。參見鐵崖先生詩集丙集書畫舫席上姬素雲行椰子酒與玉山
聯句。

〔二〕清河美人：蓋指清河崔羅什所遇美女。唐段成式酉陽雜俎卷十三冥迹：
　　“長白山西有夫人墓。魏孝昭之世，搜揚天下才俊，清河崔羅什弱冠有令
　　望，被徵詣州。夜經於此，忽見朱門粉壁，樓臺相望，俄有一青衣出……什
　　乃下牀辭出。女曰：‘從此十年，當更相逢。’什遂以玳瑁簪留之，女以指上
　　玉環贈什。什上馬行數十步回顧，乃見一大冢。”姑射神：源出莊子。莊
　　子逍遥游：“藐姑射之山，有神人居焉。肌膚若冰雪，綽約若處子。”

〔三〕“夢中”句：野客叢書卷六東坡梅詞：“東坡在惠州，有梅詞西江月，末云：
　　‘高情已逐曉雲空，不與梨花同夢。’蓋悼朝雲而作。……高齋詩話載王昌
　　齡梅詩云：‘落落寞寞路不分，夢中喚作梨花雲。’坡蓋用此事也。”又，墨
　　莊漫録謂係王建詩，題夢看梨花雲歌。

〔四〕“朝朝暮暮”句：暗用“巫山雲雨”故事，參見鐵崖先生古樂府卷九陽臺曲。

〔五〕九點峰：指松江九山。

〔六〕松陵：松江別名松陵江，故或稱松江府爲松陵。參見東維子文集卷十送鄧
　　煉師祈雨序注。

〔七〕桃葉、桃根：晉王獻之愛妾。參見鐵崖先生古樂府卷九玉蹄騘注。


# 秋霜帕〔一〕

烏絲襴裏雙鴛鴦，紅啼碧唾薰餘香。天孫織就玄錦裳，莫將風雨
妒蘭娘。

【箋注】

〔一〕本詩吟詠杜蘭香神話故事。類説卷二十九麗情集黃陵廟詩：“開寶中，賈
　　知微遇曾城夫人杜蘭香及舜二妃於巴陵，二妃誦李群玉黃陵廟詩……賈
　　與夫人別。命青衣以秋雲羅帕覆定命丹五十粒，曰：‘此羅是織女緑玉蠶
　　織成，遇雷雨密收之。其仙丹每歲但服一粒，則保一年。’後大雷雨，見篋
　　間一物如雲烟，騰空而去。”

# 春夜樂書歌者神仙秀便面中<sup>①〔一〕</sup>

月落蔥海崑崙紅<sup>〔二〕</sup>，陰山細火銜燭龍<sup>〔三〕</sup>。東家照夜<sup>②</sup>千枝蠟，蛾眉象口頰<sup>③</sup>螺甲。朱唇玉面分割烹，嘈嘈青綠<sup>④</sup>瀉銀罍。蠻奴<sup>⑤</sup>把酒掌心行，座中俊客忌<sup>⑥</sup>斷纓<sup>〔四〕</sup>。雙箏手語鳳皇柱<sup>⑦〔五〕</sup>，彈得新聲奉恩主。朝惺惺<sup>⑧</sup>來夢妒婦，水遠<sup>⑨</sup>神仙吹海雨<sup>〔六〕</sup>。

## 【校】

① 清鈔鐵崖楊先生詩集卷下、樓氏鐵崖逸編注卷三亦載此詩，據以校勘。原本題作春夜樂，今題據鐵崖楊先生詩集本增補。

② 照夜：鐵崖楊先生詩集本作"夜點"。

③ 蛾眉象口頰：鐵崖楊先生詩集本作"衆口頰霞噴"。

④ 青綠：鐵崖楊先生詩集本作"春綠"，樓氏鐵崖逸編注本作"青絲"。

⑤ 奴：鐵崖楊先生詩集本作"娘"。

⑥ 忌：鐵崖楊先生詩集本作"忘"。

⑦ 柱：原本作"桂"，據鐵崖楊先生詩集本改。

⑧ 惺惺：鐵崖楊先生詩集本作"醒醒"。

⑨ 遠：鐵崖楊先生詩集本作"繞"。

## 【箋注】

〔一〕神仙秀：當爲歌妓之名，其生平不詳。便面：一種扇子。參見鐵崖先生古樂府卷二踢跼篇。按：玉山遺什卷下載謝肅詩和楊鐵崖次韻顧仲英春夜樂，與本詩同韻。可見本詩亦屬次韻之作，原唱者爲顧瑛。鐵崖晚年與謝肅有交往。據此推之，本詩當作於至正二十年鐵崖退隱以後，與顧瑛聚飲之時。

〔二〕蔥海：指蔥嶺一帶。位於今新疆帕米爾高原和喀喇崑崙山一帶。因其遼闊廣袤，故以海稱。

〔三〕陰山：位於今内蒙古中部與河北省西北部。燭龍：參見鐵崖賦稿卷下天衢賦。

〔四〕斷纓：指楚莊王賜酒絕纓故事。參見鐵崖先生古樂府卷二城東宴注。

〔五〕手語：意爲"弦與手相戞而成聲"。參見清王琦李太白集注卷三春日行。

〔六〕“朝惺惺來”二句：俗傳盛服過妬女祠者，必致風雷之災。故鐵崖“夢妒婦”，導致“神仙吹海雨”。參見舊唐書狄仁傑傳。


# 烏重光〔一〕


六龍一失馭〔二〕，烏不得昱章。六鼇一失足〔三〕，烏不得夜行(叶)。天生大人天地皇〔四〕，首戴圜①覆足履方〔五〕，天地再闢烏重光。烏重光，兩照繼，三台明〔六〕(叶)，天下齊見泰階平(叶)。

【校】

① 戴圜：樓氏鐵崖逸編注本作“載圓”。

【箋注】

〔一〕本詩模擬古樂府日重光行而作。烏：金烏，即太陽。按：據古今樂録，王僧虔技録有日重光行，然後世不傳。陸機撰日重光行，載宋郭茂倩樂府詩集卷四十。

〔二〕六龍：周易正義卷一：“彖曰：大哉乾元！萬物資始乃統天。雲行雨施，品物流形，大明終始，六位時成，時乘六龍以御天。乾道變化，各正性命。”按：天子六轡，以喻六龍。

〔三〕六鼇一失足：相傳海中有十五巨鼇，五神山賴以安穩，後遭龍伯之國大人釣去六鼇。參見鐵崖先生古樂府卷十小游仙之七注。

〔四〕天地皇：初學記卷九引春秋緯：“天皇地皇人皇，兄弟九人，分九州，長天下也。”

〔五〕“首戴”句：淮南子本經：“戴圓履方，抱表懷繩，內能治身，外能得人。”高誘注：“圓，天也；方，地也。”

〔六〕三台：宋楊侃兩漢博聞卷二泰階六符：“朔，陳泰階六符。孟康曰：‘泰階，三台也。每台二星，凡六星，符六星之符驗也。’應劭曰：‘黄帝泰階。’六符經曰：‘泰階者，天之三階也。上階為天子，中階為諸侯公卿大夫，下階為士庶人。’”

# 無憂之樂

　　君有身外憂,烏有胸中樂。我憂隔亭障,其樂在囊橐。取之不能窮,用之不能縠。蹠蹻莫能攘〔一〕,王公莫我角。乃知楊氏婦,婦言賢北郭〔二〕。吾將樂吾樂,豈期相唯喏。

## 【箋注】

〔一〕蹠、蹻:指春秋時人盜跖、莊蹻。盜跖爲秦之大盜,莊蹻爲楚之大盜。

〔二〕楊氏婦:北郭先生妻。韓詩外傳卷九:“楚莊王使使賫金百斤聘北郭先生,先生曰:‘臣有箕箒之使,願入計之。’即謂婦人曰:‘楚欲以我爲相。今日相,即結駟列騎,食方丈於前,如何?’婦人曰:‘夫子以織屨爲食,食粥毚履,無怵惕與憂者,何哉?與物無治也。今如結駟連騎,所安不過容膝;食方丈於前,所甘不過一肉。以容膝之安、一肉之味,而殉楚國之憂,其可乎?’於是遂不應聘,與婦去之。”

# 勸爾酒二首〔一〕

## 其一

　　勸爾酒,酒不必瓊漿。歌爾婦,婦不必姬姜〔二〕。舞衣不必繡羅裳,但願百年日飲三萬六千觴①。君不見金頭雞,銀尾羊,主人舉按勸客嘗。主人新拜羽林郎,孟公君卿坐滿堂〔三〕,高談大辯洪鐘撞。美人七十二鳳凰,雄啼雌嘯協笙簧。願君日飲歡樂康,白日未徂清夜長。明朝賜爾鴆一觴,金千重,玉千扛,不得收拾歸黃腸〔四〕。

## 其二

　　聲珊珊,還隨金碗到人間〔五〕。道人客散七寮處〔六〕,下與斛律銅龍班〔七〕。道人道機晚已熟,瓦礫黃金土珠玉。時時藥市出懸壺〔八〕,日日麴生來捧腹〔九〕。古春古春春更奇〔十〕,殤花東海蟠桃枝。相期結子三千歲,醉飲瑤池白玉巵〔十一〕。

## 【校】

① 觴：樓氏鐵崖逸編注本作“場”。

## 【箋注】

〔一〕本組詩當作於元至正十三年(一三五三)之後。繫年依據：鐵崖於詩中自稱居七寮，且“與斛律銅龍”爲伴，故當作於至正十三年取齋名七者寮之時，或以後。參見鐵崖文集卷一七客者志。

〔二〕姬姜：左傳成公九年：“詩曰：‘雖有絲麻，無棄菅蒯。雖有姬、姜，無棄蕉萃。’”杜預注：“姬、姜，大國之女。”

〔三〕孟公：指西漢陳遵。參見鐵崖先生古樂府卷二將進酒注。按：本詩“金頭雞”以下，與將進酒近似，可參看。

〔四〕黃腸：指棺槨。漢書霍光傳顏師古注引蘇林曰：“以柏木黃心致累棺外，故曰黃腸。”

〔五〕“還隨金碗”句：晉干寶搜神記卷十六：范陽人盧充，家西三十里有崔少府墓。盧充與崔氏女偶遇，并幽婚。別後四年，崔氏女忽現身，以三歲男兒及一金碗相贈。

〔六〕七寮：即七者寮，鐵崖齋名。參見東維子文集卷十六松月寮記、鐵崖文集卷一七客者志。

〔七〕斛律：即胡琴。參見鐵崖文集卷三斛律珠傳。

〔八〕藥市懸壺：東漢費長房所見異人故事。參見鐵崖先生古樂府卷二簫杖歌注。

〔九〕麴生：指酒。參見東維子文集卷二十八麴生傳。

〔十〕古春：鐵崖所藏古陶甄名。據説此甄有神奇功效，鐵崖名之爲“陶氏太古春”。參見鐵崖文集卷一七客者志。

〔十一〕“相期”二句：用漢武帝見西王母典。參見鐵崖先生古樂府卷三五湖游注。

## 妾薄命①〔一〕

妾薄命，妾薄命，當年破瓜顏色盛，阿甖何故②壞家箆，號天莫雪阿甖冤。低眉含羞不敢議，風雨幾番寒食天。今年復明年，鴛鴦繡被長孤眠。君不見并州剪刀金粟尺〔二〕,掛在深閨塵素壁③。誓不與人縫嫁衣〔三〕,閑看蜻蜓④蛺蝶飛。

【校】

① 明鈔楊維楨詩集本題作烏夜啼。明鈔楊維楨詩集、文淵閣四庫全書本元詩體要卷一、鐵崖逸編注卷一載此詩,據以校勘。
② 嬰:明鈔楊維楨詩集本作“婆”。下同。故:原本無,據明鈔楊維楨詩集本、元詩體要本增補。
③ 壁:原本作“璧”,據明鈔楊維楨詩集本、樓氏鐵崖逸編注本改。
④ 蜓:明鈔楊維楨詩集本、樓氏鐵崖逸編注本作“蜓”。

【箋注】

〔一〕本詩擬古樂府題而作,抒寫婦女獨處之怨苦。明梅鼎祚古樂苑衍録卷一佳麗四十七曲中有妾薄命,謂“妾薄命亦曰惟日月”。又,宋郭茂倩樂府詩集卷六十二曹植妾薄命二首解題:“樂府解題曰:妾薄命,曹植云‘日月既逝西藏’,蓋恨燕私之歡不久。梁簡文帝云‘名都多麗質’,傷良人不返,王嬙遠聘、盧姬嫁遲也。”
〔二〕金粟尺:九家集注杜詩卷一白絲行:“越羅蜀錦金粟尺。”注:“尺以金粟飾之,富貴家之物也。”
〔三〕不與人縫嫁衣:喻示烈女不更二夫,忠臣不事二君。

# 借南狸〔一〕

　　此題亦本唐人苦哉行,有曰:“彼鼠侵我厨,縱狸受粱①肉。鼠既爲君却,狸食自②須足。”今狸則③又異於是矣。
　　北狸不捕鼠,爲鼠欺。鼠作妖(句),人立豕啼〔二〕。媪責狸不職,借南狸,假虎威。鼠未捕,翻我屋上瓦,倒我厨中盆與罍(叶)。食飽求媪,雌雄匹之。咋死媪,狸與鼠同嬉。嗚呼,媪小不忍大禍遺。

【校】

① 粱:原本作“梁”,據汲古閣刊鐵崖先生古樂府補本改。

② 自：原本作“日”，汲古閣刊鐵崖先生古樂府補本作“月”，據樂府詩集載戎昱
　　苦哉行改。

③ 今狸則：原本作“狸”，據汲古閣刊鐵崖先生古樂府補本增補。

【箋注】

〔一〕本詩借唐戎昱苦哉行詩引申發揮，評述時事，蓋撰於元至正十六年春，或
　　稍後。繫年依據：本詩指斥所謂“南狸”，當指楊完者爲首之苗軍。元至
　　正十六、十七年，苗軍在江浙以剿寇爲名，大肆禍害，時人稱之“貓兵”，而
　　貓又有“狸奴”之稱。參見元陶宗儀南村輟耕録卷八志苗。又，原本於題
　　下附評語：“斑駁入古。”唐戎昱苦哉行五首之一：“彼鼠侵我廚，縱狸授粱
　　肉。鼠雖爲君却，狸食自須足。冀雪大國耻，翻是大國辱。羶腥逼綺羅，
　　塼瓦雜珠玉。登樓非騁望，目笑是心哭。何意天樂中，至今奏胡曲。”

〔二〕人立豕啼：左傳莊公八年：“齊侯游於姑棼，遂田於貝丘。見大豕，從者
　　曰：‘公子彭生也。’公怒……射之，豕人立而啼。”

# 山鹿篇〔一〕

續張司業樂府也①。

　　山頭鹿，距蹌蹌（上聲），目瞠瞠（上聲）。田租未了壓鹽租，夫死亭
官朾頭杖。夫死捉少妻，拷妻折箠不能啼。妻投河，作河婦。獄丁
捉，白頭母。

【校】

① 續張司業樂府也：原本無，汲古閣刊鐵崖先生古樂府補本爲題下小字注，今
　　據樓氏鐵崖逸編注本增補。

【箋注】

〔一〕本詩乃據唐人張籍詩山頭鹿引申而作。原本於題下附有小字評語：“酸
　　楚。”山鹿，喻指任人宰割之貧民百姓。吕氏春秋恃君覽知分：“鹿生於
　　山，而命懸於廚。”張籍山頭鹿曰：“山頭鹿，角芟芟，尾促促。貧兒多租輸
　　不足，夫死未葬兒在獄。早日熬熬蒸野岡，禾黍不收無獄糧。縣家唯憂少

軍食,誰能令爾無死傷。”


# 吳宮燕[一]


　　此題演鮑昭空城雀語也：青鳥遠食玉山禾,勝吳宮燕無罪得焚窠。

　　吳宮燕,秋復春。饑食玉①山粒,渴飲玉池津。木魅吹火,火及爾巢焚爾身[二]。不如②青雀子,飛去銜紅巾[三]。(此傷丁未九月九日事,亦一代詩史。)


## 【校】

① 玉：原本作“土”,據汲古閣刊鐵崖先生古樂府補本、樓氏鐵崖逸編注本改。
② 如：汲古閣刊鐵崖先生古樂府補本作“知”。


## 【箋注】

〔一〕本詩以鮑照空城雀中語“吳宮燕”爲題,隱寓時事及作者感慨,當作於元至正二十七年(一三六七)九月,或稍後,其時張士誠政權覆滅不久。繫年依據：本詩詩末小字注曰：“此傷丁未九月九日事。”丁未,指吳元年(即元至正二十七年)。據元史順帝本紀：“(至正丁未九月)辛巳,大明兵取平江路,執張士誠。”按：至正二十七年九月辛巳日爲九月八日,本詩所謂“丁未九月九日事”,必定與張氏政權垮臺有關。“吳宮燕”當指曾經任職於張士誠政權之士人。鮑照空城雀：“雀乳四鷇,空城之阿。朝食野粟,夕飲冰河。高飛畏鴟鳶,下飛畏網羅。辛傷伊何言,怵迫良已多。誠不及青鳥,遠食玉山禾。猶勝吳宮燕,無罪得焚窠。賦命有厚薄,長歎欲如何。”
〔二〕“火及”句：吳地記：“春申君都吳,宮因加巧飾。春申死,吏照燕窟,失火遂焚。”(引自太平御覽卷九百二十二羽族部九燕。)此二句化用李賀神弦曲：“百年老鴞成木魅,笑聲碧火巢中起。”
〔三〕“不如”二句：杜甫麗人行：“楊花雪落覆白蘋,青鳥飛去銜紅巾。”


# 湖龍姑曲①[一]


湖風起,浪如山,銀城雪屋相飛翻。白黿豎尾月中泣,倒卷君山輕一粒〔二〕。浪中拍碎岳陽樓，萬斛龍驤浪中②立。雨工騎羊鞭迅雷〔三〕，紅旗白蓋蚩尤開〔四〕，青娥③鬖髮紅藍腮。紫絲絡頭雙④黃能〔五〕（愛來切），神弦歌急龍姑來。

## 【校】

① 汲古閣刊鐵崖先生古樂府補卷三亦載此詩，據以校勘。按：鐵崖弟子張憲有同名詩作，與本詩相似。玉笥集卷三湖龍姑：“洞庭八月明月寒，湖龍捧出玻璨盤。湖風忽來浪如山，銀城雪屋相飛翻。白黿樹尾月中泣，倒捲君山輕一粒。浪花拍碎回仙樓，萬斛龍驤半天立。雨師騎羊轟晝雷，紅旗照波水路開。青娥鬖髮紅藍腮，紫絲絡頭垂黃能，神弦調急龍姑來。”本詩原作者究竟何人，實難斷言。張憲追隨於鐵崖晚年，且嗜好古樂府詩，故二人時常唱和。即使本詩原出張憲之手，鐵崖爲之加工修飾，亦極有可能。清人翁方綱石洲詩話卷五曰：“鐵崖湖龍姑曲，全與張思廉作相同，中只換數字。豈改而存之，未暇芟去耶？”意爲此詩曾經鐵崖潤色修改。據此，鐵崖至少是本詩合作者，故此仍從原本及汲古閣刊鐵崖先生古樂府補本收錄。
② 浪中：汲古閣刊鐵崖先生古樂府補本作“半空”。
③ 娥：汲古閣刊鐵崖先生古樂府補本作“蛾”。
④ 雙：疑當作“幽”。參見本文注釋。

## 【箋注】

〔一〕本詩模擬古樂府湖龍姑曲，描寫洞庭湖景象與傳說。汲古閣刊鐵崖先生古樂府補本題下有小字注：“神弦十一中之一。”宋郭茂倩樂府詩集卷四十七清商曲辭神弦歌解題：“古今樂錄曰：神弦歌十一曲：一曰宿阿，二曰道君，三曰聖郎，四曰嬌女，五曰白石郎，六曰青溪小姑，七曰湖龍姑，八曰姑恩，九曰採菱童，十曰明下童，十一曰同生。”

〔二〕君山：博物志卷六地理考：“洞庭君山，帝之二女居之，曰湘夫人。又，荆州圖經曰：湘君所游，故曰君山。”

〔三〕“雨工”句：宋曾慥類説卷二十八載異聞集洞庭靈姻傳：“儀鳳中，柳毅下第，將歸湘濱。至涇陽，道左見一婦人牧羊。曰：‘妾洞庭龍君小女也，嫁涇川次子。爲婢所惑，日以厭薄，又得罪于舅姑，貶黜至此。洞庭相遠，信耗莫通。聞君將還，託寄尺書。……’毅許之，因問：‘子牧羊何用？’女曰：‘非羊也，雨工也，雷霆之類。’”

〔四〕蚩尤：指蚩尤旗。相傳蚩尤兄弟八十一人，皆獸身人語，銅頭鐵額，威振天

下,誅殺無道。黃帝攝政,降服之。後天下復擾亂,黃帝畫蚩尤形像以威
天下。參見史記五帝本紀應劭注。

〔五〕黃能:即黃熊。韓昌黎詩繫年集釋卷四憶昨行和張十一:"羽窟無底幽黃
能。注:左傳云:'堯殛鯀于羽山,其神化爲黃熊。'國語作'黃能'。"

# 雀勞利〔一〕

雨雪霏霏,積野與圻。百鳥取食,不見穀與糜。雀勞利,嘴長一
尺錐,斲冰破雪下及泥,嗟爾短嘴空受饑。

## 【箋注】

〔一〕雀勞利:宋郭茂倩樂府詩集卷二十五橫吹曲辭雀勞利歌辭:"雨雪霏霏,
雀勞利。長觜飽滿,短觜飢。"

# 丈人烏〔一〕

丈人烏,飛入丈人廬,聒聒鳴座隅。國人怪爾烏,告凶不告喜。
丈人愛爾烏,獻忠不獻諛,命爾曰忠烏。爾噪介推屋,介推不受祿。
爾噪慕容城〔二〕,慕容危受兵。維北有鶍,觜不啄惡。維南有豸,角不
觸罪〔三〕。永言忠烏,誓死直弗諛。展矣丈人,克剛克仁,惟剛惟仁。
下有直臣,惟直臣是容。人莫不穀,我又曷凶〔四〕。君子作詩,惟以
告忠。

## 【箋注】

〔一〕丈人烏:介之推事。晉王嘉拾遺記卷三魯僖公:"僖公十四年,晉文公焚
林以求介之推,有白鴉繞烟而噪,或集之推之側,火不能焚。晉人嘉之,起
一高臺,名曰思烟臺……或云戒所焚之山數百里居人不得設網羅,呼曰
'仁烏'。俗亦謂烏白臆者爲慈烏,則其類也。"介子推不受祿而遭火焚
事,參見鐵雅先生復古詩集卷一介山操。

〔二〕慕容城:讀史方輿紀要卷二十六南直八廬州府龍舒城:"慕容城,在(廬

江)縣東二十里。蕭齊永元二年魏取淮南城,筑此城戍守。”

〔三〕“維南有矛”二句:參見麗則遺音卷四神羊。

〔四〕“人莫不穀”二句:源自詩經。詩小雅蓼莪:“民莫不穀,我獨何害?”


# 緑衣使①〔一〕

緑衣使,朱冠纓,西來萬里隴山青〔二〕。金雞一聲天下白〔三〕,此鳥一鳴天下平。金精氣清稟徼直②,言語分明藏不得。宮中未豫家國事,共愛聰明好顔色。殿上衮衣誰小戲③〔四〕,宮中④錦䘫搖虎翅〔五〕。皂鵰御史不彈邪⑤〔六〕,拜爾君王緑衣使。

## 【校】

① 本詩又見鐵崖先生詩集辛集,題王若水緑衣使圖,略有不同,今兩存之。汲古閣刊鐵崖先生古樂府補卷四亦載此詩,據以校勘。汲古閣刊鐵崖先生古樂府補本題作緑衣使辭。

② “金雞一聲”三句:汲古閣刊鐵崖先生古樂府補本作“金精氣,清徼直”兩句。

③ “宮中”三句:汲古閣刊鐵崖先生古樂府補本作“言語分明藏不得。房中秘,人不知,近竊寧王玉笛吹。殿上兒,老萊戲”六句。

④ 宮中:汲古閣刊鐵崖先生古樂府補本作“十幅”。

⑤ “皂鵰”句:汲古閣刊鐵崖先生古樂府補本作“皂鵰不語君王私”。

## 【箋注】

〔一〕緑衣使:唐明皇曾封鸚鵡爲“緑衣使者”,參見類説卷二十一緑衣使者。

〔二〕隴山:師曠禽經:“鸚鵡出隴西,能言鳥也。”

〔三〕金雞:神異經東荒經:“蓋扶桑山有玉雞,玉雞鳴則金雞鳴,金雞鳴石雞鳴,石雞鳴則天下之雞悉鳴。”李賀致酒行:“我有迷魂招不得,雄雞一聲天下白。”

〔四〕“殿上”句:唐段成式酉陽雜俎前集卷十六羽篇:“玄宗時,有五色鸚鵡能言,上令左右試牽帝衣,鳥輒瞋目叱吒。”

〔五〕錦䘫搖虎翅:指安禄山。參見陳善學序刊楊鐵崖先生文集卷三點籌郎。

〔六〕皂鵰御史:本指唐人王志愔,此處借指御史。舊唐書王志愔傳:“王志愔,博州聊城人也。少以進士擢第，神龍年，累除左臺御史，加朝散大夫。執法剛正，百僚畏憚，時人呼爲‘皂鵰’，言其顧瞻人吏，如鵰鶚之視燕雀也。”

## 祀蠶姑火龍詞 并序論①

余嘗論蠶有六德②：衣被天下生靈，仁也；食其食，死其死③，以答主恩，義也；身不辭湯火之厄，忠也；必三眠三起而熟〔一〕，信也；象物以成，蠶色必尚黄素，智也；蠶而蛹，蛹而娥，娥復卵而蠶，神也。此六德也。人靈④爲保蟲之長〔二〕，而食君之食，衣君之衣，乃有脧生靈之膏，賣君父之國，卒不得其死者，其不愧火龍乎！因賦火龍辭四章，遂補樂府之缺。

### 其一

火之龍兮，雲弗從，雨弗降(叶⑤)。惡濕喜燥⑥，三眠始，三眠⑦終。

### 其二

火之龍兮，桑以穀，絲以腹，蠶以屋。象水火⑧兮，以金以玉。

### 其三

火之龍兮，蛹以蛾，蛾以卵，卵⑨復化(叶)。龍之神兮寔多。惟龍之神兮⑩，有大功於人。又殺身以成仁，狥道而忠益信。

### 其四〔三〕

火之龍兮，其節甚⑪高。彼縻爵者誰兮，生⑫寵死則逃。剥民之膏，粥人之國，而死與叛鬼⑬曹。火龍德⑭，德可褒。

## 【校】

① 本詩又載鐵崖先生集卷一、汲古閣刊鐵崖先生古樂府補卷四、樓氏鐵崖逸編注卷三，據以校勘。鐵崖先生集本題作祭蠶婦辭并序。樓氏鐵崖逸編注本題作祠蠶姑火龍詞。

② 六德：鐵崖先生集本作“五德”。下同。

③ 其死：鐵崖先生集本無。

④ 人靈：鐵崖先生集本作“是”。

⑤ 叶：鐵崖先生集本無此小字注。下同。

⑥ 惡濕喜燥：樓氏鐵崖逸編注本無。
⑦ 眠：鐵崖先生集本作“起”。
⑧ 水火：鐵崖先生集本作“火水”。
⑨ 卵：鐵崖先生集本無，蓋承前而脫。
⑩ 兮：鐵崖先生集本無。
⑪ 甚：鐵崖先生集本作“其”。
⑫ 生：鐵崖先生集本無。
⑬ 鬼：鐵崖先生集本作“兒”。
⑭ 火龍德：鐵崖先生集本作“火之龍分”。

## 【箋注】

〔一〕三眠三起：宋秦觀撰蠶書時食：“蠶生明日，桑或柘葉風戾以食之，寸二十分，晝夜五食，九日，不食一日一夜，謂之初眠。又七日，再眠如初。既食，葉寸十分，晝夜六食。又七日，三眠如再。又七日若五日，不食二日，謂之眠，食半葉，晝夜八食。又三日健食，乃食全葉，晝夜十食。不三日遂繭。”
〔二〕“人靈”句：大戴禮記易本命：“倮之蟲三百六十，而聖人爲之長。”後多以“倮蟲”指人。
〔三〕原本於第四章附評語曰：“太露。”

# 石郎詞①〔一〕

　　先生有石郎詞，補吳樂府孫皓事。辭云②：
　　石三郎，十丈長。石印生文章，天下太平今適當。加印綬，石三郎，白髮丈人黃衣裳。

## 【校】

① 汲古閣刊鐵崖先生古樂府補本將此詩附録於石郎謠跋尾，其實二詩并無關聯。
② 本詩序原本無，據汲古閣刊鐵崖先生古樂府補本石郎謠跋尾增補。

## 【箋注】

〔一〕石郎詞：概述三國東吳末帝孫皓時所謂“石印三郎”故事。三國志吳書孫晧傳注引江表傳曰:"歷陽縣有石山臨水,高百丈,其三十丈所,有七穿駢羅,穿中色黃赤,不與本體相似,俗相傳謂之石印。又云:石印封發,天下當太平。下有祠屋,巫祝言石印神有三郎。時歷陽長表上言石印發,晧遣使以太牢祭歷山。巫言,石印三郎説'天下方太平'。使者作高梯,上看印文,詐以朱書石作二十字,還以啓晧。晧大喜曰:'吳當爲九州作都、渚乎!從大皇帝逮孤,四世矣。太平之主,非孤復誰?'重遣使,以印綬拜三郎爲王,又刻石立銘,褒讚靈德,以答休祥。"

# 石郎謡〔一〕

南山石郎隱蓬顆,將軍遠適南山下。彎弓射石,石郎怒生火。石郎告將軍:猘載①汝髏,蟻穿汝踝,家有鬼妻,厩有鬼馬〔二〕。不知石郎長年者,長年者,石馬載郎不稱殤,石婦②望郎不稱寡〔三〕。

## 【校】

① 載:文淵閣四庫全書本鐵崖先生古樂府補作"戴"。下同。
② 婦:文淵閣四庫全書本鐵崖先生古樂府補作"妻"。

## 【箋注】

〔一〕石郎:指墓道與陵園中所置石人。
〔二〕"家有"二句:杜詩詳注卷十三草堂:"到今用鉞地,風雨聞號呼。鬼妾與鬼馬,色悲充爾娛。"注:"趙曰:'已殺其主而奪之,故謂之鬼妾鬼馬,如匈奴以亡者之妻爲鬼妻也。'"
〔三〕石婦:即望夫石。原本於詩末二句旁注有評語:"奇。"

# 浴官馬〔一〕

君不見達官馬,五馬一馬驄〔二〕。花韉一突騎,當街折其衝。達官請下馬,墮在泥水中。馬前銅帽子〔三〕,什什不能雄。又不見將軍馬,天閑八尺龍。金甲鎖匼匝,玉轡搖瓏璁。羽林萬猛士,後距而前鋒。

望敵未及戰，退陷大澤泓。野人烹馬食，食馬如食貑①〔四〕。小臣泣弓劍〔五〕，八駿起悲風〔六〕。

【校】

① 貑：樓氏鐵崖逸編注本作“豵”。

【箋注】

〔一〕本詩當題於浴官馬圖上，借官馬譏諷達官貴侯。

〔二〕“五馬”句：九家集注杜詩卷八冬狩行時梓州刺史章彝兼侍御史留後東川：“使君五馬一馬驄。”注：“趙云：漢制，諸侯五馬出……其云一馬驄，則以章留後兼侍御史也。後漢桓典爲侍御史，有威名，好騎驄馬。京師語曰：‘行行且止，避驄馬御史。’”

〔三〕馬前銅帽子：蓋指金叵匝。九家集注杜詩卷十八送蔡希魯都尉還隴右寄高三十五書記：“馬頭金叵匝。”注：“古詩：‘白馬黄金羈，驄馬金絡頭。’”

〔四〕“野人”二句：用岐下野人食秦穆公馬典，參見鐵崖先生古樂府卷八覽古之三注。

〔五〕“小臣”句：蓋指黄帝騎龍昇天故事。參見鐵崖先生古樂府卷一湘靈操注。

〔六〕八駿：相傳周穆王有良馬八匹，日馳三萬里，稱八駿。參見鐵崖先生古樂府卷七佛郎國進天馬歌注。

## 四星謡〔一〕

西星白〔二〕，東星黄〔三〕。南星雁〔四〕，北星狼〔五〕。赤熛不敢怒，威靈不敢仰。招距①不敢拒，叶光不敢抗〔六〕。況爾羅睺曜〔七〕，向②午奸太陽。太陽剥，未復光，黄道日倀倀。太山有巨靈〔八〕，目睹哭扶桑。手取甘泉水，爲日洗重光〔九〕。明堂亮，泰③階平〔十〕（叶“旁”）。黄白泡滅，雁狼燐亡。

【校】

① 距：樓氏鐵崖逸編注本作“拒”。

② 向：原本作“白”，據文淵閣四庫全書本鐵崖先生古樂府補改。

③ 泰：原本作“太”，據樓氏鐵崖逸編注本改。

## 【箋注】

〔一〕本詩以星象喻指元末天下戰亂景象。

〔二〕白：蓋指太白星。唐開元占經卷四十五太白占一：“五行傳曰：太白者，西方金精也。於五常爲義，舉動得宜。於五事爲言，號令民從。義虧言失，逆秋令，則太白爲變動，爲兵爲殺。”

〔三〕“東星”句：唐開元占經卷七十八客星占二犯東方七宿客星犯角一：“郗萌曰：黃星出右角，國有兵驚，不戰受地。”

〔四〕“南星”句：唐開元占經卷七十一流星占一流星名狀一：“巫咸曰：流星有光青赤，其長二三丈，名曰天雁，將軍之精也。其國起兵，將軍當從星所之。荆州占曰：流星其色青，名曰地雁，其所墜者起兵。”

〔五〕狼：指天狼星。唐開元占經卷六十八狼星占二十七：“黃帝占曰：狼星，一名夷將。其星色欲黃白，無光芒，不動搖，天下寧，兵不起。其星色赤而大，光芒四張，動搖變色，天下亂，大兵起，盜賊起於道路。人主不安，百姓憂苦。”

〔六〕“赤熛不敢怒”四句：指東西南北四帝。五經通義：“天神之大者曰昊天上帝，即耀魄寶也。亦曰天皇大帝，亦曰太乙。其佐有五帝：東方青帝，威靈仰；南方赤帝，赤熛怒；西方白帝，白招拒；北方黑帝，叶光紀；中央黃帝，含樞紐。”（宋祝穆撰古今事文類聚前集卷二天道部引。）

〔七〕羅睺：星名，“睺”亦作“㬋”。羅睺屬惡星、兇星一類。參見明周玄貞輯高上玉皇本行經集注皇經集注卷七功德品續二十七章。

〔八〕巨靈：黃河神名。或曰河神遺迹在華山。晉干寶搜神記卷十三：“二華之山，本一山也。當河，河水過之而曲行。河神巨靈，以手擘開其上，以足蹈離其下，中分爲兩，以利河流。今觀手迹於華嶽上，指掌之形具在。脚迹在首陽山下，至今猶存。”

〔九〕甘泉水：明彭大翼山堂肆考卷二羲和浴日：“山海經：東海外，甘泉之間，有羲和國。有女子名羲和，爲帝俊之妻，是生十日，常浴日於甘泉。郭璞注：羲和能生日，故曰爲羲和之子。堯因是立羲和之官，以主四時。”

〔十〕泰階平：參見鐵崖賦稿卷下渾天儀賦。

# 欃槍①謠〔一〕

欃槍星,欃槍星②,夜夜西伴長庚明〔二〕。煌煌火龍東未升,欃槍經天掩陽精〔三〕。李淄青〔四〕,胡不庭,陽谷倒戈〔五〕,太山③假兵。欃槍夜半,雨血齊城,金雞喔喔東方明〔六〕。(李淄青師道陽谷、太山事,見④劉禹錫平齊行。)

## 【校】

① 欃槍:原本作"攙搶",據樓氏鐵崖逸編注本改。下同。
② "欃槍星"二句:原本作"攙搶星"一句,據汲古閣刊鐵崖先生古樂府補本增補。
③ 太山:原本作"太行",據原本詩末小字注改。
④ 見:原本脱,據汲古閣刊鐵崖先生古樂府補本補。

## 【箋注】

〔一〕欃槍:即彗星。參見爾雅注疏卷五風雨疏。
〔二〕長庚:毛詩正義小雅大東:"東有啓明,西有長庚。"注:"日旦出謂明星爲啓明,日既入謂明星爲長庚。庚,續也。"
〔三〕陽精:指太陽。宋陸佃撰埤雅卷二十釋天:"舊説積陽之氣生火,火氣之精爲日。"
〔四〕李淄青:指唐淄青節度使李師道。按:淄青節度使一職,一度爲高麗人李正己及其子孫世襲,故李正己與李納、李師古、李師道合傳。
〔五〕陽谷倒戈:李師道屢屢叛唐,元和十三年,唐憲宗發兵征討。李師道派遣都知兵馬使劉悟至陽谷抵抗,劉悟兵敗倒戈,攻殺李師道。故劉禹錫平齊行二首之一曰:"牙門大將有劉生,夜半射落欃槍星。"之二云:"泰山沈寇六十年,旅祭不享生愁烟。今逢聖君欲封禪,神使陰兵來助戰。"
〔六〕"金雞"句:見本卷緑衣使注。

# 吴山謠〔一〕

中原四日一日東〔二〕,東山草木無金風〔三〕。艮精重起大小嶽〔四〕,

此是趙家天柱峰。天柱裂,地維缺,老檜不遮三箭血〔五〕。

## 【箋注】

〔一〕詩當撰於元至正十六年(一三五六)一、二月間,其時鐵崖在杭州任宣課副
提舉。繫年依據:大雅集卷一載夏溥吳山謠和鐵崖首唱,詩曰:"中興過
江笑諸人,二十三表哀老臣。倡和國事可斬檜,馬上青衣竟何在。采石未
靖瓜州驚,戰功今乃歸儒生……"詩後附鐵崖首唱,即本詩。按明史太祖
本紀:"(至正)十六年春二月丙子,大破海牙於采石。三月癸未,進攻集
慶。"夏溥詩既曰"采石未靖瓜州驚",則當在采石失陷之後、金陵失守以
前,即至正十六年仲春,或稍後。吳山:又名胥山,位於今浙江杭州市。
萬曆杭州府志卷二十山川城内南山:"蓋天目爲杭州諸山之宗,翔舞而東,
結局於鳳凰山,其支山左折,遂爲吳山。"

〔二〕中原四日:宋曹勛撰北狩見聞録:"徽廟過河數日,宣諭曰:'我夢四日并
出,此中原争立之象。不知中原之民尚肯推戴康王否?'臣曰:'本朝德澤
在民,至深至厚。今雖暫立異姓,終必思宋,不肯歸邦昌。幸寬聖念。'"

〔三〕"東山"句:意爲世無謝安,如何東山再起? 寄寓對時事之憂慮。按:鐵崖
關心戰事,然其本人似無意出山。大雅集卷六有吳哲詩丙申三月,從平章
左公總戎臨安,過南山訪鐵崖。時溪漲,馬不克渡,延佇口號,詩中有"卧
龍不遠淪溟窟,走馬期看館閣文"、"先生高伴洪崖笑,獨向溪邊望白雲"
等語。

〔四〕"艮精"句:宋趙彦衛雲麓漫鈔卷三:"政和五年,命工部侍郎孟揆鳩工,内
官梁師成董役,築土山於景龍門之側,以像餘杭之鳳凰山,最高一峰九十
尺,山周十餘里,分東西二嶺……始名鳳凰山,後神降,有'艮嶽排空霄'之
語,以在都城之艮方,故曰艮嶽。南山成,易名曰壽嶽,都人且曰萬歲山。"

〔五〕老檜:指秦檜。三箭血:當指薛仁貴三箭定天山。借指岳飛。參見麗則
遺音卷三鐵箭。

# 佛①郎國新貢天馬歌〔一〕

千金骨,五花毛,虎脊龍鬐尾蒲梢。神如飛龍氣如虎②,初來燉煌
祁連③之遠郊。雙鶻逬落獨鶻起,急勢直欲追飛鸇④。天駟精,青海
傑。羈黃金,絡明月。未栖天子十二閑,孰得人間貯金埒。嗚呼,渥

洼之産寧徒勞[二]，圖形已詔韓與曹[三]。伯樂（星名）光寒夜寥寥⑤[四]，青鶴一聲箕尾高[五]。

## 【校】

① 本詩又載汲古閣刊鐵崖先生古樂府補卷四，樓氏鐵崖逸編注卷三，清鈔玉山草堂雅集十六卷本卷一、劉世珩影元刊十八卷本玉山草堂雅集卷二，據以校勘。佛：汲古閣刊鐵崖先生古樂府補本、玉山草堂雅集十八卷本作“拂”。

② 虎：汲古閣刊鐵崖先生古樂府補本、玉山草堂雅集十八卷本作“虓”。

③ 祁連：樓氏鐵崖逸編注本作“祁山”。

④ 急勢：原本無，據諸校本增補。鸘：原本作“鶛”，玉山草堂雅集十八卷本作“髇”，據鐵崖先生古樂府補本、樓氏鐵崖逸編注本改。

⑤ 寥寥：汲古閣刊鐵崖先生古樂府補本、玉山草堂雅集十八卷本作“寥闋”。

## 【箋注】

〔一〕本詩描摹佛郎國新貢名馬，當撰於元至正二年（一三四二）七月佛郎國進貢天馬之時，或稍後。其時鐵崖丁憂服闋，攜妻兒移居杭州，等候補官。參見鐵崖先生古樂府卷七佛郎國進天馬歌。

〔二〕渥洼之産：渥洼産良馬。參見鐵崖先生詩集丙集題任月山所畫唐馬卷注。

〔三〕韓與曹：指唐代畫師韓幹與曹霸，韓、曹二人以擅長畫馬著稱。參見鐵崖先生詩集丙集題跋月山公九馬圖手卷、題任月山所畫唐馬卷注。

〔四〕伯樂：晉書天文志上：“傳舍南河中五星曰造父，御官也，一曰司馬，或曰伯樂。星亡，馬大貴。”

〔五〕箕、尾：箕星和尾星。參見鐵崖先生古樂府卷五箕斗歌注。

## 卷二十六　陳善學序刊楊鐵崖先生
文集卷六至八

# 卷二十六　陳善學序刊楊鐵崖先生文集卷六至八

## 鼠制虎〔一〕

上海民有武斷商舟者曰①河虎〔二〕，虎劫商財，欲溺商於河②。商抱虎同溺，虎死，商泳而去。鐵史聞之，爲作鼠制虎。

河之虎，莫孰禦。河之鼠，亦莫余③敢侮。虎一怒，鼠無生。鼠一怒，制虎死河滸。浮雲蔽白日④〔三〕，天⑤風捲后土，孰識鼠寃苦？鼠寃苦，訴諸河伯府〔四〕。河伯爲我告天，不生此河虎。

**【校】**

① 汲古閣刊鐵崖先生古樂府補卷四載此詩，據以校勘。斷商舟者曰：原本作"浙商舟者"，據汲古閣刊鐵崖先生古樂府補本改補。

② 欲溺商於河：原本作"欲溺"，據汲古閣刊鐵崖先生古樂府補本增補。

③ 余：樓氏鐵崖逸編注本作"予"。

④ 白日：汲古閣刊鐵崖先生古樂府補本作"青天"。

⑤ 天：汲古閣刊鐵崖先生古樂府補本作"火"。

**【箋注】**

〔一〕詩當撰於鐵崖晚年退隱松江時期，即元至正二十年（一三六〇）以後。繫年依據：其一，詩序中鐵崖自稱"鐵史"，鐵史乃鐵崖晚年別號。其二，所述事件發生於上海。

〔二〕上海：原本爲華亭縣地，元至元二十七年（一二九〇），以户口繁多置上海縣，隸屬松江府。參見元史地理志五。

〔三〕"浮雲"句：喻寃屈無處伸。語出文子上德："日月欲明，浮雲蓋之。"

〔四〕河伯：指河神。

## 雉子斑①〔一〕

秀女有姊妹〔二〕，妹被苗帥②强聘之爲妻，又遣③妹媒而致其姊。姊不從，赴水絕之，妹亦尋死。爲賦雉子斑。

雉子斑，雉子將雛雛兩雌。麥田青青四月時，雉子斑斑上毛衣[三]。網羅一相失，誤爲囤所危。吁嗟爾爲囤誤，又忍爲我媒（叶）！我今謝爾死，豈忍須臾遲。兩雌④死同歸，琴聲鼓之爲嗟咨。英英鶂鳩⑤兒[四]，百鳥不敢欺，只如燕燕傍人飛。

## 【校】

① 汲古閣刊鐵崖先生古樂府補卷六載此詩，據以校勘。　斑：汲古閣刊鐵崖先生古樂府補本作“班”。下同。
② 妹被苗帥：“妹”原本無，蓋承前而脱，徑補。　帥：原本作“師”，據樓氏鐵崖逸編注本改。
③ 遣：原本作“遺”，據樓氏鐵崖逸編注本改。
④ 雌：汲古閣刊鐵崖先生古樂府補本作“雉”。
⑤ 鳩：原本作“雌”，據樓氏鐵崖逸編注本改。

## 【箋注】

〔一〕詩評述元末嘉興烈女姊妹，當作於元至正十六（一三五六）春夏之交，或稍後。至正十六年春，江浙行省政府爲抵禦張士誠軍，起用以楊完者爲首之苗軍。苗軍姦淫殺掠，於松江、嘉興等地大肆禍害。參見南村輟耕録卷八志苗。雉子斑：據文獻通考卷一百四十一樂考十四樂歌，漢短簫鐃歌凡二十二曲，“亦曰鼓吹曲，多叙戰陣之事”。其中有雉子斑。
〔二〕秀：秀州，今浙江嘉興。
〔三〕“麥田”二句：李白雉朝飛：“麥隴青青三月時，白雉朝飛挾兩雌。”
〔四〕鶂鳩：指鷹。宋蔡卞集解毛詩名物解卷八釋鳥：“鷹，鷙鳥也。一名鶂鳩。”

# 黄鵠曲[一]

蕭山顧節婦[二]，年二十居寡。貴要將强婿之，顧賦詩自誓，改道家裝絶之。爲賦魯陶嬰黄鵠辭。

黄鵠雙棲兮，年命有不齊。雌將雛兮，失其雄飛（叶）。雖失雄飛，孤自誓(平)。豈無他雄兮,誓不徙故棲。使君兮逑予與孤,俾予改圖,一女可二夫,使君事主塗亦殊。

## 【箋注】

〔一〕本詩模擬陶嬰黃鵠歌而作,表彰元末蕭山顧節婦。古列女傳卷四魯寡陶嬰:"陶嬰者,魯陶門之女也。少寡,養幼孤。無強昆弟,紡織爲産。魯人或聞其義,將求焉。嬰聞之,恐不得免,作歌明己之不更二也。其歌曰:'黃鵠之早寡兮,七年不雙……'魯人聞之,曰:'斯女不可得已。'遂不敢復求。嬰寡,終身不改。"

〔二〕蕭山:與山陰、會稽等縣皆隸屬於江浙行省紹興路,今屬浙江。參見元史地理志。


# 翁氏姊[一]

　　翁氏姊者,錢唐人,年四十不嫁。寇陷錢唐,與弟忠一家四人,誓結袂死於河。姊曰:"河之死者有穢矣,吾獨尋乾淨水死。"忠等赴河,姊亦不見,乃跳城陰古井死。

　　翁氏當亂離,投河誓翁媼。生爲同林鳥,死作結縷草。翁氏姊,投袂赴長河。賊殺血污水,我胡爲河裏死?莫耶古井古陰陰①[二],下有斗水琉璃深。井中古劍劍妾心,莫耶夜作蛟龍吟。

## 【校】

① 汲古閣刊鐵崖先生古樂府補卷六載此詩,據以校勘。"莫耶古井"句:汲古閣刊鐵崖先生古樂府補本作"莫耶井,古城陰"兩句。

## 【箋注】

〔一〕詩當作於元至正十六年丙申(一三五六)秋。其時鐵崖尚在杭州任税務官,即將去往睦州。繫年依據:本詩所述人物事件,發生於"寇陷錢唐"之時,且爲鐵崖所親聞,必爲元末至正年間。至正年間,錢唐城兩度失陷:一爲至正十二年秋,徐壽輝軍一度攻入錢唐;二爲至正十六年七月,張士誠軍攻陷并佔領杭城。而至正十二年杭城戰事不烈,且"其賊不殺不淫"

（南村輟耕録卷二十八刑賞失宜）。故本詩所述事件，當發生於至正十六年秋。

〔二〕莫耶：古劍名。參見鐵崖先生古樂府卷四古憤注。

## 濮州娘〔一〕

朱鬉氏掠女婦人〔二〕，擇白腯者，一狎即付湯火熬膏，爲攻城火藥。濮州花娘薛氏者，瀕殺，復與裸飲。飲婪酣〔三〕，抱花娘卧。乘酣睡，抽其佩刀刺之，遁出，馳馬抵官兵營，遂擒其衆。吁，薛氏，娼①婦也，而壯節可尚，亦亂世奇事。爲賦濮州娘，列古樂府。

濮州花娘勸君酒，酒中電影紅蛇走。花娘分死紅焰焦，五尺肉軀油一斗。連牀裸飲飲婪醺，花娘待罪眠紅茵。突咽一寸揕匕首，夜馳鐵騎投官軍。君不見②始州王氏女〔四〕，拔羌刃，殺羌虎。濮州花娘刺客才，劍器③何須大娘舞〔五〕。

**【校】**

① 汲古閣刊鐵崖先生古樂府補卷六載此詩，據以校勘。娼：原本無，據汲古閣刊鐵崖先生古樂府補本增補。

② 見：汲古閣刊鐵崖先生古樂府補本作"聞"。

③ 器：汲古閣刊鐵崖先生古樂府補本作"氣"。

**【箋注】**

〔一〕本詩褒獎濮州花娘薛氏之剛毅，兼斥元季濮州紅巾軍之暴行，當作於元至正十七年（一三五七）八月之後。據元史地理志，濮州位於今山東鄄城及河南濮陽南部。按元史順帝本紀八，至正十七年八月"癸丑，劉福通兵陷大名路，遂自曹、濮陷衛輝路"。

〔二〕朱鬉氏：即元末紅巾軍。此蓋指劉福通統領之紅巾軍。

〔三〕婪酣：此指醉飽。唐韓愈月蝕詩效玉川子作："婪酣大肚遭一飽，飢腸徹死無由鳴。"

〔四〕始州王氏女：唐初俠女。參見汲古閣刊鐵崖先生古樂府補卷三王氏女。

〔五〕大娘：指唐人公孫大娘。杜甫有觀公孫大娘弟子舞劍器行詩。

## 處女冢〔一〕

處女名雪，字玉霙，余從父女弟也。年十三，善琴。十五，攻詞翰。二十，許陳氏子。未娶，陳歿①，遂守志不嫁。達官聘之，不允。自誓之：死作處女冢。兵亂，處女閉户，餓而死，年四十有二。冢在梧桐山先壟側〔二〕。

楊處女，白雪霙。慈母惜白雪，抱玉真珠擎。十三善瑶琴，不作濮上音〔三〕。十五弄彤管〔四〕，不作花帽情。叮嚀媒與伴②，必嫁公與卿。英英馬上郎，貂帽繡衣裳。來交處女幣，願作處女郎。貯以黄金屋，薦以白玉牀。大珠連理帶，七寶合歡牀③。大珠五十萬，七寶百萬鏹。黄羊尾如扇，文雞若鳳皇。置酒結高宴，長跪起行觴。處女誓慈母，有死不下堂。嗟嗟楊處女，處女節獨苦。事母終母喪，母墳成負土。白髮五十秋，五十終處女。誓作處女墳，南山華表柱。荒城兵火交，三月不開户。生作獨月娥，肯作城中三嫁婦？

**【校】**

① 汲古閣刊鐵崖先生古樂府補卷六、文淵閣四庫全書本鐵崖先生古樂府補卷六載此詩，據以校勘。　歿：原本作"没"，據汲古閣刊鐵崖先生古樂府補本改。

② 伴：汲古閣刊鐵崖先生古樂府補本作"妁"。

③ 牀：文淵閣四庫全書本鐵崖先生古樂府補作"囊"。

**【箋注】**

〔一〕本詩述作者堂妹楊雪節烈事，當作於元至正十八年（一三五八），或稍後。繫年理由：據詩序所述，楊雪餓死於元末"兵亂"。而諸暨、金華一帶戰事頻繁時期，正是至正十八年前後。　處女：即楊雪，字玉霙，諸暨（今屬浙江）人。鐵崖堂妹。未婚夫陳氏早逝，遂守節不嫁。餓死於元季戰亂時期，終年四十有二。

〔二〕梧桐山：蓋即桐岡山。乾隆諸暨縣志卷三山川："桐岡山，東去縣六十里。"按：桐岡山距離鐵崖老家不遠，鐵崖書樓所在地鐵崖山，亦"東去縣六十里"。又，鐵崖曾稱桐岡山爲大桐山，見東維子文集卷二十五吴君見心墓銘。

〔三〕濮上音：指桑間濮上之音。參見鐵崖先生古樂府卷十吴下竹枝歌之七。
　　後世常喻指男女私會淫奔，乃至上下失序、破家亡國之音。經世大典憲典
　　奸非篇：“王化始於閨門，故關雎之化行，則天下無犯非禮，桑間濮上之音
　　作，則男女相奔，强暴相陵，尊卑無別，而上下失序矣。”（載元蘇天爵編國
　　朝文類卷四十二。）

〔四〕彤管：赤管之筆，古女史記事用。詩邶風静女：“静女其孌，貽我彤管。”


## 操瓢奴

操瓢奴，眼雙瞽。自言脱胎時，黄金盆中浴保母。承家三世笏，
負郭萬鍾歟。入擁千金姬，出乘五色馬。讀書不成文，彎弓不成武。
前年喪翁，今年喪考父。操瓢奴，眼雙瞽。鄰翁感歎爲我語：爾家法
家稱乳虎〔一〕，孤人之兒寡人婦。

【箋注】

〔一〕“爾家”二句：意爲今日操瓢奴之落魄，乃其先人作惡之報應。其先人曾
　　爲酷吏。漢書酷吏傳：“寧見乳虎，無直寧成之怒。”顏師古注：“猛獸産
　　乳，養護其子，則搏噬過常，故以喻也。”


## 盲老公〔一〕

剌拜住哥①臺長〔二〕。戊戌十月二十三日，黨海寇，用壯士椎
殺邁里古思②。邁里古思③將黄中禽拜住〔三〕，盡戮其家。

盲老公，侍御史，崇臺半面呼天子。白米紅鹽十萬家，鳳簫④龍管
三千指〔四〕。門前養客皆天驕，一客解拯⑤千黄苗。太阿之枋⑥忽倒
擲〔五〕，槌殺義鶻招群梟。一客死，百客辱。萬夫怒，一夫獨。生縛老
盲來⑦作俘，百口賤良一日戮。獨遣小娥年十五，腰金買身潛出户〔六〕。
腰金買身潛出户，駃作娼家馬郎婦⑧。

## 【校】

① 汲古閣刊鐵崖先生古樂府補卷六、列朝詩集甲集前編第七上、樓氏鐵崖逸編注卷二、文淵閣四庫全書本鐵崖先生古樂府補卷六載此詩，據以校勘。

② 椎：汲古閣刊鐵崖先生古樂府補本作"槌"。原本"殺"之下有"之"字，據樓氏鐵崖逸編注本删。

③ 邁里古思：原本無，蓋承前而脱，徑補。

④ 簫：列朝詩集本、樓氏鐵崖逸編注本作"笙"。

⑤ 拯：原本作"散"，汲古閣刊鐵崖先生古樂府補本作"極"，據文淵閣四庫全書本鐵崖先生古樂府補改。

⑥ 枋：汲古閣刊鐵崖先生古樂府補本作"柄"。

⑦ 來：汲古閣刊鐵崖先生古樂府補本作"未"。

⑧ "腰金買身"二句，原本作"駛作倡家馬"一句，據汲古閣刊鐵崖先生古樂府補本增補。

## 【箋注】

〔一〕本詩叙述邁里古思被拜住哥謀害，以及其部下復仇事。當作於元至正十八年（一三五八）冬，或稍後。其事參見東維子文集卷二十四故忠勇西夏侯邁公墓銘。

〔二〕拜住哥：或作"拜珠格"，即本詩所謂"盲老公"，元季任江南諸道行御史臺御史大夫。

〔三〕黃中：字彦美，邁里古思部下，任浙東僉元帥。至正十八年冬，邁里古思被殺，黃中爲血仇報恩，又奉邁里古思母歸吳，一時稱頌。後曾爲張士誠所用，任松江帥，元末託病隱居松江。工詩，曾與鐵崖、鄭韶等唱和。參見元陶宗儀南村輟耕録卷十越民考、東維子文集卷一送松江帥黃公入吳序、鐵崖楊先生詩集卷上和黃彦美元帥憂字韻詩賦思邈明府、梧溪集卷四贈黃將軍中奉其故主將邁里古思判樞母夫人歸吳分韻得烟字時歲戊戌。按：黃中又被譽爲"鐵鷂子"。東維子文集卷三十一載鐵崖弟子徐固詩鐵鷂子，其序曰："鐵厓先生作黃將軍歌，殆絶唱也。絶唱不可和，門生徐固賦鐵鷂子一解，先生讀之，曰'可續吾貂'。"鐵崖詩黃將軍歌雖已不傳，然據徐固詩中"鷂栖在長城，長城鎮南國……毒蟒何來吹黑風，南國長城一朝覆。鐵鷂怒裂眥，毒蟒拆骨死"等語，黃將軍當指黃中，即徐固所謂"鐵鷂子"。續資治通鑑卷二百十四元紀三十二順帝至正十八年："黃中率其衆復讎，盡殺拜珠格家人及臺府官員、掾史，獨留拜珠格不殺，以告於張士誠，士誠乃遣其將呂珍以兵守紹興。拜珠格尋遷行宣政院使，監察御史真圖劾拜珠格陰害帥臣，幾致激變，宜寘諸嚴刑。詔削其官，安置湖州而已。”按：江南行御史臺於至正十六年遷至紹興。又：元季伏莽志卷七方國珍：“十八年，珍遣兵侵據紹興屬縣，樞密院判官邁里古思……欲率兵往問罪，先遣部將黃中取上虞……十月二十二日，邁里自出兵，與珍部下馮萬戶鬥，不利，駐軍東關，單騎馳歸。斯時朝廷方倚重國珍，資其舟以運糧，而御史大夫拜住哥與珍素通賄賂，憤邁里擅舉兵，且恐生事。二十三日，召邁里至私第與計事，及中門，命左右以鐵鎚摑殺之，斷其頭，擲厠溷中。黃中乃率衆復仇，入拜家……盡殺拜家人，及臺府官員掾史，獨留拜住哥不殺，以告張士誠，士誠即遣兵守紹興。”又，南村輟耕錄卷十越民考：“拜（住哥）與二子匿梵宇幽隱處，民搜見之，齊唾其面……不自殺，執以歸中，冀中殺之。中解其縛，率諸軍羅拜之曰：‘總督官忠肝義膽，照映天地，人神所共知。公信任憸邪，使國之柱石隕於無辜。我之復讐，明大義也。殺我主將者既已斬之，公幸毋罪。’拜執中以泣曰：‘我之罪尚何言，尚何言！’”

〔四〕“鳳簫”句：意謂拜住哥家中樂伎多達三百人。

〔五〕“太阿”二句：意謂拜住哥勾結方國珍刺殺邁里古思，猶如將武器交予敵人，自身反遭戕害。太阿，或作“泰阿”，寶劍名。參見鐵崖先生古樂府卷四古憤。枋：同“柄”，此指劍柄。漢書梅福傳：“至秦則不然，張誹謗之罔，以爲漢驅除，倒持泰阿，授楚其柄。”

〔六〕“獨遣小娥”二句：謂拜住哥家僅有一女潛逃。按：或曰其女被擄。南村輟耕錄卷十越民考：“（黃）中臥病，方飲藥，得少汗，尚昏潰困頓。左右扶翼，擐甲上馬，遇臺軍於江橋，鬥十數合，破陣陷堅，身當矢石。郡民老幼皆號泣曰：‘殺我總督官，我尚何生爲？’壯者助中軍殊死戰，臺軍一敗塗地。屠其二營，入拜家，姬侍奴隸，死者相枕藉。一女爲隊官陳某所掠。”


# 銅將軍〔一〕


刺僞相張士信。丁未六月六日，爲龍井砲擊死。

銅將軍，無目視有準，無耳聽有神。高紗①紅帽鐵篙子，南來開府稱藩臣〔二〕。兵強國富結四隣，上稟正朔天王尊〔三〕。阿弟柱②國秉國鈞[四]，僭逼大兄稱孤君[五]。案前火勢十妖③嬖[六]，後宮春艷千花嬪。水犀萬弩填震澤，河丁萬鋸④輸茅津[七]，神愁鬼憤哭萬民。銅將軍，天假手，疾雷一擊粉碎千金身。斬妖蔓，拔禍根，烈火三日燒碧雲。鐵篙子，面縛西向爲吳賓[八]。

## 【校】

① 汲古閣刊鐵崖先生古樂府補卷六、列朝詩集甲集前編第七上、元詩選初集辛集、樓氏鐵崖逸編注卷二載此詩，據以校勘。紗：汲古閣刊鐵崖先生古樂府補本作“沙”。

② 柱：原本作“住”，據汲古閣刊鐵崖先生古樂府補本改。

③ 火勢十妖：汲古閣刊鐵崖先生古樂府補本作“大事十祅”。

④ 鋸：原本作“鍾”，據汲古閣刊鐵崖先生古樂府補本改。

## 【箋注】

〔一〕本詩評述張士誠小弟張士信，當作於元至正二十七年丁未（一三六七）六月張士信被擊斃、九月張士誠被俘之後不久。銅將軍：又稱龍井炮。張士信：張士誠幼弟，元季爲江浙行省左丞。參見東維子文集卷十三凝香閣記。元季伏莽志卷六盜臣傳張士信：“及明師圍姑蘇，士信守閶門，與謝節會食，方食金桃飲酒，飛炮入，射腦死。”

〔二〕“高紗紅帽”二句：謂張士誠起事後南下蘇州稱王。鐵篙子：船工撐船所用，此借指張士誠。蓋張士誠曾以行船運鹽爲生，故有此稱。

〔三〕上稟正朔天王尊：指張士誠於至正十七年八月納降於元，朝廷詔以張士誠爲太尉。

〔四〕柱國秉國鈞：指張士信被授予上柱國、江浙行中書省左丞相。參見農田餘話。

〔五〕大兄：指張士誠。至正二十三年九月，張士誠自立爲吳王。然并非張士信等逼迫，所謂“僭逼”，爲妄説。

〔六〕十妖嬖：蓋指張士誠帳下十參謀。參見汲古閣刊鐵崖先生古樂府補卷六春暉草。

〔七〕“河丁”句：指至正二十四年冬，張士誠起兵民六十萬，浚常熟白茆港，“長亘九十里，廣三十六丈，委左丞呂珍督之”。參見元季伏莽志卷六盜臣傳張士誠。

〔八〕吳：指朱元璋政權。元至正二十四年正月，朱元璋自封吳王，建百司官屬。至正二十七年正月,吳王朱元璋始稱吳元年。九月八日,徐達克平江路,擒張士誠。參見元史順帝本紀。


# 周鐵星[一]


　　刺斂臣周倓也①。張氏亡國,亡於其弟士信,趣亡於毒斂臣周倓。倓,山陽鐵冶子[二],以聚斂功至上卿。伏誅日,曰:"錢穀鹽鐵籍皆在我,汝國欲富,當勿殺我。"主者怒曰:"亡國賊,不知死罪,尚②敢言是耶!"速殺之。吳人快之,或手額③謝天曰:"今日天開眼也!"

　　周鐵星,國上卿。談申韓④[三],爲法經。釘箠杖,爲國刑。千倉萬庫内外盈,十有三賦争科名[四]。周鐵星,鞭算箕斂無時停。開血河,築血城。血戰艦,血軍營。刮民膏,啣民髓,六郡赤骨填爭靈[五],齊雲倚天一日傾[六]。鐵星亡國法當烹,尚將⑤六郡金穀數,丐死萬一充虞衡。嗚呼,周鐵星,十抽一椎百萬釘,誓刳爾體作溺罌[七]。鐵星碎,地啓矙,天開顝(盲同⑥)。

## 【校】

① 汲古閣刊鐵崖先生古樂府補卷六、列朝詩集甲集前編第七上、元詩選初集辛集、樓氏鐵崖逸編注卷二載此詩,據以校勘。"刺斂臣周倓也"一句,原本無,據汲古閣刊鐵崖先生古樂府補本增補。
② 尚:樓氏鐵崖逸編注本無。
③ 額:原本作"頜",據汲古閣刊鐵崖先生古樂府補本改。
④ 申韓:汲古閣刊鐵崖先生古樂府補本作"韓申"。
⑤ 將:汲古閣刊鐵崖先生古樂府補本作"持"。
⑥ 盲同:列朝詩集本、元詩選本作"音盲"。

## 【箋注】

〔一〕本詩評述張士誠屬下重臣周倓,當作於元至正二十七年(一三六七)冬,或稍後。繫年依據:本詩序述及"張氏亡國",指至正二十七年九月平江被朱元璋軍攻克。又述及周倓伏誅,當在是年九月之後不久。　周鐵星:指周侲,一名周仁。參見東維子文集卷十五尚朴齋記。

〔二〕山陽: 縣名。據元史地理志,山陽縣隸屬於河南江北等處行省淮安路,民國年間改爲淮安縣,今屬江蘇淮安市。

〔三〕申、韓: 即申不害、韓非,戰國時法家代表人物。其生平見史記列傳。

〔四〕"十有"句: 蓋指巧立名目徵收賦稅。十有三賦,當指田地賦稅按"十取其三"比率徵收。吳王張士誠載記卷三周仁傳:"仁以聚斂功官至上卿,長於理財,當時國家律例刑章與田賦制度實仁所編訂也,然不免苛酷。"

〔五〕六郡: 泛指元季張士誠割據地盤。明太祖實録卷十八:"(至正二十五年十月)辛丑,命中書左相國徐達、平章常遇春……水陸并進,規取淮東泰州等處。時張士誠所據郡縣,南至紹興,與方國珍接境,北有通、泰、高郵、淮安、徐、宿、濠、泗,又北至於濟寧,與山東相距。"

〔六〕"齊雲"句: 喻指張士誠政權垮臺。齊雲: 高樓名。齊雲樓在蘇州府治後子城上,唐曹恭王建。參見大明一統志卷八蘇州府宫室。明瞿佑歸田詩話卷下哀姑蘇:"吳元年,國兵圍姑蘇。臨危,張士誠聚其族齊雲樓,舉火焚之,縊不死,就擒。"

〔七〕剞劂作溺器: 參見陳善學序刊楊鐵崖先生文集卷三謝祐頭。


# 蔡葉行[一]

　　刺佞倖臣蔡文、葉德。張氏亡國,由太①弟。太弟致此,實由二佞。丁未春②,二佞伏誅於臺城[二],風乾其尸於枰③刑者一月。

君不見僞吳兄弟四六七[三],十年强兵富金穀。大兄垂旒不下堂,小弟秉鈞獨當國。山陰蔡藥師,雲陽葉星卜。朝坐白玉堂,暮④宿黄金屋。文不談周召[四],武不論頗牧[五]。機務託腹心,邊策⑤憑耳目。弄臣什什引膝前,骨鯁孤孤内囚牿(參軍俞斗南也⑥[六])。去年東臺殺普化[七],今年南垣殺鐵木[八]。鳳陵剖⑦棺取含珠,鯨海刮商劫沉玉。粥官隨地進妖艷,籠貨無時滿坑谷。西風捲地來,六郡下披⑧竹[九]。朽索不御六馬奔[十],腐木那支五樓覆[十一]。大鉞⑨先辠魁,餘殃盡孥戮。寄謝悠悠佞倖兒,福不盈睚⑩禍連族。何如吳⑪門市,賣藥賣卜⑫,飢死心⑬亦足。

## 【校】

① 汲古閣刊鐵崖先生古樂府補卷六、列朝詩集甲集前編第七上、元詩選初集辛集、樓氏鐵崖逸編注卷二載此詩，據以校勘。　太：原本作“大”，據汲古閣刊鐵崖先生古樂府補本改。下同。

② 丁未春：有誤。按：至正二十七年丁未即吳元年，明軍攻克姑蘇在此年季秋，故“二佞伏誅”於金陵，當在丁未冬或次年春。

③ 枰：樓氏鐵崖逸編注本作“秤”。

④ 暮：汲古閣刊鐵崖先生古樂府補本作“夜”。

⑤ 策：汲古閣刊鐵崖先生古樂府補本作“籌”。

⑥ 參軍俞斗南也：此小字注原本無，據汲古閣刊鐵崖先生古樂府補本增補。

⑦ 剖：汲古閣刊鐵崖先生古樂府補本作“斲”。

⑧ 披：汲古閣刊鐵崖先生古樂府補本、樓氏鐵崖逸編注本作“破”。

⑨ 鉞：原本作“越”，據汲古閣刊鐵崖先生古樂府補本改。

⑩ 眠：汲古閣刊鐵崖先生古樂府補本作“眶”，列朝詩集本、元詩選本、樓氏鐵崖逸編注本作“眥”。

⑪ 吳：原本作“其”，據汲古閣刊鐵崖先生古樂府補本改。

⑫ 卜：汲古閣刊鐵崖先生古樂府補本作“占”。

⑬ 飢死心：原本作“餓死”，據汲古閣刊鐵崖先生古樂府補本改補。

## 【箋注】

〔一〕本詩評述張士誠心腹謀臣蔡彥文、葉德新，當作於蔡、葉二人處死之後，即吳元年（一三六七）冬，或稍後。蔡彥文：山陰人，曾以賣藥爲生。參見東維子文集卷三十次韻省郎蔡彥文觀潮長歌録呈吳興二守雲間先生。　葉德新：雲陽（今江蘇丹陽）人，曾以相面卜卦爲生。元季投奔張士誠，官至參軍，爲張士信心腹大臣。至正二十七年九月平江被朱元璋軍攻克，押至金陵處死。按：葉德新亦能詩，陳基與之有唱和。參見夷白齋稿卷九次韵葉德新江上觀兵、寄錢伯行檢校葉德新掾史。明史五行志三詩妖：“太祖吳元年，張士誠弟僞丞相士信及黃敬夫、葉德新、蔡彥文用事，時有十七字謡曰：‘丞相做事業，專靠黃蔡葉。一朝西風起，乾鼈。’未幾蘇州平，士信及三人者皆被誅。此其應也。”

〔二〕臺城：原爲三國時吳國後苑城，晉成帝咸和年間於此筑建康宮。後稱金陵爲臺城。參見景定建康志卷二十城闕志一。明劉辰撰國初事迹：“太祖命徐達圍蘇州。士信守閶門,正妓飲,中炮死。城破,械張士誠同王、蔡、葉到京,太祖命縊殺之。"

〔三〕僞吳兄弟四六七:指張士誠、士德、士信兄弟三人。張士誠小字九四,士德小字九六,士信小字九七。參見元季伏莽志卷六上述諸人小傳。

〔四〕周、召:指周公、召伯。

〔五〕頗、牧:指戰國時趙國名將廉頗、李牧。

〔六〕俞斗南:名齊賢。參見東維子文集卷三俞公參政序。

〔七〕普化:即普化帖木兒,時任江南行臺御史大夫。參見本卷韋骨鯁、鐵崖先生集卷四大夫普花公夫人康里氏傳。

〔八〕鐵木:疑指達識帖睦邇。達識帖睦邇原任江浙行省丞相,元末爲江南行臺御史大夫,遭張士信禁錮,自飲藥酒而死,參見元史達識帖睦邇傳。

〔九〕六郡:泛指元末張士誠佔據地。參見本卷周鐵星注。

〔十〕"朽索"句:語出尚書甘誓:"予臨兆民,懍乎若朽索之馭六馬。"

〔十一〕"腐木"句:語本漢書劉輔傳:"里語曰:腐木不可以爲柱,卑人不可以爲主。"


# 金盤美人〔一〕


刺僞駙馬潘某。潘娶美娼凡數十,內一爲①蘇氏,才色兼美。醉後,尋其罪殺之,以金盤薦其首於客宴,絕類北齊主事〔二〕。國亡,伏誅臺城〔三〕,投其首於溷。

昨夜金牀喜,喜薦美人體。今日金盤愁,愁薦美人頭。明朝使君在何處?溷中人溺血骷髏。君不見東山宴上琵(弼)琶骨,夜夜鬼語啼箜篌。

【校】

① 萬曆刊堯山堂外紀卷七十七元、汲古閣刊鐵崖先生古樂府補卷六、樓氏鐵崖逸編注卷二皆載此詩,據以校勘。爲:原本無,據諸校本增補。

【箋注】

〔一〕本詩譏刺張士誠女婿潘元紹之淫奢殘暴,蓋作於吳元年(一三六七)冬或稍後。繫年依據參見本卷蔡葉行。潘元紹：元季伏莽志卷六逆黨傳潘元紹：“元紹，戀次子，士誠婿。初，元紹母戴氏見士誠而異之，爲之求婚，於是張女歸於潘，人皆稱爲潘駙馬……明師圍姑蘇，元紹同徐義將兵潛出胥門，轉至閶門，欲掩襲之。將奔遇春營，遇春從北濠絕其歸路，令王弼馳鐵騎擊之，大敗。知事急，歸召其妾七人，謂曰：‘我受國重寄，義不顧家，脱有不測，若輩當自引決。’最少妾段氏請先死，六人相繼自經。元紹焚之，瘞後圃。元紹自負國戚元勳，淫酒嗜殺，娶美娼數十……國亡，伏誅臺城，投其首於溷。”按：元紹父潘戀，張士誠鄉友，共同起事。

〔二〕北齊主：指北齊文宣帝高洋。原本有小字注：“北齊主納娼婦薛氏，清河王岳嘗因其娣迎之至第。主怒，殺其娣。薛甚寵於主。久之，主忽思其與岳通，斬首，藏於懷。出東山宴飲，探其首，投於盤，支解其尸，弄其髀爲琵琶。復收髀，流涕曰：‘佳人難再得！’載尸出葬，主被髮步哭送之。”詳見北史齊本紀、資治通鑑卷一百六十六梁紀二十二敬帝紹泰元年。

〔三〕臺城：見上篇注。


# 女貞木〔一〕


寇陷淞，淞有夏氏女，爲寇掠，誓死不污。寇持刃脅之，不懼，大號於天、於父母，請速死。寇怒，分其肢，插其首於木。越三日，木爲萌葉。余爲賦女貞木，補古樂府。

貞女生，獨守正。貞女死，完正命。嗟爾貞女受厥性，霹靂不死貞女身。霹靂裁作千年琴〔二〕，一彈貞女離居曲，再彈貞女孤雉吟。

【箋注】

〔一〕本詩評述元末松江烈女夏氏遭遇，蓋作於元至正十六年（一三五六）春苗軍肆虐松江等地之後。至正十六年春，張士誠軍隊攻佔吳中，元軍窮於應付，江浙行省政府遂遣苗軍抵禦。楊完者爲首之苗軍以剿寇爲名，大肆劫掠姦淫，兇暴殘忍，松江、嘉興等地居民慘遭屠戮。本詩所謂“寇”，當指苗軍。參見元陶宗儀南村輟耕録卷八志苗。

〔二〕“霹靂”句：指所謂“霹靂琴”。柳宗元霹靂琴贊引：“霹靂琴，零陵湘水西震餘枯桐之爲也。始枯桐生石上，説者言有蛟龍伏其窾，一夕暴震，爲火之焚,至旦乃已,其餘硅然倒臥道上……超道人聞,取以爲三琴。琴莫良於桐,桐之良莫良於生石上,石上之枯又加良焉,火之餘又加良焉,震之於火爲異。是琴也,既良且異,合而爲美,天下將不可載焉。"

# 丁孝子[一] 并引①

孝子名祥一,諸暨農家子。母喪明,祥一謁醫不能療,日夜抱母,泣而舐之。歷百日,母瞖豁然開明。有司旌其門爲"孝子之門"。

孝子蘭,刻木肖母顏。木有神,痛相關[二]。況我孝子有母,上堂問安否(音"甫"②)。母胡爲,目雙③瞖。母瞖捫壁行,行聽孝子聲。孝子泣母舐母目,何時仰天見 ④日星。朝舐瞖,莫舐瞖,一日二日百里程,母瞖豁然而月明。隣里交相賀,母如長夜再生明⑤。孝子名,上達京⑥。

## 【校】

① 汲古閣刊鐵崖先生古樂府補卷四載此詩,據以校勘。汲古閣刊鐵崖先生古樂府補本題作丁孝子行,且無詩前引言。

② 小字注"音甫"二字,汲古閣刊鐵崖先生古樂府補本無。

③ 目雙:汲古閣刊鐵崖先生古樂府補本作"雙目"。

④ 天見:汲古閣刊鐵崖先生古樂府補本作"見天"。

⑤"隣里"二句:原本作"隣里來賀母,如長夜再生",據汲古閣刊鐵崖先生古樂府補本改。

⑥"孝子名"二句:汲古閣刊鐵崖先生古樂府補本作"孝子名上達天聽,華表柱爲孝子旌"。又,汲古閣刊鐵崖先生古樂府補本詩末有小字注"出諸暨志"。

## 【箋注】

〔一〕本詩褒獎作者家鄉孝子丁祥一,當屬鐵崖早期詩作,約撰於元英宗至治年間(一三二一——一三二三)。繫年依據:詩末曰"孝子名,上達京",可見本詩作於至治年間丁祥一受朝廷旌表之時或稍後。元史孝友傳:"至大間鄱陽黃鎰、皇慶間諸暨丁祥一,皆以親喪明,以舌舐之,復能視。并命褒

表。”又，元陶宗儀南村輟耕録卷七孝感：“丁氏，越楓橋里人。憲司上其
事於朝，表其閭里曰‘孝子之門’。至治年間也。”又，楓橋乃鐵崖曾祖楊
佛子始居地，參見鐵崖文集卷三楊佛子傳。

〔二〕“孝子蘭”四句：概述古時丁蘭刻木敬母故事。按：丁蘭爲“二十四孝”之
　　一。孫盛逸人傳曰：“丁蘭者，河内人也。少喪考妣，不及供養，乃刻木爲
　　人，髣髴親形，事之若生，朝夕定省。後鄰人張叔妻從蘭妻借看，蘭妻跪投
　　木人，木人不悦，不以借之。叔醉，疾來酣罵木人，杖敲其頭。蘭還，見木
　　人色不懌，乃問其妻，具以告之，即奮劍殺張叔。吏捕蘭，蘭辭木人去，木
　　人見蘭，爲之垂淚。郡縣嘉其至孝通於神明，圖其形像於雲臺也。”（載太
　　平御覽卷四百十四人事部五十五孝下。）


# 桐廬太守歌〔一〕


　　高昌王孫神仙人〔二〕，江南一望清無塵。腰圍帶割犀麒麟，五馬如
龍五花雲。五花蹋海滿天春，河陽花開桑雉馴〔三〕。放囚還家〔四〕，去虎
避鄰〔五〕。吳娘著白苧，蠻客卸紅巾〔六〕。上天綸音焕若雷，皇皇繡衣爲
爾來。臣門如市，臣心如水〔七〕。彈琴堂上堂下治〔八〕，上和南風歌〔九〕，
歸來奉天子。

## 【箋注】

〔一〕詩頌揚桐廬太守伯顔不花的斤，作於元至正十六年（一三五六）秋冬之間。
　　其時鐵崖轉任建德路總管府理官，抵達睦州不久。按元史忠義傳：“（伯顔
　　不花的斤）初用父蔭，同知信州路事，又移建德路……以功陞本路總管。
　　至正十六年，授衢州路達魯花赤。”據此推之，本詩必賦於伯顔不花的斤調
　　任衢州路達魯花赤之前，當爲鐵崖轉官建德路總管府，初抵睦州之際。

〔二〕高昌王孫：指伯顔不花的斤。原本有小字注曰：“太守名伯顔不花的□，
　　字蒼顔。高昌荆王子也。有文武才。詩有梅花百詠。”按元史忠義傳：“伯
　　顔不花的斤字蒼崖，畏吾兒氏。駙馬都尉、中書丞相、封高昌王雪的斤之
　　孫。”又據石渠寶笈續編乾清宮藏六巴顔布哈古壑雲松圖概述其生平如
　　下：伯顔不花的斤，或稱伯顔不花，字蒼顔，號蒼巖居士，高昌（位於今新
　　疆吐魯番地區）人。高昌王雪的斤之孫，高昌荆王之子。以父蔭授職信州

　　路同知,曾任建德路總管、衢州路達魯花赤、江東廉訪副使等職。文武兼
　　備。詩有梅花百詠,畫有古壑雲松圖傳世。

〔三〕河陽花:喻示仁政所致景象。宋葉庭珪海録碎事卷十二臣職部下:"潘岳
　　爲河陽令,種桃李花,人號曰河陽一縣花。"　桑雉馴:相傳爲東漢中牟令
　　魯恭德政所致。參見鐵崖先生集卷一童子救蟻篇。

〔四〕放囚還家:東漢虞延故事。後漢書虞延傳:"建武初,仕執金吾府,除細陽
　　令。每至歲時伏臘,輒休遣徒繫,各使歸家。并感其恩德,應期而還。"

〔五〕去虎避鄰:相傳東漢弘農太守劉昆仁政所致。後漢書劉昆傳:"稍遷侍
　　中、弘農太守。先是崤、黽驛道多虎災,行旅不通。昆爲政三年,仁化大
　　行,虎皆負子渡河。"

〔六〕蠻客卸紅巾:蓋指元末江南參與起事者退出紅巾軍。

〔七〕"臣門如市"二句:語出西漢鄭崇之口。詳見漢書鄭崇傳。

〔八〕"彈琴"句:用孔子弟子宓子賤治理單父之典。參見鐵崖先生古樂府卷八
　　覽古之四注。

〔九〕南風歌:相傳舜作五弦之琴,以歌南風。


# 白馬生[一]

　　　邊魯生,字至愚。嘗從公游。別去十年,以淮南樞幕東來招
水軍①[二]。

　　白馬生,人之英,我昔與之夜讀素王斧鉞之刑經[三]。耻與黃石談
陰兵[四],挾策誓上天子廷。天子未報,淮南相君。許與一諾重,泰山
一拔爲之輕。西來白馬玉鈎鷹,馬前虎士謾胡纓。露布朝馳黑洋寨,
拔劍夜落紅旄精。紅旄精,值太白,亂臣賊子乘之以頷頜[五]。東方方
面天下隘,士女狗馬金穀白。東方大臣虧石畫[六],何不攤黃金,留上
客,射書吳門圍,逆順語明白。不必募,朱屠兒,殺鄙救趙揮金槌[七]。

【校】

① 樓氏鐵崖逸編注卷二載此詩,據以校勘。此詩序樓氏鐵崖逸編注本爲題下
　　小字注。

## 【箋注】

〔一〕本詩評述弟子邊魯生，當作於元至正十九年（一三五九）冬，或稍後。其
　　　時鐵崖退隱松江不久。繫年依據：其一，邊魯生效力於張士誠，詩中卻
　　　斥紅巾軍爲“紅旄精”，故當爲至正十七年秋張士誠依附元朝之後。其
　　　二，詩中稱張士誠爲“東方大臣”，可見其時鐵崖對張士誠頗具好感，必
　　　在至正二十三年九月張士誠自立爲吳王以前。其三，邊魯生爲鐵崖詩
　　　友、弟子，詩序所謂“嘗從公游”，指至正十年以前，鐵崖浪迹江浙授學期
　　　間。邊魯生與鐵崖“別去十年”，以張士誠幕僚身份“東來招水軍”，當
　　　爲至正十九年十月鐵崖歸隱松江之後。而鐵崖前後兩次寓居松江，期
　　　間相距恰爲十年。　　白馬生：當爲邊魯生別號。邊魯生，或謂其名魯。
　　　字至愚，宣城（今屬安徽）人。元至正十九年前後，於張士誠新設之淮南
　　　省任參謀，即本詩序所謂“淮南樞幕”。此後不久，以江南行臺宣使身份
　　　“西喻”，遭紅巾軍扣押，不屈而死，元廷追贈南臺管勾。參見王逢梧溪
　　　集卷六邊至愚竹雉圖歌，以及西湖竹枝集詩人小傳、鐵崖先生詩集乙集
　　　題邊魯生所畫便面。

〔二〕淮南：當指張士誠爲首之淮南行省。此“淮南省”始建於至正十七年秋張
　　　士誠依附元朝之初，省治在平江（今江蘇蘇州）。

〔三〕素王斧鉞之刑經：指春秋。

〔四〕黃石：指漢初張良之師黃石老人。詳見史記留侯世家。

〔五〕“紅旄精”三句：指紅巾起義，又以天象喻示人間亂象。參見東維子文集
　　　卷十六西雲樓記。

〔六〕東方大臣：指張士誠。石畫：大計。漢書匈奴傳下：“時奇譎之士、石畫之
　　　臣甚衆。”

〔七〕“朱屠兒”二句：指戰國時屠户朱亥。朱亥曾爲救趙國，以鐵椎椎殺魏國
　　　大將晉鄙。參見史記信陵君列傳。


# 篤才子[一]

　　　篤魯沙，字行之，從游於先生，人呼爲篤才子。今從軍在
揚州。

篤才子，虎之武，豹之文。長安少年雞狗群，鬪雞走狗徒紛紜。

許身竊比稷與契〔二〕，獻納未及承華勳。新豐飲酒酒一斗〔三〕，大孃舞刀刀百斤〔四〕。進履惟師黃石子〔五〕，射軍自卻紅頭軍〔六〕。篤才子，豈不聞，待我國士報國士〔七〕，富貴於我如浮雲〔八〕。時危插劍肝膽露，世上豈乏平原君〔九〕！

## 【箋注】

〔一〕 本詩評述弟子篤魯沙。據本詩，篤魯沙字行之，曾從鐵崖受學，元季從軍於揚州。

〔二〕 "許身"句：杜甫自京赴奉先縣詠懷五百字："許身一何愚，竊比稷與契。"

〔三〕 "新豐"句：舊唐書馬周傳："武德中，補博州助教，日飲醇酎，不以講授爲事。刺史達奚恕屢加咎責，周乃拂衣游於曹、汴，又爲浚儀令崔賢首所辱，遂感激西游長安。宿於新豐逆旅，主人唯供諸商販而不顧待周，遂命酒一斗八升，悠然獨酌，主人深異之。"

〔四〕 大孃：指唐人公孫大娘。杜甫有觀公孫大娘弟子舞劍器行詩。

〔五〕 "進履"句：謂張良爲黃石老人納履事。詳見史記留侯世家。

〔六〕 紅頭軍：指紅巾軍。

〔七〕 "待我國士"句：指豫讓。參見史義拾遺卷上豫讓國士論。

〔八〕 "富貴"句：論語述而："不義而富且貴，於我如浮雲。"

〔九〕 平原君：趙國趙勝，戰國四公子之一。史記有傳。


# 李鐵鎗歌〔一〕 二首①


## 其一

古鐵鎗，五代烈〔二〕。今鐵鎗，萬人傑。紅蠻昨夜斬關來〔三〕，防關老將泣如孩。鐵鎗手持丈二材，鐵馬突出擒紅魁。磔紅頭，鑿紅骨。誓紅不同生，滅紅倒紅窟。君不見錢塘城中十萬家，十萬甲兵赭如血，一夜南風吹作雪。

## 其二②

鐵鎗封萬户，至正壬辰七月二十日，破賊於杭。予嘗歌以美之。是年九月，不幸死於昱關〔四〕。復爲歌些之。

李鐵鎗，人之傑，將之强，手持鐵鎗丈二長。鐵鎗入手烏龍驤，龍精射之落攙槍[五]。皇帝十有二載秋七月,紅兒西來寇西浙。防關健兒走惶惶,鐵鎗一怒目眥裂。十萬赭衣暗城闕,鐵鎗烏龍去明滅。須臾化作風雨來,浄洗銅城滿城血。嗚呼!殪猰貐[六],屠封狼[七],鐵鎗之鋒無與當。胡爲將星昨夜墜昱關,鐵鎗一折天無光。天無光,人偯偯,雲臺倚天雲潛傷[八]。天子贈忠良,祠以血食冬青鄉[九]。嗚呼,歸來乎鐵鎗!

## 【校】

① 列朝詩集甲集前編第七下、元詩選初集辛集、樓氏鐵崖逸編注卷二皆録此兩詩,據以校勘。諸校本皆無題下小字注"二首",兩詩分别著録。

② 其二,元詩選本題作李鐵鎗歌并序。

## 【箋注】

〔一〕本組詩二首,稱頌元末戰將李鐵鎗,非一時之作。第一首作於元至正十二年壬辰(一三五二)七月。壬辰七月十日,徐壽輝紅巾軍攻陷杭州,旋即被擊退,此詩撰於元軍收復杭州之後。第二首作於當年九月,即李鐵鎗戰死於昱嶺關之後。繫年依據參見第二首詩引言。

〔二〕"古鐵鎗"二句:指王彦章。參見陳善學序刊楊鐵崖先生文集卷四王鐵槍、鐵崖先生詩集丙集題王鐵鎗像。

〔三〕紅蠻:此指徐壽輝爲首之紅巾軍。關:指昱嶺關。據萬曆杭州府志,昱嶺在於潛縣西七十里,高七十五丈,爲徽、杭之交。山勢險阻,常置關禦寇,故又曰昱嶺關。元陶宗儀南村輟耕録卷二十八刑賞失宜:"至正十二年歲壬辰秋,蘄黄徐壽輝賊黨攻破昱嶺關,徑抵餘杭縣。七月初十日,入杭州城,僞帥項、蔡、楊、蘇,一屯明慶寺,一屯北關門妙行寺,稱彌勒佛出世以惑衆……至二十六日,浙西廉訪使自紹興率鹽場竈丁過江,同羅木營官軍剗復城池,賊遂潰散。"

〔四〕昱關:即昱嶺關。

〔五〕攙槍:指欃槍星,即彗星。參見爾雅注疏卷五風雨疏。

〔六〕猰貐:傳説中食人猛獸。參見鐵崖先生古樂府卷一鴻門會注。

〔七〕封狼:大狼。李商隱韓碑:"淮西有賊五十載,封狼生貙貙生羆。"此與猰貐均喻紅巾軍。

〔八〕雲臺:漢代宫中高臺。東漢明帝追念前世功臣,曾畫鄧禹等二十八將肖像於此臺。

〔九〕冬青鄉：或指紹興，由唐珏等收宋陵遺骨植冬青而稱。


# 房將軍歌〔一〕


美監憲牙將房居仁同知也。居仁克有軍功，無負監憲選用之才，實可美也。

房將軍，偉男子。自從生長侯門裏，不逐花游鬥紅紫。走馬能彎一石弓，仰貫雙雕①落流矢。年來爲國空勞落，約束蛟黿驅虎兕。黃頭天驕真鶖兒，不敢麾前矜爪觜。東道主人監司法，愛惜將軍如愛兒。三尺蒼龍每教捧〔二〕，五花紫騮親著騎。紅蠻突關破城池，城中旄稺東西馳〔三〕。主公馬首萬民望，大軍函谷河橋師〔四〕。將軍搗虛出突奇，雄隼一擊千紅靡。柵頭四寨焚窟落，闔面千里招降旗。房將軍，世希有。曰忠曰孝要兩全，還家解劍失慈母，水漿三日不入口，誓不同天取仇首。我聞此事爲噎嘔。房將軍，解君憂，飲君酒，酒酣擊劍雙龍吼。更爲君王殺賊奴，金印明年大如斗〔五〕。

## 【校】

① 樓氏鐵崖逸編注卷二載此詩，據以校勘。雕：原本作“鵰”，據樓氏鐵崖逸編注本改。

## 【箋注】

〔一〕本詩表彰監憲牙將房居仁同知，當作於元末，約爲元至正十一年（一三五一）以後。繫年理由：據詩中“紅蠻突關破城池”等句推之，其時紅巾起義遍佈各地，且勢頭較盛，當在至正十一年劉福通、徐壽輝等起事之後。 房居仁：出生侯門，元季官任同知。與紅巾軍戰，屢立戰功。生平不詳。

〔二〕三尺蒼龍：指劍。

〔三〕旄稺：髦稚，老少。

〔四〕“主公馬首”二句：以房居仁比附唐代大將郭子儀。 函谷，關名，位於今河南靈寶市北。郭子儀、李光弼平定安禄山叛亂，函谷關一戰決定勝負。 河橋，又稱河陽橋，位於今河南孟縣南。史思明大軍南下，郭子儀於唐軍潰敗之際，“斷河陽橋，以餘衆保東京”。參見舊唐書肅宗本紀。

〔五〕“金印”句：晉書周顗傳：“今年殺諸賊奴,取金印如斗大繫肘。”

# 金人擊毬圖

靺鞨國〔一〕,鶻産仇〔二〕,赤藥半吐妖狐愁〔三〕。夾山丈①雪走髑髏〔四〕,黃羊紫酪腥②神州。麗春堂前春正好〔五〕,臙脂粧花絨剪草。君王自作擊毬戲,説與③郎君莫相惱。蜚虎幟,蟠龍裘,烏紗頂換銀兜鍪。四垂帶縮雙白月,玉腦緊貼金籠頭。祖④臂交肩捷過鳥,鐵⑤棒旋身電光繞。一陣歡聲掃地來,火珠迸落雙華表。盲骨⑥天人赤龍鬚〔六〕,火伍要與常人殊〔七〕。畫工俗筆不可摹,謾作十國朝王圖。於呼,五國城〔八〕,一丸土,不爲羊哥封國户〔九〕。麒麟脱地地一裂,千古毬場吊禾黍。

貝闕跋云〔十〕:“自虞閣老賦金人出塞圖〔十一〕,館閣推爲獨步。先生賦金人擊毬圖,脱去閣老胎骨,無一語相襲。金國始末,此詩了之,與閣老詩相頡頏,奇句過之也⑦。”

## 【校】

① 汲古閣刊鐵崖先生古樂府補卷二、文淵閣四庫全書本鐵崖先生古樂府補卷二載此詩,據以校勘。丈:似當作“大”。

② 腥:文淵閣四庫全書本鐵崖先生古樂府補作“薰”。

③ 汲古閣刊鐵崖先生古樂府補本於“與”字下有小字注:“一作‘似’。”

④ 祖:原本作“坦”,據汲古閣刊鐵崖先生古樂府補本改。

⑤ 汲古閣刊鐵崖先生古樂府補本於“鐵”字下有小字注:“一作‘赤’。”

⑥ 盲骨:原本作“盲國”,據汲古閣刊鐵崖先生古樂府補本改。

⑦ 貝闕跋文原本無,據汲古閣刊鐵崖先生古樂府補本增補。

## 【箋注】

〔一〕靺鞨國:即金國。金史世紀:“金之先出靺鞨氏,靺鞨本號勿吉。勿吉,古肅慎地也。”又,太平寰宇記卷一百七十五東夷四勿吉國:“勿吉,後漢通焉,亦謂之靺鞨,在高句麗北,亦古肅慎國地。”

〔二〕鶻産仇:金史世紀:“五代時,契丹盡取渤海地,而黑水靺鞨附屬于契丹……金之始祖諱函普，初從高麗來，年已六十餘矣……始祖至完顔部，居久之，其部人嘗殺它族之人，由是兩族交惡，鬭鬩不能解。完顔部人謂始祖曰：'若能爲部人解此怨，使兩族不相殺，部有賢女，年六十而未嫁，當以相配，仍爲同部。' 始祖曰：'諾。'……既備償如約，部衆信服之，謝以青牛一，并許歸六十之婦。始祖乃以青牛爲聘禮而納之，并得其資産。後生二男。"

〔三〕赤藥：蓋指金國當地所産神藥。列仙傳卷下負局先生："負局先生者，不知何許人也，語似燕、代間人。常負磨鏡局，徇吴市中衒磨鏡，得一錢因磨之，輒問主人得無有疾苦者，有輒出紫丸赤藥以與之，得者莫不愈。"

〔四〕夾山：清厲鶚遼史拾遺卷十二天祚皇帝本紀三："女真既失天祚，因遣追兵出平地松林而西，將至鴛鴦泊，適與天祚遇。天祚大賽，因倉皇從雲中府由石窟寺入天德軍，趨漁陽嶺，又竄入夾山……張欽大同志曰：'夾山在朔州城北三百四十里，遼主天祚避女真奔夾山，即此。'……契丹國志曰：'天祚削封海濱王，送長白山東，築室居之，逾年而殂。'"

〔五〕麗春堂：金國皇宮御園。參見元王實甫撰四丞相高會麗春堂雜劇。

〔六〕盲骨：蒙古之别稱。明唐順之武編前集卷一明："黑韃遺事曰：盲骨在契丹時，謂之朦骨國。其人長八尺，捕生麋鹿食之，其目能視數十里，秋毫皆見。蓋不食烟火，故眼明。與金隔一江。"

〔七〕火伍：指軍士。按唐制，兵五人爲伍，十人爲火。參見資治通鑑卷二百二十三唐紀三十九"火伍"注釋。

〔八〕五國城：明彭大翼山堂肆考卷二十九地理城郭："五國城，在遼東三萬衛北一千里，自此而東分爲五國，故名。去金上京東北一千里。又名鶻里改路。宋建炎中，金徙徽、欽二帝於五國城，即此。"按：北宋徽、欽二帝初葬五國城。

〔九〕羊哥：即羊哥孛堇，清譯稱英格貝勒。宋熊克中興小紀卷十一："初，金右監軍烏珠駐兵於熙河、秦、雍，至是相繼移寨，欲窺蜀。宣撫處置使張浚令陝西都統制吴玠，於鳳翔府之和尚原先處戰地，誘致其來……金稍却，則以奇兵旁擊，斷其糧道，又劫破金寨。乙亥，與金戰凡三十餘陣，烏珠中箭而遁，俘其將英格貝勒及隊領三百甲兵八百，殺敵衆横尸滿野。是役也，烏珠往反萬里，始末三年，其衆之損者逾半，皆呻吟扶攜以歸。"

〔十〕貝闕：即貝瓊，鐵崖弟子兼學友。參見東維子文集卷二十二讀書齋志注。

〔十一〕虞閣老：指虞集。虞集金人出塞圖詩載道園遺稿卷二，詩題下注曰："此詩學古録失傳，翰林珠玉已有脱句。"按：學古録指虞集别集道園學古録。

# 崆峒子渾淪歌①〔一〕

　　老子言混沌，於物未鑿之先，鑿則死矣〔二〕。崆峒②子名渾淪於既自形之後，曰不死，可乎？而有不死者，蓋已③尸解後天〔三〕，而弄丸先天之際④，是死不死辨⑤也。歌渾淪者，亡慮百十家，崆峒子盡持以見予海湧峰上⑥〔四〕，而又求予言。豈以衆言未究乎⑦？故復叙⑧之，爲鄭重其詞⑨，言⑩周柱史之旨者，鄭遂昌、句曲張外史⑪〔五〕，幸⑫出予言質之，以爲何如⑬？

　　貞州⑭道人鄭崆峒〔六〕，自言得道金公之棘栗蓬〔七〕。歸來因號混淪子⑮，不識盤皇破殻之⑯雌雄〔八〕。有物先天天鼻⑰祖，一畫天作公，再畫地作母⑱〔九〕，渾淪一破⑲不可補。羿妻合得七寶丸，歲費斧斤三萬户〔十〕。道人渾淪人弗知，竊笑李下華顛兒〔十一〕。有時中天弄金⑳月，散作萬水圓琉璃。渾天圜，大極圜㉑，曰器曰道何紛然。而況投閣子〔十二〕，五十㉒重草玄〔十三〕。於乎㉓渾淪子，爾之生兮㉔曷以始，爾之死兮曷以止。九九八十一曼㉕紀，渾淪不生亦不死。

## 【校】

① 汲古閣刊鐵崖先生古樂府補卷三、劉世珩影元刊十八卷本玉山草堂雅集卷二、樓氏鐵崖逸編注卷二亦載此詩，據以校勘。樓氏鐵崖逸編注本題作崆峒渾淪歌。

② 崆峒：玉山草堂雅集本作“空同”。下同。

③ 蓋已：原本無，據玉山草堂雅集本增補。

④ 而弄丸先天之際：原本作“弄丸先天”，據玉山草堂雅集本增補。

⑤ 辨：玉山草堂雅集本作“辯”。

⑥ “崆峒子”句：原本無，據玉山草堂雅集本增補。

⑦ “豈以衆言”句：原本無，據玉山草堂雅集本增補。

⑧ 叙：玉山草堂雅集本作“序”。

⑨ 詞：玉山草堂雅集本作“辭”。

⑩ 言：汲古閣刊鐵崖先生古樂府補本、玉山草堂雅集本作“曉”。

⑪ 鄭遂昌：原本無，據汲古閣刊鐵崖先生古樂府補本、玉山草堂雅集本增補。　句曲張外史：汲古閣刊鐵崖先生古樂府補本、玉山草堂雅集本作“張句曲”。

⑫ 幸：原本無，據汲古閣刊鐵崖先生古樂府補本、玉山草堂雅集本增補。

⑬ 以爲何如：原本無，據玉山草堂雅集本增補。

⑭ 貞州：玉山草堂雅集本作“真州”。

⑮ 混淪子：玉山草堂雅集本作“渾淪子”，樓氏鐵崖逸編注本作“崆峒子”。

⑯ 殼之：玉山草堂雅集本作“卵分”，汲古閣刊鐵崖先生古樂府補本於“之”字下有小字注：“一作分。”

⑰ 天鼻：汲古閣刊鐵崖先生古樂府補本、玉山草堂雅集本作“鼻天”。

⑱ 母：玉山草堂雅集本作“姆”。

⑲ 一破：原本無，據汲古閣刊鐵崖先生古樂府補本、玉山草堂雅集本增補。

⑳ 天：原本脱，據汲古閣刊鐵崖先生古樂府補本、玉山草堂雅集本補。　金：玉山草堂雅集本作“全”。

㉑ 大極圜：汲古閣刊鐵崖先生古樂府補本、玉山草堂雅集本作“太極圈”。

㉒ 五十：汲古閣刊鐵崖先生古樂府補本、玉山草堂雅集本作“五千”。

㉓ 於乎：玉山草堂雅集本作“嗚呼”。

㉔ 兮：玉山草堂雅集本無。下同。

㉕ 曼：玉山草堂雅集本作“萬”，樓氏鐵崖逸編注本作“蔓”。

## 【箋注】

〔一〕詩當作於元至正七、八年間。其時鐵崖寓居蘇州，授學爲生。繫年依據：其一，詩序曰崆峒子求詩於海湧峰上，海湧峰即蘇州虎丘，可見鐵崖當時寓居蘇州。其二，詩序中提及鄭遂昌、張句曲，皆鐵崖詩友，至正七、八年間鐵崖寓居蘇州時，交往頗多。崆峒子：指貞州道士鄭崆峒。名字不詳，號崆峒子，貞州人。道士。曾從學於全真道士永嘉人金蓬頭，學成後自號渾淪子。元季浪游江南，與張雨、鄭元祐、楊維禎皆有交往。

〔二〕渾沌鑿則死：莊子應帝王：“南海之帝爲儵，北海之帝爲忽，中央之帝爲渾沌。儵與忽時相與遇於渾沌之地，渾沌待之甚善。儵與忽謀報渾沌之德，曰：‘人皆有七竅以視聽食息，此獨無有，嘗試鑿之。’日鑿一竅，七日而渾沌死。”

〔三〕尸解：漢王充論衡道虛：“所謂尸解者，何等也？謂身死精神去乎，謂身不死得免去皮膚也……如謂不死免去皮膚乎，諸學道死者骨肉俱在，與恒死之尸無以異也。"

〔四〕海湧峰：蘇州虎丘別名。

〔五〕鄭遂昌：指鄭元祐。參見東維子文集卷二十四白雲漫士陶君墓碣銘。　句曲
張外史：指張雨。參見鐵崖先生古樂府卷二奔月卮歌。

〔六〕貞州：據輿地廣記卷三十五，唐改循州爲貞州，屬南海郡。

〔七〕金公：蓋指全真道士永嘉人金蓬頭。參見東維子文集卷二十四改危素桂
先生碑。　棘栗蓬：禪宗話頭之一。

〔八〕盤皇破殼：即指盤古開天地。參見鐵崖先生古樂府卷三皇媧補天謠。

〔九〕"一畫天作公"二句：指八卦符號之寓意。一長劃表示"陽"，亦可指
"乾"，即"天公"；并列兩短劃表示"陰"，亦可指"坤"，即"地母"。

〔十〕"羿妻"二句：羿妻，即后羿之妻，指嫦娥。參見鐵崖先生古樂府卷三修月
匠、鐵崖先生詩集甲集玄霜臺爲吕希顔賦。

〔十一〕李下華顛兒：指老子。相傳老子生於李樹下。

〔十二〕投閣子：指西漢揚雄。

〔十三〕五十重草玄：蓋謂揚雄晚年棄寫賦頌文，擬易經而撰太玄經。據漢書
揚雄傳，當哀帝時，揚雄"方草太玄"。按：揚雄卒於天鳳五年（公元十
八年），享年七十有一，哀帝時五十多歲。


# 桃核杯歌〔一〕


　　道士①余筠谷爲余道長春真人事〔二〕：世祖皇帝幸長春館〔三〕，
真人方晝寢，盤桓久之，始寤。上曰："真人何之？"對曰："臣赴蟠
桃宴。"上曰："有徵乎？"曰："有。"乃袖出桃核，大如盌。上神
之，玩不去手，命左右持去。真人請剖而爲杯，一以奉上，而自留
其一。上命："置之②萬億庫〔四〕，永爲我家鎮國之寶。"時館閣先
生未有歌詠。筠谷請曰："此我朝奇事，當得老鐵史奇語以傳
世。"爲補賦桃核杯樂府一解〔五〕。

　西霞火龍蹋罡③風〔六〕，飛上萬八千里④崑崙宮。玉衡精結萬年
果⑤，朔兒不敢偷春紅〔七〕。夢中紅日炎（去聲⑥）金甲，隆準天人臨卧
榻〔八〕。笑問火龍何所之，袖出連環大如榼。雄雷走天天發焰⑦，裂作
兩扇鴛鴦⑧杯。神珠脱胎日月破，鬼斧鑿窈乾坤開。左扇入天府，右

扇留丹臺。七星劍斷雙紅結⑨，天狗天狼落如雪。願承漢武掌中
露〔九〕，不染田疆咽下血〔十〕。嗚呼⑩，金甌缺，寶鼎遷，鼎湖龍去何時
旋〔十一〕？八十一紀海⑪水變桑田。招霞師〔十二〕，談⑫後天，雙杯復合十
斛大甕磅礴巔〔十三〕。

## 【校】

① 汲古閣刊鐵崖先生古樂府補卷二、清初印溪草堂鈔本東維子詩集卷五、樓氏
鐵崖逸編注卷二亦載此詩，據以校勘。道士：樓氏鐵崖逸編注本作"道人"。

② 之：原本無，據印溪草堂鈔本增補。

③ 罡：印溪草堂鈔本作"剛"。

④ 里：印溪草堂鈔本作"丈"。

⑤ 果：印溪草堂鈔本作"顆"。

⑥ 小字注"去聲"二字原本無，據汲古閣刊鐵崖先生古樂府補本增補。

⑦ 焰：汲古閣刊鐵崖先生古樂府補本、印溪草堂鈔本作"威"。

⑧ 鴛鴦：印溪草堂鈔本作"夗央"。樓氏鐵崖逸編注本誤作"爲鶯"。

⑨ 紅：汲古閣刊鐵崖先生古樂府補本作"虹"。"七星劍斷雙紅結"七字：汲古
閣刊鐵崖先生古樂府補本、印溪草堂鈔本作"七星斷，雙紅結"六字。

⑩ 嗚呼：汲古閣刊鐵崖先生古樂府補本作"於乎"。

⑪ 八十一紀海：原本作"八十紀鼎"，據汲古閣刊鐵崖先生古樂府補本、印溪草
堂鈔本改。

⑫ 談：印溪草堂鈔本作"設"。

## 【箋注】

〔一〕詩評述長春真人丘處機之桃核杯傳説，作於元至正二十三年癸卯（一三六
三）正月，當時鐵崖重游崑山。繫年依據：至正二十三年正月，應崑山清
真觀道士余筠谷之請，鐵崖曾爲其追和張雨游仙詞題寫跋文，并鈔録其
詩，本詩蓋同時所作。參見題余善追和張雨游仙詞（載本書佚文編）、鐵崖
先生詩集辛集續青天歌。余筠谷：即余善。參見鐵崖先生詩集辛集續青
天歌。

〔二〕長春真人：即丘處機，字通密，號長春子，登州栖霞人。王重陽弟子，"全
真七子"之一。元史有傳。按：當時唱和此歌者，有鐵崖弟子貝瓊，貝瓊
稱丘處機爲丘長生，其桃核杯歌序載清江詩集卷五。

〔三〕世祖皇帝：即忽必烈。按元史丘處機傳、《長春真人西游記》，丘處機所見

爲成吉思汗。長春爲成吉思汗賜丘處機之宮名。余筍谷所述當屬傳説。

〔四〕萬億庫：按元史，大都、上都、中都均設有萬億庫。

〔五〕桃核杯傳説，五代時即有。太平廣記卷二百三十二器玩四文谷：“僞蜀詞
　　人文谷，好古之士也。嘗詣中書舍人劉光祚。喜曰：‘今日方與二客爲約，
　　看予桃核杯。’……杯闊尺餘，紋彩燦然，真蟠桃之實也。劉云：‘予少年時
　　常游華岳，逢一道士以此核取瀑泉盥漱。予睹之驚駭，道士笑曰：“爾意欲
　　之耶？”即以半片見授。予寶之有年矣。’（出野人閒話。）”

〔六〕西霞：蓋即栖霞。丘處機爲登州栖霞人。罡風：道教指高空之風。見晉
　　葛洪抱朴子雜應。

〔七〕朔兒：指東方朔。參見鐵崖先生古樂府卷三五湖游。

〔八〕隆準天人：本指漢高祖劉邦，後泛指皇帝。史記高祖本紀：“高祖爲人，隆
　　準而龍顔。”

〔九〕漢武掌：指漢武帝所建金人捧露盤。參見麗則遺音卷三承露桦。

〔十〕田疆：指田開疆，春秋時齊景公之臣，與公孫接、古冶子皆以勇而好鬥聞
　　名，晏嬰設計殺之，人稱“二桃殺三士”。詳見晏子春秋卷二諫下。

〔十一〕鼎湖龍：指黃帝於鼎湖飛升。參見麗則遺音卷三鐵箭。

〔十二〕霞師：指丘處機。丘氏爲栖霞人。

〔十三〕磅礴：晉王嘉拾遺記卷三：“扶桑東五萬里，有磅礴山，上有桃樹百圍，
　　其花青黑，萬歲一實。”


# 鐵骨搭[一]

　　美江浙①省鐵宣使也。

　　鐵骨搭，偉鶻砂，性如獬豸口如鴉[二]。仰見太陰剥食，欲挾②匕上
天剞妖蟇[三]。俯見海波揚③，誓拔快劍水上斷蝮蛇。才雄志大無位可
施展，乃令行人走使匹馬無停撾。南藩大吏一月二十九日醉，藩職
不④理莫敢輕玼瑕。骨搭北上見官家，官家問南事，一一叩陛下。陳
治忽，談忠邪。天子爲點首，百官盡驚呀。御史結舌慚輔車，有附和，
無聲⑤牙。於乎骨搭者，古之汲直無以加[四]。天子何不喚取歸南衙？
下爲百司司白簡[五]，上爲天子持黃麻[六]。

## 【校】

① 汲古閣刊鐵崖先生古樂府補卷六、樓氏鐵崖逸編注卷二亦載此詩,據以校勘。江浙:樓氏鐵崖逸編注本誤作"浙江"。又,此引言樓氏鐵崖逸編注本爲題下小字注。

② 欲挾:原本作"砍",據汲古閣刊鐵崖先生古樂府補本改。

③ 波揚:汲古閣刊鐵崖先生古樂府補本作"揚波"。

④ 不:汲古閣刊鐵崖先生古樂府補本作"弗"。

⑤ 聲:原本作"聲",據汲古閣刊鐵崖先生古樂府補本、樓氏鐵崖逸編注本改。

## 【箋注】

〔一〕鐵骨搭:元季任職江浙行省宣使,以耿直著稱。生平不詳。按元史選舉志,宣使多爲八品或九品,由職官内選取。

〔二〕性如獬豸:參見麗則遺音卷四神羊。

〔三〕"欲挾"句:宋梅堯臣日蝕:"赫赫初出咸池中,浴光洗迹生天東。不覺有物來晦昧,團團一片如頑銅。前時蝦蟆食爾妃,天下戠戠無有忠。責罵四方誰膽大,仰頭憤憤唯盧仝。欲持寸刃去其害,氣力雖有天難通。"參見唐盧仝月蝕詩。

〔四〕汲:指西漢汲黯。汲黯"爲人性倨,少禮,面折,不能容人之過"。詳見史記汲黯列傳。

〔五〕白簡:古時彈劾官員的奏章。

〔六〕黃麻:指詔書。唐開元年間始用黃麻寫詔,故後世多用"黃麻"指代帝詔。參見唐會要卷五十四中書省。

# 韋骨鯁[一] 并序論

　　韋名清,江陵人。性强梗,好怒罵,人號爲韋骨鯁。省臺大臣有過[二],輒昌言之無忌。偽張氏太弟奪浙相位[三],相僚曰壽、曰的[四],拜其偽太妃。已而復奪臺印章[五],大夫普持印未決[六],清走普所,屬語曰:"大夫尚不能殉印一死耶!"普死之。清時爲察胥,獨航海至京師,上書言壽、的喪節,普完節,及陳便宜二十事。上不報,徒步歸①江陵故里。吳主欲仕之〔七〕,淸力乞骸骨侍親,遂落魄金陵市中,以詩酒爲事。母死後,服道士服,游五岳名山云。予以淸非巨②卿大吏,而嫉邪憤世,有禰正平之氣節〔八〕,求之於妾婦世,豈不在可詠之列耶!爲作韋③骨鯁詩。

韋骨鯁,性僭傲④〔九〕,語軋戞(干)。眼中有周公孔子,舌底有龍逢比干〔十〕。見無義漢、不律官,怒瘦突項髁,芒刺生肺肝(去聲⑤)。説敢向漢遮欄駕,策不向⑥秦鑽〔十一〕(不仕僞)。世人不識之,叏獨角巾如豸冠。痛吟蕩陰里〔十二〕,悲歌淸淚灘。左從⑦右衡萬妾婦〔十三〕,朝梁莫晉千癡頑〔十四〕。弗弧弗刀劫白日,鈤郎模倣同一⑧虸(奸同)。走轂下,出臺端,力陳悖逆不赦金雞竿〔十五〕。敗紅一陣逐風去,木馭萬駕螺蛳盤。劫⑨來秣陵市〔十六〕,佯狂落魄,酒澆舌本黃河乾。我有孤竹笛⑩,和君獨絲彈。神仙狡獪只在吾人間,倒騎一笑與爾共訪西華山〔十七〕。

## 【校】

① 汲古閣刊鐵崖先生古樂府補卷六、樓氏 鐵崖逸編注卷二亦載此詩,據以校勘。歸:樓氏 鐵崖逸編注本作“回”。

② 巨:汲古閣刊鐵崖先生古樂府補本作“公”。

③ 韋:原本誤作“韓”,據汲古閣刊鐵崖先生古樂府補本、樓氏 鐵崖逸編注本改。

④ 僭傲:樓氏 鐵崖逸編注本有小字注曰“疑當作傲僭”。

⑤ 小字注“去聲”原本無,據汲古閣刊鐵崖先生古樂府補本增補。

⑥ 向:樓氏 鐵崖逸編注本作“同”。

⑦ 從:汲古閣刊鐵崖先生古樂府補本作“旋”。

⑧ 一:原本無,據汲古閣刊鐵崖先生古樂府補本增補。

⑨ 劫:汲古閣刊鐵崖先生古樂府補本作“朅”。

⑩ 笛:原本無,據汲古閣刊鐵崖先生古樂府補本增補。

## 【箋注】

〔一〕 本詩褒獎元末韋淸之節操,當作於吳元年(一三六七)冬。繫年依據:其一,本詩小引稱張士誠爲“僞張氏”,故必在吳元年九月平江被明軍攻克之後。其二,詩引稱朱元璋爲“吳主”,則當在洪武元年(一三六八)以前。韋淸:江陵人。元季或爲江南行御史臺監察官員。性耿直,放言無忌,人稱“韋骨鯁”。曾上京獻策，不報，遂返金陵，爲道士。

〔二〕省臺：指江南行御史臺。

〔三〕僞張氏太弟：指張士誠幼弟張士信，其時任江浙行省左丞相。

〔四〕壽、的：此二人於至正十六年以前，當爲江浙行省屬官，後依附於張士信。
　　姓名生平皆不詳。

〔五〕臺印章：指江南行御史臺印。按：江南行御史臺原先設於集慶（今江蘇南
　　京），至正十六年，詔移至紹興（今屬浙江）。其時張士信佔據杭州，距離
　　紹興不遠，故欲掌控江南行臺。參見元史納璘傳。

〔六〕普：指普化帖木兒。元史達識帖睦邇傳：“（張）士誠令有司公牘皆首稱
　　‘吳王令旨’，又諷行臺爲請實授于朝，行臺御史大夫普化帖木兒皆不從。
　　至是既拘達識帖睦邇，即使人至紹興，從普化帖木兒索行臺印章。普化帖
　　木兒封其印置諸庫，曰：‘我頭可斷，印不可與！’又迫之登舟。曰：‘我可
　　死，不可辱也。’從容沐浴更衣，與妻子訣，賦詩二章，乃仰藥而死。”參見鐵
　　崖先生集卷四大夫普花公夫人康里氏傳。

〔七〕吳主：指朱元璋。朱元璋於元至正二十四年正月即吳王位。

〔八〕禰正平：即東漢禰衡，正平其字。後漢書有傳。

〔九〕傄儏：無所畏懼。參見韓愈征蜀聯句詩注（載宋魏仲舉編五百家注昌黎
　　文集卷八）。

〔十〕龍逄、比干：上古忠臣。龍逄即關龍逄，爲桀所殺；比干被紂殺害。詳見史
　　記殷本紀、李斯列傳。

〔十一〕向秦鑽：本指商鞅，借指趨炎附勢之人。六臣注文選卷四十五班固答
　　賓戲：“商鞅挾三術以鑽孝公。”注：“善曰：服虔曰‘王霸、富國、强兵爲
　　三術’。翰曰：‘三術，謂帝道、王道、霸道，而商君説秦孝公，用此三術，
　　孝公用其霸術也。鑽者，取必入之義也，如以鐵鑽之也。’”

〔十二〕蕩陰里：梁父吟所詠地名。梁父吟乃悲嘆古力士公孫接、田開疆、古冶
　　子之詩。參見陳善學序刊楊鐵崖先生文集卷二後梁父吟注。

〔十三〕“左從”句：指斥縱横家。

〔十四〕朝梁莫晉：指五代時人馮道。參見陳善學序刊楊鐵崖先生文集卷四華
　　山隱者歌注、舊五代史馮道傳。

〔十五〕金雞竿：宋趙昇撰朝野類要卷一故事金雞：“大禮畢，車駕登樓，有司於
　　麗正門下肆赦，即立金雞竿盤……蓋天文有天雞星，明則主人間有
　　赦恩。”

〔十六〕秣陵：即金陵。

〔十七〕"神仙狡獪"二句：指北宋潘閬。宋吕希哲撰吕氏雜記卷下："魏野之門
人潘閬欲往京師，其師止之，不聽。既至而後悔之，作詩⋯⋯。真宗
聞之不悦。他日自華山東來，倒騎驢以行，曰：'我愛看華山，其實不喜
入京也。'故當時有'潘閬倒騎驢'之語。"又，唐方士張果老，隱居中條
山，常倒騎白驢，日行數萬里，止則將驢摺叠，藏於巾箱。見唐鄭處誨明
皇雜録等書。


# 虞丘孝子詞①〔一〕


　　　顧亮，會稽上虞人也。父珪，倡義兵，拒海寇，與虜②邵仇〔二〕。
至正戊戌冬，邁里古思引兵東渡〔三〕，珪爲虜所害。亮時年十五，
每有推刃報③仇之志，而未獲遂也。閲去十餘年，過余道其事，揮
涕哽咽④，怒⑤髮盡豎。予悲其志，爲作虞丘孝子詞，以繼古樂
府云。
　　虞丘孝子，父仇未雪。長劍拄頤〔四〕，蕺草在舌〔五〕。夜誦獨漉
篇〔六〕，涕泗盡成血。嗚呼，頭上天，戴昏曉。千金去買零陵之匕刀〔七〕，
虞丘孝子心始了。

## 【校】

① 汲古閣刊鐵崖先生古樂府補卷六、列朝詩集甲集前編第七上、樓氏鐵崖逸編
　注卷二亦載此詩，據以校勘。詞：汲古閣刊鐵崖先生古樂府補本作"辭"，
　下同。
② 虜：樓氏鐵崖逸編注本作"鹵"。下同。
③ 報：汲古閣刊鐵崖先生古樂府補本作"于"。
④ 咽：樓氏鐵崖逸編注本作"噎"。
⑤ 怒：原本無，據汲古閣刊鐵崖先生古樂府補本增補。

## 【箋注】

〔一〕本詩評述上虞孝子顧亮，蓋作於明初，即洪武元年(一三六八)二年之間，
　　其時鐵崖寓居松江。繫年理由：據本詩引言，本詩作於至正十八年戊戌
　　(一三五八)冬亮父顧珪被害之後"十餘年"。虞丘孝子：顧亮。光緒刊上

虞縣志校續卷七人物列傳："（顧圭）子諒（一作亮），字希武。年十五，失父，每有推刃報仇之志，而未獲遂，輒揮涕哽咽。楊鐵崖作虞丘孝子詞以悲其志。明洪武初，薦爲無錫教諭。篤學好古，號西邨先生。有省己録行世。"按：顧亮又字寅仲，會稽上虞（今屬浙江）人。鐵崖晚年弟子。嘗編纂鐵崖咏史樂府，人稱鐵史者即其所編。參見楊鐵崖先生文集全録卷一春暉堂記、列朝詩集甲前集顧亮小傳、鐵崖咏史注卷首樓卜瀍序。顧珪，上虞縣志校續卷七人物列傳："顧圭（通志作顧生。一作珪）字君玉。少負奇氣，見義勇爲。至正間，鄞寇方國珍侵上虞，行樞密院邁里古思守郡城，帥兵拒之。圭聚鄉兵以應。時有邵甲暴掠鄉里，圭率團兵殄之。甲竄入方氏，爲向導。圭復與戰曹娥江上，衆寡不敵，遂遇害。里人瘞尸江岸，岸爲濤齧，而冢獨完。越七月改葬，面如生。次日地盡爲江。人以爲異，咸尸祝之。"

〔二〕邵：蓋指邵甲。其生平不詳。參見前注。

〔三〕邁里古思：參見東維子文集卷二十四故忠勇西夏侯邁公墓銘。

〔四〕長劍拄頤：蘇軾武昌銅劍歌："君不見凌烟功臣長九尺，腰間玉具高拄頤。"

〔五〕葴草在舌：用越王句踐嘗葴草不忘報仇事。大清一統志紹興府："葴山，在卧龍山東北三里。山産葴，越王勾踐嘗採食之。"

〔六〕獨漉篇：古樂府，爲父報仇之作。參見鐵崖先生古樂府卷一獨漉篇。

〔七〕零陵：郡名，唐代改稱永州，元爲永州路。所轄約爲今湖南零陵、東安、祁陽和廣西全州、灌陽等地。參見元史地理志。


# 畹蘭辭①〔一〕

畹蘭氏嘗侍余觴詠玉山草堂中，轉眼已十歲。今年自上海見余玄霜臺②所〔二〕，擁髻道舊，凄然有③自傷遲暮意。且持觴請曰："使君小杜④才也〔三〕，可無秋娘氏一語乎？"余爲引酒悲歌，爲更長樂府，令玄霜公子書以遺之。

青銅小窗文玉几，月轉甒𤫩夜如水。蓬萊華屋稱⑤國香，夜夢香雲三萬里。居然霓裳見空谷，白雪新消洗池玉。秋容不染守宫紅，起向紅波照雙緑。道人住近西施浦〔四〕，修禊亭前憶蘭渚〔五〕。空江爲我泣珮珠,夢入湘枝作斑⑥雨。舞趙舞,歌吳歌,蘭兮蘭兮奈爾何！玄霜高臺秋露早,綠毛華使三山老〔六〕。

## 【校】

① 樓氏鐵崖逸編注卷四載此詩,據以校勘。辭:樓氏鐵崖逸編注本作"詞"。

② 臺:樓氏鐵崖逸編注本無。

③ 有:樓氏鐵崖逸編注本無。

④ 杜:原本誤作"壯",據樓氏鐵崖逸編注本改。

⑤ 屋:樓氏鐵崖逸編注本作"國"。稱:原本作"稱",據樓氏鐵崖逸編注本改。

⑥ 斑:原本作"班",據樓氏鐵崖逸編注本改。

## 【箋注】

〔一〕詩當撰於元至正二十年(一三六〇),其時鐵崖退隱松江不久。繫年依據:詩序中鐵崖自稱與畹蘭氏重逢,距離此前在玉山草堂見面,前後間隔十年。而至正十年十二月,鐵崖曾道過玉山草堂,與顧瑛等聚會。畹蘭氏:蓋曾爲顧瑛玉山草堂侍姬。按:至正十年十二月初,鐵崖於玉山草堂與顧瑛、于立等聚飲唱和,遂前往杭州任職,此後再未重返玉山草堂。參見鐵崖芝雲堂分韵得對字詩。

〔二〕玄霜:臺名,爲松江吕希顔所有。參見鐵崖先生詩集甲集玄霜臺爲吕希顔賦。

〔三〕小杜:指唐人杜牧。杜牧有杜秋娘詩。

〔四〕道人:鐵崖自稱。西施浦:位於松江。張雨次韻題吕氏園館詩曰:"因向雲間求二陸,西施浦口弄雲沙。"

〔五〕修禊亭:指蘭亭。乾隆紹興府志卷六川:"蘭渚,在(山陰)縣西南二十五里。舊經:山陰縣西蘭渚有亭。王右軍所置,曲水賦詩,作序於此。"

〔六〕綠毛華使:蓋以綠毛仙借指畹蘭氏。金王處一撰西嶽華山志毛女峰:"毛女峰在嶽之西。毛女,字玉姜,秦始皇宫人也。見國祚流亡,遂負琴入華山此峰上隱居。服松柏葉,飲泉水,體生綠毛。世人以見之所稱毛女洞,至今洞中有鼓琴之聲。"

# 白頭翁〔一〕

驚起綠窗前,春枝到處妍。不知①愁底事,雪色上華顛。

【校】

① 本詩又載鐵崖先生詩集戊集、樓氏鐵崖逸編注卷六,據以校勘。知:鐵崖先
　生詩集戊集本誤作"如"。

【箋注】

〔一〕本詩詠白頭翁鳥,疑爲題畫詩。按:宋徽宗有白頭翁圖,元人題詠頗多。


# 玉蓮曲爲金陵張氏妓賦①〔一〕

　　芙蕖②出五沃〔二〕,蕩漾水中央。託根遍七澤〔三〕,濯③影照滄浪。
亭亭立淤④泥〔四〕,静試嶽井妝〔五〕。使君青雀舫,夜夜宿花旁。爲結明
瑞⑤蓋,覆此豆蔻⑥芳。洛妃解瑶珮〔六〕,王母薦瓊觴〔七〕。饑湌玲瓏玉,
渴飲醍醐漿。白日忽成晚,粉面落秋霜。窈窕不結子〔八〕,柔絲斷藕
腸。波寒沉獺傘〔九〕,愁殺野鴛鴦。

【校】

① 列朝詩集甲集前編第七下、元詩選初集辛集、劉世珩影元刊十八卷本玉山草
　堂雅集卷二、樓氏鐵崖逸編注卷四録此詩,據以校勘。原本題作玉蓮曲,"爲
　金陵張氏妓賦"作小字,注於詩末。據列朝詩集本、玉山草堂雅集本改。
② 芙蕖:列朝詩集本作"芙蓉",玉山草堂雅集本作"夫容"。
③ 濯:原本作"濁",據列朝詩集本、元詩選本、玉山草堂雅集本改。
④ 淤:原本作"游",據諸校本改。
⑤ 瑞:原本作"鐺",據諸校本改。
⑥ 豆蔻:列朝詩集本、玉山草堂雅集本作"并頭"。

【箋注】

〔一〕本詩爲金陵張氏妓作。按:頗疑張氏名玉蓮。
〔二〕芙蕖:即蓮。管子校注卷十九地員:"五沃之土,若在丘在山,在陵在
　　　岡……五臭疇生,蓮與蘪蕪,槀本白芷。"
〔三〕七澤:司馬相如子虛賦:"臣聞楚有七澤,嘗見其一,未睹其餘也。臣之所

見,蓋特其小小者耳,名曰雲夢。雲夢者,方九百里。”

〔四〕“亭亭”句: 宋周敦頤愛蓮說:“予獨愛蓮之出淤泥而不染,濯清漣而不妖……香遠益清,亭亭凈植。”

〔五〕嶽井: 指華山頂玉井所生蓮。韓愈古意:“太華峰頭玉井蓮,開花十丈藕如船。”

〔六〕洛妃: 又稱宓妃。宓羲氏之女,溺死於洛水,化爲神。曹植洛神賦:“願誠素之先達兮,解玉佩以要之。”

〔七〕王母: 即西王母。

〔八〕窋窡: 形容蓮蓬表面衆多孔洞。漢王逸魯靈光殿賦:“圜淵方井,反植荷蕖。發秀吐榮,菡萏紛敷。綠房紫菂,窋窡垂珠。”注:“說文曰: 窋,物在穴中貌。窡,亦窋也。”

〔九〕獺傘: 指荷葉。搜神記卷十八:“吳郡無錫,有上湖大陂。陂吏丁初,天每大雨,輒循隄防。春盛雨,初出行塘。日暮回,顧有一婦人,上下青衣,戴青繖,追後呼。……初因急行,走之轉遠,顧視婦人,乃自投陂中,汜然作聲,衣蓋飛散,視之是大蒼獺,衣繖皆荷葉也。”

# 雙雉操〔一〕

晉王以練紵①劉仁恭父子〔二〕,凱歌入晉陽〔三〕,獻太廟,自臨斬守光。守光曰:“死不恨,然教守光不降者,李小喜也〔四〕。”王召小喜證之,小喜瞋目叱守光曰:“汝內亂禽獸行,亦我教汝也?”王怒其無禮,先斬之。守光曰:“守光善騎射,王欲成伯②業,何不留之使自效③?”其兩妻李氏、祝氏讓之曰:“皇帝事已如此,生亦何益? 妾④請先死。”即伸頸就戮。

雙雌雉,錦繡襠,朝呼鳳凰侶,暮宿鴟鴉⑤房,兩雌角角聲稠將⑥。晉陽網,艾如張,小喜鵲子先飛揚⑦〔五〕。一雄欲苟存⑧,兩雌誓溘亡。嗚呼,寧爲兩烈死白刃⑨,不活金籠異姓王。

【校】

① 紵: 青照堂刊楊鐵崖詠史本作“縛”。

② 伯: 青照堂刊楊鐵崖詠史本作“霸”。

③ 使自效：原本無,據青照堂刊楊鐵崖詠史本增補。

④ 妾：原本無,據青照堂刊楊鐵崖詠史本增補。

⑤ 鴞：青照堂刊楊鐵崖詠史本作"梟"。

⑥ "兩雌角角"句：青照堂刊楊鐵崖詠史本作"三雛角角聲相將"。

⑦ "晉陽網"三句：青照堂刊楊鐵崖詠史本作"晉陽羅網艾如張,艾張不可脱,
小喜鵲子空先傷"。

⑧ 存：汲古閣刊鐵崖先生古樂府補本作"活"。

⑨ 死白刃：青照堂刊楊鐵崖詠史本作"脱燕王"。

## 【箋注】

〔一〕雙雌：李氏、祝氏。五代時燕國滅亡之際,燕帝劉守光兩妻李氏與祝氏慷
慨赴死,劉守光卻試圖苟活。本詩對此予以評述。

〔二〕晉王：此指李克用之子李存勗,即後唐莊宗。其生平見舊五代史唐書莊
宗本紀。劉仁恭：唐末任盧龍節度使,稱霸一方,與李克用爭雄。後被其
子守光所廢,并遭囚禁。生平見新唐書劉仁恭傳。守光：五代時盧龍節
度使劉仁恭子,奪父位,建立燕國,稱帝。生平見舊五代史僭偽列傳二。
資治通鑑卷二百六十九後梁紀四均王乾化四年："（正月）壬子,晉王以練
紵劉仁恭父子,凱歌入於晉陽。丙辰,獻于太廟,自臨斬劉守光。"

〔三〕晉陽：位於今山西太原。

〔四〕李小喜：劉守光親將。舊五代史劉守光傳："守光將敗,前一日來降。守
光將死,大呼曰：'臣之惧計,小喜熒惑故也。若罪人不死,臣必訴於地
下。'莊宗急召小喜至,令證辯。小喜瞑目叱守光曰：'囚父殺兄,烝淫骨
肉,亦我教耶!'莊宗怒小喜失禮,先斬之。"

〔五〕"艾如張"二句：宋郭茂倩樂府詩集卷十六鼓吹曲辭艾如張："艾而張羅,
行成之。四時和,山出黃雀亦有羅,雀以高飛奈雀何?"

# 阿鞏來操 并叙①

阿鞏來者,即可汗簸羅迴曲也。吹之羌管,被之四弦,節為
十有一拍。始弄極慢,不可節拍。至六七弄,漸漸促數,為十一
而止。今效李延年新聲〔一〕,補我朝樂府。是曲之盛,用於大駕。
今鮮卑老將復用軍中,奏馬上。察樂君子不無感也已。

阿辇來，阿辇來，十有一拍拍莫催。壯士卷蘆葉，夜吹篳羅廻②。胡霜凋折柳，邊風吹落梅〔二〕。龍城寒月覆③如杯〔三〕，陰山狐狸捧首哀〔四〕。真人作，統九垓。一拍始，天地開，五拍六拍奎壁④回〔五〕。合歌金槽雙欏杪⑤〔六〕，黄⑥宫大弦聲若雷。駕鵝頸，羖羶⑦胎，鮮卑齊上萬壽杯。大駕歲還龍虎臺〔七〕，鹵簿曲歌阿辇來⑧。阿辇樂⑨，阿辇愁，九九八十一春秋，黄霧迷涿丘。桃皮觱篥吹隴頭，二十三弦如⑩箜篌。東青雕⑪〔八〕，雄⑫糾糾，白翎鵲〔九〕，雌嘎嘎⑬，鮮卑老將涕⑭交流。我有一雙横吹鐵⑮，請爾一弄兜勒兜⑯。兜勒兜⑰，將軍怒髮竪鉦鉾⑱，龍跳虎躍走⑲蚩尤〔十〕。

【校】

① 本詩又載鐵崖先生詩集辛集、汲古閣刊鐵崖先生古樂府補卷二、清初印溪草堂鈔本東維子詩集卷十一、樓氏鐵崖逸編注卷二，據以校勘。操：鐵崖先生詩集辛集本、印溪草堂鈔本作"謡"。題下小字注"并叙"，鐵崖先生詩集辛集本、印溪草堂鈔本無，且皆無詩序。

② 廻：鐵崖先生詩集辛集本作"灰"。"壯士卷蘆葉"二句：印溪草堂鈔本作"黄土卷蘆葉，夜吹篳羅灰"。

③ 覆：鐵崖先生詩集辛集本作"露"。

④ 六拍：原本無，據鐵崖先生詩集辛集本、印溪草堂鈔本補。壁：汲古閣刊鐵崖先生古樂府補本、樓氏鐵崖逸編注本作"斗"。

⑤ 欏杪：鐵崖先生詩集辛集本、印溪草堂鈔本作"邏迯"。

⑥ 黄：鐵崖先生詩集辛集本、印溪草堂鈔本作"皇"。

⑦ 羖羶：汲古閣刊鐵崖先生古樂府補本作"羖羴"，鐵崖先生詩集辛集本、印溪草堂鈔本作"吉粟"。

⑧ "鹵簿曲歌"句：原本無，據印溪草堂鈔本增補。其中"歌"字，鐵崖先生詩集辛集本作"過"。

⑨ 樂：原本作"極"，據鐵崖先生詩集辛集本改。

⑩ 二十三弦如：鐵崖先生詩集辛集本、印溪草堂鈔本作"二十四弦和"。

⑪ 雕：鐵崖先生詩集辛集本、印溪草堂鈔本作"烏"。

⑫ 雄：鐵崖先生詩集辛集本、印溪草堂鈔本作"舞"。

⑬ 雌嘎嘎：鐵崖先生詩集辛集本、印溪草堂鈔本作"喘悠悠"。

⑭ 涕：鐵崖先生詩集辛集本、印溪草堂鈔本作"淚"。

⑮ "我有一雙"句：原本無，據鐵崖先生詩集辛集本、印溪草堂鈔本增補。

⑯ "請爾"句：原本作"爲君弄兜勒"，汲古閣刊鐵崖先生古樂府補本作"爲君弄兜勒兜"，據鐵崖先生詩集辛集本、印溪草堂鈔本改。

⑰ 兜勒兜：原本無，據汲古閣刊鐵崖先生古樂府補本、鐵崖先生詩集辛集本、印溪草堂鈔本增補。

⑱ "將軍"句：汲古閣刊鐵崖先生古樂府補本作"將軍怒髮豎鉬鋒"，印溪草堂鈔本作"將軍怒髮豎兜鍪"。

⑲ 躍走：汲古閣刊鐵崖先生古樂府補本、印溪草堂鈔本作"擲走"，鐵崖先生詩集辛集本作"擲是"。

## 【箋注】

〔一〕李延年：漢武帝時任協律郎。史記、漢書均有傳。汲古閣刊鐵崖先生古樂府補本、鐵崖先生詩集辛集本有小字注於詩末，曰："龍府（鐵崖先生詩集辛集本作韻府）云：晉樂志：胡角，以應胡笳，橫吹有雙角者是也。張博望入西域，傳其法於西京，惟得摩訶兜勒一曲，李延年因造新聲二十八解，以爲武曲。"

〔二〕折柳、落梅：皆爲笛曲名。

〔三〕龍城：漢書武帝紀："驍騎將軍李廣出雁門，（衛）青至龍城。"顏師古注引應劭曰："匈奴單于祭天，大會諸國，名其處爲龍城。"

〔四〕陰山：山脈名。主要位於今内蒙古自治區。

〔五〕奎壁回：奎壁，均星名。奎、壁之光復明，文運復興之象。

〔六〕欓梢：或作"邏逤"，指樂器琵琶。參見鐵崖先生詩集辛集鼕婆引。

〔七〕龍虎臺：日下舊聞考卷一百三十五京畿昌平州："龍虎臺去京師百里，在居庸關之南，背山面水。車駕歲幸上都，往還駐蹕之地。"

〔八〕東青雕：即海東青。宋陳均九朝編年備要卷二十八徽宗皇帝："五國之東，接大海，出名鷹，自海東來者，謂之'海東青'，小而狡健，能擒鵝鶩，爪白者尤以爲異。遼人酷愛之，歲終求之女真，女真至五國，戰鬥而後得。"

〔九〕白翎鵲：參見鐵崖先生古樂府卷七白翎鵲辭。

〔十〕蚩尤：藝文類聚卷八十一黃帝軒轅氏："龍魚河圖曰：黃帝時，有蚩尤兄弟八十一人，并獸身人語，銅頭鐵額，食沙石子，造立兵仗，刀戟大弩，威振天下。誅殺無道，不仁慈。萬民欲令黃帝行天下事，黃帝仁義，不能禁蚩尤。黃帝仰天而嘆，天遣玄女下授黃帝兵信神符，制伏蚩尤。帝因使之主兵，以制八方。蚩尤没後，天下復擾亂，黃帝遂畫蚩尤形象，以威天下。天下咸謂<u>蚩尤</u>不死，八方萬邦皆爲弭伏。”

# 烏夜啼〔一〕

琴説：“<u>烏夜啼</u>，<u>何晏</u>女造也〔二〕。<u>晏</u>繫獄，有三烏啼舍上。女曰：‘烏有喜聲，父必遂免。’撰此操。”

父在圜區，女在父廬。女不得代父軀，願學緹①縈作官奴〔三〕。贖父死，父莫贖，泣呱呱。烏啼我廬夜鳴鳴，報官家，有赦書，父不辜。女反哺，如慈烏。

【校】

① 緹：原本作“提”，據<u>樓氏</u> <u>鐵崖逸編注</u>本改。

【箋注】

〔一〕<u>烏夜啼</u>：樂府舊題。下小序見<u>宋</u> <u>郭茂倩</u> <u>樂府詩集</u>卷六十琴曲歌辭引<u>李勉</u>
　　<u>琴説</u>。<u>李勉</u>，官至太子太師，<u>新唐書</u>有傳。
〔二〕<u>何晏</u>：字<u>平叔</u>，<u>三國</u>時<u>魏</u>駙馬都尉。<u>曹爽</u>秉政時頗受青睞，後被<u>司馬懿</u>誅
　　殺。生平事迹詳見<u>三國志</u> <u>魏書</u>卷九引録<u>魏略</u>、<u>魏氏春秋</u>。
〔三〕<u>緹縈</u>：事迹載<u>古列女傳</u>卷六<u>齊太倉女</u>。參見<u>麗則遺音</u>卷二<u>曹娥碑</u>。